U0124087

邊境台商

黃國華——著

〔推薦序〕

身不由己的島嶼

黃俊堯

黃國華和我是台大經濟系同班同學。大學時我們追尋著各自的香格里拉，都不大進教室上課。後來才知道，他在校時已一腳踏入金融江湖；那個新銀行初開放、台灣錢淹腳目的年代裡，他就在交易部門殺進殺出。到今天，從他常用的電子郵件信箱名稱可以看出，雖然幹過副總裁一類的高階打工仔，但他最得意的可能還是「交易員」這角色。

過了千禧年，大夥兒為稻粱謀的資歷仍淺時，他已從金融江湖裡攢足下半輩子養家活口的銀兩，退休了。因為退休後要「殺時間」，所以開始寫作，而且寫得雜。還是個沒沒無名的作者時，黃國華搭著本地「互聯網風口」的早班車，當起部落客，憑藉恆心與毅力，持續經營部落格。他的部落格內容兵分三路：原就在行的財務投資、半路出家的旅遊美食、台灣稀缺的金融商戰小說。一步一腳印，他累積起至少兩個加強師的線上讀者群。即便如此，早期他想將部落格文改寫結集出版時，沒有出版社買帳，索性自費出版了好幾本書，只透過些非主流的管道流通。那時我曾開車去三重一家豆花店，買他一套日本旅遊書，順道吃了碗豆花。

時間快轉。

已是出版界暢銷書作家的黃國華，有段時間公告周知說要長期閉關寫小說。前陣子《邊境台商》完稿，好厚一本，逐頁讀去，仍然是「葉國強」「史丹利」「明悉子」這些他的讀者們再熟悉不過的名字。原以為這小說大概就延續前幾本的脈絡，熱鬧、驚悚、言人所不敢、不怕得罪誰。細讀，卻發現筆調較過往收斂，沖淡往昔的辣椒粉味。慢慢地，書頁間的文字轉折讓識者不難嗅出，這是本和過往黃國華小說不再屬於同一個級數、完全脫胎換骨的佳作。

台灣的小說作者，因爲出身背景和訓練，筆下大多精於人情細微，短於納各業實相的世故。若以廚藝相比，筆觸間人情脈脈如刀工、如火候，可以靠文學的修練來積累——文革甫結束時的中國大廚們，因爲長久食材匱乏，出國展演秀的據說就是蘿蔔雕花一類琢磨多年的技藝。但若要論及小說裡情節內容的世故，則如未經處理的食材，淡菜是淡菜、白菜是白菜，騙不了人，繫諸書寫者實實在在的閱歷。這方面，台灣少見檯面上作者有等量的江湖經驗，端得出黃國華前面幾本小說中雖不免腥羶潑辣但也寫眞翔實的內容。

掌握這樣的優勢，黃國華這回在《邊境台商》中卻不再大量倚靠調味品和原就爛熟的政商江湖材料，而讓人吃驚地另外做足了硬功課，備足了史地穿越的眞材實料。從兩萬五千里長征前的蘇區一帶和同一時間人馬雜沓的汕頭，到昭和初年的基隆田寮港、虎尾棉田，以至於當今的東京北千住和江西贛州，小說中縱橫的時間地點，交織上場的歷史人物，在在都需要縝密的考據功夫。雖說吃燒餅難免會掉芝麻，再怎麼講究終難免有幾處破綻，但他這回秉持祖師奶奶山崎豐子著作時的考證精神，說古擬眞不下於施叔青的《香港三部曲》、王湘琦的《俎豆同榮》。

憑藉對於商場人事的掌握，配合上堅實的考據、跳躍但仍有條不紊的豐厚想像力，《邊境台商》中情節織錦的華麗與扎實，遠遠超越其過往擅長的「金融小說」或者「商戰小說」層次，一躍而爲值得嚴肅看待的文學作品。

交易室出身的黃國華，文字特色是不拖泥帶水；故事雖然量體龐大，但說得乾脆清楚。幾代間的台灣作家，出身自銀行而書寫小說者不多。相較於鄭清文的委婉、清淡與節制，張我軍的呼喊與質問，交易員背景而正逐步修練小說之道的黃國華，用明快的敘事風格和生動的情節轉折，讓《邊境台商》成爲一本容易與讀者「交易」乃至「交心」的小說。

先前他的小說曾被搬上舞台劇的舞台。今回這齣，更合適改寫成電影劇本。我們這位早早退休找活兒殺時間的同學，猜想應該不太排斥這蒙太奇的可能。

這兒提醒第一次讀黃國華的讀者，《邊境台商》畢竟是本源自半公開部落格上部分連載的小說。內容中偶見天外飛來的若干橋段，是網路書寫的自然模式。作者嚴肅之餘不忌諱保留這些片段，猜想就如歐洲幾世紀間若干作者反覆呢喃的，對於創作這檔事的心證：「半是兒戲，半是心存上帝。」

《邊境台商》的情節環繞著不斷避難、移民，無可如何的近現代史。論及其主軸，則四個字便可清楚勾勒：身不由己。不同時空環境下千絲萬縷糾結著的人物一個個身不由己，或貴或賤的家庭一個個身不由己，乃至於或戰爭或承平時期的一個個社會總體，似乎也在在身不由己。有趣的是，諸多的身不由己間，作者最後卻選擇給主角一個輕鬆解脫的ending。

島嶼諸多身不由己間，這本小說的結尾和它自身的出版時程扣在一起。這樣的設計，明白地企盼天光乍現，桎梏盡去。雖是我輩的願望，但到了這年紀，多少也體悟小說有盡處，世事無了時。也許再隔幾年，世局又添許多曲折，遠遠近近身不由己的魔咒仍難掙脫，那麼安魂的確幸，還是要回到形諸文字的故事裡尋覓了。

（本文作者為台灣大學工管系教授）

〔推薦序〕
期盼落葉能歸根

劉黎兒

台商，現在是敏感的字眼，究竟是占盡無官商便宜的紅頂商人呢？還是眞的會回流的鮭魚？就算落葉歸根，台商的出身、淵源如此錯綜複雜，每個人回歸與認同非常微妙，主角最終的感想是台灣的空氣是香甜的，比起中國，比起日本，也期待這樣的感受能永遠持續下去。

我跟作者未曾謀面，想像主角是作者的化身，作者所有的力量總動員，財金專家、旅遊專家、歷史民俗研究者等力量，透過至今的台灣經驗、日本經驗和中國經驗，塑造出近乎天才的主角，細膩地描述了寬闊的空間，如出身地基隆及東京、汕頭以及江西乃至各種過境地如關島等，而時間又縱貫了近百年，或許著墨較多在日治時代的生產製造及經貿，但也是當代許多官商勾結弊案或金融炒作虛實手法的解密大全。

日本雖也有些跨國商場小說、紀實小說，但是本書是徹底超越那樣狹隘的分類，像是一部活生生的現代史。

我自己是基隆出身，又是學歷史的，但跟作者比起來非常慚愧。外祖母光復後開過貿易行，搞過蔗糖貿易，也曾跟顏家一起開拓煤礦，但告失敗而變成一無所有，小時住處是顏家車庫改建的，或許因爲不是光彩的事，母親絕少述說，我也沒從沒去面對過，但是作者卻很認眞地去面對自己的出身，乃至家業的棉被行，深掘下去，原本是如此轟轟烈烈的大時代史，原來眞的大江大海是在自己的家裡。

主角宛如作者本人體驗豐富、生命力過人，不斷進出被認爲是贏家的A級世界，但是卻愛生活在B級世界，享受B級美食，住在B級住宅裡，放棄A級女人等，這或許是因爲B級世界才是 real world（眞實世界），A級世界裡有數不清的背叛，不問祖先就無法繼續走下去。

書裡也有活在這樣分秒都在戰鬥世界的人所需要的神或鬼。或許神就是自己內心對話的對象，因爲每個人隨時都不斷地在做無聲的對話，或許是思索，或許是自然湧出來的暗示，人需要有人幫忙思考，而或許那就是另一個自己，那個自己會出主意，分擔憂慮，甚至斥責自己；鬼的存在也是必要的，對有些人而言，是善鬼，對其他的人而言，或許是惡鬼。

二重羽子在病榻上說：「一位農民、一畝棉田、一條泥路、一座村莊、一個希望。一位商人、一間店鋪、一條海路、一座城市、一個希望。不同的人從不同的地方來去另一個不同的地方，逃難的人、打拚的人、懷抱活下去希望的人、活不下去的人……」道出穿梭於兩岸乃至世界台商的悲歡情境，但這樣綿綿不斷的台商的悲喜劇還在持續著，並沒有眞的因爲小說的結束而結束，因而讀完後仍有無限感傷。台商或許還找不到能輕易遁逃且能安身立命的地方，但希望台灣最終還是他們吸氣吐氣的地方。

本書雖長，但從一開始就讓人能津津有味地讀下去，無法釋手，包括財技、鬥爭、身世等懸疑成分，無奈的成熟男女間的愛情也耐人尋味。

（本文作者爲旅日作家）

第一部——東京私募基金

1

關島。洄游

葉國強與史坦利一連串的轉機旅程，先從太平洋的伊拜島搭四人座塞斯納一七二型天鷹小飛機飛到馬紹爾群島，在馬紹爾歇了一晚，再轉飛到關島，稍事停留幾個小時，等候飛回東京的班機。

他們搭的上一班飛機，從馬紹爾到關島，一路顛簸不平。這也沒關係，葉國強不介意一點亂流，他照樣可以睡得著，偏偏遇到過度有禮又囉嗦的機長不停廣播吵醒他，而且最糟的是，座艙長還為此不停地端著果汁或紅酒來向他道歉，還好降落得算順利。

「老大！經過這一役，以後公司的業務保證應接不暇！」喜孜孜的史坦利臉上絲毫沒有長時間飛行加轉機的倦容。

「道高一尺魔高一丈，這次僥倖利用法律漏洞幫客戶保住經營權，肯定會鬧得滿城風雨，官方一定會修改法令來防堵這類的股權奇襲。」葉國強打扮得一副成功人士的模樣，穿著深色條紋西裝，襯衫是款領尖有鈕釦、寶石藍的亞曼尼，特別訂做的淺藍領帶上印有金色鳶尾花徽紋樣，取樣於日本戰國諸侯伊達政宗的家徽圖樣。

「換句話說，類似這種具有創意的金融服務，只能在第一次有效，就算政府不修法，其他大型金融同業也會立刻照單全收。」葉國強看不出成功的喜悅，他只是習慣性單手手肘托著臉頰，歪著頭張望著頭等艙候機室的其他乘客。

來關島的旅客多半為了觀光，但頭等艙的旅客們似乎和其他人格格不入，滿臉的倦容並非來自吃喝玩樂的放縱，臉上彷彿寫著「爲什麼得在這種度假勝地談生意」的不平衡心理。

「老大！既然生意搞定了，回程怎麼不換一套比較輕鬆的衣服？」被葉國強要求穿著三件式套裝的史坦利明顯地有些不耐煩。

「入境隨俗！我講過好幾次，在日本做生意尤其是搞金融的，隨時隨地得保持最隆重最得體的外表，萬一在機場或飛機上遇到曾經拜訪過的客人，」葉國強大口喝下一杯紅酒，繼續說：「可以讓客人感覺我們那股專業的備戰狀態。」

「老大，這裡是關島啊！只有觀光客和跳草裙舞的舞者。」史坦利不怎麼認同葉國強。

「跳草裙舞的在夏威夷。」

「隨便啦！你這樣會不會太緊繃了，自從你跑到日本闖天下後，整個人變得神經兮兮的。」史坦利語帶關懷。

「你知不知道我們這趟的客戶F—回生公司的老董，我是在哪裡認識的嗎？」

史坦利搖了搖頭說：「不是在台灣就認識了嗎？」

「我跟你講，是在張家界飛曼谷的候機室認識的。」葉國強有點得意洋洋地繼續說：「上一回那個委託我們下大單的香港棉花期貨大戶，也是在曼谷飛沙巴的頭等艙內偶遇的。」

「放輕鬆一點，畢竟這次我們幫客人打了場大勝仗，大家的年終分紅總算有了著落。」史坦利從貴賓室的吧檯倒了杯咖啡給葉國強：「老大！你快要結婚了，酒別喝太多。」

「史坦利，抱歉讓你捲入這麼深。」葉國強說

「別這樣說，是我自己跑來投靠你的。」史坦利一個字一個字地慢慢說。

「我在台灣業界的名聲已經不是惡名昭彰可以形容，你跟著我，哪一天回台灣恐怕會找不到工作。」

葉國強對著已經跟隨自己快十年的史坦利關心起來。

「別老土了，投資銀行這個行業就好像律師，越是惡名昭彰，身價反而越水漲船高，你別擔心我

了。」

葉國強不置可否，喝了口咖啡後立刻吐了出來：「難喝死了！全世界機場的咖啡都是比難喝的，我若哪天想不開來開全球機場連鎖咖啡廳，保證生意興隆。」劣質咖啡讓他覺得舌頭像被烤焦的牛大便塗抹過，彷彿抽了十億根香菸，急急忙忙跑到洗手間漱口。

「你是國華金控的總經理葉國強嗎？」一名從葉國強走進廁所後就緊盯著他看的中年男子，總算開了口。

葉國強用很短的時間打量眼前這位仁兄。說起葉國強，他有個具電腦分析處理能力的腦子與神準命理師直覺的眼睛，可以在短短數秒判讀出眼前或身旁的人到底是碰過面的熟人、路人，還是有搞頭的準客戶。直覺告訴他，在廁所搭訕的這位中年人絕對是碰過面的熟人，也是有搞頭的準客戶。

那男人穿著一件深色襯衫，上頭兩枚釦子鬆開，一尊玉觀音垂在他厚實的胸口，下半身一條卡其褲，搭著休閒式皮鞋，雖然看起來處於度假狀態，鞋面依舊擦得雪亮，手腕上戴著一只勞力士的滿天星，雙手無名指各戴著一只滿鑲鑽石戒指，在昏黃的燈光下發出炫惑的光彩。從皮膚看起來已經超過六十歲，一頭濃密的黑髮以及北方人標準的濃眉大眼長相，舉手投足完全是一副全世界機場與景點到處都可看得到的中國土豪大叔模樣，眼神卻毫無遮掩地透露出精明甚至帶些凶狠的目光，讓人摸不著他到底是生意人？解放軍將領？還是土豪暴發戶？

身旁站著兩名身高至少一米八，留著小平頭的三十幾歲漢子，即便身穿Polo衫、短褲、休閒拖鞋這類在關島四處可以看得到的尋常觀光客服飾，一看就知道是那大叔的隨身保鑣，目光始終盯著站在他們老闆旁邊小便斗的葉國強。

葉國強不理會旁邊兩尊門神的不友善眼神，笑著對前來搭訕的土豪模樣中年人說道：「周軍周總裁，好久不見了！」

周軍開心地對旁邊的隨扈說：「你們瞧瞧，葉總的記憶力眞是驚人，我們不過才見過一次面，竟然就牢牢記住我的名字，難怪咱們大陸的金融業在軟件服務上頭比不過台灣啊！」

吃金融飯出身的葉國強，別的本事不提，凡是打過照面、換過名片、曾經幾句寒暄的人，舉凡模樣、名字與職稱一定會牢記在腦海中，記憶力可說是一流，別人以爲這是他天生的本領，年過四十竟然還保有如此超強記憶力，但卻沒有人知道葉國強對這種社交行爲可是下了很大的工夫。以前還在金控公司任職的時候，只要在正式社交場合見過的人，他都會請助理在旁偷偷拍下照片，回去後隨即將對方的職稱、講過的話和照片歸檔，不管有沒有機會再見面往來，葉國強只要有空便會隨時更新這些檔案，記錄這些人相關的新聞、工作職務異動、網路八卦消息，甚至包括養的寵物、小三、私生子等。

唯一例外的是眼前這位周軍，也許是刻意封鎖大部分的公開資料，加上中國網站管制甚嚴，葉國強對他的了解相當有限，只知道他大約六十多歲，從商以前是中國解放軍的軍官，不知道遇到什麼機緣，成爲中國華南地區數一數二的棉被與棉紡商人，旗下的英軍企業集團掌握中國棉花半數以上產量。至於英軍集團旗下到底有哪些公司以及實際經營範圍，外界不是很清楚。

「周老闆客氣了！其實我們在中國見過兩次面，一次在上海的台商聯誼會，一次在江西的棉花期貨的招商會。」

周軍露出一絲絲不太高興的樣子：「葉總！您的話得糾正一下，你我都是中國人，請你稱呼我們大陸。」

如果自己還是國華金控的總經理，葉國強說不定會遷就對方，但既然已經離開，他才不想接受這種無謂的指正：「周老闆，咱們必須得在關島機場貴賓室的廁所聊政治話題嗎？」

周軍一邊洗手一邊盯著葉國強，突然哈哈大笑：「佩服佩服，你比我在大陸所看到的那幫子台商有格調多了。」

不想繼續在這個話題上打轉的葉國強，遞上一張名片給眼前這位前解放軍大亨：「我已經離開金控兩年了，和老東家也沒有什麼瓜葛了。」

周軍瞧了瞧葉國強的新名片，捏著名片吃驚地說：「原來你在鼎鼎大名的SevenStar私募基金啊？這一年來你們在業界很露臉啊，只是外面不曉得你是執行長。」

「不敢當！其實我們公司還有其他大股東，我只是幫忙訂機票訂旅館的雜工而已。」這並非葉國強的謙虛之詞，這類私募基金由於游走各國政府法令的灰色地帶，所以行事作爲相當低調，別說出現在報章媒體，也很難從公開資訊一窺私募基金的究竟，甚至只要在網路上出現任何有關他們的訊息，葉國強立刻會找電腦駭客去刪除和他們有關的網路資料。

「葉兄，你的班機幾點要登機？要不要聊一聊啊？」一聽到這個問題，老練的葉國強心裡有數，眼前這位潛在客戶肯定是上鉤了，身價百億以上的老闆級人物，通常不會浪費時間在無聊的對話上頭。

周軍搭乘從關島回上海班機，大約是在五個鐘頭後起飛，而葉國強搭回東京的班機卻已經快要登機，但顯然有生意上門，於是他簡單地交代史坦利更改班機。

「老大，你確定只爲了陪人聊天，寧可在關島多待兩天？」原來關島飛東京的班機一天只有兩班，接下來兩天的班機都已經客滿，不得已只能改訂兩天後的班機，而且必須再掏出腰包買張新的機票。

「這就是爲什麼搭飛機得穿著整齊的原因，爲什麼只有幾個鐘頭的航行時間，都得花錢買頭等艙的主要原因了。」葉國強順便教育一下史坦利從事這一行的行銷祕訣。「你先回去處理F—回生後續法律的程序，我要抓緊時間和他聊聊。」

「網路這玩意挺牛逼的，遠在太平洋小島的消息不到兩天就傳遍全世界。」坐在貴賓室的周軍捧著平板電腦，洋洋得意地展現他玩電腦的功力說：「連我這種六十多歲老頭也會搞翻牆軟件去搜尋信息，我們內地控管這個控管那個，一點鳥用也沒有。」

葉國強笑了笑，露出一副「我想也是」的表情。

周軍翹起一隻腳，在右手無名指那枚最大的鑽戒上哈了口氣，然後挨著褲管輕輕擦拭，不知道這是無意識的動作，還是習慣性的炫耀。

「這回你們公司可火了，要不是在這碰到你，還不知道SevenStar的背後竟然是和國華金控的駙馬爺有關啊。」

葉國強苦笑地反駁：「我已經離開老東家兩年了！況且我只是個幫忙訂訂旅館機票的打工仔而已。」

「你太客氣了，連我們內地的報紙都登出你快要和國華老闆的千金結婚，你這不就是成為國華駙馬爺唄！」在一切講究關係且太子黨當道的中國，駙馬爺並沒有不敬的意味，但聽在台灣人葉國強的耳中，實在不是滋味。

葉國強眼神飄移到別的地方，順便喝口咖啡，暗示對方別在駙馬爺這個議題打轉。

「你怎麼有辦法想出這些招數？」周軍好奇地問。

話說半年前，一家叫做F—回生的公司找上葉國強幫忙，這家在馬紹爾群島註冊的F—回生公司，由於大股東與董監事在股價高檔的時候偷偷賣了不少持股，在還來不及回補持股前，便發現有些來路不明的買家默默地在股市買進不少F—回生的股權，糟糕的是今年又得面臨三年一次董監事改選，算算自己的持股，一旦召開股東會，別說經營權會拱手讓人，恐怕連一席董事都無法選上，眼見距離法定召開股東會的最後時限剩下不到六個月，F—回生的老闆不想坐困愁城，透過關係找上正好也熟識敵對買家的葉國強，希望能居中牽線坐下來談條件，但沒想到，葉國強拍起胸脯，告訴F—回生的董事長，他可以幫忙找出不需要作任何讓步、也不需要撒錢和對方展開股權爭奪戰，而且還可以保有經營權的妙方。

「所以你叫F—回生把公司註冊地從馬紹爾群島轉到那個什麼島來著……」聽著津津有味的周軍好奇地問著。

「伊拜島！」

「可是這符合你們台灣的法令嗎？」周軍顯然對法律規定也相當重視。

「既然F—回生是馬紹爾群島的公司，只要符合馬紹爾的規定即可。馬紹爾政府規定只要是登記在該國的公司，不限定登記在該國國境的哪一個地方。」

一開始葉國強幫忙F─回生變更註冊地點時，對手陣營完全沒有警覺，依舊傻傻地用高價不斷買進持股，另一方面還想透過媒體施壓，要求F─回生經營階層趕快召開股東會。

「他們打的是陸海空軍聯合大部隊作戰，但絕對沒料到我的武器竟然是潛水艇。」葉國強嘗試著用軍事用語，來解釋給眼前這位解放軍出身的土豪商人聽。

另一方面，葉國強偷偷地把預定開股東會日期的前後四天，所有可以到伊拜島的交通工具，不管是飛機票還是船票統統訂光，也把島上唯一一家旅館的所有房間統統包下來。緊接著在法定最後公布股東會開會通知的期限前一刻，才公布F─回生股東的開會時間地點，等對方回過神來，想要到伊拜島開股東會時，才驚覺所有到該島的交通工具全數客滿，別說機票船票，連島上的快艇也被葉國強用種種名義租借一空。

「連這招都想得出來。」周軍聽得目瞪口呆。

「我說我只是個幫客人訂機票旅館的雜工，絕對不是自謙之詞。」

「可是一口氣包下一座島的所有機票船票與旅館房間，應該花了不少錢吧？」做生意的周軍習慣性地計算起成本。

「基於保護客戶，我不能透露詳細的花費，但是跟大搞股權收購戰所需要的銀彈比起來，可說是九牛一毛。」壓抑自己幫客戶打場勝仗後的興奮之情，葉國強繼續說下去：「更何況，萬一公司被別人吃掉，公司帳面上的台北、上海、廈門等大批值錢土地拱手讓人後，損失的利益才得不償失呢！」

「那對方豈不氣得牙癢癢的？」周軍好像進入聽故事模式般地入迷。

「我們客戶也有派人到馬紹爾的機場與碼頭，隨時監控他們的一舉一動，萬一有狀況，不排除動用與客戶關係良好的馬紹爾警方……你知道。」葉國強比了一個「統統抓起來」的手勢。

一想到枯坐在馬紹爾碼頭，對方陣營只能乾瞪眼氣急敗壞的模樣，葉國強幾乎興奮地差點吹起口哨。

「那你客戶訂的船票機票與旅館豈不白白浪費了。」身爲精明的商人，周軍似乎很在乎這些開銷。

「剛好招待員工旅遊，算一算也沒吃虧。」

總感覺有什麼不對勁，周軍繼續問：「對方花了那麼多錢搞合併，肯定不會就此罷休，只要他們的持股夠多，就可以不停地要求召開臨時股東會，或者和你的客戶大打官司，你這辦法只能治標不能治本。」

「周總挺內行的，你說得沒錯，我最核心的目的只是讓客戶爭取到時間優勢。」

「時間優勢？」

「對方爲了吸納我客戶的股權，透過不同管道借了不少資金，其中很多只是借幾個月的短期周轉，一開始他們的如意算盤是快進快出，一旦在股東會中拿到我客戶公司的經營權，立刻拋售持股去償還借款，所以只要能夠把時間拉長，壓力就會從我客戶這邊轉移到對手身上去。」

周軍聽得很仔細，立刻想到其中的破綻：「不對！不對！現在找銀行借錢容易得很，戰鬥的時間就算被你拉長，對手應該也挺得過去才對。」

葉國強笑了笑：「我知道你會這樣問，因爲一開始F—回生的老董也問了同樣的問題。」邊講邊拿出平板電腦，打開密密麻麻的股價走勢圖秀給周軍看。

「他們花大錢買了我客戶的股票，萬一股價大跌甚至崩盤，他們可就撐不下去了。」

「別鬧了！股市哪來一天到晚崩盤！」周軍雖然外表一副土豪樣，對金融專業也稱得上有見地。

「要等整個金融市場崩潰的確很難，但如果只是想把客戶的股價搞爛，那就簡單多了。」葉國強一副胸有成竹。

「願聞其詳！」周軍好奇地馬上追問下去。

「其他有技術含量的活，我就不方便說下去了，總得留碗飯給我們這種雜工吃吧！」

周軍愣了一下，心裡頭明白自己問太多了。

「我很好奇你爲什麼能夠想出這種辦法？」

有點洋洋得意的葉國強習慣性抓了抓頭髮後回答：「事情是這樣啦！所有的法令與規定一定有漏洞，越是那些負有政策使命的法令，漏洞就越多[1]。我們搞私募基金，自然可以靠著鑽這些漏洞來替客戶解決問題。」

機場廣播傳來：「前往東京成田機場的旅客請立刻在第二號登機門登機……」

「你的飛機快要飛了。」聽得有點意猶未盡的周軍看了看手錶提醒葉國強。

「沒關係！我臨時改班機了，我打算在關島多待幾天。」

「看樣子我們可以多聊一聊你的技術含量了！看看能不能給我的公司一點建議。」

葉國強擠出很熟絡的笑容回答：「是啊！人到了國外總是比較放鬆。」心想眼前這位大戶應該跑不掉了，只是不曉得自己能不能吞得下。

坐在飛機上的周軍，等到飛抵可以使用電子儀器的高度後，打開電腦看著源源不斷傳輸進來的新聞資料：「葉國強，台灣第二大金控公司國華金控的前任總經理，三年前因爲涉嫌違反台灣當局的金融相關併購法令而被起訴，二審定讞後放棄上訴，短期服刑後遠赴日本從事文化相關工作。

不料，上次總統大選，國華金控的古家賭錯邊，國民黨順利連任，金控合併案的敵對陣營與台灣執政當局合作，以違反政治獻金法和內線交易法等罪名再度控告國華金控，國華金控前董事長古漂亮因此潛逃海外，國華金控爲了保護經營者古家，而將許多責任推給葉國強，葉國強被迫長期滯留日本，一般認爲葉國強是替他的前任老闆兼女友古漂亮頂罪。

根據媒體披露，葉國強與國華金控前董事長也就是古家三小姐古漂亮，半年前已經完成結婚登記，國華金控創辦人古董事長業已默許這對宛如亡命天涯的苦命鴛鴦婚事，預計明年初在日本舉行婚禮，古家上下正低調籌辦婚禮中。

據傳聞，葉國強目前的工作表面上是台灣草根文化基金會執行長，但實際上是從事古家龐大海外資產的管理，以及與國華金控有關的海外投資，但該傳聞無法獲得證實。」

「SevenStar 私募基金，資本額七百萬美金，社長是一位名爲史坦利的台灣人，由於是私募基金，外界無法得知基金的股東與受益人的資料，史坦利爲國華金控前任國際資本業務事業部門的副總經理，一年多前在馬紹爾群島登記成立該基金，但實際業務辦公處位於日本東京的北千住，名義上的業務是國際期貨交易商，擁有一席東京棉花期貨交易所的交易商資格，但業務重心放在國際併購以及反併購，與台灣香港多家上市公司有業務往來，最近因爲擔任台灣F—回生公司的股權顧問，成功幫助該公司的經營層躲過國際上惡名昭彰的創投禿鷹而聲名大噪。

這間 SevenStar 以提供企業檯面下法令灰色地帶的金融財務顧問業務聞名，多次挑戰台灣財金當局的法令漏洞，令台灣當局相當頭疼，被列爲金融控管的黑名單，執行長史坦利列爲境管名單。

據悉，SevenStar 背後有國華古家的資金與雄厚的政商關係支持，不過國華金控否認該公司與 SevenStar 有任何的業務或資金往來。」

看完資料後的周軍，望著機艙外一朵朵黑得發紫的深邃雷雲，對陣陣雷雲亂流所引起的機身晃動毫

---

1 台灣金融當局為了方便台商在股市掛牌募資，開了所謂「第一上市」的法令大漏洞，結果吸引一大堆在奇奇怪怪的免稅天堂或海島小國註冊登記的公司回台灣股市掛牌上市，造成許多不知情的投資人不小心買到一些爛公司股票，而這些在海外各地註冊的公司，由於不受台灣法令約束，演變出許多光怪陸離的失序現象。

不在意，此時機上廣播才傳來機長的亂流報告，一旁的隨扈滿臉驚恐。周軍心想，全天下的機長都很像財經分析師，等到大跌以後才告訴大家情勢險峻，他看了窗外雷雲一眼後，目光回到資料裡頭「棉花交易期貨」幾個字，手上緊緊捏著葉國強與史坦利的名片。

2 烏鴉棉棉花。冥想

十一月東京

東京北邊北千住的風在這個季節舉止怪異，綿密的細雨從陰黑的天空降下，刺骨寒風從車站前商業區高聳的建築物上頭颳了下來，風向毫無規律地在不同的巷弄內四處亂竄，迎著行人的臉撲吹而來。這個季節，氣溫還不夠低，水氣無法凝結成雪，只能變成讓人詛咒的雨，夾著刺骨寒風，葉國強來東京兩年多，仍然無法適應十一月的濕冷，當然還有每年春天惱人的漫天花粉。

下了飛機的他，通常不會先回家，當然，如果那棟位於車站十分鐘步程的三房小公寓稱得上是家的話。跌跌撞撞走出車站的葉國強扛著行李滿身濕漉、東鑽西閃地走進一家叫做「棉棉花」的居酒屋，不等老闆招呼直接坐定在最角落的吧台位置，那是他習慣的位置，旁邊就是廚房，一個閃身便可以直接走進料理台與冰箱，當客人多，老闆忙著招呼其他客人的時候，他習慣直接走進料理台自行取拿食物。

剛到東京的時候，葉國強和其他偶爾來日本玩的外國觀光客一樣，喜歡找那種窗明几淨的餐廳吃飯，但久而久之，總覺得那些店家所營造的親子闔家歡或觀光客氣氛與自己格格不入，況且在多次被客戶或公司日本下屬問到：「你有沒有熟悉的店？」這類問題後，才開始在車站附近的居酒屋一家一家探索。在日本，如果一個上班族沒有一、兩家「自己熟識的店」，會被視爲「沒有社交能力」的象徵，或直接被當地人認爲「你始終還只是個外國觀光客嘛！」

會喜歡這家「棉棉花」，是因爲老闆是中國移民，幾杯黃湯下肚後，葉國強的日語能力總會完全退化，在酒後習慣操中文的他，自然不習慣其他日本人開的店家，和他有一樣需求的人可多著呢，到了夜晚，北千住附近的華人上班族不約而同地擠進店內，店裡此起彼落各種鄉音口音的普通話，喝著相同的便宜清酒，吃著老闆不知道從哪裡學來的大雜燴料理。

老闆姓吳，日文姓好像是山本還是橋本，葉國強總是記不起來，反正到這種熟店，老闆認得他就好了。吳老闆來自於中國新疆，是個回族人，本來在老家種棉花，十多年前新疆鬧了幾場回漢衝突，他老家的棉田被徵收，帶著家人輾轉從中國的哈爾濱逃到東京，憑著老婆的回族傳統料理手藝，開了這家「棉棉花」居酒屋，賣起了新疆回回料理。據幾個從新疆來的熟客偷偷透露，他的新疆料理相當道地，整個東京也只有這裡吃得到家鄉口味。

「強老大！剛出差回來啊？」吳老闆端起了面對熟客的笑容。

「幹！」葉國強可以在這裡開懷地飆飆國罵，被雨淋得一身濕的壞心情似乎一掃而空。

「冬天去熱帶國家出差，簡直是折騰人，今天早上在關島還穿件短褲流一身汗，晚上回到東京竟然是這種零度的濕冷天氣，這種出差若多搞幾趟，恐怕連命都沒了。」

「你這還好咧！我們老家新疆一天裡頭可以從中午的大熱天，降到晚上的零下十度，若被你遇上，肯定你骨頭全散了。」吳老闆一旦開啓老家的話匣子恐怕沒完沒了，葉國強笑著打斷他的話：「老吳！肚子餓壞了，上菜啦。」

沒多久，店內擠滿了客人，燈光昏暗，菸霧繚繞，刺鼻的油炸混著滿屋的濃濃酒精，一桌桌彷彿來這裡互相殘害健康的客人，公幹老闆、抱怨老婆、對客戶的嘮叨、抗議政府日益縮水的年金，比起其他店家的歡樂陽光氣氛，葉國強比較習慣這種不健康的調調，想要忘掉的事情實在太多，只有這裡才能幫他暫時忘卻那一大堆連問題都找不到的問題。

不知喝了幾杯，眼前一片水濛濛的，頭像要裂開似的，他忘記從什麼時候開始喝酒，一兩個禮拜總是得來這裡把自己灌醉，他對著吧台的老吳喃喃自語，整晚昏昏沉沉。他曾經嘗試戒酒，但收了他大筆醫藥費的醫生卻以一副不負責任的態度告訴他，如果一兩個禮拜才喝兩三杯酒就要戒酒，那全世界的人都得戒酒了，建議他去找心理醫生。

「你看我這樣子像是需要找心理醫生的人嗎？」葉國強對著坐在旁邊的客人說著。

「咦！你長得好像我那位忠心耿耿的部屬史坦利，有沒有人說你長得像他？」

「唉呀！你怎麼可能認識他，對不起對不起，我失禮了。」

吳老闆與坐在葉國強旁邊的黑色外套男子對看了一眼，說道：「你們老闆又醉了。」旁邊的人不是別人，正是史坦利，只要每次葉國強喝到爛醉不想離開，居酒屋老闆就會打電話給住在附近的史坦利來解危，反正一個月就醉那麼一次。

「我看你長得和史坦利很像，和他長得像，想必你也是好人。」葉國強夾雜著普通話、日本話和閩南語，他已經醉得認不出旁邊的人其實就是史坦利。

「說起那個史坦利，人好到無話可說，兩年前我淪落在日本，台灣老家回不去，那個日本娘們也不知跑到哪去，可說是舉目無親，那個史坦利……」

葉國強夾了一口毛豆，喝下最後一口清酒繼續說：「我一通電話，他二話不說，辭掉台灣銀行副總工作跑來這裡幫我，如果我是娘們，二話不說立刻嫁他，啊！我忘了他已經討老婆了，就算有老婆，給他做小的也沒關係，這樣說你應該不會誤認我是同性戀吧？」醉到認不出朋友的葉國強對著史坦利說。

他拉了拉領帶，畢恭畢敬地坐在吧台椅子上：「對不起我又失禮了，來日本兩年多，天天都得擔心自己會不會失禮，你說我有沒有失禮？」葉國強用手抓住史坦利的肩膀用力地搖晃。

見怪不怪的史坦利回答：「不會啦！你只是喝醉而已。」

外表絕對看不出喝醉的葉國強笑了笑告訴吳老闆：「你看，所以我說長得像史坦利的人絕對都是好人，我想請他喝一杯酒，掛在我帳上。」

「強老大！你喝醉了！我快要打烊，改天再來喝。」忙著關上店門拿著拖把準備打烊的吳老闆，用眼神示意史坦利，意思是可以把他扛回家睡覺了。

「老吳！你這樣說就失禮了，你也來日本好幾年，我們外國人絕對不能在日本人面前失禮，這位今天才剛剛認識的日本好人，我們絕對不能失禮。」語無倫次的葉國強繃起臉對著已經空無一人的吧台繼續說道：「老吳，你怕我欠你酒錢嗎？我哪一次不是痛快地付現啊？」彷彿對著空氣說教。

「好啦好啦，不爲難你！」葉國強眼神從亢奮轉爲呆滯。

史坦利扶著他踉蹌地從座位起身，葉國強閉起眼睛喃喃自語起來：「她答應要給我很多時間的，她答應要給我很多時間的。」

「別再想她了，老大！你快要結婚了。」

兩年多前，葉國強坐了兩個月的牢後來到日本，原本只打算短期定居，做一些打發時間的文化交流短期工作，文化工作一直是忙了二十多年的葉國強多年的退休願望，沒想到官司直轉急下，國華金控的死對頭攀上國民黨，原本由國華金控順利買下的公營行庫，整個合併案一百八十度大翻盤。更讓人心寒的是，司法當局重啓調查葉國強與國華金控，葉國強替老闆古家一肩扛起所有責任，只能被迫滯留日本。禍不單行，纏訟多年的女兒監護權，也被法院以「逃亡海外無法照顧」的事由，判給早已離婚多年的前妻。

對葉國強打擊最深的是，多年來的戀人兼事業夥伴明悉子，在葉國強遭逢一連串官司打擊、有家歸不得的痛苦當頭，竟然只留了一張紙條「不要再來找我了。」彷佛人間蒸發似從葉國強的生活圈徹底消失，葉國強在人生地不熟的日本根本無從尋找起。

一無所有也可以說一貧如洗的葉國強，只好去投靠同樣是因罪滯留在日本的前老闆：國華金控前董事長古漂亮。

古漂亮與葉國強兩人曾經有段隱晦曖昧的不倫戀情，當時古漂亮奉父命爲了家族發展，嫁給完全沒有感情基礎的前夫，擔任她得力助手的葉國強也剛好結束前一段婚姻，兩人因爲工作的密切關係而萌生許多情愫。

葉國強除了古漂亮以外，其實還有正牌女友——日本女人明悉子。葉國強在兩個女人之間，最後在感情上選擇了明悉子，但爲了報答古漂亮，葉國強選擇替她頂罪，用情擁抱明悉子，用義回報古漂亮。只是怎麼想也想不到，明悉子絕情地不告而別，而古漂亮反而不計前嫌向葉國強求婚。

史坦利攙扶著葉國強走過彎彎曲曲的小巷，小酒吧、居酒屋招牌林立的商店街，到了夜半散發出陣陣曲終人散的濃濃酒味，哭喪著一張臉的葉國強哽咽說著：「史坦利一定不想看到我這副模樣，他一直把我當偶像。」

普通人是怎樣從睡夢中醒來？聽著窗外的鳥叫聲？看到窗簾外刺眼的陽光？或是聽到鬧鐘的鈴聲、手機上設定的鬧鈴音樂、電視的新聞報導聲音醒來？聞到早餐味噌湯香噴噴的味道，或是聽到母親、妻子或孩子等家人的聲音醒來？

葉國強醒來睜開雙眼，窗外那一排白樺樹聚集了十幾隻烏鴉，他是被這群烏鴉的吵鬧聲喚醒。烏鴉的聲音不單單只是吵雜而已，牠們的聲帶似乎內建立體聲環繞裝置，聒噪的啼叫聲像皮球似地彈來彈去揮之不去。

當初剛買這間房子的時候，葉國強很喜歡窗前這排白樺樹，房仲公司的人也很盡責地告知這一帶的鳥叫聲音很大，但他當時沉浸在與明悉子共築愛巢的喜悅，幻想著和心愛的女人一起在蟲鳴鳥叫的世界醒來，並沒有理會仲介的善意提醒。

、剛搬進來那一陣子，這排白樺樹還沒有聚集如此龐大的烏鴉潮，直到明悉子不告而別後，這群烏鴉便開始毫無忌憚地霸占起整片小樹林，怎麼趕也趕不走，後來慢慢也就習慣了。這群烏鴉總是很準時地從早上九點開始叫囂，彷彿催促著他：「懶惰鬼！趕快起床工作去！」

在那段最消沉的時光，這群烏鴉似乎成爲鞭策他趕快振作起來投身工作的唯一力量。

是不是明悉子順便把兩人一起養的那兩隻貓帶走的緣故？葉國強心裡始終是這樣懷疑的，曾經上網查了有關烏鴉與貓的各種關係，卻沒有任何烏鴉怕貓的生物學根據。

每次喝醉酒後做的夢都一樣，夢見自己成爲貓的心理治療師，親朋好友鄰里街坊，他們養的貓只要罹患憂鬱症、躁鬱症或各種貓的心理疾病，都會把貓帶來葉國強的面前，夢中的他只用雙手輕輕撫摸貓的肚子，患有各種疑難雜症的貓竟都不藥而癒。

找一天去找心理專家解解夢吧！每次醒來都有這種奇怪念頭。

三房兩廳的獨門小宅陳設簡單高雅，家具擺設有著濃濃的東方色彩，幾幅日本浮世繪的黑裱框復刻畫，客廳鋪著上頭繡著龍與鳳的地毯，玄關是扇印著清明上河圖的竹屏，這些都是明悉子所留下的，葉國強完全沒有做任何更動，每回未婚妻來訪，都得爲這些或許應該丟棄的家具鬧得不愉快。反正結婚後搬進古漂亮位於高級地段神樂坂的豪宅，這個房間對他而言就沒有太大意義了，屆時或許會充作員工宿舍吧。收拾了出差前累積的垃圾，葉國強打扮整齊，穿上筆挺的西裝外套走下樓梯。

「葉桑！這麼晚才要去上班啊？」一股好像帶著「年輕人怎麼不知長進，這麼晚才出門工作」的責備聲音，來自這個社區的自治會主任委員，一位七十多歲的退休老歐巴桑站在大門口。每次葉國強碰到她都會感到頭疼不已，如果哪天出門或回家時沒碰到這個煩人的老太婆，往往有種如釋重負的驚喜。「是啊！剛從國外出差回來，承蒙您關心。」葉國強對著自治會的歐巴桑主委深深鞠了個躬。

「雖然你來自台灣，但搬進來也兩年多了，這個社區的規矩請務必遵守。」歐巴桑回了禮，但在這句話後，通常會接著一堆長篇大論的訓話。

「請不要對社區的烏鴉不敬，烏鴉是日本的神鳥。還有，麻煩你務必把寶特瓶上的標籤撕開，寶特瓶的回收屬於塑膠瓶罐類，但它的標籤有些是塑膠類，有些是紙類，我們整個社區就只有你沒有確實做好分類，町公所的人已經來警告我很多次，你如果不好好遵守垃圾分類，這樣可是會造成大家的麻煩。」說也奇怪，隔壁住戶們不會在乎上班族半夜滿身酒味回家後的大聲喧嘩，卻在意廢棄寶特瓶上的標籤回收分類。

趕緊打斷這位嘮叨不停的自治主委，葉國強故意按下手機的鈴聲，假裝接電話裝出一副忙碌的模樣：「客戶在等我，對不起，我得立刻回公司。」這些日本老人認爲工作乃男人的唯一使命，只要聽到工作上趕時間的急事之類，便會體貼地放過葉國強一馬。

「好啦！你家的垃圾就交給我，幫你拿去回收站，別讓你的客戶等太久。」

「嗨！實在太感謝！」葉國強裝出一副從內心發出的由衷感激模樣，對自治會歐巴桑主委再度鞠了個躬。

一手接過葉國強手上拎著的垃圾袋，一邊拍拍葉國強的肩膀說：「要努力工作，明天別再睡過頭了。」故意用假鈴聲假電話騙人的葉國強有點心虛。烏鴉也好，自治會歐巴桑也好，實在不能辜負他們要自己趕快振作的一番心意。

「葉桑！你今天如果有經過神樂坂，順便幫我帶些百年老店的豆子回來。」歐巴桑露出狡猾的笑容。

SevenStar 的辦公室坐落於距離北千住車站西口不到一百公尺遠的大樓內，一、二樓是台灣國華金控北東京分行，三樓是國華金控銀行的行政辦公室，四樓是與古家往來密切的某會計師事務所的東京分公司，五樓是古家旗下媒體事業的東京聯絡處。而 SevenStar 正好位於七樓，當初會將公司命名爲 SevenStar 其實是坐落在七樓的原因，絕對不是仿效台灣某政要的第三代在香港成立的 EVEN STAR 私募基金，只是英文名字剛好雷同罷了。

公司設在距離東京市中心頗遠的北千住這個住商混合區，葉國強當初相當反對，畢竟這裡並非東京的金融經濟重鎮，混跡金融界幾十年的他，知道門面的絕對重要性，除非是分公司或分行之類的次要據點，否則代表金融地位的總公司，一定得設在該國家首都的最精華地區。

「金融」這玩意兒，說穿了不過是「最高級」的騙術，連下三濫的路邊行騙術士都明白，幹這行起碼得穿套亞曼尼三件式昂貴外套，非法吸金的投資公司也懂得在最貴的六星級酒店，租下好幾個月的總統套房來展現其氣勢，更甭提站在金融最專業頂端的私募基金。

葉國強當初提議許多地方，如六本木、汐留、虎之門或赤坂，不然至少也得設立在某些指標性的大樓如東京晴空塔裡頭，但是明悉子卻執意選擇這個奇特的位置。

為了這個位於住宅區的據點位置，葉國強在推廣業務上不知道吃了多少閉門羹，好不容易透過種種關係拜訪到的日本客戶，那些日本人表面客客氣氣，但看著名片上非金融主流區的地址，臉上紛紛露出「好可疑的金融公司！」或「門面都這麼殘破，到底可不可靠啊？」的疑問表情。

但真正讓葉國強難堪的是他在台灣留下的官司紀錄，正常的日本公司不會和有犯罪前科紀錄的負責人的公司往來，更何況還是金融來往。別說他人，連公司聘請的幾位員工都隱隱約約透露出對犯罪前科者的不安。

不想仰人鼻息的葉國強不願意祭出國華金控準女婿的身分去拉生意，直到把史坦利從台灣找來幫忙，讓他掛社長頭銜後，業務才慢慢上軌道。

剛從關島出差回來的葉國強，打算傍晚下班前才進辦公室，他習慣從住家附近荒川的河邊公園慢慢踱步到車站，平日上班時間，這一大片純住宅區相當安靜，安靜到連走路時發出的喘息聲都會破壞這片寧靜。直到每天晚上下班過後，附近的住戶才陸續回家，剛搬來的時候很不習慣，還以為這裡是所謂房地產泡沫破滅後的「鬼城」[2]呢！

下了兩天的雨總算停了，家庭主婦和退休族不約而同來河邊公園享受難得的冬陽，不久前還搖曳生姿的白楊樹，少數僅存的枯葉受不了連日的大雨而掉了滿地，荒川兩岸已名副其實地成爲一片枯荒大地。

坐在公園座椅望著枯淒景致發呆的葉國強，沒聽見一位穿著慢跑運動服裝的中年大叔遠遠地呼喚：「強老大！」直到那位大叔直直矗立在眼前擋住視線，才察覺原來眼前的慢跑者不是別人，正是棉棉花居酒屋的吳老闆。

「早啊，昨晚我應該忘記買單了吧？我打算等一下搭火車前去找你結帳呢！」想到昨晚自己的酒後失態，連忙掏出皮夾拿出錢，一臉歉意地和吳老闆打招呼。

「不早了，快中午了。」吳老闆推辭葉國強掏出來的鈔票。

「你還要養家活口，怎麼可以讓你招待啊！」

「誰說要招待你了？昨晚有位常客幫你買單了。」吳老闆笑了笑回答。

「又是那位常客啊……」其實那位常客就是史坦利，只是吳老闆受史坦利請託，絕不能在葉國強面前吐露他的身分。葉國強最近幾次喝醉酒，都是史坦利來店裡把他扛回家，但葉國強始終以爲是吳老闆送自己回家。

「是那個不方便透露名字的常客嗎？」葉國強知道問了也是白問。

停下來擦擦汗的吳老闆從背包內取出貓飼料，丟到公園座椅旁邊的幾隻野貓腳邊。

「我們家鄉棉田旁的棉花倉庫，少說養了幾百隻長尾禿貓，你知道，抓老鼠抓害蟲的。」老吳以前

2 泛指居住率很低的社區。

在中國新疆種棉花，而葉國強小時候家裡開棉被工廠，兩人最愛聊的話題就是棉花與棉被，話匣子一打開往往可以抬槓兩三個鐘頭。

不過此時葉國強實在沒有興趣聊那些，他嘆了一口氣問道：「老吳，每次我喝醉酒後，都說了什麼事情？」

聽到這番問話，吳老闆隨即站著直挺挺地對葉國強鞠了躬說：「料理台前的師父，絕對不可以吐回常客吐出的苦水，這是我們這一行的行規，葉桑請見諒。」

當然，客人如果一旦驚覺自己的醜事與祕密在無意中被居酒屋老闆知道，這客人肯定以後不願再踏進店內一步。就好像金融業對於虧損連連的客戶，通常都會貼心地更換業務員，如果公司不適時更換服務的業務員，該客戶可能會因爲虧損感到沒面子而選擇與別的公司往來。這道理葉國強也知道，所以他這樣問吳老闆，確實有點強人所難。

「老吳，你也摸熟了小日本那一套啊……」

「入境隨俗入境隨俗！反正我這個人記性挺差的，當年我在中國內地念書時，只要是背誦的科目，就沒有一科合格，我老爸看我不成材，才叫我下田跟他一起種棉花。」吳老闆苦笑回答。

「別誤會，我只是想請教你，換成你面對我這樣的難關，你會怎麼做？」葉國強乾脆不去掀開彼此的尷尬。

吳老闆把背包內的貓飼料一股腦地全倒了出來，一群長毛短尾野貓見狀，知道已經沒有飼料後搖著尾巴，一副瞧不起人的模樣大搖大擺離去。

「這群野貓精明得很，一副有奶就是娘的屌樣，吃乾抹淨之後還擺出驕傲的樣子，有趣吧！反觀我這種笨蛋，每天傻傻地拿著飼料來公園養這群野貓。」

老吳彎著腰在地上撿著撒落一地的飼料屑，嘴裡繼續嘟囔：「上次我沒掃乾淨，還被公園的巡察員開罰單呢！對了你剛剛問了什麼啊？」

「沒什麼啦！」葉國強聽得出老吳顧左右而言他，心想別再爲難他了。

只見老吳深深吸了一口冷冽的空氣後嚴肅地回答：「算了！反正我們都不是日本人，如果我是你，依靠婆娘就依靠婆娘，已經被打趴在地上還管他什麼男人面子，他日若翻身了、發達了，再學那些驕傲的野貓擺擺姿態，誰敢笑你！」

「拚著可能會失去你這位常客的風險，我必須給你一個忠告：如果不知道自己該怎麼做、該做什麼，可以去想想你的爹、你的爺，他們碰到相同難關時會怎麼做？」老吳說完後立刻拉好褲管、綁好頭巾、繫緊鞋帶，朝荒川的上游繼續他的例行慢跑。

3

神樂坂。流動棉神

上午十點的住宅區電車，通勤的乘客還沒有疏散。葉國強始終無法適應早上上班時間的電車，除了要等上兩三班列車才能擠上車以外，勉強擠上也得忍受彷彿人肉倉庫般的車廂，別說擠到無法動彈，最要命的是有時候連手腳都擠得不成人形。勉強擠上車的葉國強，背後仍有不斷湧進來的人潮，乘客在狹小的車廂內推擠，他的左手被夾在前面幾個人的肩膀之間無法動彈。

列車剛起步似乎加油過猛，整個車廂的人被迫全部往同一個方向晃動，葉國強的手掌不小心碰到一位熟女的酥胸，完全無法動彈的手掌怎麼用力都抽離不開，手臂好像陷入卡死的人肉機器中，除非狠下心冒著肩膀脫臼的風險，否則連移動個一公分都很困難。葉國強嘗試了幾次只好放棄，等待下一個停靠站，人群開始鬆動或列車下一次緊急煞車時，才能把手臂收回來。葉國強對著那位熟女露出抱歉的表情，她也回報個無可奈何的眼神，爲了避免尷尬，葉國強只好閉上雙眼假裝疲憊的補眠模樣。

柔軟的酥胸、被迫伸出祿山之爪的意外快感，胯下的海綿體不由自主地膨脹起來，他想起了波多野結衣……直到列車因急速轉彎造成所有人再度位移後才結束這一切遐想。葉國強迅速抽回被夾到無法動彈的手之後，才驚覺自己剛剛一瞬間所萌生的齷齪思想，竟然不知不覺成爲自己最鄙視的那種電車痴漢。

站在男人的立場也不能怪葉國強，雖然他和古漂亮有已婚夫妻之名，卻沒有情侶之實，他已經記不得上次和她發生關係的日期了，古漂亮對這檔事始終不熱中，連帶葉國強也產生不了性趣。大部分男人很難用自然的態度面對富可敵國的女老闆吧？葉國強這樣安慰自己。

列車過了上野車站，人潮幾乎全數下車，空空蕩蕩的列車很難想像幾分鐘前人肉沙丁魚的景象。從熟女酥胸回過神的葉國強，想起吳老闆在公園對他說的話：「想想你的爹、你的爺，他們碰到相同難關時會怎麼做？」

轉了一次車來到飯田橋車站，走出車站沿著神樂坂商圈的上坡路走去，沿途從熱鬧的商店街、經過一座座靜謐的神社、穿過一處樹木茂密的公園，來到一棟坐落於市中心，鬧中取靜的豪邸。

花崗岩疊砌起來的豪邸外牆，花崗岩堅硬的質地意味著讓人透不過氣來的氛圍。外牆上種植著密密麻麻的花草，擺出不想讓外人窺探的高傲姿態。周圍巷弄十分安靜，白天時行人鮮少路過，更別說車子。氣派的大門前有兩棵形狀古樸、經過刻意修剪的松樹，進門之後有條碎石小徑，兩旁庭園的樹木花草整理得很優美，有松樹、杜鵑、櫻樹、梅樹和紫陽花。幾個大小不一的老舊石燈籠擺在庭園角落，庭園中間有座小小的池子，每次經過庭園，葉國強總得小心翼翼，免得破壞這片由金錢與貴氣堆疊出的靜謐，猶豫再三才推開玄關的門，走進裡面那片不屬於他的陌生世界，而幾個月後的自己卻即將搬進來，成爲這裡的男主人。

走進這棟占地兩千坪的豪邸，葉國強總是得先深深地吸口氣，他總是覺得與這屋子的氣場不太合。

到了四十多歲，越來越相信氣場這種說法，回想起十幾年前還只是個銀行交易科的小科長時，公司找一大堆神鬼說和風水說的理由，想要阻止他把交易室的交易桌改建成「八卦形八角桌」，他們說八卦交易桌很邪門，八字不夠重的主管無法鎭住那股邪氣。他不信邪，後來會計部門來了個年輕小妹，自稱有陰陽眼，在那幾年間，她堅稱看見八卦桌上面有個穿著古代官服的好兄弟天天盯著葉國強與交易桌，後來那個官大人竟然隨著葉國強跳槽到國華金控。沒有好兄弟關照的老東家，接掌葉國強交易室主管位置的幾任主管，不是虧損連連，便是身體出狀況，否則就是惹上爛桃花導致婚姻觸礁。

「只有八字夠重的人才鎮得住八卦桌。」那位小妹妹的話在葉國強的腦海好幾年都揮之不去。

「什麼事情找我找得那麼急？」

葉國強小心翼翼地從行李袋內取出幾盒巧克力仔細檢查，所幸沒有在擁擠電車中被人群擠扁。

「妳最愛吃的義大利 Caffarel 巧克力，我特別挑了覆盆子口味。」

古漂亮瞧都沒瞧一眼，就把巧克力往旁邊茶几上擱著。

「你換了眼鏡和領帶啊？看起來很有深度。」古漂亮倒是很注意葉國強這類的細節。

「自從我脫離青春期以後，就沒有深度可言。」葉國強故意講點俏皮話，因爲古漂亮看起來似乎心情很不好，連收到最愛的 Caffarel 巧克力都顯得意興闌珊。

她無精打采地坐在和式的栗木地板上，一身淺藍色和服，下擺略微叉開，使她的腰身顯得豐滿，葉國強注意到半個月不見的她似乎有些發胖，莫非是爲了發胖而發愁？再往近看一點，那張淡妝的白皙面龐上，已經出現了歲月的皺紋，不知爲什麼，在她那端莊精緻的臉龐上，帶著淡淡的哀愁，緊緊抿合著的嘴角處，浮現出一種無奈又似擔憂的表情。

古漂亮來到日本，拋掉自己無法承擔的金控董事長工作擔子後，生活過得很滋潤，成天跟著昔日哥倫比亞大學念書的那幫貴婦同學逛街、泡溫泉，或是熱中於一些所謂名媛貴婦的慈善活動。美其名是從事慈善，但其實是用大量金錢去消磨她們多到不知如何打發的時間，哥倫比亞大學本來就是提供亞洲一些政商巨賈二代、大企業千金、大商社第三代接班人、國會議員妻子等名流念的學校。

「當妳越努力成爲男人喜歡的女人，妳能吸引到的往往不是眞心喜歡妳的男人。」古漂亮有感而發地說，但彷彿是對著空氣講而非對葉國強說。

「妳看起來沒有什麼精神，是不是睡太少了？」葉國強揣測她大概又是想買的東西沒買到，公主病發作了吧。三十五歲的女人還發什麼公主病！但不可諱言地，古漂亮還眞的是具有罹患公主病的雄厚本錢。

「我打算換掉西式的白紗結婚禮服，改成日式傳統白無垢婚袍，你認爲好不好？」她總算把眼神聚焦到葉國強身上。

葉國強笑了笑，這應該只是所謂的婚前症候群吧，他回想起十幾年前和前妻結婚前夕，前妻也有相同的歇斯底里反應。

「無所謂啦！妳是新娘，想穿什麼就穿什麼。」

「還有，我們預定的關島教堂婚禮可不可以改到輕井澤？」

「很好啊！輕井澤不就是我們正式認識的地方嗎？」但葉國強一講到輕井澤便知道講錯話，當時在輕井澤介紹他們倆認識的人正是明悉子，這個被古漂亮視爲情敵，且是兩人之間最大禁忌的女人。

古漂亮沉默了一會兒，葉國強誤以爲踩到明悉子這個地雷話題，乾脆也閉上嘴，默默地等古漂亮藉機對他發飆。

「在解釋這一切之前，」她說：「我要你知道一件事。」葉國強等著她繼續說。

「我愛你，你是我唯一眞正愛過的男人。雖然以前我曾經有段婚姻，但你知道的，那不過都是家族爲了利益所安排的，事後我父親知道他錯了，也允許我脫離那種政治式的聯姻。」

她看起來眞的有點疲憊，精確來說是糟透了，不像平常時的她，更非只是公主病發作而已。

「無論發生什麼事情，就算你有段時間和明悉子在一起，我始終不離不棄地等在你的身邊。雖然我知道，是因爲明悉子棄你不顧，我才有機會再度受你眷戀青睞，雖然我知道，你是走投無路才來投靠我，雖然我知道……」古漂亮哽咽了起來。

葉國強伸手輕輕地摀住她的嘴：「別再說了！既然我們都快要結婚了，何必講這些夫妻間不該有的客氣話呢？」

古漂亮抓住葉國強的手打斷他的話：「讓我繼續說下去，我現在只有一個請求，希望你抱著我，緊緊地抱著我，幾分鐘就好，因爲我怕你聽完我要說的話後，就再也不願意這樣抱我了。」

「什麼事情啊？有那麼嚴重嗎？笑一笑！」葉國強張開雙臂把她抱在懷裡，聽到如此嚴重的口氣後，心裡頭頓時武裝了起來。

古漂亮被葉國強擁在懷裡回憶：「我從小就被教導不要露出喜怒哀樂來面對世界，國小到高中所讀的天主教學校的修女，告誡我笑容是妓女、壞女人的裝扮。我生性不喜歡掏心掏肺地和人聊天，因此，學生時代和班上女同學始終格格不入。每次我忍不住想要開懷大笑之前，我都會用托著腮幫子的手掌把臉頰跟嘴巴擠壓到幾乎歪斜，再用力鎖緊眉頭，努力維持面無表情，無論如何都不能讓自己笑得太大聲。到美國念書後獨自一個人生活，更是不敢放鬆，以免換來周遭異樣的眼光。久而久之，我變得很難有笑容，反正我的人生從來不必笑臉迎人，直到認識你之後。」

「別逼我笑！我眞的笑不出來！」古漂亮開始哽咽了起來。

「我之所以想換比較寬鬆的結婚禮服，想換比較近的婚禮場所，是因爲我今天早上去醫院看了檢查報告，我有了九個多星期的身孕了。」古漂亮抬起頭來想要看葉國強的表情。

聽到九個星期的身孕，葉國強的腦袋彷彿被大鐵鎚猛力一擊，腦海中浮現當年交易室八卦桌上傳說的孤魂，然而，當他想到想像中穿官服的身影時，似乎在內心深處傳來一股微弱的聲音，告訴自己絕對不能慌張或動氣，幾秒過後立刻又想起居酒屋老闆告訴他的：「想想你的爹、你的爺，他們碰到相同難關時會怎麼做？」

葉國強把古漂亮抱得更緊，不想讓她看見自己眼神中任何垂頭喪氣的情緒。

「阿強，對不起，你知道幾個月前我……」

不讓她有繼續說下去的機會，葉國強吻了她，一秒一秒地讓時間慢慢流過，直到確定古漂亮不太可能再開口說話後才放開她。

葉國強露出一個也許是這輩子最不自然的笑容，他知道這笑容的演技實在蹩腳，但也顧不了那麼多地放聲大笑：「什麼時代啦，還在擔心別人知道自己是帶著球跑的大肚新娘啊？妳想太多了，沒想到我到了中年還能再當爸爸，你沒當過父母，我可是當過的，接下來我們會有迎接新生命的喜悅，會手忙腳亂，雖然我們請得起一大堆保母，但很多事情還是得媽媽自己來，看他學步學說話、慢慢長大。

別笑我古板，你知道我和前妻有個女兒，這次我希望能有個兒子，妳有三種國籍，我有兩種，但一定得取個中文名字，叫葉麒銘如何？醜話講在前面，雖然你們古家家大業大，但我的兒子就是得姓葉，沒得商量。」葉國強滔滔不絕地講起爸爸經。

幾年前葉國強還是金控總經理的時候，從美國那邊的內線消息得知美國幾家投資銀行即將發生嚴重虧損甚至倒閉，也就是史上有名的金融海嘯。葉國強在一個星期前事先得知消息，當時金控持有那間即將倒閉的銀行的公司債高達七百億，在第一時間，他無法判斷這消息的準確度，但市場已經飄起山雨欲來的詭異氣氛，沒有太多時間開會去搞什麼集思廣益，他毫不猶豫立刻下令，趁金融市場還有一些買盤時，不計代價地認賠賣光幾百億的投資部位。

當時底下的投資長，就是跟他一起來東京的史坦利還提醒他，太衝動砍光部位可能會有四、五十億的虧損，只是葉國強憑著交易員最敏銳也最難得的特質：直覺，順利在金融海嘯爆發前一天出清所有的部位，結算起來雖然虧了幾十億，但只要再遲疑個幾分鐘或幾個小時，整個金控七百億的海外投資恐怕都血本無歸。

事後卻沒想到，葉國強的宿敵竟然就是用這筆交易來檢舉他涉嫌內線交易，還因此坐了幾個月的牢。

這種一瞬間必須決斷的交易，葉國強一輩子遇到很多次，二十年交易投資的生涯也磨練出敢賭敢拚的個性與風格。

葉國強一聽到古漂亮有了身孕後便了然於胸，古漂亮提出來的是一筆「很難接的交易」，這筆交易只有一個買家，也只有一個賣家，古漂亮除了找葉國強來認肚子裡的小孩之外，也沒有其他選擇，而葉國強更是連討價還價的機會都沒有，要嘛接受，要嘛不接受。牽扯到感情，從來沒有投降輸一半的停損機制，贏者全拿，輸者滅頂。

葉國強尊敬她，也一度深愛著她，在他眼中，古漂亮完美無瑕，是外人眼中最夢寐以求的女人，富可敵國、外表明豔動人，妝扮舉止顯露出尋常人家女孩所沒有的精緻氣質、學歷高、完全信任自己的男人。

讓葉國強毫不猶豫地接受這個把人生都賭進去的交易關鍵是，所有王牌都不在自己手上，更糟的是，自己手上連翻身的籌碼都沒有。

「下個禮拜要試你的禮服，你會來嗎？或者，如果你不想和我結婚的話……」古漂亮聽了葉國強宛如交心的告白後，如釋重負地問著。

「試禮服、婚禮預演、婚禮，我統統都會到，妳別胡思亂想。」葉國強心想最該胡思亂想的應該是自己吧。

兩人彼此視線游移，沒有人願意直接碰觸對方的眼神。

一個想要掩飾躲在憤怒神情後的懦弱，一個想要遮掩藏在蠻橫模樣深處的愧疚。

呆坐在和室中的他們沉默不語。

沒多久，葉國強看見那位飄浮在當年交易桌上的好兄弟，他一看就知道是神鬼靈魂之類的好兄弟，因爲穿著古代官服的「那人」沒有腳。

「你沒有腳？」葉國強忍不住還是問了。

「已經知道的事情就不需要再發問！這是你當年在交易室對底下那些菜鳥交易員發飆時的口頭禪。」

「你對我的交易還眞有興趣，連我飄洋過海來日本，你都要跟來。」葉國強根本不怕祂，話說回來，運氣走到谷底，失去一切的人還有什麼好害怕的。

「知道就好，我是你的守護神，沒什麼好怕的。」穿著古代官服的那人讀出葉國強心中的念頭。

「那你來到日本，不就成為東洋鬼子了？」這大概是生平第一次開鬼的玩笑。

「也對，你要叫我東洋鬼子也成，只是我該不該也換個服裝呢？清朝官服似乎不太適合日本。」那個鬼脫下烏紗帽，葉國強仔細端詳，只看到那鬼的鼻樑下有顆很大的痣。

「別鬧了！十年不見，為什麼這個時候又出現在我的旁邊？」

「我是奉命來規勸你。」

「奉命？祢的老闆嗎？」想到神鬼世界也有老闆部屬之分，葉國強感到有趣起來。

「我沒有老闆，嚴格來說，我也算是你的親戚。你知道，我們世界的戶政官僚體系比起你們，更是亂七八糟，我建議好多次，可以仿照日本的戶政系統，可是上面那些大神明們，一聽到日本鬼子的方法就抓狂。」模樣像極了銀行底層那些成天抱怨的小行員。

「好啦！祢想告訴我什麼？」葉國強趕緊打斷洋鬼子的抱怨話題。

不知道什麼時候變裝的，本來一身滿清官服換成日本古代武士裝扮，似乎對自己的樣子頗為得意的東洋鬼子，回過神來換了話題。

「聽好，小強……嗯，我知道小強是你們現代台灣話蟑螂的代名詞。」葉國強面對這位變裝日本武士的鬼魂感到啼笑皆非。

「聽好，小強！你永遠沒辦法忘記別人犯過的錯，總是惦記著過去的事情。你太在乎別人對你忠誠坦白與否，其實許多人根本不知道他們傷害了你，別人的生活沒有辦法像你一樣井然有序，你也不能要求別人明確規範可以做這個、不可以做那個，你的生命充滿了太多原則，這些原則逼得旁邊的人不得不反過來傷害你。」那鬼長篇大論地講了起來，但那彆扭的說話模樣，彷彿是事先被要求照著稿子唸出來。

「懂嗎？」

「我想我可以體會一二。」

「聽好，小強！記得凡事只向前看。好了，我是做棉被生意的，在我們那邊，我的模樣就是背著一身棉被，你大概不知道，人到了我們那邊，生前幹甚麼行業，他的一身行頭就會掛在身上。」這段雜亂不堪的對話，葉國強聽了一頭霧水。

「你看，這是我給你的信物。」那鬼從口袋裡掏出一塊棉被布料和一小團棉花。

葉國強突然浮出許多問題，想要問飄浮在半空中的鬼，但他抬頭一看，只有和式的米黃色天花板和隱藏式壁燈，窗外已是一片漆黑，顯然他已經躺在和室榻榻米上睡了好一會兒，看了看錶，少說也睡了兩個鐘頭。

房間內的暖氣已被打開，溫度被設定得太高，葉國強流了一身汗，冬天在暖氣房內流汗，坦白說十分不舒服。他起身看了房間四周，瞧瞧有沒有那鬼魂的身影，證明自己不過是做了場逼眞程度破表的魍魎鬼怪惡夢。

豪宅中已不見古漂亮的身影，手機傳來了古漂亮的簡訊，大意是她要去參加富二代同學的生日會還是品酒會之類的活動，順便再度提醒葉國強訂做結婚禮服的時間云云。反正她也只是爲了維持所謂的面子吧。

他向保全人員點了點頭走出豪邸大門，戶外一股又濕又冷的刺骨寒氣逼得自己蜷起身子，站在牆角邊想從大衣口袋內掏出圍巾，但口袋內除了圍巾以外還有一小團東西，葉國強好奇地取出來一看，居然是一塊年分起碼超過五十年的泛黃棉被布料和一小團受潮硬化的棉花。

他勉強扶著牆邊一股腦地嘔吐出來，吐出了昨晚居酒屋喝下的幾公升清酒、吐出了剛才在車站吃的拉麵、吐出了他精心挑選的覆盆子巧克力，除了羞辱感以外，能吐的都吐了。

葉國強心神不寧地胡亂找了個人多熱鬧的地方，想要藉著五光十色的喧嘩來麻痺自己的六神無主，不知不覺踱步到上野御徒町。離聖誕節還有一個多月，路邊商店裝飾聖誕樹的小彩燈閃閃發光，即便如此，天色並沒有因而變得燦爛耀眼。晚上時分，日落已經一、兩個鐘頭，天空布滿暴風雨來臨前的烏雲，可能很快就要下雪了，可是下雪到底有什麼好玩？他一點也不明白以前爲何喜歡雪景，現在的他只知道天氣會又冷又濕，而且令人更沮喪。本質上，他永遠是個南台灣人，渴望陽光就像癮君子渴望香菸。

上野御徒町到了晚上會有許多在街上攬客的「色情業務員」，不熟東京的觀光客多半會以爲新宿那邊才是色情區，其實上野御徒町才是東京色情的大本營。只是在此出沒的「色情業務員」不會招攬路過的外國觀光客，走在這裡，旁邊出現穿著正式西裝外套染著一頭金髮、講話輕聲細語、模樣鬼祟低調的業務員對人推銷色情業務，只要故意操起中文或英文，那些業務員就會一臉歉然地默默離去。

葉國強今天很不一樣，內心深處有股發洩不出的情緒，有那麼一種「就算染上愛滋病死掉也無妨」的豁出去自我毀滅心情。他對一位攬客的年輕業務員搭了腔，講好了價錢，跟著他鑽進旁邊居酒屋林立的小巷，七彎八拐地來到一處連路燈都沒有的暗巷，走進看起來十分詭異的地下室。

「原來是眞人實境表演秀！」難怪開出來的價錢如此低廉。

觀衆不多，沒人對走進來的葉國強多瞧上一眼，空氣中瀰漫著一股黏稠、懶散和墮落的氣息。燈光微弱，葉國強選了個後面角落的位置坐下來，台上有三位女表演者，看他們的肢體語言，內行的觀衆便知道接下來很快就會脫光衣服表演女女3P性交的實境秀。

帶他進場的服務生上台強作熱情地炒熱氣氛，目的只是要觀衆多塞一些小費到女優的內褲裡頭，這種脫衣表演，幾十年都不變。葉國強想起年少時在高雄看過的十八招，光顧的男人其實很一致，不是無聊的老人就是滿身疲憊、襯衫皺巴巴的中年上班族，狂飲著啤酒，面目猙獰地盯著舞台上的女孩，也許不該再稱爲女孩，會淪落在這裡表演低級性交，通常她們已經一路從銀座的高級女侍、援交的女孩、站壁的熟女、泡泡浴女郎墮落到這裡討生活。

可怕的餐點油煙飄滿每一座位、舞台走道和吧檯，香菸味、來路不明低劣廉價油的油炸味，幾個坐在前座的胖子狼吞虎嚥地啃著店家提供的炸雞腿，台上的女郎故意把表演流程放慢，似乎只爲了等待這幾個腦滿腸肥的客人。

沒多久燈光變得更昏暗，台上的女郎開始賣力地表演起來，有兩個看起來應該像是媽媽桑的中年歐巴桑穿梭在台下的座位，湊著觀眾的耳邊細聲說話，明示可以在表演後挑台上的任何一個或者任何兩個、三個，到樓上的房間續攤。

葉國強雖然不曾來過這地方，但精明的他知道，舞台的女郎會一批換過一批，他可以好整以暇慢慢地挑選，反正自己時間多得很，多到不知該如何打發。

這時候從後面傳來一個似乎重聽的客人與媽媽桑的大聲對話，這聲音越聽越耳熟，他禁不起好奇心轉頭看去，忍不住驚呼了一聲，那人看到他也驚呼了一聲。

「原來是棉棉花居酒屋的吳老闆！」

既然兩人都已經照過面，也無需遮掩，老吳躡手躡腳地換了座位，坐在葉國強的旁邊。

「強老大！你常來這裡啊？」老吳一副尷尬的模樣。

本來想據實回答自己是第一次來這裡，但又何必多做解釋呢！以前他在雄中旁邊的旅館內看十八招表演，學校就在附近，沒有碰到熟人，倒是在東京這座認識自己不超過十個人的超級大都市，偏偏在尷尬的地方碰到熟人。

「俗語說單嫖雙賭，這玩意最好是偷偷摸摸一個人來，竟也碰到熟客。」老吳笑著說。

「是啊。」原本滿腦子猥褻心情頓時消逝了大半的葉國強，含糊不清地回話。

「你是白領、搞金融的，用他們日本的形容詞就是人生勝利組，想玩女人幹嘛來這種便宜低俗的地方，應該到銀座去才對。我是沒錢，要是哪一天發達了，我絕對要去銀座開開眼界。」

碰到熟人興致也少了大半，葉國強不太想在這個烏煙瘴氣的鬼地方繼續待下去。「老吳，有空嗎？我請你喝酒！」這一年來老吳一直扮演著他的傾訴對象，葉國強知道今天如果沒有找個人把一股悶氣統統吐出來的話，能不能有活到明天的勇氣，自己都沒有把握。

兩人一起離開，一旁的媽媽桑和攬客業務看到原本應該到手的仲介生意飛走了，氣得在一旁用日文大罵：「小氣的支那人！」

「我知道上野車站阿美橫丁裡頭有家專賣串雞燒烤的居酒屋，我請你去。」

「觀光區的店哪會有什麼好吃的。」

「別小看那家店，只要台灣朋友來找我，都指定要去那裡吃呢！」

「你們台灣人跟日本人很像，似乎非得到有名的店吃不可，上野會有好東西吃，打死我都不相信。」

身為居酒屋老闆的老吳一副同行相忌的口吻。

「你說得沒錯。但別小看那家店，那可是台灣一位有名的美食作家介紹的B級美食名店，他還把它稱之為神店啊！」葉國強幾年前也買過那位作家寫的書。

「你們台灣人還眞好騙，作家信口開河鬼扯一通也相信，哪天請他來寫我的店，讓他見識什麼才是神店，我的店可是東京唯一正宗新疆回回料理。」

葉國強笑了笑回答：「你說的也沒錯啦。」

「算了，反正這裡距離咱們北千住也不過三、四站，就回我的店去喝酒啦！」老吳一副不相信勞什子台灣作家介紹的B級美食神店。

「你今天不是公休嗎？」

「公休也得吃飯喝酒，既然你要請我喝酒，何必給那些小日本賺呢？你剛剛沒聽到他們罵我們小氣支那人嗎？」聽到支那兩字，老吳似乎有氣。「其實我才不是他們嘴中的支那人，我可是道道地地的新疆回回，等一下喝酒時再告訴你我的故事。」

「你還眞會精打細算。」

「在自己的店喝酒比較輕鬆，萬一你喝醉了，我還可以找你的同事史坦利來把你背回家去。」不在工作狀態的老吳完全沒有警覺心，居然把史坦利交代不能說的祕密不小心講了出來。

「對不起……我答應他別對你說。」

「原來一直坐在我旁邊的店裡常客就是史坦利……」

葉國強陷入一陣沉默，地鐵日比谷線過了上野站後人潮越來越稀少，自知講錯話的老吳不敢打破車廂內的沉默。

回到店內，老吳開了一瓶從新疆進口的羊奶酒，在廚房弄了幾道簡單的烤雞串後端在餐桌上，倒了一杯給葉國強也順便替自己倒了一杯。

「也許我不該再喝得爛醉。」葉國強並沒有動那酒杯，抓了抓頭髮繼續說下去：「今天晚上把腦中的垃圾一口氣清出來。」

以往都是站在料理台前聽客人講話的老吳，今晚換成一起喝酒的身分，邊聽葉國強講話邊喝酒。

「講完了嗎？」聽了半個多小時的老吳開口了。

葉國強從大衣口袋掏出一根香菸，神情有點恍然地點燃，只聞到一股燒焦的塑膠臭味，吸了一口整個肺宛如爆炸般地咳嗽起來，一看才知道點燃的竟然是口袋中的原子筆。

「幹！老葉！你還沒喝酒就醉啦？」老吳把燒起來的原子筆拿到流理台打開水龍頭把它澆熄。

「我聽你講了半天，你好像不怎麼想知道你的未婚妻到底和誰姘上的，對不起！我是個粗人，沒讀過幾年書，講話比較不文雅，我是說你好像一點都沒有吃醋抓狂的感覺呢。」老吳打開空調讓滿屋子的塑膠味散去。

「是啊，我應該要抓狂才對，但就是沒有。」聽老吳這個旁觀者一講，葉國強心中好像碰觸到什麼東西，那東西很難具體地自我分析。

「換成我的老婆偷漢子，就算要原諒，至少也得去揍那漢子一頓，然後逼我老婆打掉肚子裡的孽種。」老吳倒是相當同仇敵愾。

「我不能這樣做。到了我這個年紀，要不就趕快認清事實，要不就繼續醉生夢死，我已經失去了一切，而她恰好可以給我這些……你知道，我在台灣有些案底回不去，苟延殘喘待在日本，不能不低頭啊！」葉國強舉起酒杯打算一飲而盡，但心中那團已經被撩撥卻很難具體形容的情緒，讓他打消了喝酒念頭。

「我看你不太想再喝酒，這表示你還有救，店裡的客人看多了，有幾個酒鬼常客也是這樣，有一天突然不想再喝酒，之後就慢慢地人模人樣振作了起來。」老吳卻是一杯喝過一杯。

「老葉！你想聽我的故事嗎？聽了以後就會發現，其實你過得還挺幸福的。」

「好啊，今晚換我聽你講故事了。」

三十多年前，老吳還是個二十歲的農村小毛頭，不喜歡念書的他在家裡的棉田幫忙。他家在新疆一個不知名的小綠洲，世世代代以種棉花維生，雖然稱不上是個大戶人家，但祖上幾十畝棉花田的收成也夠維持一家子生計。

二十歲那年從中亞討了房媳婦，兩年內接連生了兩個胖娃娃，原本打算過著和好幾代種棉花祖先一樣的平靜生活，但萬萬沒料到，中國的政策突然改變，從中央到地方要實施所謂的「國企改革」。家鄉附近有支解放軍和一間製作棉被的國企，老吳種的棉花主要是供給那個工廠，但為了配合所謂的中央政策，解放軍竟搖身一變成為國企，強制徵收老吳家裡的棉田，老吳的父親和一些族伯輩不從，不願被迫用幾乎接近奉送的低廉價格賣給解放軍，沒想到解放軍的領導居然給老吳家族安上反革命的罪嫌，把老吳的父母槍斃了，整個家族十之八九不是被槍斃就是送到黑龍江勞改，老吳夫妻倆被押到幾千公里外的黑龍江，還在襁褓中的小女兒不幸病死在途中，押解他們的解放軍為了省下旅費中飽私囊，打算在途中把他們「黑掉」。

「我的娘們被迫和那幾個禽獸睡覺，睡到一半聽到他們的計畫，把我叫醒，夫妻倆帶著小孩連夜朝反方向的蒙古逃亡，幾年下來輾轉逃到日本。」老吳握著酒杯許久無法再喝上一滴，雙手顫抖著。

葉國強掏出最後一根香菸幫老吳點上。

「雖然那已經是二十年前的事情，但我還是天天做惡夢。」

「我永遠都不會忘記那個下令槍斃我父母的禽獸。」

「唉，我真的不知道怎麼安慰你……」葉國強不太敢直視老吳的眼神。

「所幸，我和老婆以及僅剩的一個小孩在這裡活了過來。」老吳笑了笑，拍拍他的肩膀說：「老葉，你是好人，打從你第一天和同事走進來我就知道，我聽到你們聊的是棉花，喜歡棉花、善待棉花的人基本上不會太壞。但跟我比起來你實在是好運太多了，我講自己的故事並不是要安慰你，雖然我不很清楚你到底想要什麼，你自己好像也不太明白是嗎？」

「老吳！你答應過我永遠不會再提起那些事情的！」背後傳來老吳太太的聲音，原來住在店內樓上的她被廚房的聲音吵醒，走下樓靜靜地坐在樓梯上聽著兩人講話。

「你以後如果再提起過去的事情，我可是會帶著兒子離你遠遠的，你給我聽清楚，我不想讓兒孫們繼續背著仇恨活下去，聽清楚了沒！」老吳的老婆平常在店內講話總是輕聲細語，但此刻卻有股說不出來的堅決感。

葉國強很不好意思地站了起來向她深深鞠了個躬連忙道歉：「真的很對不起，是我要老吳說的。」抬起頭來看著眼前這位回族中年女人，她的眼神讓葉國強心中一震，那是種永難忘懷的神情，自信、果斷、剛毅、相當具體且有震撼力，那是種讓人可以追隨信賴的眼神，那是種可以喚醒懦弱不堪心情的眼神，見識過這種眼神的男人便會馬上醒過來，原來愛情的本質在於「尊敬」兩字。

「哈！我婆娘兒起來可是六親不認的！」一臉歉然的老吳告訴葉國強。

葉國強知趣地打算掏錢買單離開，手伸進褲子口袋中掏錢，一不小心，那塊在古漂亮家中不知道從哪裡冒出來的泛黃棉布和受潮硬化的棉花掉了出來，老吳彎下腰幫忙撿起來。

「你哪來這團棉花？這棉花至少有七、八十年的年分，而且是很罕見的中國南方品種棉花。」老吳看到棉花就好像看到寶貝似地如數家珍，他的店除了取名叫棉棉花以外，還擺設了從世界各地蒐集而來的各種棉花。

葉國強想起傍晚的那場怪夢，簡單扼要地說了出來。

老吳聽得很入神，打斷葉國強的講話問：「你夢到那位穿官服的鬼，他的左臉鼻梁旁是不是有顆很大的痣，顴骨是不是有點突出來？」

「你怎麼知道？」葉國強驚呼出來。

「沒錯！」老吳和他老婆對看了一眼。「你遇到棉神了！」

「棉神？」第一次聽到這個名詞的葉國強一臉疑惑。

「據說只有少數從事棉花行業的人，才有機緣碰遇到棉神。」

滿臉狐疑的葉國強總覺得老吳的話有點裝神弄鬼，但他轉過頭看看老吳的太太，她滿臉嚴肅地點了點頭，葉國強心想連她都這樣認爲，那應該不是信口開河才對。

「遇到棉神的人，代表人生開始要轉運了，那年我和婆娘小孩逃出來就曾經遇到祂……」

「我不是警告過你不要再說當年的事情了嗎？」聽到老吳又要提起痛苦的過往，他老婆立刻大聲喝止。

「總而言之，你肯定要開始轉運就對了！」老吳嚇得不敢再多說一句話。

老吳把那團棉球放在葉國強的手上。「握緊它，死都不能放！知道嗎？」

走出店門口，這是他唯一一次清醒地走出老吳的店，天空飄下入冬第一道白雪，但因氣溫還不夠低，掉在地上之前就迅速融化。葉國強手裡緊緊握著那團幾十年的棉球，公事包中傳來手機簡訊的聲響。

「老大！明天一大早一定要進來辦公室，有重要的事情得討論。」史坦利傳來短短幾句訊息。

4 普洛克拉斯提。解構

明明鬧鐘設定早上七點，昨晚也喝了點小酒的葉國強，照道理不應該在清晨五點多就睡不著。窗外的天色映入眼簾讓他輾轉難眠，起身踱步到窗邊，突如其來的大雪讓街景、樹梢和公園一片慘白，路燈映在積雪上的反光猶如白晝，窗外染了白頭的一整排白樺樹上，被一群貓頭鷹給占滿。

四季交替的任務似乎由鳥類決定，秋天是烏鴉，冬天一到立刻換成貓頭鷹，葉國強怎麼也回想不起，去年春天到底是哪一種鳥類盤踞這排白樺樹，打開電腦想要上網查詢這附近的鳥類分布，才剛連上網路就被一封網路信件吸引目光：

F—回生驚爆財報不實！日本普洛克拉斯提（Procrustes）私募基金出具震撼性投資報告指出，F—回生公司已經毫無投資價值，並下修投資目標價爲零。

F—回生日前才順利化解國際金融禿鷹的惡意收購事件，事件尚未平息，便被國際知名作空集團普洛克拉斯提相中，並出具一份篇幅多達兩百多頁的報告，直指該公司存貨與應收帳款帳載不實，潛在性負債高達三十億，並明白點出該公司已無清算價值。

F—回生集團總裁昨晚在中國江西的總部召開網路記者會，澄清該投資報告中的一切指責純屬子虛烏有，並暗指爲前一陣子惡意收購不成的同業故意惡意散播，該公司保留一切法律追訴權，並完全配合台灣金融檢查當局到公司進行實地查核。

據了解，普洛克拉斯提私募基金所從事的業務多半是國際匯兌與期貨的套利業務，去年曾經在多起企業倒閉事件前布下大量空單而聲名大噪，但其主事者行事相當低調，外界只知其註冊地在加勒比海的避稅天堂，資金來自於日本。

然而市場謠傳該私募基金與台灣第二大金控——國華金控的古家有相當程度的淵源與來往，操盤者據悉是國華金控離職的史姓高級主管，但國華金控與古家均嚴正否認，只輕描淡寫地說明離職員工與該集團毫無任何指涉牽連。

看完之後哈哈大笑的葉國強，急急忙忙地梳洗整齊披上外套出門。踩著東京街頭第一道新雪，清晨六點住宅區的巷道，行色匆匆的上班族們魚貫地往車站同一個方向走去，別看這些前一晚像鬥敗的公雞、酒醉的痴漢，過了一晚，個個都像受戰爭號角召喚的鬥士。

葉國強透過路邊商店街櫥窗玻璃看著自己，在一個地方住久了，身體的氣息就會散發出這個城市的特質，一種純粹屬於這個城市的精神能量。

細數自己待過的城市，台南、高雄、台北、曼谷、上海、東莞、大阪、東京，每一個城市都有全新的工作，只是重新起步往往意味著必須摧毀舊有的一切，人們總是會習慣舊有的生活、步調和人際關係，就好比習慣舊鞋子的舒適和甘之如飴，如果可以選擇，渾渾噩噩過日子其實也沒什麼不好。

走進辦公室，史坦利也剛到，端杯全世界都長得一模一樣的連鎖咖啡，穿著全世界金融界都一模一樣的三件式西裝，桌上擺著全世界高級白領的共同配備亞曼尼公事包。他比較適應不同城市的轉換吧，葉國強心裡這樣想。

遠遠看到交易室的八卦桌上坐著眼熟的人，彷彿和史坦利約好似地，連鎖咖啡、三件式西裝、亞曼尼公事包，但多了一台平板和一份遠遠看不清楚是哪一國發行的專業財經報紙，那人向葉國強招了招手。

眞是不懂禮貌的傢伙，葉國強納悶起來，日本這個國家的上班族，別的本事不一定有，但應對進退的禮貌可是一點都不馬虎，這傢伙竟然只是揮了揮手。他長得不太起眼，身材體型略胖，左臉鼻梁邊的人中線上有顆明顯的大痣，顴骨微凸，以至於整張臉顯得有點消瘦，和略微發福的身材不太搭配，和昨天做夢看到的那個鬼倒是有幾分相似。

「今天有新來的同事嗎？還是有客人？」不太確定那到底是不是同事的葉國強問起，心想先問清楚比較好，萬一是客戶或者是官員、檢察官之類的訪客的話，才知道該如何應對進退。

「老大，我們公司已經半年沒有找新同事了，你忘了？既然你問起訪客，今天不知道爲什麼，從早上到下午，訪客的確是絡繹不絕，第一個訪客早上十點鐘就會到。」

狐疑的葉國強張望著交易桌，發現那個人已經不見，不見了就是不見了，交易室沒有任何辦公屏風隔間，沒有任何可以躲藏一個人的空間，更沒有後門，況且葉國強和史坦利兩人就站在交易室的門口，別說人，連一隻老鼠爬過都會被他們發現。

葉國強望著八卦形的交易桌發起呆來。

「老大，你怎麼啦？要不要幫你買杯咖啡？」史坦利覺得葉國強好像有點失魂落魄。

葉國強不打算告訴他有關棉神的事情，這種事也許只是自己中邪，可惜無法回台灣，不然一定立刻衝回台北行天宮去收收驚。

「沒事啦……對了，我又要當爸爸了。」

「當爸爸？你不是有個女兒嗎？你的意思是？」史坦利不太確定眼前這位擁有複雜情史的男人，嘴巴講出又要當爸爸的眞正含意到底是什麼？

「古漂亮啦，九個多星期的身孕了。」葉國強講這幾個字的聲調和閱讀財務報表一樣冷靜。

史坦利看著葉國強好一會兒，什麼話也沒說。

「社長早！專務早！」資深的女事務員沙織打破了兩個人之間的沉默。

沙織是唯一從成立以來還待在公司的元老級員工，只不過SevenStar才成立兩年多，稱元老有點言過其實。公司剛上路時，葉國強和明悉子僱用了一批日本當地菁英大學的畢業生，但一年多前，由史坦利實際接手運作之後，把公司的員工換了一批。對外雖說是換血，其實是不得不的必要做法。

原本葉國強要求公司員工必須用英文開會，客戶結構也偏重亞洲以外的企業與個人。公司組織原本架構在明悉子擅長的企業購併或跨國金流與節稅（簡稱洗錢）業務上，然而當公司開始運作沒多久，明悉子便不告而別，業務整個停擺，又碰上葉國強官司纏身無心經營，原來的那批所謂菁英，在日本人莫名其妙的優越感下本來就很難忍受台灣老闆，且在日本社會，有犯罪紀錄的老闆更是無法讓員工和客戶信服，所以一個個另謀高就，只剩下沙織。

為了避免「前科犯罪紀錄社長」的尷尬局面，史坦利二話不說從台灣過來幫忙扛下社長一職，葉國強退居幕後擔任專務[3]，只負責開發客戶的業務。史坦利一上台立刻改變員工的招募原則，除了不再任用菁英大學畢業生，改聘短期大學[4]，且清一色聘用電腦程式工程師之類的人才。將公司的業務方向從強調神祕服務的私募基金，轉變成金融套利業務性質的服務。

「開會了！沙織！」

公司通常會開兩個晨會，如果葉國強有進辦公室的話，第一個是史坦利、葉國強和沙織三人召開所謂的決策會議，第二個則是全體員工的會議。

葉國強要求的開會時間通常訂在早上七點以前，史坦利早就習慣了，但他逢人都會說：「上班族要

3　同台灣的常務董事。
4　類似台灣的二專。

學會避免兩件事情。一個是替認識的人工作，另一個就是在離家太近的地方工作。」

史坦利租屋的地方在附近，沙織的家剛好也在北千住附近。

「既然大家都住在附近，可以的話就早一點來上班吧。」葉國強理所當然地認為。史坦利是無所謂，他是所謂的「單身赴任」，老婆和小孩都留在台灣，一個人來日本幫葉國強扛起SevenStar的業務。

而沙織則不在乎早起與否，她工作求職的最大要求是中午過後，可以允許短暫回家陪伴她養的那幾條貓寶貝。

「從昨晚下大雪到清晨，太陽還沒露臉，積雪就開始融化，街上一大堆摔倒的上班族。」習慣繃著臉的沙織每天總是先抱怨個幾句才會進入工作狀態。

沙織三十歲出頭，單身，嘴巴總是掛著根本沒有結婚的打算，因為她認為日本的年輕男生太過娘娘腔，一整個世代都屬於草食男，據她自己宣稱，固定的男性親密友人隨時都有三到四個優先人選，只是從來沒人見過。

她工作的態度十分嚴謹，不會受到情緒的影響，無理客戶的謾罵、底下員工的頂撞、老闆史坦利偶爾火爆的脾氣、葉國強的急性子，都不會影響她。

她的情緒只受生理期、巧克力與寵物貓支配，生理期一個月不過三五天，沙織生理期時和平常的反差，明顯到連河馬犀牛等非靈長類生物都感受得出來。至於巧克力更好解決，體貼的葉國強出差時會順便選購全世界幾家知名品牌的巧克力，於是，公司每個角落無時不刻都擺放著成堆的巧克力。

至於她家裡養的那幾條寵物貓，不提也罷，也千萬別在她面前提到任何有關貓的話題，否則只要有關貓的話匣子一打開，就算華爾街發生俄羅斯盧布崩盤、美國公債彈升一百個基本點、客戶保證金不足瀕臨斷頭跳樓輕生，對她而言都比不上家裡寵物貓的「社交心理障礙」來得嚴重。

「今天早上十點，羽二重副社長要來與我們正式簽訂長期棉花期貨操作的契約，隨同的人員除了該公司的副社長、投資部部長與科長之外，還有他們的法律顧問。我方的人員有……」沙織呈上列席人員名單、合約草案、對方的開戶資料，以及資金存款證明等攤開。

「等等！羽二重是那間赫赫有名的大財團羽二重商社？」葉國強好奇地問著，通常他不太過問公司的代操業務，只是這個契約的委託金額實在太啓人疑竇了。

「報告專務，是的，羽二重在過去半年曾經和我們簽過兩個短期代操契約，這兩筆契約往來的金額合計五千萬日圓。」沙織面無表情地看著辦公桌上的平板電腦。

「我問的不是這個，史坦利！到底這是怎麼回事，他們怎麼會一口氣給我們五億美金的操作委託，折合日圓六百多億，我們公司何德何能耐接到這種超級大單？」

的確，以一般期貨交易公司而言，除非是像高盛、美林或野村的期貨部門，否則別說五億美元的代操委託，連五億日圓都很難接得到，通常期貨代操的金融業可以獲得委託金額的百分之一到三的佣金報酬，此外如果有獲利的話，還可以抽取獲利的百分之五到七的獎金。簡單計算，五億美金的代操委託起碼可以帶給公司七、八百萬美金的收入，運氣好的話，說不定還可以海撈個一、兩千萬美金。

早就脫離做夢年代的葉國強，腦子想的當然不會只是簡單的計算機按鍵。這世界絕對沒有從天上掉下來的好事，從天上掉下來的只有飛機與鳥糞（不管是烏鴉還是貓頭鷹的大便）。

「我不明白，爲何對方要把這麼大的金額委託我們？」葉國強仔細閱讀對方擬好的契約草案。

「這一定有什麼陷阱！」

負責這筆交易的沙織睜大了眼反嗆回去：「專務，你想太多了。」

「我看過的金融界怪事比妳多太多了，凡是陷阱構成的要素有三：一是要有個誘餌、二是必須只能前進不能後退、三是路越走越窄直到動彈不得爲止。五億美金太不可思議了！」葉國強死命盯著草約內的所有細節，彷彿裡頭藏著什麼魔鬼似的。

「我也贊同沙織的看法。」史坦利開了口，這是他頭一遭和葉國強唱反調。

「願聞其詳。」葉國強用中文回話，雙手抱胸一副洗耳恭聽的樣子。

「抗議！請你們在會議中不要用我聽不懂的中文，這間公司我也有一份。」沙織其實也在一年前入了SevenStar的股。

史坦利嚴肅地點了點頭說：「首先，對方沒有要求我們提供融資，他們的操作資金完全用現金。而且就算他們要求我們提供融資，我們也提供不起。」

「此外，他們並沒有要求我們使用他們提供的套利軟體，一切套利操作都使用東京棉花與期貨交易所官方認可的電腦程式。」

沙織搶著接話：「第三，他們的資金已經匯入我們往來的銀行，我和公司的法律顧問也都確認過了。」

看著他們兩人默契無間地一搭一唱，葉國強倒懷疑起他們兩人是否有什麼自己不知道的親密關係。

「最後，更重要的是，對方全權同意所有的交易都透過東京的官方交易所，也就是說他們並非想要我們幫他們透過國外的交易所去從事一切價位不對等的交易。」史坦利特別強調這點。

「換句話說，羽二重商社並不是要透過我們幫他們洗錢？」越是單純葉國強越感到懷疑，他相信這世界或許有大好人大善人，但絕非在金融圈內，金融交易圈三大守則：絕不理會官方規定、絕不以現金付款、絕不說實話。對方不遵守前兩點守則，那肯定會遵守第三點。

「好！你們講的我都相信，畢竟白紙黑字的協議裡，我們沒有什麼好挑剔的，但是……」葉國強唸著草約第十五頁：「我相信你們也看過他們兩點最奇怪的要求，一是要求簽定官方版本以外的保密條款，二是兩年內我們不能接受他們公司以外客戶的任何棉花期貨買賣、交易與代操的委託。」唸完後他摘下眼鏡看著兩人：「我們來討論這兩點。」

「在大客戶面前，有時候我們別無選擇啊！」沙織搶著回答。

「反正我們公司現在的棉花期貨業務也只有羽三重一個客戶，況且，棉花期貨不也是專務您還在擔任社長期間就開辦了嗎？我來公司上班第一天，你不是興致勃勃地去向交易所申請擔任棉花期貨交易商嗎？兩年下來業務總算要開花結果了，你卻一副疑神疑鬼的樣子。」臉上已經完全沒有笑容的沙織，咄咄逼人地對著葉國強嗆了回去。

葉國強無法反駁沙織，其實開辦棉花期貨業務，是當初明悉子一手主導的，兩年多前他也搞不懂爲何明悉子要花大錢去買東京棉花交易所的交易商席位，只是好不容易透過種種關係，執照總算核准下來後，明悉子就消失得無影無蹤，龐大的開辦費用就這樣被閒置。

想起明悉子的往事又神遊起來的葉國強被史坦利的動作拉回現實。

史坦利掏出公司的財務報表放在會議桌上頭，一疊厚厚如電話簿的報表發出砰的巨大聲響。

「我們爲了開辦棉花期貨，已經投入了公司所有資金，這兩年公司被龐大開辦費用的攤銷壓得喘不過氣來。老大！我可以理解你的懷疑，你擔心掉進陷阱或觸犯法律，但是，這一年來我們公司的其他業務，不也涉及了好幾起讓外界觀感很糟的洗錢勾當，難道還怕多一兩筆奇怪的法律灰色邊緣業務嗎？」

「別忘了，就算替兄弟兩肋插刀，大家也是要吃飯養家的啊！」史坦利又用中文向葉國強喊話，表情相當堅決。

「抗議！你們又在講什麼？」聽到中文的沙織心急地問了起來，生怕她沒聽到所有的決策過程。

這局面有點像男友請準新娘的父親同意婚事，通常沒人會眞正在意岳父的意見，反正婚是一定要結，老岳父裝腔作勢猶豫一番不過是例行公事，最後仍得接受。

「史社長講的是……講的是……就這樣通過這個案子吧。」葉國強看著史坦利點了點頭。

沙織歡呼地大叫了幾聲：「萬歲！」起身和史坦利擊了個掌，也順便對葉國強深深鞠了個躬，葉國強見狀也起身鞠躬回禮。

沙織的歡呼驚動了會議室外的其他同事，紛紛探頭望著會議室內這三個主要幹部的動靜。

「只是，我還有個附帶意見，如果羽二重要求我們簽定的保密協定不能充分地說服我，我依然會把這件案子否決掉。」會議室窗外的北千住街景此時露出陽光，連續下了好幾天的雨和下了一整夜的雪都因此停了下來。葉國強反諷地對自己笑了笑，難道自己已經成為阻礙公司發展的大石頭了嗎？

「對不起。我第一次對你大小聲說話。」史坦利也起身對葉國強鞠躬，除了彎腰鞠躬外還比了個佛教的合掌手勢。

「老兄弟別說那些，你的日本式鞠躬法還眞與衆不同。」

「對了，我今天早上看到新聞了，普拉提斯私募基金到底是怎麼回事？」葉國強突然想起網路上的那則新聞。

「在關島時，你不是交代我想辦法把客戶F—回升公司的股價搞低一點嗎？」史坦利對這件事情似乎洋洋得意。

「我原本只是希望你透過管道私底下去放一些壞消息，不過你居然弄出一個什麼普拉提斯的鬼東西。」

「是普洛克拉斯提，Procrustes。」史坦利糾正他，語氣有點負氣的感覺。

「別誤會，我沒有想要責怪你的意思，反正事情都已經發生了，我只想知道這是怎麼一回事。」葉國強本來想要講反正這家公司已經是史坦利主導一切，愛怎麼辦就怎麼辦的話，但話還沒說出口就硬生生地吞了回去。

「我用普洛克拉斯提的名義在公司和其他金融業開了戶。普洛克拉斯提是希臘神話中一個小城邦的國主，天性殘忍。他的待客之道很凶殘，他先引誘旅行的客人進門，饗以盛宴，盛情地招待他們住下來，讓他們睡在一張特別的床上。但他又希望這張床完全符合客人的身材，於是用斧頭把太高的人雙腿截短，把太矮的人身體拉長。」

「總而言之，故事不重要，你知道，歐美的老外就是喜歡羅馬神話希臘鬼話這種調調，取這個名字只爲了吸引大家的目光與媒體報導。」

「可是我看新聞說，這個普拉斯什麼鬼話基金在歐洲盧森堡股市、巴西聖保羅放空幾家快要倒閉的公司，一戰成名之類的新聞，又得到什麼歐亞洲私募基金雜誌的優等評比，這又是怎麼回事？」說實在打死葉國強都不會相信這樣的鬼新聞。

「是普洛克拉斯提，Procrustes！我想這應該瞞不過老大你的眼睛，這個基金只不過是紙上公司，別說沒有一戰成名的操作紀錄，連一筆操作、一個客戶都沒有，帳戶裡頭也只有區區最低開戶門檻的一萬美金，這幾天那些裝神弄鬼的新聞我是花錢買來的。」

「新聞可以用買的？」坐在一旁聽得津津有味的沙織好奇地問起來。

「你們日本人大部分做事太守規矩，記得，這是金融業，所有東西都可以拿出來賣，任何東西也都可以買得到，難怪你們日本人搞金融完全搞不過歐美那些白種猶太人。」

沙織雖然想要反駁幾句，但她不願因爲她而中止了這個比小說還要精采的話題。

「台灣的新聞比較便宜，一則一萬台幣，報紙新聞一則五千到八千台幣，如果是二三線的網路新聞社，大概兩三千就可以搞定，中國那邊更便宜，除非要上新華社或CCTV，否則一堆由五毛黨開的網路新聞，登一則新聞比替一條貓洗澡還便宜呢！甚至連文章都可以代客撰寫，簡直是一貫化服務作業，你們不相信的話可以看看匯款紀錄。」史坦利還煞有其事從檔案夾中翻找匯款單。

「不用忙著找，我相信這些事情，但是這個普拉希臘鬼話基金爲什麼可以得到歐亞洲私募基金雜誌的優等評等？」

史坦利左顧右盼還鄭重其事地站起來把會議室的門緊緊關上，壓低音量繼續說下去：「是普洛克拉斯提，Procrustes！這家位於倫敦的歐亞洲私募基金雜誌，其實是專門對全球中央銀行做評等的世界銀行月刊的姊妹刊，前一陣子我對那家世界銀行月刊很好奇，很想知道他們到底是用什麼標準去評斷不同國家的中央銀行的表現優劣。」

「你還眞閒。」沙織回了一句。

「沒辦法，萬一在東京搞金融沒有搞頭的話，我原本打算回台灣寫金融小說。」

「寫金融小說？你以爲你是半澤直樹啊！要不要把筆名取成史坦利直樹？如果紅了的話，可不可以請我到你小說改編的電視劇中當女主角啊！」沙織笑了開來。

「史坦利直樹，聽起來不錯，再怎麼樣也比我們台灣某位作家的筆名總幹事來得響亮許多。」

「別扯遠了，還什麼總是不幹事的，不好笑。再過幾分鐘，羽二重的人就要來開會了。」葉國強掏出手機看了看時間。

「結果還眞的被我透過層層關係問了出來，凡是中央銀行想要拿到他們雜誌的年度A級評等，一個A標價一百萬美金，外加訂閱一百份，每訂一份年費五千美元。」史坦利特別在層層關係上加重語氣。

「難怪可以得到A評等的都是中南美洲的獨裁國家、非洲的軍閥和東南亞貪腐國家之類的中央銀行。」沙織能夠回答這樣的話表示她有追蹤相關報導。

「那如果想要連續九年拿A級評等，豈不要花上十幾億日圓？」

「妳算得眞快，當然，如果是長期合作客戶，她們雜誌有特別的友情參考價，至於多少我就問不出來了，也沒必要知道，除非哪天輪到我當央行總裁。」史坦利聳聳肩。

「這種話在辦公室當成閒聊話題就好，千萬別對外講出去，有些國家，不！應該是所有國家的央行總裁可不是我們惹得起的。」天性謹愼的葉國強引開這些話題接著問史坦利。

「難道你爲了一個空殼基金花一百萬美元買評等嗎？公司的費用也得稍微控制一下嘛！」爲了一個虛名花上百萬美元，也許到了央行可以這樣搞，反正多搞幾個A除了可以沽名釣譽一番，有時候還可以藉由這種顯赫的名氣幫忙鞏固政權，但小小一家金融公司實在沒什麼必要。

「老大別誤會，她們的姊妹刊物《歐亞洲私募基金雜誌》規模可就小多了，我有特殊管道可以拿到很便宜的價錢，普洛克拉斯提私募基金只花一千美元就拿到優等評等。」史坦利又洋洋得意了起來。

「難不成那雜誌是你開的？」葉國強好奇地問。

「你還記得我老婆陳鈺梅嗎？」

「當然記得，不就是國華金控的工會理事長嗎，當年她在我們併購國華銀行時還幫了不少忙呢！怎麼啦？你的老婆眞的那麼神通廣大啊？乾脆請她來當我們公司的會長[5]好了。」

「別鬧了！她眞的來這裡，我恐怕就得請調回台灣找工作了，我老婆就是那家雜誌在大中華圈的業務代表。」

「難怪國華金控與亞洲一些央行的關係那麼好！」

「老大這是你教我的，要釣魚就要先放餌，別去管池內有沒有魚，只要誘餌夠香，魚兒會千里迢迢地游來上鉤。」

葉國強打開電腦的股票成交資訊，F—回生的股價已經連續大跌好幾天，看起來史坦利這個賤招已經奏效，而客戶F—回生那邊也配合演出氣急敗壞、不排除保留法律追訴權的戲碼。

「客戶以前賣過頭的股票可以慢慢逢低買回去了。如此一來，F—回生公司的大股東不只不會丟掉經營權，還可以用比當初賣掉股票的價格的一半以上買回，一來一往，他們賺了不少呢！」葉國強面無表情地說道。

會有魚兒上鉤嗎？好不容易才找到F—回生這個客戶，這個案子一結束看起來又得閒一陣子了，葉國強心中雖然有如放下一顆石頭，卻又矛盾地感到無比空虛，當了幾十年交易員，有閒不下來的宿命。

「當然會有魚上鉤！而且就在今天。」史坦利突然冒出的回答著實讓葉國強嚇了一跳，彷彿是葉國

5　日本企業的職稱和台灣不同，日本的會長就是台灣的董事長、社長則是總經理、專務則是常務董事、部長則是副總經理或經理。

強肚子裡的蛔蟲。

「今天傍晚有個從中國江西贛州市來的客人，指定要拜訪你。」史坦利打開 iPad 的行事曆確認無誤後才繼續說下去：「中國英軍企業的財務投資總監 Sophia，四點來訪，而且只願意和你碰面。」

「英軍企業？Sophia？是在關島機場貴賓室碰到的那個中國大暴發戶嗎？沒想到還不到幾天他們就跑來了。」

葉國強沒有多少思考的時間，此時，會議室內的廣播系統傳來總機小姐的催促聲音：

「史社長、沙織部長、葉專務！羽二重公司的專務、副社長、部長和律師來訪！」

看了一下會議室的時鐘，九點整，日本企業的準時程度還真的讓人吃驚，一秒不差，別說塞車、電車小誤點，連等電梯等紅燈過斑馬線的時間也抓得異常精準。

「切記！我的底線是一定要搞清楚他們的企圖。」葉國強起身走出迎接客人，霸氣十足地對史坦利和沙織下達宛如軍令般的指令。

沙織面有難色地抓著葉國強的外套袖子：「可是你不是已經答應了嗎？」

「放心交給我們去談吧！別擔心妳的分紅，葉專務他肯定問得出來。」史坦利對沙織安撫一番。

沙織跟在後頭，看著走在前面的葉國強和史坦利的身影步伐，「這簡直是電影裡頭武士的背影嘛！」心裡似乎踏實了點。

會客室內已經坐著一排表情嚴肅的客人，羽二重公司一共來了四個人，臉上全部沒有笑容，坐姿筆挺比軍人聽訓的時候還要拘謹，眼睛的視線也像用尺量過一樣筆直地注視著前方，葉國強忽然有置身在蠟像館的錯覺。

他們四個人看到葉國強史坦利等人走進會客室，用一種類似閱兵的軍儀模樣直挺挺分秒不差地一起站起來。換名片、鞠躬、鞠躬、換名片，他們早就打聽清楚葉國強等人在公司的職稱頭銜，依照地位高低分別行了不同角度的鞠躬禮。以前葉國強搞不清楚這種鞠躬盛宴，不得不耐著性子和對方一直互相鞠躬下去，但最後終於搞懂了，主人只要行一次鞠躬禮，客人要行兩次禮，客人回禮之後，主人必須示意請對方坐下，否則會鞠躬鞠到天昏地暗、腰部不適。

通常日本商人在正式簽約之前，都會扯一堆不著邊際的客套話場面話，彷彿他們是來認識朋友的，談生意與簽約好像只是不小心談到的話題。

有意想要強勢主導會談的葉國強不等對方開口扯淡，直接破題：「在簽約之前，我希望先有個非正式的備忘錄談話會，大家盡可能別太正式，談話不錄音、不做議事錄。」

「我希望正式會議全程用英文、中文與日文三種語言，這樣才會彼此了解合約上頭的法律精神。」開口用中文講的是羽二重公司的副社長二重靜子，中文說得還算流利，講完後旁邊的部長立刻用日文與英文同步翻譯。

羽二重公司是典型的家族企業商社，九十多歲二重羽子擔任第四任會長，但二重羽子年事已高，且長年臥病在床，實際經營由長子二重詠能擔任社長，二女二重靜子擔任副社長，經營的項目包括棉被、成衣、襪子等棉製品，業務範圍除了日本以外，主要外銷地區為中國和香港，棉被在日本關東地區的市占率是第一名，其生產的棉製品在中國市場排名第三，也是中國市場最大的外資棉製品公司。

「副社長的中文十分流利呢。」史坦利恭維了幾句。

「我們公司的業務有五成在華人地區，所以我們公司上上下下都必須會講中文，其實不只普通話，我們公司還有廣東話、台語、客家話和上海話的人才，最近為了開拓青島市場，還聘請了幾個會講山東話的新進員工呢！」羽二重的部長接了史坦利的話，日本傳統商社很重視階級對等，會談的對手是什麼層級，就會由公司內相似層級的人員回答。

二重靜子年紀五十好幾，臉龐略顯福態，一雙很典型的東洋鳳眼，眼睛四周看不到五十好幾年齡會有的皺紋，只有些許不明顯的細紋，化妝相當精細大方，口紅刻意用比較淡的底色，粉底鋪得很均勻，均勻卻不刻意，相信是透過專業美容師的手，從她的妝容可以顯示出她對這場會議的用心。

「很感謝貴社願意和我們 SevenStar 簽訂金額如此豐厚的委託合約，我僅代表公司全體上下對貴社致上敬意。」葉國強刻意地用上了最高級的敬語回二重靜子的話。

話鋒一轉，葉國強用突襲的方式直接表態：「只是很抱歉，本公司由於規模能力有限，無法接受貴社每年高達五億美元的代操委託。」說完後起身向二重靜子深深鞠躬表示道歉。

突然聽到被婉拒，二重靜子似乎有點不知所措，這完全在他們之前的沙盤推演之外，一時完全無法招架。

坐在一旁聽到這番話的沙織有些按捺不住脫口而出：「專務……」史坦利伸出手壓住沙織的肩膀，暗示別打亂葉國強的布局，二重靜子默默地把沙織與史坦利的舉動看在眼裡，心中似乎有了另外的盤算：「你們公司需要更多人手嗎？如果是人手的緣故，我們公司可以派交易員常駐在這裡。」

聽到這個回答，葉國強了然於胸，看起來對方有非和自己簽約不可的壓力，但可疑的是，給訂單的人竟然比接訂單的人承受更大壓力，更何況，這種代操委託契約，別說東京，全世界幾大交易所，有幾十家金融業可以接受委託，而偏偏她們非得找上 SevenStar 這家可以說是全世界最小的期貨交易商。

二重靜子依舊坐姿端正，腰桿依舊挺得筆直，膝蓋夾得緊緊的，雙手鎮靜地擱在桌上，故意抓著電腦滑鼠來掩飾她的慌張。

「謝謝副社長的好意，我想我們公司絕對有能力接受客戶的任何委託，只是我不明白你們爲何要找上我們公司？既然這是個爲期三年一共五億美元委託的長期合作，我想要知道客戶的操作與交易企圖。」葉國強用暗示的口吻表達是否合法的擔憂。

「我可以體諒專務對適法性的憂慮，但契約中也已經載明得非常詳細，莫非專務還沒有看過我方擬好的契約草案？如果是這樣的話，請我們公司的法律顧問向你們做更詳細的說明。」二重靜子反將一軍暗諷葉國強沒看過契約。

葉國強向對方的律師揮了揮手表示請坐下：「二重副社長太小看我了吧。」直接把對方的暗諷攤開來。

「我絕對沒有這個意思！我向您保證。」二重靜子被葉國強的氣勢嚇得連忙辯解。

「我們如果搞不懂自己和客戶之間的眞實處境和合作基礎，寧可不簽約。」葉國強說完後雙手抱胸還故意看著手錶，姿態擺得相當高。

很少在日本商場碰到這種一副擺爛高姿態對手的二重靜子，只好屈服問：「我得請示一下我們公司高層。」

葉國強嘴角一動，露出很細微的笑容，轉過頭對沙織說：「請妳帶客人到另外一間會客室，讓他們方便打電話請示。」

沙織站起來對著二重靜子深深鞠躬：「請往這邊走。」

十幾分鐘後，二重靜子再度走回會議室，神情嚴肅地說：「我方答應告知簽約的祕密原因，但我要求，第一，你們必須先簽保密協定書，第二，你們只能有史社長與葉專務在場。」

沙織聽了之後鬆了一口氣，彷彿這筆生意帶給她的獎金已經入袋爲安了。但她萬萬沒想到葉國強竟然回答了下面這段話：「很高興你們願意用誠懇的態度面對我們這家小公司，但你們提的三個條件，我答覆如下：首先，我得先知道箇中原因後再決定要不要簽保密協定，第二，在場人士必須涵蓋我們公司的交易長沙織小姐，第三是委託金額必須由三年五億美元改一年兩億美元。」

既然耍無賴，就乾脆一股作氣地賴皮到底吧！葉國強一副死豬不怕滾水燙的交易員模樣。

二重靜子按捺著滿肚子怒火氣得轉過身去，葉國強不卑不亢地用日本傳統禮儀最高段起身對她「背後鞠躬」。

史坦利等人見狀也連忙站起來跟著行禮，直到對方氣消了轉過身來才抬起頭坐下。

二重靜子對同行的部長點了點頭，示意由他接下話題，那位部長請求沙織關掉會議室的電燈，打開附有投影功能的平板電腦，投射出一張張的幻燈片：

「第一張是貴公司附近的Google地圖，請看貴公司正對面那棟沒有名稱的尋常不起眼大樓。」

「接下來請看那棟大樓一樓管理室的樓層招牌，其中的頂樓標記著東證交易所北東京IT支部。」

「第三張相當機密，是我們派人進去那個辦公室偷拍的照片，辦公室異常的戒備森嚴，除了三、四個保全人員駐守外，白天晚上都有正式職員在裡頭上班，看起來不太起眼沒什麼了不起，只有一堆伺服器、電腦，以及一大堆只有電腦IT專家才看得懂的設備。」

「從照片看起來應該是雲端設備，專門儲存與處理龐大資料。」對電腦相當熟稔的沙織賣弄地接了話。

「沙織部長真的是這方面的專家，的確是如此，我們透過管道侵入那裡的所謂雲端。」

「管道？難道你們請電腦駭客？」葉國強好奇地問。

「就我對電腦的淺薄專業知識，我不是很懂葉專務講的駭客，但不管如何，我們發現對面的東證交易所大樓辦公室所存放的就是整個東京期貨交易所的交易主機。」

「期貨的交易主機不是應該放在日本橋兜町的交易所裡頭嗎？」嚇了一跳的葉國強竟然打翻的桌上的咖啡杯。

羽二重的部長見狀笑了笑說：「當初我聽到這個消息的時候，震驚的程度不亞於葉專務，我還因此變裝成裝潢工人親自跑去查看呢！」

二重靜子嚴厲地打斷他的話：「別說題外話！」

悻悻然點頭致歉的部長回到正題：「後來我們再三確認，不知道是什麼原因，可能是空間不夠或是擔心恐怖攻擊，交易所把期貨交易主機移到北千住也就是對面那棟大樓的頂樓，當然怕被水淹也是很重要的原因吧，兜町那個地方地勢比較低漥。」

「但是這和你們公司想用如此優惠的條件跟我們公司往來又有什麼關係呢？」就算是稱得上見多識

廣的葉國強也想不出箇中原因。

「好，讓我們繼續看下一張照片，這是你們公司大樓以及附近的電信配線圖，其中我把一條從你們公司交易室的電腦直接連線到對面大樓交易所的線路，特別標明清楚，我這樣說明應該會比較清楚吧？你們身為交易商，有直接連線到交易所的權利，無須再透過其他證券期貨經紀公司，相信你們應該知道有這麼一條線路。」

葉國強和史坦利對看了一眼，兩人壓根都不知道自己公司的線路配置。

「如此說來，你們公司是想要和我們簽約獨占這條交易的電信光纖線路？」比較懂通訊的史坦利問著。

「沒什麼道理啊？這樣對你們羽二重的期貨交易有什麼好處？憑你們的下單量，相信全日本的交易商都願意和你們配合才對啊？」葉國強接著問下去。

「你們繼續看下一張圖片，東京都內地圖上的紅點表示其他交易商所在地，大家都很清楚，百分之九十九集中在日本橋、日比谷、六本木、新橋、虎之門一帶，這些公司的交易光纖線路得從東京東南邊的港區，一路向北彎彎曲曲地延伸，期貨交易所的電腦成交撮合主機所在地也就是這裡的北千住，除了距離那些交易商比較遠以外，還得跨越隅田川，但一直向北延伸會碰到容易淹水嚴重的荒川區，所以交易所為了線路安全，把這些光纖線路向東北繞到淺草、墨田再繞回西北的北千住。」

「我們查過，其他交易商的網路線路，從他們公司的主機到北千住的電腦中心，平均距離是四十公里，且中間跨過兩座橋梁，中間的轉彎與地形阻隔點高達百處，而你們公司的線路到交易所的主機的距離只有四十公尺，而且中間經過的阻隔點只有一個。」

「而且當別人的線路彎彎曲曲經過位於墨田區的晴空塔的時候，由於沒有線路施工空間，所以在那一段只能用無線的方式去傳輸，無線傳輸的穩定度與速度自然比不上傳統線纜。」

一頭霧水的葉國強打斷對方部長越來越專業的說明：「好了，我知道你要講的內容，但重點是什麼？」

一旁的二重靜子總算抓到可以反擊的話：「我們日本有句諺語：人們總是太在意自己身上的缺點，導致看不見自己的優點。你們公司有這麼一條超高速的交易網路，卻渾然不自知。我直接說明你們的交易網路的祕密，同一個時間下同樣金額同樣數量的交易單，在六本木那邊的期貨商的指令傳到交易所的電腦的時間，足足比你們要慢上〇．〇〇一秒。」

「〇．〇〇一秒？」史坦利好像有些摸到邊際卻還沒抓到重點。

「人類眨眼睛的時間大約〇．二到〇．四秒，就算你們台灣那位選總統兩次都落選的失意政客，連他也不過花〇．五到〇．七秒的時間就可眨一次眼睛，〇．〇〇一秒大概只能眨〇．〇〇二五次的眼睛，的確短到可以忽略。但在通訊網路的世界，〇．〇〇一秒可以做的事情很多，美國中情局的電腦可以在〇．〇〇一秒算出蓋達組織成員在全球的可能據點，〇．〇〇一秒可以讓精子與卵子受精十次……」羽二重公司的部長簡直是個數字狂魔。

「我了解了，比別人快〇．〇〇一秒就可以比較快找到報價系統中的最高賣價與最低賣價，然後搶先一步成交。」幹過十年交易員的葉國強反應很快。

「當然這都是理論，爲了證明這個理論，我們公司實驗了半年多，我們用同一套交易套利軟體在不同三家期貨交易商試了半年，結果貴公司的成交率高達百分之九十，而其他兩家位於六本木與銀座的交易商成交率只有百分之一。」

「爲什麼只有百分之九十而非百分之百呢？」葉國強認爲既然是電腦，理論上應該可以百分之百才對。

「那百分之一的失誤來自……有一天貴公司早上忘了開機。」二重靜子狠狠地激了葉國強等人一番。

假裝沒聽懂的葉國強說道：「所以貴社半年多前與本公司所簽的五千萬日圓的契約，只是爲了要證明我們系統的速度？」

「是的，不然以你們這樣一家小小的台商，怎麼可能會有大商社上門往來？爲了怕提早曝光，我們假裝透過你們母公司國華金控的介紹，爲了不讓實驗的資訊曝光，我們還故意做了幾筆虧損的交易，否則若獲利率高達百分之百，很容易提早被別的同業盯上。有趣的是，你們完全不知情。」二重靜子口氣平順，但字字句句卻讓葉國強等人下不了台。

此時完全恍然大悟的葉國強站起來對二重靜子深深鞠了躬：「謝謝你們讓我們知道，原來，自己擁有什麼並不重要，重要的是別人認爲你擁有了什麼。我想我們可以進入正式簽約的議程了，我們願意保守這些祕密，也願意和貴公司簽保密協議書，而且我也答應我們公司員工或股東不會跟著搭貴公司交易的順風車。」

話鋒一轉繼續要求：「我剛剛曾經提過，希望雙方的契約期間由三年改成一年，畢竟，套用我們台灣的俗語：再怎麼密不通風的雞蛋都會有細縫，這種交易很難保密超過一年以上。」

史坦利此刻打斷二重靜子的話，示意葉國強到外面私下討論。

兩人還沒走進辦公室，只見史坦利直接在公司門口櫃台旁鐵青著臉質問葉國強：「爲什麼你擅自提議將三年契約改成一年？」

葉國強愣了一下，身爲長官的他十年來第一次聽到史坦利對自己用嚴厲的口吻和語氣說話，而且還在公司門口人來人往的櫃檯旁邊。

「公司的業務不是你一個人說了就算！」史坦利還故意用日語對葉國強咆哮，顯然是想要說給其他的日本籍部屬聽到，十年來始終對他言聽計從的史坦利完全不顧顏面地在所有員工面前挑戰他。

「到你的辦公室說，別忘了我們已經跟客人簽了保密條款。」忍住情緒的葉國強用台語回答。從門口到史坦利的辦公室才短短十公尺，整個心已沉下來的葉國強卻覺得走得很漫長很遙遠。

十年前還在台灣的公營行庫擔任小襄理的葉國強，不顧考試成績破格錄用了成績不及格的史坦利，那時候史坦利只是一名二十五歲剛從研究所畢業的小夥子，之所以挑中他，是看上他有一股金融業從業人員所沒有的特質。葉國強當時告訴主考官這年輕人有股「超級想要賺錢」的渴望，而不是史坦利很乖很聽話，因爲金融圈內什麼人都缺，就是不缺聽話的乖乖牌。史坦利一路追隨葉國強從公營行庫到小券商，從小券商到民營銀行，再到國華金控，跟著葉國強一路攀升，葉國強擔任最年輕的金控總經理，那年只有三十三歲的史坦利也一躍成爲台灣史上最年輕的民營金控副總經理。一年多前受葉國強請託來東京擔任這家私募基金的社長，雖然很小，但也因此晉升國際級的金融圈行列。

葉國強輕輕關上辦公室的門，坐在沙發上望著史坦利平淡地說：「說吧，有什麼話就統統說出來吧。」

原先預期葉國強會發脾氣，沒想到他卻異常冷靜，史坦利還有點不知所措，想了一會兒，嘆一口氣說：「老大，你知不知道我會跟你來日本的原因？」

「賺大錢，不是嗎？你早就對我說過，你進金融業的兩大原因，一是賺錢，二是賺更多的錢，如果兩者相牴觸以第二條爲準。」葉國強回答。

「沒想到老大還記得很清楚。」

「十年前我面試你時，你的這句話讓我錄用你，而且還推心置腹地任用你。」

史坦利沉默了一會兒，葉國強打破沉默直接回答他的問題：「羽二重集團一年在東京期交所的總交易金額高達幾十億美金，如果我們公司的交易網路如他們所言，可以節省〇．〇〇一秒，你想如果具有這種交易優勢，一年下來難道只會給我們兩億美元的代操生意嗎？我保證他們至少會把三分之一甚至更高的交易委託丟給我們。」

「我把三年縮短成一年，有兩個用意：一是讓他們有急迫感，畢竟誰也不能保證我們公司的這種交易優勢會不會讓他人知道。第二個用意是，一年契約結束之後，如果我們還保有這種地理性的交易優勢，我們可以用更高的收費去爭取其他客戶，不然也可以自己下場來玩，最後當然可以待價而沽，用高價把我們公司股票賣掉，然後我們就可以去馬爾地夫退休了。」葉國強講出心中的盤算，同時也希望史坦利能夠了解他的苦心與長線布局。

坐在社長辦公桌的椅子的史坦利，此刻翹起了雙腿往桌上一放，看在眼裡的葉國強心頭一愣，一陣可怕的疏離感突然隔在兩人之間，只看見他慢條斯理地說：「這是你一廂情願天馬行空的臆測，我不對那些無法計算和掌握的事情冒險地下賭注，我不會毫無根據地空想，已經可以穩穩獲利的生意，我絕對不會拿出來冒險下注。」

「以前你我都是替人打工，替人打工就是不用拿自己的錢出來搏輸贏，我必須承認老大你是我看過最聰明的人，我也相信你剛剛提到的布局，十之八九都會成眞，但這家公司我占了百分之三十五，也就是最大股份，我把所有財產都投進SevenStar，我不能容忍自己的錢有什麼閃失，更不想看到已經到了嘴邊的肥肉，被你拿出去賭。」講到這裡，葉國強很清楚史坦利的立場了。

「你變了，一年的時間可以改變很多。」葉國強嘆了一口氣。

「老大！我形容你是太陽，太陽爲什麼是太陽，因爲太陽從來都不在乎別人的眼光。」

「別再叫我老大，沒想到我也成爲你眼中那種『妨礙地球自轉』的人了，我們或許該好好談談了。」

聽到「妨礙地球自轉」這六個字，兩個人心中都有無限感嘆，想當年在顢頇無理、官僚橫行的公營銀行做事的時候，葉國強經常用這六個字在部屬面前抨擊那些公務員心態的長官。

窗外電線桿上的烏鴉早就不見蹤影，好不容易露臉的太陽又躲了進去，葉國強閉上雙眼，只覺得這一切好累好累。

只見羽二重公司幾個人摀著嘴交頭接耳，重新走回議場的葉國強望著沙織，希望她能豎起耳朵偷聽些內容，沙織苦笑著輕聲說：「他們使用關西腔，我也聽不懂。」

史坦利推翻葉國強的提議：「好！我們接受貴公司一開始的原始提議，三年五億美元委託契約。」

「接下來就請雙方的律師進來吧！」史坦利命令沙織。

「簽約的我方是一家位於百慕達的投資公司，這家公司的唯一股東是位於荷屬安地列斯群島的公司，聽命於位於盧森堡的一個存託憑證控股股權主體，這個主體由我們羽二重公司位於澳門的子公司所擁有，文件可以讓你們參閱，但不可存檔……雙方交割的金額約定在東京期貨交易所的指定銀行……」羽二重指派的律師滔滔不絕地說明。

「請容許我方做如此精細的安排，因為這樣可以防堵外部洩密的所有可能性。」

二重靜子講得很直白，意思是說，在這樣層層跨國文件安排下，唯一的洩密可能就只有SevenStar內部，所以一開始她不願意沙織在場。

折騰了一個早上的冗長簽約，雙方又約定了其他非機密性法律簽約的時程細節後，葉國強等人送走了羽二重公司一行人。

「老大，我還是繼續對你稱呼一聲老大，很抱歉，請你看看這份文件有沒有什麼要修正的。」

「隨便你愛怎麼叫就怎麼叫，我眼睛很疲勞，不想看，你還是用唸的吧。」緊閉著雙眼的葉國強好像不太想面對殘酷的事實。

深深吸了一口氣的史坦利，彷彿鼓起了很大勇氣，他直接看稿不想面對葉國強：「本公司擬於明天召開臨時股東會，會議議程為重新改組董事會。」

雖然內容和自己猜想得相差不遠，葉國強張開眼後卻嚇了一跳，只見那位棉神坐在旁邊對著自己笑，比了一個OK的手勢。

「古代人也有OK這個詞嗎？」葉國強脫口而出。

正在唸稿的史坦利被葉國強這句突如其來的插話嚇了一跳，暫停唸稿問起：「你怎麼了？今天已經好幾次心神不寧了，我懷疑老大你好像有幻聽？還是被什麼髒東西纏身？」

忘了史坦利根本看不見棉神，葉國強回過神來說：「沒事，別再說下去了，我現在立刻辭掉公司專務、執行長的職務就是了，這不就是你希望的嗎？不過是職位而已，既然名義上你是老闆，你的股權又比我多，想炒掉我就炒吧！別扭扭捏捏的，炒人魷魚也是一門學問，知道嗎？」葉國強豁達的個性表露無遺。

「等一下中國英軍集團的人來拜訪，既然他們指定我一起參與，雖然我已經不是專務也不是執行長，但好歹我還是持股百分之三十的大股東，我會一起參加，不過一切讓你主導。」葉國強說完後起身離去。

目送葉國強離去的背影，史坦利看見窗外電線上又飛來了成群的烏鴉，排成一列的烏鴉動也不動盯著辦公室的窗戶看，不喜歡烏鴉、認為烏鴉不吉祥的史坦利索性拉起窗簾來個眼不見為淨，手撥動著計算機，算著踢走葉國強之後可以從羽二重這筆肥單中多出來的分紅。

5

永川神社中國女人。堆疊

葉國強步出公司，在公司對面的便利商店隨便買了兩個飯糰，踱步到商店街旁邊的小公園，找張長椅坐了下來，但實在提不起食慾。這不是他第一次遭到部屬的背叛，往事歷歷浮現，十多年來數也數不清了，老闆的出賣、前妻的出軌、部屬的背叛、司法的羅織，但都沒有這次來得落寞。

「每年這個時候的景色最讓人傷感，對不對？」背後傳來這句問話。

閉著雙眼打算在公園休息一番的葉國強以爲又是棉神來搗亂，懶得理會他，輕輕叫罵了一句：「滾開別來吵我！」

說完之後張開眼睛，只見眼前的公園落葉厚厚地堆在雪融之後的潮濕草地上，只見一陣風颳起，最後一批樹葉落下，不管是白樺、銀杏還是楓樹都是一副光禿禿，宛如一堆直挺挺毫無生氣的人骨，形成了一幅傷感的季節畫。

葉國強心中不免犯起嘀咕，什麼棉神，應該是自己幻聽或產生什麼幻覺吧，有機會回台灣的話，應該去看一下精神科門診，史坦利把自己請出經營團隊，對自己對公司或許也是一件好事。公司實在不能讓有患有幻聽幻覺的人繼續掌舵下去，可是越想越不對，幻覺中的棉神怎麼換成女人的聲音呢？葉國強抬起頭朝右邊聲音的來源一瞧，竟是一個滿臉笑容的女人。

「沒想到在這裡先見到葉執行長，打擾了，我是英軍集團的總裁辦公室特別助理兼財務投資部長周荷，不見外的話，你也可以稱我 Sophia。」

好燦爛的笑容，彷彿化開了初冬的陰霾，看著周荷的葉國強心中不由得暖和了起來。

周荷身穿流行的墨綠色系軍裝短外套，帥氣的單排亮麗大鈕釦和合身的腰身與裙襬凸顯出身材的纖細，髮型雖然不是最流行的直髮，但略為波浪與淡淡挑染卻能搭配她的臉型，她的臉型不是那種讓人倒胃口的刻意倒三角形，臉蛋略為豐潤卻顯得相當有個性，眉毛稍微修剪而非大街小巷常見宛如圖騰般的人工紋眉，她有著東方人罕見的高挺鼻梁，一看就知道那絕非經過整型手術，因為她的臉龐有著略微凸起的顴骨，更讓葉國強感到意外的是，她的臉蛋並沒有施抹粉底，只有在嘴唇上抹上很淡很淡的護唇膏，連口紅都省略，這年頭在東京街上已經很少可以看到這般的天然美人，裙襬下穿著一條看似普通上班族套裝長褲，卻遮掩不了修長的美腿腿型。

名片上的顯赫抬頭與職稱與她的外表不太搭調，雖然近幾年來中國的企業越來越強調年輕化，但通常在中國的大型民企能夠當上所謂部長等級的人，少說也得三十五歲以上，葉國強猜不透她的年紀，也許不大。

「不是約好下午兩點嗎？怎麼這麼早就來了。」葉國強看著手機上的時間顯示著中午十二點整。

「在正式的會議前，我習慣提早一、兩個小時到訪，況且聽說今天北千住這一區有迎神的祈福祭典，順道來參觀他們日本神社的祭典。很不巧地，祭典好像下午四點才開始，我只好先在這一帶逛逛。」

「祭典通常又冗長又無趣，說不定妳看了之後會很失望。」在尚未確認對方身分屬實之前，葉國強只能把她當成尋常的路人觀光客。

「葉執行長，要不要先找個地方吃飯，除了公事以外，我還有些私人事務想和你討論。」周荷說完後鞠了個躬表示請求。

天性多疑的葉國強起身回禮婉拒：「我還不認識妳，如果有什麼事情的話，還是等一下正式會面時再講就好了。」

碰了軟釘子的她沒有絲毫氣餒：「對不起，我太失禮了。」說完後拿出平板電腦滑了滑頁面後繼續說下去：「我是代表英軍企業總裁周軍來向你報告我們總裁的一些請託，如果你想要確認的話，我們總裁他正在線上，請你和他說上幾句。」

在機場只有一面之緣、遠在兩千公里的中國南方的大企業總裁有事請託，這倒是引起了葉國強的好奇。

接過電腦後看見螢幕上的周軍抽了根菸，似乎有點等得不耐煩的模樣，他透過視訊看到葉國強後鬆了一口氣說道：「葉總，很抱歉，我應該跑一趟東京親自來拜訪你，但實在是忙，搞個企業煩雜的瑣事一大堆，幹過金控總經理的你應該也會了解，和你碰面的這位是我的特別助理周荷，不瞞你說她是我的女兒，這次拜訪你和你們公司，除了有些金融上的問題想要請你們幫忙以外，還有一件事情必須私下請你幫忙，只是，你知道的，我們內地的網路不太安全，什麼時候被人監控或被駭客入侵，誰都說不準，我女兒會當面轉達我的請託。」

「周老闆，你太客氣了，沒想到我們只不過在新加坡機場碰過一次面，你就關照小弟的生意，你早說的話，應該是我飛到你們那邊去拜訪你才對。」葉國強故意把關島機場講成新加坡機場。

電腦螢幕中的周軍愣了一下後，立刻反應過來哈哈大笑地說：「哈哈哈！我們明明是在關島機場聊了一整個下午，你還爲我改了班機呢！我還以爲你記錯了，也對，換成是我也會對莫名其妙跑來談生意的陌生人起疑心，不愧是搞金融的，不像我這種只會種棉花搞工廠的大老粗，我得要向你好好學習學習。」

兩個人又寒暄了幾句後便離線關掉視訊，葉國強恭恭敬敬地把電腦交還周荷：「眞的很對不起，我有眼不識泰山，妳知道，東京街頭上有很多漂漂亮亮的女騙子，我不得不提防，請妳見諒。」對方竟然派出自己女兒來談，想必接下來的所謂私事絕對很重要。

「周特助，我知道公園旁邊有間很好吃的日本料亭，有很安靜的包廂，要不要移步到那邊談呢？」葉國強比了個請往這邊走的手勢。

「你不是說我是女騙子嗎？我看還是在這裡談就好了，免得我使出什麼蒙汗藥之類的勾當。」周荷抓住機會頂了話回去，這種千金公主大概很少碰到這種軟釘子，無論如何也要在話語中扳回一城。

葉國強對眼前這位中國來的千金小姐，只能用哭笑不得來形容。

「好吧，總監女騙子，如果妳不嫌公園椅子太髒的話，就坐下來談吧。妳爸爸想和我談什麼？」心想既然對方是用請託的字眼，自己也不必表現地太過卑躬屈膝，好歹自己也當過台灣前三大金控的總經理。

周荷騎虎難下地坐了下來：「我現在的身分是英軍集團的特助與投資總監，我不習慣在談公事的時候用我爸爸的字眼，我們董事長想要請你幫一些忙。」

「我們又不是日本人，有事情就直講，請別兜圈子。」葉國強又故意小小刺了她一下，他知道這種看慣別人畢恭畢敬的大企業千金，反而喜歡直接挑明的態度，這是他和國華金控的千金也就是未婚妻古漂亮多年相處下來所得到的經驗。

「哼！你也眞直接，和我們公司那些沒有文化的老粗們簡直是一個模子出來的。公事的部分等一下我和同事會在你們公司公開地談，私的部分呢，雖然是私事其實也算是公事啦，只是不能在你我之外其他同事面前談起。」周荷停頓了一下看著葉國強手上的飯糰。

「我肚子餓了，你手上的飯糰如果不想吃的話，就請我吃吧！」

「妳如果不怕我下蒙汗藥的話，就拿去吃吧！」說完後遞了一個飯糰給她。

看著她吃得津津有味，葉國強好奇地問：「你們周董看起來年紀不小，怎麼妳這麼年輕。」

「我們董事長已經七十歲了，不過外表看起來好像只有五十幾，他和我媽媽都是四十幾歲才生我的。」周荷說完才發覺自己不小心透露了年紀，即使身爲千金小姐，但在陌生男子面前洩漏年紀後的尷尬模樣和所有女人如出一轍。

爲了掩飾這個尷尬的話題，周荷故意扳起嚴肅臉孔把話題引到正事上頭：「我想葉執行長應該對我們英軍企業有些基本了解，我就直接跳過，事情是這樣的……」

「我們公司在深圳證交所掛牌上市好幾年了，可是最近一年來，似乎被某些外資盯上，他們不在乎買進價位，持續吸納我們公司的股份。據我們的股務代理機構統計，他們已經買了英軍企業百分之三十的份額，數量已經超過我們所能掌控的股份，然而我們透過各種管道，怎麼查就是查不出，只知道對方的資金來自日本，然後轉了好幾手的財務安排匯到香港與新加坡。」

「所以你們想要查出對方到底是誰和買進的企圖？」一聽就知道怎麼一回事的葉國強迅速地回答。

「你們想找我去查清楚對方到底是何方神聖？」

周荷又點了點頭，同時從包包中取出一條圍巾繞在脖子上。東京深秋的中午雖然透著陽光，但坐在戶外不動的話，那刺骨寒風還挺難忍受的，只見她把頭髮包覆在圍巾裡頭，透出一股成熟的嫵媚感。

周荷第一眼的印象讓他想起明悉子，多麼奇怪，竟然在此刻想起了明悉子，這也正常，就算一個男人認識一千個女人，就算年復一年，夜夜擁抱著不同的女人，過不了多久，新的情人或新認識的女人只會讓人不停地回想起老情人，接著會陷入無止境的比較、無止境的失落、無止境的回首之間。

「葉執行長你還在聽嗎？」一句話把葉國強從往事的思緒拉了回來。

葉國強點了點頭回答：「我又不是偵探，通常這種業務應該找跨國商務徵信或是大型跨國會計師事務所去查，會比較容易。」

「我們也有評估過，甚至也曾找一間熟識的新加坡財務公司，但還沒開始委託就不小心走漏一小部分訊息，你應該很清楚這種事情是越少人知道越好。」

「既然訊息已經曝光，那還擔心什麼呢？」葉國強直覺認爲已經多此一舉了。

「我們運用了一點關係，把整件事情壓了下來。」周荷輕描淡寫地回話。

已經在金融圈走漏的訊息，竟然有能耐壓下來，葉國強聽了後震驚了一下，可見周軍和英軍集團的能耐與關係只能用深不見底來形容。中國有許多公司表面上是所謂的民企（民營企業），但背地的股東和關係可說是錯綜複雜，再加上周軍有解放軍背景，聽到這裡的葉國強心中其實早有定見，這灘渾水能不碰就不碰。上一回就是幫台灣的古家搞了趟併購，害得自己可說是差點家破人亡、千金散去，不得不逃到日本，好不容易兩年下來搞個小公司總算安定下來餬餬口，說什麼也不願意再蹚這種惡意購併的渾水了。

「周特助，我恐怕無能為力，我只是個專門從事交易與操作的小小基金公司打工仔，很抱歉，眞的愛莫能助。」葉國強起身對她致歉。

直接被婉拒的周荷急了起來，連忙地繼續解釋下去：「能不能聽我講完後再說？」

葉國強基於禮貌地又坐了下來。

「我們董事長有指示，如果你不願意幫這個忙，那能不能請你來我們公司……」

「觀光嗎？中國江西我倒是沒去過，妳知道嗎，我的外公就是江西人呢，哈！若想招待我去旅遊，我當然樂意啊，只是我不一定能抽出時間。」

周荷聽得出來他那顧左右而言他的口氣，裝傻地繼續說下去：「我爸爸想請你去擔任英軍銀行的總經理。」她用了爸爸這兩個字來顯示隆重性。

葉國強瞪了雙眼，露出了嚴厲的表情，周荷本想移開視線，又覺得可能太無禮，只好直視著他，等葉國強開口。

公園對面的商店街已經搭好永川神社祭典的舞台，表演者正在彩排，順便吆喝路人一起加入他們熱情吶喊的舞團彩排。每間商店正在擺設露天攤位上的販售商品，三五成群提早前來參拜的群眾讓出一條通道，方便祭典上的花車與神轎通過，祭典還沒開始，許多提早下班的人顯然已經喝得酩酊大醉。

「妳知道今天祭典所供奉的神明大黑天，祂所主掌的是什麼嗎？」葉國強沒有直接回答問題。

「大黑天是日本專門掌管疾病的神，也稱為醫神，我如果相信妳的鬼話，那就眞的要去看醫生。等一下公司見，我有事先走了。」葉國強繞了一大圈拒絕了她的請求。

葉國強既然已經知道英軍集團來拜訪的部分目的，索性晚一點才進公司開會，反正中國人也從來不把守時認眞地當一回事，在中國的潛規則中，絕對是姍姍來遲，越是擺足派頭越顯得地位崇高。

他踱步在街頭的人潮當中，想要藉由喧鬧的祭典來沉澱。大黑天的神座需要十來個壯漢一起抬舉，連神明都得靠人攙扶，人們表面上展現著對神明的崇敬，但實際上卻計算著神明帶給商店街的經濟效益。

人都需要夢想，做夢需要燃料，年少的燃料是音樂、愛情和放縱，成人以後的燃料換成執著、鑽營和算計，中年後只剩下金錢還勉強可以燃燒起夢想，老了後，夢想的燃點已經高不可攀，被回憶塞滿的腦袋瓜再也容不下夢想。

葉國強記得剛來東京的那段日子，被SevenStar的創業搞得天天睡不著覺，明悉子安慰他，要做夢得先睡得著覺才行。明悉子是個絕對務實的人，從來沒從她嘴巴中聽到什麼關於夢想的言論，從來不曾對她透徹的剖析，不知道到底是什麼樣的過往讓現在的她不再做夢，或許只是堅強的外裝，如同葉國強，也如同祭典中受人擺布的神祇木偶。

回到辦公室已經快要下午三點，所有人在會議室中等待著他的故意姍姍來遲，英軍企業的人似乎早已習慣這樣的會議型態，反正越是重要的人越不能準時出席，周荷對他點了個心照不宣的眼神，似乎有十足把握把葉國強挖角到中國江西那個窮鄉僻野。

史坦利看著窗外已經逐漸升起的暮色，挖苦地說：「天空的顏色就像紫羅蘭一樣，對不對？」心情暢快得不得了，和街上的祭典相呼應。

「我們剛剛已經和英軍集團談到合作大綱，就等執行長一起來敲定。」史坦利講得很委婉，但言下之意擺明了葉國強只剩下橡皮圖章的地位。

「英軍集團的三個子公司在東京有幾筆海外存款，他們想要我們提供合法的資產移轉服務。」沙織在史坦利的授意下開始報告。

「合法的資產移轉？」葉國強吃了一驚，機警的他假裝要掏出香菸，卻偷偷把手伸到口袋中按下手機的錄音鍵。

「金額多少？想轉給誰？」

周荷回答：「初步只有一億美金，如果一切順利的話，金額會再繼續提高到五億以內。轉給一家位於吉隆坡的 **LoL** 控股公司。」

「周特助，這種事情只要你們董事會通過海外投資，直接匯款過去不就成了？何必這麼麻煩呢？」葉國強故意裝聽不懂其中的奧妙。

史坦利乾咳了一聲後插了話：「我們私募基金運作的宗旨是不過問客人的資金來源，也不過問客戶的資金用途，我們只提供各種選擇，如果客戶不喜歡我們的建議，我們會想辦法創造出第二個、第三個。如果英軍集團認爲不方便說出原因，我們統統不會過問。」

葉國強哼了一聲，看著史坦利後決定再也不表示任何意見。

沙織看葉國強閉嘴後便繼續說下去：「我們提出的建議如下：由於英軍集團是全亞洲最大的棉花需求者也是第二大的棉花供應商，所以我們建議由英軍集團的子公司藉由買進棉花期貨，和 **LoL** 控股公司做密集的對沖交易，只要在合法範圍下，透過交易虧損將一億美金轉給 **LoL** 控股公司，而 **LoL** 控股公司的帳上所出現的資金完全是透過操作棉花所獲得的利益。」

周荷好奇地問：「怎麼有辦法讓一方虧損一億？卻又讓另一方獲利一億呢？」

這時候史坦利接下話微笑地回答：「這只是我們的建議，許多私募基金同業都會透過交易的方式幫客戶做資產轉移，合不合法就要看客戶或客戶帳戶所在地的法令規定，同業都這樣做，不表示我們也會這樣做，當然，如果有需要，這些小交易技巧，我們公司也都具備，至於具體的交易細節，說穿了不值兩個響屁，但這也是我們這種小私募基金賴以維生的吃飯傢伙，就不便多說了。」史坦利故作神祕狀。

「這樣的安排需要多久時間？」周荷只好問起其他問題。

「只要幾個交易的公司開戶且匯款完成之後，理論上需要一個月，當然如果委託雙方想要趕時間的話，大概可以縮到一個禮拜，不過這就必須多費些功夫，收費也比較高。」史坦利想要趁火打劫的意圖很明顯。

「棉花市場我們很熟稔，但真的有辦法透過棉花交易去安排資金移轉嗎？」周荷不死心地想要打破砂鍋問到底。

史坦利看看葉國強，彷彿在探詢是不是能夠透露更多細節，心知肚明的葉國強用南部腔調的台語告訴史坦利：「這個公司已經是你的了，要怎麼談青菜你啦[6]。」

在場除了他們兩人外，應該沒有人聽懂台灣南部腔調的台語，葉國強故意用這種腔調是防止對方萬一有來自福建廈門一帶的人，其實多數在中國的台商彼此間都會使用帶有南部腔的台語來交談。

第一次當家作主的史坦利有些慌張，他很擔心對方了解了交易訣竅後就一去不返，也擔心萬一什麼都不願意透露的話，會失去眼前這個大客戶。葉國強看在眼裡知道如果在這個場合拂袖而去，史坦利鐵定無法接到這筆生意，但這筆生意實在是太過於燙手，葉國強一方面想置身事外，故意讓史坦利下不了台來教訓一下已經背叛自己的史坦利，一方面又想要再幫史坦利一把，或許他只是一時的糊塗。史坦利是葉國強一手帶出來的人，又是一起從銀行小交易室一路打拚到金控、到東京開公司的革命夥伴，葉國強畢竟還有一絲愛才惜情的惻隱之心。

葉國強知道英軍集團一定會和自己公司合作，畢竟這種洗錢的勾當哪能到處找人商談報價殺價呢，當然是越少人知道越好。

於是葉國強開口：「貴公司既然是棉花市場的大戶，應該知道世界上有幾個棉花期貨交易所吧？」

「據我們所知有東京、上海、紐約、芝加哥、墨爾本和倫敦吧。」周荷如數家珍地回答。

「虧你們公司還是棉花界的大戶，你們好像搞不清楚金融界這個行業吧？除此之外還有孟加拉、南非開普敦、維京群島、新加坡、大阪、古巴……一麻袋的交易所，只是交易量不大就是了。」葉國強娓娓道來。

「我知道了，我們可以透過那些交易量不大且根本沒有透明的交易監督機制的交易所進行買賣。」一點就明的周荷恍然大悟。

在一旁的史坦利似乎很緊張，深怕客戶一旦被教會，便會一去不返，他急忙地想要把話題帶回契約上：「細節上還會有許多不容易突破的地方，如果你們委託我們的話，收費是移轉金額百分之一．五。」

葉國強和周荷聽到百分之一．五不約而同都愣了一下，但葉國強實在不想介入這筆買賣，他一個字一個字清清楚楚地表達：「對不起，我不接貴公司這筆案子，請你們另請高明。」葉國強此刻總算想起曾經在某個機場的貴賓室，聽到某財經記者聊起起這間 LoL 控股公司，隱約和中共某個在政爭中失勢的太子黨之間有關聯之類的八卦。

「爲什麼？」史坦利和周荷不約而同地問了起來。

「沒爲什麼，我只是正式表達自己的立場。」葉國強不願再多談，找了藉口離開了會議室，離開前瞪了史坦利一眼。

葉國強哪裡都沒有去，他躲進辦公室細細地端詳這個陪伴他兩年的孤獨空間。這裡沒有當年國華金控總經理辦公室的氣派，也沒有當年小交易室的生氣勃勃，這裡似乎沒有什麼夢想，雖然這裡原本是打

---

6 台語的隨便你啦。

造成與明悉子一起逐夢的地方，但至今卻已經沒有他想要帶走的東西，也許頂多就是一台個人筆電和一幅掛在牆上的字墨。上頭寫著「執念」兩字的墨寶，是當年外祖父在臨終前寫給他的，從大學的宿舍帶到小交易室、再帶到這個根本不屬於自己也沒有根的東京。

葉國強透過公司內部網路上傳了自己的辭呈，並在自己的臉書發表即日起辭去公司所有職位的消息。這不是他人生第一次遞辭呈，但諷刺的是，居然是寫給自己一手創辦的公司的辭呈，他辭掉執行長、專務與董事的職務，且即日起生效。

開完會氣沖沖跑到辦公室的史坦利一進門就對葉國強破口大罵：「葉專務，你好像搞不清楚自己的處境。」他已經自動將老大的尊稱改成客套的專務了。

「你才少跟我廢話！你眞他媽的把我惹火了！」葉國強不甘示弱地罵了回去。

「史坦利，你知不知道 LoL 控股公司的背景啊？竟然還敢接他們洗錢的生意。」

「你少在那邊跟我假清高，你就可以幫人洗錢賺大錢，難道我就不行嗎？」史坦利講得似乎也不無道理。

「百分之一．五？你這是賺賣麵粉的錢，承擔賣白粉的風險，你金融業十幾年白混了嗎？中國解放軍的國企，這種錢你居然敢賺，反正我已經如你所願辭掉這間公司的一切職務，以後有什麼麻煩事都跟我無關。」葉國強擺明了自己的立場。

「他們的錢是乾淨還是骯髒，關我屁事？那間 LoL 控股公司拿到錢之後要去殺人放火，還是要匯到台灣去幫國民黨買票，也統統不關我的事！」

「史坦利，你變了。」葉國強嘆了一口氣。

「沒錯，很難相信，但我的確是變了，我變得跟你一模一樣，一樣的貪心、無情，一樣把過錯都往別人身上推，一樣踩著別人的鮮血往上爬。」說完之後，史坦利從大衣口袋掏出幾張文件丟在葉國強桌上。

「簽一簽吧！越快越好！」

葉國強一看，竟然是公司股權的移轉買賣契約，史坦利一不作二不休，不單單想要把葉國強趕出董事會的決策中心，連股份都想一併吃下來。

「條件很不錯，我用當初你開這家公司的成本再加百分之十五向你收購，算是對你這兩年來創設公司的肯定吧！」史坦利一副自己已經是老大的氣勢。

史坦利看了看這間辦公室對葉國強說：「這間辦公室還會保留給你，你喝完酒如果沒地方去可以回來坐坐。啊，對了！今天晚上公司在對面居酒屋舉辦爭取到新客戶的慶祝酒會，也順便幫你餞別，你知道，日本這個社會，只要是企業員工離職，都得舉辦這種送別會的。」

「請葉專務務必賞臉參加。」史坦利離開前鞠了一個日本式的躬。

葉國強花了點時間，取下外公的字畫，整理一下心情，收拾起兩年來的記憶，打開窗簾對辦公室的街景做最後巡禮，只見到電線上停了幾十隻烏鴉對著他哀鳴，那尊棉神又換了中國古裝飄浮在窗外，一邊對著葉國強傻笑，一邊鼓掌歡送他的離去。

「你們是不是在幫我舉辦送別會啊？」葉國強不在乎是不是自己的幻覺或幻聽，對著眼前這個奇特的棉神烏鴉群的組合講起話來。

「看樣子我這輩子是無法翻身了，是不是？」

一隻腳勾住電線的棉神迅速又換了一身棉襖軍裝大衣，搖了搖頭說：「非也非也！」說完後立刻煙消雲散不見蹤影，幾十隻烏鴉整齊地展翅向西邊的夕陽飛去，呀啊呀啊的叫聲蓋過街上祭典的鑼鼓。葉國強拉上窗簾，走出辦公室，對著辦公室的門敬了個禮：「感謝兩年來的照顧。」

葉國強不打算參加什麼歡送會，經過居酒屋的門口只看見史坦利、沙織和同事們在裡頭，熟練地圍著烤肉架，人人都是一手拿著烤肉串，一手舉著冰啤酒，彼此看見對方的下巴流著油脂，哈哈大笑。葉國強咒罵了幾句後頭也不回地離開居酒屋門口，在祭典的人群中隱藏起自己的身影。

還能去哪裡？葉國強不想在今天這種日子太早回家，不想回到早已不能稱之爲家的水泥混凝土空間。沒有目的地隨著祭典的人潮如孤魂野鬼般晃到棉棉花居酒屋，此刻總算體驗出爲什麼每個日本人都會找間在心中宛如可以讓水手靠岸的居酒屋小店。

今天的棉棉花異常冷清，沒有半個客人。

「常客都跑到商店街那邊去看祭典了！」棉棉花老吳抱怨地說著。

「強老大，今天喝什麼酒？要不要來一盅今天才進貨的鹿兒島燒酎？」

「今天不喝了。」葉國強有點失魂落魄地回答。

聽到不喝酒，老吳緊張起來：「老葉，你今天看起來怪怪的，我最怕客人不喝酒。」

葉國強敷衍地笑說：「我只是不喝酒而已，還是會吃點東西。」他誤會了老吳，以爲老吳只是擔心進貨的新酒會賣不出去。

「別誤會啦，我的經驗告訴我，不想喝酒的酒客最讓人擔心。」

看起來老吳又要長篇大論，反正葉國強今晚也不想讓自己處於太安靜的場合。

「客人來我這裡是爲了買醉，你竟然連酒也不想喝，正表示你不用喝酒就醉得一塌糊塗了。」

這傢伙如果不開居酒屋，轉行幹心靈大師說不定會更稱職呢！葉國強心裡頭如此想著，但就是提不起勁來開老吳玩笑。

「要不要嘗嘗我新開發的菜色：回教口味的 pasta，起司是用羊奶熟乳酪做的，配料有羊腿碎絞肉，辛香料用的是孜然粉和土耳其蜂蜜，保證讓人一掃憂鬱。」

雖然沒有什麼食慾的葉國強還是點了點頭，對著老吳說：「今天是我生日，一個平凡無奇的生日，你生日時怎麼過的？」

忙著烹煮回教式 pasta 的老吳，抬起頭來看著彷彿自言自語的葉國強回話：「要怎麼過生日之前，先接接你的電話吧！手機響了半天居然自己都沒聽到。難道你是在躲債嗎？」

拉回現實的葉國強匆匆忙忙地接了電話，電話那頭不意外的是英軍集團的周荷。

「葉執行長，現在方便和我見個面談談事情嗎？」

「不方便也沒興趣！」不等對方講完，葉國強立刻按下手機的終止鍵。

不死心的周荷立刻又撥了過來：「請你聽我講完，我們周董想要請你幫忙我們集團籌備銀行，薪水好談，不知道你一年五百萬人民幣能否接受？」

葉國強連回答都懶得回答直接掛電話。

「不知道是哪來的詐騙集團還是電話推銷，煩死了！」葉國強對老吳抱怨起來。

話還沒說完，電話又響起，葉國強無奈只好對著電話破口大罵：「你別再打來了，我管你是英軍美軍還是日軍，別再打來了，我沒興趣……」

「請問你是葉國強嗎？」電話那頭的聲音並非周荷，而是讓葉國強感到有點耳熟說著中文的女人聲音。

「是！啊，對不起！因爲剛剛連續接了幾通詐騙集團的電話，所以把妳誤會成詐騙集團，請問妳是？」

「我是葉芳茹，半年前曾經在你的辦公室碰過面。」對方聲音似乎非常清楚。

「幹你娘，我和你們特查組沒有什麼話好說，別妨礙我吃飯。」葉國強咒罵了幾句後掛掉電話。

「去他的娘，今天我碰到不是怪人，就是壞人，不然就是人渣。」葉國強憤憤不平地對著老吳說。

「看起來你沒完全醉呢！還懂得生氣罵人。我前幾天生病去掛急診，在醫院急診室的地上痛到打滾，可是醫生只看我一眼，就對護士交代先處理別的病人，我破口大罵說我是先來的，爲什麼先看別的病人，那個醫生笑了笑對我說，你既然還有力氣罵人，表示你的狀況還不緊急，旁邊那幾個被抬進來的人連罵人的力氣都沒有，那才是比較緊急的病人，我聽了之後，立刻對那醫生豎起大拇指表示佩服。」

「老吳你眞的該改行去當心靈大師。」葉國強忍不住說了出口。

「老葉！門口那桌的那個女客人是不是認識你？她已經往你這邊看，足足盯了快十分鐘了。」老吳指著門口那張桌子。

葉國強轉頭往門口望去，只見一個女人坐在居酒屋門口進來的第一個座位上，臉上塗抹著庸俗不堪的妝粉，更顯示她乾癟的臉頰，她點了一根菸抽，但笨拙的吞吐模樣和妓女幫客人吸吮陰莖沒兩樣。

「幹！陰魂不散！才掛上電話就找上門來。」葉國強今天已經不知道咒罵了幾次了。

那個女人向葉國強揮了揮手。

「老闆，能幫我挪一下位置嗎？」那女人用生硬的日語對老吳說，不等葉國強同意就直接走到身邊的位置坐了下來。

「老闆懂中文的。」葉國強淡淡地回答。

「還記得我是誰吧？葉總經理。」那女人把香菸熄掉的舉動看起來真的很陰陽怪氣。

「特查組葉大檢察官，誰敢不認得？」

「我有些事情想和你聊一聊？」

「我和妳沒什麼好聊的，誰碰到妳誰就倒大楣！老吳！買單！我要走了！」葉國強起身打算要離去，根本不想和這個女人繼續糾纏下去。

眼前這位陰陽怪氣的女人是台灣特查組的檢察官葉芳茹，也就是把葉國強正式起訴的檢察官。葉國強三年多前擔任國華金控總經理時，因為一宗內線交易案被起訴，一開始由於葉國強配合度良好，檢方只用違反證券交易法起訴他，葉國強離職之後也乖乖地入監服刑了幾個月。

但沒想到國華金控的古家在台灣的選舉上押錯寶，再度連任的國民黨想要清算敵對政黨的背後金主，把矛頭指向國華金控集團的古家。為了保護老東家國華金控董事長古漂亮，葉國強拒絕出庭應訊，也不想用汙點證人的方式幫特查組將古漂亮羅織入罪，只好長期留滯日本，和自己的情人明悉了一起在日本創業。

只是來日本一年多之後，明悉子突然人間蒸發不告而別，葉國強的日本簽證面臨即將到期必須返回台灣受訊，這時候古漂亮伸出援手和葉國強火速辦理結婚登記，由於古漂亮同時擁有台灣、澳洲和日本的國籍，葉國強也就順理成章地取得澳洲國籍和日本的居留權。古漂亮的老爸，也就是國華金控的總裁最後終於認可了這樁婚姻，一來自己女兒老大不小，二來也感念葉國強替整個古家扛起所謂「政治獻金案」的一切責任。

葉國強之所以會流離失所，一小部分原因也是眼前這位女人所屬的特查組，特查組甘於淪爲邪惡政權的鷹爪，在台灣到處興風作浪，只要和前朝政府或反對黨往來密切的個人與企業，無所不用其極地用各種司法手段加以整肅，政治獻金被羅織成貪汙，海外匯款被汙衊成洗錢，葉國強背負了這些欲加之罪，再也回不了家。

「妳總不會想在這裡逮捕我吧？想想妳的前輩們，那幾個扯入江南案的調查局爪牙，利用之後一個個被判重刑。」葉國強不願坐下來。

「放心，中華民國政府付給我的待遇，還沒有多到讓我願意做那麼大的犧牲。」葉芳茹有禮貌地站起來。

「我有些公事也有些私事找你談，能不能請你心平氣和地聽我講完幾句話。」

葉國強哼了一聲：「口氣還眞不小，妳的膽子也眞大，一個人敢跑到國外來找我這個亡命天涯的通緝犯，你不怕我一聲不響地把妳做掉，畢竟這個地方我比妳熟太多了。」

「你不會這樣做的，我處理你的案子花了三年的時間，對你我還算有點了解。」葉芳茹總算放下一副盛氣凌人的鷹犬姿態。

葉國強坐了下來，向居酒屋老闆老吳點了一大堆酒菜：「好啊！反正我被你們搞到破產了，這頓酒就算你們特查組請的，妳有什麼事情就快講，但我保證不會專心聽妳說話。」

葉芳茹坐下來又掏了根菸點了起來，怎麼看就還是像廉價妓女替酒醉客人吹喇叭的模樣，葉國強不禁笑了出來。

「有什麼好笑的？」

「我笑妳好好的檢察官不當，偏偏要幹惡名昭彰的特查組，用各種違法的方式替你們家那個沒有民意基礎的老闆做事，小心哪天又政黨輪替，逃亡的人可就會換成是妳。」葉國強講得其實也不無道理，葉芳茹不想反駁這些話。

「如果可以提前嚇阻壞人作奸犯科，必要的惡是可以接受的。」

「好啦！我認輸了，對妳這種藍丁丁講道理是講不通的，妳有屁就快放吧！」

「葉總經理，我知道你一定很想替自己平反，畢竟你剛剛也講了同樣的話，聽老闆指示辦事又要替老闆背黑鍋，肯定很不舒服，換成我，哪天要是政黨輪替，我二話不說立刻供出指示我做事的老闆，做人何須那麼辛苦呢？你說對不對？」

吃著居酒屋招牌菜「伊斯蘭羊肉披薩」的葉國強根本懶得回答這些問題。

葉芳茹繼續說下去：「你可能不曉得，我們特查組其實還沒有正式通緝你，目前你的案子只是因爲屢傳未到而發出約談通知的階段，還沒有到移送的階段，換句話說，如果你願意接受用汙點證人的方式回台灣接受偵訊，且指證你所做的事情完全是聽從古家的授意，我保證二十四小時內就可以讓你交保。」

「有人說寧可相信這世上有鬼，也不願相信特查組的那張嘴！大檢察官，妳以爲自己是誰啊，說交保就可以交保，別把我當三歲小孩。」

葉芳茹早就知道無效，於是拿起電腦播放了一段周君平的錄影，說起這位周君平，他是特查組前身「反貪腐小組」的召集人，曾經和葉國強合作一些案子，稱得上是少數葉國強信任得過的法界人士，只是無法認同特查組爲虎作倀的行徑，周君平已經離開公職從事房地產法拍投資客，前一陣子流行台灣投資客來日本炒房的熱潮時，周君平還特別前來找葉國強敘敘舊。

「強老大，快半年沒見面了，最近還好嗎？你在日本的日子會不會過太久了？最近我從可以信任的老長官嘴中得知，他願意同意你用汙點證人的方式回台灣，也保證你接受應訊二十四小時內可以交保，只要你說出眞正的案情，你的刑期絕對不會超過兩個月，而且可以用你三年前的兩個月服刑期間來抵換。你不會有事的，眞相遲早會大白。

你一定會質疑為什麼特查組會和你談條件？你知道，他們辦這個案子已經快三年，上頭的壓力很大，很想趕快結案，所以請我出面錄了這段影片來和你溝通。

聽我的勸，也請你再相信我一次，何必爲了一個你不愛她、她也不愛你的女人做出這麼大的犧牲？想想你好久沒見的女兒還有父母，再兩個月就要過年了。」

看完周君平的錄影後，葉國強心中不禁竊笑，如果這眞的是周君平的眞心話，請他一通電話打過來不就好了，只要是明眼人一眼就可看出周君平應該是處於某些壓力下不得不錄這段影片，特查組還打算用這段影片來說服他，但葉國強不願點破，想繼續看看眼前這位大老遠從台北跑到東京市郊的檢察官，到底還有什麼花樣。

葉國強故意擺出沉思的樣子後說道：「捉賊抓贓，捉姦抓雙！你們辦案的人應該知道這個道理，這整個案子根本就沒有所謂贓款，國華金控也是按照政府的相關規定匯款給政黨當成政治獻金，當時也立刻向國稅局申報並公開在網站上，妳憑什麼拿這筆款子要我咬自己的老闆？」

「更何況，不瞞妳說，反正過一兩天我們就會公開了，古漂亮也就是我的未婚妻已經懷有身孕，打死我都不可能讓自己的老婆與小孩被你們逮捕，所以妳就省省吧！有辦法的話請日本警方來逮捕我，不然就是乾脆把我綁架回台灣。」

葉芳茹打斷他的話：「既然你說到捉賊抓贓捉姦抓雙，我一開始有提到除了公事以外，我還有私事想和你聊聊，想聽嗎？」

吃完最後一口披薩，滿嘴藍黴起司的酸腐味，葉國強毫不遮掩地對著她吐了一口氣，只見葉芳茹用手遮住鼻子一臉嫌惡的樣子。

葉國強哈哈大笑：「很臭吧？再怎麼臭也不會比妳講的話還要臭。我和妳哪有什麼私事好談！」一邊掩著口鼻一邊從公事包拿出一只大紙袋，葉芳茹把紙袋遞給葉國強：「不是你和我的私事，而是你的私事，自己看著辦！」

葉國強好奇地將紙袋內的東西統統倒在桌上，只見從紙袋中掉出十幾張照片。

「其實不只這些，我這裡還有個電子檔，裡頭存著一部影片，如果你想要看仔細一點的話，可以拿去看。」葉芳茹順便遞交了一支隨身碟。

葉國強把隨身碟插進筆電的ＵＳＢ插槽，並沒有葉芳茹預期的震驚與暴怒，反倒是很冷靜地看著自己好朋友和未婚妻的偷情影片。

照片相當清晰，清清楚楚記錄著古漂亮和史坦利一起到溫泉旅館出遊、開房間，以及兩人在古家位於神樂坂豪宅內翻雲覆雨的過程。

「拍攝的人還特意把時間拍了下來，相信是兩個多月前，你去澳洲辦理國籍登記的那幾天。」葉芳茹故意壓低聲調，以免激怒眼前這位被綠帽蓋頂隨時會爆怒的葉國強。

「沒想到史坦利會出賣你吧？當你身陷險境，對你伸出手的一定就是好人？一定就是幫助你的人嗎？」葉芳茹改用溫情的方式來喊話。

如果是早個一天看到這些照片和影片，葉國強勢必會抓狂爆怒，但經歷過一整天史坦利對他的攤牌翻臉之後，反倒是有種釋放壓力後的解脫心理。

「這些照片和影片不代表什麼，我已經是四十幾歲的中年人，經歷過太多尋常人一輩子都未曾經歷的磨練，葉大檢察官，如果妳想靠這些來指望我去背叛自己妻兒，妳就白忙一場了，妳想把這些照片拿給誰我都沒意見，拿去給狗仔雜誌我也不反對。」葉國強雙手一攤。「只是妳們辦案子需要如此下流卑鄙嗎？」

「嗯，葉國強，你看起來還真是個好人，我不很清楚你到底是什麼人，你自己好像也不太明白是嗎？

要不要我提醒你，你早在十年前就已經做了結紮手術，結紮的地點是台北的樹田泌尿科，沒錯吧？」

「沒想到妳對我的生殖器這麼感興趣，還大費周章地查我的紀錄，早點說嘛！這附近就有很多愛情賓館，想看的話我可以直接掏出來讓妳看個夠，嘿嘿嘿！」

葉芳茹沒有想到對方竟然如此冷靜：「那我也無話可說，相信不需要我提醒你，古漂亮肚子裡的小孩不是你的骨肉吧！」

「哼！」

「我還會留在東京一個禮拜，這是我下榻的旅館和房間號碼，我晚上都會待在旅館，如果你想通了，隨時可以打電話給我或直接來找我。」

「有趣啊，要我到旅館去找妳，一個人單槍匹馬地跑到國外出差辦案，挺無聊的是吧？我一個人出差時也常常如此寂寞。」葉國強講起話來完全不顧對方檢察官的身分。

「有時候我們別無選擇啊。」

「妳這句話好像有雙關語的意味，算了，喝完這瓶酒再走吧，這家店不會這麼快打烊，給根菸來抽吧！」

「你眞的這麼看得開？要是我老公如此，我絕對不會原諒他。」葉芳茹遞了一支菸給葉國強也替自己點了根菸。

「這瓶酒可是老闆珍藏的『眞澄如水』大吟釀，我們兩個完全不眞誠的人，來乾杯吧！下一次見面恐怕會在法院或監獄呢！」葉國強舉杯一飲而盡。

「外面很多關於你的傳言，當然，和案子無關的傳言，你知道的，一堆和女人糾纏不清的傳言。」黃湯下肚後，卸下僞裝心防的葉芳茹好奇地問著。

「既然是傳言，那些胡亂編造的故事，就別隨便相信了，反正妳公權力在手，妳大可去查個清楚，順便也幫我整理一下過去那些亂七八糟的情史。」葉國強說完後一飲而盡。

「如果沒有別的事，我們可以結束談話了嗎？在這裡妳可沒有拘留我二十四小時的權力，況且妳也沒有吸引我去妳旅館房間待上二十四小時的魅力，聽我一句勸，既然到東京好好去買套衣服還有化妝品吧！東廠爪牙幹久了，一點女人味都沒有，哈哈哈！」

說完後葉國強起身揚長而去，推開棉棉花的大門，讓自己藏在更深更深的小巷弄內，夜晚再度飄起雪來，望著天空的葉國強即使穿著羽絨外套也不禁發抖起來。商店街的巷弄毫無盡頭，這個晚上他不知道又鑽進了幾家連店名都搞不清楚的居酒屋，喝了好幾回連自己都沒聽過的清酒，直到天色漸漸發白，不願意看到白天的葉國強才甘願回到家中埋頭大睡，直到被一通電話吵醒。

6

麻布十番。布穀鳥錯置

「葉執行長嗎？又是我啦，英軍企業的周荷，你總算願意聽我講話了，今天可以見個面聊聊嗎？」從床上掙扎許久才起身接電話的葉國強，打起了精神對著電話那頭一字一句地回答：「好！什麼時間？」

電話那頭的周荷被葉國強的爽快嚇了一跳：「你好像剛睡醒，對不起吵到你睡覺，要不要我一兩個鐘頭後再打給你。」

「不用了，我已經睡醒了，這一覺睡得可眞久。」

「咦？」

「沒事，我只是說該醒來的時候終究還是得醒來。」

掛上電話後忍著宿醉的頭痛，走到廁所看著鏡子內的自己，葉國強自言自語地說：「中國江西？起來吧！強老大！」

「面試？」

「是的，我認爲還是得搞些正式手續……」不願在電話中談太多細節的周荷匆匆留下時間地點便掛上電話。

中國的民企和處於經濟快速起飛的中國一樣，凡事講求速度，通完電話不到二十四小時，周荷就立刻要求葉國強到下榻的旅館展開正式的面試。

英軍企業集團在日本並沒有設置辦事室，所以他們長期租用位於麻布十番中國大使館旁的五星級酒店行政套房，充當在日本的聯絡處。

葉國強依約提前半個小時步入酒店位於三十三樓頂樓的行政套房，他穿了正式的三件式亞曼尼套裝，搭配了一條九州佐賀錦針織的領帶，小牛皮公事包除了筆電以外，也特別準備了自己的各種資歷文件證明。雖然對於應徵面試本身很有排斥感，總覺得既然是挖角，爲什麼還得先通過面試，任自己在他人眼前秤斤論兩，實在感到相當不舒服。但對於已經不願意再自我封閉自我放逐的他而言，在這個僅存的翻身機會，擱下一切身段放空自己，也算不了什麼。他不想任自己漂流在沒有重心的生活，工作了十八年的他，金融業的日子儘管黑暗、讓人沮喪，但他再也不願仰人鼻息、庇蔭在裙帶關係苟延殘喘地混日子。

周荷已經站在套房內的會議室門口迎接葉國強，與幾天前不一樣，周荷穿著相當正式，雖然一眼就可以看到套裝上兩個尊貴所費不貲的雙C字母，卻是毫無一絲年輕女子朝氣的暗灰色套裝，嚴肅的表情和幾天前截然不同，葉國強倒吸了一口氣，中國商人前恭後倨的兩面態度舉世聞名，但沒有見識過的話，自尊心太強的人恐怕會拂袖而去。

「謝謝葉總經理撥空參加面試，大家都已經在裡頭等著你了。」還好周荷還沒有忘記對話的禮貌。

葉國強苦笑了一下，整理一下領帶。

「對了，我很想知道，總經理爲什麼會突然答應來我們公司幫忙呢？」

「到了我這個年紀，要不就趕快認清事實，要不就繼續醉生夢死。人的一生，沒有太多值得去追求的選擇，一言難盡啦，反正我做過的傻事已經夠多了，也不多差這一件啦！只是沒想到已經活到四十多歲了還得讓人品頭論足。」

聽了葉國強自嘲的回答，這時候才想起自己好像沒有把話好好說清楚的周荷，整個人亂了方寸結巴起來：「總經理，你誤會了！」

「沒有關係啦！我不會介意，我不小心講了不該講的話。請問一下，裡頭面試的主考官應該就是令尊周軍吧？」葉國強想要先確認一下好讓自己有個心理準備。

「董事長過幾天才會來，裡頭是找來讓你面試的人。」

「讓我面試？」

「對！英軍銀行籌備處總得找些幹部，我們總裁希望讓你自己挑選可以用的主要幹部。」

「那我呢？今天不是我的面試會嗎？」知道自己誤會，葉國強有點啼笑皆非。

「葉總經理，英軍集團能夠得到你的首肯，早已感激不盡，怎麼可能還要面試啊！」沒有把話說清楚的周荷這下才知道糗大了，差點把父親的獵人才使命給搞砸鍋，看著沒有什麼表情、站在門口始終不願走進會議室的葉國強，羞愧到整張臉漲得紅紅的，著急地差點哭了出來。

「要搞好金融得先拋棄自尊，不同的自尊都有不同的代價，懂嗎？」葉國強趁機對她機會教育。

吃了一頓排頭的周荷想要引開話題遮掩自己的窘狀，於是指著會議室：「我從三星找來網路行銷的高手、挖來香港渣打銀行最資深的外匯交易員、中國四大銀行之一工建銀行最會搞喝酒拉業務的營業老手、還有大老遠從麻省理工學院找來的博士……」周荷對自己的人脈頗爲得意洋洋。

「我不管裡頭那些要讓我面試的人是從哪邊找來，但讓他們接受一個還沒進入狀況的主考官的面試，就犯了不尊重他們的根本錯誤，我不管裡面有幾個人，我要你改成一個一個面談，花多少時間都可以。記著，這是金融業，不是工廠應徵民工，知道嗎？」葉國強藉由對周荷下命令來答覆自己接受職務的意願。

「先請他們離開吧！明天再開始正式面試。」說完後葉國強轉過身掉頭就走。

周荷跟著追到電梯口急忙地問起：「葉執行長，你應該是答應英軍集團的邀請了吧？」

頭也不回的葉國強步入電梯，在電梯們快要關上的一瞬間，葉國強對她點了點頭並撂下一句話：「可是，關於人事，我說了才算數。」

英軍企業是一間位於中國江西的棉紡大廠，幾年前以江西爲營業範圍開設了「英軍銀行」。英軍銀行是間所謂的「村鎮銀行」，村鎮銀行是指經中國銀行業監督管理委員會依據有關法律、法規批准，由境內外金融機構、境內非金融機構企業法人、境內自然人出資，在農村地區設立的，主要爲當地農民、農業和農村經濟發展提供金融服務的銀行業金融機構，類似台灣早年的信用合作社。

村鎮銀行的經營業務只有存放款、國內外匯兌、簡易保險等業務，全中國大約有幾百家村鎮銀行，村鎮銀行的規模與水準參差不齊，有些位於一線城市如深圳、廣州、上海的城鎮銀行，其規模比起一般商業銀行一點都不遜色，然而有些位於偏遠農村的村鎮銀行，由於競爭力不足加上經營者與股東的實力不足，一般中國民眾根本不敢將儲蓄存進去，村鎮銀行也經常傳出大股東掏空或人謀不臧的舞弊情事。

村鎮銀行這種特殊的金融業，是中國政府在邁向金融自由化之前的「過渡型政策產物」，中共當局由於社會主義的意識形態，不願意讓所謂的商業銀行過於發達，但另一方面，幾十年的經濟開放下來，金融的需求日益增加，原來幾間國銀商銀已經無法滿足經濟起飛所需要的金融需求，所以中國當局設計出村鎮銀行這種畸形金融機構。

許多台灣的銀行得到中國當局許可到中國設立分行，雖然表面上看似開放，其實骨子裡都只是被允許村鎮銀行的等級，譬如葉國強的老東家國華金控到中國廣州設立的國華粵東銀行，其實只是範圍被限定在廣東汕頭、潮州、惠州等幾個縣，還不允許經營旁邊的廣州與深圳。

村鎮銀行由於經營範圍被限制，譬如英軍企業所轉投資成立的英軍銀行，一開始的經營範圍只被允許在江西南部幾個縣，後來因爲規模成長到一定程度，加上老闆周軍的黨政關係良好，所以經營範圍可以擴大到鄰近的福建省的廈門與漳州泉州。加上這幾年剛好碰到中國全力發展廈門，所以英軍銀行的規模，不論在存款還是放款，已經躋身全中國幾百間村鎮銀行的前五名。

然而所謂道高一尺魔高一丈，法定的經營範圍漸漸因爲行動網路的發達而打破藩籬，英軍銀行早已透過網路將客戶與經營範圍擴張到沿海的福州、長江沿岸的南昌、九江，甚至台灣的金門。

由於村鎮銀行已經無法滿足現代中國經濟的需求，中國當局準備開放全國性「民營商業銀行」的申請設立，第一年將發出五張執照。據可靠的官方消息透露，會發給華東（福建、江西與浙江）地區業者一張執照，想想看，由於目前市場競爭者只有幾家死氣沉沉宛如衙門的國營銀行，以及少數幾家受到重重政策限制有如被拔掉虎牙的老虎的外企銀行，如果可以獲准拿到全國商銀的執照，那簡直可用取得「印鈔機執照」來形容其中龐大的商機與利潤。

也正因如此，有意申請的企業與村鎮銀行衆多，呈現僧多粥少的搶破頭局面，而官方核准的標準除了檯面下的黨政關係外，主要還會審核銀行總經理（或執行長）的學經歷、村鎮銀行的規模與紀錄、主要幹部的經歷，以及營業計畫等等。

坦白說，中國想要申請全國性民營商業銀行的企業，個個都大有來頭，所以幾家具有實力的申請者莫不卯盡全力地四處挖角，尤其是曾經擔任過台灣金融業的高級主管最爲吃香，原因當然是中國的統戰指導政策。

在這種情況下，擔任過國華金控總經理、大信證券總經理，以及大信銀行副總經理，且年紀只有四十多歲的葉國強，比起其他競爭對手找來那種六、七十歲的老金融油條，在向中國官方申請的「賣相」上好看起許多，畢竟，中國銀監局對於那些存心只想找些老成持重者來當門神的申請者也相當感冒。

其實葉國強早在半年前就被鎖定，只是沒想到英軍集團的總裁周軍在關島機場和葉國強巧遇，讓整個獵人行動提早啓動。

「什麼？你要去中國工作？」古漂亮一臉錯愕。

「昨天決定的，整件事情發生得比較匆忙，也可以說比較戲劇性，所以就沒有找妳商量。」葉國強簡單地把英軍企業與自己之間的合作關係講了一下。

「你現在才告訴我，算是商量嗎？」任何女人聽到另一半將要遠赴中國長期工作相信都會很不高興。

「算是吧。」葉國強相當冷漠。

兩人沉默了許久，古家位於神樂坂的豪宅本來就已經相當僻靜，此刻更是安靜到讓人喘不過氣來。

古漂亮大吼：「你這哪算商量，你自己都已經決定好了！」懷了身孕的古漂亮，開始有了情緒不穩的害喜現象。

「妳的問題已經包括我的答案了，妳還要我回答什麼？」葉國強回得相當絕情。

從小到大很少被人如此絕情對待的古漂亮，已不若以前的驕縱蠻橫，大概是已經懷孕而有了身爲人母的體認，態度立刻軟化且帶著顫抖的聲音問起：「那兩個月後的婚禮怎麼辦？」

「應該沒有什麼必要舉辦婚禮了……」葉國強停下來想了好久，才鼓起勇氣擠出了這句話。

「婚禮和你的新工作完全不相干啊？難道你的新老闆不讓你請婚假啊？」葉國強一句打算取消婚禮的話，如晴天霹靂地讓古漂亮著急地哭了起來。

「的確沒有什麼關係。」打算豁出去攤牌的葉國強的口吻越來越冷淡。

古漂亮花了一段時間才讓自己停止啜泣，強打起精神試圖恢復冷靜：「你應該知道中國銀行找你，只是想利用你的經歷當成申請銀行的招牌門神，頂多利用個兩三年，吸乾抹盡後就會把你拋棄掉，你又不是沒當過銀行總經理，何必蹚那缸渾水呢！」

「妳講得一點都沒有錯，可是妳別忘了，我也是被你們古家利用了兩年就當成遮羞布扔掉，連家都回不了！」葉國強講到這裡情緒也激動了起來。

「葉國強！你這樣講未免太沒有良心了，我還不是跟你一樣，犧牲了一切跑到日本來。」古漂亮替自己辯解。

「妳算是哪門子的犧牲？不過是少了董事長的頭銜罷了！至少妳還可以台灣日本兩頭跑，而我呢？爲了你們家惹上執政當局的案子，隨時會被發布通緝，一回到台灣立刻會被收押禁見，這兩年來，我連已經讀國中的女兒都見不上一面。」想到自己已經三年沒見過面的女兒，葉國強哽咽了起來。

聽到這裡，古漂亮也覺得自己理虧，語帶慚愧地說道：「再過一年多應該就會雨過天晴，你能不能再忍耐個一、兩年？」

「或許妳已經聽到風聲，前幾天，台灣特查組的檢察官來找我談條件，只要把妳和妳父親供出來，就可以讓我緩起訴，妳知道我怎麼回答嗎？」

古漂亮聽到後並沒有感到驚訝，淡淡地回答：「我知道你不會答應的，如果你會答應這種骯髒的交易，你就不是葉國強了。」

「沒錯！我壓根兒就不會答應。來日本前所坐的牢，是我自己犯了內線交易，自己有錯自然得負責任，但後來特查組指控我幫你們古家去行賄前總統，這件事情我百分之百不會認罪，也不會去亂咬妳或其他人，因爲這是大是大非的原則，根本沒有人犯任何的錯。」

古漂亮幽幽地嘆了一口氣：「我寧可從你嘴中聽到你是爲了我頂罪。」

葉國強露出嘲諷般似笑非笑的表情回答：「不必了！我不是什麼偉大情聖，整件事情唯一的錯誤就是我愛上自己的老闆。」

聽了這些內心話，古漂亮的心情似乎舒坦了許多：「如果你不喜歡太過鋪張的婚禮，那我們可以辦得簡單一點，只宴請幾個親戚，當然一定要找你媽媽，還有幾個以前我們在金控籌備處的老同事。」

籌備處的老同事這幾個不舒服的字眼讓葉國強立刻想到史坦利，眞的是哪壺不開提哪壺。

「對不起，我眞的不想和妳結婚。」

原以爲葉國強態度略微軟化而燃起了一線希望的古漂亮，指著客廳內成堆裝滿籌備婚禮用品的紙箱說：「那裡頭有已經用佐賀錦印成的喜帖，有已經幫我們量身訂作的十幾套禮服，能不能答應我，至少爲了面子，不要取消婚禮好不好？」

「我身爲台灣前幾大家族的女兒，很多事情是身不由己，更何況，我好不容易才拋棄前一段爲了家族利益而結合的婚姻，不顧一切地跟著你來到日本，可能你無法體會我的犧牲。」

「要不然這樣，結婚後我跟你到中國，我當個安安分分的家庭主婦，過一般人過的夫妻生活，每天等你回家吃晚飯，星期天一家人去賣場買買東西逛逛街？」

葉國強哼了一聲冷冷地頂了回去：「夠了！妳還是繼續過妳的貴婦生活好了，我可不想委屈妳，至於面子嗎？對我來說一點都不重要。」凡是說面子不重要的人其實最愛面子。

好不容易平息情緒的古漂亮此刻完全崩潰痛哭失聲，引來了在廚房準備晚飯的僕人前來關切。

「先生，別怪我下人多嘴，太太有三個月的身孕，你多少就讓她一下嘛！」從台灣帶來的老僕人李奶奶以爲只是新婚夫妻間的拌嘴吵架。

「妳別管閒事，去忙妳的！」看慣了平常好脾氣的葉國強竟然發起脾氣來，李奶奶嚇得躲回廚房。何必對別人發脾氣呢？葉國強自己有點不好意思。

「我三十三歲了，已經算是高齡產婦了，這次懷孕應該是我人生最後一次可以當媽媽的機會。阿強，你能不能看在小孩的份上，別取消婚禮？只要你肯結婚，婚後你外面養什麼小三，或者是想要幹什麼，我都不會過問，這樣好不好？」

換成一般男人，聽到未婚妻如此委曲求全，早就心軟回心轉意。

葉國強語氣雖然放得比較柔和，卻緊盯著她的雙眼說：「妳知道布穀鳥這種鳥類的習性嗎？」

「布穀鳥就是杜鵑鳥。通常鳥類都會孵自己下的蛋，可是布穀鳥的繁殖習性卻是與眾不同，牠專挑其他鳥類的巢下蛋，讓其他鳥類幫牠孵蛋，到幼鳥孵出後，布穀鳥的幼鳥會把原本巢中的其他鳥的鳥蛋全部啄破，獨占不同種母鳥對牠的撫育。」

聽了這番話後古漂亮內心揪了一下，避開眼神轉過頭去端起茶壺做倒茶狀，才發現茶壺內根本沒泡茶，顧左右而言他地引開話題：「李奶奶竟然忘了泡茶。」強作鎮靜，但還是露出了緊張的模樣。

懷抱著好聚好散的態度，葉國強不願意把醜話講滿：「這世界有時候就是這麼無常，如果只是你愛不愛我、我愛不愛你的問題，那還簡單，但是牽扯到下一代的話，而且又是你們龐大家族的下一代，我眞的沒有辦法陪妳一起背負這些，更何況，這也不是我應該背負的。」

原本擔心葉國強會發飆，但看他露出一副心意已決的冷淡模樣，古漂亮顫抖地問起：「你還記得幾個月前我們在哪裡決定要結婚的？」

葉國強點了點頭答話：「輕井澤的聖保羅教堂，那裡也是我們五年前正式認識的地方。」

古漂亮繼續說下去：「我還記得你引用聖經哥林多前書的一段話來當成彼此之間的定情承諾。」

葉國強不假思索地背了出來：「愛是恆久忍耐、又有恩慈，愛是不嫉妒，愛是不自誇、不張狂、不做害羞的事，不求自己的益處，不輕易發怒，不計算人的惡、不喜歡不義，只喜歡眞理。凡事包容、凡事相信、凡事盼望、凡事忍耐。愛是永不止息……。」

古漂亮站起來抱住站在門邊的葉國強，抬起頭看著他輕聲細語地說：「還好你沒忘記！你也曾經答應過我，只要你我意見不合，你都會三思而後行的。」

倒吸了一口氣的葉國強嘆了一口氣：「給我三天的時間好好想想。」信奉天主的他的確是在聖保羅教堂內做出這樣的承諾。

「你不會人間蒸發吧？」爭取到三天時間的古漂亮有點喜形於色地說道，她牽起葉國強的手，緊緊握著深怕從指間溜走。

「給我三天的時間，我會告訴妳我的決定，我保證。」

古漂亮緊緊地抱著葉國強，她把最好的青春都灌溉在這個男人身上，用盡了笑和淚，她不願見到含苞的花朵直接凋謝。

「我答應你永遠不會再和不該見面的人見面了。」公主病很重的古漂亮以為這般承諾就可以得到男人的原諒，不過，以她的身分地位與身價，多數男人都會選擇原諒，但只是表面的原諒。

葉國強踱步到沙發旁坐了下來，歪著頭端起桌上那杯冷掉的茶。他小心翼翼地拿著盤子，在他的大手之下，這套英國 Wedgwood 瓷器看起來異常脆弱，彷彿隨時可能握起拳頭，一個動作就能把杯子捏成了粉塵。

葉國強看了看手錶：「我中午還要跟新東家開會，快來不及了。」強行按捺住所有情緒，才沒有捏破瓷杯。

「你還是要去中國上班？」關於這點，古漂亮不太敢再堅持下去。

「你心中還愛著明悉子嗎？」古漂亮好像想起什麼事情突然問了起來。

葉國強不留情面點了點頭，說謊的人會盡量圓謊，講真話的人，則不會顧及那麼多。

兩人站在門外，僵持了一會兒，臉色垮了下來的葉國強打破沉默嚴厲地問起：「妳有立場問這種問題嗎？那些都已經是一年前的事情了。」

嚇了一跳的她含糊其詞地帶過：「別誤會，我們都是成年人，沒有道理玩喝乾醋的小把戲。」假裝聽不懂指責意味地繼續講下去：「我的意思是你最近有沒有跟她見面？」

這個問題讓葉國強厭煩到了極點，冷冷地回答連髒話都飆了出來：「幹！妳乾脆問我有沒有和她上床好了！」講完後頭也不回地轉身離去。

看著漸漸走遠的葉國強，古漂亮大聲喊著：「我是說，我最近聽到了她的消息……」

位於小山丘的神樂坂，深秋的風讓天氣冷得可怕，葉國強聽到明悉子三個字立刻停了下來，雙腳宛如被釘在巷弄的石板上無法動彈。

有如人間蒸發般從他身邊消失了整整一年多的明悉子？聽到這三個字，葉國強先是一愣，緊接著心頭一熱鼻頭一酸，轉過頭看著追了上來的古漂亮。

「我已經一年多沒有看過她，也完完全全沒有她的消息。妳的消息是從哪聽來的？」葉國強並沒有露出特別欣喜的表情，心中轉念認爲說不定這只是古漂亮故意要點吃吃乾醋的小女人手段而已。

「你還記得大信醫院的沈挺義院長嗎？」

大信醫院是古家的關係企業，沈挺義是古家多年的投資夥伴，幾乎可以稱得上是古家最忠實的家臣，同時也是國華金控的獨立董事。葉國強在大信銀行與國華金控任職的那幾年，沈院長是幫他擴展國華金控事業版圖的重要左右手與金主之一。

「嗯，好久沒看到他了。當年我在台北金山遭到流氓襲擊，不就是妳開車送我到他的醫院去急救的，算起來他也是我的救命恩人呢。」心中充滿好奇的他不動聲色，故意避重就輕不去問明悉子的近況。

「上個月，沈院長在台南某個鄉下的戶政事務所碰到明悉子。」

「台南的鄉下？沈院長會不會看錯了，明悉子怎麼會跑到台南的鄉下？」葉國強這下心中有了譜，原來明悉子一直待在台灣，難怪在日本怎麼找都找不著她。

「不會看錯！明悉子雖然在台灣的行事相當低調，認識她的人不會超過十人，但沈院長絕對是那十個人其中之一。」

葉國強回想當年國華金控的購併案中，出了很大力氣的明悉子和關鍵人物沈院長，的的確確碰過好幾次面，印象中他們應該也曾經一起開過會吧。

「講到你的老情人，你怎麼一點興趣也沒有的樣子？」古漂亮再怎麼家世顯赫、商場上再怎麼打滾歷練，身爲女人的她免不了對這類話題有著和女人相同的敏感度。

「我既然答應和妳結婚，就表示不會再去管以前的情人不情人了。我的老情人可多著呢！」

古漂亮睜大眼睛想要從葉國強的表情中找出一絲一毫的言不由衷，葉國強其實是強作鎮定表現出一副淡定的神情，但如果這時候有測謊機的話，他肯定通不過測謊的。

「好，隨你怎麼說啦！反正你這個情場老江湖早就習慣口是心非。」古漂亮露出一副戰勝者的笑容繼續說下去：「沈院長那個時候和明悉子寒暄了幾句，雖然沈院長沒有告訴我他們聊了哪些內容，但應該脫離不了有關於你與金控案的往事，而且，重點是他們還交換了名片。」

「名片？」

「沈院長看到名片上的名字愣了一下，明悉子本來是姓淺野，這大家都知道，因爲沈院長和她並不是那麼熟，所以一開始用淺野小姐稱呼她，但名片上，她已經改了姓，名字已經改成黃明悉。巧的是，那天明悉子出現在台南鄉下的戶政事務所，就是爲了要改姓，明悉子有了台灣國籍，這你應該清楚才對。」

葉國強心中一沉問道：「明悉子改姓？改成姓黃？」

「瞧你焦急的，我想你應該知道日本女人改姓無非是爲了冠夫姓，日本人到現在多少還保有並遵從改夫姓的傳統，不過你不要妄想我嫁給你後會冠上你的姓。沈院長不方便問她的私事，但相信明悉子應該是嫁給一個住在台南姓黃的人吧。」古漂亮說出這件事情宛如對葉國強放大絕，用意相當明顯。

「如果你不相信，你可以去問沈院長，明悉子和他一點關係都沒有，他應該不會故意扯這種謊才對。」古漂亮聳了聳肩。

「我也相信沈院長不會說謊。我開會時間快要來不及了，第一次和新老闆開會，遲到了恐怕不太好。」此刻的葉國強更是急著想要離開，古漂亮吐了吐舌頭笑著說：「你今天該不會又去找個地方買醉了吧？」

「別想太多，這類事情我從小到大碰多了，每次都得買醉的話，我早就變成酒鬼了。但還是謝謝妳告訴我這件事情，至少我心中的大石頭放下來了，我想明悉子肯定是遇到比我更好的人，我也只好祝福她了。」葉國強心中早已翻騰但還是裝出若無其事的樣子。

號稱東京花街的神樂坂天空又飄起雪來，今年東京異常的冷，才十一月初就已經下了好幾天的雪。街尾的赤城神社內撒落了一地還未紅透便提早凋零的殘楓，穿著傳統白衣的女官在鳥居下，掃著滿地被雨雪摧殘後的落楓，步行到神社高處遠眺一輛又一輛奔馳而過的中央線電車，車頂上鋪了層沒人理會的微微細雪，經常來此參拜的葉國強今天卻不知該如何參拜起。直到周荷催促開會的電話響起，才讓他回神。

他雙手合十對著奉供的主神唸唸有詞：「買醉？別小看我！中國的版圖等著我去征服啊！」

7

八王子。布局

和中國三線省分的企業幹部開會實在不是件愉快的事情，雖然英軍集團包了東京頂級的五星級飯店行政套房當臨時辦公處所，滿屋子濃濃的黑咖啡、堆滿菸頭的菸灰缸、地板布滿了各式各樣的網路線、電話線和插座，每一個小時就來打掃一次的服務生莫不皺著眉頭向葉國強抱怨。

已經正式答應英軍商業銀行升格籌備處總經理工作的葉國強，實在不太喜歡他們未經同意就發表新聞稿的魯莽行徑，尤其是「台灣國華金控創辦人的女婿」這個稱呼。

「我們還沒有正式舉辦婚禮。」葉國強看著一則又一則的網路新聞對著周荷抱怨。

「總經理，你和古三小姐的婚禮可不可以在內地也辦一場？我想這絕對具有宣傳效果，可以對外界尤其是官方展現英軍和台灣國華金控之間的密切合作關係。」聽不出抱怨意味的周荷滔滔不絕地說著，討好的意味很濃。

「我結不結婚和商業銀行的籌備工作沒有什麼關係吧！」葉國強很不耐煩地婉拒了這項提議。

周荷用一種不可思議的表情看著他，正想要爭辯些什麼，葉國強立刻轉移話題：「外面會議室等著面談的人已經等太久了，妳安排一下吧！」

整個下午來來往往的有遠從廈門來東京公幹的幹部，或是從江西出差其實只是順道旅遊的英軍集團姻親冗員，葉國強早就見怪不怪，二十年前台灣金融業剛開放的草創年代，一些炒房致富的暴發戶，一開始轉換成銀行家身分的模樣也是如此，多半是些在鄉下經營信用合作社，只懂得喝酒上酒家拉存款的老經理，每天黏著國民黨地方黨部或縣市政府，想要搭土地變更順風車賺上一票的建築工頭，只懂得在工廠天天調整機器的黑手老粗，但相對地，這些粗鄙的外在也代表了狂野成長的經濟實力。

很清楚自己打工處境的葉國強，對於新東家找來加入籌備工作的幹部只能照單全收，畢竟自己說穿了不過只是個檯面上的樣板人偶，一切的一切等正式到中國就職後再做分工和職務調整。

「你眞的不必理會什麼皇親國戚，可以用的就用，不能用的就別勉強，在我們中國內地，感情與關係雖然擺得很高，但通常是擺著好看的。」周荷在一旁不時提醒擔任面試官的葉國強。

「所謂的組織，並非在認同某人能力後才思考如何安插他的位子。而是先安排好位子後，再來開發他適合的能力，或套進固定的框架內。反正金融業本來就是個戰場，無法適應的人很快就會陣亡離開。」葉國強回答著。

許久沒有嘗過忙碌的滋味，忙到天昏地暗的他接見了一輪又一輪的準部屬後，竟然已經是晚上九點多。習慣在會議上關機的他，掏出放在大衣口袋的手機，才發現一大堆未接來電和 LINE 的訊息。

「強老大，我是沈挺義沈醫師，好久沒連絡了！」撥通電話後才知道狂 call 了十通以上的電話不是別人，而是他的老朋友沈挺義。

「我現在人已經來到東京，我從傍晚一走出羽田空港的海關就開始 call 你，你實在是大忙人。」

「對不起，對不起，剛剛才開完一個冗長無聊的會議，你知道，人在東京總是得幹點活才能混口飯吃。你如果早點說，我還可以去機場接你呢！」揣摩不出沈挺義的來意，葉國強也不便主動問起。

「別客氣，是我沒有事先聯絡你，急急忙忙地找你，是想約你打球。」

「打球？高爾夫球嗎？」葉國強問起。

「不然呢？我這把年紀還能夠打什麼球，你到日本兩年多，高爾夫球的實力還維持在單差點嗎？」

「別開玩笑了。你又不是不知道我的狀況，也不怕你笑，我在東京這幾年混得不是很好，哪打得起這邊球場的高消費啊！」葉國強索性也跟他哈拉下去，大忙人沈醫師絕對不會只爲了單純敘舊而大老遠跑東京一趟的。

「明天早上你有沒有空？我已經訂了八王子的球場，開球時間是早上八點。」

「明天早上八點？八王子？我住的地方在北千住，離八王子很遠。老沈，你又不是不知道，單單東京都就比台北大好幾倍，況且不瞞您說，我現在一來沒有車可以開，二來連球桿都沒有準備，如果想要敘敘舊，找個居酒屋晚上喝喝酒就好了啊。」葉國強技巧性地婉拒。

「那都不是問題啦！我明天一早派車到你家附近的北千住車站接你，球桿也幫你準備一套，如果你連球鞋都沒有的話，可以到球場的販賣部去挑一雙。」聽起來沈挺義不想讓葉國強有婉拒的藉口。

聽了這番話後葉國強乾脆開宗明義地問起：「你的意思是說，我沒有拒絕的權利嗎？」

電話那頭傳來哈哈大笑的聲音：「這世界上沒有什麼事情是一定不能拒絕，偏偏這件事情就是例外中的例外。反正我不管你生病也好，沒空也罷，就算工作忙不過來，明天我就是非見到你不可，如果見不到，咱們幾年的交情就到此爲止。別忘了，我好歹是你的救命恩人。」

雖然只是隔著電話，沈挺義把話講得很重，讓人不買帳都不行。

「好吧，那就請你明天早上五點半派車到車站來接我吧。」葉國強聽得出來老沈口吻中，約自己見面的急迫性和重要性。

兩年沒有摸過球桿，前兩洞打下來，葉國強可說是狀況連連，一顆出界（OB），一顆下水。

「不是自己的球桿還眞的打不習慣。」清晨八點多位於八王子郊外山丘上的球場，氣溫低到只剩三度，冷得哆嗦不停，邊擊球邊熱身的葉國強對著沈挺義抱怨。

「上次我們同組打球應該是三年多前了，如果我沒記錯的話，那次在台灣的北海球場，天氣也和今天一樣又濕又冷，除了我們以外，還有財政部的局長和一個筆名叫總幹事的財經大師。」沈廷義說完後推了一記十英呎的長距離推桿，高興地歡呼出來：「第一次在日本打 Birdie！」

哭喪著臉的葉國強在果嶺推了三桿才進洞，垂頭喪氣地對著在旁邊記錄成績的桿弟報成績：「十桿。」

到了第三洞的發球台，終於碰到球場塞車的狀況，前面還有一組人等著發球，葉國強見狀靠近沈挺義身旁輕聲細語地說（高爾夫球場的規定，如果有人正在擊球，在後方等候開球的人不能高聲喧嘩）：「日本商界有個不成文的規矩，如果打到第三洞，一起打球的夥伴還不打算談論公事的話，這場球就屬於單純球敘，除了球技或風花雪月的事情其他就不能再提了。」

沈挺義壓低笑聲哈哈兩句：「強老大，你還是不脫喜歡鬼扯淡的習慣，剛剛前兩洞打下來，你的老毛病始終沒有改過來呢。」

「願聞其詳。」

「你只要每一洞的開球開得不好，那一洞就打得意興闌珊一副想要放棄的樣子，其實就算開得不好，只要收起沮喪心情好好處理後面球道上的鐵桿或果嶺上的推桿，一樣可以拿到好成績，或至少把損害降到最低。」沈挺義也不過打了個罕見的 Birdie 便露出一副行家 pro 的嘴臉。

「這大概就是你和我不同的職業特性吧，你是醫生，必須對病患付出耐心，而我是交易員出身，習慣把不好的交易快速停損處理掉。」

「其實你早就不是交易員了，不管是金控總經理還是中國的銀行總經理，早點戒掉你那沒有耐心的習慣。」消息靈通的沈院長已經知道消息，但這並不奇怪，英軍集團早在葉國強口頭答應的當天就已經發布人事消息了。

前面那一組球友已經擊球完畢，葉國強恢復正常說話聲音問道：「老沈，是古老爺子叫你來找我的吧？他有什麼話要轉達給我的嗎？」

雖然說現代科技，一通電話、視訊或一則LINE簡訊就可以立刻溝通，可是古老爺這種台灣巨富，以及身陷幾起政治獻金重大案件遠走他鄉的葉國強，若再加上現在葉國強還同時擁有海外私募基金業者與中國金融業準總經理的敏感身分，很難說沒有有心人，正睜著眼睛或豎起耳朵盯著、聽著他們之間的任何聯繫。

「既然你開門見山地提了，我就老實不客氣地問你，你爲什麼要隱瞞已經結紮的事？」

「老沈，別聽那些八卦記者或特查組檢察官的連篇鬼話，那些人老是喜歡搞些名人生殖器的八卦。」葉國強打算來個抵死不認。

「你騙得了別人，可騙不了我！」沈挺義換了嚴厲的口氣。

「十年前你在一間名叫樹田泌尿科的診所接受結紮手術，結果那間樹田診所在五年前轉手賣給北海醫院，也就是我的醫院，古老爺在半年多前得知你打算和古漂亮結婚，託我去查查你和你的家族病史，你知道這些動作對那種家大業大的家族很正常，爲的是怕自己的後代會有什麼家族遺傳性疾病，剛好被我翻到你十年前的就診病歷。」

「想不到連你也對我的生殖器很有興趣。」既然對方連樹田診所都講出來了，葉國強也不想再強辯下去。

「古家那種大家族對於子女婚嫁另一半的生殖器，確實有異於常人的高度興趣。講一個八卦給你聽，古老爺之所以答應古漂亮與前夫離婚，是因爲他的前夫除了喜歡搞三捻四得到梅毒以外，最大的原因是因爲他家有種罕見的遺傳性疾病，那是一種先天性……」

葉國強遞了一顆球給老沈說：「算了，別跟我講醫學常識，反正我也聽不懂。然後呢？你想要傳達什麼話？」

「我本來想找機會向古老爺報告，但沒想到一個星期前聽到古三小姐懷孕，且又懷的是男嬰的消息後，我就忍下來沒有對老爺子說。」

葉國強哼了一聲：「別指望我會感激你，我醜話講在前頭，如果你想藉此要脅我的話，請便吧！一來我已經決定取消和三小姐的婚約，二來我現在也已經窮到沒有什麼可以讓你要脅了，更何況，你如果講出去，丟臉的可不是我。」

有點憤慨的葉國強站在發球台猛力一揮，似乎想把所有的情緒藉由揮桿宣洩出去。

「Good shot!」旁邊的桿弟看到葉國強擊出又直又遠的球後大聲喝采起來。

「老沈，你是來取笑我頭上這頂富家千金小姐給的大綠帽嗎？」心思完全沒有放在球上的葉國強反而能擊出漂亮的球。

沈醫師頭歪歪地斜視著他，面露出一點笑容：「知道生氣就表示你還有救。就好像我們醫院的急診室，我從來不擔心那些哭天搶地的病患，反而會把人力與時間放在奄奄一息連話都講不出來的另外一群。」

第三洞不只開球開得好，連球道上的鐵桿都接得很順，在這個全長三百六十碼球場難度第一的右狗腿球道，兩桿就上了果嶺，葉國強總算慢慢恢復昔日的水準。

「強老大啊，你總是習慣打這種順手球，而且你越是生氣越是暴躁，反而會處理得很好。」沈挺義意有所指地故意聊了起來。

「你想講什麼就直接講吧，拐彎抹角地不覺得痛苦嗎？」葉國強裝成不在意地蹲在果嶺上仔細觀察推桿路徑上的坡度、轉折點和草紋。

「我沒有把你結紮的事情告訴古老爺和三小姐，也不打算說出去，我也必須警告你，千萬別說出去。」

聽到沈挺義這番話，葉國強吃了一驚，立刻影響了推桿的手感，喪失了一次抓小鳥（Birdie）機會。

「老實告訴你吧，我過幾天打算一五一十地告訴漂亮，也已經決定和她離婚。並請你轉告古老爺，我此生再也不想和國華集團有任何瓜葛，當然也會信守承諾，把幾年前政治獻金案子的關鍵細節帶到棺材，橋歸橋，路歸路。」沒想到一說完，葉國強的第二次推桿再度失手，以難看的三推桿作收。

來到球道兩側還有幾株殘楓的第四洞，喜歡賞楓的沈挺義看得興趣盎然：「深秋來日本打球眞是種享受啊！可惜你這兩年替老闆擋子彈受苦了。」

「你我都只是大集團的看門狗，同病相憐還可以，但如果打算安慰我就免了吧，我再過一陣子，等到這邊一些雜務瑣事處理完以後，立刻要啓程到中國江西去替別人打工了。」

看著即將枯萎的楓葉，葉國強嘆了一口氣說道：「過去幾年和古家、漂亮，以及你們集團，一切的一切都會慢慢淡忘。」

聽了這番話後沈挺義露出不可思議的神情，他拍了拍葉國強的肩膀說：「我說啊，老朋友，因爲是你，我把你當自己人，你以爲逃避就可以解決問題嗎？」

「我沒什麼問題，是古家那個千金小姐有問題。」

「你的問題在史坦利身上，我猜得沒錯吧？」沈挺義把史坦利三個字講了出來。

「看起來老沈你很愛搞八卦嘛！你不去幹狗仔隊或特查組檢察官很可惜。」葉國強並沒有否認。

「阿強，收起你的任性，你以爲中國英軍集團只因爲你的資歷能力，就相中你去當他們家銀行的執行長嗎？你應該心知肚明，如果你不是台灣第二大金控的駙馬爺，他們會找你嗎？這個世界曾經幹過金融業總經理、且樂意去中國那個大市場幹銀行總經理的人，沒有一千也有八百。」沈挺義講起話一刀見血。

「你的意思是如果我想要後悔的話，一切都太遲了，是不是？」葉國強當然對英軍集團的用意相當清楚。

「和打球一樣，世界上沒有太遲這回事，當一天和尙敲一天鐘而已。其實古老爺子和英軍集團的周董早就談好了，過幾天就要宣布投資英軍銀行，早在半年前，雙方便已經內定你是新的銀行總經理，畢竟，老爺子那邊能夠信任的人不多，更別說那些中國暴發戶。只是既然英軍集團是主導者，自然就由他們直接來找你談，古老爺料想的沒錯，如果是由國華金控這邊來找你，以你的臭脾氣，肯定是不會答應的。」

「這是老爺子要你轉達的？」葉國強實在不敢相信連遠在日本的自己，也只是別人手上的一顆棋子，只是過去兩年，自己是別人的棄子，突然之間，不死的棄子竟然搖身一變成為先手。

「如果我不答應呢？」葉國強停下手中練習揮桿的動作，轉過身問著坐在球車內的沈挺義。

「我醜話講在前頭，下面的情況都只是我的揣測，老爺子應該不會那麼狠，但我還是必須得提醒你，如果你壞了這個局，台灣的特查組會正式通緝你，然後你的私募基金這兩年在日本搞的一些狗屁倒灶的洗錢逃稅，日本政府肯定會有興趣知道才對。你自己應該曉得自己幹過哪些事情，如果忘記了，史坦利也會在適當的時間給那些對 SevenStar 有興趣的人很多提示，如日本銀行局、檢察官，以及關島海關之類，免不了也會提供給你現在國籍——澳洲的國稅局。」沈挺義講這些話不想直接看著葉國強的臉。

東之高閣的古籍，隨時取出都能大做文章。藏於兵庫的劍，銳不銳利隨時可取人性命。

打完了第五洞，心不在焉的沈挺義看了看手錶又看了隨身的 iPad 後提議：「我還沒有吃早餐，要不要陪我在前面的販賣店吃點東西？」

兩人默默不語地找了張靠窗的桌子，沈挺義點了可頌、水果沙拉、冷蕎麥麵和咖啡。

「看起來你好像三天沒吃飯似的。」葉國強開著玩笑。

「昨天古老爺一通電話就急忙從台灣被叫了過來，的確是累壞了，替古老爺工作，真的很像古時候皇帝身邊的近臣，伴君如伴虎。」沈挺義點了一大堆食物，卻沒有打算要開動的模樣。

葉國強想要打破砂鍋問到底：「我結紮的事情，你真的都沒告訴任何人嗎？」「怎樣，你不信任我嗎？」沈挺義斬釘截鐵地回答。

「說也奇怪，前幾天台灣特查組的葉芳茹檢察官，你應該認識，就是那位把我們咬死不放的女人，她竟然也知道這件事情。」葉國強把那天晚上兩人的對話，選擇性地挑了部分內容說了一遍。

聽了葉國強的敘述後，沈挺義避重就輕地提出自己的看法：「其實特查組內部現在也分成兩派亂成一團，葉芳茹屬於少數死硬派，根本是國民黨豢養的走狗，沒有把案子辦出來絕不罷休，然而大部分的檢察官似乎已經嗅到國民黨即將垮台的氣氛，開始想要兩頭壓寶，對前朝以及反對黨金主的案子，除非有明顯的證據才會繼續偵辦下去。你人在東京可能不曉得，其實特查組的案子，已經一件件的簽結，不是不起訴就是緩起訴，你的案子頂多一年內就會有個結果，據上面傳來的消息是最多用違反證券交易法起訴。」

葉國強想要聽的不是這些，連忙打斷他的話：「老沈！我想要問的是爲什麼我的病歷會曝光？」

沈挺義總算低頭吃起早餐，似乎有意閃躲葉國強的嚴厲指責眼光：「我不清楚，或許是醫院內管理檔案的相關人士吧。」

「那就請你把那位管理檔案的人士開除吧！」

聽到這裡有點受到驚嚇的沈挺義點了點頭，差點說不出話來。

此時販賣部的大門打了開來，兩個人走了進來，沈挺義有點熱烈地抬起頭來，才發現是排在他們後面那一組的桿弟。

「沈桑，請問我們可以超越你們先開球嗎？」

球場的規定是，如果前一組擊球的客人因爲用餐或休息而停止擊球，下一組客人有權利超車到下一洞先開球，但必須經過前一組客人的同意。

「老沈，你今天打得雖然不差，但有點心不在焉。」

「沒辦法，今天我是奉命來找你說話的，唉，你是女婿，古老爺是老丈人，明明就是你們的家務事，何必由我這個外人來置喙呢，我想主要是因爲古漂亮是我接生的，從小看她長大的緣故吧！」

「這不是我該問的問題，但還是得踰越身分地問你，你到底要不要和三小姐結婚？我今天一定得聽到答案。Yes或No，我不想聽抱怨，不想聽道理。」他終於開口了。

葉國強看著，不帶感情地看著沈挺義，那道目光冷靜無比，近乎茫然凝視，最後他緩緩地回答：

「Yes.」

「沒錯，你的確該這樣做。」沈挺義說，這下兩人總算有了共識，銜命而來的他心情不禁放鬆下來，開心地喝了口咖啡後繼續說下去：「當然，如果你這一兩年有什麼見不得光的東西，記得，找個替死鬼當墊背，把所有的責任推到他身上。」

語重心長的沈挺義看著葉國強，兩人似乎心有靈犀一點通地笑了開來。

「替死鬼不用特別去找，現成就有自己找上門的不長眼替死鬼，哼！」葉國強的模樣有如著魔一般。

沈挺義看著窗外的山景說道：「八王子這座球場我來過好幾次，就屬這一洞的餐廳景觀最美，也最安靜，通常球友不會選在這裡休息，所以最適合談一些不方便被人聽見的事情。你知道窗外那片丘陵地上井然有序的建築物是什麼嗎？」

望著窗外的葉國強默不作聲似乎正放空一切，沈挺義不在乎他冷漠的態度繼續說下去：「那幾棟建築物是多摩美術大學的校舍，設計打造多摩美術大學這座號稱日本現代美學殿堂的是知名建築師伊東豐雄，我北海醫院的新院區，也就是位於陽明山山腳下的北海北投分院，就是找他操刀設計的。」

滔滔不絕講了二十幾分鐘的話，葉國強終於忍耐不住：「我們坐在這裡球也不打，只是爲了聽你聊伊東豐雄的美術館嗎？」

彷彿詭計被拆穿的小孩，沈挺義漲紅了臉呑呑吐吐地回答：「當然不是，也許是我太累了吧。」

話還沒說完，餐廳的大門又被打開。

「沈桑，打攪了。」

以爲又是下一組客人想要超車先到開球台開球，葉國強搶先回答：「沒關係，你們先請！」

但此時傳來一個熟悉的聲音：「阿強，好久不見了。」沈挺義聽到這個聲音如洪鐘的聲音終於鬆了一口氣。

葉國強轉過頭來朝門口望了過去，竟然是國華金控的名譽董事長，集團創辦人古萬金。他身著運動用短羽絨外套，走起路來炯炯有神，手上拿著高球計分卡精神奕奕地計算著桿數的模樣，實在看不出已經七十五歲。

嚇了一大跳的葉國強急忙起身，不小心地打翻了桌上的咖啡杯。

「四十幾歲了還這樣毛毛躁躁！」古萬金見狀笑了起來。

「古老爺！怎麼這麼巧？」葉國強還沒講完立刻回過神來，看著安排這次巧遇的沈挺義。

「還叫什麼古老爺，阿強，要改叫爸爸了！」沈挺義笑笑地對著葉國強說道。

「爸爸！請坐！」葉國強拉來隔壁桌的另一張椅子，放在自己位子的旁邊。

古萬金對沈挺義使個眼色說道：「幫我去按捺我的同組客人。」沈挺義很有默契地離席，走出這座小小的賣店餐廳。

古萬金目送沈挺義離開視線範圍，確定店內沒有其他任何閒雜人等後率先開了口：「難為沈院長刻意安排我們在這裡巧遇，沒辦法，現在這個階段相當敏感，如果被狗仔或有心人士看到我們見面，有些事情恐怕會見光死而破局。」

葉國強幫準岳父倒了杯咖啡，心中滿是忐忑，畢竟自己怎麼說也是拐走他女兒一起私奔遠走高飛的元凶。

「聽說你和漂亮吵架？你們都已經是三、四十歲的大人，也都各自婚嫁過一次了，怎麼還像對小夫妻鬧著要取消婚禮？」古萬金話鋒一轉換了張長輩的臉孔問了起來。

「嗯，沒有這回事，害您擔心了。」

「沒事就好，記得多哄哄阿亮。」古萬金伸出手拍拍葉國強的手，肢體動作很明顯傳達出交付女兒的意味。

「我很感激你擔下公司所有的事情，這幾年辛苦你了，讓你在外面流浪。」古萬金說完後更是緊緊握著葉國強的手，換成別人，絕對招架不住首富級長者如此的攏絡，只是此刻，葉國強卻也只能強顏歡笑。

「你既然是我的女婿，照道理應該回到公司來幫忙家族，但我顧忌你的感受，畢竟被別人稱爲駙馬爺的確有點難堪，如果你先去中國的新商業銀行闖出一片江山，將來再回公司接班，這樣比較沒有阻力。反正男兒志在四方，阿亮那邊，你把她當小女人寵一寵就行了，嫁雞隨雞嫁狗隨狗，我不會允許她擺出古家小姐的派頭，阿亮以後就只有一個身分，那就是你的葉太太，以及我外孫的媽媽。」

葉國強聽出重點，古萬金膝下只生三個女兒，大女兒生了幾個小孩，但清一色都是女生，二女兒結婚快二十年根本沒有生出一兒半女，反觀古漂亮，肚子裡懷的不折不扣是個男嬰。

「阿強，有件事情我必須告訴你，你的官司快要解決了，如果還有什麼阿狗阿貓的不長眼檢察官，沒必要去陪他玩，畢竟，你已經是中國那邊新設商業銀行的總經理，我這邊也打算在你任新職之後去參股。簡單的說，現在國民黨這個爛政府，巴著國華金控與英軍銀行的合作當成兩岸金融交流的重要指標政績，到時候用八人大轎把你抬回總統府當貴賓都來不及了，哪裡還敢再去動你半根寒毛。」

在台灣紡織業、營建業和金融業打滾了六十年的古萬金，七十多歲高齡的頭腦依舊相當清楚，企業版圖、人事布局和玩弄政商關係，格局之高、想法之犀利，聽在耳裡的葉國強可說是佩服得五體投地，只是自己活生生變成棋子，從置之死地的棄子，到另創新局的起手式，搞不好哪天自己又被打回徹徹底底犧牲的棄子也說不定。

「我該說的都說完了，我們不要一起離開比較好，你有沒有什麼困難要我幫忙的？」古萬金掏出放在口袋的計分卡起身準備到下一洞去開球。

「我希望爸爸您能夠除掉沈醫師這個人。」葉國強用爸爸兩字來區別自己和沈挺義之間親疏分量。

古萬金愣了一下後哈哈大笑：「阿強，我沒看錯你，你的確是做大事的人，很好！很好！沈院長三個月後應該會退休移民到加拿大，你覺得呢？還是要他再滾遠一點？」

葉國強點了點頭。表情有點扭曲，有點霸氣，有點血腥，他自己不知道，但古萬金完全看在眼裡，很滿意眼前這位擁有和自己類似特質的集團接班人。

很厭惡這一切的葉國強，腦中只想著趕快逃離這間讓自己充滿窒息感的球場小賣店餐廳，雖然這是自己無可退路的唯一選擇，過去三年雖然過得狼狽頹廢，但起碼自由自在。說得出的痛，就找得到解藥，然而那些說不出來的痛呢？

既然一切都只是爲了掩人耳目的巧妙安排，只打了四洞的葉國強就先行離開球場，搭電車從八王子回去市區中途會經過吉祥寺，他突然想在吉祥寺中途下車，反正今天正逢週五，週五下午實在不是個工作的好時光，下車後從站前商店街拐進井之頭公園，許多觀光客在入口處拍著銀杏和少數幾株尙未掉葉的楓樹照片，公園內池塘上有幾部天鵝造型的腳踏船，幾對情侶和親子正玩著恩愛與溫馨的划船遊戲，企圖從無聊的舉動擠出一點他們認爲的快樂。

井之頭公園是葉國強與明悉子一年前最後見面的地方，那時候他們來這裡只是想要尋找傳說中的B級甜點：荷蘭小寶寶，一種甜死人不償命，暖烘烘的蛋白霜甜點。明悉子笑著說如果哪一天兩個人失去聯絡，可以在每年的深秋，最後一批紅葉凋零前來此相遇，葉國強笑著回話，那只不過是三流言情小說編出來騙騙小女生的可笑劇情。沒想到，葉國強傻傻地抱著這句耍浪漫的玩笑話認眞起來，連續兩個秋末季節都跑到井之頭公園，看看能不能偶遇失聯的她。

深秋的井之頭公園的圳池很美，美到讓一堆攝影師、旅遊部落客來此捕捉，實情是只有熱戀中的男女和不切實際的僞文青才會在攝氏兩三度瀕臨下雪的天氣坐在圳池邊的長椅，鬼才會忍住哆嗦坐在宛如冰庫的池邊搔首弄姿。

公園入口處有家義式咖啡館，外推的窗邊擺有圓桌，葉國強推開門，老式鈴鐺響起，和一年前那次造訪一模一樣，店裡很溫暖，播放著Bossa Nova風格的慵懶音樂。他點了大杯義式濃縮咖啡，不加糖，不用湯匙，咖啡送上來時他馬上付錢，剩下的零錢習慣放在桌上直到離開時當作小費。

他假裝用手機收電子郵件，其實是在留意路人，留意路人當中有沒有明悉子驚鴻一瞥的身影，衡量著路人甲、路人乙和自己相比，誰的生命比較有意義？他的內心陷入無意義的自問自答，沒有自怨自哀，也許只是每年的這個季節來此暫時停留，給自己一點祕密的心靈空間，去咀嚼已經逝去的往日情懷吧。得不到的總是最美，既然最美，自然最適合被包裝成祕密藏在心中，偶爾偷偷掏出來嘗嘗那種單純的酸甜。

以前是銀行總經理，以後又即將是銀行總經理，職位與聲望是同年齡的人望塵莫及，四十出頭，已經不再是什麼容易心碎的年紀了，也不允許。又不是大一男生，星期天醒來想起自己暗戀的漂亮學伴，昨晚被外表豬頭其貌不揚的富二代大四學長摟出舞會，坐進一部自己打工五十年也賺不到的法拉利跑車，揚長而去，訴說著自己一腳踏入絕望的國度，那個年紀可以不顧一切地任憑自己心碎傷痛，四十歲了就是不行、不能，更記不起來什麼叫做心碎。

每年來此品嘗或者說是挖掘一下自己內心的幼稚祕密，似乎也不錯。

咖啡不太好喝，也許是點錯了，葉國強到櫃台重新點了一杯坦尚尼亞的豆子，回桌卻又看到那位自稱棉神的傢伙坐在桌子另外一頭的椅子，葉國強不想理會祂，但棉神卻開口了：「阿強，你可以聽見我說的話，對不對？」

葉國強實在不願意被旁人當成瘋子，也只能把這尊只有自己看得到的棉神也好、心魔也罷，來個視而不見、相應不理。

「阿強，你不必開口回答，你只要在心裡頭想一想，我就會知道。」棉神左臉頰鼻翼下方的那顆黑痣似乎又變大了不少。

「我聽你在放屁！」葉國強暗自在心中咒罵了幾句。

棉神笑了笑說：「我怎麼可能會放屁呢？鬼是不會放屁的。」

葉國強索性把眼睛閉起來，打算仔細聆聽店內黑膠唱盤所放出來的八〇年代經典老歌〈Bohemian Rhapsody〉：

Is this the real life?

Is this just fantasy……

「這首歌是你和明悉子在大學時期最愛聽的歌，對不對？」棉神好像葉國強肚內的蛔蟲。

此時葉國強再也按捺不住了，這尊棉神足足困擾自己快要一個月，葉國強對著坐在隔壁桌的棉神脫口而出：「祢到底想要什麼？如果祢還一直糾纏我，我會去找所有的宗教，收驚、驅魔、貼符咒、喝聖水、撒黑狗鮮血、十字架沾大蒜……」

還好店內旁邊桌子沒有別的客人，咖啡廳老闆遠遠看過來，還以為葉國強只是一個對著手機講個不停的外國觀光客。

棉神故意裝成一副很害怕的模樣回答：「千萬不要撒狗血，那會讓我沒有食慾。」

葉國強總算學會了用意念來溝通，心中默默地念著：「祢不是棉神嗎？神要吃東西嗎？」

棉神露出嘉許的神情點了點頭：「你總算學會如何和我講話了，我當然要吃東西，我只吃棉花，所以等一下我得去找棉被店或棉花工廠。同時我也有七情六慾，就好像你現在心裡頭正在回想以前聽著〈Bohemian Rhapsody〉這首洋人歌，一邊擁抱明悉子，進入她的身體衝刺、探索……」

「不管祢是神或是鬼，交談和刺探的界線請祢搞清楚一點。」葉國強只覺得又好氣又好笑，索性放空腦袋完全不做任何思考。

「我也沒辦法啊！」棉神雙手一攤露出無可奈何的表情。「你故意把腦袋放空空的也好，我來講你來聽，我想要和你談一筆買賣，用你們現代人的術語就是交易，至於我要你幹什麼？我可以幫你做什麼？天機不可洩露，你慢慢地就會知道。」

「我並不是什麼棉神，其實這世界上不管是陰界還是陽界，都沒有所謂的棉神，也沒有所謂的神，頂多只是一些無法善終的孤魂野鬼，那個居酒屋的吳老闆稱我爲棉神，是因爲我曾經遇見過他，爲了讓他相信，只好隨口胡亂掰一通。反正我現在告訴你這些，你還不會了解，我只要你記得兩件事情，第一件事情是我的名字叫小賀。」

叫小賀！葉國強噗嗤一聲笑了出來。

「我知道你笑什麼，因爲我也曾經是台灣人，住過台灣十幾年。你以後自然會從一些人的事情中聽到我的名字叫小賀。第二件事情是在你要過去中國之前，記得無論如何一定要和沙織碰面，整個故事的起源會從她開始。」

葉國強腦海浮出 SevenStar 公司女事務員沙織的模樣。

「對！就是你聘請的那位經常板著一張撲克臉的沙織，我偷偷告訴你她的祕密，她上班的時候，沒事就會想著和你做愛……」

「好了！別再說了！」葉國強睜開眼睛打算在腦海中用力地咒罵叫小賀的棉神，卻發現隔壁桌以及整間咖啡廳都已經沒有祂的蹤影。

咖啡廳外公園入口的幾株大銀杏樹梢上，幾隻烏鴉匆匆忙忙地飛了起來。

所謂遺憾，就是在你擁有一切之後，心底還是會偷偷念著的那個名字。葉國強在古漂亮面前，心裡想的當然不會是古漂亮。

「怎麼，你又突然回心轉意了嗎？」古漂亮一副胸有成竹的模樣，對她而言，從小到大所面對的世界，沒有用錢或權位買不到的東西。男人嗎！不是急著想要累積財產擺脫貧窮，不然就是爲了更多的金錢來壓抑情感，就算金錢攻勢沒效，權位與高官便是最後一招，美其名是男人們爲了所謂的「自我追求」，骨子裡依舊透露出現實貪婪的本性。

「我下個禮拜就要先去中國，婚禮的細節就麻煩妳多擔待了。」葉國強操了相當客氣的口吻。

古漂亮聽出客氣口吻中所隱藏的不屑和無奈，擺出姿態大聲地對葉國強說：「看你這種模樣，和我那個前夫有什麼兩樣呢？至少他還是爲了家族利益才和我結婚的，起碼讓我同情，而你呢？哼！」

葉國強可以預知這段婚姻的未來，就會像所有高攀婚姻的駙馬爺一樣，腰再也挺不起來。故鄉是用來懷念的，青春是用來後悔的，眞愛是用來記憶的，當你懷揣著它們時，它一文不値，只有將它耗盡後，再回過頭看，一切才有了意義。而這個意義絕對得建立在現實上，活下去才是現實。

索性不理會古漂亮的揶揄，他繼續話題講下去：「我出差的期間，會在中國找棟房子，到時候再接妳過去，妳若一個人搞不定婚禮籌備，沈醫生和他的太太會來幫妳忙。」

「沈醫生今天早上已經宣布退休要去加拿大抱孫子，辭去一切醫院與國華集團的所有職務，這個時候說不定已經在飛機上了。」

葉國強愣了一下：「這麼快，前天早上我才和他到八王子打球，他唸唸有詞說要退休，沒想到這麼快！」

「你也知道，我們古家企業對於人事的安排一向很快。哎呀，你也少裝無辜了，你那套裝模作樣的把戲演給那些年幼無知的社會新鮮人，或者是中國土豪新老闆就好了。」古漂亮若有似無地說著，葉國強聽在耳裡實在感到膽戰心驚。

「還有，既然你已經快要接掌中國英軍銀行的職務，按照當地的法令，你也不能持有SevenStar私募基金的股權，你趕快把股權轉讓給史坦利吧！」

「史坦利？沒有必要非轉給他不可，我打算信託給第三國的金融業，這樣就可以避免觸法了。」聽到史坦利，葉國強心裡更不是滋味，但話說回來，人在屋簷下，連身家性命都被人捏在手裡，還有什麼商量餘地呢？也不過就是把感情賣出去罷了。如果時光倒轉，一點點抹去自己後來的人生經歷，變回迷戀初戀情人制服的莽撞單純男孩，這樣會比較好嗎？

「史坦利可是聽話多了，股權轉給他至少不會亂搞，你要不要轉讓自己考慮清楚，後果自行負責。」此時古漂亮的臉神逐漸露出猙獰，讓葉國強想起她那位幾年前爲了爭奪集團接班，不惜和外人勾結出賣家族利益的大姐古美麗，第一次在董事會見到古美麗的時候，神情模樣和現在的古漂亮宛如同一個模子刻出來的。

古漂亮笑了笑：「別怪我，很多事情都是你教我的。記得你對我說過，暗殺的殺手要安排兩位，上膛的子彈要準備兩顆，投資的標的要記得分散。葉國強啊葉國強，我可從來不曾小看你，連我父親講到你都是讚不絕口呢！」

古漂亮帶著鄙視、世故與一點絕望的笑聲在葉國強的腦海中盤旋了好幾天，似乎讓他整個世界都感到傾斜，即使忙著遠行前的諸多瑣事，依然是久久不能散去，不願想太多的葉國強，只能順從所有人的期望下安排了按部就班的既定行程。

最不想見到面的史坦利，堅持要開車載葉國強到成田機場。

「怎麼這麼好心送我到機場，是不是想確保我這個瘟神能夠順利離開日本？」坐在後座的葉國強酸溜溜地說著。車子離開市區開上往成田空港的高速公路，景色從比鄰而建的摩天大樓，換成了東京灣畔吐著白煙的煉油工廠，再漸漸地換成散落在丘陵上的雜林與小農田。

「要不是我們的 SevenStar 還有許多客戶要等著我服務，我眞的好想再度跟隨老大到中國的金融界去闖天下呢！」史坦利說得一點都不眞誠，葉國強寧可滑著手機看棉花期貨的最新報價也不想理會他。

陪同送行的還有沙織，沙織語帶羨慕地說著：「好羨慕葉專務，可以在不同的國家之間工作，不像我這種小職員，一輩子只能窩在日本這個已經悶了幾十年的國家。」

葉國強笑了笑：「你們日本也沒有什麼不好，妳看妳的新老闆史坦利不就是大老遠從台灣到這裡嗎？我相信他該得到的東西應該都得到了吧！」葉國強故意對沙織說這番話，擺明了就是揶揄開車的史坦利。

沙織聽不懂葉國強不太標準的日語，繼續地說著：「現在中國的金融業正好要大舉開放，我前幾天去聽一個從中國來叫什麼豬雲還是馬銀的中國首富演講，他說只要站在風口上，豬都能飛起來！」

對這種把成功歸功於自己努力的慣老闆的話始終不以爲然的葉國強笑著回答：「眞正站在競爭的風口上，不管是豬還是人遲早都會摔得粉碎。」

收起笑容話鋒一轉，葉國強對著史坦利說著：「古老的波斯有句諺語，你最好一刀殺死國王，但絕對不能只打他一巴掌。」聽得懂這句話意義的史坦利，尷尬地清了清喉嚨裝傻地回答：「老大一向都很喜歡看書啊！」

葉國強從手提行李中拿出 SevenStar 私募基金公司股權的轉讓文件，交給了坐在前座的沙織。

「這是我轉讓股權給史坦利社長的契約書，一式五份，我和史社長各留一份，公司留一份，我的委託律師那邊留一份，另一份給妳，就當成交易的公證人。」

不知道中間發生什麼轉折變化的沙織，握著契約書發傻地不知所措，史坦利笑著對她說：「老大現在已經是中國英軍集團轄下銀行的執行長，且英軍企業同時也是我們的客戶，礙於法令規定，不能再擔任我們公司的股東。老大叫妳怎麼辦，妳就怎麼辦吧！」

看到股權轉讓書，史坦利總算放下心中的石頭，一副接受無條件投降的戰勝者模樣洋洋得意地說著：「你知道我為什麼要大老遠跑到東京嗎？我想老大你應該很清楚，為了錢，我永遠記得十年前第一天上班時，你告訴我金錢來自於對金錢的掠奪。也許你覺得我沒有道義，但這還不都是從你身上學來的，我看你十年來一路從銀行科長鬥到金控總座，別說我史坦利多壞多壞，就算真的很壞，也是被老大你教壞的。」史坦利一股腦地把所有不滿傾洩而出。

「沒錯！我跟著你，可以爬得很快，年紀輕輕三十幾歲就跟著當金控投資長，但終究不過是資本家所養的一條狗，這也都是你說的，更何況，我了不起只能當排名第二的看門狗，跟著老大汪汪兩聲，搶你吃剩的骨頭。」

「我以為私募基金的世界就是豪華私人遊艇、穿著比基尼的名模、住在東京麻布十番、美國比佛利山莊或倫敦海德公園對面，就算達不到那種境界，至少也隨時可以飛到倫敦看DV8、隨時可以去芬蘭看極光。」

「但跟你來東京這個花花世界，卻依舊只是看不完的財務報表、修改不完的法律稅務條約、從這個機場候機室出差到另一個機場的候機室。」

「夠了，我不想聽你的大道理，專心開車吧！快點變換車道！」史坦利有點得意忘形，差點忘了開到通往成田空港的高速公路的系統閘道，葉國強趕緊打斷史坦利的話。

急急忙忙在短短五十公尺以時速一百的高速，往左切換了三個車道，這才讓車子駛向系統交流道入口。車子駛進新空港自動車道後不到五分鐘就抵達機場門口。

「這邊停車不能夠停太久，沙織，麻煩你送老大進機場吧。」拿到股權轉讓書的史坦利，擺明了不想在葉國強旁邊多待半分鐘的態度，機場又不是沒有停車場，停車費用一個小時了不起只有千把日圓。

幫忙把行李從後行李箱抬出來的沙織正想要告訴史坦利停車場的位置，葉國強嘆了一口氣不讓沙織有開口的機會搶著說：「算了，史社長很忙，別再浪費他的時間了。」

一手握著方向盤，另一手抓著股權轉讓同意書的史坦利，眼見行李搬下車後，頭也不回地猛踩油門加速離去。

「虧他還是跟著你好多年的老部屬，拿到股權轉讓書後就翻臉不認人。」沙織看著揚長而去的史坦利有點氣憤。

葉國強露出微笑不置可否，眼前的昔日部屬史坦利雖然殘忍，但說穿了還是嫩了一些，想要報復並不難，難在要如何保留實力避免兩敗俱傷。對他而言，一針見血勝過拳打腳踢，一把匕首勝過一枚核彈，想要除掉一個人講的是效率，而非你來我往的拔河角力。

沙織看著行李只有一只皮箱，好奇地問：「專務，你這趟去中國應該會很久吧，行李怎麼那麼少？」已經當了葉國強兩年祕書的沙織習慣性地嘮叨起來。

「贛州怎麼樣也是個大都市，許多個人物品去那邊再慢慢買就可以了，別把簡單的事情複雜化。」

「你從東京搭飛機到廈門，再從廈門轉機到贛州，抵達時間已經是晚上九點多，新東家那邊應該有派人去接機吧？」

「不打緊，我沒有通知他們提早飛去贛州，想趁我的新東家員工都還不認識我之前，假扮客戶去銀行考察一下他們的真正情況，你知道中國員工號稱是全世界最難管的一群人。」

葉國強剛剛說完，就看到身邊湧進了幾十名陸客，鬧烘烘地吵成一團，連排隊都不懂就直接插隊擠到劃位櫃台前面，完全不理會航空公司職員的勸導。

兩人見狀只好苦笑，反正距離起飛時間還有三個小時，不必急於一時擠著登機劃位。

「沙織，謝謝妳來送我，我恐怕會有一段很長的時間不會來日本了。」沙織是葉國強兩年前和明悉子開創 SevenStar 基金時，一起面試應徵的第一號員工，雖然葉國強早已習慣這種如跑馬燈轉個不停的工作職涯，但看到沙織就很容易回想起剛來東京那段與明悉子一起創業的點點滴滴。

「老大！我以前看到電視中那種在機場哭得死去活來的偶像劇劇情，都覺得十分滑稽，然而自己第一次到機場送行，卻不知道爲什麼好想哭。老大！我可以抱抱你嗎？」沙織眼眶泛著淚光。

「不要啦！妳知道我現在說不定已經是台灣的新聞人物，如果被狗仔拍到照片就麻煩了。」葉國強笑著婉拒。

沙織突然想起一件事：「對了！昨天下午英軍企業所下榻的酒店找不到你，所以輾轉打電話找到我，說周特助他們忘了帶走一些東西，所以我就跑了一趟去酒店，拿到一部平板電腦。」沙織從隨身大包包中取出一部 **iPad**。

掏出電腦的同時，一只大信封袋也一起掉了出來。

「周特助他們昨天早上結帳時，飯店忘了列印收據，周特助他們也急著趕飛機，所以就來不及拿走，酒店順便一併請我把英軍周特助的結帳收據轉交給你。」

「別告訴我他們忘了結帳吧？」葉國強有點擔心。

「這倒沒有啦，他們已經結好帳了，我不小心偷瞄了幾眼，他們一個月下來的住宿費竟然高達一千多萬日圓，連電話費都打了一百多萬呢！」沙織吐吐舌頭。

「不奇怪啊，中國這些暴發的土豪企業就是有錢。」葉國強心裡想著未來上任後絕對要求費用的嚴格控管。

「強老大，你現在有和明悉子聯絡嗎？」這個答案其實沙織也心知肚明。

「怎麼了？你也想要找她？」葉國強露出好奇的表情。

「是史社長一直要我想辦法找她，我想你應該也知道，明悉子至今仍然是公司第二大股東，史社長想找到她，大概也是想要談股權的事情。」

葉國強好奇地翻著英軍企業的帳單，想知道一個月在酒店花上一千多萬的明細。

「強老大，我記得公司剛開始的時候，也就是明悉子還在的那一年多，你真的很快樂，你和她簡直就像一對快樂的鴛鴦，即使業績不佳，被客戶拒絕，公司沒有賺半毛錢，你整個人好像一顆溫暖的太陽，一顆被愛情滋潤地滿滿的太陽，所有身旁的人都會被你們感染，每天都是笑嘻嘻地很快樂。」

「然而，明悉子不告而別後，你整個人好像從太陽變成洩了氣的皮球……」沙織滔滔不絕地講著這兩年的點點滴滴，只是葉國強的目光和心思卻被一組電話號碼吸引過去，完全沒有仔細聽沙織講的話。

葉國強看著帳單中的電話費明細，瞥見了一組很眼熟的電話，從英軍集團所租幾間房間中打出去，天天出現在帳單的明細表上頭，平均一天大約只有二到三通，那組號碼很明顯是那種外國觀光客在機場電信櫃台所買的預付卡號碼。葉國強越看越感到眼熟，憑著第六感掏出自己手機的已接來電，果然這組電話也曾經打給自己，回想一下時間，葉國強突然心頭一震，打給葉國強的那組電話號碼的使用者不是別人，正是從台灣來的特查組檢察官葉芳茹。

葉國強腦中少說轉了上百個結，只是任憑自己想破頭，也猜不出為何英軍集團內有人會在日本打電話給從台灣來問案的特查組檢察官，是誰？為什麼？難道這整個事件是個騙局？不像啊！畢竟驚動到古家老爺都親自跑來東京一趟，而且英軍企業在中國與日本都舉辦了盛大的公開記者會，證實了自己即將就任籌備中的新商銀的首任總經理，國華金控也在台灣公開宣布要和英軍企業在中國合組新商業銀行，連台灣執政黨當局也發表了樂觀其成的非官方言論，怎麼看都不像這一切的布局就只是為了要把葉國強逮捕歸案，更別說葉國強至今也尚未遭到台灣法院的通緝。

葉國強一時之間無法將最近一個月以來發生的事情，整理出清楚的頭緒來，既然無法透視這一切，既然沒有退路，也只能抱著「明知山有虎，偏往虎山行」的勇氣，走一步算一步。

金融業就和色情變態電影一樣，要看了才知道噁不噁心！

「強老大！強老大！」沙織連喊了兩聲之後，朝著臉色凝重的葉國強輕輕打了一個小巴掌。

「你剛剛到底有沒有聽我說話？」發覺自己好像從頭到尾都在自言自語的沙織有點生氣。

有著重重心事的葉國強這時才回神過來。

「對不起，妳可不可以再說一次？」葉國強不想對沙織解釋自己恍神的原因，畢竟，此時此刻，葉國強恐怕也搞不清楚什麼事情是眞的？什麼人是可信任的？

「好吧，你如果再不專心聽，你一定會後悔一輩子，聽好了！」沙織深深吸了一口氣緩緩地一個字一個字對著葉國強說著：

「我、已、經、找、到、明、悉、子、了。」

聽到了沙織這句話，原本心思一片紊亂的葉國強，腦海突然出現了許久的空白，沙織以爲他又沒有聽清楚，又耐心地說了一次：「我說，我找到明悉子了！」

傻了許久的葉國強總算慢慢地恢復思考，張開雙手緊緊抓住沙織的雙肩：「妳說什麼？妳找到她了？什麼時候？她現在在哪裡？妳怎麼找到她的？爲什麼現在才告訴我？」一連串像連珠炮般的問題從葉國強嘴中迸出，雙手用力搖晃著沙織的雙肩，好像很想一口氣把憋在心中一年多疑惑的解答一股腦地全搖出來。

「你這麼激動我怎麼告訴你，還有點時間，我們找個地方坐下來，我慢慢告訴你。」沙織看了手錶，計算一下葉國強的班機時間。

「別管時間了，我要妳現在就告訴我。」葉國強焦急不已。

看著一刻都不願意等的葉國強，沙織只好站在機場大廳慢慢說出：「事情從十天前開始，你還記得公司的神祕客人羽二重商社嗎？那間和公司簽了很優渥卻又很奇特合約的羽二重商社，我和史社長原本以爲那間公司是你的客戶，你也知道，你做事本來就是神神祕祕沒頭沒腦的。好了不管，幾天後我去他們公司交付由律師擬好的正式合約時，我又和他們的副社長見了一次面。」

「你是說那位叫做二重什麼子的副社長。」

「二重靜子。」沙織邊說邊看時間，生怕葉國強會趕不上班機的劃位時間。

「她和明悉子有什麼關係？直接講答案好不好？」葉國強很怕沙織東拉西扯。

「其實我第一次見到她就一直覺得她很面熟，好像在哪裡見過面，但是這種好奇心一下子就被合約細節、交易委託等雜事給沖淡了。第一次見面後並沒有放在心上，等到第二次和二重靜子見面的時候，大概是因爲雙方早就已經敲定所有契約內容，見面只是交換一下彼此用印公證後的契約，所以氣氛就比較輕鬆，二重靜子副社長也卸下了第一次見面那種戰戰兢兢的心防，我一看立刻想起，她並不是眼熟，而是和明悉子長得很像。」

「你不會跟我說二重靜子就是明悉子假扮的吧，我再怎麼糊塗，就算瞎了雙眼，也不會認不出一個我愛了快二十年的女人吧？」聽到這裡葉國強感到有點疑惑。

「當然不是，只是我越看越像，不論是神韻、五官、身材還是講話的樣子，和明悉子的相似度起碼百分之七十以上，當天我不知道是心血來潮還是怎樣，竟然脫口問了一句失禮的話，我問她認不認識一個名字叫明悉子的女人。其實我和她也還不熟，在交換合約的正式辦公室場合，不應該問這樣沒頭沒腦的問題，但沒想到她一開始愣了一下，之後笑著回答我說，明悉子是他們公司的投資顧問，也是她的姪女，只是她現在人不在公司。」

「什麼？」葉國強一副不可置信的樣子。

「經不住好奇的我，昨天打了電話到他們公司找明悉子，沒想到電話總機就幫我接通了，我昨天和她聯絡上，也聊了一會兒。如果你要她的電話號碼，我寫在這張紙條上。」沙織從口袋中掏出一張印著淡淡花樣浮水印的和紙，交給了葉國強。

「這張紙就當成我送給你的禮物。」

欣喜若狂的葉國強雙手顫抖地接過和紙，激動地抱著沙織大喊：「謝謝妳！」

「上飛機前趕快打給她！」沙織一邊說著一邊想掙脫葉國強的雙臂。

「對！」葉國強立刻從大衣口袋中掏出手機，也許是太過於心急，手一滑竟然讓手機從大衣口袋掉到地上，掉在地上的手機幾乎解體，滑蓋、電池等零件散落一地。

心急如焚的葉國強東張西望地問著：「怎麼辦？機場內哪裡有公共電話？」

沙織笑笑著說：「我從來沒看過你打個電話那麼緊張，用我的電話打給她，別再摔壞了。」

小心翼翼地接過沙織的手機，看著捏著緊緊的和紙紙條，葉國強好像五歲幼兒第一次使用手機的緊張生疏模樣，撥通後，嘟嘟的電話聲響每個間隔對他來說好像過了一輩子那麼久。

「我是明悉子。」接通的那一刻，葉國強笑了，突然感覺自己綻放出此生以來最燦爛的笑容。

8

水元公園。重逢

強忍著發抖的身軀，葉國強用盡氣力才能吐出聲音地問著：「我是阿強。」

明悉子那頭傳來笑聲：「我當然知道你是阿強。」

葉國強聽得出明悉子的聲音頗爲愉悅，總算放下心中一塊大石頭，接著問道：「妳現在人在哪裡？我可以去找妳嗎？」

「咦？你不是要搭飛機到中國嗎？」

「妳怎麼知道？」

「昨天沙織在電話中都告訴我了，你現在是熱門新聞的大人物啊！」

「別挖苦我了，妳可以告訴我現在在哪裡嗎？」葉國強心中焦急起來，生怕明悉子又像過去幾次宛如曇花一現地消逝在茫茫人海中。

「等你從中國回來再說吧。」明悉子聲調有點黯淡。

「我不管那些，反正飛機天天都有，無論如何，我今天一定要見到妳。」葉國強用力地對著電話嘶吼著。

「如果不會耽誤你到中國就職的話，我今天在水元公園門口等你。」聽到葉國強堅決肯定的回話，明悉子一掃黯淡的語氣。

「水元公園？妳說的是北千住再過去一點點的那個水元公園。」

「是啊，過去一年以來，我大部分的時間都住在水元公園附近，其實我有好幾次在你住家附近的商店街與車站看到你呢！」

有緣的人相隔千里都會偶遇，沒有緣分的人，近在眼前都會視而不見，心中有千百個疑問的葉國強苦笑了起來：「爲什麼妳……」

不讓葉國強問下去，明悉子打斷他的話：「見面再說，好嗎？」

「的確是，那我們約三個小時後，十二點整在水元公園門口見面。」

電話兩頭的兩人陷入短暫的沉默。

明悉子打破沉默說：「阿強，我很開心。」

「我也是，只是……妳這次不會再放我鴿子了吧？」葉國強內心其實還是相當忐忑不安。

「那你就不要遲到讓我等太久喔。」明悉子恢復昔日那種帶點冷靜的俏皮態度。

掛上電話後葉國強急忙取出機票交給沙織：「這次又要麻煩妳幫我取消訂位了。」

接下電子機票的沙織笑著回答：「兩年來我早就習慣幫你處理機位取消或延後的事情了，不過老大，這次你時間要改到什麼時候？」

葉國強早已拉起行李往機場門口衝了出去，轉過頭聳聳肩地回答：「這次就不一定了。」

沙織只好跟在他後面氣喘吁吁地跑著：「成田到水元公園，三個小時到不了啊！」

已經衝到機場門口的葉國強說：「搭計程車就來得及啊！」走到計程車等候區攔下一部剛好有客人下車的計程車。

「沙織！幫我把行李再抬上行李箱吧！」

「從成田空港到水元公園的車錢很貴的呢！跳表的車資至少五萬日圓起跳。」一般日本人很少從成田空港搭計程車到東京的外圍衛星都市，生性節儉的沙織感到不可思議，看著葉國強坐上計程車後突然想起來一件事情：「對了！我忘了告訴你，明悉子好像已經嫁人了，她已經不姓淺野了。你眞的願意只爲了見她一面而錯過你該坐的飛機、該去的地方嗎？」

葉國強坐上車搖下車窗對著沙織說：「這世界沒有什麼地方是該去或不該去的，別說五萬元，就算是五百萬五千萬，我也要見到最愛的人，讓她決定我該去哪裡或不該去哪裡。」

望著葉國強的座車駛離自己的視線，沙織再也忍不住哭了出來，哭的是爲什麼自己這輩子都遇不到這種不顧一切只爲了見自己一面的男人。

平日早上成田空港到東京市郊的高速公路車流量並不大，但心急如焚的葉國強卻在心中嘀咕著計程車司機怎麼開得這麼慢，彷彿車上有顆炸彈，必須用飆車的速度才能切斷炸彈的引信，不讓它爆炸。

「放心我的車上沒有炸彈。」葉國強聽到這個聲音嚇了一大跳，他自己明明沒有和司機講話，爲什麼司機會知道自己心中亂七八糟的想法。

司機從前座轉過頭對葉國強微笑，葉國強看到司機左臉頰鼻子下面的那顆大痣，大叫了一聲：「怎麼又是祢？棉神！」

「你忘了，我叫小賀。你先睡一下吧，到了我會叫你。」

分不清是夢境還是眞實，往事一幕幕地映在呼嘯而過的枯燥街景上，一會兒丘陵雜林、一會兒跳到北千住的辦公室、一會兒切換到椰林大道的新生舞會……

「先生、先生，我只能載你到公園外環道的入口，這裡遇到修路沒辦法再開進去，你走進公園入口處應該不會超過十分鐘，很抱歉！」迷迷糊糊中葉國強被叫醒，匆忙付錢取出行李，抬頭一看，那司機的左臉頰的鼻子下面果眞有顆大痣。葉國強用中文問：「祢是小賀嗎？」那司機一臉疑惑地用蹩腳的英文回答他聽不懂中文。

葉國強總算拉回現實，笑了笑說聲抱歉。看了看手錶，已經遲到了超過十五分鐘，只好拖著大行李往公園狂奔而去，路旁邊是條疏洪的水道，水道旁三兩個退休老人無聊地垂釣，天空飄著細雪，雪花落地立刻融化成雨水，邊跑邊拉大皮箱實在很費力。一個轉彎不小心葉國強摔倒在地，皮箱內的行李散落一地，小筆電、襯衫、領帶、刮鬍刀、鋰電池、幾本中國贛州的地圖……一大堆代表著無趣差旅生活的冰冷行李掉得滿地。已經沒有時間的葉國強彎著腰一一撿拾，剛好雪勢加大，淋了他一身狼狽。

「你還是老樣子，總是這樣莽莽撞撞。」一個熟悉的聲音從頭頂傳來。

葉國強抬頭一看，明悉子撐了一把染色的竹子製成傘骨的京油傘，傘面上的越前和紙繪著幾朵淡淡紫陽花圖樣，傘面上印著燙金色三個小字「羽二重」。素顏的她並沒有刻意打扮，比一年前略為蒼老了些，眼角的細紋隱約浮現，頭髮紮了個馬尾，皮膚也比一年前黝黑些，但看起來健康許多。

明悉子穿了一件款式過時的運動外套，裡面穿著一件洗得有點老舊的T恤上頭還印著「Eco. NTU」幾個字，葉國強仔細一看，笑了出來說：「妳居然穿了我們大學時候的系運動服。」

「你還記得啊？」明悉子撐起另外一把紙傘遞給葉國強，彎下腰來一起幫忙收拾行李。

「老囉！老到只剩下過去的事情還記得住而已。」葉國強看到她的打扮，會心一笑，因爲他知道明悉子不論是打扮穿著還是一舉一動都是經過精心打扮的，今天會穿著當年剛認識時所穿的大一新鮮人系服，其心意不言而喻。

整理好行李，葉國強拉了拉確保不會再掉出來後立刻問：「爲什麼妳這一年來……」

明悉子伸出手碰觸葉國強的雙唇，搶著說：「先不要問那麼多，我現在帶你去見一個人，她會把許多故事都告訴你，聽完了你自然會明白。」

葉國強好奇地問：「誰？什麼故事？」

明悉子收起笑容嚴肅地說：「我的奶奶二重羽子，她會說一段與你我都有關的故事。」

雪下得越來越大，葉國強牽著明悉子的手越來越緊，朝公園的深處走去。

第二部——江西于都彈棉匠

1 水元公園。緣起

下雪後的水氣在湖面上如煙霧般裊繞，陣陣強風捲起水元公園湖面的水花，池面上霧氣隨著捉摸不定的風向飄得七零八落，不一會兒，池上露出粼粼波光。姍姍來遲的水鳥無意地拍打著池水，三五成群的烏鴉懶洋洋窩在樹枝頭。一棟棟獨門獨院的高級住宅坐落於湖畔靜謐巷弄內，和車站旁凌亂吵雜的商店街相比，這裡的宅邸有股低調的尊貴，雖然戶戶都有高大的圍牆，但依稀可以從圍牆外窺視精心種植的各類植栽精神奕奕地伸枝展葉，從種植的樹木品種多少可以顯現出宅邸主人的貴氣與財力。

葉國強行李箱的滾輪和匆促的腳步聲很吵，一旁的別墅窗戶探出幾張不耐煩的臉孔，彷彿在責備他破壞了平日應有的寧靜。

「到了，我奶奶就住在這棟房子。」明悉子收起油紙傘，取下眼鏡將臉靠近大門口的感應器，不到三秒鐘，大門便自動打開。

「這是最新的虹膜感應系統，幾年前奶奶堅持要裝的，我勸了好多次，畢竟她已經老了，萬一有什麼緊急事故需要消防隊或救護車破門而入時，反而作繭自縛。」明悉子揉著眼睛說道。

石牆灰瓦的圍牆內有座院子，擺設看似簡單的傳統和式造景，兩尊室町時代樣式的石燈籠、修剪整齊的老松、赤松、日本黑松、楊梅樹。

明悉子抬頭指著院子的樹介紹著：「這幾株赤松、日本黑松和楊梅樹種在一塊，既不成排也不成群，高低粗細不一，可說毫無規則可言。這種不規則正是日本藝術中最難懂的部分，自然界最大的魅力在於它的不規則性，生物物種之演化亦來自不規則的突變，而人類生活最大的魅力則是難以預料的不規則性。」

葉國強心中暗笑著這世界應該沒有其他女人比明悉子更難以預料的了：「楊梅樹？日本關東這帶怎麼會有？」曾經有一陣子迷上逛公園拍照的葉國強對樹種多少有點研究。

「沒錯，這幾株黑松和楊梅樹是我祖母託人從台灣基隆買來種植的，只要是台灣的東西，對她來說都彷彿有股著了魔的吸引力。」明悉子打開位於玄關後的鐵門，門內有位護士裝扮的中年女子坐在大廳沙發上。

「我們的客人來了，麻煩妳跟奶奶說一聲。」

大廳看起來就像懸疑間諜片或文藝片的場景，天花板挑高，空間相當大起碼百坪以上，可以從窗子遠眺水元公園旁的植被，除了應有的居家簡單家具外，還擺設了許多樣子十分老舊的器具：幾根老樟木製的棉被彈弓、棉弓上的牛筋弦、老式的電動開棉機等古老彈製棉被器具，都收藏在幾乎有一整座牆面寬大的玻璃櫃中。

「我小時候看過這些呢！」從小在外公棉被行長大的葉國強看得津津有味。

「我奶奶猜得沒錯，她說你會喜歡這些古老收藏品的。」

「對了，要不要喝杯咖啡？我奶奶在樓上，但是她已經打了針，至少還要半個小時才能夠恢復精神來和你見面。」一樓大廳完全沒有隔間，廚房與餐廳採開放式，明悉子拿起咖啡壺準備燒開水。

「妳這一年來都是和妳奶奶住在這棟房子嗎？」葉國強印象中從沒聽明悉子談過她的奶奶，更巧合的是，前一陣子才和居酒屋老闆老吳相偕來到離這裡沒多遠的湖邊釣魚。

「說來話長，這棟房子是我們家族的財產，等一下奶奶會告訴你關於我們家族的故事，這是棟歷史已經超過九十年的老房，是我們家族的財產中唯一躲過二戰美軍空襲的房屋。二戰結束後，奶奶將這棟房子改建成棉被工廠，後來這棟房子就當成家族的療養所，凡是生病需要長期療養的家人都會住進這裡，二十多年來，前前後後也有好幾個年老的長輩住進這裡。

事實上這一帶的房子大多是東京有錢家族的療養所，有位老醫生會每天一棟棟地巡房治療，比起長期住院，讓臥病在床的老人家住在這裡的確比較有人性一點。剛剛上樓的是我們聘請的看護，她負責定時或不定時地幫我奶奶換藥打針。」明悉子邊說邊將煮好的咖啡端到餐廳的桌上。

「你別問那麼多啦！會不會口渴？」

既然都已經再度重逢，很多疑問也不急著一時半刻非得找到解答不可，葉國強伸了個懶腰找張餐椅坐了下來。

「這張餐桌是用台灣紅檜打造的，不過別誤會，不是什麼不法的山老鼠啦，這張餐桌已經有將近九十年的歷史了，是我曾祖父在一九三〇年代左右在台灣買到的，如果沒記錯的話，應該是他派你外公去台灣的太平山買來的。」

「我外公？他怎麼會和你們家族有關係呢？」葉國強拚命地回想：「我知道了，你們家既然是做棉被生意的，說不定是他當年的日本客戶之一？」

遠遠從樓梯的上頭傳來那位看護的聲音：「明悉子！請妳帶葉先生上樓，我已經幫妳奶奶打好針了。」

二樓有一間起居室和幾間房間，他們走進了最外頭的那一間，整間房間被布置成病房，但卻沒有病房的冰冷，房間非常寬敞，裡面擺設的都是豪華的家具。好天氣時陽光可以從窗簾半開的窗口射進來，灑在病床上。

牆邊的櫃子上有各種點滴、藥罐和針筒，甚至還擺著一大堆只有在專業病房才有的急救設備。走進房間，床上躺著一位老婦人，她就是明悉子的奶奶二重羽子，她身上只蓋著一條被單，閉著雙眼，緊抿著毫無血色的雙唇，彷彿正從體內吸氣，她吊著點滴，針孔附近的手肘有點發黑。

「她今天要求止痛劑量要少一些，我剛剛也打電話問過醫生，醫生同意今天減少藥劑，幾個小時前我打的劑量藥效會慢慢退去，等一下就會比較清醒了。」

看護不放心地檢查點滴流動的速度和老婦人手肘上的針孔，語帶命令地說著：「最多只能講三個小時，有任何問題立刻按床邊的按鈕。」

「婆，我來了！」明悉子輕聲說道。

她有了反應，臉色看起來還算有些元氣，頭部與肩膀掙扎了一番好像感到痛楚，明悉子見狀立刻把病床搖起來成為坐臥。

一旁的看護士正想把止痛劑加入點滴裡頭，二重羽子搖搖手表示：「暫時先不要打針，我有很多話要趁清醒的時候說，這個時候我不想迷迷糊糊。」

只聽見二重羽子用歷經歲月的微弱嗓音唱起略帶哀怨的〈螢之光〉：

蛍の光、窓の雪、書読む月日、重ねつゝ、何時しか年も、すぎの戸を、開けてぞ今朝は、別れ行く……

這首〈螢之光〉就是現代耳熟能詳的驪歌，改編自蘇格蘭民謠〈友誼萬歲〉，全世界主要語言幾乎都有它的改編曲，其實最早引進日本翻成日文歌的用途是拿來當作海軍軍歌或軍國主義的愛國歌曲，在日本戰敗投降後，從各地被強迫遣返回日本國內的日軍與日僑，在登上遣返船隻之前都會唱這首〈螢之光〉，這首歌便從肅殺的軍國海軍之歌，蛻變成離情依依生離死別的驪歌。

明悉子笑著說：「婆！他就是葉國強。」

「你丟係葉國強？」二重羽子竟然用流利的台語問話，她坐了起來，睜開雙眼看著葉國強，兩人四目相望，不知所措的葉國強不確定接下來該講什麼話。

「台灣話是我的半個母語，你說不定還沒有我講得輪轉呢！」二重羽子對於可以講台語似乎顯得興致勃勃。

「不像！不像！你長得一點都不像你外公。」雖然生病一臉倦容，她的眉毛依舊修剪得十分整齊，滿頭銀霜鶴髮，倚靠在病床上躬身盤坐，感覺像擺在壁龕裡的一尊老太婆神明。

「有首漢詩是這樣唱的：『如今人面何處去，桃花依舊笑春風』，好像是講回憶雖美，只要可以不用面對它。如果我講不對，請你不要見笑。」

「聽說你是明悉子的愛人？」二重羽子問了起來。

葉國強看著完全聽不懂台語的明悉子後用力地點了點頭。

「阿捏饗好！我已經九十多歲了，什麼事情都不記得，二十幾歲以前的往事卻牢牢記得，想忘都忘不掉。」

「妳奶奶講的是……」葉國強正想翻譯給明悉子聽，卻被二重羽子制止了：「我只講給你聽，查埔人若沒四處看看、遊歷世界，這是不對的，聽我的勸，不管你兩人以後安怎，你一定要像個查埔人好好出去世界走闖。」

「要學學你外公黃生廣！」

「不對啊！我的外公名字不叫黃生廣。」葉國強糾正她。

二重羽子笑了笑說：「是不是黃生廣嘛擺無要緊，你聽我貢落去兜哉[1]啊。」

「八十年前，我父親的生意遇到了一些難關，當時我才十歲吧！他從台灣遠赴中國江西去解決一些生意的問題，遇到了一些人，其中一個就是黃生廣，阿廣他……」

二重羽子閉著雙眼，彷彿整個人跌到時光隧道般。

2

江西于都嶺背村。禍起

一九三一年九月，秋老虎天氣肆虐下，江西于都縣縣郊的嶺背村，一個十五歲少年和幾個從廣東窮鄉來打工的小夥子，汗流浹背地在田裡趕工，採收著尚未開花的棉籽。

「渴死了，能不能休息一下？從半夜就開始幹活到現在，都早上辰時[2]，連歇都沒歇會兒！」操著廣東客語的是一個十五歲少年，他渴得快要抓狂，彷彿已經好多天沒喝水似的。在棉田另外一邊，十六歲少年聽見抱怨聲，知道他的同伴不過只是嘴巴上嘟嚷而已，手中的工作完全沒有停下來的打算。

「別忘了，海叔交代，今兒個中午之前就得把整座田的棉籽收完，否則我們大家今年冬天就別指望過好年了。」十五歲的少年看起來比較老成。

「其實還不是擔心被瑞金那邊的紅軍來搶……」十六歲少年講完這句話後緊張地東張西望，似乎紅軍的催糧部隊已經開拔到旁邊似的。

「詹翰！我操你娘娘的，不該講的事情別亂講，小心半夜被人摸去腦袋瓜兒！」十五歲的少年對著名字叫做詹翰的同伴斥喝了幾句。

1　你聽我講下去就知道。

2　早上七點到九點，一九三〇年代中國鄉下的人只知時辰而沒有小時分秒的觀念。

一九二八年，中國共產黨的軍隊從叛亂的根據地井岡山，開拔到江西南邊，在這一年，紅軍從國民黨政府手中奪取了江西南邊的幾個縣：瑞金、寧都、興國、于都、萬安、遂川、廣昌、會昌，以及福建省的長汀、寧化等縣，這幾個跨省分的縣，被稱為「蘇區」，也稱之為「紅區」。而國民黨的軍隊（當時又稱為白軍）則有效控制蘇區周圍的贛州、吉安等，這幾個縣又稱之為「白區」。

從一九二九年起，雙方軍隊至少每年發動一次以上的「剿匪戰役」或「反圍剿戰役」（端視站在哪個立場而定），雙方軍隊幾年下來打得天昏地暗。從一九二九開始前三年，紅軍曾經一度攻陷大半個江西省、三分之一的福建以及一小部分的湖南，然而國民黨軍隊也曾經一度將共產黨軍隊包圍在瑞金、寧都、興國等幾個小小縣份，差一點把共軍的老巢「瑞金」給整窩端走。

這場戰役後來持續到一九三五年，前前後後打了七年，國民黨軍隊雖然有武器、軍隊、補給等優勢，卻無法有效殲滅共產黨的軍隊，往往是收復了幾個紅區縣份後，旋即被擅長打游擊戰的紅軍搶了回去，就算實質掌控了縣城，卻又在紅軍的宣傳和洗腦下，很迅速地組織當地土匪與民兵，把白軍擊退。

共產黨為了對蘇區的控制和政治上的需求，於一九三一年宣布在江西南邊成立「中華蘇維埃人民共和國」，首都設在瑞金，由毛澤東擔任人民主席，有效管轄地區高達十六萬平方公里。此舉可說是把中國的內戰戰火端上檯面，在當時忙於打所謂中原內戰的國民黨軍隊，不得不將最精銳的部隊開拔到江西贛州，而紅軍也在根據地大舉徵兵、調糧來面對一股山雨欲來的濃濃火藥味。

在一九三一年以前，白軍面對蘇區的共產黨軍隊，只能說是用「扮家家酒」的敷衍心態來處理，在國民黨的盤算中，江西共產黨比起當時盤踞於中國各地如馮玉祥、閻錫山、李宗仁等軍閥，不過只是一群武裝土匪，但既然紅軍已經擺明了獨立建國，國民黨也不得不嚴肅面對。

這幾場戰役的主要戰場雖然遍及江西、福建甚至湖南，但受戰火波及最深的就屬於紅區與白區雙方的交界地于都縣，七年下來整個紅區的人口銳減了三分之一以上，于都縣更是慘重，到了一九三五年紅軍撤退以後，整座縣城看不到幾個青壯男丁，而紅區的首都瑞金，人口更在短短七、八年之間銳減達百分之八十以上。

換句話說，于都縣在國共兩軍的交鋒下，幾乎成為戰場的代名詞。站在白軍的立場，于都屬於匪區，好不容易打下了幾次，卻無法眞正殲滅藏身在縣內錯綜複雜的丘陵山溝內的紅軍；而站在紅軍的立場，武器戰備精良的白軍就駐守在十幾里以外的贛州，簡直是芒刺在背。

對雙方來說，于都是個吞得進去拉不出來、易攻難守的戰略地理位置。導致于都變成國共內戰的「提款機」，每次不論是白軍收復于都還是紅軍打下于都，兩邊軍隊其實都不是很積極打仗或治理，而是拚了老命從于都這座可憐的縣份榨乾它的剩餘價値，舉凡軍隊拉壯丁、抽糧、搶糧、搶劫財物當成軍費等等。

于都縣縣城北邊約二十公里外的偏遠村落嶺背村，恰好是紅區與白區的交界處，往西隔著好幾里的丘陵雜林以外就是贛州，有國民黨的重兵駐守。位於南邊的于都縣城，幾年下來，紅白兩軍你來我往，差不多每隔幾個月就會易手一次，縣城來的紅軍最新命令前腳才剛發布，後腳就發來白軍收復于都縣城的電報。

在棉花田忙著採收的少年農夫叫做黃生廣，他家好幾代都在于都和贛州開設棉被店，除了幾間棉被店面，以及一座位於江西南邊靠近廣東邊界的棉被工廠之外，在嶺背村也有上千甲的祖傳棉田，只是幾次遭紅軍強制「打土豪」下來，棉田幾乎被搶了個精光，只剩下靠近贛州山坡丘陵地區不到一百甲的棉田。

共產黨那一套講好聽是「土地改革」，但壓根就是從大地主或富農手上瓜分農地給其他無產階級者，而那些分到田地的人，沒有種植技術與農業經營概念，只能任其荒廢。而且分到地的人也別高興得太早，因為過不了多久，剛到手的地又會被紅區中其他更窮的人瓜分，一塊地不到兩、三年，分了又分、瓜了又瓜。領到免費土地的人更是高興不起來，因為既然你領到「國家人民」的土地，自然就要「納糧」，否則紅區幾十萬軍隊和幾千個不事生產的黨官們要吃什麼來著呢！

黃家位於于都縣城內的棉被店鋪，在白軍收復的戰役中，棉被與機器遭國民黨的雜牌部隊搶了精光拿去變賣，還放了把火把店鋪燒個精光。所幸家族的產業早在一年前，就因察覺時局動盪不穩，已事先把最重要與最昂貴的開棉機搬到位於贛州南邊的龍南，那一帶長久屬於國民黨控制，雖然稅賦大了一些，但至少可以安心地將做好的棉被往南運到汕頭，再從汕頭運到海外。

黃生廣家中的祖田大約在清朝道光年間添購，當時黃家祖先看準了從贛南往南運到汕頭或廣州的這一條貿易道路，將贛南的棉花或棉被運到廣東汕頭，再透過汕頭與廣州的商人賣到香港與南洋，所以幾代下來累積了許多財富。

黃生廣的爸爸與叔叔受到家中栽培，父親從小被送到汕頭的商行學習如何和外國人做生意，叔叔黃孝海則是江西第一批海外留學生，從小被家族送到日本讀書，讀的還是最先進熱門的工業學校。除了學到許多機械操作的技術以外，還透過留學日本時認識的人脈，添購了當時全中國最先進的開棉機，開設簡單的工廠為基隆的日本商社做棉被代工。

可惜的是黃生廣的父親死得早，整個家族的棉被事業就落在叔叔黃孝海身上，其他幾房親戚不是好吃懶做沉溺於鴉片，不然就是吃裡扒外和共產黨勾結偷偷低價盜賣祖產。不過由於叔叔黃孝海長年在江西、廣東與台灣到處跑生意，所以家族的棉被店鋪與棉田植作的責任就落在年僅十五歲的黃生廣和其寡母身上。

黃生廣出生沒多久父親便過世，大約從懂事的八、九歲過後，江西的時局就處於不穩的戰火中，于都整個縣城的學校幾乎全部停擺，念書念了幾年便被迫扛下家中的棉被生意。由於整個于都甚至贛南都受到紅白軍內戰的波及，百業蕭條，到處都有餓死人的慘劇發生，別說買棉被，那些吃飯都成問題的窮人，窮到連棉被都得拿出來變賣換一、兩斤白米。棉被店鋪受戰火波及而關門歇業，黃生廣只好重操祖先的舊業：彈棉被與種棉花。

棉花採收需要大量的人力，然而別說嶺背村，于都縣的絕大部分青壯人力都被紅白兩軍強拉去當兵或挑伕，到了棉田採收期間根本找不齊需要的人力。而且，于都這邊屬於紅區，白區那邊的贛州或龍南縣的人也不敢貿然跑到于都這邊打工，加上當時紅區物價飛漲，就算找得到工人願意冒險來採收棉花，一般商家與大戶也付不出錢來僱用採棉工。

當時流通在紅區的所謂「蘇幣」，在紅區以外根本使不上用途，如果在國民黨所管轄的白區中，被發現身懷蘇幣鉅款，二話不說立刻被當成匪諜槍斃再說。不過，黃生廣之所以還可以僱到工人，有個天大的祕密——台幣。

自古贛南與廣東梅州之間可說是生命共同體，兩邊的人操的都是客家話，梅州靠近汕頭，但與南邊的汕潮地區生活條件還是天差地別。

由於開發較早，梅州的窮人比較有拚命掙錢的覺悟，畢竟，短短一、兩個縣城之隔，潮州與汕頭可說是商賈雲集、富人夜夜笙歌，相較之下，自然會形成強烈的出外掙錢文化。不像整個贛南，地處內陸，屬於封閉的農業省分，當地人講好聽是民風淳樸，但講不好聽就是，毫無經濟社會資本主義那股努力掙錢的鬥志。

和黃生廣一起採收棉花的詹翰，出身於廣東梅州與江西交界處偏遠貧窮山區，因為土壤貧瘠，百物不生，所以當地的青壯男丁幾乎以四處打工為業，程度較高會操普通話的人多半到汕頭或廣州去當苦力，少部分人從汕頭出海到台灣或東南亞去打工，程度較低便輾轉到江西南邊的贛州一帶去幫大地主種田。

這一年的夏天，詹翰隨著村內的人帶著自己的妹子詹佳，翻山越嶺走了十幾天來到于都的嶺背村幫黃生廣收割棉花。圖的便是每天有一塊錢銀洋的工資，以及每天一塊錢台幣的額外運費，當時在中國南方最流通的不是蘇幣也不是國民黨的法幣，而是銀洋以及在汕頭廈門一帶最保值的錢：台幣。

當時台灣屬於日本統治，一九三〇年代台灣的經濟相較中國南方各省發達許多，台灣銀行所發行的台幣，除了在台灣可以自由流通以外，在福建以及廣東的汕頭，也是當地主要流通的貨幣。

台灣銀行在汕頭還設立了台灣銀行汕頭支店，保證可以用台幣換到一定比例的黃金、白銀或銀洋，所以台幣在中國南方許多地區反倒成爲被多數人接受的重要流通錢幣。

詹翰、詹佳兄妹一邊採棉籽一邊估計著，這一趟打工下來，雖然得走上十天十夜，外加大半個月的採棉粗活，但省吃儉用下來，兩兄妹可以掙得十幾銀洋與十來塊錢台幣，這筆錢加起來可以讓兄妹倆回老家生活上大半年[3]。所以就算是冒點險跑到戰區的邊緣，只要命能保得住，這趟活怎麼算都相當划算。

棉花田採收季節，舉目所及盡是白色世界，煞是好看。

詹翰迅速將棉花從樹上摘下說著：「年頭我去武夷山那邊搶收棉花，摘呀摘著竟然飄起雪來，白色棉纖與雪乍看之下還眞的分不出來。」

「下雪？那棉花不就濕爛透了？」黃生廣推著載棉花的獨輪車。

「是啊！長這麼大，頭一回看到雪，我和妹子以及工班們高興地打起雪仗，結果我們工頭跑過來朝我的臉摑了一巴掌，大罵還不趕緊採收。」

「沒看過雪還眞不曉得，原來雪是硬的，只要趁還沒化成水之前從棉纖上拍掉就不會弄濕棉纖。」沒有看過雪，停下搬運活的黃生廣聽得津津有味：「咱贛州于都這一帶從來不會下雪，哪一天時局穩定的話一定上武夷去瞧瞧。」

「詹翰！你不幹活，話撈個什？」帶領整村子來打工的工班頭遠遠瞧見詹翰偷懶，吼起嗓門大罵。

「七叔！做工苦啊！不侃不磕不話嘮就不舒坦。」詹翰雖然口頭上不服輸，但手上的採棉工作卻加緊地動了起來。

「對了，阿廣小老闆，這回採棉爲什麼這麼麻煩，非得在田裡頭就把棉纖和棉籽分離出來？這樣除了麻煩以外，採收的工期也會拉長。」詹翰納悶地問著。

「實際狀況我也是一頭霧水，總之是咱家海叔交代的，你就別問這麼多，雖然麻煩些，我們開的工錢也加了好幾倍給你們，而且還是眞金實銀的台幣與洋銀。」其實黃生廣是知道其中一些緣由，但海叔千交代萬交代別對任何人講起。

聽著他的話頭上帶了點官腔，詹翰知趣地岔開話題：「既然這樣，你們找我們梅縣詹村的採棉工班就對了！這年頭，廣東江西一帶的棉田老闆都買了軋棉機，只要將我們採收下來的整朵棉花倒進去，機器就會自動地將棉纖和芒刺、棉莢、斷枝落葉、棉籽撥離出來，久而久之，有本事用雙手幹這個細活的棉工工班已經不多了。」

詹翰說著說著把手掌舉高給黃生廣看：「你瞧，我們手上戴的手套稱為西洋套，其實我不知道材質是什麼，但這比棉布手套更薄，所以摘花、拔刺、折枝、取棉籽相當順手，更重要的是防水防毒！我得提醒你，你如果沒有戴這玩意，千萬別幹取棉籽這個活，剛採下來的棉籽多少還有點毒，如果只是一般布手套，保證不超過三個時辰，你的手掌就會奇癢無比。」詹翰洋洋得意地展示手上的西洋手套。

「我想這應該就是海叔願意用三倍工錢請你們來的主要原因吧。」

一般棉工採棉只是將棉樹上的整朵棉花摘下來，然後運到村內或城內的軋棉機將棉花纖維與其他雜質分離，那些從棉花分離出來的芒刺、棉莢、斷枝落葉、棉籽通常當成垃圾丟到河裡頭，或充作一些不怕棉籽毒素的農作物如大麥高粱的肥料。

上百甲的棉田一共有四十來個棉工採收，這群棉工每年在江西、廣東與福建一帶到處打工，每個地方棉田的收割時間不一樣，除了八、九月份的雨季以外，一年到頭都有棉花收成，所以這群來自梅縣詹村的棉工工班們，彷彿一群遊牧民族到處遷徙。詹翰十歲起就跟著族人一起採棉，每年會來到嶺背村黃家的棉田一、兩回，幾年下來，也和小老闆黃生廣混了個不只面熟，雙方的關係到了已經可以講到一些

3　當時一塊銀洋可以買到二十斤白米外帶兩隻老母雞，而台幣的購買力約莫銀洋的二分之一。

心頭話的熟悉度。

黃生廣雖然貴為棉田與棉被店的小開，但這幾年土匪、紅白軍內戰折騰下來，家道不如從前，自個兒也得親自下田或外出幹活，早就把小時候的那股公子哥兒銳氣磨個精光，所以和詹翰這種莊稼漢打工仔相處下來挺合得來，詹翰也從來沒把他當老闆看待，相處起來倒有股兄弟情誼。

在田埂邊推著車，載著從棉工手上採下的棉纖和棉籽，一車一車地運到一旁的工寮，在工寮那又有另一批工人等著包裝。

「要加緊速度，這片田已經是最後一批了，海叔有交代，每採完一批就立刻送到馬鞍山那頭！」族中一位長輩吆喝著工寮內的捆工。

棉纖雖然很輕，但體積相當驚人，包捆的時候必須將它壓扁一點，但卻又不能壓得太緊，否則運送大半個月下來，棉纖萬一碰到水氣會變硬，所以這種包捆的工作通常就落到女人身上，女人的身子小，一整個獨輪車的棉纖，用身體的重量往下一壓一躺，剛好壓成是可以捆裝的密度。

「瞧著天空，好像幾天內便會下雨。」一個在棉纖上頭翻滾、個頭小小的小女孩對黃生廣說著。

採棉最怕下雨，所以得趁雨季來臨之前加緊採收與包捆，包捆通常會用防水油布，防止在運送的過程被雨淋濕或受潮。

「為什麼這幾批棉纖都不用防水油布呢？」眼珠滾來滾去相當有神的小女孩問起。

「阿佳！妳負責壓捆就好了，小孩子問那麼多幹嘛！」黃生廣對叫阿佳的小女孩斥喝著。這位十歲女孩叫做詹佳，是詹翰的妹妹，這回是第一次跟著哥哥和村內工班外出採棉。雖然是第一次採棉，但從懂事以來就不知道聽了村內的大人們講了多少回採棉工作的事情，所以多多少少了解整個採棉工作的步驟和細節。

「阿廣哥哥，你生氣啦？我去幫你倒水喝！」這個詹佳一副天不怕地不怕的模樣，十天前被哥哥帶到離家兩百里的于都嶺背村，頭一回看見黃生廣就完全不怕生地在他身邊玩耍戲弄起來。七天前詹家另一個工班不小心忘了將棉籽分離出來，包綑的時候被黃生廣看到，氣得跳腳威脅要扣工錢，詹佳見狀鑽到黃生廣身邊磨蹭著求情，黃生廣這才氣消。雖然只認識詹佳十天，但遠遠看到這小女孩，黃生廣就感到頭痛，身爲家族小老闆的黃生廣雖然被迫端出少年老成的體面模樣，但碰到這種鬼靈精，也實在拿她一點辦法也沒有。

黃生廣對著詹佳訓斥：「女孩子家什麼不好學，出鄉拋頭露面跟著男人學做工，難道妳媽媽沒教妳『婦娘學犁，母雞學啼，觸犯天理，天打雷劈』這十六個字嗎？」

江西南部地處封閉，男尊女卑，男主外女主內這種千年封建思想，可說是根深柢固。黃生廣從小生長在這樣的環境，家境在鬧共匪沒落之前還算優渥，他總認爲女生就是應該乖乖在家裡學煮飯、做女紅，不應該跟著男人下田、插秧、播種、收割，更別說離鄉背井到他鄉打工。

「小老闆，你有所不知，我們家鄉鬧了好十幾年的革命，一下子國民黨軍，一下子粵系軍閥，爲了搶奪梅縣與汕頭這幾個縣，整個鄉的人，沒死的也殘了，沒殘的也跑了。我爹被強拉去當軍伕，不到三天，只剩下一具屍體抬回來，幹他娘的，國民軍的隊長別說發什麼撫卹金，連棺材都不給一副，我爹的屍首裝在麻袋，運屍車的車伕一戶一戶把裝屍麻袋丟在死者門口，比條狗還不如！我娘身體不好，幾天後也跟著病死了，家中只剩我和妹子，我出外打工，不帶她一起出來，行嗎？放在家裡，就算不會餓死，萬一碰到兵痞或土匪，連被抓到哪間私娼寮賣掉都不知道啊！」詹翰抽起了一根紙菸緩緩地把原委告訴黃生廣。

「沒想到幾年前鬧廣東，今兒個輪到我們江西了。」黃生廣聽著詹翰的故事，一邊從懷裡拿出幾個窩窩頭，拿了兩個分給詹翰、詹佳兩兄妹。

面無表情的他，對這種事情早已無動於衷，這年頭，除非省城當官的或跟著軍隊幹軍官的，哪戶人家裡頭沒有這種慘劇呢？聽多了自然也麻痺了。

天色已經過了日正當中，黃生廣的族叔吆喝著大家趕緊把一捆捆的棉花和一袋袋棉籽裝上騾車：「半夜之前，棉花運到東邊于都縣城城外的劉鋪，其他外省來的工班跟著我把棉籽運到南邊的龍南，咱們是最後一批了，別耽擱海叔的生意！」

龍南位於江西的最南邊，距離嶺背村將近一百里，連夜趕路，大約半夜之後可以抵達，但如果走山路，至少得走上一天，可能得明天中午才會抵達。會選擇晚上走山路運貨，有不得不的苦衷，這段路有兩條，其中的官道位於戰場，沿路有紅軍也有白軍還有一大堆搞不清楚效忠對象的雜牌軍；山路則是紅軍占領，但海叔已經事先打點好，答應將採收的棉纖全數「納糧」繳給紅軍的共產黨書記，換來幾張紅區的通行證，圖的是將另外分離採收的棉籽偷偷運到龍南黃家的棉廠。

黃生廣沒有跟著運棉籽到龍南，也沒有跟著棉花車隊到于都。他拿起放在工寮角落的彈棉工具，兩把彈弓、幾捆牛筋繩、竹篾、棉斗、竹篩、木槌、準心用紅紗繩與一小包新棉，長長的彈弓與竹篾背在背後，竹篩綁在胸前，木槌與棉斗綁在腰際，脖子上掛只布袋，裡頭裝著紅繩與新棉。

「族叔，我明兒個得去替住在南塘的老同學幹個打棉活，明天晚上會自個兒回村子。」打聲招呼後就和其他人分道揚鑣。

「小心一點，南塘那邊聽說有紅軍林瘋子[4]的軍隊，來，我給你一張于都縣共黨書記發的運糧證，萬一你碰到紅軍，記得要馬上掏出來。」領頭的族叔沒有多少時間交代黃生廣，立刻吆喝大家啓程。

黃生廣目送運棉隊伍消失在山坳當中，他並不急著趕路，從棉田到老同學家的路程只需要兩三個小時，如果從下午趕過去，大概傍晚便會抵達。彈個棉花的活約莫只要三個鐘頭，但是，彈棉這種工作，沒幹過或沒看過的人恐怕不曉得，晚上不能彈棉。

所謂彈棉就是利用工具將老舊的棉被「彈活過來」，用句現代人的科學術語：「活化棉被中受潮受潺的棉花。」

中國南方幾個比較貧窮的縣份，許多人買不起新棉被，一條棉被傳了四、五十年，從爺爺新婚一直傳到孫兒討媳婦，三代蓋同一條棉被。棉被外頭的布套還比較容易處理，髒了洗一洗，受潮了讓陽光晒一晒，破了可以補一補。但是被套裡頭的棉花可就沒那麼容易處理了，必須找彈棉匠來把整條被子拆開，將已經硬到宛如石頭的棉花，利用彈弓活化棉花纖維，也就是利用綁在彈弓上的牛筋繩，用很快的速度不斷翻攪已經硬化的棉絮，讓棉絮的纖維恢復其鬆散。由於牛筋繩的彈性很強，利用來回震動的原理去除棉花裡頭的濕氣，其道理和現代的烘乾機很接近，利用彈弓不斷翻滾棉絮，一邊則用木棒用力敲打硬化的棉塊，讓整床棉花達到最高的「蓬鬆」度。只要經過熟稔彈棉匠的巧手，一條陳年老被褥立刻搖身一變成爲暖和蓬鬆的新被。

只是，彈性好的彈弓與牛筋線，在彈棉過程中會發出比較大的聲響，越是好的牛筋線與上好木頭做的彈弓，所發出來的聲響宛如鳥槍發射子彈，嗡嗡嗡、蹦蹦蹦、咻咻咻的聲音在半夜發出來甚是嚇人。加上一邊彈棉還得一邊用木槌用力敲打，所以彈棉工作不能在晚上進行，否則會吵得左鄰右舍睡不著覺。

彈棉匠大多是天還沒亮就出門，到處去攬客，攬客的方式是沿著街道吆喝「打棉被！打棉被！」一邊舉起彈弓與綁得緊緊的牛筋繩，類似像演奏大提琴方式用力撥弄，發出嗡嗡嗡與咻咻咻的奇怪聲響，相傳有少數擁有幾十年工夫的彈棉匠可以利用彈弓與牛筋繩撥弄出幾首簡單的歌曲，沿著街頭與村莊到處走唱吆喝攬客呢。

---

4 林彪。

黃生廣答應了以前在私塾一起念過幾年書的同學，到他家去彈棉，一來因爲他即將要討媳婦，家裡頭的棉被需要活化活化，而且他同學家中經營的是私娼寮與客棧，彈棉被與換棉被的需求很大。二來是順便到同學家中找女人，血氣方剛的他，三天兩頭只要有空就跑到隔座山頭的同學家中，一邊彈棉換棉花，順便找女人。正在回味上次那個新來廣西妹的標緻雪白皮膚，只聽見不遠的雜林中傳來行色匆匆的走路聲音。

黃生廣一聽竟在大熱天嚇出一身冷汗，並用最快的速度從工寮的後門鑽進棉花田內，來不及卸下彈弓的他只好整個人趴在棉花樹叢底下，這年頭聽過太多正在下田的農夫莫名其妙地被路過的紅軍抓去當軍伕而一去不回的事情。

他忍受摘完棉花後滿是荊棘的棉樹刺在身上的劇痛，後悔著爲什麼只爲了見私娼寮內那個廣西妹，而讓自己身處於獨自在山林走動的風險。

「小老闆！你還在嗎？」

這不是詹翰的聲音嗎？黃生廣抬起頭來撥開幾株棉樹的莖幹從隙縫中望了過去，看清楚的確是詹翰不是別人，這才狼狽地從田裡頭鑽了出來。

「大白天的，你幹啥又跑回來？嚇壞我了，我還以爲是八路軍呢！」黃生廣回過神來拍拍沾在身上的一大堆棉絮。

詹佳躲在哥哥背後偷偷地瞄著黃生廣那副狼狽的模樣笑著：「小老闆，你好像看到鬼似的！」

黃生廣不理會她的訕笑，仔細地把背在背後的彈弓和竹篩卸下來檢查一番，看看有沒有被自己不小心壓壞。對彈棉匠來說，這些生財工具可說是寶貝，只要有一點點的折損，都會影響彈棉的速度和品質。

「剛剛我們大夥穿過雜林摸進山路，不久就遇到幾十個從南塘那逃出來的難民。」詹翰喘著氣心有餘悸地回答。

「南塘的難民？那村子發生什麼事了？」黃生廣納悶地問。

「整個村子昨晚被白軍給端了。」

「端了？什麼意思？南塘應該不屬於紅區才對啊！我上個月才去那邊，應該安全得很。」

「聽連夜逃出來躲在靠近嶺背這片山坳的難民說，國民黨白軍本來在南邊的贛州縣城好好窩著，但不知道發什麼瘋，非得把整個于都打下來不可，於是整支軍隊好幾萬人開拔到南塘，聽說好像要把南塘當作圍剿蘇區的前進基地。」

「那也不過就是軍隊駐紮，爲什麼要把整個村子端了？還有，怎麼個端法？」黃生廣不免替同學著急起來，心想如果南塘整個被端了，那他恐怕再也見不到那個廣西姑娘，更別說替她贖身了。

在一九三〇年代的江西南部，討老婆是件很困難的事情，地面窮種不出什麼作物，家中有女兒的都往北邊省城南昌、福建漳州或廣東汕頭的富有人家送，寧可嫁給富人當妾也不願女兒在窮鄉當妻。紅軍與白軍在江西南邊幾個縣份打了幾場裝模作樣的內戰，什麼沒有，從外省源源不絕來的光棍兵最多，幾十萬的外省兵，每打下一個村頭，還沒搶糧之前先搶女人，不管自願與否，女人幾乎被搶個精光，導致這片地區的男光棍戲稱：「還沒被拉去當軍伕戰死，就先被褲檔那話兒悶死。」

「你長年在紅區有所不知，國民黨白軍只要從紅軍手上奪回任何一個村落，他們就會採取堅壁清野[5]的殘忍策略。因爲他們知道只要軍隊前腳剛走，紅軍的軍隊後腳便會立刻溜進來，所以他們會將村子所有壯丁殺光，免得日後加入紅軍成爲敵人，糧草作物或牲畜只要帶不走的，他們也會一把火燒個精

---

5 原指堅固堡壘，收清糧食以困敵人的戰術。此處意為焦土政策，當敵人將進入或撤出某處時，破壞任何可能對其有用的資源。

光，兩樓以上的樓房也統統遭殃，能拆的就拆，拆不動的就燒，所以南塘這時候應該已是廢墟一片了。」

長年四處替人種田收割的詹翰便親眼看過幾個被白軍糟蹋過的村子。

「看樣子，我們在山裡頭幹活的這幾天，外頭的世界可說是天翻地覆了。」

「是啊！那些狗娘養的國民黨白軍，仗著兵多糧足裝備精良，這下子又要開戰了。」詹翰恨得牙癢癢的。

「紅軍又好到哪去呢？」黃生廣嘆了一口氣。

「紅軍管的蘇區，人民有糧吃，從軍有餉拿，壯丁討婆娘，挺滋潤的。」詹翰對於共產黨那一套可是深信不已。

「操！做你的春秋大夢唄！蘇區的紅軍，一下子要我納糧，一下子要我分地，一條牛被剝了幾十層皮，圈了我的地，也不派人去種，跟吸血鬼沒什麼兩樣。我本來好生生地在縣城念書，要不是鬧共匪的話，現在說不定已經在日本或上海念書，念完書回來接家裡生意，或者過個洋墨水去撈個一官半職當官，他奶奶祖上缺德，搞得我整個家支離破碎，你還口口聲聲說共產黨好！」黃生廣想到這幾年的際遇就憤憤不平。

「你是地主，自然得多犧牲點，若不這樣搞，窮苦的人哪有飯吃？當你是兄弟才這樣說的，不是每個地主或富有人家都像你這麼善良，我們工班常常被地主或富農苛扣工錢，一欠就是幾個月，討急了，他們就會報官誣陷我們是蘇區匪諜，甭提討工錢，連小命都差點丟掉。」詹翰義正辭嚴地駁斥黃生廣。

「聽你的口氣，你好像支持共產黨那一套？」

其實共產黨很善於宣傳，更擅長在貧困的農村搞組織，即使是國統區[6]，也有廣大的農民與佃農工偷偷地支持。

「沒辦法，吃不飽唄！」詹翰點出了問題的核心。

立場與想法和詹翰完全不一樣的黃生廣不想爭辯。

南邊的山麓飛起成群的烏鴉，往棉田這邊飛了過來，滿天的黑色鴉影甚是嚇人，黃生廣三人抬頭望著烏鴉群往西邊飛走。

「我估計南塘村那邊不妙了，我聽幾個打過仗的人講過，打過仗的戰場會吸引很多烏鴉。」詹翰面帶憂慮地說著。

「你好像很怕烏鴉？牠們又不會咬人也不會吃田裡的作物啊。」天真的黃生廣津津有味地看著天上成群的烏鴉。

「小老闆別亂說，哪邊有死人，烏鴉就往哪邊走，看到烏鴉最不吉利了。」詹翰警告地說。

「聽說烏鴉最喜歡在戰場啃食屍體，這麼多烏鴉群，南塘那邊少說死了幾百人跑不掉……」詹翰繼續說下去。

「哇！」看到越來越多烏鴉，詹佳嚇得哭了出來。

「謝謝你們趕回來警告我，時候不早了，你們也該趕緊趕路追上運棉隊，趕快走吧！趁兩邊的軍隊還沒有進入這片山區之前快溜吧！」黃生廣催促他們趕緊上路，說完之後揮揮手急急忙忙自個兒趕路。

「我們兄妹趕回來給你通風報信，就沒有回去的打算。小老闆，如果你不嫌棄，我們兄妹想去你們家幹活，種田也好，運貨也成，我妹子可以做丫環伺候你老母，你別小看她，挑水挑糞，煮飯砍柴甚至女紅樣樣行呢！」詹翰說出了來意。

已經走了幾十尺的黃生廣聽到詹翰這番話後轉過身來：「別說笑了！我們黃家的店鋪不是被共產黨沒收，不然就是被白軍放火燒光，值錢的機器與大部分的家當都已經搬到幾百里遠的龍南，你如果要投靠我們黃家，應該是跟著運棉隊去那邊找大當家海叔才對，你跟著我回于都，沒什麼前程啊！」黃生廣

6 國民黨政府統治的地區。

苦笑起來。

「老實告訴你們，就算要僱用你們，我們家現在也沒有錢可以僱，值錢的洋銀和外國錢都已經運到龍南，不值錢的蘇鈔[7]你們拿了也沒地方花，回去吧！再不走萬一碰到國民黨的雜牌部隊，你們會倒大楣的！」黃生廣講完後頭也不回地繼續走。

兩兄妹不理會黃生廣的拒絕，背起破爛的布袋亦步亦趨地跟著他。

「你們這是幹什麼？」黃生廣見狀動了脾氣，彎腰拾起石頭往詹翰身上丟過去。

詹翰完全不想閃躲，讓石頭往自個兒身上砸，反正黃生廣也只是嚇唬嚇唬並沒有真的使上力。

「小老闆！我們兄妹真的走投無路了！」詹翰說完之後立刻跪了下來。

「有話好說，何必下跪啊！既然你們想要跟我走，就邊走邊講吧！」黃生廣頓時心軟，趕緊把他扶了起來。

兩兄妹機警地快步跟上黃生廣的腳步，詹翰娓娓道來……

一年前，國民黨軍隊進駐梅縣詹家村，那支軍隊屬於雜牌軍，番號屬於某個廣東軍閥。既然是雜牌軍，拉兵伕徵兵糧發餉銀都得自行籌措，自行籌措是好聽了點，說穿了就是軍隊開拔到哪裡，就搶劫到哪裡。

打仗本身並不可怕，戰爭中最可怕的是飢餓的軍隊，那支開拔到詹家村的軍隊，不到一天的時間就把整個村子的存糧、雞豬全部搶光，還下令十五歲以上三十五歲以下的男丁，一律強徵入伍。

詹翰本來打算逆來順受，反正時局很差，當個兵爺起碼有口飯吃，只要刀槍子彈別不長眼朝自己身上飛過來就好。但是，和詹翰相依爲命的詹佳，竟然沒有親族願意收留，村長還打算只要詹翰一入伍當兵，立刻就把詹佳賣到汕頭當妓女。

聽到村長的勾當後，詹翰帶著妹子朝父母祖墳的方向拜祭了一番後，連夜離開村子往北邊江西逃，原本就是打算來于都找黃生廣投靠當個棉花佃農，沒想到沿路上爲了躲避軍隊，繞了遠路跑到贛南的蘇區邊緣，爲了討口飯吃，竟加入了紅軍的生產大隊。那支生產大隊專門在蘇區的邊緣，白軍管不到的荒地上種鴉片，採收後的鴉片偷偷地往東運到福建，利用賣鴉片籌措紅軍的開銷。鴉片採收後，詹氏兄妹也跟著運送隊伍挑著鴉片翻山越嶺地運貨，帶隊的頭把詹氏兄妹安排到最後一隊的隊伍中。

「爲什麼你們被排到最後一隊？」黃生廣納悶地問。

「我們和他們不熟，只是臨時跑來打工的面生工人，所以他們把我們這種臨時雇工排到最後，事後我才知道凡是運鴉片，最後一批運送隊伍通常都是標靶。」

「標靶？什麼意思？」黃生廣不解。

「你知道，國統區的白軍其實和紅軍根本就是沆瀣一氣。表面上國軍會抓種鴉片的紅軍，其實雙方早有默契，鴉片生產大隊的運送隊伍只要一開拔，幾天過後，國軍就會尾隨在後，他們不會把整支運送隊伍端走，只會跑出來抓後面的運送隊，於是紅軍會故意安排一部分的貨留給國統區的國軍去抓，國軍抓到部分的鴉片，一來也可以交差了事，二來他們可以將取締的鴉片運到廣東去賣。」

有點生意頭腦的黃生廣唉呀叫了一聲：「換句話說，紅白兩軍，每個人的鴉片地盤不一樣，共產黨把鴉片運到福建，國民黨把鴉片運到廣東，共產黨負責種植，國民黨事後抽成。」

完全死腦筋的詹翰聽不懂小老闆的分析：「誰管得了那麼多，反正國軍抓到我們殿後的運送挑伕，搶走鴉片，但爲了交差了事，連人一起抓，直接押到國統區去槍斃。」

就這樣，國軍摸上了運送隊的後方，把殿後的人與貨整個端走，機警的詹翰見狀立刻拉起詹佳的手

7　共產黨於一九三〇年代在江西的蘇維埃統治區所發行的紙鈔。

往旁邊的河水裡毫不猶豫地跳了下去，在湍急的河中抱著一顆大石頭，泡在水裡好幾個時辰直到天黑才游上岸逃過一劫。

「我永遠都記得那帶隊的營長，因為他剛好就是到我們詹家村去抓兵伕的那個營長，他叫做程言成，小老闆，你千萬要記得，要是碰到程言成這個兵痞子，二話不說一定要立刻逃跑。」

詹翰幾乎全身泡在冰冷的河水中，躲在暗處直盯著眼前一臉凶惡的程言成，只見他點起鴉片，瞧也不瞧幾十個跪在面前哆嗦求饒的運貨苦力一眼，看著遠方湍急的河水說道：「剛才有幾個掉下水的匪軍，看樣子凶多吉少活不成了，陳營長！」

旁邊一位副官模樣的尉級軍官答了應：「有！」

「別浪費子彈，全部砍頭吧！年輕的女人留到明天再砍，給弟兄們舒坦舒坦吧！」

幾十個人頭同時落地，遠方的林間樹梢不久後便傳來陣陣的烏鴉群的聒噪叫聲。

再度逃過劫難的詹翰、詹佳兄妹摸黑游上岸後不敢久留，胡亂地從成堆無頭且被烏鴉啃得幾乎屍骨分離的屍體懷裡取了窩窩頭乾糧連夜趕路，幾天後在山路碰到從村內跑出來打工的採棉工班，就這樣跟著來到了嶺背村黃家的棉田。

已經早就不知道什麼是同情滋味的黃生廣，聽了詹氏兄妹的遭遇後，也只是啞口無言。爆發內戰的這三五年來，整個幾百里地面的人們，沒有這種悲慘遭遇者幾希，他只想要加緊趕路回家後想辦法把老母親接到安全處，躲過這場看不到盡頭的劫難。

「也就是說你們就算回得了老家，也得背負逃兵和賣鴉片的罪？」在當年的時空，逃兵被抓回去或賣鴉片統統是死罪一條。

「小老闆！我可以跟著你學彈棉被嗎？」詹翰鼓起勇氣提出要求。

「彈棉被？這年頭連吃飯都成問題了，誰還需要彈棉被啊？」黃生廣嘆了一口氣。

「小老闆，你有所不知，這幾年我跑遍廣東福建，還是有些地方的生活還過得去，聽說福建漳州那邊的彈棉匠，一趟船跑到台灣，咬緊牙努力彈棉被彈個一、兩年，掙到的錢還可以回老家翻新樓呢！」見多識廣的詹翰提到台灣兩字，一副心神嚮往的模樣。

「台灣？你不怕到了海上的黑水溝翻船被大魚吃掉啊！」黃生廣從小就聽到許多族裡的長輩離家去了台灣後，便從此失去音訊。

「會出事的是小船，搭大船肯定安全得很！」詹翰頗有信心。

「大船？你太天眞了！台灣那邊是日本人管的，你說要搭大船，日本人就讓你搭啊！就算尋到了關係可以上船，一張船票得花台幣好幾百元，這錢都能在咱們于都買上一、兩甲良田呢！」黃生廣其實也早就聽過關於台灣的種種事情。

正當黃生廣與詹翰兩人七嘴八舌地講天論地時，身旁的詹佳砰咚一聲暈倒在路上，臉色發白，額頭發燙四肢冰冷，詹翰見狀，把妹子抱到路旁的一棵大樟樹下頭，嘆了一口氣說：「妹子又中暑了。」

詹翰講完之後從包袱內取出一小只紙包，打開紙包後沾了一堆鹽，正打算倒在水裡攪拌成鹽水讓妹妹喝下。黃生廣一看紙包內的鹽顆粒，連忙喝止：「別讓中暑的妹子吃鹵鹽，我這裡有眞正道地的海鹽，中暑之後還吃鹵鹽，不出兩天就會虛脫而死！」詹翰聽出黃生廣嘴巴中喊著「妹子」，心裡頭高興了一下，如果小老闆能夠把自己妹妹當成親妹妹，詹佳豈不又多了一個願意照顧她的大哥了？

一九三〇年代，國民黨對中央蘇區實行經濟封鎖，首當其衝的是食鹽。米不夠吃，只要有地，總是種得出來，肉不夠吃，花點時間把畜牲養大也沒有太大困難，更何況還可以到河裡頭撈點魚貝。

但鹽就不是說提煉就可以提煉得出來，國民黨政府在江西南昌設立了食鹽火油管理局，蘇區周邊各縣下設食鹽火油公賣委員會，推行計口售鹽政策，完全封鎖匪區，不讓任何一撮鹽流入共產黨統轄的蘇區，藉此來封鎖蘇區的經濟，蘇區的人民在長期缺鹽的狀況下，不是體弱多病就是得逃離蘇區。

很多蘇區的人民因爲長期缺鹽，頭髮變白，身體浮腫，患上了各種疑難雜症，甚至喪失生命。爲了取得食鹽，蘇區的百姓想盡辦法從國統區偷偷運鹽進來，有的人假裝出殯，在死人的棺材內藏著純白的海鹽，有人到國統區買到食鹽後，加水攪拌成食鹽水浸漬衣服，然後穿回蘇區再將衣服上頭的鹽巴結晶刮下來，千方百計冒著生命危險藏匿與運送食鹽進去蘇區。只是這種偷渡的方法一來危險，二來能夠運送的量也不足供數以百萬的蘇區人民食用，最後共產黨政府想出一招，那就是土法熬鹽。

蘇區的人拆牆壁、扒舊灶、掘墳墓，取出土塊內的硝土、鹵水、與石塊的鈉做爲原料，熬製提煉出同樣具有鹽成分的硝鹽，這種土法熬製的硝鹽味苦性毒，有別於一般的食用海鹽，根本無法分離其中的硝，長期食用下根本可說是飲鴆止渴，身子差的人吃多了往往中毒身亡，加上成分不純，也無法補充大量勞動下所流失的鹽分，即便身強體壯的漢子三天兩頭也是經常中暑。所以當年紅軍打仗之所以喜歡用夜襲的戰術，其實是怕白天打仗容易造成大量士兵中暑，而不得不利用夜晚打游擊戰。

黃生廣從自己懷裡掏出兩包海鹽，倒在水裡讓詹佳喝了下去。喝了幾大口用純海鹽攪拌的鹽水後，詹佳臉色慢慢從蒼白轉爲紅潤，身體開始冒汗，手腳也就不再冰冷，身體底子還算強健的她立刻恢復正常。

「小老闆，你那兩包海鹽挺貴的，爲了我妹子，讓你破費了。」在江西的蘇區，一小包純海鹽可以換到兩隻母雞，在旁邊的詹翰一臉感激地看著黃生廣。

「人命關天，那種鹵鹽吃多了會要人命的。」黃生廣淡淡地回答。

休息了半晌，他們三個人繼續趕路，沒多久來到了澄江村。澄江村和黃生廣老家嶺背村只隔了一條河，遠遠看到木橋，黃生廣便鬆了一口氣，心想如果木橋被軍隊拆掉的話就得游泳過河了。儘管水流並不湍急，但河面的寬度也超過百尺，一邊背著彈棉工具，一邊又要背著尙未完全恢復身子還有點虛弱的詹佳，也是挺麻煩的，一行人三腳併兩步過了橋來到嶺背村南邊村口。

黃生廣與詹翰兄妹環顧四周，南邊村口的泥路兩旁居然毫無人煙，雖說這帶本來的人口就少，但今天未免也太安靜了，透露著一股罕見的詭異氣氛，其實剛剛在河對岸的村子就隱隱約約感覺不太對勁。

外頭的雨勢好像稍緩些了。

二重羽子講到這裡，突然沉默了起來，臉色開始漲紅，似乎正在忍受止痛劑藥效慢慢退去後的苦痛。明悉子見狀，站起來走到床邊，調整吊在旁邊點滴的藥劑噴口速度。

「奶奶，今天要不要先講到這裡就好了？我請車站邊的烏龍麵店送晚餐來。」

二重羽子講的這些有關黃生廣的故事讓葉國強聽到入迷，時間不知不覺從午後溜到了傍晚。

「不要緊啦，這些故事不講完，我擔心以後沒有機會再說出口了。」二重羽子老奶奶對葉國強投了一個微笑。

「這幾十年來，我無論身處哪裡，扮演什麼角色，這些回憶總是會在我的腦海中翻騰，尤其這幾年，腦子想的全部都是有關你外公的故事，其他的記憶或許只能片段地想起來，但他的故事對我而言永遠那麼清晰。年紀越大，往事的畫面就越清晰。」

「我是在十歲的時候認識你外公，他會講台灣話，而我從小便出生在台灣，對！就是你們說的所謂日治時代，那段期間，對我而言簡直就是人生最美好的時光。我沒有兄弟姊妹，所以從小就和鄰居的台灣小孩玩在一起，台灣話反倒像是我的母語。」

「你外公學日語學得很快，不到幾年就說得一口連內地[8]的日本人都分辨不出外國口音的日語。認

8　日治時期台灣人稱日本本島為內地。

識他一年後，我們的語言可以完全溝通，我常吵著他講故事給我聽，一開始他說他沒念過幾年書，根本不知道什麼有趣的故事可以告訴我，於是我就要他講自己的故事給我聽，聽著聽著就和你現在一樣著迷。任性的我每隔幾個月就吵著他再講一次，有時候我們躲在棉被工廠的工寮講故事，有時候躺在倉庫內暖呼呼的成堆棉被上頭，我一邊聽他講故事，一邊入睡。」

葉國強聽得有些疑惑：「工廠？倉庫？」

葉國強認爲也許是老人家搞混了記憶中的連貫性和過往歲月的先後性，人老了往往會把不同時空的記憶混雜在一起，這是很正常的現象，譬如患有輕度失智症的老人很容易把年幼的孫子視爲當年的幼子，會把年輕遭遇過的故事和中年所經歷過的空間拼拼湊湊，組合成雜亂無章的回憶。

二重羽子雖然生病，腦筋倒是很清楚，看到葉國強這種模樣，笑著說：「別裝出體諒的眼神看我，老人家對這種眼神其實是很敏感的，我沒有說錯也不會記錯，只是故事講得太快了一些，對了，我剛剛講到哪裡了？」

葉國強轉頭看了一下明悉子，露出了可不可以繼續講下去的詢問眼神，等得到肯定的手勢後才回答：「二重奶奶，您講到我外公和詹翰、詹佳兄妹回到老家嶺背村了。」

「詹佳！哼！那個狐狸精，算了，先別講她了！」二重羽子閉起了雙眼，繼續從記憶深處慢慢地把故事挖掘出來。

3

江西嶺背村。一中同婊

嶺背村的市集街上空無一人，和往常熱鬧烘烘的景象完全不一樣。黃生廣三人起了疑心，過了橋後不太敢魯莽地闖進市集，三個人你看我我看你，毫無生氣的市集，天氣是熱的，空氣卻是冷的。

嶺背村的市集是村內最熱鬧的地方，村長等一些領導的辦公室以及幾間比較像樣的店鋪就在市集公路兩旁，雖說是公路，其實只是條從明朝年間就已經鋪好卻年久失修的泥路，靜靜地窩在哪兒，從村頭到村尾，只有一條街，可眞是又髒又窄，街道兩旁擠著兩排黑漆漆的土屋，一家高一家矮零散地排列著。

此時每間店鋪都大門深鎖，幾部破損的手推獨輪車凌亂地任人堆放在街上，有戰場經驗的詹翰彎下腰檢查那些手推獨輪車，警覺地小聲說道：「這些車上布滿了彈孔，看來內戰已經蔓延到這裡了，小老闆，我看我們趕快逃吧！」

詹翰的建議是對的，當戰爭爆發時，就算不是軍人，也會遇到強拉軍伕去充當砲火的軍隊，或是碰到戰敗與部隊失聯的散兵打劫，更可怕的是被土匪或雜牌軍隊趁火打劫。

「不成啊！這裡可是我家，我得回家去瞧瞧我娘的安危啊！」想到戰火已經燒到自己村裡頭，黃生廣顧不得害怕，拔腿朝家裡的方向狂奔而去。

跑不到幾米，兩道影子從右邊的廟埕廣場落在街上，夕陽的逆光讓影子拖得偌長。黃生廣從右邊一瞧，狂奔中的雙腳似乎被釘在地上動彈不得，全身哆嗦地在盛暑午後打起冷顫來。

村內唯一的土地公廟前面廣場，不知道什麼時候被人插上兩支超過十米長的旗桿，但旗桿上掛的不是旗子，而是兩具屍體。

詹佳一看立刻嚇得尖叫了起來，這道尖叫聲讓默默站在廣場的幾百個人轉頭過來，這下子他們三人就算想跑也跑不掉了。

黃生廣不由自主地抬起頭來朝旗桿一瞧，兩具被掛在木桿上頭的屍首，一具是南塘村的村長，是他私塾同學小狗子的爸爸，另一具則是嶺背村黃村長的爸爸，仔細一算的話，他是黃生廣的遠房親戚。

廟前的老榕樹旁搭了一座小型看台，看台上掛了偌大的紅布條，上頭寫著「蘇維埃人民解放政府于都縣嶺背村村委大會」，台上幾個人看到黃生廣三人也暫停了說話，指著他們問旁邊的村民：「這三個人是哪一口子人家？」

只見坐在底下一排椅子中的一名中年男人回答：「那是黃家棉被店的小老闆。」回話的不是別人，正是黃生廣的姨丈，別人必須畢恭畢敬地站著聽訓，他姨丈卻可以大搖大擺地坐在所謂的貴賓席上。台上一位穿著土黃色軍裝，軍帽上繡著一顆星星的軍官問道：「你們爲什麼遲了幾天才來開村民大會呢？」

幾天前他離開村子去採收棉花時，村子還是國民黨的統轄範圍，雖然看到村長的屍首與台上的光景，大概可以猜出村子已經被紅軍給端了，但是搞不清楚狀況的黃生廣根本不知如何回話。

這時他的姨丈替他開口：「他們是幫解放政府去棉田採收棉花，所以遲了幾天回家。」

「有沒有通行證？」台上軍官嚴厲地問起。

黃生廣機靈地把海叔交給他的通行證從包袱裡掏了出來，交給在旁邊拿出鳥統[9]荷槍實彈的紅軍士兵。

台上的軍官仔細端詳起通行證一會兒後繼續說下去：「很好！你們村內對人民解放運動總算做出貢獻，三百多捆棉花已經送到前線辛苦作戰的革命部隊手上。」

此刻坐在台下的姨丈見狀立刻起身用力地鼓掌吼起嗓門大叫：「人民解放萬歲，蘇維埃萬歲……」

廣場的村民也跟著附和吆喝起來。

「我！紅軍第一集團軍第四師師長林彪，代表蘇維埃人民政府感謝你們嶺背村對廣大人民的貢獻，但是……」說到一半的林彪隨即指著旗桿上的兩具屍體，收起剛剛皮笑肉不笑的表情繼續說下去：「但是，還是有許多土豪劣紳做出破壞人民團結的作爲，左邊這一位是你們大家痛恨的黃村長父親，他竟然違反解放政府的規定，替國民黨軍隊指引道路，害我們第四師在解放過程中戰死了許多優秀的軍委與幹部，右邊是隔壁南塘村的村長，他不只沒有遵守解放政府動員令的政策指導，還蠱惑南塘村一些思想過於單純的年輕人逃兵，逃避偉大的動員指導政策，相信你們對於這種壞分子更是感到痛恨……」

原來，當黃生廣在山裡頭採棉的這幾天，局勢發生了天翻地覆的變化，國民黨軍隊收復了隔壁的南塘村，而戰敗的共產黨軍隊逃竄到嶺背村，一看這村子沒有白軍防守駐紮，就順便把嶺背村給打下來，基於報復與殺雞儆猴的理由，大肆逮捕和國民黨政府與軍隊有來往的地主，黃村長嚇得連夜逃跑，紅軍只好殺他父親來洩憤。

台上林彪的衣服是光光鮮鮮的，屁股上掛著一支土造毛瑟槍，背後跟著幾個戴著眼鏡，手上拿著一疊疊名冊摺子的政委，他指著名冊摺子繼續說下去：「爲了保持解放運動的戰果，爲了不讓你們嶺背村遭到白軍和土豪劣紳的剝削，每戶人家按照口子數，每個人必須攤派一塊錢銀元，每戶人家最少得派出一名男丁參與解放軍。你們也別埋怨，你們對人民政府有責任，但同時也可以享受無產階級革命的成果，所有的村民不分男女老幼都可以攤派農田，每個村民可以無條件地領受一畝到兩畝田地，這是解放政府的德政，是無產階級解放革命的勝利。」

9　早年使用的火藥槍。

廣場上的幾百個村民聽到每人可以免費分配田地，全部都歡呼了起來，跟著林彪師長呼喊著口號：「人民解放萬歲，無產階級勝利……」陶醉在歡呼聲的林彪，看著台下幾百個村民，舉起雙手一揮示意大家停止歡呼口號。

「今天晚上九點鐘，每戶攤派的男丁要準時站在你家門口，解放軍會一戶一戶地去接入伍新兵，為了貫徹人民政府的動員令，為了不讓壞分子破壞無產階級光榮的革命，全體第四師聽命。」說完後，廣場周圍幾百個穿著邋遢、面黃肌瘦、身後背著比身體還要高的老式鳥統槍的紅軍士兵齊聲喊「在」，虎視眈眈地盯著廣場的村民。

「嚴格看守村子的每一條道路、田埂、每一座橋！」

村民抬頭看著掛在旗桿上的屍首，耳邊依舊迴盪著林彪的軍令，連唉聲嘆氣都不敢吭一聲，拖著沉重的步伐各自回家。

黃生廣著急地在廣場東張西望，看見姨丈走了過來，雙手搭住他的肩頭問道：「姨丈！我娘呢？我娘呢？她怎麼不在廣場上？」

姨丈望著黃生廣回答說：「她在家裡頭，上頭有特別通融生病或裹小腳的女人可以不用出席會議，反倒是你怎麼……」說了之後立刻東張西望起來。

「回家再說吧。」姨丈望了詹翰兄妹一眼。

嚇得臉色發白的詹佳，兩隻手一直緊抓住黃生廣背後的棉弓，而詹翰卻始終遠遠瞧著還站在台上的林彪師長，好像看傻了似的。

「喂！詹翰！看起來你們只得先跟我回家了，所有的路都已經被封鎖，你們哪裡都去不成了。」黃生廣知道母親安然無恙後心情輕鬆了些。

黃生廣的老家位於嶺背村市集走到底的梅江河邊，梅江是貢水的上游支流，沿著梅江順流而下可以到貢水，貢水與章江在贛縣合流成為贛江，贛江是鄱陽湖的重要支流，從黃家的門口就可以搭著船經過梅江、貢水、贛江、鄱陽湖到長江，所以在還沒有鬧紅[10]之前，黃家所生產的棉被，有部分是從這條水路運往贛縣、南昌，甚至上海。

「前面那幾棵百年老樟樹就是我家門口。」黃生廣指著樟樹給詹翰看。

大門進去先看到一座偌大的宗祠，宗祠內供奉著黃家歷代祖先的牌位，其中還有曾經在清朝道光年間考取舉人的祖先生祠，宗祠周邊散落了好幾座大屋，每座大屋象徵著黃家的各房各室，每房之間都隔著大小不一的廣場，廣場以鵝卵石鋪成，每座廣場上都有座天井，天井的用意是利用下雨時盛接雨水，蓄水的用意並非拿來飲用，而是一旦發生火災時，就近用來滅火。

「我肏死他們祖奶奶的！村民聽見攤錢就苦著張臉，對著我指東罵西，難道這種公家的活，還有什麼油水不成？我們黃家的田地都分派出去了，他們那些軍爺們還是不滿足！」姨丈走進祠堂就對著黃生廣的娘和阿姨破口大罵。

祠堂大廳坐著黃生廣的娘陳氏正想跟著抱怨幾句，但當她看見跟在姨丈後面走回家的黃生廣後臉色大變：「阿廣，你不是跟著海叔到龍南去了？你不應該回來啊！」說著說著就哭了起來。

「娘！我這不就已經好端端地平安回家，您怎麼哭了起來啊？」黃生廣安慰他娘。

「我已經千交代萬千代，叫海叔把你帶到去台灣，你瞧瞧你！」

哭了許久的陳氏止住哽咽問姨丈：「上頭除了分派田地以外，還要我們黃家攤派什麼嗎？」

面有難色的姨丈支支吾吾地回答：「攤派銀元還算小事，可是，紅軍的林師長和政委還要每戶攤派一名壯丁。」

10　一九二七年後共產黨於江西起兵割據。

陳氏聽了之後幾乎快要暈眩：「他們還要拉軍伕？」

姨丈點了點頭，陳氏與姨丈兩人眼睛盯著彼此陷入好長的沉默，一會兒過後，陳氏露出嚴厲的神情說道：「說到底，咱們這個家雖然慢慢敗破，但終究還是黃家，上一回國民黨來拉軍伕，阿廣的哥哥已經當充員兵被拉走了，三年多下來一個消息也沒有，這次無論如何，該輪到你們那一房去當充員兵了吧！」

這時候站在一旁的阿姨哭了起來：「阿廣的二哥至少是跟著國民黨軍隊，再怎麼樣都還有個指望，我就阿毛這麼一個兒子，如果被紅軍徵去，肯定是凶多吉少。大姊，你一共有兩個兒子，我才一個，您行行好，讓我後半輩子有個指望、有個指望啊！」說完後朝陳氏跪了下去，怎麼勸都勸不起來。

「算了，咱們從長計議吧，明天再說吧。」陳氏覺得這個難題一時之間也無法解決。

「可是大姊，天一黑他們就要挨家挨戶要人了，你應該知道，他們紅軍若要不到人，下場就會像隔壁南塘村的村長一樣，一槍給斃了！」臉色說多難看就有多難看的姨丈回了話。

「誰叫你要強出頭去頂替當村長，反正不是你家阿毛去頂替，就是你這個遊手好閒的人去挨子彈，等時局一穩定，我們黃家會好好照料你們一家人的。」陳氏板起了族長的臉孔和威嚴。

看到陳氏如此堅決，姨丈乾脆豁出去了：「大姊，現在這個家的大當家應該是海叔，還輪不到妳這個女人家說話，二來，昨天早上我已經偷偷僱船把我家阿毛送到贛州縣城的國特區了，三來，我現在已經是村委兼村長，不管這個家是誰當家，嶺背這個村的大小事情可是我說了就算數，妳那番話去找林師長訴苦吧！若逼急了，我可是會把海叔以及阿廣暗中偷偷與國民黨掛勾賣鴉片的事情全部抖出來，大不了拚了個網破魚死！」

「離晚上拉伕還有一點時間，妳可以和阿廣交代一些事情，晚了就沒時間講了。」姨丈說完後瞪了黃生廣一眼便帶著妻子離開祠堂，警告的意味相當濃厚。

詹翰見狀，立刻朝門口的河岸邊瞧了過去：「小老闆！要不要現在趕快逃？過了河，說不定對岸現在還不是紅軍的控制地盤。」

然而才剛走到大門口往河面望去，詹翰的心情立刻跌到谷底，河岸旁邊幾個小碼頭，已經陸陸續續有紅軍的士兵看守，就在廣場的會議一結束，林彪立刻指示其中一個連看守梅江河岸，以防止村民搭船或游泳渡河逃亡。

遠方此刻也傳了幾聲槍響，沒多久一具浮屍已經漂在江面。嶺背村成爲包在餃子麵皮內的肉餡，除了等待下鍋之外，已經沒有別的選擇了。

祠堂內幾個人此刻陷入一片死寂，只聽聞大樑天花板上的壁虎三長兩短的鳴叫聲，黃生廣打破沉默對陳氏說：「娘，咱們從後門逃吧，我知道有條小山路可以逃到附近的白沙壩，那邊應該還停著一兩艘老舢舨，可以載我們到于都縣城。」他已經下定決心。

「于都？那邊敢情早就被紅軍整鍋給端走了，我們那幾口店鋪早就已經毀了，族人與夥計死不了的也都走光了，就算我們能逃到那裡也無濟於事。更何況我這個纏腳婆娘，不能爬也不能跑，只會耽誤行程連累你們。」

黃生廣心裡頭清楚得很，若背著纏足無法行走的老娘，別說搭船，連走山路都成問題。陳氏出生於光緒年間，當時中國的社會，只要是像樣的官宦或商賈人家的女兒，十之八九還保留著纏足的陋習。只是接下來的幾十年，鬧革命、鬧軍閥、鬧紅軍、鬧白軍，能跑的都跑了，黃生廣只能和多數中國鄉下的孝子一樣，守著纏足的老母，哪都逃不了，坐以待斃地任憑時局動盪地摧殘。

「阿廣，聽娘的話，趁那些外地來的軍爺還摸不清楚咱們村子的小路之前，你自己跟著詹翰他們先跑吧！只要跑到贛縣，詹翰知道往龍南的路，你們一起去投靠海叔，海叔人面熟、見過世面，總是有辦法安頓你們的。」

黃生廣直搖頭拒絕：「娘，你有所不知，南塘村村長只不過交不出充員兵就被紅軍處死，我們家若交不出壯丁，他們不會放過妳的。」剛才廣場上的屍體畫面依舊映在黃生廣腦海裡，他完全不敢想像萬一自個兒逃跑後，娘會遭受到什麼下場。

「話不能這樣說啊，你要是戰死了，我這個當娘的還指望什麼活下去？你快逃吧，別耽擱了時間！」貼心的詹佳依偎著啜泣不已的陳氏，搥背捏頸地試圖想要安慰她。

詹翰見黃生廣母子兩人眉頭深鎖相對無語，便笑道：「小老闆，這有什麼犯難的。」

黃生廣好奇地問：「阿翰，你有什麼法子嗎？」

詹翰看著詹佳，又看看黃生廣、陳氏，端詳了一會兒後說：「小老闆，你喜歡我的妹子嗎？」

本來還巴望著詹翰能想出什麼妙計，黃生廣聽到這句話有點動怒地說：「什麼時候了，還扯這個淡！」

「我是出格地認眞問話，待會拉兵伕的軍委來了以後，我可以頂替你去當充員。」詹翰雖然是對著黃生廣問話，但眼睛始終盯著自己的妹妹。

「別說笑了，這是我們黃家的劫難，和你沒有關係，等幾天後風頭過了，你趕緊帶著妹子回你們梅縣老家。你瞧瞧我們家這種潦倒落魄樣，已經沒有什麼前程讓你巴望了。你的好意我心領了，就算你是我們家的長工，也不能叫你代替我去送死。」黃生廣雖然對於詹翰的餿主意感到失望，但爲他的仗義感到心頭暖和。

「小老闆，我絕對不是尋你說笑，我們兄妹自從父母雙亡後，這五、六年來流離失所，不只是家毀了，連個落腳的地方也沒有，這兩年要不是跟著你們採棉，我連自己妹子都養不活，在碰到你們之前，我們族人差一點要把我妹子賣到廣東的窯子，我拚死拚活地帶著妹子從老家逃出來，早就打定主意，就算餓也要一起餓死。我這次厚著臉皮跟你回家，本來就是想要替自己妹子尋個安頓的地方，我當長工，我妹子當女婢，什麼都不求，只求一碗飯可以吃。」

就算詹翰說得斬釘截鐵，黃生廣還是感到不妥：「別說下去了，這不關你詹翰的事，我既然答應你，就算我打仗去了，我們黃家還是會留一口飯給你們兄妹吃。」黃生廣搖了搖頭死命地拒絕。

「小老闆，你知道我從小到大，最嚮往的是什麼嗎？」不等黃生廣回話，詹翰繼續說下去：「我們梅縣是有名的將軍鄉，打從幾十年前的太平天國，國民革命的黃花崗，到國民軍陳炯明、紅軍葉劍英，我們梅縣什麼沒有，就是出將軍。梅縣的人，不是到南洋去做大生意，不然就是從軍當大將軍，我要不是還得照顧妹子，早就從軍去了。」

「當兵有什麼好的？子彈不長眼，十兵九凶，能活下來都成問題。」生意家族出身的黃生廣無法理解詹翰的想法。

「你們身為地主階級有所不知，在我們梅縣，以及我這幾年四處打零工所看到的國民軍，全他娘的一路爛貨，碰到誰誰就倒大楣，如果有機會殺幾個國民黨，我絕對不會手軟。」詹翰忿忿不平地說道。

「只是，你頂替我們阿廣這件事情，怎麼瞞得過紅軍的軍委呢？」陳氏心裡已經動了念頭。

「阿廣的姨丈既然幹了村長，他難道沒有辦法嗎？況且，紅軍的老巢又不是在你們村子，他們圖的只是抓些兵伕補充兵員。我前幾個月在福建那看到紅軍徵兵，根本沒有什麼名冊，他們要的就是壯丁，看到誰就抓誰，每戶人家只要派得出人頭就算交差，你們江西這邊還好，福建那邊就有大戶人家透過人口販子買遊民，或強迫自家長工或佃戶子弟去充數的呢！」

黃生廣接著說：「可是……你又不是我們家佃戶！」

詹翰立刻打斷他：「別再犯嘀咕了，小老闆，你只要告訴我，你喜不喜歡我的妹子就行。」

陳氏見狀順著話說：「我一直沒有女兒，詹佳這小妮子……」

詹翰不等陳氏說完：「大娘！妳別替阿廣回話，我要的是阿廣的一句話。」

黃生廣點了點頭：「喜歡。」

詹翰彷彿卸下了心頭重擔似地笑開來對著自己妹子說：「兄長如父，今天我替妳尋了個好夫家，以後妳就是黃家的人了，嫁雞隨雞嫁狗隨狗，哥哥以後沒有時間陪在妳身邊，知道嗎？」

早就在旁邊哭成一團的詹佳，淚眼汪汪地看著哥哥，根本沒了主意，又是點頭、又是搖頭。

詹翰從包袱內拿出一張泛白破爛的紅紙：「這是我妹子的生辰八字，交換過八字生帖就算文定，時局不穩，婚嫁一切從簡，日後戰事穩定後再補行宴席吧。小老闆，現在起你要稱我一聲大舅子，我妹子就跟著你了，你過什麼活，她就過什麼活，你喝什麼粥，她就喝什麼粥。」

說完後朝陳氏與祠堂的祖先牌位跪拜下去，嘴中操著梅縣的客語方言唸唸有詞。起身後詹翰牽起小妹的手交給黃生廣交代說：「今天我們不是講到台灣嗎？等內戰風頭一過，你一定要帶著詹佳去找海叔，請海叔帶你們到台灣討生活，安頓後記得給老家捎個話，我有機會便跟隨你們過去。」

交代完體己話後，詹翰哈哈大笑獨自走到大門口：「今晚就是我妹子大喜之日，我這個大舅子替你們守房，誰要來鬧就是和我過不去，要抓充員要抓兵伕，找我這個大舅子要！」說完之後立刻蹲坐在大門，等候紅軍的軍委。

陳氏起身走到祠堂梁柱後頭，用力扯開一個黃銅拉環，拉環扯下後，只見大梁內有個空洞，陳氏伸手進去撈出幾錠金塊，躡步拿著金塊給坐在門口的詹翰：「這些當成今天的見面禮，亂世當中，有這幾錠金塊在身，使起來比較便利。」

詹翰搖搖手表示拒絕：「親家母，我詹翰今天不是賣妹子，也不是賣童養媳，而是嫁妹子。這些金塊我心領了，留給他們日後逃難用吧！我加入紅軍，圖的是將來的發達和光宗耀祖，打仗的兵痞供糧供餉，哪用得著這些銀兩呢？」詹翰笑了笑。

以前農村社會，童養媳的習俗相當普遍，養不起女兒的窮苦人家將幼小的女兒送到或賣到夫家，由該家庭撫養，長大後與該家庭的兒子結婚成爲夫妻。但童養媳多半在幼年兩、三歲便送到夫家，已經十歲的詹佳的確和一般的童養媳婚姻不盡相同。

正打算推辭一番，家門外已經來了幾百人，帶隊的是師長林彪，師部軍委、荷槍實彈的部隊，以及一大堆挨家挨戶新徵來的充員兵，黃生廣的姨丈也站在徵兵隊伍中。

軍委手捧名冊，大聲地對門口的陳氏與詹翰吆喝：「奉蘇維埃人民政府動員命令，每戶得派出一名壯丁參加第四師的步槍營，不得延誤軍情。」

詹翰站了起來，小跑步到軍委面前，軍委喝令詹翰立正站好，伸手到詹翰的身上東摸摸西量量之後問道：「幾歲了？成婚了沒？」

「十八歲，尚未成婚。」事實上只有十六歲的詹翰故意謊報成十八歲，以免繼續盤問下去洩了頂替充員的祕密。

一旁的林彪瞧瞧體格壯碩的詹翰，趨前仔細端詳詹翰的體格，微笑著說：「這漢子很壯，就編到師部的直屬獨立營吧。」

當時紅軍徵兵，只要看到年輕力壯體格壯碩的，就會將其優先編入所謂的嫡系部隊；個頭小、體弱多病或年紀大的，則會編入所謂的步槍營。嫡系部隊通常會接受比較精進扎實的訓練，也會配給比較好的武器裝備，至於步槍營，名稱雖是步槍營，但實際情況往往是三個兵才配給一枝老式步槍，一旦發生戰事，拿槍的兵戰死了，旁邊沒有佩槍的兵就從死人身上取走步槍繼續打仗。這些上戰場沒佩槍甚至連射擊訓練都闕如的兵，除了在最前線挨子彈當砲灰外沒有任何價值。

別說共產黨紅軍，連國民政府的白軍也是如此，在戰場上拚死拚活的多半是所謂的雜牌軍，反正死光死絕了後再到鄉下徵一批。反觀嫡系軍隊則鮮少派赴第一線戰場，紅白兩軍的軍頭各自把嫡系部隊視為個人資產，萬不得已才會把嫡系部隊推向火線，所以，所謂鬧了好幾年的國共內戰，老是打來打去毫無消停，其主因乃是各自軍頭主義使然。死了很多人，卻都是打假的。該勝的沒勝，該敗的沒敗，該死的死不了，不該死的卻活不成。

軍委轉頭問了擔任村長的黃生廣姨丈：「這戶是這個壯丁沒錯吧？」

姨丈看看林彪臉上的滿意笑容以及陳氏一臉肅殺的模樣後，識趣地點了點頭回話：「報告軍委，是的。」

「好，接著到下一戶！」

梅江堤邊暑氣逼人，河面上颳起一陣江風，沙塵漫天讓人睜不開雙眼，詹佳妹子與黃生廣站在門口嚶嚶而泣，詹翰揉揉眼睛，笑著說：「這鬼沙子害得咱眼淚直流。」

詹翰說完後，頭也不回地跟著紅軍第四師的徵兵充員隊伍繼續往村子的盡頭離去。詹佳放聲大哭，黃生廣爬上河堤瞭望，向著黝黑的江面，拜倒在地，直到不見詹翰身影。

4 廣東汕頭。航行

一個月後，中國廣東汕頭港外海。

汕頭臨江而且面海，占盡江海之便，因此自古以來，聚集了買賣南北貨物的眾多商家。一九二〇到三〇年代汕頭港的貨物吞吐量為全中國第三大港口，僅次於上海與廣州，舉凡粵東、粵北、贛南、湘南、閩西一帶運往海外的貨物，都得經由汕頭港出海。當時汕頭港有許多貨客運的定期海上航班航線，除了往來香港、廣州、廈門、上海以外，還遍及台灣的基隆、淡水、打狗[11]等港口，以及日本長崎、菲律賓、馬來亞等地。

尤其是汕頭到基隆的航線，由當時日本大商社大阪海事商社經營，每週有五班定期航線，往來基隆、廈門、汕頭、香港。汕頭之所以會躍居當年中國第三大港口，一大原因是汕頭位居中國南方與基隆貨運往來的樞紐，一九二〇年代之後，台灣的經濟在日本刻意經營下呈現飛躍式的成長，舉凡中國的茶葉木材、台灣的樟腦蔗糖、日本的機器織品、南洋的油礦都經由汕頭進出。

一九〇二年，日本政府為了發展台灣與中國南方內地的貿易商業往來，在汕頭港旁邊也就是今天的

11　今天的高雄。

汕頭市永平路上設置了台灣銀行汕頭分行。

由於當時中國南方處於革命內戰的兵荒馬亂時期，不管是國民政府還是廣東軍閥政府所發行的鈔票貨幣，因爲胡亂發行經常發生通貨貶值現象，以至於在汕頭潮州一帶，台灣銀行所發行的台幣躍居成爲汕頭潮州地區主要流通貨幣之一。基於強勢貨幣的便利性，也吸引了許多在日本政府統治轄下的台灣商人紛紛來汕頭經商，不論是南北貨物的買賣，還是投資置產。

當然，只要有檯面上的生意，就會有檯面下的買賣。當時在廣東、江西一帶的割據軍閥甚至紅軍，源源不斷地透過汕頭港走私他們經手的各種買賣，最大宗的便是鴉片和武器。蘇區紅軍和國民黨軍閥主要的財源：種植鴉片，便是透過汕頭港賣到海外的台灣、香港與東南亞。

一九二〇年代開始，由於各方勢力的角逐如日本、中國南方軍閥、地下共產黨，以及國民政府，汕頭遂轉爲無政府的態勢，想像得到的與想像不到的各種買賣、各類商社，甚至黑幫、土匪，紛紛將勢力範圍伸進這個龍蛇雜處的大海港來分一杯羹。

一艘四天前從基隆開出的日本商船「撫順丸」，即將駛進汕頭港的港灣。這艘「撫順丸」預定昨天傍晚就得抵達汕頭，偏偏在漳州外海遇到颱風，爲了躲避颱風，只好在廈門港內多停留一天。但由於「撫順丸」到汕頭港所接的貨物是日本宮內省[12]指定要乘載的貨品，船長也不敢耽擱太久，只好硬著頭皮冒著狂風巨浪從漳州的廈門港出發。

「撫順丸」的頭等艙有十間客室，雖說是頭等艙，充其量不過是間兩帖大的房間，一張簡單的上下鋪鐵板床，幾個衣架，一張小到連攤開報紙都擺不下的桌子。由於大部分從基隆出發的旅客多半已經在廈門下船，十間頭等艙客房只剩一間還有旅客，這名旅客是從基隆前往汕頭做生意的日本人，名叫二重吉統。

他打算在汕頭停留一天一夜就要搭乘原船回基隆，所以只帶著簡單行囊、必要的證件和一套樸素無奇的唐裝，由於沿途遭遇猛烈的颱風，幾天下來他根本無法飲食，而且隨時都處於嘔吐暈眩的狀態。

船隻在汕頭港外必須做一個九十度的大轉彎才能駛進汕頭港，導致船隻傾斜搖晃的程度比外海還要激烈，躺在下鋪的二重吉統不慎從床上跌落，胃部一陣翻騰，連黑色的膽汁和暗紅的血水都吐了出來。從基隆隨行的女僕，狀況比他還要糟糕，別說伺候老闆起居，早已病懨懨地連話都說不出來，只能用條繩索把自己綁在床鋪上以免摔落。

二重吉統勉強從地板爬了起來，打開客室內的圓形窗戶，遠遠看到汕頭港旁的陸地和民房，知道已經快要抵達汕頭，不顧虛弱的身軀，彎著腰打開行李箱，取出裡頭的唐裝，脫下身上的和服換上唐裝。

這已是他第三次造訪汕頭，他深知日本人在汕頭並不太受到歡迎，爲了安全起見，最好別穿著和服在汕頭港或市區內行走。況且這趟旅程的目的也逼得自己不得不低調行事，爲了不想暴露自己日本人的身分，還刻意從基隆家中帶著會講客家話的女僕一起前來[13]。

船慢慢地駛進汕頭港灣內，原本搖晃的程度大大減輕，脫離了暴風圈讓船上的乘客感到安心不少，雖然受了四天四夜的折騰，身體的疲勞虛弱好像隨著即將上岸而頓時消除不少。

「禾子！到了！終於到了！不用擔心了。」二重吉統對著躺在上鋪，看起來彷彿已奄奄一息的女僕喊著，名叫蔡禾子的年長女僕哪能經得起幾天幾夜怒海上的颱風，根本使不上力從床上爬起來。

「喂！起來吧！出去甲板看看！」他的口吻像命令的樣子，因爲激烈的暈船，他的臉看起來蒼白沒有血色，但仍強打起精神，他知道船已經耽擱了一天一夜才抵達，在岸上等他的人與等著他要辦的生意卻是片刻不容耽誤。

12　負責皇室運作的政府機構。

13　汕頭一帶所操的語言是潮州話和客家話。

講到這裡，病床上的二重羽子老奶奶陷入很長的沉默，沒多久便傳來輕微的打呼聲。明悉子起身看了奶奶一眼：「止痛劑的藥效已經發作了，我們讓奶奶休息一下吧。」

「蔡禾子？難道就是我的外婆蔡禾子嗎？」坐在病床旁邊的沙發的葉國強聽到這兩個名字，燃起了想繼續聽下去的興趣。

「關於蔡禾子的故事，讓我來幫奶奶說下去吧。只是時間很晚了，如果你明天打算搭飛機到中國的話，恐怕會來不及呢！」明悉子起身請葉國強暫時離開病房到樓下的客廳。

葉國強聽得出明悉子語氣中的試探：「反正要不要提前去找中國老闆新東家報到，對我而言也沒什麼急迫性。」

客廳的桌上擱著從商店街外賣的烏龍麵店送來的烏龍麵，葉國強看了手錶，才驚覺已經是晚上八點多，擱了一個多小時的烏龍麵早已冷掉，護士也已經離去，並留下一張交代老奶奶用藥時間與劑量的紙條。

葉國強狼吞虎嚥地吃著冷掉、食之無味的烏龍麵，忍不住好奇問了起來：「不對啊！我外婆蔡禾子在當時一九三一年怎麼可能是四十多歲的女僕？怎麼算都兜不起來。」雖然知道兵荒馬亂的年代，大部分的人的生日登記都不盡翔實，但也相差太多了。

「我就知道，只要和數字時間有關的事情，你就會十分敏感，在金融投資業打滾幾十年的人確實不一樣啊。」講到金融市場，明悉子似乎想起了許多關於他們兩人之間的往事。

「我先說說二重吉統的故事吧。沒錯，他是我的曾祖父，是我奶奶二重羽子的父親，他在一九二五年左右從日本內地移民到台灣的基隆。」

此刻的葉國強腦中突然浮現一個很可怕的想法，如閃電一般的電流重擊整個大腦，他把咀嚼中的麵條整個吐了出來，顫抖地問道：「我外婆該不會和你曾祖父有什麼不尋常的關係吧？」

明悉子嘆了一口氣後勉強露出笑容：「我知道你擔心些什麼，但你別胡思亂想，這個女僕蔡禾子和二重吉統之間就只是單純的主僕關係，二重吉統帶著妻子從日本內地移民到基隆，沒多久就聘請當地農婦蔡禾子當家裡幫傭，二重吉統對於男女之間的關係相當守規矩，至於你外婆，你慢慢聽下去便會了解，先別管蔡禾子了。」

聽到這番話後，葉國強才鬆了一口氣。

「我們二重家族從幕府時期便已經是江戶數一數二的棉被商，如果你有興趣的話，可以到客廳旁邊的家族與企業展示廳看看以前遺留下來的文物與照片，不過傳到二重吉統這一代之後，發生了一些變化。二重吉統是家中排行老四的么子，按照當時日本法律與習俗，老四沒有繼承家中產業的權利，在家中也沒有什麼地位，於是他牙一咬，配合當年日本政府的台灣移民政策，帶著妻子和幼女，也就是我奶奶，跑去台灣的基隆開棉被行、做起棉被生意。爲了和老家做出區隔，他刻意不接日本內地的生意，專心經營棉被出口貿易。」

「只是，一開始運氣不太好，棉被生意經營了兩、三年後，眼見生意快要上軌道，卻碰到一九二九年全世界不景氣和中國內戰，二重吉統好不容易已經打開的東南亞與中國市場，一夕之間訂單統統流失，他不甘心幾年的辛苦付諸流水，於是打算利用期貨市場孤注一擲。」

「期貨市場？八十年前有期貨市場啊？」精通期貨交易的葉國強感到很訝異。

「日本從十九世紀就有期貨市場了，強老大，大學必修的西洋經濟史你都忘光了嗎？」想起大學時期，兩人之間那段從曖昧到青澀的往事再度浮現，葉國強和明悉子對看了一眼，不約而同想起往事而笑了開來。

「二重吉統打聽到當時全亞洲的棉花可能會大豐收，於是大量放空棉花期貨，幾乎把所有積蓄都投了進去。」明悉子聳了聳肩，雲淡風輕地彷彿正在談論金融業某個白痴大散戶。

「不用猜也知道結果，肯定賠了一屁股吧！」在金融市場打滾了幾十年的葉國強聽多了這種魯莽的投資行爲。

明悉子點了點頭：「其實二重吉統原來的判斷並沒有錯，當時整個亞洲包括日本、台灣、朝鮮，甚至中國大陸，棉花的收成的確是大豐收，產量還比他預期的要大上很多，照道理來說，棉花價格應該一落千丈才對。但是，一件完全出乎大家預料之外的事情發生了，就在當時，美國人發明了從棉籽大量提煉食用植物油的技術，由於棉籽食用油的價格比豬油便宜一半以上，一夕之間，全世界對這種植物油趨之若鶩，所有棉農種植的棉花幾乎全部被油脂商搶購一空，投入棉籽榨油的生產。於是，棉花的價格因此大漲特漲，放空棉花期貨的二重吉統慘遭軋空。」

「就在二重吉統面對鉅額損失、破產倒閉邊緣坐困愁城之際，一個老同學也就是黃生廣的叔叔黃孝海跑到基隆，出現在他的店裡頭。他對二重吉統提了一個很離譜的建議，雖然很離譜，但對於已經打算切腹自殺的二重吉統而言，卻宛如汪洋中浮沉的溺水者所能夠抓住的最後一塊浮木。」

「什麼建議？」

「海叔告訴二重吉統，可以到中國江西與廣東的鄉下去收購或採收很便宜的棉籽，轉手賣到香港或菲律賓，利潤至少一百倍。別說塡補期貨交易保證金的虧損，還可以賺上一筆東山再起的資金。」

「天下哪有這種好事呢？難道別人都不會想到這種低買高賣的生意嗎？」

「二重吉統和你一樣有相同的疑惑，但海叔告訴他，因爲中國華南一代當時正在鬧紅軍，有好幾個省分的棉花雖然出現大豐收，但運送棉花需要大量人力，沒有人有膽子到國共交戰地區去採收與運送。」

「既然如此，爲什麼海叔敢這麼做呢？」

「答案出在鴉片。海叔認識國民黨幾個幹偷雞摸狗勾當的軍閥，他們偷偷種了一大堆鴉片，卻沒有管道賣到海外，所以他跟幾個駐守在江西與廣東的師長談條件，他可以幫忙把鴉片用比較好的價錢賣出海外，條件是讓他可以在戰區周邊地區自由地採收棉籽。那些國民黨軍痞聽了之後，算盤一撥覺得相當划算，畢竟當年中國內地屬於資訊消息傳遞極度落後的地方，他們壓根不知道內地農村那些毫無價值的垃圾棉籽，運到海外後搖身一變，身價直逼金銀。此外，海叔想利用二重家族日本商社的身分，以合法地位來掩飾走私的鴉片和棉籽，不論是鴉片還是棉籽，只要成功地從中國內地運出海外就是一本萬利，同時也可以填補二重吉統在期貨操作上的鉅額虧損。」

「天啊！這簡直是和魔鬼談交易吧！不管是海叔或是二重吉統，稍有不慎別說傾家蕩產，搞不好連小命都會賠了進去。」葉國強聽了簡直不敢置信，雖然說做生意需要一點狠勁、必須冒些風險，但二重吉統與海叔所冒的風險未免太大了。

「我們現代人是無法體會以前戰亂年代的商人所面臨的困境，換成你絕對也會賭上一把才對。」

葉國強想了半晌總算抓到一個疑點：「也許吧，話雖如此，但對海叔而言，他犯不著蹚這個渾水啊？」根據二重羽子奶奶早先說的故事，海叔是于都黃家棉被行的大當家，早就有先見之明將部分產業家當搬到相對安定的地方，就算生意無法做得比內戰前還要好，起碼在生活上也會過得很滋潤啊，實在找不到有什麼必要的理由幹那些搞走私、運鴉片、與軍閥打交道的勾當啊。

明悉子倒是沒有想過這層關係：「聽你一說，我也覺得很奇怪，換成我也不願意冒海叔這種險。我只依稀聽奶奶提過，海叔對我們二重家可說是有情有義，後來二重吉統能夠填補虧損，順利東山再起成爲台灣首屈一指的大棉被商行，海叔可說是最大的幕後功臣，至於其中原因，我想奶奶醒來之後會慢慢告訴你才對。」明悉子伸了伸懶腰，身上那件略嫌縮水的T恤襯托出身材的曲線，葉國強心中燃起了一點點亢奮的激情。

「看樣子時間很晚了，說不定趕不上最後一班電車，如果方便的話，今晚我就在這邊的沙發打個盹好了。」講出這種蹩腳的理由，葉國強自己也覺得不好意思起來，明明住處離水元公園不過一站車程，現在也不過晚上九點多，距離最後一班電車發車至少還有兩個多小時。

明悉子只好假裝聽不出順著葉國強的話回答：「是啊，我奶奶有交代，她醒來後希望能夠繼續把故事說完，所以你想走也走不了。」

明悉子覺得自己的回答是破綻百出，笑了笑後繼續說：「別那麼委曲啦，萬一被別人知道，我們竟然讓羽二重財團的客人睡沙發，會丟臉丟到家的。一樓走到底有一間客房，我帶你去吧。」

葉國強拖著本來要帶去中國長期出差的沉重行李，走進房間把行李一扔，往房間內的沙發一坐，明悉子跟著走了進來：「強老大，我的房間就在隔壁，如果你缺什麼東西就開口，千萬不要客氣。」語詞中加了一些敬語。

葉國強心頭一凜：「我整個家當都帶了，哪會缺什麼？客氣的是妳才對，怎麼稱呼我強老大起來，我們一年前還是情侶啊！」

明悉子聽懂葉國強帶著計較的口吻後笑著說：「念書的時候我都是這樣叫你的啊，你這個強老大的外號還是我幫你取的呢！你忘了嗎？」

葉國強無法辨識明悉子一下子用敬語、一下子不用敬語的真正用意，愣了半晌不知如何回答。

明悉子吐了一口氣說：「你一大早就起床，應該有點疲倦，趕緊休息吧！我上樓到奶奶的病房巡一下點滴的用藥量。」說完後走出房把房門帶上。

有人說分手許久的男女一旦重逢，第一次的互動便是兩人未來發展的主要關鍵，繼續維持曖昧不明的態度、大膽地擁抱燃燒彼此的情慾、還是藉由工作互動偽裝自己軟弱的性格？

活了四十多年的葉國強，生命中來來回回地出現許多女人。前妻要的根本不是自己，剛出社會當主管後遇到的 Vivian 要的是富豪生活，曾經起心動念的昔日部屬小茹要的是朝九晚五的平靜日子，現在的未婚妻要的是裝模作樣的樣版婚姻。這些女人要的，葉國強根本給不起。只有此刻在隔壁房間內的明悉子，或許她正在等待葉國強不顧一切地鼓起勇氣推開房門，只有明悉子，葉國強完全不知道她要的是什麼，給得起還是給不起？

再怎麼放蕩的浪子，到了四十多歲總是會想安定下來尋找「生命中最後一個女人」，但最後一個選擇往往是沉重的、不想出錯也不敢搞砸所剩不多的機會，反而讓男人瞻前顧後綁手綁腳，比起年輕歲月，膽子小到只能用遲鈍來形容，說好聽是穩重，說難聽根本就是膽怯。

從房門下方的細縫中依稀可以看見明悉子似乎佇足房門外頭，葉國強洗了把臉後決意推開房門，鼓起勇氣直接走進明悉子的房間。

「我想……」

「別亂想。」明悉子刻意和他保持一段足以維持理智的距離。

此刻，從樓上的病房中響起了一道聲響，二重羽子醒了，按了按鈴召喚明悉子上樓。

聽到電鈴召喚的明悉子彷彿鬆了一口氣說道：「你別誤會，我還沒準備好。」留下這句話後便匆匆上了二樓。

葉國強覺得喉嚨好像被什麼東西卡住了，一時語塞，只能沉默地站在房門口。他早已厭倦了自己在人生中老是陷入這種貓捉老鼠欲擒故縱的遊戲，不告而別連個說法也沒留下來的感情，或者自己只不過是身邊來來往往女人們的備胎人選，不過只是她們訴苦的心情垃圾桶，也或者只是她們南來北往的短暫休息站。

葉國強吐了一口氣，轉身回到房間提起還沒攤開的行李箱，打開手機查詢最後一班開往機場的班車，心想乾脆在機場候機室睡上一覺，明天一大早趕上飛往中國的第一班飛機，哪個機場都行，讓煩悶瑣碎的新工作埋葬這一切。

提著行李箱不想讓滾輪發出聲音，葉國強躡手躡腳走到門口打開鐵門，帶著不甘與不捨以一種最後巡禮的心情回頭望了一眼，只見明悉子匆匆跑下樓來，對著葉國強大喊：「再給我一點時間，好嗎？」

打算把心一橫的葉國強苦笑著：「既然妳已經嫁人了，要聊天以後多的是機會，黃明悉！」

聽到葉國強講出黃明悉三個字，明悉子愣了許久勉強迸出：「事情不是你想的那樣。」

「妳的名字已經從淺野明悉子改成黃明悉，我沒說錯吧？」葉國強從門口的衣帽架取下防風外套披在身上，嘆了口氣揮了揮手，頭也不回地邁出大門，突然間門口出現一條身影，嚇了一跳的葉國強仔細一看。

「又是祢這個裝神弄鬼的小賀，滾開！」葉國強不太想理會這尊自稱棉神又自稱小賀的孤魂野鬼。但祂卻伸開雙手阻擋葉國強離去，氣沖沖的模樣還挺嚇人的，要不是葉國強早就認定眼前的棉神完全只是自己的幻覺，換成別人說不定會被嚇得心臟病發。

「小強！我要你留下來聽我講完故事，只要聽我講完故事，你隨時可以走，只要你聽完故事，小賀就不會再來纏著你。」葉國強聽到背後傳來一道虛弱微小的聲音，回頭一看，原來是坐著輪椅的二重羽子奶奶。

「妳也知道小賀？」葉國強嚇了一跳。

奶奶點了點頭：「我不只知道，我也知道他就在你的面前，他是不是左臉頰鼻子下面有顆很大的痣，顴骨有點突出，有點像你們台北那位什麼P的市長？」

這回輪到葉國強點頭如搗蒜，看起來這一切已經無法用心理幻覺來解釋了。

「我身體很糟糕，沒有辦法離開床太久，也沒法在這吹風，小強，推我上樓去，讓我把故事講完，你想走想留，等我講完再說吧。」

「好，但奶奶請別再叫我小強！」葉國強乖乖地放下行李，推著輪椅走回大廳等候上樓的電梯。

看見葉國強打算留下來後，明悉子酸溜溜地說著：「奶奶比我還有魅力啊。」

「別小看我，想當年，小強的外公可是被我迷得團團轉呢！……咳咳咳！你外公碰到事情可不會躲避，這點你可得好好學他。」老奶奶想起往事笑了開來，只是身體太虛，笑起來上氣不接下氣。明悉子趕緊把大門關了起來，深秋的晚風其實相當寒冷，更何況這棟建築又坐落在空曠的公園旁邊。

三人默默地回到二樓的病房，葉國強從輪椅上抱起奶奶虛弱的身體上病床，明悉子熟練地將止痛藥的點滴接口插上奶奶手上的靜脈注射管，隨著藥劑一點一滴地注入血管裡，奶奶的精神似乎也漸漸恢復。

「其實我奶奶是忍著很大的痛苦下樓去把你叫回來的。」明悉子語氣中有些埋怨。

「別怪他……一位農民、一畝棉田、一條泥路、一座村莊、一個希望。一位商人、一間店鋪、一條海路、一座城市、一個希望。不同的人從不同的地方來去另一個不同的地方，逃難的人、打拚的人、懷抱活下去希望的人、活不下去的人……幾十年在我的眼前來來去去。」躺在床上的二重羽子喃喃自語起來。

葉國強納悶地與明悉子對看了一眼。

「小強，我還是繼續叫你小強吧，小強這外號也沒什麼不好，我老了，時間也差不多了，講起話有點老番癲不知所云，不管我講的故事對你有什麼啓示或幫助，你和明悉子一定得記住我送你們的一段話：『賞花語花切莫弄花，虛心無心不如用心。』」

葉國強和明悉子兩個人心中琢磨品味著這段似懂非懂的話，好像觸到了些許內心深處的邊緣，各自心裡打著小鼓，不是太有譜。

「對了，我剛剛講到哪裡？」

「您說到令尊二重吉統為了挽救事業孤注一擲，坐船到汕頭。」

「對了！是汕頭。十幾年前我的身體還沒生病前，我跟著旅行團去過那裡，想要尋找一些關於故事中的點點滴滴和蛛絲馬跡，但你知道的，中國變化很大，我小時候聽過那些事情裡的景點，大部分都已和現實有了很大的落差。」

奶奶閉上了雙眼，葉國強知道她又要繼續把故事講下去了。

5 廣東汕頭。交火

在甲板上遠遠看到遮浪角燈塔就表示汕頭到了，這並不是二重吉統第一次來到這個龍蛇雜處的繁忙港口。汕頭不比上海，它絕對稱不上從容悠閒與浪漫，碼頭邊蹲著滿滿的挑夫，有些挑夫是直屬外國貿易商社或船公司，通常這類挑夫穿著標有商社名稱的紅衣服，但其他挑夫都是從中國南方的窮鄉僻野來此討生活的可憐人，俗稱苦力，他們大都是農閒的農民[13]，肩膀挑根竹竿湧進這個貨運量源源不絕的碼頭，順便試試自己的運氣。

多半他們只能挑那些散裝走私船的私貨，運氣好的話，掙了足夠的船資後交給人蛇集團跳上安全堪慮的走私船，前往暹羅[14]、香港、馬來亞、台灣、美國，甚至中南美洲當勞工……哪個地方都好，只要能離開這塊塡不飽肚皮、充斥著戰亂死亡的黑暗大陸。

雖然行李不多，二重吉統與隨行女傭蔡禾子一下船，顛簸踉蹌的腳步還沒適應平地，身邊便聚集了幾十個苦力搶著要抬他們的行李，七嘴八舌夾雜著潮州話與普通話，他們一句話都聽不懂，二重吉統把行李抱得更緊，深怕行李裡面一疊重要的匯兌與航單文件會被搶走。

「二重桑、二重桑，看這裡！」一個很響亮的聲音操著生硬的日語從苦力堆的後頭傳過來，二重吉統踮起腳跟使勁地抬頭望了過去，只見一個紙板牌子上用日文寫著：「二重商社二重吉統社長，黃孝海在這裡。」

同一時間，汕頭碼頭港警吹起了警哨，大群的苦力眼見沒活可幹，悻悻然地咒罵了幾句後作鳥獸散，二重吉統這才發現，舉牌子在港邊迎接他的並不是生意上的搭檔黃孝海，而是一個十八、九歲左右戴著近視眼鏡的年輕人，隨行的還有五、六個穿著一模一樣的年輕男人。

戴眼鏡的年輕男人用客家話對蔡禾子自我介紹：「二重吉統社長，我叫黃生閩，是海叔的姪子，叫我小三子就好。因爲您的船班延遲了一天一夜，海叔叫我們輪班在這裡等船，吩咐我們只要一接到您，立刻回旅館通報他，他一刻鐘的時辰就會趕來這裡。」

黃孝海知道隨行的蔡禾子會講客家話[15]，特別交代會講梅縣客語的小三子在碼頭日日夜夜地守著，這樣就可以透過蔡禾子翻譯，以免雙方溝通不良產生誤解，但他更擔心的是二重吉統萬一被有心人士接走，畢竟他大老遠從台灣過海一趟的目的，並非單純經商買賣而已。

小三子仔細地一一介紹在他身後的幾個小夥子，全部都是于都黃家的族人與家丁：「還有好幾位在海叔旁邊，海叔再三叮嚀，一定要妥善地安排這樁買賣。」小三子應對進退相當有禮，一副精明能幹的模樣讓二重吉統感到相當安心。

「社長，來這裡千萬要小心碼頭邊這群苦力，他們看起來雖然一副鄉下人的憨厚模樣，要是你一不留意，行李立刻會被搶走。要不是我事先和碼頭這邊的管事幫會打過招呼，你們一個是外國人一個是阿嬸，很快便會被他們坑了。」小三子恭謹地請二重吉統到碼頭邊的休息室等候海叔。

「你們海叔的擔心太多餘了，好歹我前前後後也來汕頭和你們黃家做買賣好多次，雖然稱不上熟門熟路，但汕頭就這麼丁點大，還不至於會迷路。」

---

13 多數是無田可耕的流民。

14 今天的泰國。

15 梅縣的客家話比江西客家話更接近台灣客家話。

二重吉統在基隆的棉被生意，有部分的貨源是透過江西黃家製造，這種生意的模式可說是現代所謂代工的鼻祖。機器製造的棉被品質不佳且欠缺款式的多樣性，反觀手工棉花品質比較好，也可以隨著客人的需求做出不同大小尺寸厚度，但人工費用太高，售價始終居高不下，市場很難開拓。

二重吉統與黃孝海這兩個既是同學又是同行靈機一動，用中國江西便宜且熟練的棉被工人與就近便宜棉花供應、外加日本商社品牌，利用汕頭這個在當年幾乎是全世界最便宜運費的商港。於是，羽二重這個品牌的訂單源源不斷從香港、泰國、馬來亞湧進，甚至部分高級品加計運費後回銷台灣，價格競爭力一點都不輸給機器棉被。

「社長，話可不能這樣說。」看見二重吉統的輕忽托大，小三子本來想進一步提醒他，但礙於身分與輩分倒是說不出口。

「二重兄，小三子說得對。」聽到這個熟悉的日語，二重吉統知道他的換帖同窗兼事業夥伴黃孝海來了。

三個多月不見黃孝海，二重吉統仔細端詳他起來，黃孝海身高一米七六，體重約莫七十多公斤，在當時中國南方的男人標準而言，稱得上是彪形大漢。沒有近視眼卻故意戴副眼鏡，頭上戴頂紳士帽，全身依舊散發著當年留學日本的名士風格，但皮膚卻相當黝黑，精神容貌之間也透露出農村忙碌的氣息，眼大鼻粱高，鼻子左下方有顆大大的痣，這在中國的面相學上屬於吉痣，又稱「有吃痣」，意思是一輩子豐衣足食，一張不大的嘴巴抿著，嘴唇微微翹起，顯得很有主見，雙眼炯炯有神，看不出來在碼頭邊一天一夜未曾闔眼的倦容。

二重吉統拍拍黃孝海的背脊，關心地說：「黃兄，你的背好像越來越駝了。」

「沒辦法，這幾個月來跑遍兩個省分到處收購棉籽，偶爾人手不夠，自己還得下田幫忙採收。」黃孝海神情略帶苦澀。

想起黃孝海這三個月來盡心盡力幫他的商社奔波，甚至冒上隨時可能搞丟生命的風險，二重吉統眼眶不由得紅了起來。

二重吉統心思相當纖細，只是黃孝海不想任憑他流露出無謂的情緒，此時此刻並不適合話家常講體己話，急著趕緊把話拉回到正題上：「二重兄，我實在搞不懂，爲什麼咱們這趟買賣不從漳州或廈門出港，而非得選在汕頭不可呢？」

「沒辦法，我得配合台灣總督府的政策，這幾年日本積極在汕頭進行投資，只要商社願意來汕頭買賣、經商，整個日本上下不論是銀行、貿易公司、貨運公司甚至交易所，都會給我們做生意的商社相當大的優惠與方便。這幾年日本在搞所謂的國際金融匯兌業務，等一下我們去和買家賣家進行交割，你就會知道國際匯兌這新業務的方便性。」

二重吉統停頓了一下，張望休息室內外，確定沒有陌生人後又接著說下去：「況且，這些貨如果從廈門出港，你們得穿越過贛東與閩西那一大片的蘇維埃紅區，運送起來，人貨都很危險，汕頭這邊至少還屬於白軍管轄，況且我不希望你發生任何意外。」說著說著又流露出對黃孝海的關心。

黃孝海乾咳了一聲故意用台灣話回答，以免在這人蛇雜處的碼頭地方不小心被懂日語的人聽到：「你有所不知，共產黨頂多只是要錢，國民黨卻是要錢又要命，汕頭以及整個潮汕粵東地區，由於沒有洋人的租界，治安敗壞到讓人無法想像，一下子軍閥打退國民黨，一下子國民黨聯合共產黨打敗土匪軍閥，一下子紅白兩軍又打了起來，港口與街頭到處都有混在人群中的兵痞與特務，以及四處流竄著隨時想要大幹一票的外省亡命流民。」

「警察都不管嗎？」二重吉統納悶著。

「警察？這裡可不比台灣，警察的裝備還停留在清朝時代所配發的鳥槍，連我們黃家自己添購的武器都比他們還強大。他們看到土匪或軍閥，逃得比誰都快，汕頭這邊眞正管事的不是警察也不是國民政府，而是銀莊與幫會。」

「銀莊？幫會？」

「主要是暹羅的華僑幫會，三輪車已經來了，我們上車慢慢聊吧。」

坐上車後，一陣強風突然颳起，吹得碼頭一艘紅頭木板船的主舵斷裂，驚動了碼頭上的船伕與苦力們，嘴中參天拜佛地唸唸有詞，二重吉統與黃孝海雖然不信神鬼佛道那一套，驚風透著細雨撲面而來倒也惹得衆人心神不寧，走出碼頭休息室，外頭一大堆從碼頭被趕出來的雜牌苦力，成群地蹲在路旁虎視眈眈瞧著他們一行人。

二重吉統皺起眉頭說道：「看起來此地眞的不宜久留，咱們先把正經事情辦妥吧！你先派人把我的女僕送到旅社，然後叫人拿著我的名片到日本領事館找淺野祕書、集益銀莊的李掌櫃，以及貨主程司令的副官，請他們到台灣銀行汕頭支庫趕辦交割手續。還有，我們的貨物包括鴉片棉籽都已經送到貨艙，請銀莊點收交割了嗎？」

黃孝海從公事包中抽出一疊貨單水單，對二重吉統點了點頭：「三天前就已經送到集益銀莊的倉庫，這是他們開立的水單。」

他指派了幾個手下分頭去聯絡買家與賣家，並對著小三子仔細交代：「你送蔡禾子到南生貿易的中央旅社，把她安頓好，安排兩個人負責她的安全後立刻到台灣銀行來會合。」

碼頭旁邊有條筆直的「外馬路」，是汕頭最熱鬧繁華的街道，串連了幾條汕頭主要的街道如升平路、居平路、永平路、海平路、安平路與商平路等幾條馬路。

中國南方第一間百貨公司「南生貿易公司」、外國的領事館、銀行、銀莊……都集中在外馬路和周邊的幾條路上。

這幾條路上的建築頗具潮汕特色，一排排三或四層樓的建築，每棟建物的一樓都有騎樓，靈活有趣的造型，蜿蜒綿長的沿街騎樓，既營造出濃濃的商業氛圍，也方便行人遮陽避雨。每棟房屋都刻著極爲精細的雕梁畫棟，二樓以上每層樓的房間外面都有小陽台，房間的玻璃窗框採用的是洋式巴洛克風格，煞是新潮，有些商家的玻璃甚至還塗上彩繪，可見汕頭街受西化的程度頗深。

潮汕文化和異域情調的中西合璧，每一棟都展現了汕頭人在海運貿易中所累積的財力，也體現了潮汕工匠們標新立異、爭奇鬥豔的本領，比起當時的亞洲其他大都市如台北、上海甚至東京，一點都不遜色。

儘管颱風登港，各式各樣的商家依舊起勁地叫賣南北貨與林林總總的洋貨，上街採買的人潮形形色色都有，除了黃皮膚的華人外，還可以看到來自東南亞的深色皮膚人種、印度人，乃至於伊斯蘭回回等，不愧是中國貨物貿易量第三大的港口城市。

整趟買賣的細節由黃孝海與二重吉統一起策畫，黃孝海負責在江西與廣東一帶替二重吉統收割與收購棉籽，大老遠從江西運送到汕頭，在汕頭裝船後運回日本，交給位於大阪的期貨交易所，以塡補二重吉統在棉花期貨炒作的鉅額虧損。

由於運送的過程必須經過國共交戰的戰區，爲了人貨安全，便和國民黨的軍隊達成協議，黃孝海等人出面幫軍閥程言成運送與採收偷偷種植的鴉片，因爲身爲剿匪軍，不方便出面搬運與買賣鴉片，且另一方面爲了貪圖比較高的價錢，於是委託二重吉統尋找價錢比較高的買家。

在當時，鴉片產地的售價和港口售價相差好幾倍，程言成與江西棉被商人黃孝海一拍即合，黃孝海家族幫忙運送鴉片順便夾帶自己的棉籽，程言成司令派出軍隊全程暗中保護人貨，貪腐的國民黨軍閥爲了私利，不惜抽調前線的精銳部隊來保護鴉片運送隊伍。

不過鴉片的買方並沒有出面，而是委託潮汕地區最大的銀莊：集益銀莊。潮汕地區的銀莊可說是中國史上民營金融匯兌的鼻祖，早年從清朝中葉開始，潮汕地區便成爲中國苦力的最大輸出港口，周遭窮苦的農民來到汕頭，和洋人商行簽下所謂的賣身契，用極爲不平等的條約遠赴海外當工人，也就是所謂的苦力，目的只爲了能到海外工作討一口飯吃。

十九世紀當時，在美國、東南亞都可以看到許多華人奴工，從事辛苦又危險的工作，如開礦、修建鐵路等等，幾百年來少說有上百萬的華人奴工從汕頭飄洋過海。而這些到了海外的華人奴工，過著奴隸般的生活，辛辛苦苦十幾年後，一旦還清了不平等契約中積欠船家與海外雇主的債務，便開始存錢，存下來的錢就寄回給潮汕老家的父母妻兒，慢慢地，這種寄錢回家的需求越來越大，於是開始有了所謂的「潮批」[16]的商行。

這些潮批行在海內外都設有據點，負責幫海外的苦力寄錢寄信回鄉下老家，漸漸形成一種類似郵匯局的業務，比較大型的潮批商行則慢慢蛻變成銀莊。

這些潮批行與銀莊的背後老闆大部分是來自暹羅的潮汕富有華僑，今天泰國華僑中十之八九來自潮汕，也間接讓今天的泰國料理中夾帶著許多潮汕菜（泰國料理中有名的月亮蝦餅其實就是潮州菜）。據說出身於潮汕的現代華人首富李嘉誠當年跑到香港創業時，資金的來源有部分便來自於當時的潮批商與汕頭銀莊。

民國以後，汕頭的政局與治安相當不穩定，由於這些銀莊背後都有實力強大的華僑當後盾，他們結合當地幫會與洋商，隱約成為汕頭實際的政治社會管理者，不管哪個軍閥，若想要安穩地控制汕頭，就得跟這些銀莊與幫會打交道，否則輕則發不出軍餉和公務人員的薪俸，嚴重的話還會引起碼頭罷工、列強干預。

黃孝海幫江西軍閥運送的鴉片，其買主的委託人正是集益銀莊。通常鴉片的買主不會在買賣中出現，而是委託銀莊辦理銀兩交割與貨運出港。二重吉統的棉籽也同樣得透過銀莊與台灣銀行來交割與運送。

拉伕拉著三輪車，不到五分鐘便來到台灣銀行汕頭支庫的門口。

台灣銀行汕頭支庫坐落在距離碼頭五百公尺外馬路與永平路的十字路口[17]，設立於光緒三十三年（一九〇七年），成立的目的是日本政府為擴大對東南亞及華南地區的貿易，同時也擔任扶植台灣日商企業海外拓展貿易的任務，並於一九二〇至三〇年代，一躍成為廣東地區業務量最大的外商銀行。

由於當時相較於國民政府，日本國力與貿易實力已經躋身世界列強，汕頭支庫所發行的台幣，也因而成爲潮汕一帶流通的貨幣之一，來此貿易買賣的商賈透過台灣銀行的匯兌網路，交易交割極爲便利。

但到了一九三七年，日本對華政策由經濟貿易改成武力侵略，台幣與台銀在汕頭的地位一落千丈，一九三九年日本攻陷汕頭，造成汕頭海運中斷，中國南方物資無法從汕頭出港，從此汕頭的貿易與經濟一蹶不振，結束了近百年來的繁華。

時至今日，儘管汕頭名列中國最早開放的四大經濟特區之一（一九八〇年中國國務院決定將深圳、珠海、汕頭和廈門共四個出口港改稱爲經濟特區），發展依舊遠遠落後其他三個特區，戰爭之險惡不單單只在兵險人禍，更深深地打擊了汕頭百年的繁榮，台銀汕頭支庫也早在一九四九年便悄悄從汕頭歷史消失[18]。

台銀三樓的行長辦公室充滿了濃濃紙菸與水菸的氣味，但一股更緊張的氣氛瀰漫在偌大的辦公室內，相較於一樓大廳或二樓貴賓廳，行長辦公室裝潢極具東洋味，客廳採日式榻榻米形式，幾批人馬或坐或臥在幾張長型矮桌旁邊，不習慣席地而坐的人叫苦連連，咒罵不已。

靠近門口第一桌是鴉片的貨主江西軍閥程司令的副官和隨從，旁邊一桌是汕頭第一大銀莊集益銀莊的掌櫃與辦事員，另外一邊靠近門口的那一桌是二重吉統與黃孝海等日商羽二重商社的代表，他們旁邊

16　「信」的潮汕話發音為「批」，潮批的「批」意指信件。

17　台灣銀行汕頭支庫現址為汕頭開埠文化陳列館。

18　後來一九三九年日軍發動對汕頭的戰爭，陷入戰火的汕頭，短短十年之間，先後遭受日軍侵略與國共內戰的劫難，經濟力與貿易量就此一蹶不振，中國第三大港口的鼎盛從此成為不復返的歷史灰燼，直到二十一世紀依舊欲振乏力。

的桌子則是台灣銀行的行長經理與文員們。

「買賣與匯兌的幾方都到齊了嗎？」主持並擔任買賣匯兌公證人的是日本領事館的淺野祕書，鼻子下面留著一小撮鬍子，典型的日本官僚模樣，說話的樣子雖然有點鄙俗，但在他背後所代表的強大日本國力之下，買賣的幾方人馬還是畢恭畢敬地起身鞠躬答應一番。

「江西運輸商人黃孝海的貨，五百捆鴉片、一百袋標準麻袋棉籽，集益銀莊收妥否？」淺野面無表情地問起。

「集益銀莊已經收妥，三天前已經和黃孝海與日商羽二重商社點收交割完成，貨單水單都已經開出，請黃孝海與日商羽二重商社出示。」銀莊掌櫃的一口潮州話根本讓人聽不懂。

「我再度跟各位確認，這次匯兌交割，希望各方都用漢文來進行交割交易確認，否則只會延誤大家的買賣，不懂漢文的人可以聘請翻譯。」淺野對著銀莊的掌櫃訓示了一番。

「羽二重商社的棉籽請集益銀莊交割給台灣銀行，請雙方在倉單與水單上簽名蓋關防交割確認。鴉片買賣雙方集益銀莊掌櫃與程司令代表，你們所議約價款三十萬銀票與二十萬台幣，正確無誤的話，賣方可以在台銀一樓營業大廳憑單領取銀票與鈔票，空口無憑，請你們雙方在買賣合同上簽字。」

銀莊掌櫃與程司令的副官似乎面有難色，支支吾吾欲言又止地看著淺野，淺野見怪不怪地繼續說下去：「若雙方不願見諸合同文字，可以採取默契公證的方式，由本領事館當作默契見證人，但見證費用請雙方各自支付。」

鴉片買賣本來就是見不得光且違反法律，一般而言都是銀貨兩訖，不會付諸文字契約，但這批鴉片不只數量龐大，大到買方不敢冒險攜帶鉅款前來，而且價格對於來自暹羅的神祕買家而言可說是價美物廉，具有相當吸引力，爲了安全起見，只好採取這種透過第三國公署來進行默契公證，一來確保銀貨交割清楚，二來增加買賣安全。

黃孝海與小三子都是第一次見識到這種新式的買賣方式，貨主只要把貨運到碼頭旁的銀莊或航運公司的倉庫，買賣雙方不用冒風險身懷鉅款偷偷摸摸地進行銀兩交付，由銀行、銀莊與第三國領事館出面公證，就可以和完全陌生的買賣對手進行交易。黃孝海雖說見多識廣，但也不免佩服這種國際匯兌與貿易的安排，換成是他大概只能運用古老的方式，請老闆二重吉統大老遠地帶著大批銀兩搭著船冒險前來，而自己在還沒交付貨物之前，也得必須聘請大量人手看管貨物的安危，畢竟鴉片在當年可說是視同現金，容易受到他人覬覦與搶奪。

二重吉統一邊取出商社的印章和台灣銀行簽訂交割合同，一邊轉過頭告訴黃孝海：「其實從頭到尾我一毛錢都沒出，買貨的款項全部都是台灣銀行先墊付，拿到銀莊的款子後立刻償還，而且還透過台灣銀行幫我運送棉籽回大阪賣掉，順便將賣出棉籽的貨款拿去清償我在大阪棉花交易所的債務，剩下的結餘款直接匯到基隆銀行的公司帳戶內，你說方不方便？」

聽了這番解說後，黃孝海一副心神嚮往的神情：「難怪你們日本商人相當樂意配合政府政策的腳步，如果我們中國政府也有這種觀念與實力的話，我們商人就方便多了。」

「你們中國人常說商人無祖國，其實是種很無奈的說法，做生意的商人需要強盛的國力作後盾，你們支那人……」黃孝海聽了這番話，神情顯得相當沉重，二重吉統這才知道自己這番話已經刺激到這位好友兼生意夥伴，便閉嘴不再多談。

兩人從學生時代就不斷地爭辯哪一種資本主義比較適合亞洲。二重吉統是典型的日本政商主義擁抱者，由商人與實業家到處開疆闢土，從事有益於日本國家發展的生意，他認爲國家要當商人的強大後盾，商人是國家力量的先鋒，必要時，得動用政府的力量如政治力甚至武力，來排除貿易障礙；黃孝海則嚮往猶太人經營生意的方式，他認爲生意人和遊牧民族一樣都是逐水草而居，哪邊有便宜的貨，哪邊有比較好的銷貨管道，哪邊有便宜的物資或工資，商人就往哪邊去，但商人得自行承擔各種風險，至於政府的角色，黃孝海認爲政府別對生意人瞎折騰，別三天兩頭地搞內戰就好。

兩人講到這裡，都不約而同地想起當年在東京一起念書的往事。

只是他們都沒有注意到坐在對面那一桌的人，正在虎視眈眈地盯著他們。

辦妥了交割，二重吉統整個人感到放鬆起來，點根紙菸坐在台銀貴賓大廳的沙發上吞雲吐霧起來，在一旁作陪的黃孝海打破了沉默：「二重兄，你是不是該按照約定去幫我的人辦護照。」

黃孝海動用整個家族十幾個壯丁，不惜代價犧牲老家棉田的所有收成，冒險幫軍閥運送鴉片，幾百里沿路收購棉籽給二重吉統去填補期貨炒作虧損，不求任何報酬，只為了想要透過二重吉統幫助他們取得台灣的護照。

黃家在江西經營棉被與棉花生意已經好幾代，但從十年前開始，整個江西陷入內戰的狀況，先有中原內戰，後有國共內戰，黃孝海早就想把黃家的產業移到比較安全的地區。早些年先把位於于都贛州的棉被工廠移到比較安全的龍南[19]，但整個中國華南地區由於陷入長期戰火，就算保存廠房機器，生產出來的棉被根本乏人問津，戰區與戰區邊緣的人連吃飯都成問題，哪還有人有閒錢添購新棉被。

腦筋動得快的黃孝海，找上昔日一起在日本念書的老同學二重吉統，提議幫他代工，但由於戰區棉花生產供應經常出現斷貨情形，從江西把棉被運出來的交通更是經常受到戰火波及而受阻，不管是運到廣東還是福建，黃孝海早就想把整個家族事業移到台灣。然而當時中國人要進入台灣相當困難，不像東南亞，搭條船過去，只要沒有死在海上，基本上就算移民成功，到台灣必須辦妥入境護照，且偷渡不易，一上船就有日本領事館的特務、水上警察等人一關一關地盤查，別說偷渡一個人，連想夾帶一條狗都會被發覺。

當時，中國人想要取得進入台灣的護照相當困難，除非有大型且經官方認證為重要產業的株式會社出具「勞動聘用書」之類的文件，才能獲准入台。二重吉統和黃孝海談好條件，黃孝海幫他度過填補期貨虧損的難關，他則出具證件讓黃家幾十個壯丁和工廠設備全部移到基隆，到了基隆，壯丁全數由羽二重公司聘用，擔任棉被廠與棉田種植的工作。

「有那麼急嗎？」始終認為與黃孝海之間的關係並非建立在彼此利用之上的二重吉統，口氣有點失望。

「尋常事情，憑我們的交情可以慢慢琢磨，但我背負整個黃家幾十條壯丁、幾十幾個家庭、幾百個族人的託付，這些子弟的父母兄長千拜託萬拜託，要我帶他們離開家鄉闖天下討生活，幾十個家庭靠我替他們張羅。我和你不一樣，你是個大家族的么子，不開心便可以任性地離開東京老家遠赴台灣，家裡多少還會幫你出錢張羅生意，萬一混不好，鼻子一摸回東京的商社依附家族，至少不愁吃穿。而我呢？我得背負家族的興亡，更重要的是，我們黃家上下幾十條壯丁幫你幹了這一票後，已經沒有退路了，你沒看到程司令的副官虎視眈眈地看著我們嗎？」

黃孝海緊握雙拳一副想要朝著二重吉統身上招呼過去的模樣：「我們幫程司令運鴉片賣鴉片，他們會饒過我們嗎？汕頭不是他的地盤就算了，只要我們踏回江西一步，肯定立刻被他殺人滅口，就當我們是共匪給剿了，不過就是匪徒屍首幾條爛命。」

「生意歸生意，如果你不願實現你的承諾，我現在立刻去警察局檢舉你買賣鴉片。交情歸交情，萬一我們眞的走到這一步，我會立刻切腹自殺來回報你的友情。」

原本打算不履行這個承諾的二重吉統頓時羞愧得無地自容：「你誤會了，走吧！淺野祕書還在行長室，我們找他去辦你們的護照，順便買明天回台灣的船票吧！」

雖然二重吉統只是家族的么子，在基隆的商社規模比起家族成員其他企業小了許多，但二重家族在日本的政商界具有舉足輕重的地位。反觀汕頭的日本領事館的領事只是日本政府的小外交官，遇到這種

19 位於江西南邊靠近廣東一帶。

財閥等級的商社完全不敢怠慢，不到兩個時辰，幾十張入台護照與船票立刻備妥。

二重吉統下榻在汕頭最負盛名的中央旅館，坐落在今天已經廢棄的南生貿易公司的樓上，黃孝海等人忙到傍晚，安頓好二重吉統後，吩咐小三子等人：「明天就要上船去台灣，大夥別太鬆懈，所有人今天晚上一律不能睡覺守住旅館四周，別讓任何人踏進二重社長的房間一步。還有，二重社長如果離開旅社，他走到哪，你們就得跟到哪，發現任何不靠譜的事情立刻向我回報。年關快到了，一切得小心。」

雖然護照與船票都已經拿到手，黃孝海依舊無法放鬆，他點了一根菸，眼睛閃閃發光，身體繃緊，打算找部停在旅館路邊的三輪車，睡在車上就近看管。

颱風似乎已經過了，直到傍晚才露出快要下山的太陽，烏雲散去天空散發著橘色的光芒，港灣對面的塔山變暗，微弱的夕陽在港灣映出一條跳動的微亮光帶。然後，太陽從西南邊的塔山山丘消逝，汕頭雖然位於熱帶，但冬天的晚上依舊颳起了一道道刺骨的冷風。

二重吉統整夜揣測著黃孝海那番嚴厲的指責，疲憊不堪但還是徹夜難眠，直到五更天，好不容易才讓自己感到昏昏欲睡，一陣強風吹得窗台嘎嘎作響，張開眼朝窗外看過去，赫然發現黑白無常就站在窗外陽台，拖得長長的影子由夜光映進房間。其中的黑無常[20]高嗓門責備二重吉統：「賣鴉片，傷天害理，賣鴉片，傷天害理……」

「別來找我，別來找我，我不是故意的……」

「頭家！頭家！你酣眠`[21]啊！」睡在地板的蔡禾子被大吼大叫的老闆給吵醒，見狀趕緊起身來搖醒二重吉統。

黑無常伸出手抓住二重吉統的睡衣衣領，嚇得他哭了出來，啜泣、悔恨、恐懼、羞愧，好像自己處於汪洋無盡的大海，所有情緒瞬間通過脊髓傳來一陣陣莫名的暈眩和顫抖。

蔡禾子把一杯水往老闆臉上一潑，二重吉統這才醒來。知道自己做了惡夢後他不敢再躺回床上，忽然想到什麼立刻走到窗邊，原來是幾隻白腹軍艦鳥在陽台上聒聒亂叫，白腹軍艦鳥是汕頭常見的冬季候鳥，黑翅白頭，展翅後體型頗爲巨大驚人，難怪會讓意識不清的二重吉統誤以爲是黑白無常。

樓下街上的攤販已經陸續開始叫賣，一陣陣汕頭人常吃的早餐如粿條、牛肉丸湯等香味飄了開來。快要過年了，街上各種小生意人已經陸續準備開張，鎖匠、鐘錶匠、竹篾匠、彈棉匠、修自行車、裁縫鋪、做蠔餅的大嬸、賣菜的小販、藥行郎中、算命鋪等等。

探頭出去往碼頭方向瞧去，一隊荷槍實彈的軍隊踩著蹣跚的步伐，雖然神情看起來極度輕鬆，但身爲日本人的他還是感覺到一股肅殺的氣氛。三個多月前發生九一八事變[22]後，中國排日情緒十分濃厚，日本政府對來往中國的日本商人三令五申，到華南地區一帶談生意出差，盡量別暴露日本人身分，盡可能講台灣話，用台灣人的身分與當地人交談來往。

二重吉統依稀記得三年前來汕頭時，旅館門口的外馬路的另一邊有座教堂，篤信天主教的二重吉統，驚覺今天是星期天，迫不及待地抓件外出衣裳：「禾子！陪我去天主堂。」

「這裡人生地不熟的，治安可不比我們基隆，頭家！我們要不要等黃先生來了以後再去做禮拜？」小三子昨天對蔡禾子千交代萬叮嚀，別讓二重社長到處亂跑。

「我心情亂糟糟，非得去望個彌撒不可，反正一個鐘頭就回來。」說完後不等蔡禾子就打開房門自個兒走了出去，跟了十年的忠僕蔡禾子見狀，連外套也沒穿便三步併兩步快步跟上：「頭家！等我一

20　民間俗稱七爺。
21　台語做惡夢的意思。
22　一九三一年九月十八日。

下。」

聽從黃孝海吩咐徹夜守在旅館門口的小三子與幾個黃家小夥子，看見二重吉統主僕兩人走出旅社大門後便一路跟在後面，亦步亦趨地保護他們。

旅館前方的舊城區佇立著一座聖若瑟天主教堂，這所教堂是法國傳教士在一九〇八年建造，是一棟堅實的建築物，外觀簡潔工整，沒有一般天主堂看得到的巨型窗戶，讓教堂看起來格外厚實。門口有四根石柱撐起教堂門口屋頂，打造出華南常見的騎樓式大門，石柱上用中文與拉丁文刻出打造日期，並書寫著「聖母使胎無染原罪」的經文。正面有三個入口，主堂平面成拉丁十字型，入口旁邊的兩個小側門，門上雕著造型奇特的弓箭、刀斧，以及十字軍戰士的花樣，而正面的入口大門雕刻早已掉落。

三年前造訪時，二重吉統記得原本還雕刻著聖母畫像，心想大概是被當地的衛道人士故意破壞所致，雖然到了一九三一年，中國已經對天主教完全開放，但少數地方偶爾還是傳出破壞教堂的零星事件。

二重吉統推開大門，祭壇上所供放的主保（聖若瑟）像立刻映入眼簾，祭壇左方供放的是聖母像，祭壇下方放置一部管風琴，在祭壇上主持彌撒的是一位洋人神父，年紀看起來至少七十歲以上，滿頭的白髮戴著一頂柔軟的黑色貝雷帽，拄著一根龍頭柺杖，用拉丁文主持彌撒，一名看起來很年輕的華籍神父坐在管風琴旁彈奏著彌撒曲。

早上來禮拜的信徒不多，除了二重吉統外只有另外兩個跪在不同角落低頭默禱的中年信徒，以及兩個奉命保護他們的黃家年輕壯丁。小三子同時也派了兩個人負責看守教堂大門口，自己則馬上跑回旅館門口向黃孝海回報狀況。

「禾子，我搞鴉片買賣是不是很缺德？會不會遭到你們台灣人所說的輪迴報應？」跪在教堂的長椅低頭默禱的二重吉統顫抖著聲音問著。

「頭家！你真正是死腦筋，這批鴉片又不是賣回台灣或日本，不會害到自己人，報紙也有在寫，連那個什麼半山詩人連横都說鴉片有益。頭家，你不要老是把事業的煩惱放在心上。」

蔡禾子年約四十歲左右，幾年前由於家窮，從基隆的瑞芳山區來到二重吉統家當幫傭，那時二重吉統才剛剛帶著妻女從東京移民到台灣的基隆從商。很不幸地，沒多久二重太太就病逝，留下六歲大的孤女二重羽子，早年喪夫的蔡禾子從在二重家裡幫傭後就沒有再婚，幫著老闆打理家務照顧幼女，儼然成為二重家的半個女主人。不過基於當年日治時代，日本人與台灣人之間不相嫁娶的階級隔閡以及其他種種因素，蔡禾子並沒有和男主人之間發展出任何情愛形式的男女關係，久而久之，二重吉統與蔡禾子之間反而發展出類似姊弟母子之間的依賴感。

大廳角落有間作為懺悔室的方形小房間，從窗戶看進去可以看見裡頭點了幾根蠟燭，彌撒還沒結束，二重吉統便逕行走向懺悔室，他始終對於自己鋌而走險買賣鴉片的勾當感到相當自責。

年輕的華籍神父彈奏的彌撒曲很不到位，樂章之間的順序搞錯還不打緊，彈著彈著連圓舞曲都夾雜在彌撒曲裡頭，祭壇上的法國老神父似乎早已習慣見怪不怪，彌撒的程序一點也不會受到干擾。

突然間，幾聲巨響從教堂門外發出，教堂內的人嚇了一大跳，二重吉統與神父等人想要衝到屋外一瞧，只見門口飄來濃濃的煙硝與煙霧，教堂內另外幾個中年教徒大喊：「失火了！快從後門逃。」還沒搞清楚狀況之際，教堂門口又傳來了幾聲槍聲，夾雜著馬路上攤販的驚嚇聲與哭鬧聲。

此刻已經毫無懸念，黃家兩個小夥子護送著二重吉統主僕，跟著法國神父、年輕神父與教堂內另外兩個中年人拔腿朝後門逃跑。不料，此時那兩位一起在教堂做彌撒的中年人從外衣的袍中掏出短槍，朝著年輕神父與黃家隨從三人連開好幾槍，槍口直接朝腦門發射，做法凶殘俐落，一看就知道是慣常使槍的手法，其中一人把槍口對著法國老神父，另一人見狀立刻喝止：「別殺洋人！」

面對突如其來的血腥場面，一時反應不過來的蔡禾子雙腿一軟，整個人癱坐在後門門邊。二重吉統想要趁亂打開後門，但不料門一打開，門外密密麻麻十來個手拿槍械面露凶光的彪形大漢隊伍，以及好幾部軍用卡車。一照面，隊伍帶頭的竟然就是昨天在台銀與自己簽鴉片買賣合約的軍官，只是二重吉統還沒有說話的機會，只見那位軍官舉起槍托朝他腦門使勁一敲，他就整個人昏了過去不省人事。

昏倒的二重吉統立刻被抬到旁邊一部軍用卡車上，車上的軍人俐落地用帆布將人整個蓋上，周圍放了幾十袋麵粉袋當作掩護，沒有仔細盤查的話，外表看起來和尋常的軍需採購沒有兩樣，可見這群軍人應該是經常幹這種擄人的勾當。

「喂！妳這個日本鬼子的賤屄，聽好！妳聽得懂客家話吧？」問話的是昨天那位副官。

爲了怕大吼大叫，那位副官叫手下摀住蔡禾子的嘴，蔡禾子無法開口只能點點頭。

「我沒打算要他的命，只想和他做個買賣。我起個章程，妳去轉告妳頭家在台灣或日本的家人，人我先帶走，一個月內籌出銀元五十萬，叫人送到江西于都嶺背村第十四師的師部，找程言成師長或找我陳鞏達團長便可，錢來人走、少一塊錢耽擱一時辰，便等著來收屍！」

陳鞏達團長說完後跳上軍車，下令車上的武裝士兵朝著躲在馬路邊的騎樓開槍掃射，十幾個賣菜賣粥的小販與早起的平民開腸破肚血流成河，車上的陳鞏達團長與士兵哈哈大笑：「殺光這些共產黨。」幾部軍車綁架了二重吉統朝北方呼嘯而去。

聽到消息急忙趕到教堂門口的黃孝海，臉色鐵青地聽著已經嚇得魂飛魄散的蔡禾子描述整個過程，嘴巴不停地咒罵小三子：「你怎麼可以讓二重先生離開旅社！」

「妳也一樣，中國內地不比基隆，妳以爲你們是來汕頭旅遊的嗎！」黃孝海還是忍不住對雙腳發軟癱坐地上、早已六神無主的蔡禾子罵了開來。

教堂旁邊聚集了許多路人，嘻皮笑臉純粹當成看熱鬧，完全不把有人一大早被打死當作一回事，還有人根本不在乎教堂裡頭幾具血肉糢糊的屍首，蹲在屍體旁邊到處尋找彈殼或被丟棄的子彈，想要撿去賣給破銅爛鐵的收購商人。

汕頭人在公共場合似乎非常有組織，人群可以在發生事故後幾分鐘內出現，但只要警察一來，也會在短短的幾分鐘之內散去，好像教堂的槍擊血案只是日常生活中的小插曲。

一臉自責的小三子急忙想要引開話題：「海叔，這都是我的疏失，別再罵蔡禾子了，我們現在得冷靜下來商量辦事的章程，既然他們敢在光天化日下擄人，這事情恐怕也很難私了，要不要向警察報個案？」小三子指著已經來到教堂現場的幾個警察。

這幾個警察面無表情地指著地上幾具屍體對著黃孝海等一行人問：「這幾具屍首是你們的人嗎？」

黃孝海突然心念一轉，搖了搖頭，打定了不想透過地方警察這個管道的主意。

爲首的警察好像鬆了一口氣，一副想要大事化小、小事化無的口吻對著手下與圍觀的民衆吆喝：「看什看，沒看過土匪火併嗎？閒雜人等別在這妨礙我們警察辦事！」

說完之後對黃孝海投射了一個感激的眼神。他們很清楚，在這種龍蛇雜處的汕頭港，能開槍惹事的人多半都是有來頭的，國民黨特務、粵東殘餘軍閥、共產黨游擊隊、泰國黑社會幫派等等，他們根本沒有能力攪在裡頭，碰到這種事不敢也不願過問。

「三具屍體，送到化人場火化的運費一共是三十銀元。」雖然不想蹚渾水管事，警察們趁機索賄敲點油水倒是熟練，深怕夜長夢多的黃孝海，給了錢打發警察走。

「小三子，我想聽聽你的章程！」海叔這回挑小三子而不找黃生廣去台灣，倚重的就是小三子的隨機應變與聰明機靈，且小三子並非黃家嫡系子弟，心中帶點私心的海叔其實也不太希望黃生廣接掌黃家產業。

「咱們黃家棉廠這幾年能夠興盛完全是依靠二重社長，如今他落難了，我們怎麼能夠見死不救，這種事情一旦傳出去，就算我們黃家棉廠能在台灣重起爐灶，也不會有人想和我們做生意吧！」因爲自己的疏忽而釀成大禍的小三子在立場上完全挺海叔這一邊。

「阿海，能不能聽我一句比較不上道的建議？」

「老八，你說吧！」老八是黃家遠房姻親，在黃家的棉廠是擔任帳房，年紀比黃孝海大個十多歲，整個黃家除了當家的黃孝海，小老闆黃生廣以外，就以老八的話最有分量。

老八故意用普通話以免被一旁的蔡禾子聽到：「咱們和二重社長的約定只是幫他運貨、接頭找買賣，而社長發證明給我們辦渡海護照，整椿買賣都已經交割清楚，他拿到了錢與貨，我們也拿到護照與船票，在商場上已經是兩不相欠，基於道義我們是得幫忙營救社長，只是擄走社長的可是國民黨的軍隊，更何況程言成師長可不是咱們惹得起的，他在咱們江西可說是出了名的混世殺人魔，我們到官府警察局那邊報個案就算是仁至義盡了。」老八說出他的意見後，其他幾個人也七嘴八舌地接下去表達相同的意見。

兩種想法都有道理，原本打定主意全力營救二重吉統的黃孝海此刻也犯起了迷糊。

「阿海，這種事情不能拖，如果你眞想營救社長，得趕緊想個法子。」老八雖然不贊同出面營救，但也知道這事兒可不是幾個人站在路邊瞎扯淡就能解決。

蔡禾子突然用國語插進大夥的討論：「那幾個強人只是要五十萬銀元，我可以發電報回基隆請帳房電匯過來，商社可以在兩天內籌到這筆款，你們再帶我去救人。」

原來蔡禾子除了本身是客家人外，多少也聽得懂一點普通話，知道自己的話統統被她聽進去的老八，羞愧地從教堂門口躡步閃到教堂側門，點燃紙菸來躲避蔡禾子的眼神。

還沒點燃紙菸，剛好撞見那位大難不死的天主堂法國籍主教，鬼鬼祟祟地提著一只看起來便知道是臨時打包的行李，招著停在後門的三輪車，老八見狀毫無猶豫地大喊：「神父！別跑！」

海叔等人馬上衝過去把已經坐上三輪車的神父一把拉下來，這名神父可說是綁架案的另一個目擊證人，怎麼樣也不能讓他置身事外。

老八用國語安慰那位神父：「你聽得懂國語吧？我們不是殺人的同夥，別擔心。」

黃孝海看著滿臉驚恐的法國神父，忽然間想起了二重吉統昨天和自己爭辯的一段話：「做生意的商人需要強盛的國力作後盾。」於是他靈機一動，對大家說：「程言成既然敢擄人，他當然更敢殺人，如果我們傻呼呼地帶著錢去交款贖人，恐怕連屍體都要不回來，還得賠上性命被他殺人滅口，這種官軍擄人的勾當自古就有，所謂天不怕地不怕的官只怕上頭折騰地管，想要保全社長性命，必須把事情鬧大，把壓力轉到程屠夫身上才行。走！把幾具屍體連同神父一起抬到日本領事館門口去！」

在一旁冷眼旁觀的老八把黃孝海拉到一旁，聲音壓個老低地湊在耳邊說道：「當家的！你要考慮清楚，你這個舉動搭進去，搞砸了是咱們黃家一夥人的性命，就算辦成了，你可會成為千古漢奸，千萬要考慮清楚。」

老八平素也有看新聞紙的習慣，就在幾個月前東北才鬧了個九一八事變，日軍在中國東北的奉天找了個雞毛蒜皮的藉口大舉生事，一口氣占領了半個東北，更何況這回還是日本商人被國民黨軍隊綁架擄走，事情一旦鬧開了，正好給日本軍方一個干預的理由。屆時能善了最好，萬一引發兵戎相對，黃孝海恐怕會被打成幫助日本鬼子打國軍的賣國漢奸，永世不得翻生。

黃孝海不假思索脫口而出：「老八，此言差矣，人世間總脫離不了義理，天無照甲子，人無照天理。只要依據天理義理人情世故辦事，不必管世人如何看我。」

走在汕頭街頭抬著屍首押著法國神父，黃家這群人宛如瘟神，汕頭街上的行人大老遠地就躲了開來，生怕自己一不小心走得太近會被列為同夥。

天主堂離日本領事館也不過才半里路程，來到日本領事館門口，黃孝海停下腳步神情肅穆對著族眾說：「我已經把入台護照和船票發給你們了，你們當中如果不想隨我去救社長的，中午過後，行李收一收自個兒搭上開往台灣基隆的船，山不轉人轉，他日在基隆碰頭聚首依然是我們黃家好子弟。想要跟我去搭救社長的，就待在領事館門口等候我的消息。」

講完之後，轉過身用日本話對著領事館大門大喊：「淺野長官！淺野長官！」門口兩個衛兵看到幾具血肉模糊的屍體和一群看起來凶神惡煞的壯漢，嚇得頭也不回地衝進領事館辦公室通報去了。

6

江西于都嶺背村

隆冬臘月原本是村民們準備過年的熱鬧月份，幾個月前紅軍打進嶺背村，強擄了幾百男丁入伍，但紅軍支撐不到一個月，國民軍再度從贛州發動圍剿戰爭，把嶺背村奪了回來。

但由於負責于都這個戰區的國民軍第十四師並非國民軍嫡系部隊，而是從收編了投降軍閥軍隊的散兵游勇所改編的雜牌軍，這類雜牌軍通常在國共內戰中扮演前線交火的「槍靶子砲灰」角色。國民軍每次發動圍剿戰爭總會先派這類砲灰部隊去第一線，眞正屬於蔣介石的精銳嫡系部隊多半躲在離戰區老遠的贛州或南昌保存實力。

雜牌部隊第十四師收復了嶺背村後便按兵不動，除了沒錢、沒糧、沒彈藥經不起打之外，一時之間也沒有接到上頭要求繼續攻打縣城的軍令，一來不想打、二來打不起、三來沒命令，戰事自然陷入不打不和、不消停不折騰的僵局，村民與縣城的人民更是樂見這種得來不易的短暫和平。

紅軍撤退後百業蕭條，原本十分熱鬧的街上可說是十室九空，雖然幾個月的停戰，但逃到周邊省分的難民壓根兒不敢貿然地跑回家。幾戶還有人煙的人家，爲了營造過年的氣氛，湊合地在門口點支蠟燭擺只燈籠，只有幾戶靠軍爺兵痞生意營生的商家如妓院、菸館和小吃食堂，還可以傳出裊裊線香。以往過年都會在廟前走唱的管弦南北戲子、吆喝叫賣的小販完全不見蹤影。

「以前過年，這廟前可熱鬧得緊，銅鑼打鼓、戲班子戲台、女紅妝南北貨小販，連賣淫的洋人金絲貓都會逢人拋媚眼吸引光棍兒呢！哪像現在這種光景。」黃生廣對著跟在旁邊的詹佳抱怨連連。

「什麼是賣淫的金絲貓？」才十歲的詹佳哪聽得懂這些話。

雖然村內村外，沒有能力添床新棉被過個像樣的年，但至少也得請打棉被師父來家中把蓋了數十年的老棉被翻新一下。今晚他得到鎮外澄江村的三姨婆女兒夫家去打棉被，三姨婆的女兒昨天才嫁到澄江村，按照當地習俗，娘家必須在七天內送床新棉被給女兒女婿，但由於戰亂打得所有人都一窮二白，換新棉被的習慣只好改成「打棉被」。

詹佳才十歲，雖有兄長之言，但還沒正式嫁給黃生廣，雖說早已住進黃家，懵懵懂懂的詹佳壓根兒也搞不清楚當新娘與當個妹子之間的差別，只知道小老闆的娘成天囉哩叭唆嘮叨個不停，一逮到機會詹佳就會黏著黃生廣出門，去客人家中幫忙打棉被。

兩個月前紅軍從嶺背村撤退前一晚，哥哥詹翰刻意抽出時間從縣城急忙趕到黃家，塞了幾錠銀子給詹佳，連說句道別話的時間都沒有就匆忙離去。

彈棉匠的生意大多是在中秋到過年這段涼爽的秋冬，只是偶爾村民家中有嫁娶，還得頂著大熱天窩在客人的倉庫中彈棉。彈棉花時必須關起門窗工作，否則隨便颳一陣風便會吹散好不容易漸漸彈打成型的棉團。

在炎熱的夏天裡彈棉被就像是在大烤箱內工作，師傅通常是打著赤膊工作，所以女彈棉匠就比較少見，特別是早年民風封閉的中國江西內地。只是從民國開始，江西一帶常年遭受戰亂，男丁十之八九被徵召去當兵，在人力不足的情況下，彈棉工作開始有了女人加入，尤其是彈棉工序中最重要的一道程序「牽紗」，「牽紗」無法一個人獨力完成，一定得由有默契的兩個人一起做，所以打棉被的活經常都是夫妻檔。

黃生廣腰後背著一支長竿子，竿上繫著一把木弓，弓上綁著牛筋繩，左手扶著弓，右手拿著木槌在棉花團中來回撥著弓弦，彈棉時很像大提琴的樂手，弓弦來回彈著，不停地拍打受潮成團的棉花，藉著拍打與撥弄幫棉花去潮去霉，讓棉團變得鬆軟，整團舊棉被中多少還是有部分回天乏術的棉團，擔任助手的詹佳便從胸前麻帶中取出新棉補充進去。

藉由彈棉與棉花去舊添新的過程，棉被的模樣漸漸打成床型，這時候黃生廣與詹佳兩人會站在棉被的兩邊，牽起紗線一條條地將成型的棉被固定。講究品質的黃生廣會拉出幾十條甚至近百條的紗線，宛如捆肉粽的粽葉牢牢地把棉被定型，紗線交錯得越密、牽捆得越緊，這床棉被的壽命就越久，但相對也得花上比較多的時間。許多不肖彈棉匠會故意減少紗線與工時降低品質，讓客人的棉被壽命縮短，這樣便可以有綿延不絕的彈棉活可做，江西于都黃家棉被的品質之所以受江西當地人喜歡甚至外銷海外，其實關鍵就在牽紗這個活兒。

三個月下來，詹佳跟著黃生廣到處打棉被，天生聰明的她也慢慢地摸到其中訣竅，雖然年幼力氣單薄，但也可以獨自打上幾條比較小件的孩童棉被了。

打了好幾床的棉被，正要把最後幾條紗線牢牢捆綁，固定好紗線把棉被裝進被套之時，傳來三姨婆的女婿對著新娘兒罵：「妳這個賤屄浪蹄子，我可是花了二十銀元明媒正娶把妳娶進門，我家雖不是什麼體面的大戶人家，但至少家世清白，妳這個賤屄……」說完後一連摑了新娘子好幾個巴掌。

新娘子好歹也是黃生廣的親戚，黃生廣聽到吵架聲音後，看倉庫內四下無人，偷偷抓起一團舊棉被所汰換的舊棉絮，從褲子小口袋中取出一瓶奇怪的罐子，打開蓋子後朝棉絮滴了幾滴紅色液體後便走出倉庫朝大廳走去。

見多識廣的黃生廣一聽便知道這戶人家吵架的癥結：新娘初夜到底有沒有落紅。

黃生廣把新郎叫到門外低聲地問起：「雖說清官難斷家務事，但我們幹打棉被的活也見多了，你看這是你婆娘昨晚蓋的棉被裡的舊棉絮，上頭還沾著血呢，我看你是誤會了。」

「師傅，到底是落紅還是月事，我自有分寸，你別管太多閒事，莫非你就是我婆娘出嫁前的姦夫不成？」氣呼呼的新郎頂了黃生廣兩句。

「表姊夫，這種事情可說是不顯山不顯水，張揚了有如家醜，悶不吭聲更會讓自己窩囊。你婆娘棉被的這攤血看起來很鮮紅，不像是月事的血，通常月事的血看起來骯髒汙穢，沾到棉花會變成黑色，不相信的話，你去廚房找些豬血來一試便知，豬血屬於汙穢之物，沾到棉花就跟月事一樣。」

表姊夫半信半疑地跑到廚房拿出一碗豬血給黃生廣，黃生廣把豬血倒在另一團棉花上面，不到一刻鐘，被豬血沾滿的棉花漸漸由紅色蛻變成暗紅色，再從暗紅轉爲黑色。

「表姊夫，你瞧瞧看，兩團棉花的血跡顏色不一樣，可見你婆娘是如假包換的處女，棉被沾到的血是新鮮的落紅而非汙穢的月事。」

聽黃生廣這麼一講，原本氣憤不已的表姊夫總算露出了笑容。

黃生廣見狀立刻補了一句話：「而且說句不得體的話，我表姊家中那個澄江村，男丁不是被抓去當兵伕就是逃到天涯海角，你也知道，這幾年澄江村十室九空，剩下的男人不是臥病在床等死的老頭，不然就是還在喝奶的男童，你婆娘她就算要偷人也沒男丁可偷啊！」

江西地處內陸，自古以來民風封建保守，男尊女卑的觀念根深柢固，更別說這種處女情結。只是當年在戰亂之下，連吃飽都成問題，許多女人爲了一家活命委身於軍營內，爲了兩斤大米出賣原始本能多所難免，但戰後卻因此遭家人親族所唾棄指責。

回家的路上，似懂非懂的詹佳好奇地問著：「小老闆，你剛剛倒在棉團上的那瓶罐子裡裝的是什麼東西？」

「染棉布的染料！」

「這麼說來，你是幫著表姊扯謊囉！」詹佳雖然搞不清楚什麼是落紅什麼是月事，但聰明的她一聽就知道黃生廣耍了把戲。

「表姊的棉被沾到的到底是月事還是落紅，我壓根兒就分不清楚。這是我們彈棉匠的祕訣，棉被看起來不起眼，但家庭的幸福與否都和這床棉被有著密不可分的關係，咱們打棉匠可說是別人家庭幸福的重要觀衆，搞點小把戲讓人家夫妻少點芥蒂，何樂不爲呢？」

「爲什麼有落紅就會讓新娘子比較幸福？」從小失去母親的詹佳，這方面完全懵懂無知。

黃生廣其實也不是很懂：「這招是我師父八叔教的，經過染料瞞天過海維持了新娘的體面後，你說她有多感激就有多感激。你要知道，客人家中要不要添購棉被多半是女人來決定，這家子以後幾十年的棉被生意，都是我們黃家獨占，別家棉被店根本沒辦法從我們手中搶走了。」

「那萬一客人家中沒有豬血怎麼辦？」聰明的詹佳立刻想到其中的困難。

「放心，一定有，就算沒有，愛面子的新郎或頑固的婆婆就算跑上幾個村子也會把豬血找出來的。」

兩人摸著稀微星光沿著河岸離開表姊家，遠遠看見一間草房，黃生廣記得那是堂哥小三子的老家。小三子已經跟著海叔到汕頭去做買賣，他的家人在去年鬧紅時就逃到南方不知去向。

他示意詹佳別發出聲響，兩人躡步輕輕推開門房，草房很簡陋，沒有燈，幾張桌椅早已破損，屋內凌亂不堪，看得出這間人去樓空的草屋曾經遭到洗劫過。

黃生廣不敢點油燈，一會兒過後，適應了屋內的黑暗，發現地上墊有一堆乾草，上面鋪著一條發黑的破棉被，黃生廣抓起來一聞，驚覺棉被上的體臭味還挺新鮮的，顯示有人在最近來過這座草屋並且在這裡睡過覺。牆上掛著一只鐵鍋，旁邊還有幾根帶有包衣的腐爛玉蜀黍，黃生廣狐疑地摸到灶邊，發現灶內的灰燼還留著一些溫度。

原本在門邊的詹佳突然發現外頭有亮光同時傳來微弱的人聲，警覺地奔入屋內示警，黃生廣毫不猶豫一把抓住詹佳，朝屋內最偏僻的角落慢慢踱步過去，他移動了一只空的大水缸，熟練地將水缸下的木板敲開，原來地下有個可以讓五、六個人藏身的小地窖，兩人急忙躲了進去，把木板與水缸移回原地。

黃生廣從小就和小三子玩在一起，自然知道他們家有這麼一個祕密地窖。

雖然隔著木板與水缸，還是可以清楚地聽到幾個人闖進了草屋，從熟門熟路的腳步聲，可以斷定他們對這間草屋很熟悉。

「上頭一天到晚擴紅[23]，搞來一大堆連槍都不會開的天兵，連部一天才配給三十斤的米，卻得供養五百多人。」

「我們第四排才慘，上前線要我們衝，夜班要我們守，天知道哪天要是程屠夫的國軍突然醒過來朝我們打，咱們肯定當砲灰被人整排端走。」

「當兵打仗天經地義，但上頭連顆米也不配給我們，要我們來白區打游擊，打了一丁點秋風還得全數上繳，你這個排長幹得還眞窩囊。排長，你得去上頭那陳情疏通一番啊！」

「別為難排長了，其他排狗娘養的排長，個個都是黨員，而且還是從井崗山一路跟著林彪師長打天下的，可說是根正苗紅，要怪就得怪咱們的雜牌屬性，爹不疼娘不親的，五個人才配一枝鳥槍，別說打仗，連打頭野豬都成不了事。」

「所以團部那些養尊處優的政委師爺才笑我們是野豬排。」

「別埋怨了，趕緊清點一下剛剛搶到的東西，等天色更黑一點，咱們還得摸黑渡河回于都大營。」

聽起來應該是他們口中的排長終於說了話。

原本在地窖內連喘息都不敢太用力的詹佳，聽到了這個聲音後不小心驚呼出來。

「什麼人？」上頭的人也被詹佳的驚呼嚇了一跳。

「聲音從水缸底下傳出來的。」

「出來！雙手放在頭上！趴在地上！」移開了水缸與木板，躲在下面的黃生廣與詹佳終於被發現，

23 蘇區紅軍擴大徵兵的俗稱。

全身發抖地從地窖爬了出來。

黃生廣知道這群端著槍指著他的紅軍是所謂的游擊隊，經常利用夜晚從紅區偷偷渡河跑到白區，名義上號稱游擊戰，其實是讓沒飯吃的部隊跑到白區去當搶匪，自行解決吃飯問題，許多游擊隊甚至連把像樣的槍都沒有，說是武裝搶匪，還不如說是穿著軍服的乞丐，到白區挨家挨戶地乞食。

「這不是阿佳妹子與妹夫嗎？」原來這夥紅軍的排長正是詹佳的哥哥詹翰，加入紅軍不到三個月就從小兵升到排長。

黃生廣不敢大意，雖然眼前這個人是自己的大舅子，可是詹翰身後五、六個如豺狼虎豹面露兇光的紅軍看了還是教人害怕，倒是詹佳毫無畏懼地衝過去一把抱住詹翰：「哥！你升排長啦！」

「打仗就是這樣，打不死的就升職，這排長有啥鳥用，還不是得跑到這邊來當乞丐兵。」旁邊幾個紅軍一看原來是排長的妹妹，收起槍枝放鬆了警戒。

詹佳對著哥哥撒起嬌來：「三個月不見，哥哥變得好俊啊，有沒有哪個要好的姑娘當我嫂子呢……」

詹翰板起臉喝斥自己妹子：「別這樣一副長不大的模樣，這裡不是話家常的地方。」詹翰幾個手下緊張地不停朝著門口望去，其實他們更怕遇到巡邏的白軍。

「今晚這一帶除了我們以外沒有其他打游擊的紅軍，你們可以趕緊放心回家去。」說完後偷偷塞了兩塊銀洋給詹佳，並拉著黃生廣到角落低聲地說起：「你趕緊帶著妹子逃走，聽說你們嶺背村的白軍頭頭程屠夫惹了大禍，幾天後就要撤軍。我們上頭已經徵調了幾十萬人，過完年就要趁機打回嶺背以及周邊幾個村鎮，連贛州縣城都已經有我們的先頭部隊滲透在那邊，這消息千眞萬確，回去趕快收拾收拾，能跑多遠就跑多遠。」

說完之後詹翰率著幾個手下，頭也不回地走出草屋摸到河邊，乘著一條小船渡河過去，詹翰對著黃生廣兩人揮了揮手，示意他們趕快離開。

出生於商賈之家，本性務實的黃生廣其實早就心裡有數，嶺背村這個地區北臨興國，南臨于都這兩個蘇區大縣城，國民黨白軍之所以會收復嶺背村，其實只是程言成為了搶著收割這一帶的鴉片田，才拚著老命打退紅軍。如今鴉片早就收割盜賣，對程言成的軍隊而言，嶺背村已經沒有戰略價值，加上國民黨在九一八事變後已經搞得灰頭土臉，也騰不出精神與資源消耗在這一片寸草不生的不毛之地，紅軍遲早會打回這裡，白軍也遲早會撤離，戰端隨時會重起，只是黃生廣天性至孝，不忍拋下老母孤伶伶地在這片戰亂之地任其自生自滅，始終下不了決心一走了之。

「娘！我回來了！」不管多晚回到家，黃生廣都會先去母親的房間請安，但今晚家中的燈火通明，即便已經快要半夜，只見母親搬了張凳子坐在門口等著他。

「海叔回來了，他已經等你一個多時辰了。」

除了海叔以外，還有八叔以及其他幾位棉田的夥計，這些人黃生廣都認得，但除了這幾人以外，大廳內還坐著好幾位從來沒見過的客人，其中看起來像帶頭的人坐在客廳的主人椅上，緊張地抽著一支又一支的紙菸，另外幾個人看起來很精壯，一副訓練有素的練家子模樣。

端坐在主椅上的不是別人，正是汕頭日本領事館的淺野，幾個隨從是他帶來的日本武官，另外還有一撥或坐或立在祠堂天井旁邊的人，他們是汕頭幫會的人，這兩撥根本毫無相關的人會和海叔一起來到位於于都鄉下的嶺背村，目的只有一個：救回被程言成國民黨軍隊擄走的二重吉統。

三天前，海叔抬著屍體帶著法國神父與蔡禾子，大搖大擺跑到日本領事館前大肆喧嘩，他為了營救二重吉統，採取把事情鬧大的方式，日本商人在汕頭光天化日下被國民黨軍隊綁架，還有天主教教士被殺害，證人有法國籍神父和來自台灣的日本婦人[24]。他料準日本政府肯定會大張旗鼓地把綁架殺人事件

24　日治時代，所有的台灣人的國籍都是日本國。

擴大成國際間的衝突，如此一來，程言成必定會遭到來自上頭的壓力，雖然不一定會立刻放人，但至少會因為投鼠忌器而不敢對人質輕舉妄動。

這個消息一傳出果然驚動了海內外，日本方面要求位於江西的剿匪軍立刻釋放二重吉統，同時也放出消息，位於台灣的幾艘日本巡洋艦打算開往汕頭進行所謂的保僑軍事活動。另一方面，汕頭當地潮州商會則是擔心日軍在汕頭開啓戰端，不得不透過東南亞幾個舉足輕重的僑會對國民軍施壓，要求趕快放人讓整個事件可以善了。當然，以當時的局勢而言，對中國野心勃勃的日本才剛發動九一八事變，礙於國際壓力下無能也不願在短期內再啓事端，而國民黨政府更是害怕同時和共產黨與日本兩面作戰。

於是在潮州商會與僑會的折衝下，程言成只得聽從上頭指令被迫放人，但條件是請日方派人到江西來接走人質。表面的說法是日本商人二重吉統在江西走丟迷路，國民軍出面幫忙尋獲，試圖讓一場可能爆發國際糾紛的擄人綁架事件降溫成單純的失蹤事件。

只是，在程言成軍閥與日本領事方面，兩方人可說是各懷鬼胎，程言成打算在嶺背村放人之後，派便衣部隊尾隨在後，偷偷地在靠近蘇區統治區的路上把二重吉統幹掉，來個死無對證，同時把責任賴給共產黨紅軍。日本軍部更是滿心期待二重吉統死在國民軍的槍下，這樣一來便有了更正當的藉口藉機生事。反觀汕頭的商會與僑會卻得拚命地保護二重吉統，直到二重吉統平安回到汕頭搭上回台灣的船為止，畢竟他們不希望得來不易的汕頭貿易與繁榮，毀在私心自用的魯莽軍閥與藉機生端的日本人手上。

何等精明的海叔當然清楚幾方人馬心中各自的盤算，所以他回嶺背村打算找黃生廣幫忙。

「我又沒有三頭六臂，能幫上什麼忙呢？」黃生廣被拉進祠堂旁邊的小偏堂，聽了海叔的籌畫之後，皺起眉頭地回答。

「你聽我講，程屠夫放人之後，從嶺背村一路到江西南邊的龍南這段路上，他絕對不敢動手，因為這片區域目前還是國民黨的剿匪軍區所管轄，萬一死在這條路上，他便脫離不了干係。可是從龍南往南過去就是江西與廣東的交界處，那裡可說是三不管地區，國民黨、共產黨、汕頭幫會、廣東政府統統管不到，程屠夫估計會在龍南到梅縣這段路上動手，所以到時候得避開公路走山區小路，那邊的小路你走過很多趟應該很熟才對。」

「那段山路，小三子、毛哥、華叔他們也很熟，你怎麼沒有帶他們回來帶路呢？」黃生廣看見海叔只帶了幾個人回來，始終感到納悶。

「別說了，人各有志，他們已經跳上開往台灣的船了。」海叔嘆了一口氣。

原來那天海叔在日本領事館交涉了一整個早上後，拿到護照與船票的族人們十之八九搭上船，不願意留下來陪海叔蹚這趟渾水，帶頭背棄海叔的竟然是滿口仁義道德的小三子。

「不是我不願意，而是那條小山路也不見得安全，半年前我曾經走過，沿途碰到好幾批的軍隊，有紅軍也有白軍。」黃生廣搖搖頭說著。

在旁邊假裝忙著掃地的詹佳突然插嘴進來：「海叔，我知道從龍南到梅縣還有一條更隱密的山路，那是條採棉工人與打獵的人才知道的小路，就連我們梅縣人都不知道有那條路，方便的話，我可以帶大家走那條路。」

「這個小姑娘是？」海叔看著模樣天真無邪的詹佳，一時之間想不出黃家什麼時候蹦出這號鬼靈精的小女孩。

黃生廣大概講了一下，海叔這才想起：「原來是跟我們合作的梅縣民工，對了，我記得你有個哥哥叫做什麼翰來著的。」

「詹翰！」詹佳走到海叔的身邊踮起腳跟在他耳邊說道。

「不行，要詹佳跟我們一起走太危險了，我答應她哥哥要保護她的。」黃生廣斷然拒絕。

「瞧你的！你對詹翰有義，我也對二重先生有義，咱們黃家上上下下只剩下我們兩個講道義的人。」

海叔擔心起二重吉統的安危來。

這時候，黃生廣的媽媽走進偏廳，拿了一個整理好的包袱給黃生廣：「詹佳已經是你的婆娘，嫁雞隨雞嫁狗隨狗，你不必考慮那麼多。」

接過包袱後才發現還挺沉重的，黃生廣問著：「娘，這是什麼？」

「黃金！我早就偷偷將家裡剩下的金塊藏起來，就是等這麼一天，半年前我很後悔沒讓你跟海叔一起逃出去，聽著！這次如果你不逃出我們這個天天打仗的鬼地方，你才是眞正大不孝，這些黃金讓你到外地去起家，起家，你知道什麼是起家嗎？」

「嫂子！妳終於開竅了！」海叔聽到黃母這番話後不禁笑了。

沒理會海叔的揶揄，黃母繼續說下去：「不管你是去龍南、汕頭還是台灣。在戰爭還沒結束前，能逃多遠就逃多遠！我們黃家世世代代是商人，天下之大，商人四處爲家，到處都可以開枝散葉，我不懂做生意那套，我只把你爺爺你爸爸做生意的口訣傳授給你。」

「亂世存黃金，盛世置房產。」

「趕快跟著你海叔走吧，你再不走我就當場在你面前上吊自殺！」黃母堅決地對著黃生廣說道。

好不容易逮到二重吉統這頭大肥羊，不到四十八小時，剿匪軍第十四師的師部，連續接到十幾封要求立刻放人的緊急電報。

「他娘西皮，全中國比我大的官都逼我放人。」操著浙江口音的程言成氣得把手上一疊電報狠狠摔到地上。

「我日他老子娘，上頭那些官位比雞巴大的屌毛，想學秦檜下十二道金牌要岳飛撤軍不成。」負責動手的陳鞏達團長來自江西，滿口江西髒話。

這個陳鞏達原本是軍閥馮玉祥的手下，三年前投降國民軍，他與部屬被整編到十四師這支雜牌軍，直接調派在國共內戰的最前線當砲灰，要糧沒糧要餉沒餉，平時專幹盜墓、搶劫平民、綁架商人，這次更是膽大包天地偷賣鴉片。

「師長，你別再學娘兒們的扭扭捏捏，要不咱老子們一起掐鐽子[25]渡河找林彪投誠去。」當了十幾年的老兵痞，前前後後投降過五六次的陳犖達，在衆目睽睽的師部辦公廳毫無顧忌。

面容白皙，身形瘦弱帶點酸腐儒生樣的程言成，最討厭別人說他像娘兒們，氣得掏出手槍對著陳犖達吼叫：「你再講什麼投誠，當心我一槍斃了你！」

「報告師長！汕頭日本領事館淺野長官、汕頭商會副主席陳立桐要見你。」衛兵急忙跑進師部辦公廳傳達訊息。

第十四師的師部就駐紮在離黃家老家約兩公里的一間廢棄大祠堂內，海叔與淺野一行人等到黃生廣後，馬不停蹄地立刻前往師部要人。

一行人走進師部辦公室，程言成立刻收回剛剛的嚴厲，笑著說：「也不過只是貴國商人在江西走丟而已，貴國政府吩咐一聲，我們親自送他回汕頭就好了，何必勞駕淺野大人親自跑一趟呢？」

程言成盯著居中翻譯的海叔，好奇地問旁邊的陳犖達團長：「這傢伙是誰？」

陳犖達貼近程言成的耳邊回答：「他就是居中幫我們賣鴉片的商人，江西贛南一帶最大的棉花商人。」

完全不鳥滿口官腔的程言成，淺野趁這個機會仔細端詳眼前這位號稱屠夫的國民黨軍閥。

從他一踏進這座號稱剿匪最前線的十四師師本部後，只能用大開眼界來形容他的所見所聞。雖然暫

25 贛北方言，意指大剌剌地把話說開來。

時以廢棄大宅作爲師部，但外牆與大門連個守衛都沒有，一行人毫無阻礙地穿進大門，才有一個滿口酒味，喝得醉醺醺的衛兵趨前盤問，旁邊的操場或臥或躺，幾百個完全沒有警戒的士兵三五成群大咧咧地露天席地而睡，衣衫襤褸連套整齊的軍裝都沒穿，幾頂營帳內傳來男女交歡的喘息、叫喊聲音，戰區前線的營帳內竟然成爲士兵狎妓的樂園。

曾經打過第一次世界戰爭，稱得上是老兵的淺野，瞥見大宅另一旁的晒穀場放了幾尊大砲，他揉了揉眼睛，那幾尊大砲竟然是三十年前生產的德國克虜伯三八式野戰後膛砲，他簡直不可置信，這些早就被日本與全世界淘汰二十年以上的老舊大砲居然出現在國共內戰的前線。

更驚訝的是，砲身旁邊根本沒有掩體，更別說大砲的牽引車及載重隊。幾尊大砲旁連衛兵也不見一名，只要隨便一個有心的路人走到砲邊，拿把榔頭，對著起落架、準心機構件、提彈機用力敲個幾下，就可以癱瘓大砲的戰力。

這不是淺野第一次親眼目睹國民軍的渙散軍紀與拙劣裝備，一邊當外交官一邊擔任間諜的他曾經在廣州與湖南的戰場看過國民軍的作戰部隊，幾次刺探下來，讓淺野萌生了濃濃的藐視感。一年後他調派回東京的外交部，寫了幾十篇洋洋灑灑的中國軍事力量報告，後來成爲日本軍方狂妄的「三月亡華論」的主要依據。

幾個士兵抬出二重吉統，憔悴與虛弱的模樣映入淺野的眼簾，讓他的注意力回到現實。

二重吉統脖子有幾道很深的勒痕，雙腳的膝蓋腫得像顆籃球那麼大，膝蓋旁邊的皮膚呈現黑紫色，顯示雙腳的肌肉早已敗壞。黃孝海立刻上前想要將二重吉統扶起來，但沒想到二重吉統整個人好像半身癱瘓似的，下半身完全使不上力，費了好大的力氣才把二重吉統抱了起來。

「他們一抓到我就立刻把我的雙腿打斷。」二重吉統氣虛息短地說著。

既然對方已經放人，淺野不敢在軍閥兵營這種是非之地多作逗留，吩咐黃生廣將二重吉統背起來後說：「既然程師長已經幫忙我們找到人，不便耽誤你們軍務，人我們就帶走了。」

見到好兄弟遭到這種磨難，再也無法忍住情緒的黃孝海對著出面擄人的陳聳達咆哮：「其他事情可以扯平，二重先生的一雙腿，還有我們黃家族人的三條性命，我們得好好做個了結。」說完後，毫不猶豫地從懷裡掏出一把短槍朝陳聳達的左大腿發射，中彈後鮮血直流，由於事發突然，旁邊的衛兵、祠堂外的部隊，以及程言成完全來不及反應。

程言成眼睛瞪得老大，虧他還有江西屠夫的外號，也被黃孝海突如其來開槍給嚇矇了，心想怎麼有人敢在他面前開槍行兇。

「程屠夫，你想鬧事，我也是想來鬧事的，你最好開槍把我們幾個人全殺了，這裡有日本人、有東南亞的僑領，還有幾天前法國教會內的幾條人命，好好想清楚你自己的章程，要不要爲了陳聳達的一條腿賭上你的身家性命？」

說完後立刻轉身揮了揮手，大搖大擺地走出師部大門，背著二重吉統的黃生廣、臉色鐵青的淺野和擔任事件仲裁人汕頭商會的陳立桐等人嚇得雙腳發軟聽不住使喚，杵在原地一動也不動。

氣極敗壞卻又無可奈何的程言成嘆了一口氣後對著他們說：「你們不走難道要我端出軍法伺候嗎？」

夜半從軍營傳出一道劃破寧靜的槍聲，村子內僅剩的人家把門窗關得更緊，即便是經過日俄戰爭大風大浪、走在結霜路面的淺野雙腿仍在微微發抖，直到離開軍營半公里以後，心神才慢慢恢復咒罵起來：「巴嘎野魯！你爲什麼要節外生枝對陳團長開槍？」

「你以爲就算對他們那種土匪軍閥卑躬屈膝，他們就會放過你？我對陳團長開槍自然有我的用意。」黃孝海神情一派輕鬆，一點都不像剛剛才開槍射人的模樣。

「混帳！你到底有沒有搞清楚？我才是這趟救人行動的指揮官，有什麼事情都必須跟我報告！」長年當官的淺野端起架子來掩飾自己的恐懼。

黃孝海打斷他的官腔回答：「程屠夫的第十四師，不論是軍官還是士兵，幾乎都是軍閥馮玉祥的舊部，十之八九來自安徽淮西，除了這個當地軍閥陳翬達以外，上上下下沒幾個人熟悉江西廣東這一帶的地形與道路，我打斷他的腿，程屠夫自然無法派他來追殺我們，只能派其他不識路的部將來殺我們滅口，那和派了個瞎子沒什麼兩樣。我們江西的山路相當複雜，不識路的話，困在深山裡頭十天半個月都鑽不出來。」

黃孝海之所以光明正大地開槍其實還有另外一個用意，只是無法對淺野說出口，那就是要把淺野拖下水一起背這筆帳。

此刻黃孝海最擔心的並非程屠夫派人來殺二重吉統與自己滅口，而是擔心淺野臨時抽腿，任憑其他人自生自滅。對日本政府而言，二重吉統的屍體比活著回去還要有價值，一具被國民黨軍隊殺害的日本商社社長屍體，絕對可以掙得巨大的政治利益。況且接下來從嶺背村逃到廣東汕頭的這段路，黃孝海也不得不依靠淺野帶來的人和武器。

人活在這個世界上，有些時候可以去選擇命運；但更多的時候，是被命運選擇。

7

江西龍南圍屋。庇護所

早在前往第十四師師部要人之前，大夥就商議好了逃亡的路線。從嶺背村黃家老屋到江西南邊的龍南這段路，估計程屠夫不會在此對他們下手，所以他們一行人依舊搭著從汕頭開來的兩部卡車大搖大擺的行駛官道。

到了龍南，因爲黃家在那邊有間十分堅固的圍屋，巧的是，詹佳所說的那條密徑的入口正好位在黃家圍屋後方的山溝雜林。於是大夥先躲進黃家圍屋，再利用夜晚偷偷地摸到密徑，溜進複雜蜿蜒的丘陵地區。他們連夜開車趕路，還沒到中午就已經抵達黃家位於龍南的圍屋。

圍屋是種傳統客家人的集合住宅，屋外頭是聳立數丈的高牆，宛如一座小型城池，圍屋的形狀有圓形和方形，福建與廣東的客家圍屋大多是圓形，近代最有名的是福建西部山區的土樓，而江西的客家圍屋則是方形，方形外牆成爲村內客家人的巨大堡壘。圍屋四角的牆頂有四座砲樓，可以居高臨下開槍擊退來襲的盜匪，而在圍屋的二樓與三樓，除了屋頂的砲樓以外，牆上處處有事先挖好的槍窗，在屋內的人還可以在槍窗架起槍枝朝外頭發射，除非用大砲轟炸，否則尋常盜匪的槍枝或冷兵器根本無法攻進圍樓之內。

圍屋內祠堂、晒穀場、廟宇、大廳、幾十間臥室、天井、水井、各式倉庫、菜圃一應俱全，黃家的圍屋甚至連練習射擊的射箭練兵場都有。這座圍屋是黃家先祖在清朝同治年間打造，當時打造的因素是黃家產業幾乎在太平天國戰亂中遭到洗劫一空，基於防盜的理由而打造。

幾年前，海叔與黃生廣的父親眼見于都經常發生戰亂，便陸續把棉被工廠搬到這裡，附近有廣大棉田，可以就近取得原料，且龍南距離汕頭與廣州不遠，做好的棉被可以在一天內送抵港口。

「大夥在圍屋裡稍作歇息，等天一黑我們就從小路入山，順便利用這個時候做個簡單的擔架給二重社長。」長年習慣軍旅生涯的淺野俐落地指揮調度。

「淺野長官，要不要把卡車開進圍牆裡頭，以免暴露我們的行蹤。」黃孝海好意提醒。

「不用擔心，我們車子開這麼快，他們雜牌軍要追過來，以他們的那種不入流的輜重裝備，至少要今天半夜過後才能趕上我們。」

「要不然至少也得把車上的武器搬進來，以防萬一……」黃孝海還是不放心。

「我不需要人指點，你只不過是個翻譯，少在這裡囉哩叭唆的。」板起臉孔的淺野最討厭別人對他質疑。

在一旁的潮商商會的陳立桐站在黃孝海這邊：「我看還是把武器搬進來比較妥當。別忘了，這幾把槍枝可是我們商會帶來的。」說完之後立刻指派幫眾把車上的武器卸下來搬進圍屋內。

幾個淺野帶來的日本武官聳聳肩表示贊同加入搬卸武器的行列，讓淺野氣得頓時快要發作，剛好此刻從內廳傳來一陣香味，早就飢腸轆轆的眾人循著香味跑到灶房旁邊，只見詹佳用木盤端著幾團黑不隆咚的泥團出來。

「大家肚子應該都餓壞了吧！嘗嘗我燒的雞。」詹佳甜美天真的笑容化解了眾人意見不合的尷尬。

「這哪裡是雞，我看只是幾團烤泥巴。」幾個商會幫眾皺起眉頭。

「泥團裡頭的確是雞。」詹佳找到一根銅製秤錘，輕輕地敲開燒焦的泥團，俐落地扒掉雞毛，露出一隻隻香氣撲鼻的雞。

幾個人誰也沒見過，七嘴八舌地問著。

「這是叫化子雞！你們都是過體面生活的大人，自然沒吃過。」詹佳笑道。

「這可是我們這種四處爲家的民工乞丐最愛吃的野味，我們在山裡或抓或偷雞，偷到手之後，就地挖點泥巴和著水，裹在雞隻外面，找些柴火木頭立刻可以烤來吃。」

「黃老闆，你們圍屋裡半個人都沒有，倒是有好多隻雞到處亂竄。不介意我偷你家的雞吧？」早已餓到前胸貼後背的淺野撕下一片雞肉往嘴裡塞：「好像還有股香味？」

「我看灶房裡還留下幾十顆沒腐壞的大蒜，要裹泥巴之前，得先把大蒜塞進雞屁眼哩！這樣烤熟雞肉自然會有蒜香，只可惜灶房裡頭沒有鹽巴，不然會更好吃呢！」

黃孝海抓了半隻烤雞拿到躺在大廳的二重吉統面前，二重吉統本來就又黑又瘦，這幾天遭到綁架與酷刑折磨後，越發顯得乾癟枯黃。

「我本來以爲他們不敢對我怎麼樣，頂多只是要贖金，但沒想到被他們押到大營後，立刻把我往死裡頭打，還好只打了我一個鐘頭，接下來好像是他們上頭壓下來什麼命令，這才停手。」

黃孝海將整件事的始末告訴了二重吉統。

「爲什麼?你不是已經拿到了護照船票?爲什麼不乾脆就上船去?」吃了幾口雞肉後，二重吉統漸漸恢復一點精神，想要使勁地坐起來，卻發現兩條腿毫無知覺根本使不上力。

「別亂動，等回到基隆，再去找大夫慢慢醫治。」黃孝海仔細地把雞骨頭剔開，撕下一條條的雞腿肉餵著二重吉統。

「如果沒有你幫忙，我可不想一個人在基隆做生意。」黃孝海一派輕鬆說。

二重吉統看著眼前這位從學生時代就已經是哥兒們的男人，知道他只是避重就輕地扯些事業上的表面話，想到他三番兩次幫自己奔走塡補事業的虧損，甚至不顧生命危險深入匪窩營救自己，不禁眼眶發紅流下淚。

「好端端的，一個大男人怎麼哭了起來呢?」黃孝海笑了起來。

二重吉統伸出手緊緊握住黃孝海，黃孝海脫掉身上的蓑衣蓋著二重吉統的身體：「晚上趕路，山裡頭挺冷的。」

冬天日落得比較早，四周高牆早就遮住漸漸下沉的太陽，天空的光彷彿被鍍上一層玫瑰紫，一朵朵發亮的晚霞紫光映在圍屋內，有股宛如世界盡頭的奇幻氛圍。

「有點子靠近！」一道宏亮的警戒聲從高牆上的砲樓傳了開來。

「關上大門，每個人拿一把槍上樓，分頭守住所有的砲樓和槍窗。」機警的黃孝海立刻用客家話和日本話分別指揮汕頭商會幫衆和日本武官。

「其他黃家的人去倉庫搬出所有棉花棉被，以及所有可以點火的燃油，搬上正門的牆頂。」

爲了安全起見，在建造的同時就砍光圍屋附近方圓一里內的所有樹木，如此一來，遠遠地就可以從牆上的砲樓看到來襲的盜匪，所以當負責警戒的人看到遠遠有支鬼鬼祟祟的小部隊時，發出警戒後還有將近一刻鐘可以進行防禦布署。同時也因爲砍光了樹木，牆外可說是一望無際，來襲的人毫無遮蔽完全暴露在圍屋守方的射擊範圍內。

「點子的頭頭竟然是陳鞏達那個老兵痞，竟然還拖著被我打斷的腿追了過來！」站在砲樓上的黃孝海眼力甚好，老遠就認出追兵。

淺野根本判斷錯誤，國民軍的軍車性能的確無法如日軍軍車快速地奔馳在泥濘小路上，但沒想到陳鞏達竟然忍著腳傷，率領了一支約一個排的小部隊，騎著馬追了過來，馬匹根本不怕泥濘小路，速度不會比軍車來得慢，他們一路從嶺背村尾隨卡車跟了百來里，其實他們早就已經在附近埋伏，打算天色一暗便摸黑攻進圍屋。

「很怪，他們怎麼穿紅軍的土色軍服？」站在牆頂的黃生廣感到納悶。

「一點都不奇怪，如此一來他們大可以一推二五六，將殺害日本人的帳算到老共身上。」海叔一邊說一邊忙著將子彈上膛。

「陳鞏達這傢伙簡直是玩命，從于都到龍南這一百里路全部都是他們白軍的地盤，他竟然敢穿土色紅軍軍裝，難道沿路不怕碰到不明就裡的自己人打了起來嗎？八叔嘴裡說著話，手裡卻忙著將棉被一床床攤開，剝掉被套，拉斷綁在棉團上的紗線。

程屠夫與陳鞏達這支部隊的確是不要命，他們追過來的目的不單單只想殺二重吉統與淺野等人滅口，還有了新的目標：汕頭潮幫商會的副主席，既然沒辦法從日本人身上榨出油，乾脆綁架潮幫，反正潮幫背後可沒有什麼日本政府可以撐腰。

此時，一顆子彈突然從村外射了進來，從大夥的頭頂上呼嘯而過，沒經歷過戰爭的黃生廣嚇得只想找把槍來還擊，這時海叔大叫：「你別忙著還擊，趕緊幫八叔他們拆掉那些棉被！」

此刻陳鞏達發動了第一波攻擊，國民黨部隊從半里外的土堆開始朝圍屋衝刺。

雖然十幾個士兵已經完全暴露在守軍的射擊範圍，但身經百戰的淺野卻下令朝他們的馬匹射擊，不愧是沙場老兵，因爲淺野知道就算他們能夠衝到圍村的牆邊，一時半刻之間也沒有辦法爬上來，先把他們的馬匹射倒，可以防止敵人利用天黑以後騎著馬匹在四周展開速度戰，不然等到天色一暗，尋常槍枝根本無法瞄準快速奔跑的騎兵。

十幾個國民黨士兵中只有幾個被撂倒，大部分都攻到了牆腳下。其中一個帶頭的尉級軍官掏出手榴彈企圖想要炸開大門，只聽轟隆一響，鐵製大門竟然毫髮無傷，這下子他們急了，貼著牆舉起槍朝上頭的牆頂亂射一通。

「陳團長，我們有沒有帶梯子來？」縮在牆角邊緣緊貼著牆面的士兵大聲問著。

「日他奶奶的，哪個搞暗殺的部隊會帶梯子。」趴在遠方土堆外的陳鞏達也急了，就算要臨時砍樹做梯，方圓幾里內別說樹木，連枯枝都找不到幾把。

站在塔樓上的淺野此刻笑著旁邊的日本武官說：「該是把大傢伙拿出來了。」

「早就架好了！」

原來淺野從汕頭領事館帶來一把「十一年式輕機關銃」，這型武器是日本自行研發，從大正十一年（一九二二年）開始生產，所以稱之爲「十一年式輕機關銃」。這種機槍的威力雖然不大，無法穿透鋼鐵水泥，但優點是精準無比，在一百米的射程內，最大偏差值只有三到五公分。別說國民黨軍隊，就算在一九三二年當下，日本正規部隊也還沒正式在戰爭中使用這款輕機槍。

「日他娘的日本鬼子，這是什麼鬼機槍……」幾個沒有土堆可以掩蔽的士兵當場被一百米外的機槍擊斃。

「再被他這樣掃下去，日他娘的只能躺在這裡等死，連往回跑都不靠譜。」

進退維谷的陳鞏達突然靈機一動，他指著停在五十米外的那兩部日本卡車大叫：「天助我也！」

同樣是身經百戰的陳鞏達發現砲樓的機槍與自己部隊之間停著兩部軍車，導致許多子彈被軍車擋住產生了一個射擊死角，只要沿著軍車後面的射擊死角衝過去，再強的機槍都無法射到他們。而另一個砲樓與一堆槍窗上的武器不過只是尋常的來福槍，射程距離根本無法超過五十米。

「快！大家沿著我前面這條線直接衝到軍車上，然後把軍車開到牆下，利用軍車當作梯子，只要到了牆下進入屋內，咱們就不怕那把機槍了！」陳鞏達連忙下令。

遠遠看著陳鞏達和他的部屬朝著軍車指指點點，淺野的臉色立刻大變，看到這種情況，連三歲小孩都知道對方想利用卡車當爬牆工具，他懊惱自己爲什麼不接受黃孝海的建議把卡車開進牆內？他自問難道只是無謂的日本人優越感作祟？

他和許多日本人一樣，從出生到死都被這種極端優越感所形成的意識形態蠱惑。當年他在青島打德國人，明明自己只是個貪生怕死躲在部隊後面的低級軍官，卻在戰後大言不慚地指責那些打了小敗仗的長官爲什麼不切腹自殺，從軍部到外交官，他只會憑藉這種軍國主義優越感，虛張聲勢地一路升官，一旦面臨短兵廝殺的戰場，才知道這種優越感根本不管用。

打了十幾年的內戰，能夠從死人堆中爬回來的陳鞏達確實有兩把刷子，在己方完全沒有遮蔽且火力遠遠落後的情況，竟然可以在短短的交火中找到突破點。其實中國人並非不會打仗，而是把戰力全部放在搶奪地盤、武裝綁架這種類似今天的恐怖活動上內耗戰力。

著急不已的淺野只能對著牆下大吼大叫：「大家趕快開槍！」然而對於居高臨下的守軍而言，貼在牆角邊的敵軍完全不在自己射擊範圍內。

陳鞏達的士兵很快奪下了卡車，開到圍屋的牆邊，圍牆雖然高，但也並非正常城池，高度不過才七、八米，人只要站在卡車上頭，隨便一、兩條短繩便可以輕鬆攀爬過去。

在牆上的黃孝海見狀，點了火把用力嘶吼：「點燃棉被使勁地丟！」

紗線鬆開後的棉被立刻崩解成一團一團的棉絮，一點著火後化成成千上百個小火球，黃孝海等人把一床床的廢棄棉被朝牆外頭丟出去，宛如幾百個小型燃燒彈，順著風勢點燃牆外所有可以燃燒的東西，車輛、雜草、氧氣……當然也包括想要強行登牆的人。

牆外方圓幾十公尺的人完全沒有反應與閃躲的時間，鋪天蓋地的小火球朝著人的身體竄燒，十幾個第一線的國軍個個全身著火，根本顧不了強攻的軍令到處亂竄，不然就是急忙脫掉外衣使勁在地上打滾，但不打滾還沒打緊，地上到處都是著了火的燃燒棉絮，一滾反而讓身上的火勢一發不可收拾。

守在槍窗的汕頭潮幫幫眾這時可沒閒著，拿起來福槍朝這些身體著火的敵軍開槍，著火的身體在黑暗中宛如打上探照燈的槍靶，一個個在牆外的廣場上被撂倒。

第一次看到這種慘狀的黃生廣嘴巴念著阿彌陀佛，就算是多年沙場經驗的淺野也看得膽顫心驚，因為腳傷而沒有上前攻堅的陳鞏達更是慌了手腳氣急敗壞，對著旁邊所剩無幾的部下大聲吼叫：「繼續上繼續上，他們已經沒有棉被可燒，不用怕！」

鬼才會聽信這種話，幾個僥倖逃了回來的士兵根本不想理會陳鞏達，躡手躡腳地向後逃竄。陳鞏達一氣之下，掏出手槍當場斃了一個打算逃跑的士兵：「不准撤退！」

這種把棉被當燃燒彈的攻略並不是黃孝海發明的，幾十年來黃家已經多次使用這招防禦工事來嚇退在江西橫行的土匪，棉被廠什麼沒有，棉被與棉絮可多得很。

不過這次可說是誤打誤撞，照理說，如果捆綁紮實的棉被，燃燒起來並不會散成一團一團，然而這次使用的剛好是廢棄棉被。手工棉被講究的是捆緊紗線和紮實棉團，但在大量手工生產下，總是會有幾床棉被達不到標準而被列爲報廢品。

幾個月前，黃家急急忙忙搬走圍屋裡所有機器設備，匆忙之下自然就把這上百條劣級棉被丟棄在圍屋裡。由於當初棉被打得不牢固，所以一解開紗線，沒有彈性的棉絮自然就一團一團地散開，一點火順著風勢便宛如天女散花般變成一團團的小火球。

沒多久牆下再也沒傳來哭喊呻吟的叫聲，不是燒成一具具焦屍，就是成爲槍下亡魂。

戰場經驗豐富的陳鞏達此刻也已恢復冷靜，他點了點剩餘兵力，一方面派人回師部討救兵，另一方面打算死守。他盤算著圍屋裡的人終究得逃出來，以他正規部隊的戰力，就算一打十，村內那些烏合之衆肯定不是對手，他只要別讓村內的人往外逃，撐到天亮待援軍一來，隨便搬一尊最小的大砲，用轟的都能把圍屋的高牆轟出個大窟窿。

看到陳鞏達打算圍死他們，從頭到尾氣定神閒的黃孝海也發起愁來，除了不能虛耗時間等待敵人的援軍外，更重要的是，一起來救人的日本武官與汕頭幫會的幫衆，他們會陪自己在這等死嗎？他們會想衝殺出一條血路讓自己成爲槍靶子嗎？更糟糕的是，他們會不會和對方談條件，把自己、族人與二重吉統給出賣來尋求活路呢？

遙望村子南側土地公廟後的那一片山林，據詹佳的說法，傳說中的採棉密徑就在廟的後頭，一片黑燈瞎火深山老林，萬一根本沒有那條路，只是十歲小女生胡亂瞎說或記錯了，那又該如何是好？

幾十年來膽大心細闖蕩海內外，看過各種大風大浪的黃孝海，此刻根本不知如何是好。

已經坐困愁城完全犯了迷糊的黃孝海，這時突然聽到幾聲從村外傳來的槍聲，他嚇了一跳立刻把身體靠在牆頭邊大嘆：「天亡我也！」他沒料到陳鞏達的支援部隊來得這麼快。

旋即從牆外又傳來數十聲的槍聲，但他並沒有聽到子彈朝村內呼嘯而來的聲響，膽大的他探出頭往牆外頭望去，瞧見百米外陳鞏達的陣地被一圈又一圈的火把團團圍住，隱約看到陳鞏達的人一個個舉著雙手對著舉火把的包圍人群投降。

陳鞏達與部下舉起雙手，被後面幾十個持槍的武裝小部隊押著，一步步朝圍屋方向走過來，海叔與淺野等人不敢掉以輕心，畢竟在這個兵荒馬亂的時候，是敵是友很難分辨清楚。

一陣宏亮的聲音從火把堆傳來：「我們是紅軍，奉林彪師長命令來殲滅這支偽裝成紅軍的白軍部隊。屋內的人，你們是友是敵，趕緊給個說法。」

一直待在黃生廣身邊，從頭到尾嚇得連氣都不敢多喘的詹佳突然跑到牆頭大叫：「哥哥！我是詹佳！我是詹佳！」黃生廣與黃孝海探頭仔細一瞧，原來是詹佳的哥哥詹翰。

原來，昨夜偷摸到嶺背村打游擊的詹翰，與黃生廣打過照面後打算划船回對岸的營區，但沒回到營區，就遇到紅軍安排在嶺背村的探子也渡河來回報。探子發現程屠夫派出一支行蹤詭異的小部隊騎著馬朝南邊奔去，更讓人感到納悶的是，那支騎兵部隊竟然身穿共軍的土色軍裝，企圖不明、動向不明。

機警的他一面派人回報，一面馬不停蹄地帶著自己整排的士兵一路跟了過來，一直到傍晚才跟到龍南山區這一帶，只是走路的速度遠遠跟不上馬匹奔跑，正當詹翰與部隊找半天找不到敵軍蹤影打算打道回府時，忽然聽到從黃家圍屋方向傳來的激烈槍戰聲，膽子一橫便摸黑跟了過來，偷偷地潛伏在陳鞏達陣地的後方，可說是螳螂捕蟬黃雀在後，仗著自己兵力是對方的好幾倍，一下子就把殘兵游勇撂倒，還生擒了陳鞏達。

知道詹佳一行人要從採棉的小密徑經過梅縣逃到汕頭，再搭船到基隆的計畫，詹翰皺起眉頭說：「這條路起碼要走七、八個時辰，你們得趕緊趁程屠夫的援兵趕來之前趕路，我可以幫你們守這個路口一、兩個時辰，天還沒亮我也得趕回去，否則連我都會有危險。」

黃生廣再度被詹翰救了一命，徵求過海叔的同意後向詹翰邀請：「你要不要和我們一起逃到台灣再做打算？」

正彎著腰檢查捆在陳翬達身上的牛筋線牢靠與否的詹翰笑著回答：「謝了，我對做生意已經沒什麼興頭了，我抓到國民軍的團長，回去可是大功一件，等時局穩一點後，我再去台灣找你們吧！快走！再不走我也護不了你們。」

不用詹翰的提醒，黃孝海一行人也知道片刻不能耽擱，多虧了詹翰幫忙看防小密徑的入口，一群人才敢點燃火把，不用擔心在一片不熟悉的暗黑雜林中摸黑趕路。

8
廣東梅縣。戰爭祭品

這片從贛南到粵東的雜林，海拔雖然不高，但山勢地形卻極爲陡峭，別說闢成客家地區常見的梯田，連果樹都無法栽植，久而久之，小密徑前面十幾里路的沿途依舊維持蠻荒狀態，除了獵戶與當地村民外，其他人根本不曉得這條崎嶇山路的存在。接近梅縣後，地形漸漸開闊緩和，路旁種著橙樹和橘樹，偶爾見到稍微平坦的地方，可以看到已經採收後尚未播種的棉花田。

躺在擔架上的二重吉統望著眼前的棉花田問道：「我們的棉籽是來自這一帶嗎？」折騰好幾天的他說完後劇烈地咳了起來。

「誰身上還有水？」黃孝海朝著隊伍的衆人問著。

大家搖了搖頭，這才發覺昨晚急忙從圍屋鑽進山徑趕路，卻忘了準備充足的水。

自告奮勇的黃生廣卸下身上包袱與武器：「我去前面山腳下找水源。」

負責帶路的詹佳拉住黃生廣，露出天眞笑容指著路邊一棵棵的樹笑起來：「你們大人眞的很奇怪，遠在天邊近在眼前，沒看到旁邊一整片橙樹，卻想翻山越嶺找水喝。」

說完後鑽進路旁草叢，俐落地爬上爬下，摘了幾顆果子遞給二重吉統：「這個橙，我們稱爲臍橙，你瞧，這顆橙上頭有個很像肚臍的頭，別瞧這橙皮比一般的還要厚，其實只要朝這個肚臍眼用力一擠，橙皮就容易剝開。」

詹佳剝了幾顆臍橙給二重吉統，皺著眉頭吃了一口形狀怪異的臍橙果肉，橙肉的果汁噴得滿臉都是：「吃起來好像台灣的柳丁。」

「柳丁？台灣也有臍橙嗎？」詹佳好奇地問著，一整晚的趕路，大夥不是憂心忡忡就是隨時提高警覺，只有詹佳一路上嘰哩呱啦地纏著海叔問有關台灣的事情，旁人雖然沒有那種閒情逸致，但也因此紓解不少緊張的情緒。

「台灣的柳丁小顆一些、酸些、水分也少些。」二重吉統一口氣吃了兩、三顆。

「其實二十幾年前咱們的田地也種滿了臍橙，只是把樹砍光改種棉花。後來時局不穩，咱們家鄉連米都沒得吃，還有誰想要花錢買果子。」臍橙的滋味讓海叔回憶起小時候的生活點滴，總算讓三天三夜不眠不休的臉龐綻放了一點笑容。

「我娘生前說過，只要嘗到甜臍橙就會有好事發生。」說完詹佳又鑽進樹叢內摘了幾十顆野生臍橙，遞了一顆給黃生廣。

「我很想帶幾顆回去給娘嘗嘗。」生性至孝的黃生廣只要有好吃的東西都會拿回家孝敬母親。他拿捏著手上的臍橙沉默了片刻後開口：「我很擔心程屠夫會遷怒找我娘出氣。」

「別擔心，程屠夫的兵連嶺背村的路都還沒摸熟，更何況詹翰不也說過，這幾天他們白軍就會從嶺背村撤退了，誰有閒功夫找鄉下老太婆出氣報復呢！」海叔安慰著黃生廣。

天色漸亮，朝陽在陰霾的山嵐間露出了宛如魚肚白的昏暗微光，山很低，雖然時序已經過了冬至，嶺南粵東一帶的寒氣並不如北方的難耐，微光灑在樹葉上，讓夜半好不容易結的霜立刻融成露珠，此時，遠方傳來轟隆的悶響。

「冬天一大早打起雷來，真是活見鬼了！」

接著又一聲巨響，震得讓每棵樹的樹葉都搖曳起來，橙樹下掉滿了一地臍橙。

「地牛翻身嗎？」詹佳被突如其來的巨響與天搖地動嚇得急忙躲在黃生廣的背後。一路上不多話的潮商幫會副主席陳立桐好像突然著了魔，遇到鬼似地臉色慘白大叫：「大家找地方躲起來。」說完立刻臥倒在身邊的大石頭邊，一動也不敢動，似乎想把石洞鑽出一個洞讓自己躲進去。其他人見狀後本能地有樣學樣臥倒在地、蜷縮在石頭邊或草叢裡。

躲在山坳內的大夥探出身子抬頭看著天空，只見西方約幾里外的天空飛過兩部轟炸機，呼嘯而過的地方一片火海，無一倖免。

沒多久，轟炸機消失在天際線的視野，確認已經不會再折返投彈轟炸後，膽子比較大的人才從山洞、樹叢、石洞內爬了出來，第一次看到飛機的詹佳看到頭頂上龐然大物以及炸彈爆炸時的天搖地動，嚇得始終躲在樹叢內不敢出來。

「飛機飛走了，大夥都沒事吧？」陳立桐拍拍身上的塵土。

「程屠夫未免太惡毒了，竟然派出飛機轟炸我們！」心有餘悸的黃孝海不放心地盯著天空，生怕飛機返回來。

「放心啦！飛機不會再飛回來了，我們繼續趕路吧！」陳立桐一副很有信心的模樣。

「我看咱們也不急於一時半刻，再躲一會兒比較妥當。」唯一打過現代戰爭的淺野知道飛機的威力。

「這兩部飛機不是衝著我們來的，他們是國民黨空軍，專門飛到蘇區投炸彈。」

「可是這一帶山區已經屬於梅縣，梅縣又不是共產黨管轄的蘇區，他們把炸彈丟在這裡，除了把山壁炸出個洞、把果樹燒個精光以外，根本沒有多大意義啊！會不會是飛行員把地圖與座標搞錯了？」淺野想半天也想不出轟炸的理由。

陳立桐回答：「你們有所不知，這些國民黨的轟炸機，從贛州機場起飛以後根本不會往西飛到蘇區，而是往南飛到汕頭，表面的任務是飛到蘇區的中央進行轟炸任務，實際上是運送蔣幫[26]的物資到汕頭去盜賣。」

「江西最值錢的是鎢礦，什麼軍閥戰爭、紅白軍內戰，說穿了根本只是鎢礦的爭奪，蔣幫利用剿匪軍的飛機，表面上是轟炸任務，但其實是載著鎢礦去汕頭輾轉賣到海外，又要裝載炸彈又要載鎢礦，轟炸機的油箱根本不足夠，所以飛機一起飛，飛行員就隨便找個地方把炸彈扔一扔，一來執行了轟炸任務交了差，二來減省油料，讓載滿鎢礦的飛機有足夠油料飛到汕頭機場。」陳立桐繼續說道。

「最可憐的就是這一帶山區的人民，在家裡睡覺或在田裡幹活，莫名其妙地被炸死，成爲腐敗軍隊的無辜冤魂。」

黃孝海嘆了一口氣，停頓了半晌後好奇地問：「你又不是當地農民，怎會知道這些機密呢？」

陳立桐雙手合十，嘴中阿彌陀佛唸唸有詞後，帶著罪惡感的口吻回答：「不瞞您說，負責把蔣幫所盜賣的鎢礦運到海外不是別人，正是我們商會。」

「妳還認得路嗎？」黃孝海一把擰起躲在樹叢內不敢出來的詹佳。

強打起精神的詹佳點了點頭，黃孝海黃生廣叔姪倆抬起二重吉統的擔架大聲吆喝：「繼續趕路吧！」

輪船的甲板、船艙擠滿搭船到基隆的人，十之八九都只買單程票，他們來自於生存條件惡劣與人禍頻仍的老舊國度，絕大多數的人不懂什麼是胼手胝足，更不會去吹噓什麼男兒志在四方的扯淡，他們只是爲了吃飯，吃一碗可以讓他們活下去的飯。

野心勃勃卻又重情重義的黃孝海、隨波逐流不善變通的黃生廣、拄著拐杖從鬼門關前逃過一劫的二重吉統、個性敦厚的八叔，還有驚魂未定的女僕蔡禾子，幾個人從船艙的窗戶死盯著早已離開視線甚遠的汕頭港，彷彿擔心大陸那一頭的鬼魅魍魎隨時會跟著他們飄洋過海。

只有詹佳捧著船上配給的伙食，她細細品嘗米粒的韻味，津津有味地扒了一碗又一碗的白飯，打從一出生就歷經父母雙亡、流離失所、四處乞食的她，從未吃過如此香甜乾淨的米飯。

「小老闆，到了基隆以後，天天都能吃到這麼好吃的大米嗎？」詹佳幫黃生廣添了一碗飯後問道。

黃生廣聳聳肩表示不知道，他不知道的事情可多著呢。他是一九三〇年代從江西逃到台灣的一萬個移民（不包括非法移民）的其中一人，而一九三〇年代一共有一千個棉被師傅從江西逃到台灣。

這些都只是順利逃到台灣的幸運兒，逃難過程中，其他被殺害的、餓死的、病死的、被軍隊強行綁架走的、掉到山谷裡摔死的、跌落深潭淹死的、被國共軍隊大砲炸死的、在大海裡淹死的、在汕頭港被人蛇集團拐騙到東南亞當奴工的，不計其數。

根據非官方的統計，一九三〇年代第一次國共內戰期間，江西一省棉被工廠百分之百付諸一炬或搬遷到海外地區，九成以上棉田任其荒蕪，九成以上打棉被師傅從此永遠離開江西，江西一省的國民生產毛額在短短的六年間減損了百分之九十，通貨膨脹高達萬倍。

黃生廣閉上雙眼，不想再回頭。背後的世界離他越來越遠，從嶺背村一路經過龍南、梅縣到汕頭，整個世界陷入一個巨大空白，除了一片死寂沒有人煙，除了處處殺戮沒有生氣，吊死在廟埕前的隔壁村村長、被強徵拉夫至今生死未卜的哥哥、梅縣山區死於無辜轟炸的堆堆白骨、滿臉皺紋裹著小腳哪都跑不了的老母，爲了幾兩銀子就可以大開殺戒的白軍軍閥……那個世界在船的後方越來越遠，最後只剩下海平面上的小黑點。

26　一九三〇至五〇年代國民黨政權的通稱。

冷咻咻的海風灌進船艙，黃生廣把從老家帶出來梨木彈棉彈弓握得更緊了。對基隆這個港口的第一瞥，是一抹飄忽的模糊畫面，隨著雨霧在風中來回搖曳而顯得忽遠忽近，東北季風捲起的浪花暴怒地拍打海岸邊的山脈，遠眺岸上的都市彷佛置身於一堆白霧當中。

黃生廣坐了三天兩夜的船，直到輪船快要進港，才敢上甲板看清楚他這輩子從未曾看過的海洋。讓他驚嘆的並不是眼前波濤洶湧的怒海，而是不遠處那座五光十色、繽紛亮麗與充滿新式建築物的城市——基隆。

「一位農民、一畝棉田、一條泥路、一座村莊、一個希望。一位商人、一間店鋪、一條海路、一座城市、一個希望。不同的人、逃難的人、打拚的人、想活下去的人、活不下去的人……幾十年在我的眼前來來去去。就這樣，你外公飄洋過海來到基隆，走進了我的生命。」講了大半夜的話，疲累不堪的二重羽子慢慢沉睡了。

第三部——
基隆商社的唐山師

1 基隆義重町。文化衝擊

一九三二年春節，全球依舊籠罩在經濟大蕭條的陰影，但日本卻比歐美列強提早走出經濟衰退泥沼，透過日圓貶值，以及開發滿州國刺激內需的政策，日本的紡織業在前一年就已經躍居全球第一，尤其是紡織業中的棉被業。

日本本土沒有生產棉花，再加上對滿州軍事擴張所增生的軍用與民用大量棉被需求，這些訂單源源不斷地湧進台灣，尤其是台灣最重要的港都基隆。一九三二這一年，基隆的經濟成長率竟然創下高達百分之十以上的亮眼表現。

大年初五，基隆義重町[1]街上熱鬧極了，從北側靠近港邊的哨船頭開始，一直延伸到田寮港兩岸，滿滿的參拜逛街人潮與攤商，一路擠到奠濟宮[2]前。

田寮港另一端的人潮湧進金刀比羅神社、奠濟宮這頭，鼎盛的香火燭光讓人忘卻冬天深夜應有的寒冷。街道掛著成串的燈籠，從哨船頭到奠濟宮的商家全數點起電燈，門口供著各式貢品，線香裊裊，穿著各種應景討喜的紅色制服商人賣力地叫賣著，田寮港兩岸方圓數里內宛如不夜城，到處可聽到一陣又一陣、各式各樣的台灣傳統歌仔戲戲台叫唱聲、叮叮咚咚的銅鑼和打鼓聲。

初五是迎財神的日子，商店街上到處都有以財神爲首的隊伍，跟著財神後面的有踩高蹺、舞龍舞獅、跳喇嘛、大頭人等各式陣頭，陣頭內還有各式各樣戲場裡頭的人物，一隊又一隊扮財神，吹吹打打招搖過市，向商家討紅包。

田寮港另一頭的金刀比羅神社則擠滿了參拜祭神的日本人。不論是台灣人還是日本人，到了晚上，整個基隆的人似乎全都跑出來了，全家大小、年輕男女、成群的孩子在筆直劃一的商店街上逛街購買零食。

和奠濟宮前的台灣河洛人有著明顯的反差對比，日本人到神社參拜是完全沉默不發一語。日本人並沒有干涉台灣河洛人固有的宗教信仰，以至於到一九三一年，日本雖然已經統治台灣三十五年之久，但在台灣的日本人與台灣人，依舊有著險峻的文化種族鴻溝，只是險峻歸險峻，在高度經濟發展、社會繁榮與穩定秩序下，殖民者與被殖民者之間早已不再劍拔弩張，有些慢慢融入台灣社會的日本商人，甚至也開始跟著拜起財神爺。

從汕頭出港搭了三天兩夜的船來到基隆，黃生廣卻無福目睹基隆迎財神的熱鬧繁華。因爲根據日本政府規定，凡是入境台灣的中國人，如果無法提出打過預防針的證明，就必須在港口旁邊的醫務室強制施打各種傳染病的疫苗，除了天花與霍亂以外，還必須視狀況施打其他傳染病疫苗。十個施打預防針者中大約會有一個在兩天內出現發燒嘔吐全身無力的症狀。更別說這群來自中國衛生醫療最落後的江西地區莊稼漢，從小到大別說打針，連西藥都沒看過吃過，一時之間當然承受不了各種抗生素的過敏後遺症。

不過幾十個渡海而來的黃家壯丁，也只有黃生廣出現這種症狀，所幸海叔已經事先預告會有這種症狀，否則四肢無力連走路都需要別人攙扶的黃生廣，一定以爲自己染上什麼重病。

1　今天的義二路。

2　今天的基隆廟口。

黃生廣被安排在羽二重商社位於義重町町尾的棉被倉庫休養，經過一天一夜，身體總算燒退可以略微伸展手腳，負責照顧的詹佳，也忍不住好奇跟著大夥到巷口的田寮港畔去看熱鬧的迎財神。

倉庫位於羽二重商社老闆家主屋的後頭，靠近田寮港畔。倉庫正門口並非一般道路而是座小型的卸貨碼頭，棉被從碼頭裝上小船，經過田寮港到基隆港灣可直接開到大型商船船邊，再搬上船運往日本內地或東南亞。後門與主屋之間有個拱型玄關，亮著一盞小小昏黃色的燈，倉庫四周撒滿了石灰防止蟲蟻入內啃食棉被，倉庫有幾扇窗格子形狀的細長窗子，窗台邊躺著幾條懶洋洋的灰白色雜種貓，一陣陣貓的叫春聲喚醒了躺在床上的黃生廣。

在江西老家的棉被店鋪與倉庫同樣也養了十幾條貓，全世界做棉被生意的商家都必須飼養大量的貓，以防止老鼠入侵啃食棉被或棉花。聽起來惱人的貓叫聲對他而言卻是再熟悉不過，他鼓起勇氣起身伸展已經躺了一天一夜的疲憊身軀。

醒來時第一個映入眼簾的，是漆了灰色三合土的高聳天花板，天花板懸著一只灰暗的燈泡，顯得冷冷清清，房間約數百坪，周圍堆滿了他所熟悉的棉被和半成品的棉團、被套。他的額頭上放著一個濕濕溫溫的東西，伸手一摸，原來是毛巾。

他緩緩地撐起上半身，環視這個陌生的倉庫內部，他呼喚了詹佳幾聲，久久聽不到回應，雖然海叔有交代他盡量別亂跑，但此刻乾渴難耐的他不得不走出倉庫大門，想找些水來喝。他看見門口的田寮港，彎下腰打算淘幾口河水止渴。

突然一陣他完全聽不懂的話從主屋二樓傳了過來，他好奇地轉頭，倉庫後門的主屋二樓，有個看起來年紀很輕的小女孩對著他大喊：「你是日本人嗎？」

那小女孩用日語問他，黃生廣搖搖頭表示聽不懂，接著那小女孩改用台灣話：「你是新來的唐山師嗎？」

這下黃生廣就聽得懂了，黃生廣的媽媽是從福建漳州嫁到江西黃家，從小到大耳濡目染下也聽得懂一些粗淺的台語。

「水是鹹的！不能喝！」那小女孩用台語對他喊著。

原來田寮港只是一條人工運河，從基隆港邊沿著義重町畔開挖，河裡的水是來自基隆港的海水，初到基隆的黃生廣當然不曉得。

「你等我一下！」站在主屋二樓的小女孩說完之後便一溜煙跑到倉庫門口的碼頭旁邊。站在黃生廣眼前的小女孩穿著和服，肩頭披著像小毛巾似的東西，清楚地看到她的耳垂與臉頰因爲太冷而凍得通紅。她一手提著一只大燈籠，赤裸的腳上穿著木屐。五官清秀，肌膚雪白。

「唐山師，你叫什麼名字？」小女孩大大的眼睛直盯著黃生廣瞧，她的眼角有點下垂，睫毛的影子落在鼓鼓的腮幫子上。

黃生廣不知道自己名字的台語發音，只好用江西話回她：「阿廣！」

「ah gon？你叫阿五？是不是你排名第五啊？」[3]

黃生廣搖搖頭用生硬的台語回答：「不是五，是廣，廣東的廣。」

那女孩聳了聳肩表示聽不懂：「你是不是想喝水？我帶你去喝。」

渴得要命的黃生廣跟在小女孩後面，走到倉庫旁邊的角落，只見小女孩伸出手扳轉著一支鐵製的横槓，一股清水就從橫槓下方的鐵管內源源不斷地流出。黃生廣好奇地望著眼前這根出水的鐵管，彷彿小女孩變了魔法讓水立刻從這麼小的鐵管流出來。

黃生廣當然不知道這叫做水龍頭，基隆在一九〇〇年左右便有了自來水，而別說家鄉江西，整個中

3　gon 與日文的五發音接近。

國的自來水，在一九三〇年代也只有很少數的大城市內才有。

「你肚子餓嗎？」小女生從和服前襬的小口袋內掏出一個小小的盒子，她仔細地從盒內挑出一顆糖，剝開有天使商標的包裝紙後遞給黃生廣。黃生廣看著手上這顆乳白色硬梆梆的東西，東摸摸西聞聞，一陣乳糖香味撲鼻而來，整天沒有吃東西的他飢腸轆轆地把整顆糖吞了下去，硬邦邦的牛奶糖卡在喉嚨裡吞也不是吐也不是。

小女孩見狀大笑說：「不是這樣吃的啦！」她又掏出一顆牛奶糖送到自己嘴中，示範給黃生廣看後又掏出一顆給他。

雖說在老家江西于都，黃家也算是個大戶人家，但飲食上也只是圖個溫飽，偶爾幾天吃上幾兩豬肉而已，頂多在年節吃上幾口沾著糖粉的麻糬就很不錯了。而且老家這幾年陷入戰亂，黃生廣上次吃甜食已經是好幾年前了，更別說品嘗牛奶糖這種精緻糖果。

「這是什麼？」黃生廣狼吞虎嚥地吃下整顆牛奶糖，還把包裝紙上殘留的糖舔個乾乾淨淨。

「森永牛奶糖，是我阿伯從內地寄來送我吃的。」

第一次嘗到如此甜美滋味的黃生廣忍不住流下淚來，小女生看他哭出來，一臉惶恐地問起：「不好吃嗎？」

「這麼好吃的糖，如果我老母也能嘗上一口，該有多好？」孝順的黃生廣吃到好吃的東西總是會想到留在老家的母親。

「你老母沒跟你來基隆嗎？」小女孩好奇地問著。

黃生廣搖了搖頭。

「至少你阿母還活著，我的阿母幾年前就死了。」小女孩講到阿母兩個字便稀里嘩啦哭了出來。

苦於對台語的不熟悉，黃生廣不知道如何開口安慰，聰明的他用猜也可以猜得到眼前這位日本小女孩肯定是新老闆二重先生的家人：「妳叫什麼名字？」

小女孩哽咽地回答：「羽子。」

黃生廣念了幾次：「wu ko！」完全不標準的發音讓羽子破涕為笑。

就在羽子想要糾正黃生廣的發音之際，田寮港的對岸傳來轟隆轟隆劈里啪啦的一連串巨大聲響，黃生廣聽到聲音，立刻抱起羽子朝倉庫旁邊的石柱後頭躲了起來。

「你弄痛我的手了！」羽子大叫。

「小聲一點，別讓人聽到。」在內戰頻仍的江西活了十幾年的黃生廣，早已練就一身躲藏的好身手。

羽子睜大了雙眼看著一臉驚恐的黃生廣，還以為他正在玩躲迷藏的遊戲，早就忘記她被黃生廣捏得紅腫的手臂，津津有味地陪他躲在石柱後面。

黃生廣聞到從對岸飄來陣陣的煙塵味，耐心地等了將近一刻鐘，直到煙塵味慢慢退散，才躡手躡腳地從石柱後走出來，趴在地上觀察田寮港對岸的狀況。羽子也學他趴在碼頭旁邊，根本就不是什麼軍隊開槍交火，原來是迎財神的隊伍所放的鞭炮，黃生廣鬆了一口氣爬了起來。

羽子哈哈大笑地吵著：「再玩一次！再玩一次！」

這時候黃生廣才回過神來，原來自己眞的已經逃離那個戰亂的家鄉來到台灣，看著對岸的迎財神陣頭發起呆來，他發誓再也不想回去那個天天陷入戰火的遙遠故鄉。

主屋大門口傳來人聲，羽子趕緊往回跑，一邊轉頭回來對黃生廣說：「別跟任何人說我跑來和你說話的事情，我爸爸不喜歡我和唐山師走太近。」

羽子全名是二重羽子，年紀只有十歲，是羽二重商社社長二重吉統的獨生女。她的母親來基隆沒多久就因病過世，據說是不習慣基隆的潮濕氣候。幾年下來，父親始終沒有再娶，除了因為忙於擴展棉被事業台灣、日本、中國三地奔波外，當時日本內地的名門閨秀根本不想從日本嫁到台灣來，而在台灣的單身日本女人又不多，婚事就這麼擱著，為了照顧年幼的羽子，二重吉統聘請了台灣當地女人，也就是蔡禾子來照顧羽子。

說也奇怪，羽子和蔡禾子倒也相處融洽，感情宛如母女，有人就勸二重吉統乾脆明媒正娶把蔡禾子娶進門，但礙於當年殖民者對台灣人的歧視心理，除了少數一些社經地位卑微的日本人，日人與台人之間婚嫁並不常見。不過，這些都只是表面理由，真正的理由是二重吉統早就心有所屬，內心早就被一個從學生時代愛戀至今的祕密情人所占據。

身爲江西黃家棉商的大掌櫃，海叔花了將近一年的時間，把黃家在江西廣東的整個家產搬來基隆，包括幾部剛買不久的機器、存放在汕頭台灣銀行的黃家所有積蓄，甚至幾十個年輕力壯的黃家壯丁。在老家，海叔被家鄉的人視爲敗家子、日本人走狗，但海叔是爲了黃家棉被生意與整個家族的長遠發展，才忍痛下了這個決定。

一九三〇年代，日本與亞洲國家之間的戰爭惹毛了英美列強，經常被美國警告要施以經濟與物質的制裁，日本未雨綢繆，於是利用台灣作爲海運與貿易的轉運站，藉地利之便與人力充沛，大力在台灣發展許多戰略物資產業，棉被與棉花就是其中一項。

棉被與棉花是相當重要的戰略物資，除了作爲軍隊的軍需與日常必需品外，棉花還有很重要的軍事用途。因爲棉花具有迅速燃燒的特性，大量使用於早年的槍枝大砲中，棉花浸濕後捆成一團一團還能抵擋子彈，在軍事防禦工事上比沙包更具抵抗力。此外，醫務兵所使用的繃帶與止血帶也需要棉花。

於是日本政府從一九二〇年代末期，就選定台灣作爲棉花的種植基地，當時棉花的主要供應地有印度、中國的江西、安徽，以及美國。中國江西、安徽一帶受到國共內戰波及，貨源幾乎完全中斷，印度的棉花雖然品質較好，但必須從英國人控制的麻六甲海峽運送，而美國棉更是日本棉商心中的最痛。羽二重商社之所以陷入炒作棉花的鉅額虧損，根本的原因就是美國爲了懲戒日本發動暗殺張作霖皇姑屯事件[4]，對日本實施了棉花禁運的經濟制裁所致。

台灣的氣候其實並不太適合棉花種植，棉花開花的季節最怕碰到下雨，但偏偏棉花開花的時分恰好碰到台灣的颱風季。

不過山不轉人轉，台灣當局研發了一種可以提前在四、五月開花的棉花，於是選中了台灣西部如台中大安、彰化和美、雲林虎尾和台南苓仔寮等降雨量最少的地方開始種植。

苦於棉花來源不穩的二重吉統見機不可失，在虎尾一帶開墾棉田。但是因為棉花並非台灣的固有作物，一時之間找不到具有種植棉花經驗的佃農，且棉花的種植與開採需要的人力相當多，隨便幾十公頃棉花田所需的人力是相同面積稻田的好幾倍。當年美國南方的棉花田就是因為需要大量人力，才會到非洲捕捉黑人，源源不斷地送到美國南方當黑奴，可見棉花栽種是件需要大量人力的工作。

日本官方與二重吉統都急著想要在最短的期間內完成棉田的開墾與種植，所以把腦筋動到了中國江西的棉花農身上，於是這些急著想要逃離內戰的大批棉農被一批又一批地引進台灣。

一九二〇至三〇年代，台灣對中國移民的管控十分嚴格，除非是公務或經商，尋常中國平民很難取得入台許可，更別說護照。但日本政府為了加速棉花開墾，於是開了一個方便之門，允許商社引進具有棉花種植經驗的農人，這也許是台灣史上第一批有系統引進的外勞。

另一方面，海叔鑒於中國時局不穩戰亂頻仍，也急於想把黃家的家產與生意移到海外，便和熟識多年的同學二重吉統合作，透過日本產業政策的方便之門，把黃家的棉花事業和家丁們全部搬來台灣。[4]

其實在這之前，江西就有許多棉被師傅與棉農透過偷渡的管道來到台灣，但海叔不願意幹這種偷雞

4　一九二八年。

摸狗的事情，他想要光明正大地來台灣賣棉被。從小在上海讀書且留學過日本的他，視野與想法自然比一般偷渡的唐山師傅來得遠大，他不單單把棉花農與棉被師傅帶來基隆，同時還把黃家剛從德國進口的最新型棉被機器，以及做生意最重要的資本——銀圓外匯與黃金一口氣全部搬到基隆，企圖和老同學二重吉統合作，躋身全亞洲數一數二的棉被商社。

海叔藉由機器設備與資本入股的方式，取得羽二重商社三分之一的股權，他希望藉由這種最新的股份制來改變黃家棉被生意的運作模式。

他不苟同中國人的傳統觀念，如家族優先或「寧為牛首不為人後」的迷思，他知道整個家族的經商方式需要徹底改變。雖然在外人眼中，海叔的做法好像是寄人籬下，但他很清楚，一個古老的家族事業到海外發展，必須和當地人充分合作，就算整個黃家只擁有三分之一的股份，但只要經營得當，所有族人獲得的報酬是遠遠大於窩在老家坐困愁城。

羽二重商社的股東有三方人馬，社長兼會長二重吉統有百分之四十，黃家有百分之三十三，東京總社占百分之十，台灣銀行占百分之十，掌櫃（亦即財務經理）與取締役等一些日本人則占了剩下的百分之七。

海叔為了打破傳統的家族觀念，黃家百分之三十三的股份中，海叔個人占百分之十一，身為家族真正繼承人的黃生廣分配了百分之十一，其他百分之十一則平均分配給一起來基隆的黃家家丁們，每人大約有千分之五到千分之八。

在分工方面，二重吉統負責管理、出納與銷售，海叔負責棉田種植與棉被製造。兩年前黃家開始幫羽二重商社代工，兩人就已經合作無間，且經過海叔拚了老命營救身陷險境的二重吉統，兩個人之間的默契與情感更是進一步提升到宛如異姓兄弟。

羽二重商社的主屋位於義重町田寮港畔，旗下有四家店鋪，分別位於基隆港邊的哨船頭商店街、奠濟宮旁邊的町家、義重町，以及香港，棉被工廠坐落在田寮港的尾端，距離主屋與倉庫約有一、兩哩路。

原本應該被安排到工廠工作的黃生廣，因爲過年期間工廠休息以及打預防針所引起的身體不適，才破例先安排在主屋後面的倉庫住上幾晚，二重吉統看到黃生廣已經完全康復行動自如，便叫海叔帶他到工廠安頓。

別看二重吉統和海叔情同手足，但他爲了保護自己的女兒羽子，幾乎不允許商社的唐山師傅靠近主屋一步，他的觀念中，中國人是群野蠻不衛生的民族，他不願意讓獨生女在中國人或台灣人的環境中長大，能夠離得越遠越好。但是話說回來，主屋內卻住著女僕兼奶媽的蔡禾子，以及海叔，顯示出二重吉統個性上的矛盾。

二重吉統堅持要求海叔一起住在主屋，他希望海叔可以隨時在他的身邊出意見甚至幫忙下決策，如官方政策的改變、訂單的處理、船運海運甚至與客戶之間的糾紛往來，幾年下來，他在事業上，甚至生活上已越來越依賴海叔。

二重吉統是日本東京二重商社已故社長的么子，二重商社在日本算得上是數一數二的紡織公司，具有兩、三百年的歷史，身爲么子的他不願待在法定繼承人哥哥的底下，不願受到羈絆且具有開拓性格的他，十年前毅然決然離開家大業大的東京老家，表面的理由是替家族開拓台灣的事業版圖，其實是不願待在死氣沉沉的大家族中寄人籬下。

「海叔，你們回來了！」黃生廣原本在江西老家就對這位家族中的實際大家長十分敬畏，畢竟，都是他一手讓整個黃家免於受到戰火波及。

「阿廣，在台灣人面前別叫我海叔，我在這邊的名字叫小賀。」海叔笑著回答。

「小賀？」

「我的名字孝海用客家話發音就是小賀，叫小賀在台灣話的意思是有擔當、有勇氣。」對於小賀這個名字，海叔感到十分滿意。

「叫小賀！叫小賀！阿廣，我們總算把大家都送到台灣來了，叫我小賀！收拾包袱，我帶你到宿舍去。」在祭典中喝了點酒的海叔顯得意氣風發。

黃生廣跟著海叔沿著田寮港往上游走去，迎財神的活動已經結束，夜間的河流十分寧靜，走著走著天空飄起細雨。基隆是世界上有名的雨港，特別是冬天，下雨是常態，不下雨才是怪事。

黃生廣突然尿急解下褲頭對著田寮港解放，海叔見狀神情嚴肅地問著：「阿廣，我問你，你是想當個普通的唐山師傅還是想學我或二重社長當個大商人？」

突然板起臉孔的海叔讓他嚇了一跳，不知道爲什麼問起這麼嚴肅的話來。

「聽清楚了，如果你想在基隆這個先進的地方當一個商人，你必須先做到四件事情。」

「哪四件事？」

「第一，天天洗澡，月月刮鬍剃頭，不能在路邊大小解。第二，半年內學會日本語和台語，從今以後別再開口講江西土話。第三，所有的工作，沒有做完不能休息。第四，隨時看錶注意時間。」說完後遞了一只老舊手錶給黃生廣。

「這是我當年在日本讀書時買的，從今天起，你必須隨身帶著，隨時知道時間。」

海叔的四個要求清楚道盡了文明與落後之間的鴻溝。

「我知道了，海叔。」黃生廣改口用台灣話回答。

黃生廣望著河邊一排排整齊劃一的灰瓦房舍，腳底踏著用瀝青鋪成的平整道路，前方不遠處層層山峰，在現代的路燈照明下，雨中仍然清晰可見，身後的山頭傳來基隆神社的陣陣鐘聲。

「阿廣，看看你的手錶，是不是已經半夜十二點？」

小時候在學校曾經學過如何看錶看時間的黃生廣看著手錶，點了點頭。

「每年過年或祭典的日子，日本人的神社會在半夜十二點準時敲鐘，一分一秒都不差，你要學著點。」

2

基隆棉被工廠。伸展

工廠位於距離義重町主屋大約兩、三哩路外的曙町[5]。之所以會把工廠蓋在這裡，主要是因爲曙町除了緊鄰田寮港運河以外，這裡有一條輕軌鐵路直通山上的三爪子[6]，瑞芳深澳坑、大寮與三爪子所開採出來的煤礦，可直接由索道與輕軌鐵路運到田寮港運河。

一九一四年這條輕軌鐵路通車後，許多工廠爲了就近取得煤礦方便，紛紛在位於田寮港運河尾端的曙町設置工廠。由於工廠林立，位於田寮港運河南岸的曙町便吸引了大批從瑞芳、萬里、金山來的勞工定居於此，再加上北岸的義重町的日本商人與官員，田寮港運河南岸的天神町[7]漸成爲基隆當年最熱鬧的地方，甚至還有提供商人官員交際飲酒作樂，有藝妓作陪的高級料亭，靠近山邊的小巷弄也有數十間領有「檢番[8]」許可執照的妓院。

大年初五工廠大門深鎖，海叔從旁邊的側門進去，領著黃生廣來到一棟磚造的一樓平房，敲著門大叫：「菜刀！開門！」

沒多久屋內傳來一陣咒罵聲和拖得長長的木屐聲音：「幹你娘！蝦咪郎？大過年半暝來弄門。」

「我小賀啦！」

開門的人叫做蔡伯鴻，外號叫菜刀，是羽二重商社工廠的領班，雖然只是領班，但廠長只是個提供技術指導的日本教授，工廠管理的實際負責工作都落在菜刀身上，他是一個矮小結實、三十幾歲的男人。

二重吉統剛來台灣創業時，當時只是個打棉被師傅的菜刀就已經進商社工作，幾年下來，羽二重商社能從剛開始的小量手工製棉到近兩、三年的大量機器生產，他可說是整個工廠的功臣，他的姊姊蔡禾子正是二重家的女僕兼管家，在海叔還沒出現在商社之前，菜刀可說是二重吉統相當倚重的老臣，只是待久了不免恃寵而驕，對於黃孝海這個外來者始終有股敵意。此時，滿臉惺忪一頭亂蓬蓬黑髮的菜刀，眼睛銳利地看著門口的黃孝海與黃生廣叔侄倆。

「原來是小賀，半夜你不去陪社長喝酒聊天哄他開心，跑到我這間破宿舍有何貴幹？」菜刀的話中帶有譏諷海叔不過是個只會拍馬屁、逗老闆開心的弄臣的強烈暗示。

「上個月那批新開棉機，試車還順利嗎？」海叔不想理會菜刀的譏諷。

「哼！我們不眠不休搞了一個多月，哪像有人成天只會到處亂跑。」

黃孝海不想深究菜刀的實問虛答，反正他前幾天一回基隆就已經先到廠房巡視了一遍，菜刀雖然不太理睬他的管理，但好歹也是個負責任的工班頭頭，從中國運來的開棉機、打散機、半自動縫紉機等機器運作起來確實沒有多大問題。

「來！阿廣，我來介紹，這位蔡桑是工廠的領班，你以後就在工廠裡頭好好做，我沒有多少時間可以照顧你。」

「蔡桑，你好！」黃生廣用日本人致敬的方式對著菜刀行最高敬意的鞠躬禮。

5　約為今天的基隆田寮運河尾東明路一帶。

6　今天的猴硐。

7　現在的劉銘傳路一帶。

8　妓女管理所。

「夭壽死囝仔，死人出山才要鞠躬，你是懂不懂啊？」菜刀的話始終沒有好聽過。

「菜刀，這個孩子就拜託你了！」海叔伸出手握住菜刀的手。

「厲害嘛！你知道我不喜歡日本人那套，就用阿兜仔握手禮數。」菜刀不知道是吃了什麼炸藥，反正就是一張尖酸刻薄的嘴。

「小賀，你明知道商社已經改成機器生產，你還介紹唐山師來我這裡，想要白領商社的月給[9]嗎？」

「以前來的那批江西唐山師，不是吃不了苦，就是不會操作機器，走的走，剩下幾個沒走掉的簡直是來混飯吃的。」菜刀抱怨起來。

「菜刀，那批唐山師不關我的事情，別忘了，那一批是你介紹進來的。」海叔不甘示弱地提醒他。

兩年多前，商社的訂單開始多起來，當時工廠還沒有完全改成機器生產，菜刀透過往來的煤礦供應商久年炭礦會社找來一群來路不明的中國打棉師傅。但這些師傅的素質低落，根本無法勝任，商社不得已才把訂單轉給江西的黃家，這才真正開啓了兩個家族的密切合作關係。

被刺到痛處的菜刀畏畏縮縮地抬起目光幹了幾聲：「是啦！你小賀講得都對！」

安頓了行李，海叔把黃生廣叫到門口改用江西話說：「我過幾天還要去香港一段期間，你好好在工廠學習這些機器，我沒有多少時間陪你，你好自爲之，有什麼問題的話直接去找社長，知道嗎？」黃生廣聽到這番話，眉頭皺了起來。

「其他人不住在這裡嗎？」

「小三子派去店鋪當夥計，八叔一批人到虎尾的棉田去種棉花，其他的人統統被我打散分派不同的活。」

「詹佳呢？」黃生廣吞吞吐吐地把心中的疑惑問出來。

海叔笑開來：「原來你不是煩惱其他兄弟，而是煩惱你的女人。詹佳被社長留在主屋幫忙家事，蔡禾子這趟跟著社長到汕頭，聽到社長被綁架，在汕頭被嚇得心神不寧，回來後就臥病在床，老闆體諒她的辛苦，叫詹佳住進主屋幫她工作。你也清楚得很，本來商社給海關的入台護照申請名單上並沒有詹佳，台灣這邊不准中國單身女人入台，她是花了一些錢買通海關辦事員才能夠跟過來，現在她是個沒有身分的人，爲了安全起見，她還是留在主屋比較好，否則到處亂跑，被日本的警察抓到可是一條大罪。」

「對了，你跟她還沒有眞正逗陣吧？」海叔心血來潮問了起來。

「什麼是逗陣？」

「開臉的台灣話就是逗陣，只是她那麼小，應該……」

洋派的海叔比較不忌諱這類話題，反倒是從小在窮鄉長大的黃生廣保守許多，提到這種話題開不了口，只能搖搖頭來回答。

「沒有就好，我不管那個詹佳和你之間有什麼瓜葛，記得，如果你有朝一日想要成爲體面的大商人，那種鄉下姑娘玩玩就好，知道嗎？」說完後從口袋裡掏出一疊紙鈔遞給黃生廣。「先給你幾十塊錢台幣，夠你買衣服逍遙快活個把月了。想要女人，工廠旁邊巷子走到底就有一堆女人可以玩，等你大一點，我會幫你討門有家世的體面媳婦。」

「可是……」

海叔打斷他的話後把聲音壓到低得不能再低地告誡他：「你得在幾個月內把所有新機器的操作都學會，這樣我們才不會受制於別人。還有，工廠的帳務、原料的進項和倉庫的存貨，好像怎麼兜都兜不起來，你要好好仔細幫我盯著，腦子裡別成天都想著女人。知道嗎？」說完後便急急忙忙離開工廠。

9　月薪的台語，老一輩台灣人比較常用。

工廠的夥計絕大部分都是住在附近的當地基隆人，所以住宿舍的只有菜刀領班和另外幾個從萬里庄來的年輕工人。因為工廠大年初八才開工，其他人回鄉下過年還沒回來，偌大的宿舍只有菜刀和黃生廣倆人。

菜刀從宿舍的雜物堆中東挑西揀翻出兩套衣褲：「這是商社的制服，你們唐山仔大概不知道什麼是制服，只要你是這間商社的雇員，不管你是學徒、師父、粗工還是帳房、辦事員，甚至社長，一律要穿著乾淨整齊的制服。」

說完之後把制服扔給黃生廣：「你馬上把它洗乾淨，明天一早就要開工，我的工廠不允許有不穿制服的懶爛粗工。」

黃生廣在老家從來沒有自己洗過衣服，當場傻眼不知如何是好，印象中媽媽與詹佳都是把衣服拿到河邊去洗，只好依樣畫葫蘆抱著兩套髒到已經發霉的制服到工廠門口的田寮港邊洗。

日治時期基隆的治安很好，別說盜匪小偷，連夜半喝酒鬧事都會立刻遭到盤查甚至逮捕，當然，過年和祭典的日子，只要不是現行犯或通緝犯，警察與保正[10]會睜一隻眼閉一隻眼。

除了偷渡客以外，台灣的日本政府對於人口與移民政策管控相當嚴厲，尤其是對支那來的人，若不是透過正常法律管道，一律逮捕並在最短的時間內遣返。所以日本統治台灣的五十年內，來自台灣人所謂中國大陸的比率與人數相當低。

沒多久，就有巡邏的保正來盤查半夜在田寮港洗衣服的黃生廣。當時基隆市中心已經完全鋪設從暖暖水庫供應的自來水系統，除了附近瑞芳萬里八斗子的偏遠鄉下或山區外，早就沒有人會在河邊洗衣服，更何況田寮港運河的水是引自基隆港，除了搞不清楚狀況的支那偷渡客以外，沒有人會把衣服拿到田寮港來洗。

不會說日語，加上情急之下連原本會使的簡單台語都忘得一乾二淨，巡邏的保正二話不說立刻拿出捆繩把黃生廣綁走。直到被押到派出所，黃生廣才想到自己身上帶著入台證，急忙掏出來給派出所的巡查。巡查一看入台證上的保證人是二重吉統與羽二重商社，打了通電話到羽二重商社店鋪，把顧店的掌櫃與二重吉統叫到派出所來。

沒多久，二重吉統、海叔與商社掌櫃帶著商社關防印章來派出所辦理保釋手續，氣急敗壞的派出所巡查對著二重吉統拍桌大罵：「你們商社的唐山羅漢腳仔，三番兩次地給我惹麻煩，你如果不能好好管住他們，我會通報上頭把你聘請的唐山仔全部遣送回去。」

原來，一個多月前不顧道義在汕頭先跳上船跑來基隆的小三子等人，一下船步出海關後，語言不通、路不熟外加沒人通報商社的辦事員去帶領，一群人在基隆港口與火車站之間東闖西逛，連方向都搞不清楚，闖進火車站的鐵軌。完全沒看過火車的他們，不知道地上那兩條長長的鐵軌與旁邊的枕木是所謂的鐵路，還有人坐在鐵軌上把玩起枕木，看到質地良好的枕木，幾個打棉師父宛如挖到至寶，想要把枕木拆下來當彈棉木弓的材料，還沒動手拆鐵軌之前就被鐵路警察逮個正著。

由於二重吉統遭到綁架，比預定返台時間晚了一個月，商社這邊的人也沒接獲有中國契約工會自行搭船來基隆的通知。於是小三子等人被抓到派出所整整關了大半個月，直到派出所從台北找來會講江西話的翻譯，以及從他們身上搜出汕頭領事館合法發放的入台護照文件證明後，這才通知商社來保釋接人。

派出所的巡查長即便看到親自前來保釋黃生廣的二重吉統與海叔，依舊板起一張嚴厲的官僚臉孔，日治時代派出所的巡查長權力相當大，連面對在基隆商界排名前十名的大商社老闆，同樣不假辭色地訓

---

10 相當於現今的村、里長。日治時代，十户為一甲，十甲為一保，保正為一保的民政事務管理人。

話起來：「好好約束你們羽二重商社的中國雇員，如果再發生第三次這種無賴行為，別怪我向上呈報。」

二重吉統鐵青著臉坐在派出所的沙發上不發一語，倒是在旁的海叔從頭到尾立正站好說笑賠罪。

好不容易挨了幾十分鐘的疲勞轟炸可以保釋放人，派出所巡查長最後卻對著海叔撂下一句話：「小賀啊！內地的最新命令已經頒布了，凡是擔任台灣日資商社的正副會長社長、取締役（董事）以及掌櫃（財務主管）必須歸入日本國籍，你如果不趕快申請入日本籍，想擔任商社副社長與取締役，是絕對過不了民政廳那一關的。我好意告訴你，你自己看著章程辦事吧！」[11]

步出派出所後，海叔原本以為二重吉統會像前幾天保釋小三子等人一樣，大發雷霆一頓，沒想到二重吉統卻意外地和顏悅色，用簡單的台語問：「阿廣，肚子餓嗎？」

身體不會騙人，黃生廣不用回答，肚子就已經咕嚕咕嚕地叫著，他其實已經一天一夜沒吃任何東西了。

派出所位於哨船頭靠近義重町的街廓，雖然已經過了午夜一點，沿路叫賣宵夜的小屋台[12]、小居酒屋的客人依然絡繹不絕。哨船頭連接基隆港，基隆港可說是全亞洲唯一的不夜港，除了來往日本中國東南亞的定期客貨輪船以外，還有歐洲、美國甚至中東非洲的貨輪，即便是半夜都有許多貨輪裝船卸貨或等著領航員小船帶領出港，船員與旅客二十四小時不分晝夜地出沒在哨船頭碼頭附近的街上。

狼吞虎嚥一口氣扒下三碗飯後，黃生廣這才娓娓道來整件事情的始末。海叔聽完之後忍不住破口大罵：「這個菜刀不好好安頓新來的工人就罷了，還把阿廣耍得團團轉，前兩天還騙新來的唐山師跳進田寮港洗澡，還好巡邏的巡查與我熟識，否則又得勞師動眾地去派出所保釋。」

「小賀，話也不能這樣說啦！菜刀這個人心胸雖然狹隘了些，但他絕對沒有歹意，應該只是想開開玩笑。」二重吉統想替老是搞小手段的菜刀開脫。

「開玩笑？我帶來的人個個被他愚弄，每個都鬧到了派出所，他根本就是要趕走我帶來的人！」海叔氣沖沖地頂了二重吉統回去：「不然是怎樣？他們福佬人看不起我們江西老表！」

「沒那麼嚴重吧。」二重吉統拍了拍海叔的肩膀。

「要不是看在你的面子上，我們黃家在中國，什麼場面沒看過？這趟汕頭行你應該見識過，為了生存，殺人放火，我都不會皺半個眉頭。我散盡家底買的整套德國機器，菜刀給我一擺就是好幾個月，別說開機，連試機都不願意試，你知道整套機器的保固期間是兩年，德國商社做事情一板一眼的，它才不管你要不要開機試機，若過了兩年保固期才發現問題，誰要出那筆貴死人的修理費？菜刀要出嗎？」海叔氣到把保釋單朝地上用力一甩，一拳朝二重吉統臉上揮了過去，幸好他們已經離派出所很遠，否則要是被巡查長看到，海叔可是吃不完兜著走。

完全聽不懂日語，黃生廣連勸架都無從勸起，只能牢牢地緊抱海叔，別讓他再有揮拳的機會。

白白挨了一拳，鼻血直流的二重吉統並沒有生氣，嘴角還露出微微笑容說：「我們上一次痛快打架已經是二十年前了。」

還沒等海叔氣消，二重吉統立刻接著說下去：「小賀，我知道你是因為入日本國籍的事情發愁，如果不入籍，你就不能擔任副社長與取締役，沒有副社長的頭銜與股份，你就指揮不了整個工廠，指揮不了工廠，你的機器就等於拱手讓給別人。」雖然經常在中國日本兩地跑很少親自監督工廠運作，最近更是差點被綁架丟掉小命的二重吉統，腦筋卻是十分清醒。

11　日本統治台灣，一九三〇年為重要分水嶺。在一九三〇年後舉凡想擔任日資商社高級幹部、派出所巡查長以上警官、中高階公務人員、大學教員、醫生、承攬公家業務之商社幹部等身分皆須入籍日本，且須改為日本姓氏。到了一九四〇年更將範圍擴大到中小學教員、大學學生、基層公務人員、基層巡查、所有商社的高級幹部等職務，許多台灣人或中國來台移民為了生計不得不被迫改姓日本姓氏。

12　路邊攤。

「我還以爲你都不知道呢！既然你知道，爲什麼不好好把工廠整頓一番？這個年過完以後，從滿洲國來的新訂單陸陸續續就會湧進來。」漸漸氣消的海叔掏出手帕小心翼翼地擦拭著二重吉統嘴角的血。

「別忘了我們說好的，工廠是歸你管，我可不想處處用社長的身分干預。」

二重吉統接下海叔的手帕仔細把玩：「質料很不錯，哪來的？」

「汕頭，汕頭的絹絲是全中國質料最好的，這次我順便帶了兩個汕頭師傅回來，打算開一條絹絲被單的生產線。」一講到工作的海叔總能立刻抽離情緒。

「小賀，別說爲了我，你把整個家當都搬來台灣，也得替你們幾十個黃家的家丁著想。就算你入籍日本，還是不折不扣的漢人啊！」二重吉統舉了一大堆從日本中國移民到美國後取得美國籍的例子想說服黃孝海。

「可是美國人不會強迫別人改姓吧！」海叔一語點出日本人對於國籍概念的偏頗與狹隘。

「我記得你當年在學校學商業管理的時候，還告訴我商人無祖國的先進觀念，你沒有忘記吧？」

海叔嘆了一口氣：「商人可以沒有祖國，是我的國家太弱，不值得依靠，但商人不能沒有祖先啊！換成你到中國做生意，被要求改姓漢人姓氏，你肯不肯？」

二重吉統毫不思索地回答：「我肯！」

海叔知道二重吉統不會對他說謊，但他也不想深究這種假設性問題的背後本質，畢竟自己面對的可是攸關生存的實質抉擇。他把整件事情的來龍去脈告訴在一旁發呆的黃生廣，問道：「換成你，你願不願意改姓？」

黃生廣總算弄清楚海叔發愁的原因，他和二重吉統一樣毫無懸念地立刻回答：「你不得不改姓。」

海叔沒想到從出生就一直待在江西那種落後鄉下的黃生廣，居然沒有濃厚的鄉土與家族觀念，感到十分訝異。

「海叔！幾十年來你很少有機會待在江西老家，你不太能了解那種睡覺睡到一半就被炸彈嚇醒，隨便一個軍閥帶著部隊就跑到村內洗劫，被迫當充員拿著槍，結果到戰場才發現敵軍原來都是自己的親戚、鄰居與同學。為了一斤米家裡的女人必須到省城或軍營中賣淫，為了一口飯男人必須跟著土匪到隔壁村殺人放火，只要可以不必再過那種日子，我什麼都願意！什麼改姓改國籍，那只不過是一張不能拿來當飯吃的紙張。自己是誰？自己姓啥？老爸叫什麼名字？自己心裡頭清楚就行。」黃生廣不用江西話而用生疏的台灣話回答，順便讓二重吉統知道自己立場。

一九二〇至三〇年代，台灣的日本政府對於入台中國人採用一種類似「華僑」的概念在管理，來台中國人除了短期逗留者以外，一律必須辦理戶籍登記，身分大多書寫著「中華民國」，與台灣人戶籍上常見的「福」、「廣」、「熟」[13]有所區隔。只是日本政府認定棉花、棉被屬於戰略物資，一方面採取寬鬆的勞工政策引進華籍季節工來增加產量，另一方面卻對經營者與出資者採取嚴格的身分管控，要不是黃孝海早年留學日本與日本頗有淵源，加上長期與羽二重商社有貿易往來，否則台灣當局根本不可能讓一個敵對國家的資本家來台灣，更別說擔任商社幹部。

沒多久，黃孝海便改名為「共田孝海」正式入籍日本國，爾後的十幾年內，有幾十萬個台灣人陸陸續續礙於生計改姓，因為日本人並沒有制訂姓氏的更改標準。

台灣人為了不忘本，多數用自己原來的漢人姓氏來創造日本姓，如姓黃的多半改成共田，姓陳的多半改成東成，姓田的改成本田，姓簡的改成竹間，姓周的改成田口，姓張的改成弓長等等。

13　「福」，自認祖先來自福建的台灣人；「廣」，自認祖先來自廣東的台灣人，也就是現在的客家人；「熟」，已開化的平埔族。

回到工廠宿舍已經半夜三點多，黃生廣怎麼找都找不到床鋪，只好從倉庫內取出幾條廢棄棉被裹著身體打地鋪睡覺。日本人家中或宿舍，除非有病人，否則尋遍了房間的每個角落，是無法看到床鋪的蹤影的。

日本人所謂的床鋪，只是在榻榻米鋪上厚重的棉被。有錢人自然可以一條條地鋪上去。棉被的種類款式很多，依氣候、身分不同而有大小材質的差異，甚至連被套針織花紋都講究尊卑，僕人有僕人專用的棉被與被套，絕對不能亂了套。

冬天還有一種「夜著」，一種外型跟和服類似，卻有著寬大袖子與外型的厚重棉被。天氣冷的時候，除了外面蓋條棉被下面鋪床棉被以外，身體還可以裹著「夜著」來禦寒。

房間內有一只快熄火的火盆，一把火鉗孤伶伶地插在那裡，空氣冷到極點，黃生廣呼地吐一口氣，氣是白色的。從地板下面竄上陣陣寒氣，受不了這徹骨寒冷，他起身到工廠找堆放棉花的地方，這是他在江西老家的習慣，棉被店什麼沒有，棉花、棉團最多，天氣冷的時候，縱身往棉團一躺，全身立刻暖和起來，宛如老家的酷夏。就這樣黃生廣度過了離家來到基隆的第三個夜晚。

黃生廣做了一個甜蜜蜜的夢，夢見昨晚在主屋見到的小女孩，夢見自己有吃不完的牛奶糖，牛奶糖的香味還是讓他餓到醒過來，雖然睡前吃了三大碗的白飯、味噌湯，卻彷彿已餓了一輩子，恍恍惚惚間聽到有人在喊他的名字。

「少爺！你是來做工還是來做客？」一大早，菜刀拿著掃把與水桶站在棉花倉庫的門口。

黃生廣看了看手錶才早上六點，雖然只睡不到三個小時，還是得從牛奶糖的幻想中清醒。滿身酒味的菜刀似乎忘了昨晚的惡作劇，催促著他趕緊上工：「你昨天什麼時候來的？」

雖然在老家大部分的工作都是打手工棉被，但也曾經到龍南的工廠見習過，知道工廠開工第一件工作是維持場所的乾淨，不容許地上有半絲棉絮與灰塵，否則機器一打開，會將灰塵髒東西吸進去破壞棉被的品質，於是他趕緊拿起掃把刷子水桶洗刷工廠的地板。

廠房裡頭的機器大致分成兩區，前面的一區有幾部比較老式的傳統開棉機和燃煤蒸氣機，後面幾部機器完全沒有開封，還放在墊高的木板上，只見到外層包覆防水油布，完全看不見機器的外型和構造。偌大的廠房花了黃生廣一整個早上清洗擦拭，而菜刀坐在接待室的椅子上翹著二郎腿看報紙。

「你在唐山是幹什麼吃的，只會洗地板，連天花板的蜘蛛網都看不到嗎？」菜刀一邊看著報紙一邊隨時找碴發飆。

幾個鐘頭的活做下來，餓得受不了的黃生廣忍不住問起：「工廠有飯可以吃嗎？」還處於青春期的他實在忍不住，兩眼盯著接待室桌上菜刀吃剩的飯糰。

「大過年，工廠煮飯的還沒上工，等掃完再帶你去吃飯。」菜刀故意拿起吃剩的飯糰往自己嘴裡塞。昨晚聽到海叔的叮嚀以及海叔與社長之間的對話，就算是笨蛋也聽得出菜刀在工廠管理的顢頇。黃生廣再怎麼土包子，好歹在老家也是小老闆，多少也知道工廠或店鋪總是有些瞞上欺下的牛鬼蛇神，對付這種地頭蛇，第一要務就是不要打草驚蛇。

既然決定裝笨裝傻，黃生廣故意拿著沾了清水的抹布作勢要擦抹開棉機與燃煤機。

「巴嘎野魯！住手！」菜刀急忙喝止黃生廣。

黃生廣裝出嚇了一跳不知所措的模樣看著菜刀。

菜刀拿起旁邊的掃把朝黃生廣身上用力打下去，邊打還邊罵：「巴嘎！誰告訴你機器可以用水洗！」一陣打罵後，菜刀從機器旁邊的木櫃上拿出一瓶油罐子，打開罐子後告訴黃生廣：「洗機器要用機油，知道嗎？」

黃生廣當然知道，只是他想要繼續裝傻下去：「為什麼？」問話的同時，他聞了聞油罐子內的油，雖然是裝傻，但也被眼前這瓶油給迷惑住。在江西老家，用來洗滌潤滑機器都是菜油，可是他眼前這瓶竟然不是菜油。

「莫非是豬油？」黃生廣心中嘀咕著，忍不住好奇心的他用手指頭沾了沾往嘴一送，一股辛辣黏稠的噁心感逼得黃生廣立刻吐了起來。

在一旁的菜刀看了哈哈大笑：「唐山俗！」

這回黃生廣眞的看傻了，當年就算整個中國，也沒人見過這種最新款的合成油。他用手指反覆沾了幾遍，發現這種油跟一般的菜油或豬油很不一樣，除了黏稠度較高以外，揮發的速度也不像菜油那麼快，沾在手指頭的油，幾個鐘頭下來依舊保持原狀。

決定繼續裝傻的他忍住好奇心不去提問這油的成分，反倒是菜刀得意洋洋地說起：「知道厲害了吧！這是從日本內地帶來，最新發明的合成油，朝轉輪與軸承滴上幾滴，機器開個三天三夜都不會卡塵。」

大開眼界的黃生廣簡直如獲至寶，在老家，雖然早已使用開棉機、打散機等機器，但因爲菜油揮發的速度很快，機器開個一、兩個鐘頭就得停下來重新上油，生產速度始終無法提升，以致於許多手工技術熟練的老師傅總老是對機器嗤之以鼻，認爲機器生產的速度並沒有比手工快，花大錢買機器簡直是浪費銀子。

看見土裡土氣什麼都不懂的黃生廣，菜刀以爲他只是個尋常江西老表粗工，頓時對他失去戒心：「阿廣！裡頭那幾台機器，你沒事別去動也不要讓別人碰，如果有人動那台機器，你要立刻向我報告，知不知道？」

「如果是社長呢？」

「社長？哼！他什麼都不懂，兔子一個……」菜刀把差點脫口而出的話吞了回去，從包袱內取出兩個飯糰遞給黃生廣：「吃飯啦！」

雖然比不上昨晚社長與海叔帶他去屋台吃的米飯，但幹活整個早上，黃生廣著實餓壞了，狼吞虎嚥吃了起來，感覺基隆的東西樣樣都美味極了。

「你和小賀是什麼關係？」菜刀試探地問起。

「小賀！你是說海叔嗎？他是住在縣城的頭家，我是他的佃農幫他種棉花。前一陣子他拿幾十塊錢給我，問我要不要來台灣做工，我們家鄉鬧共匪打內仗，那些錢夠我娘吃上一、兩年，所以我就跟著坐船過來。」黃生廣避重就輕地回答。

「你家裡頭還有什麼人？」

「我爸爸已經過世好幾年，哥哥被國民黨抓去當兵兩年多，完全沒有消息，還有一個尚未開臉的童養媳這次也跟過來，只剩下我娘一人在老家。」

「聽說你們一批幾十個人過來，其他人都去虎尾種棉花，爲什麼只有你一個被派到工廠？」菜刀不經意地試探著。

「前天早上一下船打了預防針，我立刻發冷發熱生起病來，他們說這是正常現象，只是必須休息，昏睡了兩天，昨晚醒來，小賀叔就帶我過來這裡，其他的事情我就不曉得。」

「你的媳婦是不是叫做詹佳？」菜刀突然想起前幾天他大姐蔡禾子提過，主屋來了一個幫忙做家事的新唐山娘。

黃生廣點了點頭，心裡有點忐忑，他擔心詹佳已經把自己的身分告訴了蔡禾子。

「蔡禾子阿姨是菜刀叔叔的大姊嗎？我在汕頭有見過她一面。」

「是啊！去汕頭大半個月，一回來就臥病不起，社長讓她回瑞芳老家休養，我等一下打掃完工廠還要回家一趟探望她。」菜刀這番話讓黃生廣放心不少，至少這幾天詹佳應該沒有機會和蔡禾子碰面講話。

「你晚上不要亂跑，今天晚上有幾個工人陸續過完年回來，我帶你去見識一下基隆。」卸下敵意與心防的菜刀，和尋常歐吉桑沒有兩樣。

突然間，工廠門口傳來匡噹匡噹的巨大聲響，伴隨著滋～滋～滋～的巨大機器摩擦聲，習慣活在江西戰場的黃生廣本能地反應，立刻躲到開棉機後面臥倒在地。

「哈哈哈！」菜刀越看越覺得黃生廣眞的只是個唐山阿炮仔。

所有從來沒看過火車的人都會和黃生廣一樣嚇得半死，基隆當時的鐵路除了有可以貫通台灣南北的縱貫線經過以外，基隆到宜蘭的鐵路早在一九二四年通車，而當時基隆還有三條由私人經營的輕軌鐵道，三爪子線[14]、金瓜石線[15]與金山線[16]。

沿著田寮港運河經過工廠門口的是三爪子線，除了載客以外，瑞芳、深澳坑、猴硐山區一帶開採出來的煤礦，也是透過這條輕軌鐵道運到田寮港運河旁。如此一來，山區的煤礦在短短的一個小時便可以運到羽二重工廠旁，供燃煤機使用。除了節省運費以外，羽二重和當時基隆幾家主要的煤礦礦主簽約，只要一通電報，短短一、兩個小時就可以把燃煤送到廠房內，而無須挪出空間來堆放煤礦。

黃生廣花了幾天時間搞清楚這種最新的「零庫存即時生產」道理，不得不佩服整個運輸生產體系的完整。老家雖然也使用機器生產棉被，但光是煤礦的運輸就得僱上大批工人，且堆積如山的煤礦庫存更是經常遭到小偷與土匪的偷竊搶奪，有時候還會引來正規軍隊的覬覦，國民黨軍隊往往二話不說就強搶老家倉庫內的煤炭。

菜刀派給他的工作是掃地、替機器上油與搬煤炭，如此過了兩個多月。直到有一天早上，清晨第一班運煤列車從山上的猴硐開下來，黃生廣照例在早上六點半拉著手推車在卸貨站旁邊等候，通常菜刀會跟著他一起來，菜刀負責驗貨點收，黃生廣負責搬運。只是這一天菜刀也許是昨晚喝太多，以至於一大早就跑了許多趟便所，運煤車卸下煤炭的時候，菜刀並沒有立刻跟出來點收。

「菜刀人咧？」送煤炭的礦業公司夥計問著。

「顏領班，蔡班長在便所，稍等一下。」商社的規定是只要是和業務往來有關的對話，一律得稱呼自己與對方人員的工作職稱，日本商社很重視階級與工作倫理。

「幹！我在趕時間，稍等還要送一批到哨船頭給海軍仔，菜刀是開查某中鏢還是滂賽啊？」顏領班看著手錶抱怨起來。

黃生廣心想既然已經搬了兩個多月的煤炭，和送煤炭的夥計也已經混出個臉熟了，於是便自作主張提議：「要不然我幫忙驗收好了。」

這話還沒說完，顏領班的臉色突然一沉，斥喝著：「猴崽子！你沒夠資格來驗收啦！」說完後鐵青著臉不發一語坐在路邊等菜刀。

不料，事後知道黃生廣自作主張的企圖，菜刀大發雷霆，趁晚上其他工人回家或睡覺了以後，把黃生廣從被窩裡叫到工廠放置垃圾的角落，拿起藤條狠狠地打了他一頓。

工廠的領班或師傅用體罰的方式教訓學徒工，這在當年可說是家常便飯，但通常是發生於學徒工犯錯或偷懶的時候，黃生廣不過只是體恤來往廠商趕時間的焦急而提出變通之道而已，卻引來菜刀如此激烈的脾氣。更讓黃生廣不解的是，第二天一大早菜刀臨時抽換了他的工作，搬運煤炭的工作換成別人，他則被調離工廠到山上去砍竹子。

不論是手工打棉被，還是半自動的開棉機，都需要大量的竹子。例如：傳送棉花過程的傳送機、棉花被壓成片狀時需要竹竿纏繞，開棉機打散的過程也需要資深的師傅拿著竹片去輔動調整……簡單來說，竹子可說是棉被廠的大量消耗品。砍竹子的活，黃生廣並不陌生，只是菜刀爲什麼要指派人生地不

---

14 基隆田寮港經瑞芳到猴硐。

15 瑞芳經九份到金瓜石。

16 基隆市區經大武崙到萬里、金包里。

熟的他去砍竹呢？

跟著廠內一位老師傅上山砍了幾天的竹子後，黃生廣便被要求自己上山砍竹。天神町的山上有片很大的雜林，翻山越嶺過去大約一天的路程便可以抵達今天的四腳亭，雜林的深處既沒有煤礦也沒有什麼值錢的樹種，可說是完全沒有開發，人煙罕至。雜林邊緣的竹子大多已經被砍伐一空，只剩下一些品質不好的竹子，從小摸著竹子長大的黃生廣當然看不上，於是膽子一橫便朝更深的山裡找尋竹子。

連續好幾天上山東竄西鑽的，總算在一處距離山下不遠的小山谷找到一大片野生竹林。他貪心地砍了十幾株竹子後，心想再砍反正也搬不下山，打算明天跟菜刀報告後多帶幾個師傅一起來砍，暮色將近也該回去了。

他站起來走出小山谷，沿著被灌木或草叢遮蔽的小路下山。走了一會兒，他聽到嘩嘩的濺水聲，向水聲傳來的方向望去，有個水很淺的小水潭，他看見水中有兩個女子，他不敢再移動半步，生怕人生地不熟的自己又被誤會成流氓無賴，扭送到派出所去，於是他小心翼翼地不讓對方發覺。

他好奇地從葉叢間隙中看到其中一位較年幼、背對著他的女子，沒穿上衣的裸體若隱若現。另一個比較年長的女人站在年幼女孩的面前，手上捧著很像芭蕉葉的大型樹葉，沾著混濁的潭水朝年幼女子身上潑灑。年長的女人穿著特異，口中唸唸有詞，雖然聽不清楚，但聽得出來並不是台灣慣用的台語和日語。一會兒，年長女人命令年幼女孩轉過身，同樣也用芭蕉葉沾潭水對著年幼女孩的後背潑灑。

黃生廣雖然只有十六歲，但早已嘗試過男女之間的性事，對於女人的身體早就不陌生，但血氣方剛的他還是忍不住盯著那女孩的乳房。很清楚是對年輕剛發育沒多久的乳房，形狀微凸，乳暈呈現白裡透紅的粉紅，和窯子那些人老珠黃廉價妓女的乳房很不一樣。

黃生廣慢慢撥開擋在眼前的樹葉，往女孩的臉孔一瞧，大吃一驚哇地叫了出來。這一叫當然讓水潭內的兩個女子全都聽見了，年幼的女孩羞答答地爬出水潭，抱著脫在潭邊的衣物躲進另一頭的樹叢，而那位年長的奇異女人則跳了出來，拿起放在水邊的一把鐮刀，朝黃生廣這頭的樹叢追了過來。

那年長女人怒目倒豎揮著鐮刀，黃生廣扔下好不容易採收的竹子拔腿就跑。倒不是怕那女人手上胡亂揮舞的刀子，而是擔心這出乎意料的可怕一幕給他惹來麻煩，因爲剛剛在水潭內脫衣洗滌身體的女孩子不是別人，正是商社老闆的千金小姐羽子。

「番姨啊！他是我家的唐山師，熟識的啦！」趕緊胡亂披上衣服的羽子顧不得害臊，從另一頭的樹叢衝出來喝止這位打算砍人的女人。

黃生廣見眼前這個叫做番姨的女人放下鐮刀，況且也已經被羽子認了出來，只好停下奔跑的腳步，向她行禮謝罪：「我只是剛好來這裡砍竹子，絕對沒有想要偷看妳們洗澡的企圖。」

只是他心裡不解的是現在又不是夏天，家裡有舒服的熱水可以洗澡，犯得著跑到山裡冰冷的溪邊嗎？當時，日本人多半有很強的衛生觀念，更何況是羽子這種富家女子。

叫做番姨的女人說：「你什麼都沒看到，知不知道？」

這哪裡需要提醒呢？這種在野外撞見女人洗澡的事情，尤其又是老闆的千金，傳出去的話，搞不好老闆爲了自己女兒名譽，犧牲的往往是無辜的下人。

只見接下來番姨開始語無倫次，夾雜各種語言對著黃生廣喃喃自語，歇斯底里地一溜煙就鑽進小徑，再也不見人影。

黃生廣硬著頭皮走到羽子的面前保證：「小姐，妳放心，我絕對不會告訴任何人。」

羽子一臉難爲情，手忙腳亂地整理衣褲裝出一副小大人的臉：「你保證？連阿佳也不能說！」羽子也已經知道住進二重家主屋當傭人的詹佳是他的妻子。

「放心啦！我和阿佳好幾天都講不上幾句話的。」對羽子的行爲滿腦子好奇的他忍了下來繼續問道：「小姐，妳先走下山，我一個鐘頭後再走，這樣就不會被撞見了。」黃生廣的心思十分細膩。

「哎呀！」正當羽子彎腰要撿小包袱，她痛苦地大叫了一聲後，蹲坐了下去抱著肚子發抖。

眼尖的黃生廣瞥見羽子的裙襬由白轉紅，鮮血從雙腿滲了出來。

「小姐！妳受傷流血了，是不是被那個番姨的刀砍到？」黃生廣嚇了一跳。

「不是啦！是我肚子痛流血啦！」

原來是羽子第一次月事來臨，從小媽媽就過世，家裡頭除了女傭蔡禾子以外沒有別的女人，其他女性親戚不是遠在日本，不然就是已和父親翻臉老死不相往來。這兩個月蔡禾子生重病回老家休養，接替的詹佳做起家事手腳俐落，但由於年紀還比羽子小上一歲，根本也不知道女人有月事這檔麻煩事。

今天一大早醒來，羽子發現自己下體流出一攤血，嚇壞了的她不知如何是好，父親恰好又去台北出差，茫茫不知所措的她只好跑到山上來找這位番姨。

這個番姨其實是尚未漢化的原住民，日治時代被稱爲「生番」，沒有人知道她到底從哪裡來，更不知道她到底遭遇什麼事情導致精神有點錯亂，跑到基隆天神町的山上。早些年她偶爾會出現在妓院區附近當站壁的流鶯，大多時間她的精神處於正常狀況，所以會在日新町山上一些廟宇打雜或擔任出殯時的孝女。

羽子從小就經常跑到山上來玩，早已認識這位番姨兩、三年，偶爾會帶一些家裡的糖果糕餅來給番姨吃，所以當羽子碰到人生第一件讓自己手足無措的事，求助無門的她第一個想到的人就是這位番姨。不巧的是，今天的番姨大概是瘋病發作，把羽子的初經視爲惡魔附身，非得要她在溪中沐浴淨身。

黃生廣聽了來龍去脈後，笑了笑地安慰羽子：「妳不是生病也不是被惡魔附身，這是月經，每個女人都有。」其實黃生廣也不是很懂，在老家時曾經聽過隔壁村窯子內的相好妓女說過幾次。

「可是，我的裙子都沾到血了，總不能這樣穿下山回家去吧？」

「我有辦法，跟我來！」

羽子想要爬起來卻感到一陣暈眩，雙腳根本使不上力：「我爬不起來……」

黃生廣心想再等下去太陽就要下山，乾脆把羽子背了起來，身強力壯的他一點都不費力。

「你剛剛說有辦法是什麼辦法？」羽子整個心思都在擔心自己流血的窘狀被別人看到，畢竟一下山就是人來人往的日新町，想躲都沒地方可以躲。

走沒幾百尺路，看到一處木造民宅，民宅內似乎毫無動靜。

黃生廣從窗子外朝屋內探頭探腦地：「這屋子的人不在家。」

大膽的他隨手偷了一件晾在庭院的裙子，便背著羽子朝竹林內逃竄，找到一處隱密處後把偷來的裙子交給羽子：「趕快換上。」

不好意思在黃生廣面前更衣，羽子只好將偷來的乾淨裙子直接套穿在沾滿經血的裙子外頭。

「有點大耶，它的主人應該是位胖女人吧！」羽子對於這條順手牽羊的裙子頗有意見。

「小姐，別嫌了，穿好之後趕快溜吧！」

「可是，你還是得繼續背我走！」其實羽子早就不會頭暈了，她只是想要享受這種指使別人的快感，以及那股年輕男人身上的汗水氣味。羽子從來沒有如此靠近男人。

羽子忽然問起：「你說這是正常的月經，可是總不能每次都得換褲子換裙子吧？你年紀比較大，應該知道這種事情吧？」

黃生廣被問倒了，雖然他早已清楚男女之間的種種，但是在老家那種資訊封閉的鄉下，一個尚未娶妻的男子怎麼可能懂這些呢？

「我是不知道啦！不過，我今天晚上可以幫妳問清楚，明天一大早妳去主屋後門倉庫邊，我會把打聽來有關月經的事情全部告訴妳。」黃生廣似乎知道該向誰問，一副了然於胸的模樣。

官府的問題找官府的官解決，金錢的問題用更多的金錢解決，女人的問題自然得找女人解決。黃生廣護送羽子回家後並沒有回工廠宿舍休息，而是朝著離宿舍幾條街外的日新町鬧區走去。

華燈初上時刻，日新町陸續點亮路燈，幾條熱鬧的街燈都模仿當時日本最熱鬧的東京銀座的鈴蘭通，在馬路架設兩排鈴蘭造型路燈，在單調的直立燈桿上，向道路伸出半月彎造型的懸臂燈座，彷如鈴蘭模樣維妙維肖。黃生廣鑽進小巷左拐右彎，走進一間門口掛著昏暗紙燈籠的平房木造房屋。

「美霞現在有走番嗎？」熟門熟路的黃生廣遞出五角錢給門口的媽媽桑，這家店鋪完全沒有招牌，是間不折不扣的私娼寮。

當時工人一日的薪資一塊錢，吃碗雜菜麵才兩角錢，在以勞工、礦工為主要客源的私娼寮來說，給個五角錢小費算是出手相當大方。見錢眼開的老鴇堆起笑容說：「黃大爺，美霞有閒。」

「美霞！老點指名！七番見客！」[17]長長的走廊滿滿都是拉長嗓門的媽媽桑餘音。

一、兩分鐘後，一個撲著濃妝有點年紀的女人，急急忙忙從後院奔跑出來，瞧見黃生廣後便嗲聲嗲氣地撒起嬌來：「這不是唐山師阿廣仔，我還以為別人呢，連續兩天來捧場，你是按怎？七早八早吃飯時間急著跑來套[18]丟猴？」

美霞端著臉盆裝滿熱水，牽著黃生廣的手：「走，七番房間，今日讓你套個夠。」

一進房間，黃生廣掏出一支「茉莉」菸請美霞，美霞熟練地點起紙菸笑著：「難得你還記得我喜歡吃茉莉菸。」美霞津津有味地呑吐起來。

「甲意整包拿去！」早在江西老家就已經會一些台語的黃生廣，來基隆幾個月下來，台語已經說得十分流利。

「我今日不是來套，是想要問妳一些問題。」

這種私娼寮的客人都是來匆匆去匆匆，進了門就想脫衣辦事，聽到黃生廣想問問題，美霞立刻提高警覺心：「按怎？你是來查戶口，還是來找我談戀愛？我只會收錢辦事，其他我統統不知道。」

經常跑妓院的黃生廣當然知道規矩，立刻掏出一塊錢給美霞：「一塊可以買好幾節了，夠妳陪我聊天吧？」見美霞收下了錢，便一五一十把羽子碰到月事的情況簡單地講出來。

「妳看，這款病要不要去看先生[19]？換成是妳，妳是怎麼處理的？」黃生廣問得很認眞。

美霞哈哈大笑差點沒被香菸嗆到：「你是來說笑話給我笑，有夠好笑！」

聽到這番揶揄，感到惱怒的黃生廣一把搶回剛剛打賞的一塊錢：「妳若不想講，我找別番的問。」

什麼都可以開玩笑，可絕不跟錢開玩笑！美霞連忙搶回一塊錢後正經八百地回答：「你可以叫你妹子自己縫製月經帶，只要月事一來，就把月經帶墊在底褲裡頭。」美霞看黃生廣傻楞楞的模樣，乾脆把自己褲子脫下，從床底下拿出一條乾淨的月經帶，親自示範給他看。

「比較有錢的女人會上街買月經帶，用過後洗一洗晾乾，等到下個月再用。」

「可是，要上哪買這種月經帶呢？」黃生廣似懂非懂地問起。

「找菜市場那些幫人縫補衣服的歐巴桑買，只是你一個男人去買，恐怕她們不會理你。這樣吧，如果你妹子急著要用，我這裡有幾條乾淨的，算你便宜一點啦。」

說完從床底翻出四、五條月經帶後繼續說：「這幾條算你五角錢就好了！」美霞一副趁火打劫的模樣。

「拜託，幾條破布要賣五角錢，妳是土匪啊？」黃生廣想要討價還價。

美霞故作哀怨地嗲聲回他：「我是出外的辛苦人，加減賺一手，你大爺就別跟我計較那麼多了。」

心知肚明的黃生廣也得掏錢出來，但免不了酸她幾句：「眞的很會做生意。」

美霞一邊數著錢一邊開懷地笑著：「反正我褲子已經脫了，你要不要加減爽一下？」

---

17 意指安排到編號七號的房間，讓美霞去接指定要她服務的老客户。

18 套就是台語發洩的意思。

19 先生在台語的意思是醫生。

正感覺股間血氣正要燃起之際，隔壁房間傳來一陣陣喝酒划拳的聲音。

「隔壁是在幹嘛？」黃生廣覺得有點煞風景。

「隔壁是大間房，除了床鋪外，還有一張大桌子可以順便喝酒辦桌菜。黃老闆，你要不要喝個酒？我可以幫你叫一桌菜來，我店內的桌菜燒酒很便宜。」美霞想趁機敲冤大頭一番。

「安靜！別吵！」隔壁傳來的說話聲音聽起來很耳熟，黃生廣仔細一聽原來是工頭菜刀和賣煤炭商社的顏領班。

「原來你甲意這味！」美霞笑得很淫蕩，她誤以爲黃生廣喜歡偷聽偷看別人的顛龍倒鳳。

「聽說小賀快要取得日本官府的批文，批文一下來就立刻擔任你們商社的副社長與取締役。」聽到顏班長講到小賀這兩個字，黃生廣耳朵豎了起來。

「哪有可能？日本官廳從來不會同意中國阿山仔擔任商社的幹部啦！」菜刀斬釘截鐵地回答。

「這是從我們商社的社長那邊聽來的消息，應該不會錯才對。」顏班長很肯定。

「所以呢？」

「咱們的事情要趕快進行，要不然那個小賀一旦正式上任，立刻會要求開封那批德國機器，事情就掩飾不了了。」聽得出來那個顏班長有點著急。

「沒關係，我自然有辦法。」菜刀的聲音聽起來很篤定。

「別臭彈[20]，你有什麼辦法？」

「我們工廠不是來了一個新的阿山仔師，就是前幾天負責搬煤炭的那個，我過兩天故意升他的職，然後要他在機器簽收單上簽字，到時候就算小賀發現裡頭的馬達與軸承不見了，也是由他來擔責任。」

聽到菜刀的詭計，黃生廣氣得臉色鐵青。

「你不怕萬一大家對質起來，沒人相信是他偷的怎麼辦？」顏班長這種顧慮其實也很有道理。

「只要他簽了字，我叫幾個流氓把他押到八斗子海邊，然後來個死無對證，反正工廠裡頭，唐山師偷了錢偷搬原料逃跑這種事情也不是第一次發生了。」雖然沒聽到菜刀打算叫流氓怎麼辦，黃生廣心裡頭可清楚得很。

「就算可以躲掉責任，可是短期間內我們也無法變賣那部馬達，你總不能在山上挖個坑埋起來吧！」

「不用煩惱，那部馬達我已經藏在阿蘭那邊，過年前我不是在社寮買一間房子給阿蘭住嗎？你不說我不說，誰知道馬達藏在那邊。」菜刀有點得意忘形，講話越來越大聲。

「小心隔牆有耳。」

還想繼續聽下去的黃生廣靠到美霞的耳朵旁邊小聲吩咐：「妳假裝叫床，叫大聲一點，我再賞妳一塊錢。」

美霞聽到一塊錢，別說假叫床，連眞叫床都肯。

菜刀兩人聽到隔壁的叫床聲，似乎放心不少，嘰嘰喳喳地又聊了大半天，直到他們房間傳來喘息的叫床聲，黃生廣才對美霞比出停止叫喊的手勢。

「夭壽！這一塊錢眞難賺，足足叫十分鐘，害得我快要失聲。」美霞氣喘喘地主動從黃生廣口袋掏出一塊錢來。

「黃大爺，你認識隔壁番的人客？」美霞壓低聲音問起，黃生廣點點頭：「那個菜刀是我的工頭領班。」

「如此說來，你也是日本商社的有錢阿舍囉？」美霞思考事情都站在金錢的角度，她以爲凡是在日本人商社做事的個個都是有錢人。

20　台語吹牛之意。

心事重重的黃生廣隨便嗯哼應付一聲，美霞不死心地繼續講下去：「你工頭菜刀不知道是不是眼睛塗到蛤仔肉，竟然看上我們店裡那個長得一臉死人樣的阿蘭，花了一千塊幫她贖身，還在社寮買一間房子給阿蘭住。黃大爺，你如果不棄嫌，只要花五百塊錢就可以幫我贖身，每個月給我……」

「等一下，你剛剛講到阿蘭……」黃生廣打斷碎碎唸個不停的美霞。

「阿蘭，好命的阿蘭，我和她從瑞芳同一個庄頭來基隆，做夥在日新町這一帶賺吃好幾年，總算碰到願意包養她的頭家，好命阿蘭啊！」嘴巴講得羨慕，但只要不是聾子都聽得出美霞滿肚子的妒火與怨懟。

「好啦好啦！有機會我也會幫妳贖身，不過要等我發財以後。」黃生廣突然心生一計。

「哼！十幾歲的猴死囝仔，也跟著學別人那種空嘴薄舌。」這種空話美霞可聽多了。

「我是沒辦法包養妳啦，不過，有外路仔[21]讓妳賺，一次二十塊，妳賺不賺？」黃生廣掏出二十塊錢在美霞的眼前晃啊晃。

「我不管是外路仔還是內路仔，有路就加減賺啦！」美霞伸手想要拿走那疊錢，黃生廣機伶地把手縮了回去。

看著眼前晃動的紙鈔，美霞的眼睛好像噴出火來不安地扭動著身體。

「妳帶我去阿蘭那間位在社寮的房屋，我就給妳二十塊錢。」

「世間哪有這麼好康的事情？」貪心歸貪心，美霞腦筋清醒得很。

「我們一起去阿蘭家，妳找個藉口約她出去吃宵夜，兩、三個小時後再放她回家，妳就可以輕輕鬆鬆賺到二十塊錢。」

「你想要幹什麼？去她家偷東西嗎？打死我都不幹。」日治時期對於小偷的處罰相當嚴厲，警察抓到小偷會先毒打一頓，被打到斷手斷腳十分常見，連把風的同夥也一視同仁。

「妳貪財，我怕死，我保證不會在阿蘭家偷東西。」黃生廣見美霞猶豫不決，再掏出三十塊錢：「總共五十塊錢，肯不肯？」

五十塊錢迅速卸下美霞的心防：「還要加上買我今天晚上的出場節數。」五十幾塊錢台幣在當時約等於一個普通公務員兩個月的月薪，換成今天的幣值大約是新台幣二十萬元[22]。

社寮就是今天基隆的和平島，其開發的時期比基隆還早，十七世紀起就有來自中國大陸的漢人來此開墾。到了日治時代，日本大商社三菱株式會社來此投資成立台灣船渠株式會社，爲台灣第一座現代化的造船廠，海軍也在此設立砲台要塞與船舶修繕港口，吸引許多勞工與軍屬來此定居。

菜刀頗有生意眼光，看準社寮地窄人稠的特點，在這裡買了三棟房子並分割成好幾個單位，出租給從其他鄉鎮湧來造船廠打零工的工人，這些投資的金錢來源是見不得光，菜刀只好透過被自己贖身的私娼阿蘭幫忙收租管理。

果不其然，偷偷摸進菜刀買給阿蘭的房屋的黃生廣，立刻在客廳就看見兩部偌大的軸承馬達，黃生廣膽子一橫走進臥室一看，有各式各樣燃煤機的內部精密零件、開棉機最重要的分離捲軸。

黃生廣一看恍然大悟，菜刀之所以遲遲不願意簽收那幾部德國進口的機器，是因爲他已經私自拆下裡頭最值錢，包括馬達與分離捲軸等零組件。消息靈通的菜刀原本以爲老闆在汕頭已經遇害，於是想要私下盜賣這些從德國進口的最新型機器。但沒想到老闆居然活著回來，菜刀只好先將這批贓貨藏在自己買給阿蘭的房子裡頭，找個替死鬼把帳賴一賴，等到風聲一過，再拿出來賣。

和菜刀勾結的正是煤炭供應商社的顏領班，幾年來，菜刀從羽二重商社偷來的機器零件與各種原料，全數透過顏領班幫忙銷贓。這個顏領班大有來頭，他是基隆首富顏家的遠房親戚，爲人幹練且處事八面

21　台語，本業以外的額外收入。

22　一九三〇年代，住一晚台北最頂級的永樂旅館要價約十塊錢。

玲瓏深受顏家器重，除了負責銷售煤炭的業務以外，也經手一些島內外貿易生意。

海叔幾乎散盡家產所購得的幾部德國機器，光是最新型的馬達與軸承，拿到上海或大阪轉手至少就可以賣出兩、三萬塊錢台幣，如果讓菜刀得逞，少說也可以在基隆買下一整排七、八間店面。

黃生廣不敢輕忽，僱了人力車從社寮火速趕回義重町的老闆主屋，顧不了什麼禮數直接衝進海叔的房間，把海叔從被窩裡挖了起來，一五一十地把自己看到與聽到的稟告，臉色越來越鐵青的海叔隨手抓起一件外套說：「走！立刻到工廠看！」

清明節的前一天晚上，連少數住在工廠宿舍的工人都返鄉掃墓。菜刀大概還在某個居酒屋和顏領班續第二攤，不然就是溜回社寮的房子找阿蘭溫存了，工廠空無一人。

海叔用刀片割開尚未開封的機器的防水布，在工具盒中找出十字起子卸下一根又一根的螺絲，打開機器外蓋後，果然發現裡頭的馬達與軸承已經不翼而飛，不死心地又連續拆開其他開棉機、分離機與燃煤機，除了馬達與軸承以外，所有機器的重要零件幾乎不見蹤影。這時候聽到消息的二重吉統也取消出差從台北趕回來，看著一部部被偷到只剩外殼的機器，氣得說不出話來。

海叔把黃生廣在阿蘭屋內看到的情況向二重吉統說了一遍：「他剛剛在菜刀屋內花了點時間仔細數了一遍，被偷走的零件應該都還沒賣掉，如果趕快去追回來，這些機器應該可以恢復原狀，只是得花點時間重新裝機調整一下。」

氣到有點失神的二重吉統不禁亂了分寸，喃喃自語地問道：「我們現在該怎麼辦？」

海叔與黃生廣不約而同地脫口而出：「立刻報警！」

接到羽二重商社社長親自報案的電話，派出所所長不敢怠慢，立刻兵分二路，一方面把工廠圍住不讓閒雜人等進入。另一方面由所長會同二重吉統、海叔與黃生廣等人，火速趕抵社寮把阿蘭的房子團團圍住。

吃完宵夜的阿蘭一回家就被巡查逮個正著，從屋內起出大大小小十多批精密機器零件，社寮附近的人很少看到連基隆派出所所長都親自上陣的場面，頓時把兩間房子圍了個水洩不通。

還沒有離去的美霞，站在圍觀人群中看著聲淚俱下嘶吼喊冤的阿蘭被巡查抓進警車，眼睜睜看著這一切嚇得不知所措，眼尖的黃生廣瞥見人群中的她，低著頭默不吭聲地走進她的身旁。

「做得好，美霞。」聽到黃生廣的聲音，美霞嚇了一跳，忍不住哭了出來：「這麼多巡查來抓她，阿蘭到底是犯了什麼法？」

黃生廣又從口袋中掏出二十幾塊錢塞在美霞的手中，悄悄地提出警告：「妳先找個地方躲起來，三個月內不要出現在基隆，知不知道？」美霞收下錢後沒作聲、沒道謝，低著頭默默地從人群中消失。

從人群中默默消失的除了美霞以外還有菜刀，他嫖完妓打算回家，遠遠便瞧見一大堆警車與巡查包圍住他的房子。喝了一整個晚上的酒，總算還保持一點清醒，看到這種大陣仗，他二話不說立刻掉頭溜之大吉。

其實黃生廣早在一個月前便隱隱約約知道菜刀經手的煤炭有問題，菜刀和送煤炭的顏領班勾結，以多報少送的方式中飽私囊，也就是羽二重帳上每次買進十噸，但顏班長其實只送九噸過來，兩人朋分這一噸的差價。反正公司的煤炭完全不擺庫存，每天的進貨全部立刻送進燃煤機內當作燃料，只要菜刀把持住驗貨這一關，事後根本找不到任何證據，因爲不管有沒有短少，煤炭早就燒成縷縷白煙死無對證。

幾十年後的台灣地方政客，最喜歡搞放煙火，理由很簡單，煙火一放一燒就沒了，事後就算派神仙來查帳也查不出個所以然來。

其實這也只能算菜刀倒楣，偏偏碰到了解這種「吃黑」把戲的黃生廣，別說每次短缺一噸，連差個幾斤，黃生廣無須秤重，只用目測就可一眼識破。這種吃煤炭差額的勾當，黃生廣在江西老家早就已經抓了好幾回吃煤炭空缺的帳房，只要逮到，先用家法朝身上幾十鞭伺候過去，打殘了就放過一馬，沒打殘的則扭送官府，通常少說得關上三五年。

中國很大很亂，黑吃黑的夥計只要能夠逃出老闆的地盤，便可以逍遙一輩子。反觀日本統治的台灣，有翔實的戶政系統，嚴密的保正組織和密不透風的警察通緝網，除非菜刀可以躲在山裡頭自給自足或是跳到大海游泳到中國，否則只要被通緝，逮捕歸案只是時間的問題。

雖然讓菜刀溜了，逮捕顏班長卻是順利許多，帶到派出所，還沒有用刑就一五一十全部供了出來。原來除了黃家最新的這一批機器外，之前二重吉統從日本帶來的許多機器，甚至連棉花、棉被，都被菜刀偷走，透過顏班長的管道盜賣。如果發覺紙包不住火，菜刀就會故意找碴逼走一些唐山師父，然後一股腦地把短缺的帳全數賴給離職者。

臨時把幾個住在附近的工人叫回工廠，折騰了整個晚上，才搬回那些失而復得的機器零件。然而海叔卻當著大家的面把黃生廣訓了一頓：「整件事情到此爲止，別到處張揚，知道嗎？」

黃生廣愣住，明明自己立了大功，幫商社找回最精密的機器，並揪出與外人勾結貪汙的內賊，海叔竟然無動於衷，還一副好像黃生廣雞婆多事的態度。

所有事情都有其本質，所有問題的解決方式說穿了只有一種，偏偏這些簡單的事情遇到商人與政客，本質也好解決方法也罷，都只是秤斤論兩的過程。

俗語說：「走硬的，打得碎。走軟的，滲不透。」

海叔搞低調擺低姿態的原因只有一個，他正在等三個人上門，果不其然，天一亮，其中兩個人便急急忙忙地來到主屋敲門拜訪，他們整夜都沒闔上眼睛。

第一個上門的是煤礦公司的顏社長，穿著一套正式場合才會穿的三件式西裝，得體的打扮顯示出這位在基隆喊水會結凍的巨商對這起醜聞的重視。

眼前這位台籍社長，除了擁有基隆、台北幾十家株式會社外，還擔任基隆評議會議員、多個商業公會的會長，以及幾個日本大財閥如三井、藤田、住友在台灣的貿易代理人。二重吉統看到顏社長一大早便親自登門拜訪，嚇了一大跳，趕緊吩咐廚房準備飯菜。

「二重社長，不用客氣，我早就應該來拜訪你，只是你也知道，最近基隆升格[23]的事情花掉我太多時間……」顏社長礙於身分不願意直接表明立場。

在旁邊聽得早已不耐煩的海叔，直接打斷言不及義的應酬體面話：「派出所所長已經通知我們，貴社顏領班被逮捕，而且他也招認一切！後續的調查交給派出所去處理應該比較恰當。」

顏社長瞪了海叔一眼，在基隆就算是市長，也不敢打斷他講話，更何況只是個小小的唐山逃亡商人。他忍下這口氣直接挑明來意：「你們商社的機器反正也找回來了，這件事情是不是乾脆就私下和解？我不會讓你們吃虧的。」

站在顏家的立場，自己商社的業務與客戶的採購人員勾結坑吞客戶的錢，這種事情萬一傳開來，可不單單只是顏面的問題，還會讓所有往來客戶心生存疑，偌大的顏家產業所損失的信用恐怕難以估計，所以才會驚動社長親自跑一趟，低聲下氣地拜託對方。

「二重社長，我提議以後的煤礦售價按照市價打九折供應，以前和貴社簽的購煤契約，如果你們感到不滿意，可以作廢重簽。還有，我們會社允諾向你們下一千條夏天棉被的訂單，當作我們的誠意。」

根據當時日本在台灣的煤礦政策，台灣的商社一律得向台灣的煤礦會社購買煤炭。與當局關係良好的顏家掌握了北台灣一半以上的煤炭，在當時，煤炭可說是賣方市場，煤礦礦主開什麼價，下游廠商就得乖乖接受。

然而一九三〇年以後，日本已經掌握了中國東北的滿州，滿州開採出來的煤炭，不論品質還是價錢，都比台灣煤炭來得有競爭力。二重商社礙於官方政策和早年所簽的不平等購煤契約，面對更便宜、燃燒

23　基隆在日治時期的前期只是台北廳的支廳，一九三〇年代以後升格為基隆市，直接歸總督府管轄。

品質更佳的滿州炭，卻只看得到吃不到。顏社長開出這個條件，對羽二重商社而言簡直是天上掉下來的禮物，如果可以採用滿州煤或用市價的九折購買煤炭，一年下來至少可以節省一萬塊錢以上。

「社長的意思是我們別去報案？可是昨晚在社寮，少說有幾十個巡查以及幾百個百姓在現場，就算我們可以私下和解，派出所那邊願意嗎？」二重吉統反問。

「您考慮得很周全，不過那是我的問題，我會負責到底。能不能就按照我所開的和解條件，派出所所長已經在主屋門口等候您，所長會解答您的所有疑慮。」顏社長說完後遞出名片與連夜修改的購煤契約，對二重吉統深深鞠個躬，不等二重吉統便轉身走出主屋的客廳，一副好像事不關己的態度，留下不甚滿意的二重吉統。

「菜刀已經逮到了。」所長帶來這個消息。

「他老家在瑞芳的四腳亭，幾個小時前在四腳亭的山上被我們巡查逮個正著，只是我們沒有把他和同黨顏領班帶到派出所，而是帶到基隆港。」

「基隆港？」二重吉統感到不解。

一聽到基隆港便了然於胸的海叔笑笑地說：「如果正式逮捕他們兩人，等於對外公開這宗勾結貪汙的醜聞，最好的方法是讓他們兩人從此在基隆，甚至在台灣消失。」

「小賀副社長，你眞是聰明，羽二重商社有了你的加入，肯定會大發特發。剛才你們應該已經見過顏議員了，這件事情就這麼和解算了，市長那邊也不希望在他任內發生商業醜聞。」

於是所長把菜刀與顏領班送上開往中國汕頭的船，逼他們離開台灣，一旦離開台灣，沒有任何護照或旅行證件的他們，一輩子就再也沒機會踏上台灣一步，用意就是避免他們爲了打官司而到處聲張喊冤，影響顏家的信用。只是所長沒說的是，他們一旦踏上汕頭一步，那邊自然就有拿錢辦事的人「招呼」他們了。

「採購煤炭的事情可以私了，可是整批失竊的機器與零件可說是衆目睽睽下出現在菜刀的房子裡，人證物證那麼多，實在很難杜眾人悠悠之口。」二重吉統實在不想如此輕易放過菜刀。

「什麼菜刀？我只查到那間房子是登記在一個叫阿蘭的女人名下。派出所已經抓到阿蘭，她也承認偷了你們商社的機器，贓物也歸還給貴商社，這件事情就這麼結案吧！二重社長！」派出所所長故意嘶吼著嗓門，用意其實是想講給還在主屋門口，坐在車上的顏社長聽。

嗓門之大，別說停在二重主屋門口車子裡的顏社長，恐怕連遠在天邊的日本天皇都聽見了。

目送顏社長與派出所所長的車子離開主屋的視線範圍後，海叔拍拍黃生廣的肩膀：「你有沒有聽見我們的講話？」長輩對晚輩拍肩膀有著鼓勵打氣的意味。

黃生廣點了點頭。

「如果把事情鬧大了，別說和客戶、官府的關係鬧僵，連工廠的工人都會人心惶惶。」海叔趁機對他機會教育：「工廠上上下下幾十個工人，個個都和菜刀同事好幾年，有些甚至是菜刀的老鄉親戚。菜刀壞了事，他們之間也許有人曾經收過菜刀的好處，說不定有人還是吃黑錢的同夥，如果我們堅持要查辦到底，不管有沒有捲入其中，整座工廠上上下下一定是人人自危，惶惶不可終日，還開得了工嗎？」

「但是，顏社長開的條件好像沒有什麼誠意？」精明的黃生廣早就心算出新的合約並沒有帶來太大的利益，也彌補不了幾年下來被菜刀、顏領班貪汙的損失。

「不用太計較，你別忘了還有社寮那兩間房子，派出所所長已經斷定那是犯罪所得，要歸還給我們，過幾天記得去辦過戶，你我叔姪倆一人一間，千萬別告訴別人。還有，派出所所長以及官府也欠了我們一個人情，這款人情不是塞塞紅包就可以買得到呢！」這道理太過於深奧，年紀輕經的黃生廣實在無法體會，此時，他想起離開老家之前老母親交代的話：「盛世買房，亂世藏金。」

「社長桑……社長桑……我給你跪，我給你做牛做馬，拜託你饒赦我家菜刀。」一陣陣悽慘的哭聲遠在主屋門口的路上就傳進大家的耳朵。

第三個找上門的人不是別人，而是女僕蔡禾子。從跟著二重吉統到汕頭遇到綁架目睹教堂屠殺慘劇，回基隆後一病不起的她昨晚在老家聽到風聲，一大早就從瑞芳老家趕回義重町主屋，打算向社長求情。

「菜刀和我是個可憐姊弟仔，老爸老母早死，菜刀好不容易娶個山地仔某，積蓄竟然被騙光光，一直到咱商社工廠上班後才比較穩定。社長，我向你保證，他絕對不是小偷，一定是那個他最近姘上的茶店仔查某阿蘭害的……」

蔡禾子身材嬌小、身形如小鳥，精神氣色比起三個月前剛回基隆那種病懨懨模樣好上許多。她雖然披頭散髮，但這應該只是為了在社長面前裝可憐。披頭散髮歸披頭散髮，一眼便可以看出她刻意精心打扮的痕跡，塗了一點口紅，撲了淡淡的胭紅，穿了一條格子圖案的碎花布裙子。

蔡禾子的模樣讓二重吉統皺起眉頭，冷冷地對她說：「工廠的事情現在是小賀負責，妳要替菜刀求情就去找小賀。」既然已經打算放過菜刀，乾脆把順水人情做給海叔。

「小賀頭家，我們蔡家就只剩下菜刀可以傳香火啊……」蔡禾子轉而向海叔哭訴，海叔聽到頭家兩字心神亂了一下，聽得出蔡禾子話中有話。

「這裡人太多了，妳跟我到裡面去講吧。」海叔挑了挑眉，蔡禾子看見事情似乎有轉圜的空間，識趣地閉上嘴，乖乖地跟著海叔走進主屋深處。

黃生廣不小心瞥見海叔、老闆與蔡禾子彼此間眼神交會的那一刻，感到一股熟悉也感到一股震撼，那是充滿著情慾與渴望的「熟悉感」。

不過他無暇深思這眼神當中想傳達的關係，因為他忽然想到昨晚幫羽子買月經帶的事，羽子現在應該心急如焚地等待著他。為了避人耳目，他悄悄地繞過主屋，從田寮港邊的倉庫後門摸進去，羽子果然已經在倉庫與主屋之間的柴房門口等著他。

羽子東張西望確認除了黃生廣以外沒有別人後，嘟起嘴示意黃生廣跟她走進廚房旁邊的傭人廁所。栓上門鎖後，黃生廣從包袱內拿出從美霞那邊買來的月經帶，正在思考如何講解用法時，門外的廚房傳來淒厲的呻吟聲。

黃生廣好奇地打開紙窗的細縫，只見海叔脫了精光癱躺在床上，閉上雙眼，蔡禾子拿著一根竹鞭朝海叔身上鞭打著，一邊還說著：「我家菜刀沒罪，對不對？」

接下來則聽見海叔呻吟著：「是我有罪，卡緊，卡緊！甩大力一點！」用力過猛的蔡禾子氣喘吁吁雙額冒出汗珠、臉頰泛紅。

「有夠熱，我也要脫衣服。」蔡禾子停下鞭打，迅速地脫掉裙子底褲朝海叔的身上坐了上去，一邊搖晃身體一邊問：「頭家，你有什麼罪？」

海叔露出變態的笑容回答：「人生三大無味，冷茶薄酒老查某，我最愛老查某，來！老查某親一下！」

「老查某的滋味有比較緊嗎？俉祖媽沒生過小孩，比起社長的老屁眼，有卡爽嗎？」蔡禾子上下搖晃的速度越來越快，講話也越來越露骨。

聽到這裡黃生廣著實嚇了一跳，生怕這一切被羽子發現，趕緊關上窗子，用手掌摀住羽子的耳朵。沒想到緊閉雙眼的羽子竟突然抓起黃生廣的手指，伸出舌頭吸吮起來，接著整個人撲倒在黃生廣身上。

主屋到處都有竹簾，透過竹簾隔出不同的空間，透過竹簾隱約可以相互窺視，但也隔出了模糊曖昧的微妙關係，外面的人看不透，裡頭的人逃不出……

二〇一四年冬天。日本北千住水園公園畔療養所

「什麼？羽子奶奶！妳和我外公……」已疲憊得快打起瞌睡的葉國強聽到這段往事整個人驚醒過

來，心中冒出一股不安的感覺。

「是啊！我很大膽，主動去引誘男人，反正這是八十年前的陳年往事，也不在乎你們晚輩會不會嘲笑。那天早上是我這輩子最快樂也最勇敢的一天，我這輩子沒有幾天快樂過……嗯！想起那一天，我現在還會害羞呢。」羽子的臉頰竟浮現一抹紅暈。

看著葉國強帶著疑惑的表情，羽子笑了笑說：「你外公很君子啦，那天他拒絕了我的求愛。」

葉國強鬆了口氣。

「他是我這輩子唯一尊敬的人，也是我唯一愛過的人，只要我開口，他從不在乎我的要求合不合理；他做事情懂得變巧，知道分寸；他走過悲慘的戰場，開槍殺過人，看過世面。不像當時的我，從出生到二十幾歲連基隆都沒離開過一步。他不像當年那些日本學校裡的小男生，只會整天拿著竹刀喊打喊殺，仗著自己日本人的身分，虛張聲勢地欺負台灣人。」

「我曾經告訴明悉子，如果可以碰到這樣的男人，用搶的、騙的、引誘的都要爭過來，只可惜我和你外公緣分不夠……」羽子連續講了幾個小時的故事，約莫是累了，慢慢地進入夢鄉。

葉國強和明悉子躡步走出病房，輕輕將門關上，葉國強鬆了一口氣：「我剛剛還以爲我們的祖父是同一個人，嚇死我了！」

明悉子露出苦笑的神情，刻意把話題帶開：「你要不要和江西那邊的新老闆打聲招呼？萬一去機場接機找不到你的話。」

「放心，我沒有告訴任何人我要赴任的時間，何況，已經有人代替我先去贛州了。」葉國強拿起手機打開網路，上面有沙織傳來的私訊：「我拿了你的機票更改姓名搭機到中國贛州，英軍銀行的人已經在機場迎接。我騙他們說我是你的特別助理，一整天下來吃吃喝喝很開心。所以，我決定不回去了，正式擔任你的祕書（ＰＳ薪水由我自己開喔！）你和明悉子之間的誤會解決後請趕快來這裡，兩天下來，我覺得這間銀行好像怪怪的，這段期間我會幫你先探查一下他們的底細……好了不聊了，有一位自稱是你舅舅的人跑到酒店要找你，我已先去會會他。」

「沙織好像對你有意思？」明悉子故意講得一派輕鬆。

「別誤會，她只是想要多賺點錢。我們一年不見了，除了沙織以外應該還有很多話要講吧？」

「一個女人會離鄉背井，若不是鬼上身，另外一個原因就是男人。」明悉子頭也不回地走進自己房間。

3

台灣博覽會。包覆

一九三二年基隆義重町

揪出內賊後，羽二重商社的經營慢慢有了起色。海叔一改過去只和老牌商社往來的慣例，找上當時最活躍的鈴木商事，從那裡採購燃燒效率比較高且比較便宜的滿州煤，單單中止劣質煤炭這件事情，就讓商社的成本減少了三成以上。

到了農曆四月，當初從江西廣東帶來的特殊種類棉籽也順利開發，虎尾的棉田陸陸續續完成採收。這種特殊棉是本來在江西南邊的野生棉種，特性是可以在農曆三、四月提早開花，巧妙地避開台灣從農曆五月開始的颱風季節。

新的開棉機、分離機與燃煤機也剛好試車完畢，迎接一批又一批從虎尾運過來的棉花。連續好幾個月，黃生廣不眠不休地沉浸在廠房的機器世界中，累了就癱睡在機器旁邊。

他努力去找德文老師幫忙翻譯，講解機器的原文操作手冊，每一天都寫下所有生產流程所面對的細節和解決方法；記住每道流程、每台機器、每個零件、每道工序的時間與數據，用心地記住工廠內內外外的每張臉孔、每個人名；他仔細清點煤炭、棉花、棉布、棉籽、零件的庫存，並嚴格要求所有員工進出工廠必須換穿標準工作服，如此便可以杜絕員工從工廠偷東西出去盜賣。而新的機器可以自動分離棉籽且不會傷及棉籽表面，如此一來，棉籽又可以替商社帶來財源。

幾個月下來，黃生廣已經贏得工廠上上下下的尊重，雖然名義上他只是領班，但大夥都已經把他當成實際的廠長看待。除了他的認眞以外，菜刀事件才是贏得人心的主要關鍵，他採用船過水無痕的低調原則，不再深究菜刀其他同夥，讓所有人放下心不再提心吊膽。

而好運也在此時找上了羽二重商社。當時台灣將於一九三五年舉辦台灣博覽會，日本政府爲了接待從島內外來參觀博覽會的旅客，一九三二年起就開始鼓勵公民營旅館的開設。

一間一間的旅館在基隆與台北有如雨後春筍般開張營業，對於棉被的需求產生了爆炸式的成長，但偏偏產棉花的中國南方陷入更大規模的國共內戰，而印度的棉花也因爲英國對日本實施禁運無法輸入台灣。棉花的短缺偏偏碰到棉被的大量需求，擁有自己棉田的羽二重商社可說是訂單接到手軟，棉被只要一運出工廠門口，就有遠從台北來的旅館老闆僱車僱人搶著要。

凡是生意好總會引來競爭，好光景不到一、兩年，一個可怕的競爭對手來了，這個對手不是別人，而是羽二重商社的東京總社。

十幾年前二重吉統脫離家族，不靠家族力量獨自來台灣的基隆開疆闢土。好不容易十幾年後，生意總算開花結果、上了軌道，眼紅的其他家族成員竟然也跑到台灣來做棉被生意，還故意將商社名稱取爲「正東京羽二重棉被株式會社」。

他們如法炮製從中國透過特殊管道取得適合台灣種植的棉花種籽，一樣從江西找來一批種棉花、打棉被的師父，從德國引進一模一樣的機器，連工廠都設在基隆。只是他們把工廠設在田寮港的更上游，方便就近取得基隆當地煤炭當機器燃料。

更讓人不齒的是，除了搶訂單以外，「正東京羽二重棉被株式會社」還擺明了從羽二重這邊挖角，一九三四年農曆年前甚至還放出消息，他們願意提供高出百分之二十的月給，廠內幾個熟練機器的老員工隨即遞出辭呈，私下嘟囔要離開的人也大有人在。海叔不願意祭出最簡單的加薪來挽留員工，擔心萬一對方又再追加上去怎麼辦？這樣兩邊不斷加薪，只會讓經營越來越難。應該還有其他辦法，一定要想出一個更好的解決方式。

黃生廣一如往年過年，跟海叔帶著詹佳與羽子到基隆神社參拜，然後到義重町的屋台吃海鮮小吃。

「這有一間新開的小攤。」已經被送到專門收日本女學生的住宿學校的羽子，好不容易趁放假逃離那種令人窒息的枯燥環境，想趁過年假期的時候好好地大吃一頓來解放自己。

「我才不想吃新開的店，新的店沒有口碑，多半品質不好也不衛生。」詹佳頂了回去。

「新的才好，哪像有些老店，老老舊舊、自以爲是，以爲客人都是笨蛋。」羽子故意帶刺地對詹佳挑釁起來。

「舊的重情重義，妳懂個屁！」詹佳不顧主僕身分硬是頂了回去。海叔在一旁看著兩個小女生鬥嘴，又瞧見黃生廣一臉尷尬模樣，覺得饒是有趣，完全沒有想要出面排解的意思。

「好啦！過年吵這些幹什麼，阿佳，人家羽子小姐好不容易放個假，妳就讓讓她吧！」詹佳一臉不服氣地想要開口反駁些什麼的同時，黃生廣突然驚訝地喊著：「這不是美霞姊嗎？」原來羽子挑中的新開小攤，老闆不是別人，剛好是以前幫黃生廣誤打誤撞查到菜刀貪汙的美霞。

兩年前她拿了一大筆黃生廣給她的封口費後，立刻回到鄉下老家去做小生意。也許是黃生廣那天晚上給她的靈感，她竟然回鄉下幹起月經帶的裁縫起來，大概是娼妓做久了，見過各式各樣的女人，所以她的手工月經帶口碑始終不錯。

沒想到好光景不到兩年，政府爲了推廣更衛生的環境，引進大量拋棄式月經帶，也就是今天的衛生棉。在政府補貼與大量生產下，美霞的手工產品立刻被取代，她只好把裁縫攤子收一收，用幾年來攢的積蓄到義重町開小吃攤，賣起醬菜、肉排、鮮魚與白飯的小店。

「你認識老闆娘？」詹佳狐疑地打量這位正在炒菜的中年女人。

「沒有啦！這間我也是第一次來！美霞只是我以前認識的朋友而已。」突然被詹佳盤問，黃生廣一時間語塞。

「朋友？我怎麼沒聽你提過？」詹佳雖然還沒正式和黃生廣同房，但基於女人的直覺疑心疑鬼起來。

「妳別誤會啦！我在以前的老闆家遇見他來打棉被，我沒認錯吧，你是棉被師父對不對？」美霞在煙花圈中打滾近二十年，碰到這種場合早就懂得如何編派一套合理的說詞。不過也虧她記憶力很好，還記得黃生廣是棉被師父，這才沒有當場穿幫。

「既然是熟識的人開的店，我們就進去捧場吧！」從廟宇到神社參拜一整天的海叔早就餓得前胸貼後背，立刻點了一大堆菜餚。

一夥人才坐定，美霞就立刻上了滿滿一整桌的飯菜。

「吼！妳上菜的速度怎麼這麼快？」一樣是當廚娘的詹佳吃了一驚，換成是她，煮這一桌飯菜少說也得花上半個鐘頭。

「沒辦法，這邊的客人絕大部分都住在社寮，要去日新町、義重町以及港口上班的工人，一大早就從大老遠的社寮趕來市區工廠或辦公廳上班。你們生意人最清楚不過了，最近時機不錯，工廠商社和港口報關行上班的時間都提早到早上七點，這些客人根本沒有太多時間吃早餐，如果我慢吞吞的話，根本不會有客人光顧。」

海叔夾了一塊玉子燒送進口中，讚嘆地說：「沒想到這麼短的時間就能煮出這麼好吃的玉子燒，妳是怎麼辦到的？」

美霞又端出一大碗魚湯笑著說：「這就是我的工夫啊！」

詹佳和羽子總算不再鬥嘴，狼吞虎嚥地吃了起來，只是坐在一旁的黃生廣眉頭深鎖，看著滿桌的飯菜似乎有什麼心事，筷子連動都沒動過。

「阿廣，沒胃口嗎？」被滾燙的魚湯差點燙傷舌頭的海叔納悶地問起。

黃生廣揮了揮手、搖了搖頭，手指頭開始比劃，宛如手上有隱形算盤似的。

「別理他，我們先吃吧。」見怪不怪的詹佳知道這是他常有的神情，黃生廣只要想到工廠與生意的問題時，就變成這種失神完全不理人的悶葫蘆。

「我想到了！我想到了！」黃生廣好像想通了什麼事情，整個人從椅子跳開，一把抱住美霞的身體，緊緊地抱了一會兒才鬆手，這時候尷尬的美霞心想完蛋了，就算她閱歷豐富，也很難解釋彼此這種可以任意擁抱的關係。

「美霞！我若請妳煮飯，妳要多少月給才會答應？」黃生廣冒出這樣一句話，完全不顧詹佳的感受，詹佳的臉色立刻沉下來：「你是嫌我煮飯難吃嗎？連社長和海叔都不嫌了，你……」說著說著便哽咽起來。

她對黃生廣和羽子間的曖昧關係，採取睜一隻眼閉一隻眼的容忍態度，沒想到黃生廣又想在路邊找這種來路不明的老女人回家煮飯。在當時大男人主義的環境，回家煮飯意味的就是娶回家當妾了。被年輕貌美、地位崇高、聰明又有學歷的羽子比下去還可以容忍，怎麼連眼前這個年老珠黃的女人都爬到她頭上。

連一旁的海叔也聽不進去：「阿廣！你是腦子燒壞了是不是啊？太不像話！」

黃生廣這時才發現大家誤會了自己的用意，沒辦法，他的想法有時候就是太跳躍，沒頭沒腦地直接講結論，難怪會被人誤會。

「海叔你聽我講，現在的工人或辦事員，他們最在意的可能不是月給多少，我記得你在老家曾經告訴我，人打拚一天就是爲了一口飯，但每個人並沒有眞的好好吃飯。」

「嗯，我想起來了，那是你小時候偏食，我教訓你時說過的話。」但吃飯和工人月給高低又有什麼關係？海叔想不透。

「台灣人常說吃飯皇帝大，如果我們工廠與店鋪提供早餐和午餐，如此一來，這些工人就可以好好地吃一頓飯。況且工廠若供應早餐，他們更有早一點來上班的動力。」黃生廣滔滔不絕地說出腦袋中的奇想。

「還有，前幾天你帶我去台北應酬，鈴木商事的經理不是帶我們去吃大飯店的吧啡嗎？」

「吧啡？」

「就是那種一大盤一大盤的菜，我們只要端自己的碗盤，想吃多少就拿多少的那種吧啡啊！」

海叔笑了說：「那是英文 buffet 啦！什麼吧啡！」

「管他吧啡還是咖啡，想想看我們工廠的早餐，攤在大桌子上有炒米粉、炸肉排、透抽米粉、燒肉、滷魚、各種醬菜、味噌湯、水果、燒茶，偶爾還可以變換菜色，甚至員工還可以帶老婆小孩來吃，中午不用帶便當，如此一來，員工的向心力不就越來越強，別人想用高薪挖角也挖不動？」

沒多久過完年，二重社長便從善如流地宣布這項德政，本來要離職的熟練工人都紛紛表示願意留下來，才離職不久的一批員工也厚著臉皮透過各種關係向海叔拜託，讓他們回來上班。表面上商社好像額外支出了一筆大開銷，但是與無窮無盡挖角薪水戰爭的開銷相較之下，實際上商社並沒有吃虧。

由於美霞的菜餚實在太美味了，連住在主屋的社長和海叔也天天來員工餐廳吃飯，無形間也拉近了老闆與夥計之間的關係，員工不再遲到，生產力上升許多。除了省下薪資開銷以外，也省下許多交際費用，員工餐廳的美味更是吸引了許多往來廠商的業務員，經常藉故找上門談生意，只為了吃上一頓基隆罕見的吧啡，久而久之，訂單量也跟著水漲船高。

來自東京總社的攻勢總算在驚濤駭浪中安穩度過，競爭者找不到熟練的工人，即使握有優質的棉花來源，但做出來的棉被纖維密度過低，客人反應非常糟糕而紛紛退貨，倉庫內整堆的棉花根本無法消化，只得趕在颱風季節來臨前到期貨市場賤價拋售。二重吉統見機不可失，趁火打劫用市價的四分之一大量收購，報了家族一年多來惡性競爭的一箭之仇。

只是，海叔始終不解的是，對方為什麼可以在短短幾個月內種植出數量不低的特殊棉花呢？

時序來到一九三五年的農曆七月，基隆最熱鬧的中元祭典盛大展開，傳統上基隆會在每年農曆七月十五日前後幾天舉辦中元祭。

中元祭的起源是因為基隆從清代以來就是個移民社會，從福建、廣東、江西一帶渡海來台的漢民族，許多人死於海難、瘴氣惡疾、與平埔族的械鬥（後來是閩客械鬥、漳泉械鬥）。這些死於非命的渡海羅漢腳，由於在台灣沒有親人（清朝規定不准帶家屬女眷渡海來台），大部分都沒有得到妥善的安葬。為了安撫這些無主孤魂，眾人開始在農曆七月鬼月祭拜這些俗稱的「好兄弟」，這就是台灣現在到處可見祭拜好兄弟的有應公、萬應公、大眾爺、金斗公、百姓公、萬善爺、水流媽等陰廟的起源。

中元祭並非由官府舉辦，而是由基隆幾個大姓輪流主辦，十五年輪一次，有些比較小的姓氏由於人力財力不如大姓，便會合作舉辦，譬如張廖簡、劉唐杜、何藍韓等三個姓氏合作舉辦。恰好今年的爐主輪到黃姓宗親會，黃孝海、黃生廣、黃生閩（小三子）等商人自然卯盡全力配合，連二重吉統也自稱是黃家的異姓兄弟跟著加入爐主的行列。二重吉統已經來到基隆十年，人生最精華的歲月都獻給了基隆，遠在東京的家對他來說只不過是個故鄉，他自認和多數台灣人一樣，只是來自不同的原鄉罷了。

受惠於即將在一九三五年舉辦的台灣博覽會，基隆的景氣也在這一年來到了歷史的高峰，除了電力與自來水已經普及整個基隆外，兒童就學率創下百分之百，加上衛生的改善，人口出生率竟然高達百分之十五這種不可思議的水準，所得水準更遠遠超越台北，比起日本內地一點都不遜色。

今年的中元祭比較特殊，一改以往把主祭典放在基隆神社的慣例，分別在基隆神社、哨船頭與奠濟宮三個地方舉辦主祭，其他周邊地區金包里、石碇與瑞芳也加入祭典的舉辦。

這一年之所以能舉辦得如此隆重，除了景氣好、黃姓乃基隆掌握貿易、棉紡與海運的大姓之外，基隆最富有的顏家也加入和黃姓一起舉辦，有了顏家的財力人力和官商關係，整個基隆宛如一座連續幾天幾夜狂歡的不夜城。

海叔把羽二重商社的主燈和花車擺在哨船頭對岸的基隆港合同廳舍門口的廣場，還特意從東京請來專門做花車的師父，用各種各樣的棉被與棉布巧妙地設計出好幾部棉被花車，連主燈都設計成棉被形狀，藉由祭典廣爲宣傳自家棉被的用意不言而喻。

基隆港合同廳舍也恰好在中元祭典前落成啓用，是基隆第一座現代化的大樓。以往的建築多半只是根據用途來設計，高級一點的公署或豪邸，也多半是仿抄自歐洲的建物，如巴洛克風格或哥德式風格。基隆港合同廳舍乃是當時第一座根據附近的地形人文素材而設計出的大樓，它的窗戶採用輪船特有的圓窗，外型宛如一部巨型輪船，充分表現出海洋意象。最特別的是，這座合同廳舍大樓裝了一具基隆首見的公衆電扶梯，也是基隆第一個有冷氣的地方，一落成啓用自然吸引市民佇足參觀。

人潮就是錢潮，這個展點當然是所有商社垂涎三尺的兵家必爭之地，黃生廣好奇地問海叔：「基隆姓黃的生意人又不是只有我們，爲什麼這塊地可以讓我們放主燈呢？」

忙著與好奇市民解釋的海叔轉過頭來悄悄地說：「你知道這棟大樓是歸誰管轄？」黃生廣搖了搖頭。

「基隆派出所，想起來了嗎？兩年多前我賣給所長一個天大的人情，現在，投資終於有回報，你懂嗎？」

「如果當時堅持有仇必報，公事公辦，我們會有今天嗎？跟官府打交道的祕訣，走到哪邊都是放諸四海皆準。」

羽子興高采烈地搭了一遍又一遍的手扶電梯，對著黃生廣大喊：「阿廣！你也來坐坐看！」

這是她這輩子看過最奢華的地方，雄偉巨大，氣派輝煌，天花板高高懸在頭頂，黃銅吊燈上懸垂著水晶墜飾，朝底下的人群灑落璀璨的光芒。

黃生廣看到眼前這個會自動幫人爬樓梯的新奇玩意，在大廳的手扶梯前觀望猶豫許久，拗不過羽子的他只好跟著踏了上去，一個重心不穩差點摔跤，幸好身強力壯的他使了勁才讓自己站穩。從來沒搭過電梯的他有點頭暈，冷氣微微地迎面而來，想起了從汕頭搭的那條船，站在甲板上吹著徐徐海風，黃生廣在電扶梯上頭竟然流下了眼淚。

「唉唷！你好好笑，別人第一次搭電扶梯頂多摔跤或嘔吐，你居然哭了。」羽子哈哈大笑。

「你別笑我，我是想到我娘，如果她能夠來這裡看看玩玩，不知道有多好！」

「那你可以回老家帶她過來啊！」天眞的羽子從小出生在和平繁榮的基隆，根本不知道如今依舊深陷戰火的中國戰場是如何地凶險。

「我很難回得去，海叔帶我逃出來的時候已經得罪了那邊的大官，聽說我已經被當成戰犯通緝了，只要回到老家就是死路一條。」

一九三四年七月，江西于都爆發更猛烈的國共內戰戰火，共產黨軍隊打算使出焦土政策與國民黨軍隊最後一搏，雙方一共動員了將近百萬軍隊在于都附近展開決戰。這一次雙方可是玩眞的，各自把所有的戰爭資源統統賭下去，江西的蘇區包括于都在內十室九空，四十歲以下的壯丁甚至連年輕女人都被徵調上戰場當砲灰。

「今天這麼高興，別想太多，你媽媽一定會平安沒事的。你看，我早上到神社幫你媽媽求了一支籤，結果是大吉呢！」羽子知道黃生廣生性至孝，自己母親死得早，內心深處彷彿把黃生廣的媽媽移情當成自己的母親。

「希望沒事才好……」黃生廣站在合同廳舍的大門望著對面的基隆港，遙望海的另外一邊，順手點燃了一根紙菸，狠狠吸上一口想要緩和情緒，沒想到站在一旁的羽子毫無預警地從他嘴巴搶下香菸，叼在嘴裡也跟著吸了一口。

瞪大了雙眼的黃生廣大吃一驚：「妳什麼時候學會抽菸的？」

羽子露出頑皮的笑容吐了吐舌頭：「學校啊！只是我們都抽比較淑女的薄荷涼菸，才不抽你這種歐吉桑抽的嗆辣香菸呢！」

「學校到底教妳什麼鬼東西啊？妳偷抽菸不要被社長知道，否則會被揍一頓。」日治時代的台灣雖然先進繁榮，但民風依舊保守，女人抽菸在當時社會乃是離經叛道的行為。

「不然我每次回家，都去你的工廠宿舍偷抽菸好了，你可不要再拒絕我啊！」

羽子藉由偷抽菸語帶雙關地表明自己心意，黃生廣嘆了口氣繼續裝傻下去。

「喂！你下午有空要不要陪我去看電影，我約了幾個同學一起看。」

「既然妳已經約了同學，就不用再找我陪了吧？」

羽子用力地搥了黃生廣的腦門：「笨蛋！我是要找同學來鑑定你這個人啦！」

「鑑定！我不是棉被，哪需要鑑定，難道妳要把我賣掉嗎？」

「笨蛋！」

世界館戲院位於天神町田寮港邊，恰好和羽子家的主屋隔條河。兩人從海港邊的合同廳舍一路散步，沿路幾條主要街道點著各式各樣的花燈，每個商家無不挖空心思，提供各式各樣匠心獨具的花車在街上遊行，滿街都是穿著洋裝或西裝打扮入時的男男女女。

「阿廣，你今天穿得很帥，簡直是黑狗兄。」

羽子打量著黃生廣那一身剛從洋服行訂做的西裝，雖然天氣酷熱，但在這種熱鬧的場合還是得忍受高溫打扮一番。

不是他注重外表，而是整個環境的氛圍使得他不知不覺地重視儀表起來。身為中國移民，知道自己必須拋開落後的祖國所帶給他的文化見識的枷鎖，對於古今中外的移民者而言，這無疑是最困難的，往往要花上兩代幾十年的光陰才能融入新環境。所幸流著商人血脈的他，有著商人宛如變色龍的靈活身段，有著從戰場中掙扎爬出來的堅強求生意志，為了更快速地適應生存下去，連殺人放火都幹過了，別說只是改變自己的外貌談吐和口音。

短短的四年，黃生廣所操的台語已經沒有半點外省江西口音，不清楚他來歷的人總以為他是土生土長的台灣人，這和一九四九年以後跟著國民黨撤退來台的中國外省人很不一樣。帶著落地生根的決心和打算短期轉進的逃亡心態是截然不同的。

戲院上映的是最熱門的《宮本武藏》，多花了一塊錢買黃牛票才有辦法進場觀賞，還好這部日本電影改用台語配音，才讓黃生廣有辦法融入情境。戲院暗黑伸手不見五指的環境提供了處於曖昧階段的男女一個讓感情增溫的藉口，生怕摔倒的羽子緊緊抓住黃生廣的手不放，銀幕上拿著武士刀四處砍人刀刀見血，和黑暗中情侶之間的彼此試探，沒人在乎當中的巨大違和感。

電影散場後已經華燈初上，中元祭的所有花車與花燈都亮了起來，田寮港運河被上百盞五顏六色的花燈點綴著，乍看之下有如一條跨在水中的彩虹。兩旁的義重町與日新町擠滿了出門賞燈與納涼的民眾，港邊除了花車遊行，數不清的各式流動攤販，貨品琳瑯滿目，小吃日常品已經不稀奇，連美國最新發明的冰淇淋、歐洲來的音樂盒，應有盡有。

一個沒人佇足光顧的攤子吸引了羽子的眼光，那是專賣老舊復刻版世界名畫的書報攤，幾幅來自日本本土的浮世繪畫作讓羽子看得出神，黃生廣雖然看不懂，還是在一旁很有耐心地陪伴著。擺攤的老闆是個蒼白削弱，膚色蠟黃，身上穿著洗到褪色廉價浴衣的中年台灣商人。

「我初中畢業後要去唸美術中學，你知道嗎？」

只知道畫畫不能當飯吃的黃生廣，始終無法理解這些鬼畫符到底有什麼好看的，除了開店面掛個幾幅畫裝模作樣或貨品宣傳紙以外，他想不出這些畫有何用途。

「小姐，妳盯的那幅畫是赫赫有名的喜多郎歌芳作品《紡織屋的小女人》，算妳有眼光。」

「多少錢？」黃生廣直接開口問價錢。

「不用了，我今晚沒有帶錢出門。」羽子感到相當可惜。

懂得察言觀色的畫攤老闆一聽就知道黃生廣會幫她付帳：「五十塊錢！」

聽到一幅畫叫價五十塊，黃生廣立刻板起臉孔：「五十塊可以讓我吃飯吃上大半年了，難道你是土匪不成？」

「小兄弟，你眞內行，三百六十行，我就是做土匪那一行。」

「改天再買啦，這種地方騙子很多。」黃生廣商人的直覺這樣認爲。

「你知道我爲什麼喜歡這幅畫嗎？」羽子的眼睛自始至終不曾離開這張《紡織屋的小女人》。

「因爲畫中的女人很像我去世多年的媽媽。」

聽到羽子脫口而出的這句話，黃生廣二話不說掏出五十塊錢：「這幅畫我要了！」

賣完這幅畫後，中年人便彎腰收起其他的畫作準備收攤，口中唸唸有詞：「小姐，這幅畫是眞跡，妳要好好保管，知道嗎？」說完後把剩下的畫作裝進手推車，嘴巴嘟嘟嚷嚷發出連串怪聲音後揚長而去。

「裝神弄鬼的傢伙。」

羽子摸著畫開心又擔憂地問著：「你花這麼多錢，不心疼嗎？」

「如果畫中的女人眞的很像妳媽的話，媽媽的畫像是無價的，我也好希望身邊有張媽媽的照片或畫像。」五十塊錢差不多等於黃生廣一個多月的月給。

二重家的主屋其實就在附近，沒走幾步路就回到門口。

「時間不早了，早點回家休息吧。」

「阿廣，你可不可以帶我到工廠宿舍？我有些話還沒跟你講完。」經過兩年，羽子還是不死心。

「再過一陣子吧。」這次黃生廣沒有直接拒絕。

詹佳偷偷跟在他們的後面目睹了這一切。她記下了看到的每一幕，去了什麼地方？吃了什麼晚餐？買了什麼畫？走過什麼路？牽了幾次手？羽子什麼時候回到主屋？黃生廣幾點幾分回到工廠宿舍？

中元普渡祭典的棉被花車，以及五顏六色的棉被造型花燈實在太搶眼，吸引好幾家海內外新聞報社來商社採訪。漂亮的照片透過新聞紙的傳播，意外引起台灣其他地方、日本與香港等地消費者的好奇，許多大老遠從台北、鹿港與台南來的客人，一下火車就吩咐三輪車夫指明要去位於哨船頭的羽二重商社本鋪。

大約是中元祭典結束後一個多月的某個陰雨綿綿的秋天午後，羽二重主屋來了三位神祕人物。來訪的是台灣旅行俱樂部的宣傳部長、台灣日日新報編輯，以及介紹他們來訪的鈴木商事藤澤部長。

二重社長親自煮咖啡招待他們：「別小看這咖啡，這可是你們鈴木商事從非洲進口的咖啡豆，社長大當家特別把萬中選一的品種留下來自己喝，我是厚著臉皮向藤澤部長要來的，外面的咖啡廳喫茶店可是喝不到。」二重吉統慢慢地將滾燙的開水淋在咖啡粉上，小心翼翼地深怕不小心破壞咖啡的口感。

「這是什麼咖啡豆啊？」日日新報編輯平日也有上咖啡廳的習慣，喝了第一口後讚不絕口地問起。

「這種豆子品種稱爲藝妓。」

「藝妓？你沒聽錯吧？」幾個大男人露出邪惡的笑容。

「當地非洲土語稱這種豆子是Geisha，和日文的藝妓同音，加上這種豆子稀少昂貴，不容易採收保存，沖泡時得慢慢地小心呵護，是不是和藝妓一樣啊？」略懂咖啡的二重吉統滿口咖啡經。

「既然講到藝妓，乾脆今天我們一起殺到台北江山樓找最難呵護的藝妓好好地招待二重社長，大家開心開心！」台灣旅行俱樂部的宣傳部長提議。

「別鬧了，基隆商界都知道二重社長是最正直，絕不出入風月場所，哪像你們這種不良無賴。」藤澤部長笑了笑。

在旁作陪的海叔出面解危：「要不這樣，如果大家有興致的話，晚上我代替社長招待大家。」

尷尬的二重吉統岔開話題：「說到招待，等一下喝完咖啡後我請你們吃一道我們家才有的獨門料理叫化子雞，整個基隆只有我們家廚子會燒。」

自從在江西贛州的黃家圍屋吃了詹佳獨門料理叫化子雞後，二重吉統可說是吃上癮，只要嘴饞或是招待重要客人，一定會吩咐詹佳下廚。吃過的客人都讚不絕口，許多客人還會忍不住央求二重吉統再請他們多吃幾次，曾經嘗過的藤澤部長一聽到叫化子雞，口水都流了出來呢。

言歸正傳，這幾個人來拜訪並非為了藝妓咖啡與叫化子雞，而是在計畫一種當年從來沒有搞過的商業模式。

為了配合幾個月後即將開幕的台灣博覽會所帶來的觀光旅遊人潮，幾個商社聯合成立一家「台灣禮品物產共進會」，打算在基隆港邊的合同廳舍大樓設置伴手禮商圈，由日日新等幾家台灣日本新聞社負責宣傳，台灣旅行俱樂部負責招募來台灣的旅行團。這些團體要離開台灣在基隆上船或上火車回去之前，導遊會帶他們到商店街採買一些足以代表台灣的伴手禮與紀念品，如此一來就不用在緊湊的行程中抽出時間帶團員去購物，上船之前就可以在港邊的禮品商店街一次購足。他們計畫這個商店街將會有阿里山烏龍茶、三義檜木佛雕，嘉義糖廠砂糖羊羹，西螺天皇米、虎尾花生糖、鶯歌窯燒、九份金飾……當然還包括已經紅遍島內外的基隆羽二重棉絲被。

「烏龍茶、羊羹、花生糖這些食品容易攜帶上船帶回日本內地，但我們的棉被或是西螺米、木雕神像這些商品，那些遊客怎麼有辦法飄洋過海地扛回去呢？」海叔一針見血點出疑問。

藤澤部長胸有成竹地回答：「容我向小賀取締役說明，我們已經和台灣鐵道公司、三井丸、大阪商輪等會社簽約，他們會負責幫旅客托運這些禮品，旅客返家後即可在台南、台中、打狗、神戶、橫濱、香港、廝六甲的港口取貨，當地的貨運行還可以幫客人運送到家，十分方便。」

「不過，我們還是得在商店街設立展示銷售攤位，人事店租等等也是筆大開銷啊！」海叔不斷地拋出問題追問下去。

「你們放心，我們不收租金不收管理費，你們只需自己派店員、運貨，其他完全沒有任何開銷。」

「嘿嘿！殺頭的生意有人幹，賠本的生意沒人做，可別說你們是搞慈善事業。」海叔的質疑頗有道理。

「我們只針對不同商品抽取銷售佣金。講難聽一點，如果一條棉被都沒賣出去，你們就不用付佣金給我們。」藤澤部長開出這條件在當年可說是件創舉。

「條件聽起來是很迷人，我不想拐彎抹角，請問到底會不會有人去商店街購物？基隆又不是沒有其他店頭。日新町、義重町等地的百貨行一間一間地開幕，誰會去港口邊那種不熱鬧的地方購物？」實際負責銷售的二重吉統直接講出心中疑慮。

藤澤部長看了旅行俱樂部的部長一眼，那個部長接下去說：「單單我們旅行社接到博覽會期間前後半年的旅遊團，就已經接了五百多團，每團三十個人，你自己算算看有多少人？這還不包括其他的旅行會社。據我所知，日本內地讀賣新聞旗下的旅行俱樂部，在那段期間至少有幾百團會成行來台灣，其他還有香港、廍六甲，甚至澳大利亞……」

海叔很不客氣地打斷這些說詞：「我不懷疑你所講的人數團數，但這些旅客除了運送方便以外，沒有其他誘因讓他們在商店街消費啊？」

「這就是我們的商業祕密了，千萬不要告訴別人，我們對商家抽的佣金，有一半會直接給旅行團的領隊導遊。你們台灣話有句俗語：一等口才做導遊、二等口才賣豆油、三等口才升教授、四等口才蹲工廠，這些訓練有素的導遊，爲了佣金，推銷東西絕對比商家的業務員還要更賣力。」藤澤部長壓低聲音裝作不能讓別人聽到的鬼祟模樣。

雖然條件很誘人，只是喜歡打破砂鍋問到底的海叔挑明地問：「商店街會社向我們抽的佣金是幾扒先？」

「百分之十。」藤澤部長斬釘截鐵地回答：「所有商家的商品一律抽佣百分之十。」

二重吉統滿臉疑惑地拿出算盤：「你有沒有講錯，百分之十的一半百分之五給導遊，其他還有水電開銷、商店街清潔、宣傳、貨運船運費用，以及稅金，這不可能，你是來我這裡講笑話的嗎？」

「白紙黑字，官府見證，如假包換。況且你們有什麼好損失的？」藤澤部長取出一大堆官方批文以及和其他商社簽過的契約。「你們可以仔細參詳、好好考慮。」

「我肚子餓了，可以吃叫化子雞嗎？」從廚房飄出一陣陣香味，詹佳已經把烤好的叫化子雞端到餐桌上。

當天晚上，二重吉統召開幹部會議宣布到台灣博覽會參展，以及加入「台灣禮品株式會社」的共同銷售體系。

負責義重町幾間店鋪的大掌櫃提出質疑：「賣棉被又不是菜市場賣菜，我們上哪裡臨時調派新增店鋪的人手？」

二重社長早已擬好腹案：「我打算調小三子去港邊的商店街負責接待旅行團。小三子的日文能力已經可以獨當一面，怕他一個人忙不過來，這段期間先調主屋的詹佳去幫忙，反正現在主屋已經不用再煮飯，羽子也已離家去住校了，會講客家話和廣東話的詹佳，剛好可以去應付來自香港與南洋的客人。」

小三子來到基隆也快四年，雖然年紀輕輕，但因爲外表比較俊俏，嘴巴也比較甜，見到上門的客人，立刻會迎上前去「大哥大姊」地奉承巴結，特別是他推銷棉被的手腕相當靈活，擅長抓準客人喜歡貪小便宜的個性。

小三子也會根據對方穿著與講話來斷定客人的身分地位，如果是那些有錢人家太太小姐，即使只是上門看看，他二話不說立刻會剪塊花色鮮豔的棉布當成贈品，若是碰到客人沒有搭車前來或是嬌小的女客人，他會幫客人把棉被扛回家去。久而久之，竟發展出一套類似現代宅急便的送貨服務，大部分的棉被銷售對象是大戶，如旅館、派出所、醫院，透過鈴木商事賣到台北、台南甚至香港，但小客戶所貢獻的利潤卻遠遠高於大戶。

四年下來，小三子已經是零售營業的靈魂人物，在店頭的地位僅次於原來的大掌櫃，尤其是社長，對於小三子更是讚不絕口，打算趁這次業務擴充的機會讓他去磨練磨練。

「至於博覽會，那並不是接一兩條棉被小額生意的場所，大部分都是大客戶，我和小賀副社長會親自在現場督導。」兩人間的特殊關係似乎已經有些風言風語傳了開來，他想和海叔兩人藉長期出差之名，到台北北投烏來一帶泡溫泉度度假，避開他人的異樣眼光。

廠長開完會後回到工廠召集領班以上的幹部，把會社要工廠產能全開的政策告訴大家。

「把棉被運上普通的客船？」聽完商社的政策後，黃生廣認爲這項決策過於草率，因爲棉被不比一般貨物，除了體積大以外，容易受潮更是運送過程的最大挑戰。

以往商社所生產的外銷棉被必須透過特殊處理，譬如不能裝在最底艙也不能太靠近甲板，除了用防水油紙包裝，放置的船艙也必須經過特殊防潮處理，如堆高的板架、撒石灰等等。運到目的地後，飄洋過海的棉被必須先經過日照與去石灰的處理，才可以讓客人取回家使用。

但這種由客人在港邊選購之後就直接帶上船的流程，很難保證在幾天的船程中不會受潮，更不能爲了防潮而在棉被油紙表層撒石灰粉，畢竟沒有客人能夠親自處理這些防潮石灰[24]。

工廠的人多半不站在黃生廣這邊，有些人認爲：「客人付錢買了棉被，有沒有弄濕根本不關我們棉被店的事情啊！」「反正客人已經回到外地或海外，不可能回頭找上門要求賠償吧！」「我們的棉被採用的是特殊棉花，纖維質質地比較密，原本就比使用其他種類棉花的棉被更容易受潮，這一年多以來已經有客人到零售店頭反應了。」

「你是農業機器教授出身的，應該知道我們的棉被如果沒有防潮處理，根本無法上船過鹽水。」黃生廣仍想繼續說服廠長。

一些比較老成務實的台灣師父當然知道這道理，但基於現實的考量也只能無奈地表示：「難道你有辦法解決這個問題嗎？除非不接這筆大生意。」

不接生意絕對不是商社的選項，廠長不理會黃生廣的擔憂，裁定明天開始加班趕工生產。

不死心的黃生廣連續幾個禮拜，覺也不睡地待在工廠，絞盡腦汁想找出克服之道。一般來說，當時爲了防雨水，運送棉被的過程會在棉被堆的上下層鋪藏油布，用麻繩將油布與棉被堆捆在一起，當然這並沒辦法完全防水，所以只要碰到颱風或下大雨，棉被廠會暫停出貨直到雨停。

黃生廣嘗試著將兩塊油布縫在一起形成完全可以包覆棉被的袋狀，雖然可以解決防水問題，但因爲油布很重，每床棉被如果都用油布袋當防水包裝，重量勢必增加五成以上，如此一來反而造成客人攜帶上的不方便。解決問題的前提是，不能製造新的問題，這道理人人都懂。

距離要大量出貨的日子越來越接近，一籌莫展的黃生廣一大早盯著工廠的棉團發起愁來。

「阿廣，天還沒亮就開始上工啦？」黃生廣沒有察覺羽子已經來到他的身旁。一兩個月沒見到羽子的面，發現羽子不知不覺間已出落得亭亭玉立，看著看著居然發起呆來。

女人只要過了十四、五歲，天生就會有股洞悉男人心思的直覺，機靈點的女人自然很快就學會運用周遭男人對自己的渴望來達到自己的目的，驅使男人替她做事，貪圖男人對她的呵護，有心機一點的女人還會運用魅力從男人身上獲取利益。羽子看到黃生廣眼神中露出不曾有過的渴望眼神，心裡不免也小鹿亂撞起來。

她被送到寄宿初中已經兩年，每兩個星期才能回家一趟。在那種純粹女校的環境，女學生們戲稱那是尼姑庵，這也難怪，別說學校沒有半個男學生，連男老師都特別選那種超過四十多歲的歐吉桑。在如此管制嚴格的環境，羽子只能聽學姊們講述放假時和男生一起出遊的風流韻事，雖然大家都知道那些只

24　現代所用的塑膠袋當時尚未問世，全世界第一個塑膠袋的使用已經是一九五〇年以後。

是爲了解悶而胡謅杜撰的。

「最近忙著要出貨給博覽會的旅遊團，每天都忙到三更半夜。」

「阿廣，我只是想跟你說聲謝謝，那一天你花了五十塊錢買幅畫送給我。唉，其實那天是我十五歲生日，除了你願意陪我以外，已經沒有人記得我的生日了。」

「過幾天我要去台北幫忙布置博覽會的攤位，如果經過畫廊，再幫妳買幅妳最喜歡的那個叫吳思惠的畫。」

「浮世繪啦！你眞土！」羽子笑著脫口而出。言者無心聽者有意，這句你眞土的話直接刺在黃生廣心中。

「對了，你送的那幅畫的確是眞跡，是一百年前喜多郎歌芳大師親筆畫的！喜多郎歌芳一生只有二十幅畫，竟然被我們無意中買到一幅，我的美術老師還特別拿到台北的畫廊鑑定。」學畫的羽子漸漸散發出一種尊貴高不可攀的氣質。

想到那幅畫，黃生廣的腦袋有如被雷擊一樣，閃出一個念頭：「羽子！那天那幅畫的外包裝袋子，妳有沒有留著？」

「應該有，我回家找找看。怎麼了？你的表情好怪。」黃生廣眼神彷彿著火般亮了起來。

「現在就找給我，我馬上就要！」說完後三步併兩步拖著羽子從工廠走回主屋。

「我不知道塞到哪裡去，你在門口等我一下。」羽子雖然不知道用途，但從他的專注眼神便知道這袋子的重要性。

黃生廣站在後門的港邊抽著菸等候，後門原本是倉庫，但由於生意越來越好，不敷使用的情況下，已經將倉庫移到工廠附近，原來的倉庫則翻修成社長的辦公室和貴賓室。二重吉統坐在裡頭親眼目睹兩人手牽著手走回主屋，坐實了從詹佳口中聽來的種種傳言。

「阿廣！你這麼早來找羽子有什麼事情？你知不知道自己的身分？」二重吉統按捺住差點發作的情

緒。

黃生廣的個性屬於只做不說的，更不想解釋他的突發奇想，雖然這和工廠的工作息息相關。聽到這番話，黃生廣選擇低下頭默不吭聲。

「你別再裝蒜，裝傻這招不適合你。我直接明講，羽子已經十五歲了，再過幾年就要出嫁，如果傳出和你們支那阿山牽扯不清，她還有臉做人嗎？」

「社長你誤會了，我只把羽子當自己小妹妹看，絕對沒有……」想要替自己辯解卻被二重吉統喝止：「你自己有老婆放著不顧，成天肖想羽子，你這樣像個男人嗎？」黃生廣的頭越來越低。

「你還教羽子抽菸，有沒有這回事？」

「社長！沒這回事。」

「你別以爲自己在工廠很重要很了不起，你這種唐山難民，一艘船就可以載幾千個過來，要不是看你小賀叔的面子，早就把你趕回支那老家。」

「從今天起，你不能再踏進主屋，也不能再睡在工廠宿舍，小賀不是在社寮買了間矮房子嗎？你以後下班就滾回社寮，別再靠近羽子半步。」說完後舉起手狠狠地賞了黃生廣幾個巴掌。

翻箱倒櫃總算找到袋子的羽子拿到門口給黃生廣，看見父親氣呼呼地在摑臉打人，倒也不是很驚訝，當時老闆體罰員工乃司空見慣，只是好奇地問道：「阿廣，你得罪我爸爸了嗎？」

「沒事啦，是我在工廠犯了一些錯啦！」黃生廣掩飾地很好。

拿到那只包覆畫作的布袋，黃生廣不敢再多停留，急急忙忙趕回工廠。這只布袋之所以引起他的好奇是因爲買畫的那天晚上突然下了場大雨，匆忙奔回主屋後打開畫作，整張畫居然滴水不沾。羽子提到那張畫的當下，讓黃生廣想起這段往事，靈機一動想要知道布袋的材質。

他將一團團的棉花塞進這只摸起來有點粗糙的布袋，將開口用線縫緊，然後拿起水瓢把一勺勺的水往布袋撒上去。等布袋表面的水瀝乾後，拆開縫線查看棉花的情況，神奇的事情竟然發生了，裡頭的棉花團別說淋濕，連水氣也沒沾染到半滴。黃生廣訝異地反覆嘗試各種實驗，證明了眼前布料的防水與抗潮功能。他問了廠內幾個負責棉布的老師傅，個個嘖嘖稱奇、大開眼界，只是沒有人知道材質質料與來歷。天性喜歡打破砂鍋問到底的他，拿著布袋到附近地義重町的布店，一家家地詢問，問了幾十間布店，才有人認出這材質是所謂的劣質帆布。

「一般帆布比較厚，你這塊未免太薄了，使勁磨就會磨破，所以這是塊偷工減料的帆布。」布店年輕老闆仔細端詳：「我以前到日本內地去看布展的時候曾經見過類似的帆布，但是我可以百分之百肯定台灣全島沒人生產帆布。抱歉幫不上忙，你如果眞的想要了解材質成分，爲什麼不去找給你這個袋子的人問呢？」

一語點醒夢中人，黃生廣道謝後連忙趕到當時舉辦中元祭典的花車遊行的攤販街。只是，祭典已經結束了兩個多月，來來去去的流動攤販早就不見人影，只好耐著性子向街道兩旁的店家打聽。運氣很好，問了幾個人就打探到那個賣畫的人，原來他除了到處隨著人潮擺攤之外，還在曙町的小巷弄內開了間小鋪子。

小鋪子坐落於菜市場最深處一大片違章木造矮房當中，鋪子門口挨著別人的後巷，到了陰天，灰暗的鋪子可說是伸手不見五指。

「我認得你，你買了幅喜多郎歌芳大師的眞跡送給一個女孩。怎麼？識貨的你還想來買其他的畫？」大清早就一身滿身酒味的賣畫者躺在躺椅上一動也不動。

「我不是爲了什麼割芳還是開模來找你，我是想請教你用來包畫的帆布袋。」

「什麼！我沒聽錯吧？你是來問帆布的事？」酒鬼一聽到帆布袋立刻從躺椅一躍而起。

喝得醉醺醺的賣畫人叫古火清，本來是台北永樂町[25]布店的小學徒，幾年前靠精準的眼光利用米價大漲狠狠地賺了一筆。食髓知味之後膽子越來越大，利用關係得知基隆海軍添購幾十萬只軍用帆布袋的計畫，從日本倉敷岡山一帶低價收購劣質帆布，並找上日本內地的合作廠商替他代工製作帆布袋，但沒想到合作夥伴竟然偷工減料，以至於海軍不買帳轉而向他人購買。古火清後來才得知原來是合作夥伴與帆布提供者早就是同夥，設下圈套讓古火清這個冤大頭來買他們手上滯銷的大量劣質帆布。

「你手上到底有多少帆布袋？」黃生廣好奇地問。

「莫非你要來談生意？」醉茫茫的古火清聽到有人要找他談生意頓時清醒起來。

「加減參考而已。」黃生廣故意擺出可有可無的姿態。

「我告訴你，雖然我已經落魄，但是談生意一定要在正式的場所，你先到巷口曙町三丁目那間巴西咖啡廳等我一下，我立刻就到。」

早在十九世紀末，許多日人與台人便遠赴巴西開墾咖啡園，加上基隆是個港口，許多船員都會帶世界各地的咖啡豆來兜售。當時基隆市區到處都有大大小小的咖啡廳，規模較大的還會聘請年輕美女當女給[26]，雖然並非色情行業，但年輕貌美、打扮入時，身著時髦洋裝的女給們，倒也吸引了許多醉翁之意不在酒的商人上門，咖啡廳也漸漸成爲商人談生意交換情報的場所。

雖然天天在工廠的吧啡員工餐廳喝咖啡，但上咖啡廳還是第一次，黃生廣在咖啡廳門口猶豫半天不敢推門進去，直到古火清出現。

「哈哈！你是唐山俗，不敢進去。」古火青已經換了一身筆挺的西裝，打起領帶，熟門熟路地帶黃生廣進去找了張角落的桌子坐定。

「黃兄，你應該有帶錢吧？這攤先讓你出，老實跟你講我已經破產了，等咱們這筆生意談成，我再

25　今天的迪化街。

26　女服務員

回請你好了。」古火青的臉皮還眞厚。

第一次在咖啡廳開洋葷的黃生廣，忐忑不安地偷偷看了價目表一眼，還好一杯最便宜的咖啡才五毛錢，緊張的心情立刻鬆懈了不少。

「不怕你知道，我的布庫存總共有一百多萬呎。」古火清散盡積蓄且欠下天文數字的債務，五年來連半吋帆布都賣不掉，早就心灰意冷，根本不怕眼前這位陌生人知道他的庫存底細。

「可是，爲什麼會被海軍退貨呢？」

古火清從家裡帶來一條帆布，向店家借了根鐵湯匙用力摩擦：「你看！稍微一磨就破，根本不能用！只能怪我當初整個腦子裡都是發財夢，急著驗收沒有仔細查看，這麼容易破，海軍當然會退貨啊！」

黃生廣露出不可置信的樣子看著他，不過還是把做生意怎麼如此糊塗的話給呑了下去，問起了正經事：「可是我很納悶，爲什麼你的帆布袋不怕水？」

「石墨用了太多！」

第一次聽到石墨這個名詞，黃生廣忍住好奇繼續聽下去。

「海軍要求的顏色是淺藍，帆布的顏色是深藍，坑我的那個傢伙爲了不想花費在染料上，所以用了大量的石墨去將顏色磨淺。石墨有防水的特性，只要用量夠多，布袋自然不會滲水進去。」

太薄造成容易破損而不得不成爲廢料，卻也因爲薄所以輕穎，重量只有同面積油紙的百分之十，加上防水特性，意外成爲包裝棉被的最好材料。

誤打誤撞找到合乎需求的材料，始終不相信自己運氣的黃生廣繞圈子地問起其他問題：「古兄，你一個賣布的怎麼擺起攤賣起畫來呢？」

「你有菸嗎？」

黃生廣遞了一整包給他：「整包拿去抽啦！」看得出姓古的傢伙已經窮到連買菸的錢都沒有。

「後來，我湊足了船票錢，跑到內地找那個騙我入局的人，他雖然是騙子，但卻是日本倉敷地區的貴族。當然啦！只是落魄貴族，我拜託他多多少少賠我一點損失，他不只沒有賠償，還躲起來避不見面，我一氣之下偷走他家所有收藏的畫作，然後一把火把他家燒掉。」

「什麼？放火！」

「趁沒人才放火啦！我做生意難免會謀財，但絕不害命。」香菸一根接著一根抽的古火清，談起生意的樣子和剛剛醉臥在家裡判若兩人。

「賣棉被的羽二重商社怎麼會對帆布有興趣？難道帆布可以做成被單啊？」古火清試探地問。

「我可以先看貨嗎？可以讓我先拿個幾十呎回工廠試用嗎？」天性謹慎的黃生廣不會笨到犯了跟古火清一樣的錯誤。

「生意買賣就是要這樣啦，我當初如果像你一樣小心，今天就不會淪落在街頭擺攤了。」古火清笑了笑表示同意。

於是兩個人先搬幾十呎帆布回工廠，找了一部縫紉車，試著將帆布袋縫在棉被的外層，反覆用水噴灑，甚至故意泡在水裡，並且還實際測量包了帆布防水套的棉被前後的重量。

直到測試到滿意爲止，黃生廣才去說服廠長。

「我不是說過沒有這個必要嗎？你沒事別找麻煩。」廠長那種多一事不如少一事的個性表露無遺。

「但是你有說過，如果我找得到防水包材，就願意試試看，現在我好不容易找到了，而且一床棉被也只不過多兩、三毛錢的成本，你現在怎麼出爾反爾呢？」辛苦了好久的黃生廣忍不住發作。

在一旁的古火清知道這樣吵下去也不是辦法，於是提出了折衷意見：「反正我的帆布一時也賣不掉，這樣啦！你們先試個一千呎，試探一下你們客人的反應，反應不好的話，無條件退我的貨，不收半分錢。」

聽到「無條件退貨」五個字，廠長總算被說服了。第一批送到港邊給旅遊共進的旅行團的棉被，一共一百條送出廠房。

沒有人知道命運會帶人到什麼地方，但不可避免地，好運總是會有走到盡頭的時候。

這一百條用防水輕質帆布包裝的棉被，交給要帶上船的客人手中前，帆布表層竟然一條一條地破裂，黃生廣聽到消息馬上趕到商店街攤位。

「阿廣！你這是什麼爛油布？居然送到這裡沒多久就破了！」負責現場銷售的小三子語氣很嚴厲。

「棉被在工廠裡頭長什麼樣子我不管，可是交到客人手中怎麼可以是破的呢？」

「這外包裝的包材不是油布，而是防水帆布，我試了好幾天，不可能會破啊？」黃生廣看見一道道裂痕，心虛地不敢再爭辯下去，只好把貨先運回工廠重新處理。站在小三子旁邊的廠長一副事不關己的模樣，也一起加入數落的陣容，連在商店街櫃檯幫忙的詹佳也不敢開口聲援。

一回到工廠，黃生廣就立刻把古火清找來，氣沖沖地指著一道道裂痕的帆布對他開罵。古火清索性讓黃生廣罵個過癮，悶不吭聲地仔細檢查帆布上的裂痕。

「罵夠了嗎？」古火清遞上一支香菸要黃生廣消消氣。

「你反正沒損失，我的面子統統讓你丟光了！」幾年下來好不容易在商社建立了一點點地位，似乎在一夕之間全部瓦解，他不敢想像在台北出差的社長和海叔回來後會怎麼看他。

「面子？你煩惱的應該不是面子問題，我可不可以問你，你們商社或你有沒有得罪什麼人？」

聽到古火清這句沒頭沒腦的問題，黃生廣一下子反應不過來，嘴巴張得大大的。

「什麼意思？」

古火清搬了一床還沒出貨包得好好的棉被，用力丟在地上，然後將放在地上的棉被來來回回地推動，如此反覆好幾回。「現在你把這床棉被抱起來，看看外表的帆布有沒有破損。」

黃生廣前前後後來來回回仔細檢查，除了沾到灰塵變髒以外，包覆用的帆布卻是沒有半點破損。

「然後你用手拉扯帆布看看。」

黃生廣狐疑地聽從指示花了吃奶的力氣用力拉扯，結果除了帆布有些變形外，可說是毫髮無傷。

接著古火清拿起一把剪刀輕輕剪開帆布袋：「你看！用剪刀剪出的裂痕和被退貨的裂痕幾乎一模一樣。」

看到這已心裡有數的黃生廣臉色一沉：「你是說……」

「對！帆布袋的特性是耐摔耐磨，搬運工再怎麼粗魯也不可能弄破它，更何況還破得那麼整齊劃一！我敢肯定地說，這批貨是在運送過程中被人拿刀子故意劃破。」

「不可能！這批棉被是我親自押送到商店街的倉庫，運送過程我盯得很緊。」黃生廣想不出運送過程有什麼瑕疵。

「那麼從倉庫交到客人手中的過程呢？」古火清一句語就點醒黃生廣。

黃生廣二話不說立刻用最快的奔跑速度跑到港邊商店街棉被櫃檯的小倉庫，想要弄清楚這裂痕到底是怎麼一回事。

淋著雨從天神町跑到哨船頭港邊大樓，黃生廣見櫃檯已經下班空無一人，只好先到廁所整理淋了一身濕的身體，只聽到廁所外頭有人說話。

「你爲什麼要我剪破那些帆布？你這樣做，對商社沒有好處啊！」聲音一聽竟然是詹佳。

「沒爲什麼，替妳出一口氣啊！妳明明是他的妻子，他卻對妳不理不睬，還癩蛤蟆想吃天鵝肉去勾搭社長千金，不給他教訓一下，他還自以爲是商社的老大咧！」小三子的一字一句傳到廁所裡頭的黃生廣的耳裡。

「但是私人歸私人，公家事歸公家事，這樣做眞正很沒道理啦！」詹佳有點後悔。

「妳別忘了，拿剪刀剪破洞的可是妳，是妳自己一時衝動。」

「你死沒良心的，想把事情往我身上推，是不是？」

「反正沒人知道，不用窮緊張啦，別人不知道的事情可多得很呢。來，親一下！」

三歲小孩都聽得出小三子和詹佳之間的曖昧，火冒三丈的黃生廣再也按捺不住脾氣，從廁所衝了出來，在地上找了一根三輪車用的鐵棍，用力地朝小三子身上揮了過去，小三子被突然冒出來的黃生廣嚇了一跳，本能反應地用手擋了鐵棍，一邊大喊救命。

鐵棍打到小三子手臂，立刻皮開肉綻地鮮血直流，此時，恰好有港邊巡邏的保正經過，見狀立刻大吹警哨，衝上前喝止黃生廣，並且用警棍朝他頭上打了過去。眼冒金星一陣暈眩後，黃生廣倒地不省人事，醒來之後發現自己雙手雙腳都已經被捆綁在派出所內的牢房。

被關一天一夜，任憑派出所保正怎麼逼問，黃生廣一句話都不想講。海叔聽到消息連忙從台北趕回來，和詹佳兩人一起到派出所的牢房內探視黃生廣，一見到詹佳，蹲在角落手腳完全不能動彈的黃生廣更是心灰意冷不發一語。

海叔已經從小三子和詹佳的筆錄中得知，黃生廣是因爲爭風吃醋才失手打傷小三子，只是小三子與詹佳卻閉口不談帆布袋的事情，所以整個事情對黃生廣極爲不利。

日治時代對於治安相當重視，別說殺人放火，連尋常當衆鬥毆打架都會被處罰，更何況小三子的手臂被打得鮮血直流且差點斷掉。巡邏的保正全程看到黃生廣拿鐵棍動手，更是連賴都賴不掉，這類刑罰少則被關個十天半個月，多的話甚至會被關上半年，除非被打傷的人願意表示和解。

海叔只好擺出家族大家長的身分央求小三子，裝模作樣一番，小三子從善如流地向派出所表示不願追究，這才讓黃生廣出獄。

「你好好反省一下，不好好照顧自己的老婆，卻只會爭風吃醋……」海叔對著總算離開派出所牢房的黃生廣教訓了一頓。

「海叔，我想回家。」一天一夜不開一口的黃生廣，淚流滿面地對著港口喃喃自語。

「回家，回去赴死啊？不要跟我說這種不爭氣的話！爲了一個女人，呸！」

小三子和詹佳信誓旦旦地撇清兩人之間沒有任何曖昧關係，當然，自知理虧的詹佳更是不敢亂說話，只能任憑黃生廣蒙受冤屈下去。

小三子雖然挨了一棍，但也不至於傷筋動骨，他乘勝追擊，找到古火清繼續合作防水抗潮的帆布布袋。當然，這一回他自然不會故意去剪破布袋，共進會商店街的客人看到這種貼心的棉被布袋，每個人讚不絕口。自從棉被加了防水布套後，港邊共進會攤子的銷量，每天從一、二十條激增到每天上百條，來台灣遊覽的外地人，每十個人就有一個添購基隆羽二重高級棉被，連原本哨船頭與台北的門市，銷量也增了三成。

商社上上下下甚至連商店街的其他攤位都不得不佩服小三子的生意頭腦，不到三個月，古火清原本打算要丟棄的一百多萬呎的特殊帆布竟然銷售一空。

除了羽二重以外，其他棉被店也紛紛找上門指定要買特殊的帆布袋，逼得古火清只好去找上原來的合作夥伴要求他按照同樣「偷工減料」的方式再生產幾百萬呎的帆布。古火清不只還了負債，更因此東山再起，回到台北永樂町重起爐灶，成為迪化街的首富。

國民黨政府轉進來台後，古火清的事業更是蒸蒸日上，遍及紡織、礦業、地產，他的兒子古萬金在七十年後創設台灣第一大金融控股公司：國華金控。

古火清這個傳奇的台灣商人，之所以能夠翻身致富打造巨大的財富王國，黃生廣這位棉被師父可說是最關鍵的貴人。

飲水思源，古火清雖然不齒小三子這種偷他人功勞的割稻仔尾行為，但基於自身利益也不願意點破。只是，懂得飲水思源的他，要離開基隆重返永樂町的前夕跑到社寮去找黃生廣。

發生了一連串事情後，二重吉統再也無法容忍黃生廣，只是礙於海叔的面子，才勉強把他發派到位於社寮的棉籽倉庫去當守衛，他一下子從棉被廠第二把交椅跌到商社中最沒地位的棉籽倉庫。

「從上次見面到現在，已經快要一年了，唉。」古火清看著掃著地的黃生廣不免嘆了口氣。

「古兄，你翻身了，有什麼好嘆氣的？」黃生廣正在忙著下一批從工廠運來的棉籽送過來之前，趕緊將倉庫內外整理一番。

「我欠你一杯咖啡。」

「人生在世，大家都互相欠來欠去的。別放在心上，你願意來看我，我就很高興了！」在棉籽倉庫掃了快一年的地，脫離那種不眠不休的工廠趕工生活的黃生廣，身體倒也慢慢強壯起來，模樣越來越像台灣的莊稼漢，幾年前從中國逃出來的面黃肌瘦不再復見了。

「我這次能翻身，你是我的大恩人，我沒有什麼東西好送，也不敢送你金錢[27]。你還記得，我落魄時是賣畫的嗎？」

黃生廣想起一年多前帶著羽子在路邊買畫的往事。

「你心裡在想那個羽子千金小姐，對不對？別傻了，就算你是基隆首富，也不可能和日本大商社的千金有什麼結局啦！」說著說著從三輪車上取出一疊畫作。

「這裡一共十九幅統統送給你，別小看這些畫，這些都是喜多郎歌芳眞跡。」

黃生廣捧著畫，看著古火清的三輪車從自己的視線中慢慢離去，最後只剩下車水馬龍中的一個小黑點。

4 虎尾棉田。離緣

又過了兩年多，來到一九三八年。中元普渡剛過，中日戰爭已經全面爆發，雖然亞洲戰雲密布，處於大日本帝國運輸樞紐的基隆卻感受不到肅殺的氣氛，基隆港口停滿了一艘艘來此補給的軍艦和貨船，和日本軍隊源源不斷從東南亞掠奪而來的各種物資。

此時羽二重商社的人事也爆發出茶壺裡的風暴，不，應該說是第二大股東黃家的權力結構變化。雖然黃生廣也握有部分股權，但股權占比只是根據出資多寡而定，並非掌握經營權力的關鍵因素。

海叔當時帶了幾十個家族成員過來，但主要的布局其實只有三個人，原本被安排在工廠負責棉被生產的黃生廣，卻因爲毆人傷害事件被流放到棉籽倉庫的邊疆單位。

另一個重要人物八叔則派到虎尾負責棉田種植與採收，此外也安排了小三子在店鋪負責門市擔當（營業主任）以及擔任帳房的二把手（財務部副經理）。

很不幸地，八叔卻在此時傳來過世的消息。在虎尾棉田的族人們，其知識水平和經營觀念素質可不像海叔、黃生廣和小三子那麼好，八叔一死，棉田的族人可說是群龍無首亂成一團，稍有處理不慎，可

27　日治時代對於商社員工收受廠商金錢餽贈訂有很嚴格的規範。

能會嚴重影響來年的棉花供應。海叔爲了控制整個場面，打算調派身邊可以信任的人遠赴南部的虎尾穩定亂局。

海叔這時候想把天生謹愼、實事求是，又喜歡碰機器的黃生廣重新安排回工廠，而將口才辯給、外型稱頭的小三子派到虎尾取代生性豪邁、重情重義的八叔空缺。

他想派小三子去掌管棉田的理由是，小三子八面玲瓏的爲人至少可以和棉田那批難以馴服的棉花農夫莊稼漢維持一定的和諧，況且黃生廣本來就是這個家族的少主，總有一天海叔要把商社的地位權力甚至財產統統交還給他，沒有理由一直把他冰凍在決策中心之外。於私，由於小三子當年在汕頭逃難時棄家族利益於不顧，跳上船自個兒先溜到基隆來，海叔對他的忠誠度始終感到憂慮。所以，一直在社長面前千交待萬叮嚀，千萬別把帳交給小三子掌管。

只是，就算了解這一切的二重吉統，依舊堅持要調黃生廣到虎尾去，表面冠冕堂皇的理由是：「反正工廠可以由小賀掌管，調黃生廣到虎尾所牽動的人事異動最少。」

兩人躺在主屋二樓最深處的「書房」的床上享受徹底釋放後的吞雲吐霧，他們共享一根香菸，有點像偷偷在學校廁所站成一排，抽著同一根香菸的男學生那股年少輕狂。

「我不相信你今天講的那些什麼最低限度人事異動的鬼話，你就是想調阿廣到虎尾。」海叔打開床頭桌上的檯燈，坐在床緣抓起件衣服套在身上。

「既然知道，又何必問呢？羽子又不是你的女兒。」

社長眞正的用意是想把黃生廣趕出羽子的生活圈。最近一年來，羽子好幾次翹課跑到社寮的棉籽工廠找黃生廣，詹佳把一切刺探到阿廣和羽子之間曖昧不清的行爲，源源不斷加油添醋地向社長打小報告。身爲父親擔心自己年紀輕輕涉世未深的女兒，如果不趕快切斷這層關係，會被黃生廣給拐走。

「虧你還是唸過大學的高級知識分子，平常一副開明自由派的模樣，爲什麼要阻止女兒自由談戀愛呢？你和你太太當年也是自由戀愛而結婚啊！」沒有養兒育女的海叔講起別人的女兒自然是一派輕鬆。

「小賀！我不希望自己女兒的婚姻，步上我們這種見不得人悲慘境界的後塵啊！」海叔用力把菸蒂彈到地上，撂下一句話便狠狠地帶上房門拂袖而去：「我們會難容於社會並非我們是異族，而是同性。」

「禾子！禾子！你現在有閒嗎？」海叔的聲音在長廊迴盪，無法獲得滿足的海叔掉過頭去找蔡禾子的次數與頻率越來越高。

日治時代的初期，很少日本人與台灣人通婚，直到後期大約一九三〇年以後，台人與日人通婚的情況才漸漸多了起來，但是和當時整個台灣人口相比依舊是極爲少數。

當時日本人普遍有高人一等的殖民者優越感，加上除了少數住在都市的台灣商人以外，一般台人也沒有什麼機會與管道和日本異性深交，更何況是家世顯赫的二重家族的通婚對象，連尋常普通日本人都看不上了，哪還能容忍黃生廣這個壓根兒只是比較富有的中國難民呢？

黃生廣最後還是被調派到距基隆兩百多公里以外的虎尾，擔任棉田總領班，表面的理由是黃生廣不願意改日本姓氏。日本在台灣實施的皇民化政策越來越強、越來越深，連擔任商社的擔當（店長）都必須歸化日本姓氏，小三子毫不猶豫改了日本姓，黃生廣卻拒絕了。

「你以前不是贊成我改日本姓嗎？爲什麼你不想改？」海叔納悶地問著。

「改了也沒用。」黃生廣知道事情的癥結在老闆身上，全天下通行無阻的唯一一條鐵律：「老闆說了算。」

從基隆搭縱貫線火車到斗六得花上十五個小時，再從斗六轉汽車到虎尾，從虎尾車站又得走上四個多小時的路才能抵達棉田農場的宿舍。

基隆驛天沒亮，便湧進等候清晨五點半發車的頭班列車的大批旅客。基隆車站是棟紅磚結構，外表採左右對稱的複合式尖塔樣貌，屋頂上方聳立著尖狀鐘塔，四周亦有突出於斜面屋頂的老虎窗，整體設計仿照歐洲文藝復興式建築風格，是當時全台灣甚至全東南亞最漂亮的車站。

車站廣場滿滿排班的人力三輪車、出租汽車，井然有序地排成一列等候客人，搭火車的旅客排成兩排在驗票口等待火車進站，人潮雖然洶湧卻井然有序，沒有人插隊也不會大聲喧鬧，各種早餐與便當的小販守規矩地在指定的區域叫賣。

黃生廣清晨四點多就提早抵達車站，這趟外派虎尾，商社並沒有告知何時可以調回來，社長甚至暗示他最好在那邊落地生根，沒事別再回基隆。

背著一只大帆布包的他不想那麼早加入排隊的行列，他渴望有人來送他一程，什麼人都好，有人送行意味著在這座已經落腳六年的城市，依舊有人惦記著自己。海叔？詹佳？工廠的同事？什麼人都好！一個小時過了，他已經放棄東張西望，慢慢踱步到等候進站列車的隊伍裡頭。

「阿廣！阿廣！」一個熟悉的聲音從背後傳來。

「沒想到妳會來。」

「總算來得及！」綁著兩條辮子的羽子氣喘吁吁，打開手上的紙盒從裡頭拿出一團黏糊糊的奶色甜點。

「這是什麼？好香呢！」黃生廣吃了一口，甜甜軟軟地入口即化。

「這是我昨晚親手做的洋菓子，專程帶來給你吃的。」

「布丁！」

黃生廣貪婪地吞了好幾口，閉起雙眼享受那股甜甜的滋味。

「你腦子是不是又想到，如果可以給你媽媽吃上一口該有多好了吧？」

「這倒沒有，對了，我媽前陣子從中國老家寄了封報平安的信給我，說家鄉的戰爭已經結束。」

「我早就告訴你，你媽媽一定會平安沒事的。」羽子聽到這個消息也跟著高興起來。

「你可以去廟口擺攤算命了，一定比那些半仙還要靈驗。」

「不是我靈驗，是我每個月都到神社去祈求你媽媽的平安，別小看我們日本神明喔！」

黃生廣忍住一股想把羽子緊緊擁抱在懷裡的衝動，感激地說：「我的車馬上就要來了，已經沒有時間上神社還願了。」

「我幫你還願！」

「打勾勾！」

黃生廣卸下大背包從裡頭取出古火清送他的浮世繪畫作，一捆捆地全部送給了羽子：「還記得那個賣畫的人嗎？這些畫是他送我的，反正我也看不懂，早就想找時間拿給妳，但妳知道的，社長已經下令不准我再踏進主屋一步，所以才擱到現在。」

車站傳來列車即將進站的廣播，黃生廣拎起大背包，向羽子揮了揮手走向剪票口，這時羽子突然想到懷裡還有一包禮物，急忙奔跑將禮物遞在他的手裡。

「上了車再打開！」

黃生廣點了點頭，把禮物收在口袋裡。快要輪到他剪票的時候，又看見一個女人用百米衝刺的速度跑到他身旁，拿了一個便當給他。

「美霞！妳也來送我！」黃生廣吃了一驚。

「這是你最愛吃的吧咔便當，我把餐廳最好的菜都包在裡面。」美霞望了旁邊的羽子一眼，會意地笑著說：「我不會告訴社長的啦！」

美霞朝羽子的方向嘟了嘟嘴促狹地對黃生廣說：「我也不會把我們的事情告訴她。」

火車開動了一會兒，停在八堵車站載客，黃生廣想起口袋內的那盒禮物，好奇地打開一看，竟然是盒森永牛奶糖。

只要還有人惦記著自己，就有活過的痕跡。

棉花田的工作相當辛苦也十分單調。習慣了基隆五光十色的生活與工廠內外活潑多變充滿挑戰的工作後，初來到虎尾棉花農場的黃生廣還有點不習慣，且光是忙八叔的喪事和處理遺產等身後事就忙上了一個多月。日治時代的台灣，戶政系統十分嚴謹，一個人過世後不能草草掩埋就了事，必須去辦理死亡登記，必須通知遺族，還要到公所辦理遺產轉移。不比在中國老家，找個地方埋一埋，留下的錢隨便平分就了事。

比較棘手的是八叔還留下一個剛滿三個月的男嬰，黃生廣問遍其他族人與棉田佃農，竟然沒有人知道這個男嬰的母親是誰，只知道是八叔過世前一個多月不知道從哪邊抱回來的。

由於棉田地處虎尾的偏遠地區，附近有許多平埔族部落，有人猜測大概是八叔和平埔女人偷偷生下來的。身為商社派赴棉田的總管和黃家少主的雙重身分，黃生廣只好收養這個男嬰，取名為黃南山，小名喚之「hachi」，日文「八」的意思，用他親生父親八叔的外號而命名。

一年多以後，黃生廣收到了一封來自基隆日新小學校的信，看著信封上頭陌生的署名「森永子」，完全想不起來到底什麼時候認識森永子這麼一個人。

好奇地打開信，原來是羽子從基隆寄過來的。

阿廣：

距離上回匆匆一別已經一年多，請原諒我生疏的漢文，不得不用漢文和日文穿插地使用。

我兩個月前從高等中學畢業，現在被安排在日新小學校擔任美術老師。我知道我父親絕對不願意看到我和你通信，所以趁現在我已經出社會工作，有了工作場所的收信地址，這樣就可以瞞著他寫信給你了。

如果你願意（我是說如果的話）回信，可以寄到基隆的日新小學校給二重老師，我就可以收到。小心起見，我用了森永子這個筆名，如此也不會讓你們虎尾那邊的其他人知道。

當老師雖然只有兩個多月，但內心的欣喜是很難用文字來形容，我好希望一輩子都可以這樣每天教小孩子畫畫，但我父親最近卻老是告訴我，希望我再過一年，也就是二十歲時可以嫁出去。他越來越像個嘮叨不休的老頭，讓現在已經搬回家住的我一直想要搬去小學校的老師宿舍，很好笑吧！六年中學的住校生涯，天天吵著想要回家的我，現在總算回家，卻又很想搬出去。

當然，這個家讓我感到很悶，相信你知道指的是什麼事情。外人不知道其中的心酸，只會安慰說像我父親那種單身商人，自然會和女人搞七捻三，勸我別放在心上。但你知道實情並非如此，只是畢竟是自己的父親，對於他和小賀叔之間的事情，我只能睜隻眼閉隻眼，或者找你吐吐苦水，因爲只有你可以讓我吐這些苦水。不過請放心啦！只要到了小學校看到那些七、八歲的小孩子，便會讓我忘卻家中的烏煙瘴氣。

對了！我聽說你有個小孩叫做小八子，這到底怎麼回事啊？你結婚了嗎？無論如何，給我一個答案，或許等他長大一點可以叫我一聲阿姨也不錯。

森永子　昭和十四年一月筆

森永子：

很抱歉，拖了這麼久才給妳回信，既然妳自稱森永子，我就從善如流這樣稱呼妳吧。

前一陣子棉田播種，每年二月播種期是棉田最忙碌的時刻，就算我有時間寫信，但也抽不出空跑到虎尾街頭的郵便局去寄。從棉花田的農舍走路到那兒得花四、五個小時呢！

小八子是原本農場總管八叔的兒子，一年多前我剛來到這裡幫忙處理八叔的後事時，發現他遺留了一個小嬰兒，身為他的親戚，我只好義不容辭地收養，久而久之，我已經把他當成自己的小孩。其他的佃農與同事似乎也順理成章地把我視為小八子的父親，畢竟我一個二十多歲的男人，有個兩歲小孩好像也是挺正常的。

妳一定很訝異，我的信竟然大部分用日文書寫，關於這點，我可比你這個當老師的厲害多了。棉田的生活相當無趣，晚上除了喝酒以外也沒有別的事情可做，但我可沒閒著，天天吵著這邊的日本技師學日文，我向他學日文，然後我教他漢文。如果我是妳的學生，妳打成績會打幾分呢？

女大當嫁，妳爸爸的囉嗦是為妳好，現在當了爸爸的我，多少能夠體會社長的心情。

阿廣　昭和十四年四月筆

阿廣：

我家的郵便局可沒那麼遠，一收到來信我就迫不及待想要回信。

還記得你送我的那批畫嗎？雖然你沒有興趣，但我還是得告訴你一些事情。幾天前，我去台北欣賞畫展，因為現場有許多內地來的名家大師，於是我帶了那批畫打算給他們鑑定一下。但沒想到，我一攤開畫，一位名字我已經忘記的某大學教授把我拉到美術館的小房間，問我到底是怎麼取得那些畫的。他的樣子很嚴厲，有點嚇著的我自然是死都不肯說，不得要領的他只好告訴我，那批畫作是內地失蹤許久的真跡，單單失主的懸賞金額就超過好幾千元，他還提議，如果交給他處理，他可以給我一萬塊錢。

當然我認為那個人絕對是個騙子，畢竟日本內地現在處於戰爭的不景氣當中，許多人紛紛渡海來台淪為騙子。只是好奇的我又找個熟識的美術教授，經他鑑定，這批畫果然是兩、三百年的大師真跡，如果拿去賣的話，少說可以賣個十萬元，是我小學校老師月給兩百多塊的五百多倍！真希望這些是真的。

能不能請你的回信多寫一些虎尾那邊的情況呢？聽說嘉南大圳很雄偉，你有沒有親眼目睹呢？

最後，身爲老師的我，把你的日文打零分，因爲你我之間的關係不需要用那麼多敬語。順便再寄幾盒牛奶糖給你，免得你和我之間越來越客套起來。

森永子　昭和十四年四月筆

森永子：

謝謝妳的牛奶糖，這不是客套，鄉下地方根本買不到這種好吃的東西。

先告訴妳一個好消息，虎尾郵便局已經在棉田附近開了支局，因爲這附近最近幾個月來開闢了許多甘蔗田，也搬來了許多農夫技師以及糖廠的辦事員。

在虎尾這邊的嘉南大圳已經屬於尾巴，自然不如烏山頭那邊的雄偉。但因應妳的要求，前幾天我特別上虎尾找照片行的人，幫我和小八子在嘉南大圳拍照，信中附上的照片就是嘉南大圳和小八子，妳都是第一次見到吧！

這裡的日子很單調，除了夏天颱風來臨以外，每天都是大太陽。不過和基隆天天下雨相比，這裡的氣候好多了，如果妳有機會來這裡住上一陣子，保證妳的鼻病會不藥而癒。因爲這附近都是甘蔗田、糖廠，所以空氣都是甜甜的，剛來的時候雖感到很有趣，但聞久了實在讓人受不了。

妳來信提到我送妳的那些畫，如果眞的那麼値錢且來歷不明，我建議妳更要仔細保管，別讓任何人發現。哪一天妳結婚嫁人，那批畫就當成我送妳的禮金吧！

阿廣　昭和十四年五月筆

阿廣：

抱歉，這次換我拖了比較久才回信。

新的學期開學，我被調到教高年級學生。本來只是教六、七歲的小朋友，現在得面對十二、三歲的少年，他們特別調皮搗蛋，讓我想起你剛來商社時候的模樣。比較麻煩的是除了美術以外，我還得教文學、算術，因爲學校一些男老師已經陸陸續續被軍部徵調到戰場，留下空缺一時找不到老師，我只得同時兼任三個班級的老師。

虎尾那邊情況怎麼樣呢？基隆這裡已經明顯感受到戰爭的波及，許多物資都得配給，包括我最愛吃的砂糖。所幸我父親與商社的關係夠好，食物還不致於短缺，還是能照常供應早餐、午餐給工人吃，但自然再也無法提供什麼豐盛的吧啡了。也正因爲如此，商社所有工人都能安心地天天上工，比起其他因爲徵兵導致缺工的商社，我們棉被店還可以維持運作，前幾天小賀叔還特別稱讚你一番呢！

今年十二月的太子誕辰紀念日，學校打算安排高年級學生去嘉南大圳進行校外教學，時間地點訂下來之後，我會再寫信告訴你，如果你有時間，我很想再見到你。

有件事情我本來不打算告訴你，因爲我實在不願意當那種搬弄是非的爪耙子，只是和你有密切的關係，所以我還是說吧。

詹佳和小三子兩個人的關係已經親密到同進同出住在一起的階段，聽說她已經徵求社長同意，不用再回主屋幫忙，直接擔任小三子的助理。我曾經聽你說過，你和詹佳在老家已經有了婚約，她這樣對你，我眞的替你感到難過。

森永子　昭和十四年九月筆

森永子：

即使連虎尾這種鄉下地方，也感受到戰爭所帶來的巨變。棉花與棉籽被政府指定爲戰略物資，所以我們棉花田的產量有一半被政府徵收，爲了補上商社所需棉花數量的缺額，我們種植的面積數量都比往年還要增加許多，忙得連星期天都沒有辦法放假。不過，我們這些唐山工人早就吃苦吃習慣了，反正有月給與分紅可以拿，沒有人會抱怨，反而是附近的棉田與甘蔗田，許多農夫因爲收入太低而紛紛跑去自願當比較高薪的軍伕，最後導致人力不夠，還央求我們派人去幫忙。

希望戰爭不要打到台灣來，從小到大我活在戰場整整十年，那是很殘酷很可怕的。如果有一天戰爭打到基隆，一定要記得小時候我帶妳玩的躲炮彈的遊戲。

聽到妳十二月要來嘉義，我迫不及待地希望那一天趕快到來，只是別忘了，還是別讓社長知道啊！

阿廣　昭和十四年十月筆

到了十二月二十三日的明仁太子[28]誕辰日，黃生廣並沒有等到羽子前來，而是專程來虎尾的詹佳。她搭乘從基隆出發的第一班列車，來到斗六火車站已是晚上九點，黃生廣接獲通知後大老遠從棉田宿舍趕到斗六車站去迎接。

「火車慢分，原本晚頭仔六、七點會到的……」詹佳走出月台看到許久不見的黃生廣，一時也不知道說些什麼。

「沒要緊啦！我已經叫一台三輪車，先載妳回農廠宿舍休息，我已經叫人打掃一間房間給妳住。」

28 後來的平成天皇。

「不必啦！我晚上住旅館就好了，明天我得趕著搭第一班車回基隆，最近店內的事情很多，我頭家[29]……嗯……就是小三子，一個人忙不過來的。」詹佳不自覺地脫口而出小三子是自己頭家，頭低低地逃避黃生廣的眼神。

「車站對面有間小旅館，小是小卻很清幽，農場的客人與日本技師都是住在那裡。走，我帶妳去！」黃生廣幫忙提著行李，詹佳默默地跟在他的後面。

「運氣不錯，旅館還剩下最後一間房間，只是在四樓要爬樓梯，要不要我幫妳搬行李上去？」

「不用，這樣不方便。」詹佳還是不敢正面看黃生廣，但回答得相當堅決。

「也對，妳現在已經是別人的查某了。」

「櫃檯旁邊有間咖啡店，好像還開著，不然我們去那坐著講話。」詹佳提議。

咖啡店擺著不太相襯的扶手沙發，另外還有幾張桌子，除了他們倆人以外沒有其他客人。等接待員指引著兩人在靠窗的沙發坐定、點餐後，黃生廣開了口：「阿佳，眞高興能再見到妳。」

「是啊，眞好。」

上一次見到詹佳已是四年多前，快要十八歲的詹佳已經不再是那種黃毛丫頭，身材窈窕體態挺麗，且在店頭生意場所磨練了三年多下來，早就懂得如何打扮與略施妝粉，舉手投足一副高級銀座商店街女招待員的模樣。

「阿佳，妳變得很漂亮。」

「謝謝啦，不過怎麼樣也比不上羽子那種千金小姐啦！」即便已經另有歸宿，詹佳開口閉口還是濃濃醋意。

窗外此時下起毛毛細雨，咖啡店的光線相當昏暗，牆壁上老舊的掛鐘滴答滴答響著，喝著咖啡的兩人陷入漫長的沉默，直到服務員前來提醒：「抱歉！我們再半個小時就要打烊了。」

詹佳嘆了一口氣打破沉默：「你可以在上面簽字嗎？」說完從大衣口袋取出一張薄薄的制式公文紙，上頭大剌剌地印著三個字：「離緣狀」。

雖然心裡有數，看到這三個字，卻也讓黃生廣心頭一凜鼻頭一酸，不禁哽咽了起來。

其實詹佳心裡更不好過，從基隆上火車她便一路哭到斗六，沿途上有好幾回想要把休書撕個粉碎丟到車窗外。

「你如果不想簽字，我就跟你留在虎尾種棉花不再回基隆，海叔與社長應該會諒解的。」詹佳說著說著也跟著哭了出來：「前幾個月我接到我哥哥的來信，問我們什麼時候要生小孩……」

「妳哥哥還平安啊？太好了！其實我也有收到我媽媽的信，只是不知道怎麼回信跟她說……」

急著打烊下班的服務員看著桌上大大一張離緣狀，識趣地悄悄離他們遠遠的。

「阿佳，反正妳已經和小三子在一塊了，妳自己歡喜就好啦！」黃生廣把離緣狀推到詹佳的面前。

詹佳知道黃生廣的心意，擦了擦眼淚從皮包中掏出一支筆，毫不猶豫地在離緣狀上簽下詹佳兩個字。人跑得再遠，始終會碰到命運這個東西，在中國江西糊里糊塗結了婚的兩人，在一、兩千哩外的台灣斗六簽下了分道揚鑣的人生。

步出旅館，黃生廣不想那麼快離開，一個人坐在火車站旁邊的公園等待天亮。果然天一亮，詹佳就從旅館匆忙離開直奔火車站。

「阿廣！你還沒走啊？」看見徹夜守候的他，詹佳內心似乎燃起一股被挽留下來的期待感。一句話

---

29 老一輩台灣女人對丈夫的稱呼

就好，一句話就好，詹佳看著黃生廣。

「我送妳坐車回去。」

「你始終還是無法原諒我跟過別人……」詹佳死心地說著。

「別說那麼多啦，火車來了。」

「阿廣，我還是要提醒你，咱們是漢人，漢人和日人的地位不同款，知道嗎？」說完後頭也不回地爬上火車。

回到棉田農場，立刻就收到了羽子的來信。

阿廣：

我最不想面對的事情終於來臨了，我爸爸安排我相親，對方是和商社往來密切的台灣銀行基隆支庫經理的長子松羅文一。

他的條件很好，今年二十二歲，剛從帝國大學經濟學系畢業，在基隆商業共進會上班，所有的人都說他是所謂菁英的青年才俊。相親見面的時間是明年過年，沒有意外的話，明年年底前就會安排和他結婚。

如果早個一年安排相親，我一定抵死不從，甚至逃家遠走天涯。只是，我明年就二十歲了，年紀越大越知道自己所能選擇的人生其實是很有限的，一旦離開家裡、學校等可以掌握的環境，就會發現自己連好好活下去的本事都沒有。而你讓我最佩服正是這個活下去的本事，從小到大聽你的故事長大，直到今天我終於長大了，卻始終沒能學到你的半點本事。

身爲基隆商界顯赫的名門千金，我從小就受各種明示暗示，清楚知道自己的本分就是安分守己，每天乖乖地學畫消磨時間，展現良好的言行舉止，直到找到門當户對的合適對象，爲家族傳宗接代。我的未來好像一床從工廠出產的高級棉被，形狀大小圖案顏色早就被設計在藍圖上，再也不可能更改。

我可以預知會有一場在神社舉行的婚禮，穿著白無垢禮服，接受我父親以及未來夫家所有與生意人脈有關的客人祝福。也許還會有棟兩層樓的洋房，裡頭想當然早已準備一間育嬰房，唯一由我決定的只是洋式還是和式。

結婚後，我一定得辭掉自己最喜歡的老師工作，陪著到現在還未曾謀面的丈夫，到處參加各種茶會、燈會、共進會……直到有一天完全變成連自己都討厭的模樣爲止。

對一個人來說，最重要的人到底是待在身邊的人？還是留在心裡的人？到時成爲人妻後，我可能無法再和你通信，就請你將我留在你的心裡吧。

最後，無論如何我很盼望能在結婚前，再聽你說一次你的故事，我是說，如果可以的話。這樣子的任性要求，也只能對你要求了。

森永子　昭和十四年十二月筆

「阿爸，你爲什麼在流目油？棉籽跑進眼睛嗎？」已經兩歲的小八子好奇地問著。一生出就在棉田的小八子，知道棉田經不起狂風吹襲，只要颳大風就得趕緊躲進房子裡頭，否則滿天飄揚的棉絮會鑽進臉上所有有洞的地方。

「今天放假，阿爸要帶我去哪裡？」每個假日，黃生廣都會騎著鐵馬載他到虎尾鎮上玩耍，去廟埕看布袋戲，去日糖糖廠吃冰，去咖啡廳吹冷氣。

「今天你陪阿爸打棉被，我順便教你打。」

他取出一團又一團的棉花，平均地抖落在工作木床，背著彈弓，剪好一條條紗線，綁牢牛筋繩，舉著木槌，在棉花團中來回撥弄弓弦，直到一團團棉花漸漸成型，然後再取出新的棉團反覆來回彈打，匡噹匡噹的聲響響徹整間房子。

黃生廣只能藉由彈棉的單調節奏，來忘卻那些無法忘懷卻又無可奈何的宿命。

「阿爸，你打這條棉被是要給誰蓋？」看得津津有味的小八子問起。

「新娘子。」

「誰的新娘子？」

「但願是我的。」黃生廣說不出口。

一九四一年秋天，羽子順利地接受父親的安排嫁給了松羅文一。此時二重吉統總算願意讓黃生廣回基隆，因爲此時商社又爆發出人謀不臧，以及大客戶鈴木商事惡性倒閉的事端。

自從台灣博覽會在五年前順利舉行後，鈴木商社便把基隆這套銷售模式擴展到全台灣。起初幾年羽二重透過鈴木銷售的棉被銷量蒸蒸日上，但付款方式卻極不平等，鈴木透過販賣各種商品取得客戶現金，另一方面卻開出三個月的遠期支票，表面上鈴木抽取的銷售比率很低，但實際上鈴木看上的是源源不斷的現金周轉，收到的現金再拿去滿州國與廊六甲投資。

但好景不常，中國戰爭爆發後，滿州國的經濟一蹶不振造成投資的巨幅虧損，到了一九四〇年更是發生了致命的一擊。受到英美等國的經濟制裁，日本在東南亞的資產遭到凍結，鈴木因此陷入資金嚴重短缺的危機，將往來廠商的票期從兩個月延到四個月，最後甚至延到一年。

雪上加霜的是，羽二重商社的死敵「正東京羽二重棉被株式會社」卻趁機出手惡意挖角，負責財務的大掌櫃和負責店頭銷售的小三子竟然帶著客戶名單與部分工廠資深技師跳槽過去，許多客人紛紛轉到對手公司去買低價棉被。這時候不得不把黃生廣調回基隆，至少可以借助他的經驗穩住工廠運作。

回基隆之前，黃生廣必須先辦妥一件事情，那就是到八叔的墳墓進行撿骨的儀式。當時親人過世之後，須將其屍體埋入土中土葬，等待大約三到十年的時間，等屍體腐爛後，把骨頭取出，放入罈中貯存，再重新埋葬。有些是舊地重埋，有些則是另找一塊風水地與其他過世的親屬一起埋葬。

撿骨的習俗尤其在台灣特別盛行。早年台灣是個移民社會，除了當地平埔族或其他原住民以外，許多是來自閩粵贛等中國南方，懷念故鄉的移民在過世前都會交代子孫，將來能將其骨骸帶回老家祖墳安葬。只是幾百年來，先民的子孫幾乎全部在台灣落地生根鮮少回去，於是撿骨也慢慢地演變成一種習俗，相傳如果子孫沒有幫忙撿骨，死去的親人將無法重新投胎而變成孤魂野鬼，無法庇蔭子孫，所以撿骨習俗也演變成後代子孫想要藉由撿骨來改變風水進而改運。

很少來虎尾的海叔也特地大老遠從基隆南下，還慎重地提早兩天抵達，安排八叔撿骨的儀式。

八叔葬在位於斗六郡的崁頭厝山區，崁頭厝這一帶是河洛人來嘉南平原開墾的邊界，再過去往山裡面走沒多遠便是阿里山，住著大批平埔熟番與鄒族生番。

崁頭厝山區是一大片起伏的廣大原野，除了層層疊疊的墳墓外，幾乎沒有開發，這裡的墳墓屬於雜葬區，埋葬於此的有河洛人、平埔族，與鄒族，八叔葬在一塊外觀呈馬蹄形的饅頭墓地，幾年下來沒人來清理而顯得雜草繁茂。

海叔帶著風水師與阿廣等一行人抵達墓地時已經中午。

「還好總算趕在吉時之前找到八叔的風水。」

風水師有點擔心地東張西望：「這裡沒有生番嗎？」

這一帶是各族的雜葬區，原住民由於沒有撿骨的習俗，所以對漢人這種在他們眼中的破壞墓地行爲相當不諒解，萬一不小心找錯墳墓撿錯屍骨，原住民們往往二話不說就和撿骨的漢人開打起來。百多年來，由於文化隔閡誤解而喪命的漢人相當多，所以有經驗的風水師都會特別謹慎，特別是這類各族雜葬區。

「別開玩笑了！現在早就沒有生番獵首級，大家都已經成爲溫和的熟番，他們的部落也是個個穿台灣服說台灣話，看起來像台灣人的樣子，不過看他們的臉立刻能分辨得出來。」一起前來的斗六郡役所人員安撫大家。

「生番女人的臉不錯吧？」有人促狹地說著。

「你不要開玩笑，她們的皮膚又黑又粗糙。」

「裡面埋的是誰？」小八子身爲八叔唯一血脈，雖然只有四歲多，但撿骨的儀式必須有他參加。

「小八子，你等一下如果看到難看的屍骨，不用怕，那是你另一個阿爸。」

風水師算好時辰，在完成祭拜後打算開挖的時刻，一支箭從遠方呼嘯地射了過來，所幸後續力道不足，在衆人面前約三、四十呎就落地。

「幹！眞有生番！」黃生廣嚇得趕緊抱起小八子往旁邊反方向的樹叢裡逃竄。

只見一個披頭散髮的女人從靠近山的那一片野生薯田瘋狂地大喊大叫，手裡拿張弓箭，腰間繫了一把彎刀，朝墳墓這裡狂奔而來。大夥仔細一瞧，她手上的弓弦已經沒有箭了，這才放心地迎向前把她團團包圍，只見那女人抽起彎刀，毫無章法地對著衆人胡亂比劃，幾個有練過功夫的人出手，三兩下就把她制伏。那女人眼瞼睫毛又濃又長，輪廓十分深邃，臉被太陽晒得很有光澤，一看便知道應該是附近山上的原住民。

「妳是誰？妳來這裡幹什麼？爲什麼拿箭射人？」海叔用台語問她。

那女人被一群男人團團圍住，嚇得痛聲大哭，嘴巴唸唸有詞，沒有人聽得懂她所說的話。

在旁保護小八子的黃生廣越看這女人越覺得眼熟，正在納悶這動機不明的女人來歷時，幾個人氣喘吁吁地從剛剛那女人的來處跑過來。海叔等人看見對方的人越來越多，正打算低頭在旁邊樹叢找把可以禦敵的木棍或樹枝。

「誤會啦！誤會啦！」帶頭的長者用台灣話大聲嘶吼，深怕激起一場無謂的械鬥。

大家紛紛放下手上木棍後，經過解釋才知道，這個女人原來是附近的鄒族人，前兩天看見海叔與風水師到八叔墳墓附近除草丈量，回到部落後竟然翻箱倒櫃地找出家裡的弓箭彎刀，今天一大早就拿著刀箭，悶不吭聲地跑出部落，她的兄長感到狐疑，帶著幾個家人尾隨在後，深怕精神看起來有點錯亂的妹妹出去惹事生非。一路追到墳場，看見妹妹拿箭亂射、拿刀亂砍，急急忙忙地趨上前去對眾人解釋。

「可是我們跟妳妹妹無冤無仇的，她爲什麼要……」海叔問到一半，看見那女人再度發作，整個人躺在八叔墳上雙手抓住風水叔的鋤頭，作勢要阻止挖掘動作。

在一旁的公所職員見怪不怪以爲這是搞錯墓地的糾紛，他拿出地籍圖對鄒族族人解釋：「我可以確定這塊墳墓葬的是黃氏，絕非你們鄒族的先人。」

那鄒族人知道理虧，趨上前一把將他妹妹從墳頭拉出：「別再丟人現眼，這是別人的墳墓啦！」

就在大家解開誤會的同時，挖開墓地的風水師被八叔墳墓裡的東西嚇了一跳，大叫一聲：「這是什麼？」

大部分人都聽過許多關於什麼蔭屍趕屍可怕傳說，聽到風水師的叫聲和目瞪口呆的表情，每個人不禁毛骨悚然起來，黃生廣連忙摀住小八子的眼睛，生怕他看見什麼不潔的東西。

早已破損的棺木內除了八叔腐朽的屍骨以外，竟然藏著幾十條金塊，饒是有撿骨幾十年經驗的風水師也從來沒有看過如此豐盛的陪葬品。

「不可能！不可能！」幾年前是黃生廣親自來安葬八叔，從入殮、釘棺、覆土，全程參與的他感到不可思議，明明當初下葬時根本沒有放任何陪葬品，更遑論這批價值不斐的黃金。

看到這批黃金，那個女人才恢復鎮定，慢慢地把故事說了出來。原來當年她到棉田應徵幫八叔與棉農們洗衣煮飯，八叔見她五官深邃、體格健美，帶她到農寮行魚水之歡，就這樣成爲了八叔養在外面的女人，在雜林中蓋了間茅草屋住了下來，小八子就是她與八叔生下來的。

有一天，八叔來到他們坐落於雜林內的屋子，帶走尙在襁褓中的小八子，臨走前神神祕祕地拿著大批金條吩咐她找個地方藏起來。但沒幾天後八叔就死了，她不知道如何處理這幾十條金塊，一時慌張起來。直到八叔出殯的那天，她遠遠地跟在送葬隊伍後面，直到送葬隊伍離開後，她偷偷挖開棺木，把黃金藏在棺木內，因爲這一帶都是亂葬崗，就算清明節也很少有人來這裡掃墓，心想這應該是個絕對安全的地方。但沒想到幾年後，她竟無意間聽到海叔他們要來撿骨，怕棺木裡頭的黃金被人發現，情急之下便拿著刀箭想要趕走來撿骨的人。

「所以，妳是小八子的阿母？」那女人之所以讓黃生廣覺得眼熟，是因爲她原來就是小八子的親生母親。

海叔一副恍然大悟的模樣：「這批黃金總算解答了我幾年前的疑惑。」原來，當初海叔一直感到虎尾這邊採收的棉花量，經常和預定採收的數量有些落差，也一直懷疑商社的最大競爭對手，爲什麼可以在很短的時間在虎尾、和美一帶播種並採收大量棉花。他當時一直打算親自跑一趟來調查棉田的種植情況，但因爲當年黃生廣臨時從工廠被趕到棉籽倉庫，負責督導工廠的他頓時少了左右手，一忙起來就把這事情擱下來。等到後來八叔過世，棉花的採收漸漸恢復合理數量後，海叔已經把這些疑惑忘得一乾二淨。

「你的意思是說，這些黃金是八叔盜賣棉花的贓款所得？」黃生廣實在感到不可置信。

「我只是猜測，畢竟人死爲大。」

「會不會是八叔從中國老家帶來的？」因爲黃生廣自己也從老家帶了些黃金過來，只是數量與價值完全無法與眼前這一批相比擬。

「不可能，老家八叔那一房早就破敗許久，幾乎窮到連鬼都怕，哪來的黃金。」海叔斬釘截鐵地說著。

就在你一句我一句的揣測中，海叔對著大家做了明快的宣示：「這批黃金雖然很有可能是八叔從商社貪得的贓款，但既然八叔的遺孀和後代都在這裡，我提議在此替八叔分配遺產，公所的職員做爲公證。」

一共二十幾條金塊，一條給八叔生前姘上的女人，一條給那女人的兄長族人，一條留給小八子，一條留給黃生廣當成養育小八子的酬勞，在場的人可以共同平分其中一條，其他的因為疑似商社贓款，必須帶回商社翻出當年帳目，核對棉花出貨明細後才能定奪。

「今日之事，事關黃家清譽與商社名譽，傳出去恐怕不太好聽。」

這個見者有份的決定當然是皆大歡喜。那女人的兄長族人們非但沒有被追究行兇傷人，竟然還有黃金可拿，那女人也不用再天天提心吊膽黃金被人盜走，一起來撿骨的其他佃農、撿骨風水師與公所職員，也分到一筆不小的意外橫財，自然不會有人到處亂講。

「小八子，過來叫媽媽！」小八子躲在黃生廣背後偷偷伸出頭瞧著那個女人。

那女人對著小八子傻笑，隨即跟著族人回山上的部落去。

5 黃金。結緣

火車北上駛出斗六，離開嘉南平原。海叔與黃生廣帶著小八子搭乘特急快車，特急快車從斗六到基隆只要八個小時，列車抵達每一站的時間可說是班班準時。

「阿廣，有件事情我非得交代你不可。」海叔一上車立刻急著說出來。

「有一天我過世以後，你一定要幫我撿骨，知不知道？」

「海叔你還這麼年輕，不要講那些死啊活的！」黃生廣並沒有正面回答。

「我應該不會生小孩了，從江西來的幾個人，死的死逃的逃，身邊只剩下你可以信任，如果死後沒有撿骨，我可能會無法轉世超生。」

「虧你還放洋念過書，怎麼還會相信這種迷信？」雖然黃生廣沒有念過洋人的書，但想法上卻是比較接近現代思想，總認為那些只不過是習俗上的儀式罷了，壓根不相信什麼轉世、風水之類的無稽之談。

「我告訴你，這眞正很重要，如果沒有幫我撿骨，會化為厲鬼纏上自己的子孫，這可不是開玩笑的。」

黃生廣嗯哼一聲敷衍過去。

「每站抵達的時間和時刻表上分秒不差呢！」心情相當輕鬆的黃生廣竟然玩起火車時刻表起來，和四年前帶著滿懷委曲坐火車南下到斗六完全不一樣。人就是這樣，即便從小是在極度落後刻苦的窮鄉僻野長大，只要在先進繁華的都市待上一陣子，就再也無法回頭過苦日子，也無法再度適應單調落後的農村。

黃生廣想到即將重回生氣勃勃、欣欣向榮的基隆，很難克制自己雀躍的內心。畢竟他冒著生命危險、與母親分隔，遠渡重洋來到台灣，可不是單純只想討碗飯吃，他想學習最新的棉被技術，想做出最漂亮的棉被，想見識世界的新穎，而非那個幾百年一成不變、抗拒任何改變的封建祖國。

但很顯然地，祖國身分的處境在台灣已經越來越尷尬，日本與中國爆發戰爭多年，原本妄想三月亡華的日本關東軍身陷中國戰場的泥沼，台灣當局開始緊盯著住在台灣幾萬個「中華民國僑民」，連搭個火車也會受到嚴格盤查。為了掩人耳目不讓別人發現他們運送幾十條金條，他們故意將金條藏在一捆一捆的棉花團中。

列車過了新竹，一隊荷槍實彈的軍人上車一一盤查，黃生廣有點緊張。

「見機行事。你帶小八子坐到別的地方，萬一我有事情才不會連累你們，記得別露出外省口音。」

海叔戴起眼鏡，手上捧著一本書，裝扮成教員模樣。

「喂！你的證件和車票拿出來。」一名少尉階級的日本軍官用台語喝令。

「共田孝海是吧？你是中華民國僑民？到基隆幹什麼？這幾箱貨物打開讓我看看。」

為了安全起見，海叔並沒有將黃金藏在最上層的棉花團內，他割開一個小缺口，露出棉花讓那個少尉軍官盤查。

「這位大人，我是基隆羽二重商社的副社長，這批棉花是要運到海軍軍部。」海叔拿出海軍軍部的採購公文。

「軍部採購的貨品，一向都是用貨車運送，為什麼要搭客車？」那名軍官聽到海軍軍部幾個字，神情更加嚴肅聲音更大聲，後面幾個荷槍實彈的士兵紛紛將目光轉到他們身上。

「報告大人，這是一批特殊棉花，用途是在防空洞當防彈材料，是軍部特別要我們送一批過去做實驗，這些機密千萬不能在大庭廣眾下講吧。」海叔搬出軍事機密來。

「我不管那麼多，我的命令就是盤查所有來自中華民國的乘客的所有行李，你再不打開，別怪我不客氣！」氣燄很高的年輕少尉毫不理會海叔的說詞。

「怎麼回事？」少尉背後此時來了一位更高級的軍官前來詢問。

「咦！這不是淺野桑嗎？」原來這位軍官是九年前在汕頭領事館擔任武官的淺野。「你已經升少將啦！」海叔看到多年不見的淺野，知道事情有轉圜空間。

「這海軍公文上頭寫的是特殊軍用棉花，別去惹海軍，萬一弄壞，你們可是吃不了兜著走，知道嗎？」淺野對負責盤查的少尉下令。

日本陸軍與海軍之間一向不和、彼此傾軋，尤其是在台灣，海軍的地位與權威遠遠大過陸軍，淺野的話不是沒有道理。既然帶頭的少將已經下令，少尉軍官自然不再刁難。

「淺野少將，好幾年沒見了。」

「是啊，沒想到我們會在台灣的火車上再度重逢。」曾一起經歷過從江西逃避國民黨追殺，以及合作破獲當年汕頭法籍神父被暗殺的案子，多少產生了一些革命情感。

一問之下才知道，一年多前日軍已經占領汕頭，他表面上是外交領事，實際上是負責特工工作。功成身退的淺野被調到基隆，擔任參謀本部的軍需業務，但暗地裡從事特工工作，監視在台北、基隆的中國間諜。

「你還記得當年被你開槍打斷腿的那個國民黨狗官陳犖達嗎？」

「去年他負責防守汕頭，我們海軍在外海對著他的大營轟炸三天三夜，結果我們一登陸，他竟然就帶著軍隊逃跑。」淺野興高采烈地說起自己的英勇事蹟起來，海叔與黃生廣雖然聽得頗不是滋味，但也只能裝出一副津津有味的樣子迎合他。

發現自己講得有點太過火，淺野抓著海叔的手：「抱歉抱歉，我忘了那邊是你的故鄉，戰爭就是這樣，上級命令要我們打哪裡，就得打哪裡。還好台灣這邊沒有戰爭。」

海叔岔開話題以免大家尷尬，一問之下才知道，原來淺野的官舍就在社長主屋的對面。

「眞的像你們中國成語說的有緣千里來相會。我剛剛赴基隆上任，人生地不熟的，連句台語都不會講，有空我會去找你多聊聊。」

要不是中日之間發生戰爭，海叔一定會與淺野成爲知己好友。「要是沒有戰爭該多好！」這句話當然不能在淺野面前說出來。

下車後淺野還親自護送他們回商社的倉庫，一副依依不捨的模樣。臨走前他靠近海叔的耳朵旁：「既然你已經改日本姓，表示我們是同一國的人，我告訴你，基隆這一帶有許多從汕頭廈門來的中國情報員，如果你知道有哪些同鄉和他們有連絡，請務必通知我。」

匆忙將裝有金條的棉花團搬進倉庫後，海叔才鬆了一口氣：「幸好遇到淺野，不然就麻煩大了。」

戰爭期間，黃金屬於戰略管制品，除了婚嫁的金飾以外，私人一律不得持有，雖然多數台灣人陽奉陰違，並不理會禁制令。

「快！趁現在倉庫沒人，你騎一部三輪車，載小八子把這批黃金藏在你社寮的那間房子。」

「你不打算交還商社嗎？」黃生廣大吃一驚。

「人不爲己天誅地滅，我們叔姪冒著違法私運管制品的風險，所爲何來呢？」

「反正這也是筆陳年老帳，連我都不曉得八叔生前的勾當，更何況是只想扮演太平紳士，什麼事都不管的社長。」

此時商社的經營狀況可說是一團混亂，二重吉統的大掌櫃侵吞了部分公款，帶著小三子、詹佳等好幾個店頭營業幹部跳槽到競爭對手那邊，客戶也一併被挖走，半年內棉被業績一下子掉了一半以上。

而雪上加霜的是大客戶鈴木商事開出來的票也陸續跳票，所幸海叔發現得早，在鈴木商事周轉不靈初期便毅然決然中斷出貨，且透過黑道要回了部分貨款，損失尙在可以控制的範圍。然而其他和鈴木商事往來的廠商就沒那麼好運了，發生嚴重現金周轉不靈，那些平常不可一世的商社社長只好拿出私藏的黃金賤價求售，而黃生廣卻趁機低價買進那些黃金。

「你還眞的對黃金情有獨鍾？」海叔好奇地問他。

「這也是我老母交代的，盛世買房亂世買金，既然戰爭打了那麼久，我想現在應該是亂世吧！」

其實黃生廣並沒有什麼投資理財的觀念，他只是奉行黃家幾百年來的祖訓。因爲前一陣子遇到淺野，那些從汕頭逃出來的歷歷往事都浮現在眼前，當時詹佳並沒有來台通行證，根本上不了船，也是黃生廣掏出黃金私下去疏通船員與船長以及基隆海關官員，才讓詹佳跟著順利逃到基隆來。

而詹佳當然是嫁雞隨雞嫁狗隨狗，跟著小三子去台北的競爭對手那邊工作。

「……船過水無痕，鳥飛不留影，永無記掛，斬斷牽絆，不出妄語，忘卻怨懟，男婚女嫁互不相欠，口說無憑立此……」黃生廣捏著詹佳簽給他的離緣狀，仔細讀著印在上頭的漢字。

一九四一年清明過後

習慣了虎尾酷熱長年日照的天氣，不習慣基隆淒風細雨的小八子鼻涕直流連續打了幾個噴嚏，他和父親擠在碼頭的人群中，拿著日本國旗對即將駛離港口的軍船揮手。

「他們坐船要去哪裡？」

「他們要去打仗。」

「你不是說打仗會有死人會受重傷，他們爲什麼……」黃生廣一巴掌朝小八子的臉打過去：「小孩子不要亂講話！」

深怕這句觸霉頭的話被其他送行的人聽到，黃生廣趕緊拉著小八子稍微往人群的邊緣靠過去。

中國戰事陷入膠著，日本不得不擴大徵兵，連住在海外殖民地的日本國民都列爲徵兵名單。新婚幾個月的羽子，丈夫松羅文一也列在徵兵的名單中。

不過與其他被徵調赴中國戰場的新兵不同的是，松羅文一由於是帝國大學畢業，且精通俄羅斯語，他是以中尉翻譯外交軍官的身分入伍，先到大連接受三個月軍官訓練後，再派任到滿州國與蒙古國、蘇聯的邊界。[30]

羽子隆重地穿著傳統和服，和公婆與父親一起站在碼頭邊與丈夫道別。雖然依依不捨，但碼頭上所有來送子弟上戰場的日本人，個個神采飛揚，宛如正在舉辦盛大的喜事。日本人對於從軍軍人的尊崇，是中國所不能比擬的，除了待遇比一般工人高上好幾倍以外，家庭若有子弟從軍，所受到的禮遇更是不在話下，除了有形高額物資配給以外，軍人家庭更是備受鄰里之間的尊崇。

黃生廣看在眼裡，回想當年在江西，軍隊只能用拐騙搶的手段才能把新兵綁到軍營，鄉里間一聽到軍隊要來拉伕，家家戶戶可是全體總動員，拚了老命也要把家裡的壯丁偷偷送走或想辦法藏在深山裡頭。

「羽子，放心啦！滿州現在很平靜，離中國前線戰場幾千哩呢！」二重吉統安慰著羽子，曾經多次到中國經歷戰場凶險的他，想法和一般日本人不太一樣。

「被派到滿州國服役實在很沒面子，不能拿著槍上戰場替天皇效命。」松羅文一對岳父的說法感到

30　一九四一年四月十三日，積極南進的日本，和正在與德國打得不可開交的蘇聯為了不想兩面作戰，簽訂了互不侵犯條約，兩國之間的滿洲國與蒙古共和國成為中立非軍事區。原本劍拔弩張、一觸即發的滿州國邊界，就此維持著表面和平，直到一九四五年八月蘇聯對日本宣戰為止。

不以爲然。這並不能怪他，以當時日本軍國思想的盛行，他這樣的想法才是當年日本社會的主流。

「國家是借重你精通俄語的長才，就算不能到戰場廝殺，能夠到滿州國維持帝國邊界的和平也可以報效天皇。」羽子安慰著即將上船的丈夫。

陸軍軍樂隊奏著日本出征之歌〈露營之歌〉，所有送行家屬、基隆各級官員與地方士紳，所有人揮著太陽旗嘶吼地唱著：

勝ってくるぞと　勇ましく……誓って故郷を　出たからは……天皇陛下　万歳と……

入伍者從軍官的列隊舉刀陣下魚貫登上艦艇，岸邊送行者不停地來回擺盪雙手高喊：「萬歳！萬歳！」直到駛出港口的軍艦消失在基隆嶼的彼端不見蹤影爲止。

海叔趨前向台灣銀行行長也就是羽子的公公致意，海叔與他在公務上早已熟識多年，不料他卻臉色一沉：「巴嘎野魯！這是你們唐山支那人能夠來的地方嗎？」完全不留半點情面。

回家的路上，黃生廣忍不住問起：「松羅行長平常不會這麼兇的，爲什麼今天……」海叔彷彿早就有話哽著喉嚨似地劈里啪啦說了出來：「他收我禮金的嘴臉可不是這樣！就算在商場上有平起平坐的地位，說穿了他們日本人骨子裡還是瞧不起我們支那人，最近警察只要在街上看到唐山來的人，不分青紅皂白先毒打再說，你出門務必要小心，不然乾脆從社寮的房子搬到工廠來住好了，萬一碰到什麼誤會，也方便找個人向我通風報信。」

其實海叔會被松羅行長瞧不起的另一個原因是他和二重吉統的特殊關係，這種關係也影響羽子在松羅家中的地位，文一已經不在家裡，海叔不敢想像羽子的處境。

遠遠看見田寮港邊有幾個巡邏的便衣，海叔拉著黃生廣的衣角：「我們從巷子裡走回工廠吧！人在江湖，身不由己！」

「你以前說過，這個世界上唯一不存在的藉口，就是身不由己。」

「有嗎？我說過嗎？」

一大早，巷弄內開門做生意的店家稀稀落落，海叔正打算幫蔡禾子買包味噌，不料這時候從醬菜店旁邊的樓梯間竄出一條人影。

「孝海！十年不見了！」

一看居然是當年江西老家的黃村長，雖然還比海叔小上一歲，但歲月已經在他臉上刻下艱苦的痕跡，一副小老頭的模樣。

「村長！你什麼時候跑出來了？」從中日爆發全面戰爭之後，台灣已經完全禁止中華民國國民渡海來台，海叔看到村長嚇了一大跳，提高警覺起來。

「虧你還記得我，咱們會在這裡相遇還真是有緣啊！說來話長，聽說你在基隆混得不錯，我特別來沾沾你的光，咱們整個于都逃出來的人就屬你最風光。」海叔無法從村長言不及義的話中摸清其真正來意，但可以肯定的是，這絕對不只是單純的他鄉遇故知。

海叔心生一計，扶著村長的肩膀故意引領他往大馬路的方向走去，打算利用巡邏警察對村長起疑心，進而上前盤查好讓自己脫身：「來！十年不見先到我家喝杯酒敘敘舊。」

村長見狀倒也機靈地甩開海叔的手停下腳步：「一大早的喝什麼酒呢！」

這個舉動讓海叔更加確定村長的來意絕對不單純：「找我究竟做什麼？直接明講吧。」他想到淺野曾經提醒過的國民黨特務。

村長嘆了口氣回答：「出門在外，手頭很不方便，要不是走投無路，誰會厚臉皮地找有錢親戚攀附呢？」

海叔從口袋掏出百來塊錢交給他：「這些錢夠你活上大半年了。」能夠用錢解決的事情，海叔給錢一向不手軟。

「有誰不曉得你海叔在基隆商界呼風喚雨的能力，怎麼啦！見到窮親戚，才施捨這麼點子兒。」收下了錢的村長一點都不滿足地抱怨著。

「那麼你想要多少？開個數，只要在我能力範圍內，等明天銀行一開門，我便去領來給你。」海叔已經計畫好帶他到銀行的路上故意繞到派出所門口。

「不多！我只要兩條金條！」聽到金條，海叔的臉抽搐了一下。

「金條？哈哈！你以爲我開銀莊的啊！打棉被能賺多少錢？老村長你也是棉被師傅出身的啊！」爲了掩飾自己內心的驚慌，平常不抽菸的海叔故意掏出菸點了起來。

「我去過虎尾，你就別再裝蒜了！反正你有幾十條來歷不明的金條，我要的不多，只要兩條，你吃肉我喝點湯，拿了以後我就要去花蓮後山躲起來，你我從此互不相欠。」村長收起客氣的臉孔，從海叔口袋裡取出整包香菸。

「敷島牌日本菸！你混得很開嘛！」

「喜歡就整包拿去吧！我警告你，大丈夫開口一句話，你說兩條就兩條，日後如果再上門找我要，別怪我報警抓你，我看你大概也沒有台灣通行證吧！」

「明天中午就在這裡碰面，你遲到一分鐘我就走人。」

「痛快！」村長跟了一根菸後便從一旁更窄的巷子離去。

「海叔！你眞的要給他？」黃生廣皺起眉頭。

「聽好！我先帶小八子回工廠，你現在立刻跟在村長的後面，小心別讓他知道。他住在哪裡？見過什麼人？幹了什麼事情？晚上一五一十地回來告訴我，其他的事情由我來處理。」

也許是勒索太順利的緣故，村長一路上都沒有察覺被人跟蹤。黃生廣一路看著他到廟口大吃一頓，到曙町的私娼寮瞎混了一個鐘頭，然後從曙町的山路走進山區。

跟著走進山上的黃生廣暗自竊喜，這正是自己經常來採竹子的雜林，每一寸路、每個轉彎、每個山坳山洞，簡直比自己家裡還熟，要找掩蔽自己行蹤的地方有如家常便飯。

沒多久，黃生廣跟到一個廢棄的礦坑，出入口已經用木條封死，礦口到處散落著煤渣與蔓生的芒草，黃生廣躲在不遠處的一棵老樟樹的樹洞內盯著站在洞口的村長。

村長提起嗓子學著狗叫幾聲，沒多久便有幾個人從廢棄的礦坑爬了出來，其中一個好像是這群人的首領探頭探腦地靠近村長。

黃生廣仔細一看，驚訝得差點叫出聲音來，原來是幾年前因爲貪汙被商社開除的菜刀，另一個是菜刀當年貪汙的同黨，煤礦會社的顏班長。

由於視線被阻擋，黃生廣無法清楚端詳其他人的模樣，只聽到他們嘀嘀咕咕、竊竊私語地提到「黃金……軍港地圖……防空炮位置……部隊番號……」之類的字眼，他們也故意夾雜著台語、日語、客家語、普通話交談，沒想到卻遇到精通各種語言的黃生廣。

直到他們躲進礦坑，黃生廣又耐心地躲在樹洞半個時辰。確定自己沒有暴露行蹤後，才摸著這片雜林中更隱密，只有他知道的林道迂迴下山。一回工廠立刻把他看到的聽到的一五一十說給海叔聽。

「村長、菜刀和顏班長同夥？軍港圖？部隊番號？」海叔越聽越感到膽戰心驚。

「我們該怎麼辦？還給不給他們黃金？」連黃生廣也知道這群人的動機很不單純，深怕自己捲入什麼風波中。

「走！我們去敲淺野長官家裡的門！」

「你的意思是報官？」

正在睡午覺的淺野被吵醒，一副不高興想發一頓官僚脾氣的他，聽到黃生廣的報告後，臉色一陣青一陣紅，當然黃生廣避重就輕完全沒提到任何被勒索黃金的事情。淺野二話不說立刻帶領大批軍警與特工展開搜山，果然破獲了有史以來最大起的國特間諜案。

原來菜刀與顏班長當年逃到福建，機靈地躲掉日本巡查的追捕，輾轉被國民黨的特務機關吸收，前一陣子利用管道偷渡來台灣。黃村長一開始並非他們同夥，只是剛好搭乘同一艘漁船在鹿港登陸，花光了盤纏只好加入他們，由於虎尾棉田有些族人曾經和家鄉通過信，黃村長找上棉田的族人想尋求接濟，無意間聽到海叔私吞了大批黃金的事情，於是北上基隆勒索海叔。

雖然查獲了特務集團和他們所蒐集的軍事情報，但竟然被菜刀給溜走了。逮捕特務的活動，日方採取低調不張揚的態度，以免造成社會恐慌，但更重要的是不想因此造成陸軍與海軍之間的衝突。所以在當晚逮捕之後簡單訊問一下搭船上岸的地點以及在福建漳州的連絡窗口後，淺野便將一干人等就地在礦坑內處決，幾十條金條這件事情幸運地沒有曝光。

「小賀！軍部很想表揚你，可是事關機密，我只能私下代表軍部謝謝你提供的情報。」第二天淺野故意穿著便服來找海叔。

送走了淺野，黃生廣把海叔請到工廠裡頭，打開轟隆轟隆的開棉機後才開口，以免被他人聽到：「這樣出賣自己人，好嗎？」

「你是想講漢奸兩個字吧？」海叔不悅地頂了回去。

「別誤會。」

「如果不報官，你想想看，村長拿了我們給的金條，一旦他們被查到，我們豈不是成爲資助間諜的共犯？國語『跳到黃河都洗不清』，懂不懂？你頭殼破洞啦？難道都沒想清楚這層關係嗎？」海叔的擔憂頗有道理。

「淺野大人也很識相，知道我們的立場，所以整件事情從頭到尾沒有提到我們，也是幫我們留一條後路。否則一旦漢奸兩字烙在我們頭上，你我根本不用在台灣社會立足，這件事情就到此爲止，知道嗎？」

海叔嘆了口氣說：「我們在老家替共產黨運棉花，國民黨軍閥說我們匪諜；賣棉被到國民黨管轄區，共產黨扣我們壞分子的帽子要清算我們；從汕頭逃出來，祖國的人說我們是漢奸；爲了不想讓人勒索，又被指責成台奸。像你，只因爲不想改日本姓，也被說成支那走狗。」

「我們是什麼，自己搞清楚就好了。」海叔從開棉機挖了一塊棉團起來語重心長地嘆息：「我只不過是個棉被商人，從出生到現在只是個棉被商人，棉被給人溫暖，給家庭和樂，棉被不會說話，只會靜靜地等著主人上床。」

國特事件之後，基隆街上瀰漫著風聲鶴唳氣氛。戰事日益擴大，當局徵軍伕的規模越來越大，工廠內好不容易培養出十幾個鄉下來的年輕工人，一年之內紛紛向商社求去，逼得不得不開始招聘女工。

女工力氣小扛不起粗重的棉被，只能擔任機器操作和手工打棉的活，壓在黃生廣肩頭的工作量越來越大，不得不打破棉被界的傳統。自古除了夫妻檔以外，打棉師父是不收女弟子，因爲手工打棉必須在封閉不通風的房間，爲了涼快一點增加打棉效率，棉被師傅經常是打著赤膊只穿一件內褲幹活，如果和不是自己妻子以外的女人一起打棉，有違男女授受不親的古訓。

女工一多，八卦是非自然就會跟著到處蔓延，這些大嬸們看見未婚的黃生廣，天天七嘴八舌纏著要替他撮合作媒。

「你自己就算吃素，也得替你的兒子小八子找個後娘照顧啊！」

「阿廣啊，莫非你跟你的叔叔一樣也是個兔子……」黃生廣一開始總是會喝斥這些亂嚼舌根的三姑六婆，只是已經二十七歲的他，聽久了自然會有所心動，開始認真考慮，打算過一陣子等到工廠淡季時，再讓小八子自個兒挑選媽媽。

才萌生相親的想法，就被一件晴天霹靂的事情打消念頭。

那一天，店面才開門沒多久，淺野手上捧著軍部專用的甕子、信封，神情肅穆地來到義重町的店內，店裡的夥計和客人看到這一幕，頓時鴉雀無聲，濕溽的空氣格外凝重。所有人都知道平常囂張跋扈慣了的日本軍官，會神情肅穆、恭敬有禮，且手抱了一只白色木盒與軍部公文到家門口，就意味著這戶人家的子弟已經在戰場不幸罹難。

看到白色木盒臉色大變的二重吉統迎上前，止不住顫抖地問著：「淺野大人，你該不會是來買棉被的吧？」內心希望事情不是他想像的那樣。

淺野搖了搖頭，支支吾吾地唸著：「我有一個非常……非常不幸的消息要宣布，松羅文一上尉已經在滿州國邊界為國殉難，這白色木盒是上尉的骨灰……」他其實也很不喜歡傳遞軍方這種訊息，這種場合除了公事公辦地把軍部公文念出來交給遺族，再也不方便多說什麼。

「松羅經理知道了嗎？我可憐的羽子知道了嗎？」

「我一接到公文先來通知你，希望你能陪我到松羅行長的宅邸，上頭特別交代我要慎重行事。」

到了松羅府邸，在廚房內的羽子看見來訪的淺野與父親，從他們的神情和模樣便了然於胸。不願走出客廳接受現實的她，無力癱坐在廚房的椅子上，望著窗外的後院卻視而不見。一切都粉碎了，現實變得如此虛幻，廚房、椅子、掛在牆上的圖畫、努力成為廚娘、預先準備的育嬰室全部失去了存在意義。

沒人敢走進廚房找羽子，站在廚房門口的二重吉統對著裡頭喊著：「羽子！羽子！聽阿爸的話！要堅強一點。」

聽阿爸的話，乖乖地念書教書，乖乖地嫁給已經安排好的丈夫，乖乖地送才新婚不到半年的丈夫去從軍，而丈夫也乖乖地在戰場陣亡，乖乖地舉辦隆重後事，乖乖地將陌生丈夫的骨灰甕送進神社，乖乖的她似乎擁有一切，乖乖地接受這一切。

受到獨生子戰死於滿洲國邊境的惡耗打擊，心灰意冷的松羅行長請調回日本內地，不願意再待在台灣。他同時明白地表示不願再看到羽子，因爲羽子會讓他不斷想起早逝的獨子，並惡毒地將所有苦難都推到羽子身上：「這一切都怪妳那個敗德的父親，應該被詛咒是他，爲什麼卻是我兒文一遭受天譴呢！」這種無理取鬧的指責或許可以降低些許喪子悲痛吧，羽子不得不搬回娘家和父親同住。但幾個月下來，羽子形同槁木般待在家中完全不踏出家門一步，除了日常作息外宛如一尊活死人，對於父親與蔡禾子費盡千辛萬苦地勸慰，羽子根本無動於衷。

不得已，二重吉統找黃生廣上門，攤出了幾年前他和羽子之間的通信信件。

「阿廣，你應該知道羽子現在的狀況，我知道她最聽你的話，能不能幫我勸勸她？」二重吉統放下了社長身段，用爲人父親的姿態和黃生廣說話。

「唉，聽話？羽子不是最聽我的話，而是我會認眞聽她講話。」對比起幾年前把自己當成洪水猛獸的態度和眼前低聲下氣的無助父親模樣，黃生廣不免一陣唏噓。

「你們誰曾經好好聽羽子講話？羽子最需要你的時候，只因爲礙到你那些不堪的私生活，一句話就把她送到學校宿舍。羽子還不打算嫁人的時候，是誰逼迫她嫁給未曾謀面的男人，只爲了自己的生意能夠獲得銀行資助？是誰叫她嫁人後辭掉自己最喜歡的教書工作，剝奪那些最讓羽子感到快樂的事情？」黃生廣愛屋及烏，忍不住替不幸的羽子打抱不平。

「還有，是誰把羽子小時候親自養的貓，一句話就把牠帶到工廠去抓老鼠？別以爲這些都是小事，羽子不是別人，是你的女兒。」

「你眞正很甲意羽子。」一直在旁邊不作聲的蔡禾子忍不住嘆了口氣說。

「我甲不甲意羽子是我的事情，我只知道什麼事情可以讓她開心，什麼事情讓她不開心。」

6

殖民歧視。壓力

二〇一四年冬天，日本北千住水園公園畔療養所

講到這裡，二重羽子老奶奶的精神特別帶勁。

「接下來的一整年，你外公先是幫我找了和小時候養的那條幾乎一模一樣的貓送我，我爲了養貓不得不提起精神。然後他又找了一大堆畫筆、塗料和畫紙給我，要我畫小八子的畫像，只是他是個美術的大外行，買來的器材缺東缺西的，眞是難爲他了。更讓我受不了的是，明明喪夫失婚已經很痛苦了，他也不懂得開口安慰我一句，只會整天吵著我要做布丁、洋菓子給工廠的工人吃。」

「他很聰明，知道療傷的特效藥是讓妳忙碌起來。」

老奶奶露出靦腆的笑容：「他竟然把工廠員工的小孩統統帶到家裡，要我教他們畫畫寫字，根本把我當成員工托兒所的免費老師啊！」

「一、兩年後，我終於慢慢地從陰影走出來，心裡頭不知不覺地接受了他。這時候他竟然大膽向我父親提起親來。雖然我父親默默接受了他與我之間的曖昧關係，也逐漸淡化了日本人與中國人之間的芥蒂，但牽扯到婚姻，父親還是十分謹慎。畢竟，他只有我一個獨生女，他的女婿是商社經營的繼承人，他對於阿廣能不能扛起棉被商社依舊不放心。恰好這時候發生了一件很棘手的問題，剛好用來考驗他。」

一九四四年夏天。基隆

許久沒有到店裡串門子的淺野長官，一大早就急急忙忙找社長討論事情。

「大人！坐啦！現在物資管制，店裡已經沒有茶酒可以招待，敬請見諒。不過，我這裡倒是有熟番釀的小米酒，要不要喝喝看？」二重吉統看見來者是負責基隆軍區的軍需參謀司令，一點都不敢怠慢。

「羽子，趕快把昨天從虎尾送上來的那幾瓶酒端出來給大人品嘗。」已經完全從變故中恢復的羽子，這時也來到店裡幫忙顧店待客。

「不用客氣啦！我是來拜託你們一件事情，這件事情若搞砸，我可是會被內地的參謀本部槍斃。」原本就長得一副苦瓜臉的他此時簡直可用滿臉大便來形容。

事情是這樣的，三個月前負責陸軍軍需品的淺野，向羽二重的死敵「正東京羽二重棉被株式會社」訂了五千條棉被，預定要交給調派到菲律賓的某師團使用。然而幾天前，「正東京羽二重棉被株式會社」位於東京的總公司竟然倒閉了，倉庫的成品被海軍參謀本部先發制人搬個精光，對方的社長雙手一攤告訴淺野：「沒辦法交貨，你要槍斃就槍斃吧！」

「就算我把商社的人都槍斃了，軍部要我調度的棉被還是得想辦法弄出來啊！我動用手下到整個北台灣的棉被店，用搶的、用徵收、用拜託，也才湊出兩千條，差額三千多條最快也要等到兩個月後棉花開花才能採收製作。」冒出一身汗的淺野用手帕擦了擦頭，指著頭說：「這個腦袋還能不能撐兩個月，就看你能不能幫忙了！」

二重吉統聽了之後也只能表示愛莫能助：「大人，你知道幾個月前南部淹大水，棉花產量少了八成，工人一個個被徵調派到南洋當軍伕，現在連燒機器的煤炭都已經限量配給，海軍那邊搶棉被比你搶得更兇。前幾天我店內的一百多條棉被，統統被海軍拿走了，他們連小孩子的童被都搬個精光。」

「社長，如果你可以幫我度過這個難關，以後陸軍的棉被訂單統統給你，要多少煤炭也統統給你，反正整個台北州的煤礦是我負責調度的，還有我這條命也可以給你。」淺野只差沒有跪地拜託了。

條件聽起來很誘人，這幾年因爲太平洋戰爭爆發，滿洲的煤炭供應完全中斷，台北與基隆當地出產的煤炭大部分被軍方徵走，商社往往是空有棉花與訂單，卻沒有辦法開機器生產。

除非二重吉統是神仙，沒有棉花、沒有煤炭，哪有辦法在半個月內憑空變出兩千多條棉被？

在一旁的黃生廣叫住垂頭喪氣踱步離去的淺野：「大人！我有辦法！」

聽到「有辦法」三個字，淺野比起溺水垂死的人抓到救生圈還要高興，三步併兩步跑回店內。

「阿廣！跟軍部做生意可不能隨便開玩笑！」二重吉統叱喝著。

「社長！不妨聽聽看嘛，我和阿廣也認識好多年了，他絕對不是信口開河的人。」能夠救淺野一命的人，連放屁都是香的。

「不過，你必須配合我開的幾個條件。」

平常對人頤指氣使的淺野居然乖乖地聽黃生廣說話。

「我要你給我二十張從虎尾到基隆的火車票，而且是這一、兩天的票。」

「行！」

「我還要你給我六千斤白米，當然，稍微摻點穀殼、米糠也無所謂。」

淺野想起軍港倉庫內還有十萬斤白米。那十萬斤白米原本是應付某支從關島撤退回防基隆的部隊，但這支部隊兩個禮拜前就已經失去連絡，根據最機密的情報是「全員玉碎」，換句話說這批白米暫時沒有用途。

「行！只是，你有辦法用車票和白米變出棉被？」不只淺野感到狐疑，連二重吉統也猜不透黃生廣葫蘆裡賣什麼藥。

其實黃生廣心中在打的如意算盤，就是當年在江西老家的吃飯絕活「打棉被」。一般俗稱的打棉被是手工製作新棉被，然而在當時陷入內戰的江西，沒有多少人有錢買新棉被，所以只好請打棉師父到家中來把老舊棉被翻新活化，經過熟練打棉師父的巧手，能讓一床受潮變硬，甚至發霉的棉被煥然一新。

日治時期的台灣比較富裕，且已工業化，用機器製作棉被，產能全開的話一天便可以生產一、兩千條棉被。反觀手工製被，就算是最熟練的師傅，一天打個七、八床棉被就很了不起。

「舊被翻新？」淺野大吃一驚。

「我打算用三斤白米去換一條破舊棉被。現在這個時候糧食短缺，我想應該很多人家會把家裡廢棄不用的冬季棉被拿出來換，只要兩千多條舊棉被，就可以打成兩千多條新棉被。

「這種比率不對，舊棉被裡頭的棉花有些肯定無法再使用，任憑師傅的巧手也沒有辦法恢復纖維彈性。」內行的二重吉統直接點出問題。

「軍部需要的應該是夏天薄被。據我所知，菲律賓那地方整年都是夏天，所以交夏被應該沒有問題，一床厚厚的冬被再怎麼發霉，剩下的棉花打一床夏被肯定沒有問題。」

「嗯，我是外行啦，請問一個熟練的打棉師父，一天可以打出幾條這種舊翻新的棉被？」長年從事軍需業務的淺野，問起來一點都不外行。

「如果不講究方整美觀，像我這樣的師傅，一天可以打出十條棉被，一個禮拜加緊趕工少睡點覺可以打出一百條。」

「一百條？你以為這是小孩子鬧著玩的？我一個禮拜後還要交出三千條啊！巴嘎野魯！」淺野絕望地嘶吼起來。

「所以我才向你要二十張火車票，我們商社在虎尾負責種棉花的夥計，當年在江西老家個個都是打棉被老師傅，一個人一百條，二十個人不就可以打出兩千多條了！而工廠裡頭還有幾個老師傅，這幾年也有些女工在工廠學了些粗淺的打棉被技術，加上他們的幫忙，一個禮拜三千條棉被應該趕得出來。」黃生廣早就胸有成竹。

「太好了！我營裡頭還有一些充員兵，他們也可以來幫忙！」淺野開心地手舞足蹈。

「不用了！打棉被功夫可不是三兩下就學得來，如果你有剩餘的人力，可以麻煩你動員他們挨家挨戶用白米換棉被。」

「行！我的人，一天就可以跑遍基隆、瑞芳、水返腳[31]、七堵庄、金包里、萬里社、猴硐坑等地，我就不相信把這一區所有民家整個翻一遍，找不出三千條舊棉被。必要的話我還可以調人去台北收！」淺野興沖沖地跑回軍部調兵遣將，不到一個小時就派人拿了二十張火車票，連夜會同黃生廣到虎尾把棉田的族人統統載來基隆。

在整個羽二重的人力加上淺野軍方的全力調度下，速度超出黃生廣的預料，不到六天，一床床嶄新的棉被躺在陸軍倉庫堆積如山，就算是最嚴格的驗收官也看不出被套裡頭是經過活化再生的舊棉。

經過這次事件的考驗，黃生廣的能力終於贏得二重吉統的肯定，同意把羽子嫁給他。秋天過後，挑了個吉日，由於兩人都是再婚，且唐山公娶日本婆在當時社會比較敏感，只能低調地舉辦婚禮。

到了事先選定的時辰，黃生廣遵循台灣古禮到羽子家迎娶，幾部人力車載著他、海叔、小八子和伴郎，另外幾部綁著竹子、豬肉和嫁妝，為了不想太過張揚，他們故意繞路走小巷弄。

一行人在黃生廣位於社寮的屋子左等右等，已經過了約定的時間，淺野夫妻才急急忙忙趕來會合。

「抱歉！我們來晚了！」已經來台灣生活四年多的淺野，多少也了解台灣娶親儀式中看時辰的習俗。

「都是你啦，非得要把西裝來回燙個幾次才要出門，簡直像個娘們似的，萬一耽擱到阿廣的時間，你擔當得起嗎？」淺野太太對著丈夫抱怨。

海叔看了看手錶解釋說：「今天迎娶的吉時是下午一點到三點的未時，只要三點以前抵達新娘家，就算準時。」日本人對時間的觀念比較絕對，一點就是一點、兩點就是兩點，不像台灣人對時程充滿了變通與彈性。

「我們還是快一點啦！」黃生廣催促三輪車夫，身為新郎總是比較心急。

「都已經等了羽子那麼多年了，她一定會等你的啦！」海叔笑著說。

「慢慢來，慢慢來，幸福會等你。」喜歡研究俳句的淺野作了句根本狗屁不通的俳句來祝賀。

「阿廣，結婚可以等，生小孩可別讓我們等太久啊！別忘了你答應第二個小孩過給我們當義子。」淺野夫妻結婚二十年膝下無子，藉由擔任主婚人之便，硬是吵著黃生廣趕緊生個小孩讓他們嘗嘗為人父母的滋味。

原本岳父二重吉統還是對黃生廣的中國人身分耿耿於懷，但視黃生廣為救命恩人的淺野長官，出面認了黃生廣當義弟，有了軍部將軍這個大靠山，二重吉統才勉強答應這門婚事。

天空傳來轟隆轟隆的聲音。

「大太陽天的竟然打起雷來，趁下大雨前趕快走吧！」三輪車夫們急急忙忙扶起車頭。

海叔、淺野與黃生廣三人不約而同露出驚恐的表情，互相看了一眼後抬頭望著遠方的天空。

「不對，打雷的聲音不會這麼尖銳。」三個人都曾經歷過戰場，警覺心比尋常人高出許多。

「快！找最近的防空洞躲起來。」淺野對著夫人大吼。幾個人不顧路上車多危險，跳下車朝最近的八尺門漁港岸邊的防空洞狂奔。果然一行人才剛剛躲進防空洞，外頭便傳來密集的爆炸聲響，一陣猛烈的爆炸聲響起，震耳欲聾，搖撼整個防空洞，一陣陣猛烈的熱風灌進洞內，差點讓他們喘不過氣來。密集的炸彈炸得連堅固的防空洞洞口都塌陷下來，所幸塌陷的石塊沒有完全堵住洞口，過了半個鐘頭才傳

31　今天的汐止。

來解除聲響，他們慢慢地爬出洞口。

一出洞口發現幾個來不及躲藏的三輪車夫已經臥倒在地，對岸的社寮造船廠的船塢陷入一片火海，整條馬路地基塌陷，所有可以燃燒的木材、樹木、自行車都已面目全非。

黃生廣心急地望著羽子家中主屋的方向，即使是光天化日的中午，也可清楚看出從主屋方向飄來的煙霧。他不管自己身上的疼痛，拔腿朝義重町的方向狂奔。

這是基隆第一次遭受美軍的轟炸。黃生廣聽到的第一次爆炸聲，是第一批負責炸毀大武崙與萬里防空炮的戰鬥機攻擊，緊接在後的是上百架轟炸機，從社寮的造船廠開始轟炸，目標是基隆軍港、軍事倉庫，以及義重町、日新町這些日本人住宅區。這些轟炸機從中國江西遂川機場起飛，由於事先完全沒有預料會遭到轟炸，防空砲在第一時間就被摧毀，整個北台灣完全喪失防空能力，造成相當慘重的傷亡。

當然，黃生廣與海叔並不曉得，這批轟炸機的起飛地中國江西遂川機場，只離他們家鄉嶺背村不到三十公里。裝填這批炸彈的軍伕恰好來是來自嶺背村的黃家，其中包括黃生廣的姨丈與表弟。

狂奔了十幾分鐘來到羽子主屋，雖然沒有受到燃燒彈的波及而起火燃燒，但也無法承受爆炸所引起的震波而坍塌。他心中一沉，顧不了自身安危想要闖進瓦礫堆後面搖搖欲墜的危樓，但被消防隊與民防隊員攔住，正當黃生廣想要掙脫，羽子的聲音從田寮港邊傳了過來：「阿廣！我在這裡！我在這裡！」

原來羽子聽到第一次轟炸聲音時，立即想起小時候和黃生廣一起玩的躲避戰爭的遊戲，在第一時間就衝出主屋，緊接著看到從遠到近一排排的房子中彈燃燒，管不了身上所穿的厚重新娘裝，羽子毫不猶豫跳進田寮港內才躲過一片火海。

黃生廣一個箭步迎上前抱住羽子：「社長呢？」

兩人東張西望卻看不到二重吉統的身影。跟著黃生廣後面趕過來的海叔，一溜煙地躲過消防隊的看守，從已經垮掉一半的主樓後面倉庫空隙鑽了進去，完全不管被炸得只剩斷垣殘壁隨時坍塌的危險，以及附近商社店家不時傳來哭天搶地的哀嚎。

等到民防消防隊員發現時，海叔早已鑽進宛如瓦礫堆的屋內，羽子屏息連大氣都不敢喘一口，整個人埋在黃生廣懷裡，深怕看見搶救出來的是父親的遺體。沒多久匡噹作響，主屋後半段的最後一根梁柱也應聲倒塌，聽到海叔在裡頭大喊：「找到社長了！快來挖開！」

有工具的用工具，找不到工具的人徒手挖，一會兒，從原本是倉庫的窗台邊挖出一個小洞，瞥見奄奄一息的社長。大夥興奮地把兩人從小洞中拉了出來，趕緊把兩人送進醫院的緊急救助站。

衝進去救人的海叔被塌下來的梁柱壓斷了左腿，所幸沒有大礙。但社長的情況比較糟糕，雖然身體外表只是手腳被壓傷，但他卻在房屋倒塌的那一刻吸入太多的灼熱粉塵，肺臟與氣管嚴重受損。

負責的大夫看了他一眼，一副無可奈何地吩咐護士：「打阿片！」大夫不明講，但大家心知肚明，打阿片的用意是讓病人在比較不痛苦的情況下慢慢死去。

「吉統！你給我聽好，你的命是我從唐山救回來的，你的命是我的，我沒有要你死，你不能死！不能死！聽到沒有！」躺在隔壁病床的海叔聲嘶力竭地吼著。

似乎聽到海叔這番話的鼓舞，社長醒了過來，使勁地舉起自己的右手伸進外衣口袋，費了一番功夫才掏出一張紙來交給黃生廣。他用力地張開嘴巴喘息，吸乾幾乎完全受損的肺部和喉嚨的最後一絲氣息，對著羽子和黃生廣吐出幾個字：「婚禮繼續……不能停……」

二重吉統吐出最後遺言，享年四十七歲，人生有一半在台灣度過。而最後彌留時手上的那張紙，是他已經簽了名的羽子和阿廣的結婚證書。

根據台灣習俗，若家中有至親長輩過世，晚輩必須守孝一年才可以婚嫁，但如果已經有婚約，則可以在長輩過世後一百日內結婚，這種習俗稱爲「百日娶」。唯一要遵守的是必須喪禮在先婚禮在後，這習俗在社會心理層面上，具有藉由喜事來沖淡至親死亡哀痛的意味。

既然社長生前吩囑了遺願，幾天後兩人便在海叔與淺野的主持下用最簡單的方式舉辦了婚禮。

社長遇難過世後，海叔整個人六神無主，雖然社長由羽子擔任，但商社的運作實際上是由黃生廣擔任。他這個時候下了重大決策，那就是商社暫時停止一切運作，將工廠所有的機器和存貨藏到金包里的鄉下，衆人聽到後七嘴八舌議論紛紛。

「工廠不開生意不做，叫我們喝西北風嗎？」

「你一上台就要大家失業回家吃自己，你對得起社長嗎？」

「你是不是沒有能力經營啊？」

爲了平息衆怒，黃生廣發了六個月的月給，並允諾只要時局穩定，立刻讓大家回來上工，職位不變月給不減。但另一方面黃生廣也下令，如果不幫忙搬機器搬存貨的員工，立刻開除。

「你爲什麼要關掉工廠？」羽子對於丈夫這個決策也相當不能諒解。

「你沒有活在戰場的經驗。從我一出生到十六歲來基隆之前，我們老家整整打了幾十年戰爭，不管處於哪一個軍區、哪一個城市或哪一個國家，只要被轟炸一次，不管是大炮還是飛機，接下來就有第二次、第三次……第一百次、一千次空襲，直到投降爲止。商社的命脈是工廠機器和工人。把機器藏起來，把工人遣散回鄉下，留得青山在不怕沒柴燒，難道要等到第二次第三次空襲，機器毀了、工廠垮了、工人死了以後才來後悔嗎？」

「可是，官廳和軍方不是這樣對我們說的。」日本軍方一直到大戰末期仍然對國民隱瞞敗戰連連的消息。身爲日本人的羽子，從小到大被灌輸服從天皇服從政府、日本是強國的觀念，對黃生廣的論點頗不以爲然。

「官廳？我從小到大，遇到各種不同的官廳，有國民軍、紅軍、殖民地政府、日本政府，只要一碰到戰爭，官廳的話最不可靠。」

「阿廣是對的！」海叔雖然不再管事，但他是站在黃生廣這邊。「不只工廠要搬，我們也得搬到鄉下，越快越好！社長生前已經在金包里那邊買了一塊地和一棟房子，他其實也預知有這樣的事情發生。」

經不起丈夫的催促和現實的殘酷，阿廣跟著海叔、蔡禾子帶著羽子、小八子等人搬到了金包里鄉下，只是會讓拗脾氣的羽子屈服的最大原因是：羽子懷孕了。

果然不出黃生廣所料，第一次轟炸後不到兩個月，美軍聯合中國空軍，發動一場長達半年的轟炸。別說軍事基地，連工廠、道路鐵路、商社，基隆市中心的每一寸土地，半年內至少被炸翻了七八次，如果晚一點撤離機器與家人，衆人恐怕早已葬身於空襲的火海了。而被遣返的員工也因爲回到各自的鄉下老家逃過一劫，幾個原本就住在基隆不願隨黃生廣到金包里避難的老員工，則不幸罹難。

一九四五年二月，羽子在金包里的農舍內順利產下一女。

「我想替她取名爲黃櫻子。」羽子一邊餵著母乳一邊說著。

黃生廣搖了搖頭：「我不希望自己女兒名字有太濃的日本味道的，不然就取比較有台灣味的黃阿英，小名叫作英子好了。」夫妻兩人爲了取名鬧得不可開交。在一旁幫忙照料羽子母女倆的蔡禾子，笑著安慰羽子說：「你們夫妻實在好笑，爲了取名字的問題鬧了兩個月，反正都是妳的女兒，就別計較太多了。」

「不管了，就這樣決定吧！過一陣子麻煩妳跑一趟基隆幫英子做出生登記，順便也幫羽子辦入我的戶籍，免得阿英成爲私生女。」

黃生廣拜託蔡禾子跑一趟，雖然在日治時代，戶籍政策的管控十分嚴格，但戰爭最後的幾個月，基隆幾乎天天遭到轟炸，所以新生兒或結婚登記往往會延遲。

「你自己的女兒，爲什麼不自己去登記呢？」羽子有點不高興。

「沒辦法，村公所這陣子天天動員所有男丁布置海防，我身爲民防隊長，實在走不開。」

那個時候，沖繩的戰役才剛結束，日軍判斷美軍下一個登陸目標是台灣，於是動員全台灣所有人力物力在美軍所有可能搶灘登陸的海邊，設置了一道又一道的海岸防禦線，如防風林、海岸蛇籠、水雷、機關槍與防空炮的碉堡、散兵坑、彈藥站，更在距離海岸線兩哩的地方布下第二道防線，第一道防線由正規軍防守，第二道防線則由民防隊負責。金包里幾個容易被搶灘登陸的海灘，日本都已經布下重兵防守，且下了「必要時全員玉碎」的軍令。民防隊除了幫忙防線的構建外，天天都得操練不同的防禦戰術。

黃生廣十分懷疑民防隊的防禦能力，隊員多半是附近的中年農夫或漁夫，完全沒有摸過槍械。當時戰略物資已經極度缺乏，爲了保存所剩不多的彈藥砲彈，操練時根本無法練習實際槍擊，軍方甚至要求大家從家中拿出菜刀鋤頭。更好笑的是負責基隆市區民防的淺野，竟然打算仿效當年在江西用點著火的棉被作爲防禦武器，大量徵收老舊棉被。

黃生廣只能盼望美軍不會從金包里這邊登陸，因爲從基隆大老遠躲到這裡，想躲也沒有其他地方可躲了。

到了七、八月份，基隆異常平靜，兩個月下來幾乎不見美軍飛機的蹤影，更別說轟炸，蔡禾子見時局似乎平靜許多，趕緊趁機跑一趟基隆去幫黃阿英登記戶口。

一九四五年八月五日中午，從金包里搭車到基隆幫英子戶籍登記的蔡禾子，一下車才從車站走出去不到一百公尺，打算僱台人力車的她等不到任何一部三輪車，等了許久，等到的不是車子而是美軍的戰鬥機。她站在毫無遮蔽的基隆車站前軍港旁，一排排子彈從飛機上的機槍射出，從她身上掃過。很不幸但也很諷刺的，她成爲基隆最後一個在戰爭中身亡的冤魂。

不到二十四個小時後，美軍在廣島投下原子彈，四天後又在長崎投下第二顆，十天後台灣從北到南播放著天皇的玉音放送，日本無條件投降，戰爭結束。

然而迎接羽子和黃生廣的不是和平，而是一連串苦痛的開始。

7

外來政權。狗去豬來

雖然戰敗投降，在聯軍還沒登陸接管之前，整個基隆的秩序依舊維持著相當好。沒有趁火打劫的匪徒，沒有到處亂竄的散兵游勇，社會各階層立刻恢復秩序，各種民生品工廠店面、學校、醫院的運作一如往常。徵調的軍伕陸續返鄉歸建，日本軍人默默地守在駐紮地，當著台灣人的面毀掉武器，天天站在營區等候接管的聯軍，日本籍的警察與公務員整理好所有的接管文件等候即將來臨的中國接管大員。

黃生廣依約定將機器搬回工廠，找回所剩無幾的倖存員工，連絡上在虎尾棉田的佃農與工人，日本戰敗後不到兩個月，羽二重商社重新開張。同一天，國民軍受聯軍委託在台灣成立「台灣省行政長官公署前進指揮所」。命運似乎很喜歡捉弄黃生廣，受命擔任基隆前進指揮所的接管長官不是別人，正是當年在江西國共內戰時，在汕頭綁架二重吉統、從于都一路追殺海叔與黃生廣等人到龍南的國民軍軍官陳鞏達。

戰爭結束，迎來了和平，但過不了多久，社會秩序卻逐漸失控，第一個問題是通貨膨脹。

終戰前儘管處於戰爭中，但日本政府對物資的管制還算在可以控制的範圍，尤其到了戰爭最後一兩年，因爲載運各種糧食的船隻一艘艘被美軍擊沉，台灣所生產的稻米、蔗糖、番薯、豬肉等民生必需品無法供應在太平洋作戰的日軍，更別說載運到日本內地。簡單地說，各種物資反而出現生產過剩，對台灣島內的民眾而言，雖然生活刻苦，但起碼還吃得起也買得到基本生活所需的糧食。

然而國民政府接收台灣後，爲了支應中國爆發的國共內戰，農業基礎健全的台灣卻淪爲新政府的軍事糧倉，各種物資源源不斷地運往中國大陸。短短幾個月，白米價格暴漲五倍、番薯價格暴漲四倍、棉花價格更是天天漲，短缺的情況比戰時還要嚴重。他們將台灣的民生物資一船一船地運出，卻運回一船船沒有一技之長的中國難民和軍隊，和一群群只懂得吃乾抹淨的貪官汙吏。

一般台灣人或許不了解國民軍的本質，但曾經和陳羣達交過手的黃生廣卻知道這個軍頭的貪婪本性。而且經歷過當年江西老家通貨膨脹的經驗，黃生廣一有閒錢便拚命地買黃金，甚至把位於義重町的主屋賣掉換成黃金。

「阿廣，黃金已經漲了好幾倍，爲什麼還要一直買？」羽子不解地問起。

「亂世買黃金啊！這是我們黃家做生意的古訓。」

「戰爭已經結束了，早就已經不是亂世了啊？」

「別人我不敢講，只要是國民黨統治的地方，特別是陳羣達這個軍閥，再繁榮的地方都會變成地獄。」羽子見黃生廣如此堅決，就順了他意不再提出質疑。

果不其然，不久之後國民政府發布實施金圓券政策，規定所有人必須將黃金交給政府，依規定的比率換成金圓券，除了婚喪喜慶的必要首飾以外，凡私藏黃金者，按照私藏的數量處罰，最高甚至會處以死刑。黃生廣沒被這道命令嚇到，反而把多年以來所存下來的黃金搬到山上去藏起來。

「這是國民黨洗劫的一貫伎倆，在我們老家就已經幹過好幾回，那些乖乖把黃金白銀拿去換鈔票的人，沒多久就會一貧如洗。橫豎也是死，我寧願被逮到抓去槍斃打死，也不想最後活活餓死窮死。」

事後證明他是對的，不到三年，金圓券宣布停止兌換流通形同廢紙，日治時期所發行的舊台幣，一夕之間宣布用四萬舊台幣兌換一塊新台幣，所有台灣人的財富，一覺醒來活生生地縮水四萬分之一。

街上舉目皆是衣衫襤褸宛如乞丐的國民軍，輕者白吃白喝，重者勾結從中國來的流氓逃兵到處打劫，只要看到日本人就痛毆行搶。高級軍官和國民黨黨工則到處調查日本人財產，一發現名下有值錢的房產土地，二話不說，隨便安個罪名把日人趕走，將財產納為己有。

財產被沒收或私吞的消息一個接著一個傳了開來，人人自危的日本人，為了保護自己的財產，不是用很離譜的價格賤賣，就是過戶給信任的台灣親友。羽二重商社一些日籍技師、幹部，怕自己財產遭國民黨人私吞侵占，紛紛將那些帶不走的黃金、珠寶與現金暫時交付給黃生廣。

「連你也得偷偷轉移財產嗎？」面對半夜偷偷上門託付的淺野，黃生廣吃驚地說。

「沒辦法，國民軍接管部那邊有項最新的規定，聽說再過幾天就要實施，因為職務之便我才能事先知道這個消息。」日本投降後，淺野被任命為基隆軍事倉庫與軍港的交接長官，負責日軍在基隆的所有財產與設備軍需的移交工作。

「所有日本人必須在兩年內分批遣返回本土，每個人只能帶兩套衣物和一千日圓上船。這點錢回日本怎麼過活啊？」淺野無奈的表情完全寫在臉上。

「所有日本人？羽子也得遣返嗎？」黃生廣聽到這個消息著急起來。

「應該不會啦，羽子的情況屬於例外。規定寫得清清楚楚，那些已經嫁給台灣人或中國人的日籍妻子可以留下來，所以最近有很多事先聽到風聲的女人，急著找台灣男人把自己嫁掉，只為了可以留在台灣。」

戰敗了，階級歧視竟然就不見了。如果二重吉統還在世，說不定換成他來拜託我娶羽子為妻呢！黃生廣當然不會在淺野面前講出這樣的話來。

「這是我幾年存下來的金條，就請你先幫我保管了。」淺野雙手捧著黃澄澄的金條，對黃生廣鞠躬拜託。

「沒想到你也藏了這麼多黃金，當軍需官的油水不少啊！」黃生廣冷笑了起來，淺野利用職務之便收了許多回扣，黃生廣早已心知肚明。

「人不為己天誅地滅，反正現在也帶不走，就像你們說的生不帶來死不帶去。」淺野想到幾年的積蓄如今化成幻影，不勝唏噓。

「阿廣，我相信你的為人是不會吞掉這些錢。但是，不管我有沒有機會回來找你，如果你碰到什麼危難必須使用這筆錢，我也不會怪你。」

至於淺野的房舍就無法過戶，畢竟淺野怎麼算也是基隆日軍數一數二的將官，早就是國民黨那些接管大官覬覦的目標，誰敢過戶取得，誰就是死路一條。

趁天還沒亮，黃生廣就跑到天神町深山那個早已被芒草覆蓋的廢棄礦坑埋藏這批黃金，為了怕洩漏行蹤還故意迂迴繞遠路從山的另一邊四腳亭上山。埋好下山回到家裡已經中午。

「我找你找了一整個早上，你一大早跑到哪裡去？你看看誰來了。」

黃生廣一進屋內就看見詹佳，還沒開始閒話家常，詹佳便拉著黃生廣和羽子往外衝：「趕快叫三輪車，時間快來不及了！」

當場愣住搞不清楚狀況的黃生廣看著哭紅了眼的詹佳和羽子，羽子著急地回答：「小賀叔快要死了！」聽到這個噩耗，黃生廣心頭一沉不禁感到背脊發涼，但還是強自鎮定，趕緊跟著詹佳來到位於日新町的診所。

一走進病房，撲鼻而來又是那股熟悉的阿片臭味。黃生廣在趕往診所的路上已大致了解整個狀況，原來之前扯進商社貪汙以及國特間諜案的菜刀，竟然搖身一變成為國民黨的黨工，一回基隆便找上海叔，想要索回當初被海叔奪走的房子，海叔不從，菜刀竟然痛下毒手，對海叔開了兩槍。

幸好此時海叔家中還有前來投靠的詹佳，她從市場買菜回來便看到躺在血泊中的海叔，急忙將他送到診所，然而診所的大夫見狀卻搖搖頭表示無能為力。由於傷勢過重失血過多，恐怕捱不過二十四小時，自知已經快要撐不住的海叔，吩咐詹佳趕緊去把黃生廣找來交代後事。

黃生廣趕到病床前，看到海叔一息尚存，鬆了一口氣，這才發現詹佳已經大腹便便約莫有四、五個月的身孕。

受了重傷的海叔知道黃生廣來探視，在病床上掙扎想要起身卻爬不起：「我已經使不上力了。」

「店內生意好嗎？」

「還算可以。」

「國民政府絕對不能相信，應該不用再交待你吧！」

「你什麼時候要回于都一趟？我們已經十四年沒回去了。」

「過年吧！等海叔身體好一點，我們再一塊回去看老家。」

「你要答應我三件事。」

「第一，千萬不要去找菜刀尋仇，必要的話，換個名字全家離開基隆。」

「第二件事要羽子一起答應。詹佳已經有好幾個月身孕，小三子半年前死在南洋，她走投無路才來投靠我。不管你把她當女傭、當妹子還是納她為妾，我要你負責照顧她，別忘了，她可是你從老家帶出來的。」黃生廣為難地看著羽子，怕羽子不答應，沒想到羽子竟然毫不猶豫地點了點頭。

在一旁早已泣不成聲的詹佳負氣地回答：「我不需要他的照顧，我自己養小孩。」

「很有氣魄嘛！這好像是戲裡耳熟能詳的台詞。既然如此，妳為什麼跑回來投靠海叔？小三子都沒有留錢給妳嗎？」

「台北的店鋪這兩年生意很差，他用所有積蓄向鈴木商事買了幾部破卡車，卻被日本軍方徵調。可是銀行借款的利息卻不能不還，為了多賺一些錢還債，終戰前一個月去應徵軍伕，結果……船一駛出基隆港立刻被美軍炸沉。」

「眞是愚蠢，徹徹底底的笨蛋。」想到和小三子之間的恩怨，黃生廣咒罵了起來。

「阿佳眞的是走投無路，但比起其他女人天天巴望著丈夫從渺茫的南洋戰場回來，她是幸運多了，至少小三子坐的軍船一出基隆港就炸沉，趁早死心也好。」羽子站在詹佳那邊，伸出手握住詹佳：「一起回家吧！不過是家裡頭多一雙筷子而已。」

得到羽子的允諾，海叔露出欣慰的笑容：「最後一件事情是我死了以後，你一定要到我的墳前撿骨，撿回老家隨便找個地方重新埋，知不知道？」

一生流離顛沛的海叔臨死前對故鄉仍是依依不捨：「我好想再看老家一眼。」

黃生廣愣了一下，有些言不由衷地答應了他：「好！」

從小看黃生廣長大，情感上已經將他視爲兒子的海叔聽得出敷衍的口氣，嘆了口氣：「阿廣，我知道你看不起我，自己的叔叔是兔子，讓你很爲難。但是這很重要……眞的很重要，無論……」一口氣喘不過來的他就此斷氣。

黃孝海用了一輩子對抗那些套在他身上的時代枷鎖，他勇敢地面對戰亂、逃亡、社會倫常，到最後，只盼望屍骨與靈魂能夠回到故鄉。

爲了怕被當權者陳鞏達發現，黃生廣只能低調地在四腳亭山區的亂葬坑中草草安葬海叔，連墓碑上都不敢刻上黃孝海三個字。

按照規定安葬必須取得公所的死亡證明，有了證明才能完成遺產的移轉，爲此黃生廣跑了一趟公所，但公所辦事員的回答卻讓人出乎意外之外。

「黃孝海死亡？別鬧了，今天早上他才親自來辦印鑑證明的變更啊？」市公所狐疑地看著黃生廣。

由於黃孝海在原有戶籍上登記的是「共田孝海」，許多當初配合皇民化政策而更改日本姓氏的台灣人，終戰後大量湧進公所希望改回原來姓氏。加上新上任的中國戶政官員素質太低，往往不經查證或者只憑收受紅包，便草率地胡亂登記戶籍資料，造成許多有心人利用戶籍登記的漏洞，頂替他人身分或侵占他人財產的糾紛時有所聞。

黃生廣當然知道這群中國官員的習性，他誤以爲這只是索賄的藉口，識趣地從口袋中掏出一疊看起來很可觀的鈔票偷偷塞在辦事員的抽屜內。

那個官員大大方方地把錢收起來，臉色一沉地告誡黃生廣：「我不知道你到底是黃孝海的什麼人，你也拿不出自己是他侄子的證明，不是我想刁難你，你最好去找那位自稱黃孝海的人，把事情弄個清楚再來辦吧！」

那個官員用手指頭對著黃生廣勾了勾，暗示他把耳朵靠近一點，東張西望一會兒確認四下無人後在黃生廣的耳朵邊講著：「拿了錢自然得給你一個交代，我告訴你，早上那個人我可惹不起，我只能說到這裡，你自己看著辦吧！」

黃生廣再掏出另一疊更厚的鈔票，毫不避諱地直接放在辦事員的口袋，想要打破砂鍋問到底：「那個人到底是誰？」

收賄金額的大小與洩漏機密的勇氣絕對成正比。「市黨部的蔡欽成，他除了變更印鑑證明以外，也把你那位親戚位於社寮的房子、台灣銀行的存款、金包里的土地統統變更登記了。我警告你，我不管你和他有什麼糾紛，別扯上我，上頭規定日本人財產一律轉移給黨部，我只是奉命行事。」

一聽原來是菜刀，他早就覬覦海叔擁有的財產，將他殺害後，再利用職務之便先把自己的身分變成黃孝海，順理成章將財產私吞。

弄清楚整個來龍去脈後，黃生廣不動聲色地去打聽菜刀這個人在國民政府的長官公署的地位和分量。畢竟，萬一菜刀在中國那邊混得不錯，一輩子秉持著民不與官鬥的黃生廣就不得不舉家逃亡。

透過與國民政府長官公署辦理接管業務對口的淺野得知，這個菜刀根本只是個小黨工，整個基隆公署沒有人知道有這麼一號人物。於是黃生廣心生一計，冒著被陳鞏達認出來的風險，想要藉由基隆最高接管大員陳鞏達的手來除掉菜刀。

透過淺野的關係安排，黃生廣得到陳鞏達的接見。

「黃老闆！你千方百計地透過淺野想要見我，到底有什麼事情？」被接管業務忙得不可開交的陳鞏達坐在辦公室翹著二郎腿，叼根菸頤指氣使地說著：「要不是聽說你知道許多被日本人藏起來的財產下落，你有資格走進這間辦公室嗎？」

當時國民政府的軍官與官員，心態上普遍把台灣人視為被日本奴化過的二等國民，但如果是那些和他們同樣來自大陸的阿山仔，態度就會比較親切一些。黃生廣知道這些人的歧視心理，故意用江西客家話與陳鞏達交談。

「原來黃老闆也是江西人啊！」人不親土親，土不親禮親。黃生廣見彼此距離拉近了不少，打蛇隨棍上立刻奉上準備的禮物。

「這是法蘭西葡萄酒，我知道陳將軍喜歡喝上幾杯，特地準備了好幾箱，已經擱在你副官那邊了。」黃生廣當然知道這些根本無法滿足這種貴為接管大員的胃口，接著從風衣口袋中取出一罐重量不斐的茶葉，裡頭放著兩條台灣銀行打造的金條。

「將軍，您別誤會，我可不是要賄賂你，而是按照規定，台灣省居民必須交出黃金。我怕那些土包子大兵把金條弄壞，特別拿來直接交給將軍您。」

哼了一聲，陳鞏達把茶葉罐收到辦公桌底下冷冷地說：「你那麼有心，到底想要找我講什麼事情？」

「我是善良的中國商人，哪膽敢攀附將軍您呢？我只是想要幫將軍報仇。」

「報仇？」陳鞏達聽了以後哈哈大笑：「仇人我多得很，我一輩子當軍人，殺過的人比你這個小毛頭吃過的鹽還多，但哪需要你來幫我報仇？」

「你還記得腳是怎麼弄瘸的嗎？」黃生廣直接點出陳鞏達心中的痛處，他無視於陳鞏達眼神中露出的凶光繼續說：「你應該還記得黃孝海吧？」

說出海叔的名字，的確得冒上被認出來的風險。所幸當年黃生廣只是十五歲的小毛頭，和現在三十出頭歲的模樣已經大不相同，況且，當年帶頭的人是海叔，海叔開槍打陳鞏達的時候，自己可是站得遠遠混在軍營的人群當中。

「你怎麼會知道？莫非你是黃孝海那個狗漢奸的同夥？」黃生廣早就沙盤演練知道對方會起疑心。

「不是！你別誤會，如果我是他的同夥，我還敢來找你嗎？」於是黃生廣謊稱自己當時只是被抓入伍的小兵，親眼目睹了一切。

「你怎麼會知道那個開槍的人就是黃孝海？」陳鞏達十分多疑。

「在家鄉于都，誰不認識海叔啊？」當年他們成功脫逃之後，國民軍到處張貼通緝漢奸黃孝海的海報，黃生廣的話倒是沒有讓陳鞏達起疑。

知道已經引起對方興趣，黃生廣直接把話題引到關鍵點：「陳將軍，你應該不曉得黃孝海他人就在基隆吧？」

當天晚上陳鞏達立刻帶隊到位於社寮的菜刀家中，陳鞏達一看就認定他是黃孝海，黃生廣之所以敢冒這個險，更大的原因是菜刀的長相、臉型與個頭確實和海叔有點像，他們兩人的左臉頰鼻子下面也都有顆帶著毛的大痣。

荷槍實彈的副官在住處搜出戶籍證明和身分證明，的確載明著籍貫中國江西和黃孝海。以及當年在汕頭綁架事件的陳年剪報、與二重吉統的往來書信等等。當然，這些東西本來就是海叔的，菜刀霸占房屋後還來不及清理。

菜刀看見凶神惡煞的陳鞏達帶著一整排士兵，嚇得手腳發軟，這舉動讓陳鞏達更加堅信面前這個人就是黃孝海，但他哪知道菜刀害怕的是冒名侵占的罪名，陳鞏達冷冷地問著：「你眞的是黃孝海？」

這個時候，菜刀不得不硬拗下去，他點了點頭。

「我再問你一次，你是不是民國二十年從中國逃到台灣的黃孝海。」

菜刀爲了證明自己就是黃孝海，顫抖地自個說下去：「將軍，我當年是從江西來基隆，和日本人二重吉統做生意……」爲了取信於陳鞏達，菜刀滔滔不絕講個不停。

等到菜刀好不容易說完，陳鞏達從腰際的槍套拔出手槍，朝菜刀太陽穴開了一槍，菜刀當場喪命。

陳聳達擦了擦佩槍，告訴旁邊的副官和士兵：「你們都聽到了，他承認自己就是國民政府通緝十多年的江西大漢奸黃孝海。」一輩子殺人如麻的陳聳達此時竟然有些心虛起來。

感到心虛是因爲陳聳達心裡有數，眼前這具屍首的身分十之八九不是黃孝海，黃生廣借刀殺人的伎倆瞞不過他的眼睛。他之所以會配合是因爲黃生廣開出的條件，陳聳達可以藉追捕通緝犯以及沒收日本人財產等光明正大的名義，接收海叔被菜刀侵占的房舍，更重要的是，黃生廣無償將海叔生前所擁有的羽二重商社股份送給陳聳達。陳聳達雖然是一界草莽軍閥，但他可是相當識貨，知道羽二重這個招牌的價值，每年等著分紅的股金絕對遠遠大過尋常房舍田地所收到的租金，等於是抓到一隻金雞母，只要不是笨蛋，都不會傻到去宰殺會幫他下金蛋的金雞母。

「這不是與虎謀皮嗎？」把剛滿一歲的英子抱在懷裡的羽子知道後很不高興。

「算了，反正海叔也欠他一條腿，就當是替海叔還債。況且，以後有國民政府這個靠山，做起生意也比較方便。」

一九四八年二月初五

大年初五是台灣習俗迎財神的日子，尤其是生意人，從除夕前一天的小年夜忙到大年初四，就只是爲了迎接初五這天。黃生廣一大早就帶著羽子、英子和小八子到金包里的財神廟拜拜，除了祈求新的一年生意興隆外，也順便感謝金包里這塊福地讓他們一家人躲過戰火的摧殘。

今天除了要拜財神以外，同時也是羽二重商社重新開張營業的日子，爲了沖淡日本味道，商社的名稱也改成羽生棉被公司，但生產出來的棉被上頭依舊印著羽二重的商標和家徽。

在廚房忙進忙出的詹佳，工廠煮飯的美霞也過來幫她，她們趕著下午三點的公司開張吉時前必須準備好幾桌酒菜，來應付上門的貴賓和公司的員工，這不知道是詹佳第幾次做「叫化子雞」了，羽子學了好幾次都抓不到箇中訣竅。

「大概是我從來沒有體會過一貧如洗的經驗吧。」羽子無心講了這麼一句話，卻深深埋在詹佳的心裡頭。

「前幾天，我看到阿蘭又回到曙町黑巷子去站壁。」阿蘭是當年替菜刀頂罪入獄的那個煙花女人，終戰後被釋放，聯絡上老姘頭菜刀，原本想要投靠他，沒想到又因爲菜刀犯了事遭到處決，孤苦無依的她只好重操老本行。

「苦命的姊妹一場，我接濟了她幾次，可憐的阿蘭，我們女人的命就是這樣，遇到好男人吃穿不愁，愛上壞男人一世孤苦。」美霞一邊炒著米粉一邊替姊妹淘感到嘆息。

「人家羽子少奶奶的命就好得很，一出生就投胎在有錢人家。死了丈夫竟然還有阿廣這麼好的男人要她，以前是社長千金，現在是社長夫人。」美霞一張嘴就是比較愛抱怨。

「那個阿蘭前幾天還到工廠探頭探腦，又被我碰上。她一直希望社長可以收留她，做女工洗衣服煮飯都沒有關係，我問了社長，被他罵了一頓，但社長心地還算不壞啦，給了我一些錢叫我送去給她。」美霞停下炒米粉的動作望著鍋子說道：「我很擔心她會來報復！」

詹佳並不清楚美霞嘴巴講出來的報復是指阿蘭被美霞出賣的那樁往事，以爲阿蘭要報復的對象是黃生廣。

「事情都過這麼久了，當時害她頂罪的可是老社長，簡直是非不分。」說完後詹佳整個人若有所思地發起呆來。

「老闆回來了！」在工廠門口打掃的工人呼喊著。

詹佳望著羽子穿著光鮮亮麗的洋服，手裡還捧只法蘭西皮包，頭髮梳洗打扮地相當亮眼，和旁邊略微中年發福，越來越有社長架式的阿廣，簡直是天造地設的一對。看著小八子牽著快滿兩歲的妹妹英子在餐桌間跑來跑去玩耍起來，不禁眼眶一紅。

「吼！阿佳，妳胡椒粉放太多了吧？」美霞猜不透詹佳流眼淚的微妙心思，以為是她撒了太多胡椒粉在叫化子雞上。

賓客來了好幾桌，深知生意祕訣在於人和的黃生廣，慷慨地把羽生棉被公司的許多股份，無償讓給陳鞏達以及其他國民政府的接管官員。這些股東們當然要來參加迎財神的開業宴會，對他們來說，打了一輩子的仗，如今可以來台灣當大爺阿舍，不出一毛錢可以成為名聲響透台灣、日本、東南亞的棉被行股東，酒當然是喝得很開懷。

「淺野大人，你的船什麼時候回日本？」女主人羽子不擅交際，所以只和熟識的人坐一桌。身為戰敗國的軍官只能低調地坐在角落偏桌，淺野卻不以為意：「別叫我大人了，我搭的是下個月第一批遣返的船。按照規定，我們這種幹過軍官的，必須盡早遣返。」

「你回日本後有什麼打算？」

「回鄉下種田啦！像我這種一輩子只會打仗的人在和平時期根本沒有出路。我的老家在九州熊本，幾年前還回去過一次，不過那邊的田都已經荒廢了，現在我可說是一點頭緒都沒有。」淺野想要嘆氣，但基於今天是迎財神的好日子，才忍住這些彷彿楚囚對泣的煞風景言語。

「山不轉人轉啦！放心啦！以後有機會回來台灣，我會來看看我的義女。」淺野把英子抱了過去，沒想到英子竟然嚎啕大哭起來，搞得淺野手忙腳亂。

羽子一出生就在基隆，生活的範圍最遠只到台北與金包里，日本這個所謂的祖國對她來說，只是一個距離很遙遠的地理名詞而已。

「這道叫化子雞實在好吃，我前一陣子偷偷跟阿佳學烹煮，如果種田養不活自己，大不了開一間中華料理店囉。」淺野夫人倒是比較豁達。

羽子望著意氣風發一桌桌敬酒的丈夫，瞧著已經玩累睡在凳子上的英子，以及到處亂跑玩鞭炮的小八子，過去那些喪父、空襲、戰亂等苦痛，再也不存在她的內心，早年那些想要畫畫教書的少女夢想，也完全被相夫教子以及襁褓中的英子取代。

「淺野大人我敬你一杯！」不喜歡喝酒的羽子，想嘗嘗杯中那股讓人滿足的微醺感受。

第二天，黃生廣忍著宿醉不堪的身體一大早就趕到工廠上班，一到門口便見到陳鞏達的副官在等他。黃生廣笑著說：「副官，昨晚喝不夠啊，一大早又要來討酒喝啦？不成不成！今天得幹活了。」

那副官堆起很勉強的一絲笑容取出一封公文信：「能不能到辦公室談？」

招呼副官坐定，黃生廣吩咐煮飯的美霞：「美霞，端一份早餐到我的辦公室，副官這麼早應該還沒吃飯！」

「黃老闆，不用客氣，我是奉令送公文過來，你先瞧瞧。」那副官似乎有難言之隱。

「不會是跟工廠有關吧？」黃生廣打開公文一瞧臉色大變，癱坐在沙發上喃喃自語：「這一定是搞錯了！」

公文上寫著：「日本籍女子二重羽子，經查爲日本國上尉松羅文一的妻子，屬於在台日人遣送標準的第一項：軍人與軍眷，著令於民國三十七年三月二日向本署位於基隆港碼頭的大和丸輪船上船處報到，每人只限攜帶一件三十公斤重行李、兩套衣物、現金一千圓、必要之五天份藥品……」

「這一定是搞錯了，不是規定日本女子只要嫁給台灣籍或中華民國籍男子爲妻，日本妻子就可以留在台灣嗎？他們一定弄錯了！」黃生廣想到遣返規定後便覺得這事情一定有所轉圜。

「黃老闆，我只是奉命把公文送過來，你有什麼問題要去找公署或陳將軍，找他們才幫得上忙啦，別爲難我。」副官一副事不關己的樣子。

黃生廣二話不說，從辦公桌的抽屜取出大把鈔票塞在大衣懷裡，搭著三輪車朝陳鞏達公署狂駛而去。

沒想到貪婪成性的陳鞏達竟然婉拒事先準備的謝禮，一副愛莫能助的樣子：「黃老闆，這種事情我根本幫不上忙，這是台北那邊發的公文。」

黃生廣跪下來求陳鞏達：「陳將軍！一句話，我公司剩下的股權一半讓給你，還有台北那間店面也送給你，只要你能幫我留住羽子。」

陳鞏達扶起黃生廣，嘆了一口氣說：「別說收你這麼大的禮，就算沒有，只要你一句話，即使殺人放火，我都可以保你沒罪。但這種日人遣返的作業，什麼人都使不上力，就算有辦法找到蔣委員長，他也無能為力。」

「可是遣送辦法規定得一清二楚，日本女人嫁給台灣男人者，可以留在台灣啊！羽子明明是我的妻子，也按照規定去辦理戶籍結婚登記，而且結婚當天也有公開喜宴，有許多人可以作證啊！」

「我昨天晚上回公署就看到這只公文。其實我比你還著急，天還沒亮就請副官去戶政事務所調謄本出來看，看看是不是文書作業出錯，但很可惜的，文書作業沒有出錯。」

「什麼意思？」黃生廣聽到文書作業四個字覺得事情或許有轉圜空間，頂多去塞點紅包給戶政人員。

「按照規定，日本籍妻子必須在日本國投降日之前嫁給台灣人才能獲得居留權利。很可惜，你和羽子的結婚登記日是民國三十四年九月，而日本投降日是八月，並不合乎規定。」陳鞏達也算仁至義盡地幫忙奔走調資料。

「上頭也就是負責日人遣返的台北公署本部，最近開始調查那些想利用假結婚登記而留在台灣的日本人。本來如果是讓我調查，我絕對會睜一隻眼閉一隻眼，可是，偏偏有人跑到台北去檢舉你的妻子，連戶籍謄本都一併交給台北本部，還對那邊的辦事員檢舉我包庇你們夫妻，這件事情，過幾天恐怕連我都會被上頭的人調查啊！」

「怎麼會這樣？怎麼會這樣？」黃生廣這才突然想起，去年終戰前十天，原本是要蔡禾子去幫英子報戶口登記順便一併辦理兩人結婚登記，結果還沒到公所，蔡禾子便遭到美軍空襲不幸當場死亡，所以兩個人的結婚登記就因此拖了一個月後才去辦理，沒想到這個小小的拖延竟然造成羽子必須遣返日本。

這件拖延登記的小往事，連黃生廣都已經忘記了，況且戶政事務所的辦事效率根本就不彰，他們連謄本都看不懂整天只會收受紅包，不可能會如此鉅細靡遺地比對那些日本政府留下來，堆積如山的戶籍文件才對。

「我聽說有人檢舉，利用關係打了通電話到台北那邊，那邊的人說檢舉的是個操台語的台灣女人，模樣胖胖的，其他的他們一概不告訴我，因為這件事情連我都捲進去了。」陳鞏達嘆了一口氣。「你自己想想看，是不是得罪了什麼人，這個女人對你們家可說是瞭若指掌。」

「一定是阿蘭！」黃生廣一口咬定。因為當時菜刀為了假冒海叔身分，還串通了戶政事務所辦理假印鑑登記，那天陳鞏達還在菜刀住處搜出一大堆戶籍謄本，連黃生廣與羽子的謄本都在裡頭。

「當時他調出你們的戶籍謄本，一定是想要藉機敲詐你，所幸他被處決，但這個勾當想必事先告訴過阿蘭。阿蘭前幾天不是跑來透過我詢問能否投靠你嗎？可能就是她心生不滿一狀跑到台北去檢舉。」美霞如此推敲。

「這已經都不重要了，看看有沒有什麼辦法把羽子留下來比較重要。」淺野在旁安慰著早已六神無主的黃生廣。

「沒辦法！除了陳鞏達以外，我也透過幾個接管公署的熟人去幫忙打聽，該花的錢我一毛都不吝嗇，但是卻找不到環節可以疏通，連送出去的錢都被退了回來。」眼見距離船期只剩三天，黃生廣著急地有如熱鍋上的螞蟻。

淺野望了望客廳，眼看只有幾個自己人，他壓低聲音建議著：「讓羽子到鄉下躲一會吧！公司在虎尾不是有片棉花田嗎？先躲起來，等風聲過了再說。」

「可是……萬一政府上門來要人怎麼辦？這件事情連陳鞏達都被捲進調查，躲起來可不是辦法。」

「裝死！」淺野斬釘截鐵地說著。「找個可靠的大夫，開張死亡證明，就說羽子得風寒過世，然後想辦法找個名字頂替躲到虎尾鄉下。」搞過特務工作的淺野的想法有點冒險，其實當時許多日本籍妻子就是先躲在鄉下，直到十幾年後才又出現。

「躲在鄉下能躲多久，我只要一開口，濃濃日本口音的台灣話就洩底了。」羽子搖了搖頭否定了這個意見。「更何況，只要一天抓不到阿蘭，她還是可以到處檢舉，甚至找上門勒索，那種亡命之徒，什麼壞事都幹得出來。」

「那怎麼辦？」

「阿母不要回日本啦！」躲在一旁偷聽的小八子邊哭邊衝了出來一把抱住羽子。小八子不是羽子親生，但羽子始終把小八子視爲己出，小八子也早就認定了羽子是自己的親娘，已經七、八歲懂事的年齡自然聽得懂大人之間的談話。

「阿母只是短暫回去一下子，就好像學校的戶外旅行，幾個月就回來了。」爲了不讓黃生廣陷入更大的麻煩，羽子已經下定決心接受被遣返的安排。

「反正，基隆搭船到日本只不過三、四天，等時局一穩，我就立刻回來。戰爭已經結束了，又不是要徵召上戰場，沒什麼好擔心的。」在當時，多數日人都天眞地以爲很快就可以回台灣。

羽子在東京的親戚幾乎全部在戰爭中死亡，已經沒有親戚可以投靠，黃生廣特別拜託淺野照顧她，讓羽子先跟著淺野回熊本的鄉下，還專程去訂做空心的鞋根方便偷藏日圓。當年能夠帶回日本的東西很有限，遣返的檢查特別嚴格，而羽子什麼都不想帶，畢竟連最愛的丈夫與女兒都帶不走，還有什麼好留戀的呢？

8

灣生。引揚
一九四八年春天

黃生廣特別去拜託陳鞏達，除了讓羽子能夠和淺野夫妻等高官坐在比較舒服的一等艙以外，順便通融讓她帶著那十幾幅真跡名畫回日本。

「這幾幅畫帶著，我去查過，這些畫可以賣不少錢。」

「英子！妳留下一幅，萬一以後英子長大認不出我來，可以用這幅畫來相認。」羽子抽出其中一幅畫交還給英子。

「阿佳，我的英子就拜託妳照顧了。」英子始終緊緊抱著羽子不放，上船前不得不交給詹佳，雙手顫抖，兩隻腿彷彿被釘在碼頭動彈不得，兩歲大的英子哭著看著羽子。

「阿母！阿母！」手裡緊緊抱住畫作的英子哭了出來。

「英子，阿母叫什麼名字？」羽子一個多月來天天逼著英子回答這個問題，深怕女兒把自己名字都忘記。

「羽子！羽子！阿母的名字叫做羽子！」

「答應我！不能忘記。」

「前面的！快一點！」碼頭的水手與士兵朝著羽子大喊，根本提不起勇氣登船的羽子被人潮推著上船，黃生廣死命地擠到她的身邊，塞給她兩盒森永口香糖。

船上的日本人一起唱起引揚之歌〈螢之光〉，掩蓋了輪船的汽笛聲響。

蛍の光、窓の雪、書読む月日、重ねつゝ、何時しか年も、すぎの戸を、開けてぞ今朝は、別れ行く……

身爲被遣返者最高官階的淺野在甲板上領著日本人對碼頭上的人群鞠躬，大喊：「謝謝台灣！」

羽子朝碼頭上的黃生廣、小八子和英子揮手，她看見詹佳，詹佳對她露出了得意的笑容，一個只有女人之間才懂的勝利笑容，剎那間，羽子都懂了。

一陣海風吹來，憤怒讓她作嘔起來。

二〇一四年冬天。日本北千住水園公園畔療養所

「我每一次聽到最後，總是會忍不住流眼淚。」明悉子擦了擦眼淚。

沒想到葉國強整個人崩潰痛哭失聲，衝出病房外跑到洗手間去洗臉。

「抱歉，我失態了。雖然我小時候就聽外公講過他曾經有個日本太太的往事，但聽完奶奶的故事之後，還是忍不住哭出來。」葉國強哽咽地說著。

「你外公跟你提過我的事情嗎？他怎麼講？」二重羽子老奶奶整個精神都來了，彷彿回到少女時代那種思慕情人的神情。

「每次一講，就被我外婆喝止，我外婆的醋勁大得很。」葉國強聳了聳肩只能實話實說。

老奶奶失望的表情不言而喻。

葉國強忐忑不安地問起心中的疑惑：「英子？可是我媽媽叫做阿娥啊？但是妳說我外婆蔡禾子已經在戰爭中被炸死，不對啊！我外婆一直到一九八六年才過世的啊？」心中油然生出一股很可怕的念頭。

「原來她已經走了二十幾年啦！你別亂猜，我生的那個女兒漢文名字叫做黃英子，你繼續聽我講下去。」

引揚的船從基隆航行四天後，羽子和淺野夫妻在熊本登陸，淺野夫妻很守信用地帶羽子一起回熊本老家。沒多久發現羽子早就懷孕，並非暈船或水土不服，他們花了兩個月時間在熊本鄉下搭了房子、開墾幾塊農田，一切安頓就緒後，想要寫信給黃生廣告知他們的落腳處與羽子懷孕的消息。但沒想到，台日之間完全中斷通信通郵，唯一的管道是大老遠跑到熊本港口發電報，但發電報的費用貴得嚇人，一窮二白的羽子他們連吃飯都成問題，哪有多餘的錢發電報。

幾個月後小孩出生，是個男孩，羽子頓時忙碌了起來，本來打算把兒子帶大一點，想辦法存點錢，等到台日間可以通航，帶兒子回基隆團圓。但沒想到愛捉弄人的老天，卻在三年後傳來一個改變羽子一生命運的消息：她的前夫松羅文一竟然活生生地從蘇聯回來了。原來他當初在滿州國並沒有陣亡，而是被蘇聯軍隊俘虜，只是當時關東軍隱匿軍情，扯了全員陣亡的大謊，沒有人知道松羅文一被蘇聯俘虜。直到戰後三年多，他從西伯利亞的勞改營被釋放，一回到東京找到幾個羽子的遠房親戚，這才知道原來羽子也從台灣回到祖國，落腳在熊本的鄉下。

日本戰敗後的復原相當迅速，二重家族的幾個主要繼承人統統在戰爭中身亡，然而二重家族卻遺留了龐大產業，一些機器、廠房、土地都僥倖躲過美軍的空襲存留下來，而二重羽子成爲唯一的合法繼承人，逼得她只得返回東京處理這些產業。此時文一的父母也都早已身故，羽子也只好應文一的請求，回東京和前夫團聚。

在當時，從台灣回去的引揚者在日本社會備受歧視，羽子爲了對丈夫與其他家族成員們隱瞞她在台灣曾經嫁人成家的往事，被迫把三歲兒子託給淺野夫妻收養。五十多歲的淺野夫妻當年在台灣，原本就很想收養黃生廣和羽子所生的小孩，於是就義無反顧地收養羽子的三歲兒子。

「所以妳姓淺野是因爲淺野夫妻的緣故！」葉國強總算恍然大悟。

三歲兒子過繼給淺野夫妻，取名叫做淺野隆生，用意是紀念基隆，淺野隆生就是淺野明悉子的父親。

返回東京，羽子接受遠房親戚的安排，擔任起羽二重商社的社長。爲了延續家族企業，羽子只能不眠不休地投入棉被事業的經營，她從小到大跟在父親、海叔與黃生廣身邊，對於棉被生意可說是駕輕就熟，幾年下來便撐起一片天。

「一開始商社經營得不是很順利，百廢待舉尤其是缺乏資金，於是讓我想到當初從基隆帶回來的十幾幅浮世繪眞跡作品。我厚著臉皮，拿著這些畫作找上四菱銀行，沒想到識貨的銀行竟然答應用這批大師畫作當成抵押品，借給我一大筆周轉資金，有了第一桶金，商社就此步入坦途。」羽子老奶奶長話短說，似乎對這段往事不感興趣。

「可是，我前一陣子碰到明悉子的姑姑，她名叫二重靜子，怎麼會姓二重，你不是跟前夫松羅團圓了嗎？」

「喪父喪母的他接受了我們家族的安排，用入贅的方式進商社。你知道我們那種日本古老家族的規定，我根本不敢提到自己在基隆與熊本各生了一兒一女的事。」二重羽子嘆了口氣。

又過了兩年，大約是一九五〇年，台灣日本恢復通郵通信。二重羽子偷偷瞞著丈夫前前後後寫了幾十封信到基隆，卻石沉大海，其他幾封退回來的信上頭都印著「查無此人」或「查無此地址」的字樣。不死心的二重羽子還透過偵探社到基隆找人，詹佳、黃生廣和英子好像人間蒸發，連最幹練的偵探都雙手一攤愛莫能助。

一九六〇年代開始，台日關係慢慢正常化，日本人允許來台，二重羽子假借商務考察名義回基隆一個多月，在所有可能找到他們的地方四處打探，還找上幾個從事多年棉被生意且早年認識黃生廣的台灣商人打聽下落。得到的消息卻是黃生廣於一九四七年左右便舉家離開基隆，沒有人知道他們去了哪裡，多數人判斷應該是回到中國大陸，就此斷了音訊。

丈夫松羅文一在一九八五年過世，二重羽子終於可以回熊本與已經三十多歲的兒子淺野隆生相認。只是從小被母親遺棄，導致生活艱苦的淺野隆生不願承認羽子這個母親，但女兒明悉子長大後卻背著父親偷偷與祖母來往，明悉子到台灣讀大學以及美國讀碩士，甚至創業搞投資，背後出資的金主都是自己的奶奶。

「奶奶之所以資助我去台灣念書的目的，其實也是希望能就近打聽黃生廣一家人的下落。沒想到還沒找到自己祖父，卻先認識了你。接下來的故事跟我有關，就由我來說吧。

從一九九〇年到台灣念書到現在，每次回台灣就四處到棉被店打聽，專門找那種上了年紀的老師傅，打聽有沒有認識或知道黃生廣的人。但因爲沒有他的照片，況且我奶奶所描繪的是三十歲青壯男人模樣，就算碰到認識黃生廣的人，也不一定可以聯想得到。」

「我想起來了，我們大學剛認識沒多久，妳就叫我載妳到台南鄉下的棉被店到處逛，我還記得這些事情。」

明悉子苦笑了幾聲：「我當時怎麼可能想得到你就是黃生廣的孫子呢！」

葉國強終於忍不住憋在心中的疑問：「所以到頭來我們是表兄妹囉？」

明悉子不理會這個問題繼續說下去：「找了好幾趟，我奶奶也死心了。一年多前，奶奶生了一場差點要了老命的大病，她來日不多，所以我想再嘗試找看看，於是要求我奶奶把故事從頭到尾再講一遍。我學警察那一套反覆地問她一些細節，不斷從她講的話中去找破綻與疑點，這才被我逼得想出蔡禾子這個名字，以前我奶奶從沒提過。」

「於是，我開始調查蔡禾子這個女人，看看她生前是否有結過婚或生過小孩之類的紀錄，要不然也可以從蔡禾子的娘家親戚去打聽她後人的消息。結果完全出乎意料之外，搜尋台灣的戶政系統，只出現一個蔡禾子，也就是你的外婆，當然她早就過世了，於是我繼續查下去，沒想到她的女兒叫做黃阿娥，黃阿娥的兒子竟然是你葉國強。」

「這個蔡禾子的丈夫叫做黃興發，而非黃生廣，一開始我以為是同名同姓，只是既然查到你的祖先，自然引起我極大的興趣。我偷偷拿著你的身分證回台灣親自去調戶籍謄本，發現蔡禾子的出生年和我奶奶所說的故事有很大的落差，更何況故事中的蔡禾子已在終戰前死亡，而戶政系統上的蔡禾子卻活到一九八〇年代，為了再確認，我還再三請奶奶仔細回想蔡禾子的死亡時間。」

二重羽子插話：「我雖然老了，但是對蔡禾子的死亡時間絕對不會記錯，因為那恰好就在原子彈投廣島的前兩天，也正因如此才讓我的結婚登記延遲，導致被遣返日本，所以絕對不會記錯。」

明悉子點點頭繼續說：「查到這裡可說是山窮水盡。就在想要放棄的當下，戶政事務所的老職員告訴我，日本戰後那段期間的戶政系統很混亂，頂替別人姓名、為了躲避兵役或債務，改名字改年紀的事情層出不窮，那個老職員教我一些調查戶籍謄本的祕訣。」

「首先我調出蔡禾子從日治時代開始的全部戶籍謄本，發現她在一九四五年第一次登記死亡，到了一九四七年卻又註銷死亡，重新登記遷入義二路的戶籍，義二路就是以前的義重町，死亡註銷的理由是誤報死亡。於是我問什麼是誤報死亡？為什麼戶籍上可以讓死人復生？這才得知因為當年許多徵調到南洋打仗的軍人軍伕或雜役，本來以為戰死在南洋，家人已經完成死亡登記，不料戰後幾年後卻陸續返回台灣，只好去公所把死亡註銷。」

明悉子解釋：「反倒是詹佳的死亡登記和蔡禾子的死亡註銷登記發生在同一天，更離譜的是，戶籍中的黃生廣也在同一天登記死亡。詹佳與黃生廣的死亡登記後隔天，蔡禾子和一個十歲的男童黃南山一起遷出戶口，蔡禾子與黃南山的戶籍遷到基隆社寮某個地址內，而那個地址的戶籍裡頭原來就登記了一個叫做黃興發的男人。再過一天後，黃興發、黃南山和蔡禾子三個人又立刻將戶籍遷到虎尾，遷到虎尾之後，黃興發與蔡禾子申報結婚，沒多久便申報一個新生女兒叫黃阿娥。」

葉國強很快就搞懂，說道：「讓我釐清一下，妳的意思是詹佳冒用了蔡禾子的名字，黃生廣把名字改成黃興發，我舅舅黃南山其實就是小八子，他的名字從來沒變過。可是當初只要你們從黃南山這條線著手去找，不就省事很多？我舅舅當年在台灣還算相當知名，連 Google 都可以找到他很多事情呢！」

明悉子嘆了一口氣回答：「要怪就怪我奶奶當初想不起來小八子的漢名，雖然當他的母親兩年多，但平常叫他 hachi 小八習慣了。」

「可是整個故事聽起來怪怪的，妳奶奶留了一個小女兒叫英子，然而當時詹佳也生了一個小孩，怎麼整個戶籍上只有一個叫做黃阿娥的女孩，也就是我媽媽呢？」好不容易搞清楚關係的葉國強又想起另一個疑問。

「這也只能怪我奶奶記憶力不好，幾十年來她早就忘掉當時詹佳也生了個女兒這件事，一直到前一陣子才回想起來。如果她早一點想起來，就不會產生許多誤會了。」明悉子對奶奶有些責怪。

「所以當我一年多前查出黃阿娥也就是你媽媽，誤以為她是我奶奶遺留在基隆的女兒英子，當下我難過地不知道該怎麼辦，畢竟如果英子就是黃阿娥，那你我不就是表兄妹了嗎？」明悉子嘆了一口氣。

「這就是妳不告而別的原因？可是妳為什麼不告訴我呢？」葉國強總算恍然大悟。

「有些傷痛，一個人受就好了，別兩個人一起受苦。」

「笨蛋！」葉國強和二重羽子老奶奶不約而同地罵著明悉子。

「我是很笨。」

「半年前，我奶奶決定將一部分遺產留給你媽媽。根據日本法律規定，要贈給非婚生子女遺產，必須證明兩者具有至親的血源關係，簡單地說就是必須要有 DNA 核對報告，於是我跑了台南一趟找你媽媽。」

「不對啊，我媽媽沒有告訴我這件事情。」如果有人找上門驗DNA，葉國強的媽媽勢必會告訴他。

「這種事情還是祕密一點比較好，現在驗DNA只要毛髮就可以做。於是我跟蹤了你媽媽兩天，總算讓我碰到她上美容院剪頭髮，等她剪完之後，我偷偷地撿了一大把掉在地上的頭髮，帶回日本和我奶奶的頭髮做檢驗。沒多久檢驗報告出爐，兩者爲血親關係的機率是零，零的機率代表即便是往上回溯五代的祖先，也完全沒有血緣關係的意思。爲了保險起見，我又透過徵信社，假借免費抽血健康檢查的名義要到了你媽媽的血液，畢竟血液鑑定的可靠性遠高於毛髮。」

「結果一樣，相關機率是零。」

「所以我媽媽黃阿娥是詹佳和那個小三子生的？謝謝妳的調查，原來我外公並非眞正親生的外公。」葉國強聳聳肩表示不在乎，畢竟外公已經去世十幾年，外婆也去世快三十年了。不過他突然想到一個問題：「那英子呢？」

「這是個關鍵問題，我不知道。」明悉子搖了搖頭，取出一張名片「英軍企業顧問黃南山」給葉國強看。

「你怎麼會有我舅舅的名片？而他怎麼是我新東家的顧問？」葉國強捏了捏名片，看起來相當老舊。

「前顧問！那是好幾年前的老名片。問題的解答在你舅舅，也就是小八子身上。我奶奶被遣返後，黃生廣一家人到底發生什麼事情？他應該很清楚，畢竟我奶奶被遣返的那個年代，小八子已經很大了。」

「所以妳跑去找我舅舅？」

明悉子點了點頭：「誠如你說的，小八子黃南山不會難找，我委託的偵探花了一個鐘頭就查出他的生平，以及在中國的聯絡地址與電話，所以上個月我跑到江西找到了他。」

「他脾氣大得很，怎麼可能會向一個陌生人透露家族祕密呢？」葉國強思緒回到小時候和舅舅短暫相處的時光。

「讓我說句比較不禮貌的話，他在中國似乎混得很不得意，我花了五百塊錢人民幣就讓他滔滔不絕地說出來。」

一九四九年農曆年，黃生廣帶著詹佳、英子、阿娥和小八子，以及當初一起逃到台灣的族人們回趟江西老家，事業有成的他稱得上是衣錦還鄉。

許多在基隆賺到錢的族人選擇留在家鄉，然而黃生廣在基隆仍有偌大的公司工廠，自然無法跟隨族人們留下來。原本打算接老母親一起到基隆享清福，只是安土重遷的老母親怎麼勸都不肯一起搬到基隆，只好作罷，但母親卻提出想把英子留在鄉下陪伴的要求，對老人家而言，有個孫女除了可以陪伴解悶以外，更深的用意是，如此一來黃生廣基於思念女兒就會比較常回家探望，許多老人家就是這樣扣著孫子來牽絆自己的兒子。

「我猜想這應該是詹佳向婆婆嚼耳根子造成的，她好不容易請走了我外婆羽子這個大老婆，自然想要藉機把英子攆出家門。」明悉子忿忿不平地說。

孝順的黃生廣無法抗拒母親，就把當時已經兩歲的英子留在江西老家。

「接下來的事你應該知道，國共內戰兩岸分隔，英子從此和父親黃生廣……」葉國強點了點頭接下去說：「這段往事我聽外公提起，他有一個女兒留在老家，只是四十年後兩岸開放探親，他回老家卻怎麼找也找不到英子。」

「你舅舅當年有陪他回老家找，正如你說，英子彷彿人間蒸發。」

那一趟返鄉探親除了把英子遺留在江西以外，竟然探出了很嚴重的問題。聽到離開十多年的詹佳返鄉，他的哥哥詹翰也趕回老家與妹妹、妹夫一家人碰面。結果黃生廣和母親及大舅子依依不捨道別後回到基隆，只是一回到基隆還沒踏進家門口，就有個多年不見的同鄉等著他。

「你知不知道你的大舅子詹翰是什麼人？」那同鄉緊張兮兮地提起。

原來，詹翰當年頂替黃生廣被江西的紅軍徵召入伍，十七年來跟著共產黨到處打仗，從國共內戰、三千里長征到新四軍，共產黨軍隊雖然被打死了幾十萬人，但詹翰卻每次都能逢凶化吉、死裡逃生，加上他天生就是個帶兵打仗的料，三十多歲年紀輕輕的他，已經是新四軍最年輕的少將。

中日戰爭結束沒多久，國共兩黨爆發第二次內戰，當時在中國瀋陽帶領解放軍和國民黨軍隊正打得如火如荼的詹翰，打聽到妹妹、妹夫一家人從台灣返鄉，立刻從中國東北戰場偷偷摸摸喬裝返回江西于都與他們短暫團聚，但這一切都被國民黨的特務瞧在眼裡。

在江西國共內戰戰場長大的黃生廣，一聽便知道這件事情的嚴重性，國民黨一旦查到共軍將領或高幹的家人，絕對抓起來處死。怕被詹翰牽連，連夜把詹佳的名字換成蔡禾子，自己也頂替了別人的名字，帶著家人隱姓埋名從基隆輾轉搬到虎尾。這就是當年常見的「洗戶口」。

「那個特務後來怎麼沒有找上我外公他們呢？」

「不曉得，你舅舅記得的事情只有這麼多，我猜也許是當時發生了二二八事件，搞不好那個特務還來不及舉發你外公，自己就被捲了進去，或者是那個特務在國共內戰中死了，最有可能的是投共了，那種時代什麼事情都有可能發生。」

明悉子雙手一攤：「反正這些現在已經不重要了，我現在唯一想做的事就是幫我奶奶找出英子姑姑的下落。講完了，後面的故事，你比我更清楚了。」明悉子看著葉國強嘆了一口氣：「那個時代的人，活下去的代價好大。」

第四部——中國金融大玩家

1

日本到中國。開口

葉國強抬頭看著時鐘指著清晨五點，他輕輕把玩起二重奶奶畢生收藏的古老打棉棉弓和秤鍾，彷彿能從中摸透那些發生在自己與明悉子間的層層迷障。他從酒櫃中找到一瓶二〇〇〇年分的波爾多木桐紅酒，看著紅色液體從醒酒瓶注入酒杯的瞬間，晃了晃酒杯，靜待杯中附著的酒液靜靜滑落，黏稠性跟他想像的差不多。他聞聞香氣凝視杯內深不可測的紅色世界，這個時候需要酒，需要沉澱，更需要麻痺。

「整夜沒睡就別喝了。」明悉子勸阻葉國強。

「我外公和我一樣都是有家歸不得的人。」

「你們都是迫於現實面對不愛的人。」聽見明悉子這番話，葉國強很想反駁，但仔細回想，印象中的外公外婆之間的確是相敬如賓。外公生前喜歡尋花問柳到處留情，外婆似乎對此視若無睹。他原以為這是老一輩商人的生活方式，但眞正了解之後，漸漸理解了外公的心情，自己也即將和沒有愛情，只有利害關係的女人結婚，情感上的缺憾完全可以比擬外公當年的處境。

「聽了幾天的故事，有些陰影從頭到尾讓我喘不過氣來，一度以為我們是表兄妹呢！但我猜不透的是，妳為什麼不一開始就告訴我？」有點不解的葉國強又倒了一杯紅酒。

「我想讓你體會當初不告而別時，所承受的心理壓力。」明悉子說完後一把將葉國強手上的酒杯搶過來。

「別再喝了！」

「其實我從小就知道我媽並非外公親生，也隱約知道外公有個親生女兒被迫留在中國，一年前妳如果來問我，我可以直接回答妳啊。」徹夜未眠、疲憊不堪的葉國強用雙手摀住臉。

從葉國強手上搶下那杯酒，明悉子一飲而盡：「我們可以在夢想中興風作浪，只是往往被擱淺在現實的海灘上醒來。」

葉國強立刻回答：「這好像是聖經中約伯的遭遇，妳講的每個字我都能辯駁。」

明悉子打斷他的話：「雖然戶政資料證據看起來有點薄弱，但從前因後果來看，還是具有說服力。」

「太諷刺了，妳一輩子在法律漏洞中打轉，自己的感情竟然栽在這上頭！所以拆散我們的並非命運，而是戶籍資料。」

「應該說是我們的個性吧，遇到困難我們習慣逃避，習慣隱藏自己，習慣無謂的自我犧牲、自我放逐。」

「如果必須離開一個人，一個愛過、深埋自己所有感情的危險戀人，無論用何種方式離開，千萬不要慢慢離開。要盡其所能決絕地離開，永遠不要回頭，也永遠不要相信過去的時光才是更好的，因爲它們已經消亡。」

「狗屁不通！這世界上哪有什麼非得離開的人事地物！如果愛情那麼危險，爲什麼人們還要冒那麼大的險追求？」葉國強反駁。

「那你爲什麼選擇離開台灣，離開自己的家？設身處地站在我的立場想，如果愛情本身就是一種禁忌呢？」明悉子一語刺中葉國強的心頭之痛。

「反正現在水落石出，禁忌再也不是禁忌。」

兩人沉默了許久，黎明前的屋內屋外一片寂靜，連睡在樓上病房的二重羽子打呼聲都可以聽得一清二楚。

明悉子打破沉默：「很多事情並沒有完全水落石出，所有的答案都藏在同一個地方，等著我們一起去挖掘。」

「中國江西。」葉國強也有同感。「逃避也好，找尋解答也好，看樣子我們都得到那邊一趟。」

「中國可不是個可以讓人逃避一切的國度。」明悉子勉強擠出笑容。

「命運不會挨家挨戶來敲門，我們得自己去找。說走就走吧！今天早上十點半有一班從成田飛到廈門的班機，抵達時間是下午一點鐘，應該趕得上四川航空廈門飛贛州晚上七點起飛的班機。如果想要今天立刻抵達贛州的話，這是唯一的班機。」葉國強上網瀏覽航班資訊，帶著命令的口吻說著。

「你昨天早上還口口聲聲說不急著去新東家報到，怎麼現在變得如此心急？」徹夜未眠的明悉子重新綁好頭髮，姿態極爲誘人，舉手投足自然又私密，是一種只有在愛人面前才會做的舉動。

「因爲我知道妳會陪我一起去。」

「你會不會太有自信啊？」明悉子睜大眼睛戴上隱形眼鏡。

「妳一定會的，因爲妳每次都會伏首稱臣在我的強大自信心底下。」

「是的！小強！」明悉子學著二重羽子老奶奶說話的口吻。

朝陽剛剛露臉，湖面飄著薄薄的水霧，連續幾天的雨雪陰霾被晨曦取代，清晨的掃街車尚未來清掃飄落一地的紅葉，水元公園宛若紅色大地，襯托天空的藍、陽光的金和湖水的綠。

「看，連最後一片紅葉也掉下來了。」明悉子指著門口靠近水元公園，一整排紅葉已經掉光的楓樹，微風一吹陽光一灑，生命力頑強的紅葉也屈服於四季的交替。

「總算盼到了一個晴朗的早晨。」內心雀躍的葉國強認爲這是個好預兆。「我從來不知道這座公園竟然如此動人。」

「那只是因爲你心情好吧。」原本打算說些什麼的明悉子只好順著他的話，不願意破壞這片被景色過度美化的虛幻。

踩著秋天的落葉，腳下發出清脆的碎裂聲，兩人把行李搬上計程車。一上車葉國強立刻問了起來：「對了！你們家族企業到SevenStar開戶到底是怎麼回事？」

「就只有你這個笨蛋不知道。兩年多前我費盡千辛萬苦才在北千住找到這麼好的交易據點，好不容易開始要收成，你就這樣拱手讓給史坦利？」明悉子搖了搖頭。

「幾年前我到紐約學程式套利交易，得知了全球金融市場交易所的一切弱點，但排除駭客偷襲、恐怖攻擊或其他一些必須花大錢的方法，唯有剩下這種所謂的『時間差』交易是穩賺不賠的手法，所以當時異想天開，想如法炮製那群華爾街天才交易員的方法。於是我發現棉花交易所位於北千住的電腦主機，對面正是國華金控的大樓，你應該還記得我瞞著你租下那層辦公室的往事吧？」

「當我知道公司設在國華金控所擁有的大樓內，簡直氣炸了，我就是不想再和國華金控有任何瓜葛，才遠走高飛跑來日本。」

「你永遠都是這樣，感情用事。」明悉子心想自己又何嘗不是呢。

「這些都是我的布局，我希望打造一個屬於兩個人的祕密交易世界，每天默默地做著與世無爭的低調套利。只是當我誤以爲我們是表兄妹後……後來的一切你應該都知道了。我挖了一個大金礦，你卻拱手讓人。你就是這樣，一碰到無法處理的人際關係，只會一走了之。」

不想陷入這種無謂的悔恨，葉國強把話岔開：「那爲什麼我找了一整年都找不到？別說實際生活周遭，連網路世界中，我也找不到淺野明悉子的任何新訊息，能夠找到的只有幾年前的陳年資料，妳整個人彷彿人間蒸發似的。」

葉國強望著漸漸遠離的水元公園說道：「我每次經過這片公園，總覺得妳會從裡頭走出來和我打招呼。」

「這就是第六感吧，人類總是擁有某些自己無法掌控、也無法解釋的能力。」明悉子看著窗外的公園接著說：「我已經改名字，我的新名字叫做二重明悉子，你當然找不到任何有關淺野明悉子的新資料。」

葉國強恍然大悟：「我曾經跑到妳的熊本老家，妳爸爸告訴我淺野明悉子死了，但我可以感受到那只是氣話，而非眞正喪女的悲傷。」

「我父親仍堅持姓淺野，他至今仍然不願原諒我奶奶，唉。」

一夜未眠快要進入夢鄉的葉國強，勉強打起精神說著：「我突然想到一件事情得靠妳幫忙，畢竟到了中國之後，我的銀行高幹身分恐怕不方便。前幾天我的新東家要我幫忙打聽，他們發現有個神祕的日本買家，源源不斷地收購他們英軍企業的持股，基於職務我必須幫忙找出這位神祕買家。」

明悉子哼了一聲：「好不容易重逢，第一件事情居然是要我幫你打工。」語氣顯得有些冷淡。

「沒辦法，據我的新同事英軍企業總裁助理周荷私底下透露，他們可以控制的股權比重其實不高，很擔心這個來歷不明的買主。」

「私底下？周荷！我看過她的照片，年輕又漂亮，爲什麼你的工作總是會出現這種漂亮的富家千金小姐呢？」明悉子話中帶著刺。

「別挖苦我了，一個古漂亮就差點讓我身敗名裂，我只是擔心過不了多久又得換老闆了。」聽到明悉子話中帶著醋意，葉國強內心雀躍了起來。

「台灣大金控的駙馬爺，中國華南地區第一間商業銀行的總經理，我看不出你身上哪一塊肉有什麼身敗名裂的痕跡？」

聽到無法駁斥的揶揄之語，懶得辯駁的葉國強索性閉上嘴巴闔上雙眼。

知道自己的玩笑開得有點過分的明悉子歉然地用手指戳著葉國強的肩膀：「別那麼小氣，開開玩笑嘛！」

打算來個不理不睬的葉國強，乾脆發出打呼的鼾聲裝睡起來。

「別裝睡了，又不是第一天認識你。你放心，我沒有立場吃你的悶醋，我會幫你查出到底是何方神聖想要覬覦你新東家，這不會太困難，答案肯定出在英軍企業身上，只要知道它擁有什麼值錢的東西？或者查一下它擋了誰的財路？便很容易找到答案。但重點在於證據，以及揪出神祕買方之後，英軍企業打算怎麼反應？沒有人會到股市撒錢開玩笑。」明悉子滔滔不絕地說著，但沒想到葉國強裝著裝著竟然真的睡著了。

「去你的，還真的睡著了。」輕輕地咒罵兩聲，明悉子又好氣又好笑。

「喂！和愛人講話講到一半就睡著，很失禮呢！」前座計程車司機的話把葉國強吵醒，整夜沒睡，好不容易進入夢鄉的他有點不太高興頂了回去：「別管閒事！」

那司機轉過頭來瞪了一眼，葉國強嚇了一跳：「怎麼又是你。」「有緣啊！讓我送你們一程。」司機左臉頰鼻子下那顆大痣相當明顯，葉國強恍然大悟大叫了一聲：「棉神！我知道你是誰了，羽子老奶奶已經把故事都告訴我了，你一定是小賀，也就是海叔。」

「你是小三子的孫子，按照輩分應該稱我叔祖，但其實也無所謂啦，黃家子孫的關係稱謂個個都亂七八糟。」車子剛開上高速公路，海叔把速度稍微加快了些。

「爲什麼你還是孤魂野鬼？難道我外公忘了去墳墓撿骨嗎？」

「說來話長，你恐怕不知道鬼魂在白天是無法講太多話的，聽說是規定，但我從來不去遵守這些鬼規定。長話短說，你外公，應該說黃生廣，他當年隱姓埋名跑到虎尾後，居然把我臨終前交代的事情忘了。不過這是表面的理由，你知道我可以透視子孫的心思，他之所以不去撿骨，主因是他瞧不起我這個兔子，用你們現代話來說就是同性戀，阿廣那個老古板認爲我有辱祖先。」

他露出苦笑，從駕駛座旁邊取出雷朋太陽眼鏡，戴上後精神又來了：「鬼原本怕光，但現代的太陽眼鏡幫了我大忙，有了它，什麼白天不能遊蕩的鬼規定就沒有什麼約束力了。對了，我剛剛講到哪裡了？」

「我外公沒幫你撿骨。」

「嗯，我可以抽根菸嗎？」

「隨便啦！你眞麻煩。」葉國強啼笑皆非。

「阿廣不願意，於是我就找上你外婆詹佳。她被我嚇得心神不寧，只好瞞著你外公跑到基隆找到我的墳墓，依照古禮習俗請了風水師幫我撿骨。」

「既然已經撿了骨，爲什麼你還是……」

「本來打算到我們鬼界的海關準備投胎轉世，但海關的人說名冊上沒有我的名字，反倒是看到老朋友菜刀歡歡喜喜地通關，當時我也感到納悶。後來一查之下，原來當年菜刀冒用我的名字想私吞財產，結果被那個軍閥打死，死了就要埋葬，那軍閥其實有點心虛，於是幫菜刀找了塊墓地埋了起來，當然他的墓碑刻著我的名字黃孝海三個字。不知道這段曲折故事的詹佳，按著公墓管理員的名冊找到了黃孝海的墓，反而是誤打誤撞幫菜刀撿了骨。」

「那你爲什麼不再去找外婆，叫她找到你眞正的墳墓呢？」

「自從我找上詹佳，她整個人嚇破了膽子，成天疑神疑鬼、吃齋念佛，看她那個模樣，要是我再上門找她，肯定會把她活活嚇死。」

葉國強回憶起外婆生前極度敬畏鬼神的往事，原來還眞的是遇到鬼。

「後來索性就不再去糾纏子孫幫我撿骨。自從太陽眼鏡發明後，我發現當一條鬼也滿自由自在，雖然無法暢快與人交談來往，但我還能在自己的子孫或相關的人面前出現，而其他人看不到也感受不到我。」

「所以，羽子奶奶和明悉子應該都見過你。」

「聰明！一點就通。只不過我也是最近才能見到他們，你知道日本鬼界的護照很難取得。」

「可是，爲什麼居酒屋的老闆老吳也見過你？他親口告訴我的，該不會他也是親戚吧？」葉國強想起這一連串的見鬼遭遇是從棉棉花居酒屋開始的。

「非也非也，和我的子孫有高度關聯性的人也可以見到我。關於這點你就別問下去了，我們當鬼的，絕對不能洩漏你們人類還不知道的事情。但我可以給你很明確的暗示，安排一些尋找解答的線索，但就是不能直接洩漏眞相，所謂天機不可洩漏，就像這一次我引導你找到明悉子，其實是故意安排你的部屬沙織，沙織就是線索。」

「可是沙織又不是你的親戚，難道她也是……」葉國強以爲沙織又是自己的表妹堂妹之類的，但這未免有點牽強。

「非也非也！我無法和沙織講話，也無法讓她看到我，但我可以讓她產生微妙的心靈感應。像這次她忽然靈機一動，聯想到去公司洽公的二重靜子長得很像明悉子，就是我施了一些法術讓她產生聯想力。」

「什麼法術？」

「你不會想知道，也不該知道啦！反正我就是可以安排一些人扮演解答一切疑點的鑰匙，至於你願不願意順著安排去開鎖尋找解答或逢凶化吉，我就無法強迫了。」

車子已經遠離東京市區來到鄉村地區，兩旁的景色從高樓換成片片森林。

海叔指著兩旁呼嘯而過的樹木說：「你看，樹從不拒絕任何方向的風，而是盡量順應風勢，風吹過後仍保持筆直姿勢。命運把你吹到哪邊，你只能盡可能地適應它，重點在於風，懂嗎？」

突然冒出沒頭沒腦的長篇哲理，葉國強根本聽不出海叔講話的重點，以致於無法接話下去。

海叔自言自語地說下去：「既然命運帶領你回咱們老家江西，自然有其道理，你只要順勢而爲去接受它，我會幫你排除一些凶險，別擔心。我可以再抽一根菸嗎？」

「你的菸癮還眞大，隨便啦！你剛剛說到凶險？你越來越像算命仙了，我只不過是去中國打個工，一旦發現沒有搞頭，就會蹺頭一走了之，哪會碰上什麼凶險呢？我連一毛錢都不出，不會有損失的。」

葉國強想得未免太簡單了。

「天機不可洩漏，凶險多得很呢！但你別擔心，只要你答應我一件事情，我就算魂飛魄散也會幫你。」

「鬼也會和人談條件啊？讓我猜猜看，該不是要幫你撿骨吧？沒問題，只要我能安全回到台灣。」葉國強一猜便中。

「聰明！但你可要考慮清楚，對鬼做了承諾，不實現可是會很麻煩的。」

「有多麻煩？」

「天機不可洩漏。」

「你沒有其他的話可說嗎？講來講去就只是這句天機不可洩漏，跟算命半仙沒什麼兩樣嘛！」葉國強感到有點不耐煩，索性閉上雙眼不再交談。

「好啦！這次你一定要牢牢記住，到了江西老家，我安排的鑰匙還是那個沙織。記得，她要求你做什麼事情，不管你願不願意？合不合理？荒不荒謬？你照做就對了，記得了嗎？」

葉國強嗯哼兩聲不置可否。

「小強，成田空港快到了！你睡得好熟，還講了一堆夢話。」聽到明悉子的叫喚聲，葉國強整個人清醒過來，前座冷氣飄來陣陣臭味讓他有些鼻塞。醒來第一件事情就是趕快從後照鏡看了前座司機的臉一眼，那是張典型日本人常有的國字臉，年紀很輕約莫只有二十幾歲，況且鼻子下面也沒有任何痣，和棉神小賀的長相可說是差了十萬八千里。

「你所說的夢話是種我從來沒聽過的語言，有點像中國華南的方言，你什麼時候學會那種語言的？」明悉子感到十分好奇，因爲葉國強的夢話聽起來相當完整，雖然聽不懂，但除了有抑揚頓挫外還具有邏輯文法的完整表達，不像一般人的夢話，只有單調的音節或毫無意義的子母音。

葉國強正在想該如何回話時，這時才聞到整台車的車廂竟然瀰漫二手菸味。

「司機，你剛剛有抽菸嗎？」明悉子有點不太高興，睡得正甜的她就是被菸味給熏醒的。

「沒有，我並沒有抽菸的習慣，我剛剛還以爲是你們在後座抽菸，可是你們明明從一上車就睡到現在，我也搞不清楚這股菸味是從哪裡飄來的？」司機也感到不可思議。日本法令規定計程車司機不能在車廂上抽菸，這司機看起來就是一副守法模樣。

「大概是空調出了問題吧。」只能做如此解釋。

飛機在下午兩點半準時降落在廈門高崎國際機場。使用澳洲護照入境的葉國強，不用辦理簽證很快就順利通關，而明悉子卻執意用台灣的台胞證入境，必須到簽證櫃檯排隊等候，畢竟在排日情緒高漲的中國，使用日本身分會很麻煩。

「我先出關去幫妳領行李。」葉國強見臨時簽證櫃檯大排長龍，就先出關到行李轉盤旁等候行李。明悉子的行李很多，葉國強必須一一檢視行李箱上的名牌，其中有只粉紅色的**Hello Kitty**相當顯眼，轉盤轉不到一圈，眼尖的葉國強就發現，一個箭步鑽進等候行李人群中，從轉盤把它拖了出來。旁邊一個中國大媽也伸手一把拉扯那只行李，她認錯了行李，還以爲葉國強要伸手搶奪，那大媽用力一扯不小心讓行李箱掉到地上，不知道是用力過猛還是拉鍊沒有關緊，行李箱硬生生地打了開來，裡頭物品散落一地。那大媽一看並非自己行李，明知理虧卻還是咒罵了好幾聲。

早就見識過中國大媽蠻橫不講理的葉國強不和她計較，認命地在地上收拾掉出來的行李。正當彎下腰的那一瞬間，眼光不禁被某個檔案夾吸引，檔案夾上標示著「英軍企業股權」的字樣，他好奇地打開其中一疊厚厚的文件，裡頭密密麻麻記載著英軍企業所有股東的資料，更讓他瞠目結舌的是，資料是從深圳交易所下載。

「沒想到妳這麼快就開始幫我忙，查起英軍企業股票的神祕投資者了。」葉國強收拾好行李笑著對明悉子說：「所以我就說嘛！妳只是嘴硬罷了，只要我一開口，妳一定會幫我的。只是這些資料存在硬碟上就好了，幹嘛大費周章地列印出來？」

明悉子曾見葉國強手上的資料夾，愣了一下態度柔順地回了個勉強的笑容：「我說過會幫你就會幫你。還有，在中國這個國家，資料放在任何電腦硬碟或網路上根本沒有安全可言。」

「整理出什麼結果沒有？」葉國強只是隨口問問，反正他對這個問題並不是特別有興趣。

「還沒！」明悉子遲疑了幾秒鐘。

一瞬間葉國強看到她的眼睛，在短短的幾秒鐘多眨了好幾下，眼珠朝上翻了幾下白眼，他知道那是明悉子說謊時，會不自覺流露出來的特定神情，雖然只發生在短短的三、五秒鐘內，騙得了別人卻瞞不過葉國強的眼睛。

明悉子裝著一副不在乎的模樣從容取回檔案夾，有條不紊地放回行李箱，馬上把話題轉到別的地方去：「工作的事情等明天再說啦！四川航空廈門飛往贛州的班機，預定六個小時後才要起飛，你想不想搭的士到廈門市區逛逛？」

葉國強的思緒還在那個神祕的檔案夾上，明明是今天清晨才把英軍企業遭不明買盤覬覦的事情告訴明悉子，且一路上除了換衣服、上妝、上廁所以外，她都沒有離開過自己的視線，哪來時間上網找出多達兩百頁的資料，更別說把它列印出來。更何況，這些資料就連深圳交易所的官員都沒有閱讀權限，當然，這些電腦網路技巧對明悉子這種駭客等級專家而言並不困難。

「你到底要不要陪我去廈門市區走一走殺殺時間？」明悉子連續問了三遍，葉國強才從那些駭客資料中回了神，回答：「算了吧，廈門我來過好幾趟，沒有什麼好逛的。幾條號稱小台灣的商店街，賣的都是仿冒的山寨商品，騙騙中國內地觀光客還行，正港台灣人不需要特地跑到廈門逛台灣街吧！」

「不想逛街的話可以去鼓浪嶼啊！那個小島上遺留了許多洋人的老建築，聽說很像神戶的北野異人館，被喻為中國最美的城區第一名呢！」明悉子立刻到機場服務櫃台索取廈門旅遊簡介。

「幾年前我來廈門出差時，當地的銀行經理曾經招待我去過，漂亮是漂亮，可是光等渡輪就足足花上兩個多鐘頭，轉機的時間其實並不足夠從機場來回跑一趟鼓浪嶼。」每次葉國強來中國，對旅遊可說是意興闌珊，寧可多花點時間在工作上，或索性窩在酒店的游泳池殺時間。

「你還眞孤僻！」遊興正濃的明悉子悻悻然地抱怨了幾句。

「妳想去就自己去吧，我習慣待在貴賓室裡睡午覺。」

「唉，不是我愛玩，我是替你著想。」

「不過去鼓浪嶼逛逛就是爲我著想？有那麼嚴重嗎？」

「強老大！你以爲自己只是個尋常出差上班族？你以爲自己只是一個開普通工廠的台商？別忘了，你即將是中國第一間民營商銀的總經理，中國的銀行不比台灣更不比日本，你的位置牽扯多少複雜的政商結構？關係著多少所謂國營企業？背負多少想像不到的黨政使命？我搞不懂你何苦接這個位置。總而言之，從你報到赴任的第一天開始，你會身不由己，你的一舉一動，中國所有的單位都會監視著你，換句話說，今天也許是你還能自由自在的最後一天了。」

對於中國本質，身爲日本人的明悉子比葉國強還要了解，絕大部分的台灣人對於中國總是懷有強國崛起的不切實際而過度浪漫的認識。

還停留在藉由新工作來逃避一切的心態，葉國強並沒有考慮這麼多。

「好啦！就當陪我去走一走吧！」不想在嚴肅話題打轉的明悉子掛著迷人的笑靨。這種迷死人不償命的笑容可以揪住一個男人的心，男人會因爲這個笑是衝著自己來的而陷入愛河，男人會想要天天看到這個笑容，並希望自己是誘發那個笑容的人，想要獨攬這個笑容，就得答應她的一切要求。

整條中山路的招牌，一共出現上百個台灣字樣，幾十個台北，十幾個高雄，連阿里山、日月潭、淡水的字樣都有。葉國強好像置身在時空混亂的街道，被迫離開台灣三年的他，看看這些熟悉的台灣店家，多少紓解了一些鄉愁。

廈門的街道只能用「超大型工地」來形容。蓋到一半的工地，剛拆完等著整地的建地，馬路上到處都是施工圍籬，塵煙飛揚的迷濛天空，有如二十年前處於「交通黑暗期」的台北，從機場到市區短短的十公里，塞起車來起碼得耗上一個多小時。

「這裡或許是生意人的天堂，但絕對稱不上生活品質。」

想要深入了解異國，得先熟悉她的味道，台灣的味道是多元豐富、日本的味道是乾淨單調，而中國的味道呢？

「搭車從鬧區回機場塞車起碼要一個鐘頭，再不回機場恐怕會趕不上飛機。」明悉子看著手錶的指針催促著流連在專賣繁體中文書書店的葉國強。

喜歡閱讀的他已經好久沒有逛過繁體中文書店，簡直像是貪吃的小孩掉進糖果屋般，怎麼拉都拉不走。

「你看！這裡竟然還找得台灣已經絕版多年的書呢！」葉國強興奮地挑著幾本《東京愛情故事》《台北金融物語》到櫃台結帳。

下班時間的廈門是個不容易招到計程車的城市，想順利攔部計程車，還不如奢望台灣某個偷腥立委從此不再上賓館。

乘客們在路邊擠成一團一團，爭搶著好不容易出現在眼前的空計程車。倒也不是廈門的景氣特別好，而是所有的計程車都陷入無窮盡的塞車車陣，汽車的喇叭聲更像是不時而起的殺意。

「叭～叭～」一部大衆牌私人轎車開到葉國強面前停了下來，前座的司機搖下車窗露出可疑的神情朝他們吼著：「老闆！要不要搭車？」

「這個時候別想等到出租車啦！」

明悉子皺著眉頭打量這部烤漆老舊，來路不明的私家車。

「師傅[1]到機場多少錢？」葉國強趨前試探起來，在中國，做什麼買賣都得事先談好價錢，殺價絕對是必要的。

「五十塊錢，再不走我就要去載別人了！」

幾個小時前從機場搭合法出租車，到市區的跳表車資也不過才三十多塊錢，這個非法載客的司機竟然開價五十塊錢。

看著手錶的明悉子毫不猶豫地跳上車：「再拖下去，恐怕來不及。」

「老闆，到機場有趕時間嗎？趕時間的話我幫你們抄近路，只要加十塊錢。」

「行！」既然都已經上了賊船，被敲竹槓的葉國強只好認了。

「老闆打哪來的？」司機攀談起來。

「上海。」在陌生的車上最好別說自己來自台灣，葉國強警覺地胡亂回答。

「不對啊！廈門飛上海的最後一般飛機是下午五點，你們恐怕來不及。」前座電子時鐘上面顯示「16:40」

那司機從後照鏡瞧了瞧他們兩人，突然車子開往路旁緊急煞車，那司機轉過頭來一臉驚訝地大叫：「你不是葉領隊嗎？我是彭育祥，你還記得我嗎？」

「Jason 彭？真的是你？」葉國強不敢置信竟然在廈門遇到他。

「你不是在福建的職棒隊當教練嗎？怎麼當起師傅了。」

1　中國稱職業司機為師傅。

「說來話長……」

這位彭育祥原本是國華金控旗下關係企業「國華威鯨職棒隊」的選手，多年來始終在一軍與二軍間載浮載沉。當年擔任國華金控總經理的葉國強因捲入內線交易疑雲，爲避嫌被迫離職接受調查。一開始被安排到威鯨職棒隊擔任領隊，沒想到才當了兩個月的領隊，球隊竟然爆發球員放水打假球事件，造成球隊整個解散，整支球隊從教練到選手，只有少數幾個沒有接受職棒簽賭組頭的賄賂，而彭育祥便是其中一個。雖然潔身自愛獲判無罪，但他的球技並無法吸引其他球團來挖角，於是葉國強安排他當自己的司機。不料幾個月後，台灣特查組找上彭育祥，威脅利誘要他出面指控葉國強收受組頭的黑錢，正直的他不願意成爲檢調的打手，因此再度丟掉司機的工作，兩年前跑來中國擔任職棒隊的守備教練。

「來到這裡以後才發現一切原來是個騙局，根本沒有職棒隊，只有一個到處用成立職棒隊當幌子的吸金詐騙集團，在兩岸三地騙一些小財團的錢，還拿我們這種台灣過氣球員當招牌，在網路上架設非法運動賭博網站。幸好我閃得快，只是自己的一點積蓄也被騙了精光。」

「可是爲什麼我經常在媒體上看到其他球員的採訪，一副來中國混得很開的樣子？」

「自尊啊！運動員最要命的就是自尊心作祟，看不破成千上萬球迷呼喊自己名字的那種虛榮，實際上只是任人踐踏的廉價高傲啊！」彭育祥嘆口氣再度踩著油門：「再聊下去，你們的飛機就要飛走了。對了！葉領隊你要飛哪裡？」

「贛州！晚上九點起飛的班機。」

「贛州？你怎麼會到那種鳥不生蛋的地方啊？」彭育祥一副很了解贛州的口吻。

「聽起來你對贛州很熟？」

「我在贛州那裡幹師傅開車開了一年多，根本混不出名堂，掙不了幾個錢，不久前才轉來廈門這邊開這種黑牌的士。」困苦生活在彭育祥年輕黝黑的臉孔上刻畫出滄桑痕跡。

「我希望你當我在贛州的司機，你開個價。」葉國強不假思索地提出要求。

「你用人怎麼如此草率？」爲了不讓彭育祥聽到，明悉子換成日語問著。

「這個年輕人是我看過最正直最忠心的人。人生地不熟，我需要一個信得過的人當我的司機。」

「人心叵測啊！再怎麼純潔的人來到中國這個大染缸也很難維持初衷，這種故事你應該也聽了不少吧？」明悉子希望葉國強打消念頭。

「你說他不收組頭的紅包，沒有在檢察官面前出賣你，也不過是盡到運動員與司機應盡的義務，憑什麼就信任他？」

葉國強改用中文回答：「你知道他當時打球一個月薪水多少嗎？才五萬多，被收買的教練打算一場球給他十五萬，只希望他上場時故意漏接一兩球，一個小小動作就可以賺到三個月薪水，而且只要答應一次，他就可以天天上場不用再坐冷板凳下二軍當替補選手。這種情況下，他都能抗拒金錢誘惑，這樣的人不信任他，那還能信任誰？」

在前座開車的彭育祥聽得一清二楚，嘆了一口氣地回答：「那些都是往事。葉領隊，你的好意我心領，不方便就別勉強，以後來廈門記得叫我的車就好了。」

「明悉子，有件事情我沒有跟妳講，其實當年我也跟職棒組頭有些牽扯不清的關係，若不是小彭守口如瓶，我當年恐怕得多關上好幾個月。」

明悉子一副不可置信地模樣嘆了口氣：「我好像越來越不了解你了，總而言之，我只想勸你不要如此輕易地相信別人。」

「放心啦！我看人一向很準。」關於這點，葉國強頗爲自豪。

「哼！那麼史坦利又該如何解釋呢？」

光是聽到史坦利三個字，便讓葉國強陷入很長很長的沉默。

下了交流道，廈門高崎空港的指示牌已經映入眼簾。

「葉領隊，機場到了！你們在出境大廳等我一下，我先去停車，我想送你一程。」

「離起飛只剩一個多小時，你別送了。」按照規定起飛前兩個小時必須完成劃位與出關手續。

「放心！中國國內線的班機從來不會準時起飛。」

葉國強下車掏出六千塊錢人民幣，彭育祥楞了一下回答：「說好才六十塊錢，你這是……」

「這是第一個月工錢，油資加班費另外再算，明天早上九點準時在贛州格蘭酒店大門口接我，記得要穿襯衫打領帶。一切就拜託你了。」葉國強說完後向他鞠了個躬。

彭育祥欣然收下錢後嚴肅地回答：「領隊，這裡是中國，老闆不能對員工太客氣有禮，否則你會被看扁。」

彭育祥預測的沒錯，準時登機的他們，足足在機艙上頭枯坐了一個半鐘頭，機長的理由是流量管制。

「見鬼了！晚上九點多哪來流量管制。」坐在後面經濟艙的乘客咒罵個不停，但他們似乎也習以爲常，乾脆利用枯坐等候的時間吃起東西來。一陣陣刺鼻的麻辣燙、滷雞爪，甚至榴槤的味道飄了過來，忍不住這些異味，明悉子索性戴上口罩。

「竟然在飛機上吃起榴槤。」

見怪不怪其怪自敗，飛機機艙還算比較有文明，若是那種內地的長途夜車，在火車車廂裡炒菜煮飯那更是司空見慣。

枯坐了一個多鐘頭，所謂流量管制的謎底揭曉。原來是葉國強旁邊兩個姍姍來遲的商務艙乘客，西裝筆挺全身酒味，一副官員模樣大搖大擺地晃了進來，更大言不慚地聊了起來：「我們才遲了一個多鐘頭，這邊的領導大概嫌我官小，竟然怪起我來，還說如果超過兩個鐘頭，他就叫飛機飛走不等我。」

「所以啊！官太小就會被欺負。我們單位的主委就比較吃得開，上回在成都晚到三個小時，飛機連飛都不敢飛，機場的人連屁都不敢吭一聲，你瞧他多罩啊！」

那個自稱小官的乘客聽到這裡，唉呀一聲嘆了口氣：「沒關係，等過完年後我補了上頭的缺，到時候在機場就可以風光一點。」

2

贛州英軍銀行。無縫接合

起飛後五十分鐘即抵達贛州機場，滿座的乘客只有葉國強與明悉子兩個人下機，其他人繼續飛往成都；由於是國內線，連出關驗照的手續都沒有，偌大的出入境大廳只剩他們倆人，也因為是機場最後一班起降班機，還沒走出大廳，燈光就已經一盞盞地熄滅，只剩下一個保安員和兩、三個等著下班的清潔員。

機場門口只剩下最後一輛排班出租車，師傅原本以為沒有乘客，意興闌珊地正打算發動車子離開，葉國強見狀拋下行李在後面追著車子才攔了下來。

「我還以為沒有客人，對不起啊！」

師傅打開後行李箱，看著葉國強兩人的行李，不免好奇：「老闆你們的行李還眞多，打哪來的？」

「廈門。」在這種鄉下小機場搭車更是別透露自己是從港澳台來的。

「廈門！好地方，那邊比較富裕，不像在我們贛州，開三天的士還比不上廈門一天掙得多。」全世界的計程車司機共同的語言就是不停抱怨。

「老闆你們肯定是第一次來贛州，對吧？」師傅攀談起來。

葉國強警覺地扯了善意的謊言：「以前來過幾次啦！」

那師傅從後照鏡看了他們一眼，雖然車子外頭已經一片烏漆抹黑：「老闆！別介意，我不是想要試探你們啦，你們一看就知道頭一回來這裡，你一定會問為什麼我曉得，我告訴你，外地人通常不會來這裡第二次。」

「說景色沒景色，說商機沒商機，物價直比上海，工資卻是華南幾個省分中最低。有本事的人都往福建和廣東跑了，剩下我們這種跑不掉的留在這裡苦撐。」

「瞧你們要下榻的酒店便猜得出你們是來做生意，咱們萍水相逢，能載到你們就算有緣，如果要來這裡做生意，別怪我倚老賣老，勸你們趁早死了這條心。這幾十年來，別說內地的內資，就連台資港資，來贛州都撐不了三五年，我開的士之前專門跑商務客，天天載那些來來去去的港商，沒有半個能掙得到錢。」

「爲什麼？」葉國強好奇起來。

「別說那麼多？」明悉子用生硬的台語提醒他。

「聽小姐的口音好像不是廈門，你們應該是泉州晉江一帶吧。」全中國的士師傅似乎都喜歡玩猜口音的遊戲。

「贛州這邊大部分都是客家人，也不是說客家人不好，客家人會冒險犯難有膽子做生意的，都已經離開了，幾十年來一批批客家人移到外省移到海外港澳台，剩下沒走的，講好聽是純樸保守，講難聽是膽小，不懂得變通改變自己去適應新環境。所以啊！錢都讓外地人賺走了，只好巴著本地土霸去掙點錢。」

「土霸？什麼是土霸？」葉國強第一次聽到這個名詞。

「說太多會得罪人，土霸就是土霸啦！只要在贛州住上個把月，自然曉得土霸是誰。不過，別的地方我不敢講，我們贛州這邊的人，絕對是全中國最善良最和善的，我們的治安可是全國最好，半夜走在街上都不用擔心強盜小偷，我敢跟你打包票，街上賣東西的小販商家，除非是外地來的，本地生意人完全不會漫天喊價亂坑人；相反的，就算看到大客戶，也不會積極地想要拉攏刻意討好，你說純樸也好，傻逼也好，贛州人就是這德性。」

「哎呀！聊得正起勁，差點過了頭。老闆，酒店到了。」那師傅把車子停在酒店門口，打起瞌睡的門房沒想到快半夜十二點竟然還有客人入住，手忙腳亂地抬著行李。

櫃檯服務員睡眼惺忪地查看電腦訂房紀錄。

「您訂的是雙人套房一間，一共七天。葉先生，您的行李比較多，我給您個溫馨提示，您要不要升等到最頂樓的行政套房？一晚才多收七百塊錢，而且還有免費……」葉國強打斷服務員的升等建議冷冷地回答：「謝謝你，不用了。」由於葉國強是提早來贛州，想事先了解一下新東家的狀況，住高級行政套房恐怕會太過招搖暴露自己行蹤。

「服務員，能不能多給我一間同樣類型的房間？」站在身旁的明悉子拿出台胞證給櫃檯登記。葉國強露出訝異的表情看著明悉子，不明白為什麼還要多訂一間房。

態度堅決的明悉子補了一句：「請給和葉先生不同樓層的房間！」這句話簡直是對葉國強心頭補了一刀。

他直視著明悉子的眼睛，千言萬語都凝聚在她那雙水汪汪的眼中。她已經下定了決心，只能目送她的背影離去，門房推著行李與她消失在電梯，空蕩蕩的酒店大廳只剩下葉國強與滿臉堆著客套笑容的服務員，一股排山倒海的寂寞感逼得他喘不過氣來。

有時候寂寞與孤獨可以挖掘內心的想望，激發出另一個不同層面的自我，但葉國強此時的孤獨卻完全深不見底，才意會到自己已經置身在完全陌生的國度，陌生的城市，無望的未來，無依的世界。

住在十六樓的葉國強哭了，他哭是因為他真的愛上了。房間在十五樓的明悉子也哭了，她哭是因為她終於真正放棄了。旅館的天花板是全世界戀人最遙遠的距離。

在浴室裡，明悉子用水沖了臉，她可以容許自己的臉龐在白天的光線下出現一點細紋的事實，但端詳此時鏡中的自己，連在夜半昏暗的燈光下，也出現難以忽略的皺紋和鬆垮皮膚。

她永遠不明白爲何有一大堆女人笨到讓臥室有充足的採光，除非有二十歲緊實發亮的健康肌膚，否則白天的光線會殘酷地實況轉播出自己所有的細微缺陷，即使費盡心思去每一寸角質，用上每盎司比黃金還貴的名牌乳液滋潤。

四十三歲，早就過了「在乎與否」的年紀，對於愛情，明悉子有時不免會在心裡叨念著，「要是那時，我這麼做就好了！」或是「那時，我不這麼做就好了！」只是關於這些已經回不去也喚不回的悔恨，再怎麼追憶，再怎麼惋惜，也改變不了對感情的自我摧殘。

在戀情正濃的時候被男人甩掉或甩掉男人的經驗，她不是沒有經歷過，但多半都是經過雙方感情慢慢冷卻，或移情別戀所造成。在正常男女戀情關係告終前，就算只能束手就擒，但總還有點時間與空間做好心理準備。

一年前魯莽地咬定自己和葉國強之間的血緣關係，在禁忌的羞辱中不能自己，只能找出一大堆理由與藉口矇騙自己，騙自己未曾愛過葉國強，甚至逼自己毫無節制地從心中萌生對葉國強的恨意。唯有自我催眠的恨意，才能從無盡的禁忌羞辱中找到救贖。

諷刺的是，當後來發現一切只是誤會一場，明悉子卻發現無法找回原來的自己，無法重新接納那個讓自己恨上一整年的人，無法水過無痕地刪除自我洗腦的敗德禁忌羞恥記憶。當花了很長時間強迫自己「不再愛他」，不管誤會有沒有冰釋前嫌，「不能愛」終究會自我實踐而成眞變得「愛不了」。

無辜的葉國強，心中始終燃著對明悉子的愛火，從二十歲到四十多歲，這把火從未曾澆熄，以至於讓他無法好好經營與其他女人所發生的每段感情。除非讓時間靜待這把愛火燃燒殆盡，否則以後再和別人談感情，永遠只會讓自己與別的女人吃盡苦頭。

關係一旦改變，便不容易恢復原來的模樣。葉國強只能假裝不在乎，裝出堅強的外貌，單槍匹馬來到這座不曾造訪的城市，面對接踵而來的工作挑戰，強悍地武裝自己是生存下去的第一要務。

他端著咖啡，起身走到窗邊，凝望漆黑窗外的章江夜景。

贛州的地名由來是因爲章江與貢水兩條河流在此交會而命名，酒店位於章江河畔主要商業區的長征大道上，從房間可以遠眺章江。葉國強收起傷悲，望著不遠處的章江，深秋的夜空依稀可以看到星星，一彎弦月明亮地懸在南方的天空，月兒彎彎的倒影映在一片幽暗的江面上。八十年前外公與族人就是從這裡開始逃亡，他們爲了生存而逃亡，而自己卻逆著祖先的逃亡路線，毫不光采地逃避、也不理直氣壯，就只是爲了單純逃避，單純地被自己的懦弱所驅使。

這座城市第一天迎接他的不是寂寞、更非工作上的挑戰，而是無孔不入的噪音。

恍恍惚惚睡著的他一夜無夢，清晨六點多，車子的喇叭聲從窗縫間紛至沓來，葉國強以爲酒店的打掃人員前一天忘了把窗戶關緊，咒罵了幾句，勉強起床走到窗邊想關緊它。一看原來是自己誤會了，落地的大片氣密窗根本沒有打開，而是外頭馬路的喇叭聲大到可以傳到十六層樓高的酒店房間。

大多數的噪音出自汽機車喇叭，很難解釋這種聲音是多麼頻繁。清晨的車子並不多，卻足夠搞出幾百分貝的音量，在這裡待久了可以理解這些車子並沒有什麼十萬火急的行程，加足油門緊急煞車儼然成爲開車騎車的必要步驟，對著視線內的所有車輛行人按喇叭，即便沒有什麼危險的急迫性，當經過路旁看到眼熟的人也會按喇叭，沒什麼人車也習慣性地按聲喇叭，彷彿想要證明自己與座車在這座城市的存在感，連行駛在荒郊野外或空蕩無車的高速公路，也會不加思索忍不住按一下喇叭。

「檢查一下喇叭有沒有壞掉！」這是所有開車師傅清一色的回答。

許多長住在中國二線、三線城市的台商，每次回到台灣，反而會不習慣安靜的街道。

葉國強檢查一下手機與平板電腦，收了一會兒信件與社群網站的訊息，昨天才聘請的彭育祥已經回覆準時抵達酒店門口，也和已經到此好幾天的沙織聯絡好碰面的時間，心裡開始嘀咕著該不該約明悉子一起到樓下餐廳吃頓豐盛的早餐，反正只要一起身處於陌生的環境，隨時可以重新培養不同模式的感情也說不定，至少兩人已經把事情說開了。

封麥的歌手總會找個理由復出，引退的運動員換支球隊照樣打球，絕版的書換張新封面照常賣書，已退出政壇的政客耐不住權力誘惑找個冠冕堂皇的理由繼續騙選票，講了幾百次不選總統的人吆喝幾聲勇於承擔的鬼話便寡廉鮮恥地參選。而分手的戀人復合的機率比股價大漲高上百倍。

一大早，人總得找些希望與謊言來騙自己快快樂樂地清醒。

正打算拿起室內電話撥打明悉子的房間分機，沒想到她已經先打了過來，葉國強心中暗笑，女人嘛！努力撐出絕情的臉孔，但終究無法抗拒心中的寂寞。

「阿強，如果你要下去吃早餐，你最好穿上比較正式的衣服，打扮一下。」

「只不過在酒店吃個早餐，難道要西裝筆挺不成？」葉國強搞不懂。

「樓下大廳已經來了一大堆你新東家的同事部屬，只差沒有把歡迎布條掛上而已，信不信由你啦！反正我不方便和你一起出現就是。」

「怎麼可能？我們昨天半夜才抵達，況且我這次用的是澳洲護照，買機票與住房登記都是用英文名字，就算他們消息靈通，也不可能這麼快知道啊？會不會是沙織事先告訴他們？還是妳看錯了，五星級酒店經常有很多大官顯要入住。」這個臆測根本無法成立，因爲沙織也是幾分鐘前才知道他已經抵達贛州。

「英軍企業的千金公主周荷，我可是認得的，他們一起出現在櫃台，應該不是巧合吧？」明悉子壓低聲音問道：「你昨天在廈門機場候機室是不是曾經註冊了機場的免費 wifi？」

「沒錯，我爲了訂酒店登入了機場免費網路。」

「所以啊！這樣你的行蹤就曝光了，我再提醒你一遍，身爲中國商業銀行的總經理，從現在起你根本毫無隱私與祕密可言，你的手機、社群網站、微博、電郵信箱和一切私訊，你上了哪個網站查了什麼資料，逛哪個色情網站看哪個女優，你留過什麼言，以你的新身分，我估計中國官方當局至少安排了幾十個網軍二十四小時監控你。」

「我今天會到附近租間小辦公室，以後你有什麼事情要轉告我，就約個時間在那邊碰面。辦公室的鑰匙與地址，我會寄放在櫃檯。」

「妳是不是因爲怕被別人知道，才故意和我分房？畢竟全世界都知道我快要和古漂亮結婚。」這個答案讓葉國強足足想了一整晚。

「見面再談，如果你不趕緊下樓，我想他們很快就會上來敲門。」電話那頭的明悉子催促著。

果然，葉國強下樓步出電梯走進大廳，便看到一行約莫十多個人的歡迎團體，一看見葉國強，整齊劃一地對著他鞠躬齊聲呼喚：「總經理早上好！」

露出苦笑的葉國強趨上前和周荷握手：「周特助，早上好，你們怎麼會曉得我已經來贛州了？」

「這間酒店是咱們的關係企業，有什麼貴賓來臨，第一時間內我們立刻會知道。」

「葉總！總算盼到你來上任履新，我一直擔心你不會來呢。不過我們董事長倒是很有信心，他還預料到你會提早來呢！」周荷穿著一身由藍色與橘色幾何圖案式樣的套裝，樣式上有著英銀兩個字的logo，套裝剪裁十分講究，襯托出她玲瓏有致的身材曲線。

「周董一向料事如神。」贛州一共有三間五星級酒店，自己偏偏自投羅網，葉國強苦笑著。

酒店的總經理堆著滿臉的笑容迎上前來，遞上名片說：「葉總只要一通電話，昨晚我們就會派車到機場去接你，招呼不周請多多包涵。」一邊吐著滿嘴奉承阿諛的應酬話語，一邊指派員工去把葉國強房內的行李搬到頂樓的總統套房。

「銀行已經安排了總經理宿舍，過幾天我會派人幫你把行李抬過去。」周荷畢恭畢敬地說道。

「周特助，這大可不必，如果方便的話，我還是希望先住在酒店。」住在酒店能夠保持過客的心態，他可不希望自己和其他台商一樣，不知不覺在這裡落地生根，住在酒店可以保有一種隨時準備回家的微妙期待。

「早餐已經準備好，葉總這邊請！」酒店總經理引領著葉國強、周荷和另外一男一女到餐廳的貴賓包廂。

知道葉國強長年住在日本，酒店特別準備日式早餐來招待他，葉國強看了手錶一眼，才早上七點半就已經安排好迎接陣仗甚至準備好特別早餐，可見應該是昨晚入宿沒多久，新東家就已經獲知他提早來贛州的消息。一想到這些，葉國強感到不寒而慄。

周荷介紹一起用餐的一男一女，她先指著坐在餐桌角落的年輕男子：「這位是你的行政助理，龔特助，你在東京面試過他，他負責幫你處理文書、檔案、行程安排等公務上一切行政事務。當然銀行還有總經理助理辦公室，配置了六個特別助理，今天無法一一叫來和你認識，但這位龔助理比較特別，銀行的營業據點很多，單單江西就有二十幾間，更別提福建、蘇州與廣東，他是二十四小時 standby，你出差到哪裡他就跟著你四處打雜。」

爲了不想讓其他人聽懂，周荷換成日語繼續講下去：「葉桑已經說過不喜歡女性助理，我可以理解想要避嫌的心理。」她露出好奇的模樣噗嗤笑了出來。

「既然不喜歡和工作上的女人有太密切的往來，只是我似乎聽到許多糾葛不清的傳言呢！難道那些傳言都是假的？」只要是女人都喜歡打聽老闆的八卦。

葉國強卻改成中文回答：「既然是傳言，多半不靠譜！」

周荷介紹另一位坐在另一邊角落的女生：「這位張冰冰是銀行幫你安排的私人祕書，舉凡公務以外的所有雜事，你統統可以使喚她。葉總應該是第一次來江西，如果沒有專人幫你打點瑣事，應該不太方便吧！」

這位張冰冰看起來應該只有二十四、五歲左右，穿著和周荷一樣的銀行制服，臉上略施淡妝戴著黑框琥珀眼鏡，頗有知性美。頭髮盤起梳理個公主頭髮型，露出雪白無瑕的脖子，手上抱著一疊檔案夾與一部筆電，嘴巴咬支鉛筆看著葉國強，一副深怕不小心就漏聽葉國強所講的每一句話每一個字的緊張模樣。

「葉總！早上好！這是我第一份工作，今天是我第一天上工，有什麼吩咐請盡管交代！」她看見葉國強盯著自己，緊張地站起來差點把咖啡灑落一地。

「謝謝妳的安排，只不過我已經從日本帶一個祕書過來，她應該和你們打過照面了吧？」葉國強又不是第一天闖蕩金融市場，這種故意安排年輕貌美祕書讓人掉進桃色陷阱的戲碼，怎麼會不知道呢？

「你是指沙織小姐？不妨礙不妨礙，葉總你想多聘僱幾位特助，行方都會配合。只是沙織小姐連中文也不會講，連在贛州上哪裡買衣服、吃飯、辦行政瑣事都不清楚，還是得多找一位熟識這邊的祕書才能打點好一切，你說成不成？」周荷就是要把眼前這位打扮成一副日本AV女優模樣的女祕書塞給葉國強。

「跟總經理報告，今明兩天預訂先和銀行高級幹部會議，除了見面認識以外還要商討銀行籌備的關鍵工作，今天晚上安排和贛州市市委、江西省金融管理的相關官員餐敘，明天早上……」龔助理打開平板電腦當場用餐桌上的投影機報告緊湊的行程。

葉國強打斷他的話：「我昨晚才剛到，原本的計畫應該是一個星期後才報到，就算要提早就任，再怎麼快也得明天吧？我不希望帶著旅途的疲憊立刻投入如此重要的籌備工作。這樣吧！今天的行程統統延期或取消。」

「是的，我來安排。」龔祕書爲難地看著周荷，周荷笑著說：「別看我，葉總才是我們的老闆，老闆怎麼交代我們就照辦。」周荷並沒有仗著老闆千金的身分來干涉，葉國強明知道這種嚴守分際的態度只是表面功夫，但也對她投射一個體貼感謝的笑容。

「我打算休息一天走走看看，今天的會議就進行到這裡。」葉國強想趕快打發這群不速之客。

酒店安排的總統套房相當寬敞豪華，目測至少接近百坪，除了大主臥室以外，還有餐廳、廚房、會客廳、臥室內的小客廳、訪客獨立衛浴、三間隨從房間、兼具辦公用途的書房。

酒店老早就把行李搬到房間，跟著一起進房的張冰冰熟練地攤開葉國強的行李，將衣物一件件地攤開，用熨斗一一燙平掛在衣物間內，連昨晚葉國強換洗的內衣褲都拿出來在廁所內仔細清洗。已經脫掉外套的她只穿一件白襯衫與短裙，隱隱約約可以窺見玲瓏有致的美麗胸型。她的背上冒著汗，幾乎可以看到她的雪白肌膚，身高將近一米七的傲人身材，走在街頭，每個男人都會回頭多看她幾眼。肩膀上的細肩帶好像一摸就會斷，脫下豹紋圖案的高跟鞋，露出一雙所有男人都會想要把玩的腳丫子。

葉國強忍住各種想入非非的念頭，拿出充電完畢的手機，查看早上收到的所有訊息。

正打算一一回覆，張冰冰突然走到葉國強面前，張開雙手抱著他，一雙大大的眼睛看著葉國強，眼神充滿了明白不過的暗示。自己胸膛貼著她起伏的胸部，已經很久不近女色的他，覺得天旋地轉，心慌意亂。

「登登～登登～」手機上傳來私訊的回覆響聲，把葉國強拉回現實，他抬起手肘輕輕推開張冰冰的擁抱。

「葉總，你別誤會，總務部要我今天取得你的三圍、身長和衣服的尺寸，我匆忙上工沒有帶布尺，只好用雙手來測量。」張冰冰講得振振有詞，但就算是瞎子也知道這根本不是誤會。說完之後張冰冰蹲在葉國強的褲襠面前，打量著長褲長度，她抬起頭輕聲細語地說著：「葉總，你別亂動。」

趁自己還沒有生理反應前，葉國強趕緊走開，直接到衣物間取了一套西裝拿給她：「妳就拿這套西裝去交差，告訴總務部直接按照衣服尺寸就好了，別那麼麻煩。」

正打算如何在不損及對方的自尊心下，清楚定義兩人單純的工作關係之際，客廳的電話響起。

「葉總，大廳來了一個訪客，他自稱是你叫來的師傅，名字叫做彭育祥。我們也核對過身分證件，請問可不可以讓他上樓？還是請他在大廳等？或者我請保全把他轟走？」酒店櫃台的經理親自打電話上來。

「請他立刻上樓，沒問題。」葉國強鬆了一口氣，這小子來得剛好，可以幫他解圍，否則自己實在無法抗拒眼前這位動機不明的祕書一波波的挑逗。

「Jason，你很準時。」

「其實我已經到了一個鐘頭，怕打擾你睡覺才不敢進來。」彭育祥瞄了穿著清涼的張冰冰一眼：「如果不方便的話，我可以在樓下等。」

「沒關係！」葉國強幫他們彼此互相介紹一下。

「可是公司已經幫你聘請了師傅，現在已經在樓下等候你了。」

「到底總經理是不是我！妳轉告總務部，我要請誰當師傅，就請誰當師傅！叫樓下的師傅回公司上班去。」葉國強很清楚，到一家新公司履新赴任，有兩種人一定得堅持找自己人，一是貼身祕書，二是司機，因爲這兩種人最清楚老闆的一舉一動。

「Jason，你怎麼來贛州的？」

「我昨天送你到機場後，開了七個多小時的車子從廈門到這裡，半夜三點多抵達酒店，就一直睡在車上。」

「你在贛州沒有家嗎？」

「我還沒結婚哪來的家？」彭育祥抓了抓頭。

「那麼就這麼辦吧！我這裡有三間隨從房，你就挑一間住下吧，待會我會通知酒店經理讓你辦手續。記得，除了我老婆來陪我以外，你就天天睡在這裡吧。」

彭育祥看了張冰冰一眼，立刻理解這種安排的涵義。

「你和我住在同一個地方，如此一來可以保護我，免得掉進什麼仙人跳的設局中，一大堆台商中美人計的故事，我聽多了。」葉國強用台語說著，免得讓張冰冰感到尷尬。

「葉領隊！我提醒你這邊的人很多都聽得懂台語。」彭育祥又看了張冰冰一眼。

有點洩氣的張冰冰點了點頭用台語回答：「葉總，我會講台語。我在廈門讀了幾年的書，但你千萬別炒我，我好不容易才擠進大銀行，幹體面文員的活，平均一千個考生才錄取一個……」贛州工商業並不發達，高薪的工作機會本來就很稀有，更何況這種人人擠破頭都想進來的商業銀行工作。

「妳聽得懂台語就好，今天我排了私人行程，妳該忙什麼就去忙什麼吧！如果沒事幹的話，拿著我的衣服去購物中心幫我挑些衣物吧，回頭再去找總務部請款。」

把她打發走以後，葉國強鬆了一口氣：「難怪人家說中國是台商的墳墓。」

彭育祥在旁邊堆起淫穢的笑容回答：「領隊，你還眞能夠忍住誘惑，換成我，不吃白不吃，先上了再說。」

「上工幹活吧！今天有很多地方要去呢！」葉國強起身離去，緊緊地抓住公事包，有些絕對不能讓外人知道的祕密儲存在小型隨身碟。酒店並非安全之處，更何況這間酒店還是英軍集團的關係企業。

步出酒店門口，葉國強東張西望沒看到沙織。酒店門口的人行道不時有違規的機車騎了上來，被迫左閃右躲，大門門房認得葉國強，好意地相勸：「葉總，人行道很危險，如果你要搭車，最好在大廳等候。」一個機車騎士狠狠地瞪了他一眼，彷彿責怪著爲什麼沒事要站在人行道擋路。

此時一部輕型機車停在面前，那騎士取下安全帽，大聲地對著葉國強喊著：「強老大！對不起我遲到了一會兒。」

騎士不是別人正是沙織，她穿著相當樸素，一件運動外套，搭配 polo 衫，一襲寬鬆的防風長褲，和街上的行人騎士穿著類似，沒有仔細看還眞的無法認出，更無法想像幾天前在東京，沙織還是一副時髦入時的ＯＬ模樣呢！

葉國強看到她這身村姑打扮，忍不住笑了出來。

「現在是怎樣？日本OL吹起了流行村姑風格嗎？」

「這叫入境隨俗，我們日本人來到中國，得低調點。」整個中國正爆發大規模的反日示威遊行，沙織有這種顧慮其實很正常。

沙織幾天前拿了葉國強的機票自個兒跑到贛州來，英軍銀行的人已經在機場等候，沒接到葉國強，反而接到自稱葉國強助理的沙織。由於沙織和周荷曾經在東京碰過好幾次面，便信以爲眞地接待沙織吃喝喝了一整天。

「妳如果願意的話，我很想繼續聘用妳當助理啊！」

「強桑！我今天來就是等你這句話，否則我帶來的錢快要花光了。」沙織高興地對葉國強鞠躬：「從今以後請多多指教！」

一部的士開上人行道對著他們大按喇叭還搖下車窗大吼：「讓開！」

嚇得他們退到酒店旁邊的停車場，此時彭育祥剛好開車過來。

「上車再說吧！」

「這司機聽得懂日語嗎？」沙織一上車立刻問起。

「他聽不懂，我們放心說吧。」

「你在私訊上提到你遇到我的舅舅，還有查到一些有關英軍銀行的事情，到底是怎麼回事？」葉國強心急地問起。

「葉領隊，你現在要去哪裡？」彭育祥等了好久忍不住發問。

「沙織，我舅舅現在人在哪裡？」

「於～淤～一～算了，我不會發音，你舅舅抄了地址給我。」

葉國強把紙條遞給彭育祥。

「于都嶺祓村！那地方很鄉下啊！」彭育祥打開車上的衛星導航地圖輸入地址。

「對！就是于都，這兩個字的中文很難讀，我背了三天都背不起來。」

「接下去講吧！」

「我來到贛州第二天，一個自稱是你舅舅的人跑到酒店來找我，於是我接連幾天就跟著他到處跑。」

「等一下，妳未免也太大膽了，竟然敢在陌生的地方跟著不認識的男人到處跑。」葉國強心想沙織的神經未免太大條了。

「哼！我又沒錢，誰會想騙我。」沙織一副理所當然的神情。

「這樣講是沒錯啦！妳不怕被劫色嗎？」

「劫色？那更是無所謂啦！我又沒結婚，眞要劫色的話，我唯一擔心的是對方表現得不夠好。」日本人有時流露出對性的開放態度，確實讓人很難理解。

「開玩笑的啦，那個人拿出三十幾年前與你一起拍的合照，我當然就相信了。」

「三十幾年前，我還是孩子啊！」

「是啊！如果不看照片，還眞想像不到你小時候長得挺帥呢！要是你現在有當時一半的帥，我會毫不猶豫地對你投懷送抱。」沙織對葉國強一向是沒大沒小。

「去妳的！」

「別裝了！你假裝生氣的樣子一點都不可怕。」

葉國強相信那個人應該是自己舅舅沒錯，因爲外公來自江西于都嶺被村的祕密，只有自己家人知道。

當年外公黃生廣爲了怕遭人羅織匪諜罪入獄，不惜更改了姓名，連籍貫都改爲台灣雲林。但這也讓二重羽子和明悉子兩人白白花了十幾年的時間，明悉子還曾經透過徵信社的管道，把所有籍貫來自江西于都的台灣人都翻了好幾遍，結果當然宛如海底撈針音訊全無。

「你舅舅黃南山什麼地方都沒帶我去，只帶我去看了位在于都、瑞金、興國等比較鄉下的英軍銀行的地方據點。然後他指著分行樓上的招牌，幾間我看過的分行當中，樓上清一色都是幾間特定的資產管理公司，我還特別把它們的名字抄了下來，分別是文盛金融資產管理公司、倫力物業資產管理公司、賓隆財務資產管理公司等三間，換句話說這三間資產管理公司是依附在英軍銀行的樓上。」

「這很正常，台灣的銀行也都有固定合作的資產管理公司啊！」

「我透過翻牆軟體上網請日本的朋友調查，這三間公司的負責人都是同一批人。董事長叫做邱威貴，是英軍集團接班人周荷的未婚夫，總經理和高級幹部都是邱威貴的家人親戚，英軍銀行的所有不良資產都是賣給這三間公司。」

「英軍集團原本就是家族企業，這不足為奇。」在台灣金融業歷練多年的葉國強早就見怪不怪，政壇有太子黨，銀行當然也有太子幫，兩岸三地並無例外。

車子慢慢駛離贛州城區的外圍來到郊外的于都縣，沙織指著路邊一間英軍銀行的分行：「我們可以停下車來瞧一瞧。」

鄉下的分行還認不出新任總經理的模樣，櫃檯的服務員抬起頭看了門口彭育祥那部爛車一眼，對上門的葉國強與沙織露出鄙視的表情。兩人從旁邊的樓梯爬上二樓，除了部分營業櫃台外，其他辦公室的空間大剌剌地掛著「文盛金融資產管理公司」的招牌，葉國強正想找藉口和櫃台人員攀談，幾個穿著樸素一副農民裝扮的人對著資產管理公司的人吵了起來。

「為什麼你們要查封我的地？」

櫃台後排走出一個西裝筆挺的男人滿臉不耐煩地說：「你們繳不起利息，按照規定當然要查封拍賣。不然你們拿錢出來還啊！」

「可是我們家的錢都卡在你們的信託上頭，拿也拿不回來啊！」

「別亂說！那可不是我們的信託商品，是樓下英軍銀行發的信託商品，不關我們的事情！」那男人一副得理不饒人的態勢。

「爹！別跟這些土霸講道理，我們把白布條掛上去再說。」自稱受害者數人當中比較年輕的男子拿出白布條，打算掛在二樓窗臺上。

「等一下記者就會來採訪，你們的惡行一定會見報。」那年輕男人語帶威脅。

幾個虎背熊腰的壯漢從裡頭的辦公室竄了出來，其中一人一把將布條搶了過去，用剪刀把它剪了個稀巴爛，其餘幾人把上門抗議者強行拖到樓下。

葉國強對沙織使個臉色，兩人悄悄地跟在後面一探究竟。只見那幾個壯漢把抗議的農夫拖到後面的巷子，圍起來一陣毒打，其中帶頭者看見巷口的葉國強，一個箭步跑上前大聲吆喝：「你是他們叫來的記者嗎？」

還沒等到葉國強開口澄清，那人立刻朝他的臉揮了一拳，葉國強眼冒金星連站都站不穩，接連又挨了好幾拳，整個人昏迷了過去，沙織見狀尖聲大叫。在銀行門口等候的彭育祥聞聲衝了過來，見狀大驚連忙撿起地上的石頭，朝那動手的黑衣男頭上丟了過去，那黑衣男來不及閃躲，頭部直接挨了一記石頭，彭育祥不給黑衣男爬起來的機會，緊接著再丟出一顆更大的石頭，那黑衣男的額頭血流如注倒地不起。

這時旁邊圍觀的民眾越來越多，那群壯漢眼見苗頭不對，悻悻然地離開後巷回到二樓的辦公室。

「你的嘴巴流血了，要不要緊？」葉國強逐漸恢復知覺，沙織拿出手帕擦拭著他滲出血水的嘴角。

「小彭！你的身手還是挺厲害呢！從那麼遠的距離還可以丟得那麼神準。」

「你忘了當年我在球隊可是出名的雷射肩，別說短短一、二十公尺，連一百多公尺外的本壘，我都可以從外野直接傳回去。」彭育祥甩了甩肩得意地說。

那幾個脫困的農夫上前感謝葉國強等人的出手相助，把整個經過娓娓道出。

「一年前，我們家打算討媳婦，想要把房子整修翻新，於是向英軍銀行借錢。一開始我們只打算借二十萬塊錢，但銀行的人拚命遊說，說既然要借就借多一點，但我們其實並不需要那麼多，借太多會被利息錢拖垮，那時候英軍銀行推出什麼信託存款基金商品，告訴我們年收益保證百分之十五，然而向他們借錢的利息只要百分之十，告訴我們平白無故就可以套利賺上百分之五。我們貪念一起，所以就拿了整塊好幾公頃祖傳田地的使用權抵押給銀行，借了五百萬，扣掉我們翻屋需要的二十萬，其他四百多萬一股腦地拿去買了信託商品。」

「結果你投資買進的信託商品賴帳了，付不出收益，對不對？」葉國強一聽就知道其中的風險。

「我們買的那些信託會不會賴帳，我不曉得，要怪就得怪自己不懂法律條文，看著英軍銀行這個響亮的招牌糊里糊塗就簽了字。這信託商品是五年期，期滿才會把本金利息一起還給我們，可是我們借的錢卻必須每個月還利息。想想看，不管那收益多高，五年後才能拿回本息，這個時候我們哪來的錢付銀行利息？苦撐了半年自然就繳不起利息，銀行把我們的債權賣給黑心的資產管理公司，他們一取得我們的債權，立刻把田地農舍等抵押品查封。」

「在法律上，他們的確站得住腳。」同情歸同情，葉國強也只能如實回答。

「我們村子其他人家的地統統已經查封拍賣，如果能賣個好價錢，還可以拿回一些錢勉強度日，只要撐過五年信託商品期滿，日子說不定還能過下去。但法院似乎是和他們串通好的，竟然用很便宜的價格拍賣給所謂的物業管理公司，他們和資產管理公司根本就是一夥的，物業管理公司拿到田地後立刻賣給英軍集團的建設公司，一批一批蓋了房子賣出去。」

「就這樣，我們村子所有的田地全部被圈走，所有的村民連住的地方都沒有，這簡直比政府圈地還要黑，政府圈地至少還會意思意思地給個補償款。」

訴苦的那位年輕男人看著葉國強：「你們該不會是官方派來訪查的人吧？」

葉國強搖搖頭。

「別向陌生人講那麼多！」那群人當中一位比較年長的人對那年輕男人提醒，那年輕男人立刻警覺說道：「反正你就當成聽故事吧！我不管你是誰，如果你要我們作證去指控，我愛莫能助。」說完後便跟著一起來的農民們迅速離去。

回到車上，葉國強把對話翻成日文給沙織。「前幾天我從你舅舅那邊聽來的也差不多是這樣。」

「咦?我舅舅會說日文嗎?」葉國強突然想到。

沙織愣了一下後才回答:「他小時候受的是日本教育,多少會講一些。」

「你才認識他不到幾天,居然混得這麼熟!」葉國強有點訝異。

「當然要混熟啊!你們台灣人有句諺語,天頂天公,地下母舅公,新郎的舅舅如果不出席,結婚典禮就不算數。哪天你若淪落到沒女人要嫁你,非得娶我不可的話,我可得要先巴結巴結你舅舅啊!」沙織故意裝出一副癡女模樣。

「想嫁我的人多得很呢!妳慢慢排隊吧!」葉國強回嘴。

「我差點忘了你現在可是堂堂台灣首富的駙馬爺。」

「去妳的!」

「沙織,妳好像變得開朗許多,妳在日本天天板著一張撲克臉。」葉國強發現了沙織的改變。

「可能是中國這個環境讓我比較放鬆吧。」全世界大概只有沙織一個人在中國會感到放鬆吧。

沙織把話題引開說:「對了!史坦利已經把 SevenStar 公司的股款匯到你在香港的帳戶,股權過戶也辦妥了。」

「他這麼心急啊。」聽到史坦利三個字,葉國強臉色一沉。

「當然!公司有了羽二重這個金雞母大客戶,他才不想分一杯羹給你呢!這兩天他一直 call 我,要我趕緊回去幫忙他處理金雞母下單的業務。」

「那妳怎麼不回去?」

「老實說,我也搞不清楚,只是心中有股希望留下來幫你做事的聲音,我也說不上來為什麼這樣。但是,你千萬別誤會,我可不是對你有興趣。」沙織茫然地說道。

「去妳的!」葉國強忽然想起棉神小賀的話。

突然間，車子緊急煞車。

「整條路堵住了，這條從贛州到于都的路，一年到頭都是這樣，沒事也會大塞特塞。」開車的彭育祥雙手一攤。

中國三線城市的交通只能用莫名其妙、匪夷所思來形容。當地人開車的習慣很糟，開著開著只要碰到塞車，駕駛人二話不說立刻開到對方車道逆向行駛，而對向車子的駕駛也因爲塞車把車子開到逆向車道，於是，窄窄的鄉下雙線車道就會變成雙向的單行道，兩邊的車都把車逆向開到對方車道，形成兩邊互相堵住對方車道的死結。

「我看過最誇張的是，兩邊各有兩線車道，一共四線道的大馬路，卻被橫衝直撞的車子開成八線道，互相卡住動彈不得，短短幾公里的路足足塞了四個鐘頭才紓解。」

「爲什麼不走高速路呢？」葉國強納悶著，中國號稱有全世界最長的高速公路系統，大家卻偏偏要擠在平面的鄉村小徑。

「貴啊！」彭育祥指著塞在旁邊的大卡車說：「像這種老舊卡車，從贛州載貨到廣州，一趟高速公路收費就快要一千塊錢，來回加上油錢三、四千塊錢跑不掉，除了大公司的貨車，有哪個卡車師傅供得起這些支出？」

鄉下道路的互相卡堵很像中國發展的縮影。當年爲了在城市周邊圈地蓋工廠，把賴農作維生的農民趕到都市當農工，一、兩代工錢掙下來好不容易存點錢買房子，都市的房價又買不起，只好到更郊外的鄉下買房。爲了提供這些第一代農工買房，只好擴大範圍圈地，圈了地又讓更多的農民流離失所，更龐大的農工只好又湧向都市，如此陷入社會畸形發展宿命的無限迴圈。

塞了兩個鐘頭的車，總算來到嶺背村舅舅的家中。葉國強上次見到舅舅至今已經快要二十年，在外公的喪禮上與他匆匆一瞥，算了算年紀，應該也有七十歲了吧。虎背熊腰的外貌根本看不出七十歲的模樣，硬朗的身體，滿頭黑髮，臉上看不出一個七十歲長者應有的老態與皺紋。

由於牽扯到家族祕密，葉國強和舅舅黃南山兩人走到附近的田埂。田埂旁邊是就是梅江，望著這條蘊藏著家族興衰的河流，想著羽子老奶奶告訴他有關外公從這裡開始逃亡的故事。

今年的冬天來得特別早，不時飄下寒冷的冬雨，被煤塵汙染的天空，中午時刻還是陰暗一片，枯水期梅江只見處處陰暗的河沼澤地與被芒草覆蓋的濕軟沙州，田埂另一旁是犁到一半的棉花田，部分被翻過的土壤剛開始冒出新芽。

「前一陣子洪水把棉花樹統統淹死，只好重新栽植了。」黃南山望著綿延起伏的丘陵田地說著。

「你現在靠種棉花維生嗎？」幾十年沒有連絡，葉國強對舅舅的近況一無所知。

「要是我靠這些棉花，早就餓死了。江西棉花早就比不過新疆棉，種這些棉花只是爲了殺殺時間活動筋骨。」難怪黃南山依舊維持著宛如五十多歲的體魄。

「前一陣子你認識的那個日本女人跑來找我，她挺有趣的。」

「你是說沙織嗎？」

「不！我說的是二重羽子的孫女叫做什麼明悉來著的那個女人。」

「明悉子。」

黃南山點了點頭：「她把你的近況都告訴我，原來你這幾年逃到日本，現在又搖身一變成爲英軍企業的祭品。」

「祭品？」葉國強不知道爲什麼舅舅要使用這麼激烈的名詞。

「看起來你應該不知道我來江西這二十年所經歷的遭遇吧？你現在如果有空，我可以講給你聽，但聽完後我希望你用最快的速度離開這裡，英軍企業可是出了名的吃人不吐骨頭的土霸公司。」

「可是我又沒拿錢來投資，他們能從我身上榨出什麼呢？頂多白做工窮耗一場罷了。」

「你擁有什麼東西可以吸引英軍集團，你自己心裡頭最明白，應該不用我幫你分析。你從小到大鬼靈精一個，還可以考上台大、當上銀行總經理，絕對不會比我笨的。」

二十年前，黃生廣過世，從小到大就是公子哥的黃南山不知道聽了誰的慫恿，把黃生廣留給他的工廠與農地變賣，前前後後帶了將近十億台幣跑到江西投資開棉被廠。

「等等，你哪來的十億可以投資？」據葉國強的了解，外公過世後留下的財產頂多幾千萬。

「向銀行借了幾億，又找了你外公當年的合作夥伴出資，你可能不知道，當年他在虎尾種棉花，就是和你之前的老闆古家合作的。據說國華集團古家的創辦人古火清當年就是受到你外公的幫忙才能夠翻身東山再起，所以後來他就一直和古家往來，幫他們的棉被工廠種棉花。臨終前他拜託古火清一定要照顧我，所以我就找上他們一起來這裡開棉被工廠。」

當時，整個江西簡直只能用極度落後來形容，黃南山是中國開放改革以後第一個來贛州投資的台商，當地政府上自黨部書記，下到小小村委村長，無不把他奉爲上賓，什麼三年免稅、投資保障協定，要地有地，要批文有批文，要工人有工人，要風有風，要雨有雨。直到黃南山所有的投資資金與機器設備到位之後，情況便慢慢改變，因爲來了一個人。

「英軍企業的周軍出現在我面前！」黃南山撿顆小石頭朝梅江使勁地丟。「帶來的錢從此好比石頭丟進江水裡頭。」

當時周軍是新疆棉花農場國企的負責人，解放軍出身的他憑藉著老丈人在新疆的影響力，掌控了一半以上的棉花貨源。而且按照規定，台商不得獨資，必須找當地企業入股合夥才能開辦公司，黃南山便找上擁有新疆便宜棉花來源的周軍合股。

沒多久，工廠快要開工前夕，當地政府的嘴臉就露了出來，一下說會計制度不符規定，一下又說免稅倉庫的批文有瑕疵，讓根本不懂財務會計的黃南山傷透腦筋。這時候周軍幫他找了條門路，暗示只要聘請當地市黨部書記的小姨子當帳房，一切都可以搞定。

「我糊里糊塗就答應，當然一開始，那個帳房還眞有本事打通所有關卡，工廠運作立刻上軌道，前面四、五年確實賺了不少錢，可是問題接踵而來……」

周軍當時幫黃南山安排一個年輕祕書，故事就和所有的台商一樣，在台灣沒有老婆的黃南山更是毫無忌憚，兩個人自然發展出超友誼的關係。不料，有一天他帶著祕書回家裡顚龍倒鳳時，幾個壯漢帶著記者與公安破門而入，其中一人亮出他和那個祕書的婚姻文件，原來他是那祕書在家鄉的丈夫。事情鬧開之後，周軍幫黃南山擺平這一切，條件是必須向那位戴綠帽丈夫所經營的公司進貨。

就這樣，工廠必須花高價當冤大頭，買進一些劣質老舊的機器設備，可想而之，工廠生產的棉被質量越來越差，漸漸地，來自日本與台灣的訂單越來越少。

爲了挽救日漸萎縮的生意，周軍幫忙介紹了幾間號稱全中國前幾大的大型百貨賣場。黃南山評估這筆生意可以接，畢竟中國內需市場需要低品質的便宜棉被，既然已經打不進高品質的日本市場，只好試試中國國內的通路。

正當生意又慢慢回到正常軌道，誰知那個帳房居然帶著公司逃漏稅做假帳的資料與帳簿，一狀告到省政府。想當然爾，哪個台商沒有設置所謂的內帳或第二本帳。

判決下來，罰黃南山必須補繳稅款與罰鍰人民幣三千萬塊錢。

「那金額對我來說，簡直是天文數字！」

「可是爲什麼不是處罰公司而是罰你個人？」葉國強納悶著。

「別開玩笑了，法院是他們共產黨開的，和國民黨沒有兩樣！你自己還不是同樣遭到司法迫害，你認爲上訴有用嗎？」

「台灣至少還可以期盼政黨輪替……」葉國強心有戚戚焉。

「別傻了啦！只要國民黨還存在台灣一天，這種鳥事情會永遠不斷上演下去。話說回來，當時我牙一咬，賭一口氣回台灣找古家商量，看看他們能不能出點錢來度過難關。唉！當時我若是雙手一攤回台灣認輸就算了，你知道我從小就是公子哥兒個性，又死要面子，反正這世界什麼特效藥都有，偏偏就是沒有後悔藥。」

為了孤注一擲，也為了面子，黃南山跑回台灣，透過了國民黨的大掌櫃居間牽線向幾間銀行借了三億。

「三億新台幣付清兩千萬人民幣的欠款，應該綽綽有餘吧？」葉國強反問。

「你數學很好，不愧是大學聯考數學一百分的天才。壞就壞在我不應該找國民黨幫忙，他們出面幫我向銀行借了三億，眞正拿到我手上的只有八、九千萬新台幣，根本無法繳清欠稅款項。」

「剩下兩億多跑哪裡去了？」

「我被迫捐出不樂之捐給當時國民黨的總統候選人一億，另外一億被強迫去買什麼台鳳股票。不到一年台鳳的股票下市跟壁紙沒有兩樣，剩下的一千萬被經手的國民黨黨工A走。這就是十幾年前，台灣政商勾結中最愛玩的超貸與政治獻金的把戲。你不借會死，借了會死得更慘。

結果三億的債務卻由我一個人扛，沒多久我便繳不出利息只好宣布跳票，還被台灣當局通緝說我是掏空大戶，通緝期限十年。不過啊！再一個月就要到期了，哈哈哈！」黃南山想到再過一個多月就恢復自由之身，不禁開心起來。

「你還眞樂觀。」葉國強勉強擠出一些笑容。

「我知道自己是個敗家子。」黃南山想到記憶中母親露出難得的燦爛笑容。

「她是逃難到台灣，聽說比你外公還要慘，小時候差點被賣到妓院，差點上不了船死在汕頭，還有個前夫被美軍炸死。我想你應該也知道你媽媽是外婆與前夫生的吧？你外公根本不愛她，天天在外面花天酒地還養了一大堆小老婆，可是她從來不埋怨，嘴巴經常掛著只要有飯吃，就是幸福的人了。」

從二重羽子說出來的事情和歷歷在目的往事一對照，外婆的樣子又慢慢浮在腦海中。原來女人可以為了自己小孩，心狠手辣地趕走所有會侵犯到自己孩子幸福的人，也會委曲求全地活在沒有愛情的丈夫羽翼之下，只為了替孩子營造幸福的世界。

黃南山嘆了口氣回到正題：「我好不容易湊了新台幣八千多萬從台灣匯過來，欠款的差額還是有一千多萬人民幣。那時候，周軍很熱心地掏錢出來要幫我解決，但前提是我個人持股的八成要轉讓給他。」

「你一答應就完蛋了啊，你該不會傻傻地允諾這筆交易吧？」台商的投資之所以會被中國當地合作夥伴吞掉的最大原因，就是對方趁火打劫。

「我才不答應啊！只是過不了多久，這邊的地方法院便派出公安把我收押起來，在他們的法律，連欠一塊錢的稅金都可能被抓到監牢裡。你沒被關在中國的監獄過，只要待上兩個鐘頭，你不被逼瘋才怪。周軍還好意地安排律師來會面，順便嚇唬我，暗示我所面對的刑期可能會高達十五年，如果不趕快繳清欠款的話。」

「所以你就乖乖地把股權讓給周軍了？」

「不然換成是你，還有什麼辦法呢？」黃南山頗為無奈地說著。

「不過當時我心想自己至少還握有一成的股權，加上當初一起來投資的古家手上股份，起碼還有三成持股，至少在董事會內還能當個副董事長之類的。只是沒想到，那幾個大百貨賣場開出要入股的要求，否則就會抽掉訂單，我迫不得已只好答應。即使他們出資的資金很低，卻可以拿到所有現金增資的全部額度，一來一往，我所持有的股權已經被稀釋到剩下不到百分之一。」

「很可怕！」熟悉金融市場的葉國強，知道這種強迫式的現金增資背後的目的只有一個：把原經營者趕走，吞掉公司資產。

「難道十幾年下來，公司和你個人都沒賺到錢嗎？」

「公司賺得可多得很！我所經營的那十年，加起來公司至少賺了好幾億人民幣。你外公留下來的技術、老師傅技術班底和我當時購買的機器，都是最棒的，只是最後就這樣拱手讓給了周軍。」

「至於你剛剛問到，為什麼我個人都沒有賺到什麼錢，其實是有的，只是又讓這幫子土霸給坑了，事情發生在七年多前當我交出經營權時。」

「當年我離開台灣的時候處於單身。我之前在台灣離過三次婚，你知道你外公那種人是典型的老古板，傳宗接代的觀念很重，我每次娶老婆，只要三、五年內沒有懷孕，你外公就把人家趕跑然後再逼我討新的老婆，就這樣前前後後結了三次婚也離了三次婚。後來我索性不再娶，免得誤了好女孩的青春。七年前當我交出經營權，可說是萬念俱灰，那時候在贛州認識個三十歲的女人，六十多歲終於想要安定下來的我，就把那女人娶來當老伴。」

「該不會又是來搞仙人跳的吧？」聽到舅舅老是喜歡和比自己年輕許多的女人糾纏不清，葉國強又緊張起來。

「我學乖了，除了把那女人的身家背景調查一清二楚外，還去辦了結婚登記，沒登記前我連她的手都不碰。」可說是一朝被蛇咬，十年怕草繩。

黃南山回答葉國強的疑問後繼續說下去：「這時候周軍又出現了。他痛哭流涕地向我認錯，說一切的責任都是政府政策搖擺不定所造成的，爲了補償我，他聘請我當公司的顧問，還委託我到處巡視工廠。唉，那是當年我一手所打造出的工廠和分公司，多少還有點感情，反正顧問職有薪水可領，全國到處看看工廠，也可以排解無聊，我就答應了。你知道，工廠分布江西、福建，出個差來回得耗上好幾天，那段時間雖然常常不在家挺辛苦的，但我也樂在其中，搞工廠出身的人只要有廠房可以看，什麼煩惱都可以拋在一邊。」

「就在我經常出差的那段期間，周軍手下一個叫邱威貴的親信居然姘上我老婆！有一次臨時提前結束出差，回到家當場被我撞見，我一氣之下和他理論，兩人扭打的過程中不小心把我老婆打成重傷，其實根本就是那個邱威貴動手打的，事情又開始沒完沒了。當地公安完全站在邱威貴那一邊，指控我犯了傷害罪，最後我老婆的家人出面找我和解，條件是名下三棟位於贛州的房子要讓給她，就這樣，連我僅剩的財產也這樣被他們吞了。所幸當年我回老家嶺背村這種鄉下地方買了這麼一棟破農舍，或許太破舊吧，他們看不上眼，現在我才有個棲身之處，否則早就得淪落街頭了啊！」黃南山說到這裡，激動得痛哭失聲。

「這個邱威貴是不是周軍現在的準女婿？」

黃南山點了點頭。

「你可以告邱威貴犯通姦罪啊！」

「抓姦要有人證，我被告重傷害卻只憑驗傷單就可定罪，有關係就沒關係，沒關係就有關係，這就是中國。」

「後來慢慢地發現，英軍集團坑殺的苦主不單單只有我，還有一大堆台商。除了做棉被的，還有成衣、毛巾、加工絲……產業幾乎包括半個紡織業！幾年前有一批港商來贛州，也差點著了他們的道。」

「前一陣子我聽到你要來英軍銀行工作，我急急忙忙跑到酒店找你，想勸你別捲進英軍這個賊窩，不料沒見到你，反而見到你的日本助理沙織小姐。我拚著被當成騙子的風險，纏著她好幾天才讓她相信我，拜託她無論如何一定要勸你打消來這裡工作的念頭。」雖然黃南山輕描淡寫地把自己財產遭英軍企業和周軍侵吞的經過說出來，但只要是台商應該都能感同身受。

「你這幾年怎麼過日子的？」葉國強同情地問起。

「黃金！我偷偷藏了一些黃金。我可沒忘掉咱們家族的祖訓，盛世置房產亂世藏黃金。你外公生前一直囑咐我們，只要活在國民黨與共產黨政府的地盤，一定得偷偷藏些黃金。你或許不知道，當年他就是偷偷藏了幾百條黃金，財產才沒被國民政府洗劫一空，也就是那批黃金，讓他從基隆逃到虎尾之後還能夠東山再起做生意。」

「對了！既然談到外公，我今天來找你還有另外一個目的。」葉國強想起二重羽子老奶奶的請託。

葉國強一五一十地說起二重羽子當年遺留在江西的女兒英子的事情。

黃南山回答：「那個明悉子有把大概的情況說給我聽，當年我才六、七歲，印象中你外公的確有個日本前妻，可是他從來不談這些事。我只記得當年從江西回基隆之後，那個英子妹妹被迫留在江西。二十幾年前兩岸開放探親後回老家一趟，發現你外公的媽媽早就過世了，老家一些遠房親戚竟沒人知道英子的下落，據我推測，英子應該待在老家沒有多久，否則怎麼會沒半個親戚聽說過？」

「一九四九年那個兵荒馬亂的時代，孩子被人口販子拐跑、無故失蹤或餓死暴斃夭折的慘劇層出不窮。加上事情已過了六十多年，中國這麼大，就別費什麼工夫去找了，如果可以找得到，三十年前你外公早就應該找到了。」黃南山對這件陳年往事並沒有感到特別傷感，畢竟他自己的遭遇更是淒涼。

「我會想辦法幫你討個公道。」同情起舅舅來的葉國強忿忿不平地說著。

「別傻了，你自己泥菩薩過江自身難保。聽我的話，明天搭第一班飛機離開這裡，到哪裡都行，反正越遠越好。」

葉國強搖了搖頭，認爲黃南山的想法過於悲觀，古今中外哪個財團不曾幹過坑殺他人、違法亂紀、狗屁倒灶的事情？就好像開酒店的老鴇，誰沒有不堪的過往？

黃南山知道好不容易又在中國爬上事業巔峰的葉國強肯定聽不進這番話，這也難怪，哪個台商不是懷抱著雄心大志，前仆後繼地朝中國這個大黑洞搶灘？即便是最慘烈死了幾萬人的諾曼第搶灘戰役，最後總是有許多僥倖活下來的士兵，誰還會記得血流成河的紅色海水？歷史永遠只記載成功搶灘的豐功偉業，至於槍林彈雨中陣亡的冤魂早已被人們遺忘。

一回到市區的酒店，房間裡已經擺滿了應有盡有的生活必需品，連葉國強最愛喝的台灣珍珠奶茶都一應俱全，更別說在短短幾個小時內趕工出來的西裝制服。同一間銀行，有效率高到嚇人的總行總務部，也有服務態度還停留在十九世紀錢莊觀念的鄉下營業櫃台，或許這就是中國吧！

英軍銀行的總部坐落在酒店不遠處的長征大道上，對面是贛州市政府，旁邊是一整排的金融機構包括中國工商銀行、招商銀行等國營金融業，雖然步行時間只要十分鐘，但葉國強還是跳上銀行幫他準備的賓士座車，除了師傅堅持用自己人以外，葉國強並不想計較太多無關經營的細節。偏偏在中國，許多細節卻會讓人忘了自己是誰。

總行所有員工已經聚集在五樓大會議室等候新任總經理，葉國強在衆人的左右簇擁下登上了主席台。台上除了他以外還有董事長周軍、董事邱威貴、特別助理周荷等人，待葉國強與他們一一握手坐定後，台下一百多位主管與行員竟然行起了跪拜之禮。台下傳來「感謝葉總經理的領導」「感謝周董事長的栽培」「英軍銀行萬歲」……等行員們所呼喊的阿諛之詞，從整齊劃一的動作便可以看出他們已經訓練多時。

只見身旁周軍等人面露欣喜笑容，一副陶醉其中的模樣，葉國強皺著眉頭按捺住心中那股厭惡感，畢竟第一天就任，別當著大家的面潑冷水。英軍銀行每週三早上都會舉辦這種總行員工的例會，除了主管訓示與宣達營業方針外，還得搞這種跪拜儀式。

辦公室位於十五樓，整個樓層五百多坪都是總經理的辦公室。

「總經理！你想要把辦公室裝潢成什麼樣式？」跟在葉國強後面的周荷問著。

葉國強指著偌大的空間對周荷和幾個特別助理說：「把樓下的總經理特助室和企畫室的員工統統搬上來，我一個人用不著這麼大的空間。」

跟在旁邊的張冰冰面有難色地望著周荷：「可是……」

周荷笑著說：「總經理怎麼說我們就怎麼辦，總經理展現的是美式管理作風，這可是我們上上下下要努力學習的地方。」

接著葉國強指著位於電梯出口不遠處的房間說：「這個房間改成總經理諮詢室，由沙織特助來管理。」

「什麼是總經理諮詢室？」周荷不太清楚他的用意。

「用你們聽得懂的話就是行員上訪室，英軍銀行經理級以下的任何員工，每天下午五點鐘到六點鐘這段時間，只要事先向沙織登記，每個員工可以單獨和我談十分鐘。每天見六個員工，無須向單位主管報備，談話的內容一律保密，單位主管不得無故剝奪員工的上訪權利，也無權刺探談話的內容。」

「可是你堂堂一個總經理，這樣會不會打擾到你的時間？咱們贛州基層員工的素質不比上海、台北、東京，我擔心他們會藉機無理取鬧。」周荷的擔心頗爲中肯。

「妳考慮得很周詳，所以員工上這個諮詢室，有三點禁忌不可談：一是不得談工作以外的私事，二是不得談加薪升遷的請求，三是不得超過十分鐘。」

葉國強又繞回自己辦公室的區域說道：「除了重新隔出特助辦公室與企畫室以外，其他無須重新裝潢。第一，我懶，不想找自己麻煩；第二，我沒有個人的風格，沒有可以掛出來的家庭照片，也不太在意『辦公室反映一個人的內心』這類狗屁企管原理；第三，除了會客室外不用天天打掃，我一向認爲太過井然有序的環境會阻礙我的思考。」其實他的眞正用意是不想經常被他人闖進辦公室來藉機刺探自己。

「等一下董事會和主管會議開完後，叫總務處和彭育祥備車，我想帶辦公室特助們去巡視分行。」

「請問一下，您所要巡視的是哪一個分行呢？」其中一個特助問了起來。

「你想通風報信是不是？還有什麼問題？」葉國強下了馬威，第一天就任便馬不停蹄地巡視營業單位，消息傳開後，位於市區的幾個分行宛如進入備戰狀態，深怕新官上任的三把火燒到自己頭上來。

「對了！我還要下個命令，關於每週一次的總行大會，未來一律取消員工跪拜禮。」葉國強根本無法接受那種作賤員工的變態行爲。

空降到大企業幹ＣＥＯ，通常有三種聰明的選項：第一種是當和事佬，跟著公司裡面的所有派系打混，盡量調和鼎鼐不正面衝突。但這只適合在派系林立、幾大山頭誰也幹不掉誰、誰也不服誰的情況下，用混的方式把自己任期混完，安全下莊全身而退。

第二種是沉潛積蓄能量，找出公司派系間的矛盾，慢慢攏絡次要敵人，等自己兵強馬肥的那一刻來臨時，再一舉殲滅敵人清理戰場。但這只適用自己也帶著充沛籌碼而來的空降部隊，譬如自己也是資本主之一，再怎麼形單影隻，起碼在董事會中的表決戰爭下，還具有一搏的實力，才可以用這種拉一派打一派的管理方式。

第三種是完全孤鳥，空降的地方基本上不存在派系矛盾，自己只是光棍一枚，沒有財力與實力打所謂的持久消耗戰。這種情況下就必須在最短的期間打出閃電戰術，不斷地用「衝突、妥協、再衝突、再妥協、不斷衝突、不斷妥協」的方法激怒敵手，讓一群對自己充滿敵意與不信任的老班底們自曝其短，藉由縮小衝突點來進行有限的戰鬥。但這種戰術必須建立在自己還有利用價值的前提，讓對方爲了圖謀更大的利益而不得不低頭妥協，來達到管理的目的。

葉國強在英軍銀行的處境很顯然屬於第三種，他也知道自己必須在最短的時間搞出最精準的衝突來換取原有班底的妥協，沒有這些妥協，別說他什麼事情都幹不成，一個處理不好就會變成他人戰役中的炮灰。很快地，他就找出足以引爆衝突的點，正是那三間資產管理公司，目標不是別人，正是周軍的準女婿邱威貴。

于都分行一樓營業大廳突然來了十幾個總行人員，一眼就認出周荷的鄧經理嚇得連滾帶爬出來迎接，眼前這一群人當中有些熟識、有些未曾謀面，老闆的千金親自跑到他這個位於鄉下的三等分行，忐忑不安地連客套話都說不出口。

葉國強客氣地和鄧經理握手：「抱歉打攪了，我名片還沒印好，可不可以請所有的員工出列？」旁邊已經有人偷偷告訴鄧經理，眼前這位模樣看起來很客氣的人正是新上任的總經理。

不到兩分鐘，連二樓匯兌授信櫃台的員工也下樓來接受點名，個個戰戰兢兢不知道接下來會發生什麼事情。

葉國強故意露出強悍的眼神對眾人掃視一番：「樓上那三家關係企業文盛、倫力、賓隆的所有員工

也統統給我滾出來。」用了滾出來三個字，所有的人倒抽一口氣，心想今天恐怕是來者不善善者不來

幾個資產管理公司的職員與主管，三步併兩步從二樓踉踉蹌蹌地跑了下來。

葉國強看了他們一眼：「應該不只你們這幾個人吧？把我的命令傳出去，二十分鐘內不回來報到者！一律開除！」說完之後就在大廳找張凳子閉目養神起來。

「總經理，要不要到經理辦公室去休息？那裡面有沙發空調比較舒服。」鄧經理畢恭畢敬地提議。閉目養神中的葉國強完全不理睬這位急得宛如熱鍋上螞蟻的經理。雖然是十二月的寒冬，鄧經理早已滿身大汗只差沒有喊出阿彌陀佛，其他人也不知道葉國強葫蘆裡賣的到底是什麼藥而竊竊私語著，只有沙織了解事情的癥結點，也搬了張凳子尋個角落的好位置等著看好戲。

幾個喝著醉茫茫的大漢灰頭土臉地回到分行，葉國強看了手錶：「十八分鐘，算你們合格。」已經聽說分行來了個瘟神的那幾名壯漢，露出倔強的表情辯駁：「我們不是銀行編制內的文員，本來就沒有規定得待在辦公室。」他們打算先下手爲強。

葉國強摘下太陽眼鏡，露出紅腫的額頭不疾不徐地對衆人講話：「你們分行的人，涉嫌暴力討債，並且對前來抗議的客戶施以暴力，有沒有這回事？」眼神停留在那幾個壯漢身上，其中一位昨天對葉國強動手的壯漢認出葉國強，嚇得連酒意都去了八九分。

「從今天起，凡是來銀行抗議的客戶，不得使用暴力，必要的話請公安處理。還有，昨天在銀行旁邊巷子對客戶施暴的員工，一律開除，至於是哪幾個人你們心裡有數，自己承認吧！不承認的話我會立刻請當地公安來一一調查。」葉國強走到那幾名壯漢前面狠狠地盯著他們。

「周特助，麻煩妳幫我下個批文，于都分行不良債權的處理即日起轉交總經理室統一辦理，同時裁撤樓上那幾家資產管理公司在于都分行的營業處所。」

行外圍觀的民衆多到把馬路擠了個水洩不通，葉國強原本以爲把于都分行這幾個小土霸鏟掉，會引起銀行職員和圍觀民衆的喝采，但沒想到所有人露出的竟是冷眼以待的神情。葉國強這一出擊好像打中

棉花團，軟綿綿地完全沒有擊中要害。

于都的街道長年烏煙瘴氣，灰濛的天空並不是來自於工廠汙染，而是來自拆了又蓋、蓋了又拆的各種工程的灰塵。天天都在挖路，兩旁的房子彷彿永遠處於翻修中，每一處工地前面都堆放著砂石建材，但從來沒有人知道它們從什麼時候開始堆放，更沒有人知道這座宛如大工地的小都市，什麼時候有完工的一天。

消息很快地傳回總行董事長室周軍與邱威貴的耳中。周軍哈哈大笑地說著：「這個小葉竟然取消總行文員對高級主管的跪拜禮，搞不清楚他腦袋裡頭裝了什麼鬼東西？」

「他們台灣人就是特別彆扭，小眼睛小鼻子，沒見過世面。」邱威貴跟著笑起來。

周軍翹起二郎腿點著香菸笑得更起勁說道：「這就是他們台灣名嘴陳文西所講的，鎖國鎖久了變成井底之蛙，竟然連跪拜禮都沒見識過。」

講到這裡，邱威貴露出嚴肅的表情提醒：「別逗了！他才來贛州不到兩天，怎麼這麼快地就摸到我的資產管理公司上頭來？這事情可不能開玩笑啊！」

周軍收起笑容對邱威貴訓斥著：「那麼你有什麼章程？你的人無緣無故打了他一頓，再怎麼說，道理根本不在你這邊，責任只能讓你的手下扛下來了。」

「我還聽周荷說，他打算把不良債權處理收到總行處理，你看著辦吧！」周軍擺出一副事不關己的模樣，邱威貴看在眼裡挺不是滋味的。

「我那寶貝女兒，這幾天成天跟著葉總跑，回到家也是葉總葉總掛在嘴邊，別說我沒警告過你，他們台灣來的人彆扭歸彆扭，對咱們江西的鄉下姑娘還挺有吸引力的，你別整天忙著工作，曉得嗎？」周軍挑了邱威貴的痛處刺了下去。

「哼！我早就有對付他的法寶了。」有醋意的男人講起來話總是殺氣騰騰的。

折騰了一整天回到酒店，櫃台人員交給葉國強一包東西，進房間後打開一看原來是明悉子的辦公室鑰匙和寫著位址的小卡片，明悉子的動作很快，兩天之內就在附近找到一處寫字樓，葉國強顧不得疲勞立刻飛奔而去。

「這個辦公室很小，比上不你大銀行總經理的房間，不過小是小，所有東西都是現成的，所以我昨天看了以後立刻下訂把它租下來。」明悉子做事情一向比葉國強更有效率。

「還缺沙發，只好讓你坐在凳子上。」明悉子遞了瓶礦泉水給葉國強：「忙一整天還沒完全安頓好，連杯咖啡都沒辦法請你喝。」

「這麼晚妳還在辦公室，怎麼不回酒店休息？」葉國強看了手錶一眼，時間已經晚上十一點。

「你還不是忙到這個時候才回酒店，看你的樣子比以前在台灣還要拚。」

「我現在除了工作以外，早就一無所有，連妳也……」葉國強想把話題引到兩人之間的關係上頭。

「別再講那種洩氣的話，你再過一個多月就要舉行婚禮，美好前程等在你面前呢！」明悉子拉高音調強調就要結婚四個字。

知道明悉子不願多談，葉國強只好把話題引開：「對了，妳打算怎麼找已經失去連絡幾十年的英子姑姑？」

明悉子嘆了一口氣聳聳肩說：「這兩天我透過管道去查中國的戶政系統，舉凡叫做黃英子、黃阿英、黃英英或黃英的人，統統調出資料來，沒有一個和姑姑相符，不是太老就是太小。我明天打算擴大範圍，只要在一九四八到五〇年間設籍在江西于都姓黃的，當時年紀在一到六歲的女人的資料統統掃一遍。」

「沒用的啦！當年兵荒馬亂的中國，戶籍資料根本不健全。我昨天去見過我舅舅，也就是小八子，他提到黃生廣生前曾經回老家鄉下找過好幾回，他勸妳別費工夫找下去。當初如果妳沒去挖掘這些事情，妳我也不會淪落到今天這種地步。」葉國強不希望明悉子把時間浪費在這種沒有實質意義的尋親工作上頭。

站在窗邊望著在夜色上閃閃發亮的贛江，明悉子嘆了一口氣說：「我相信一定找得到，你看看外面那條河，你我的祖先當年冒著槍林彈雨游泳過岸，我很想知道他們是懷著何種心情？他們的想法和他們的做法？我流著他們的血液，知道越多他們的事情就越能夠清楚地了解自己，不是嗎？」

這句話好像在哪裡聽過，只是葉國強一時想不起來。

「對了！你不是想要知道英軍企業股權的事情嗎？我這裡已經有點眉目，雖然我暫時還不能向你透露出手收購的是何方神聖，但我必須警告你，英軍企業說不定是間空殼公司。」

「空殼公司？」葉國強被拉回現實。

「當然！它不是我們一般認定的那種空殼公司。坦白說它的營業狀況和旗下資產還挺值錢的，但是你的老闆周軍以及他所能控制的股權，其實差不多才百分之五，換句話說，周軍只用百分之五股權掌控了整間英軍銀行幾百億人民幣的資產。」明悉子回到辦公桌上看著電腦上的資料。

搞了十幾年金融遊戲的葉國強一聽就恍然大悟：「你是說周軍開辦銀行完全不是用他自己的錢？」

明悉子說：「你忘了自己曾經說過，開銀行根本不用花自己的錢嗎？」葉國強笑了笑。

「所以只要有心人買下英軍企業流通在外的股票，不用多，百分之十或百分之二十，便可以透過英軍企業入主英軍銀行。」葉國強想起以前在台灣幫古家幹過的把戲。

「周軍才會急著想要知道，默默在股市買進英軍企業股票的神祕買主到底是誰，也才會找上國華金控入股來當他的後援。」明悉子點出周軍的企圖。

「是誰？」

「是誰對你來說並不重要，重要的是你在英軍銀行的處境，表面上你好像只是周軍擺出來給官方看的招牌與門神，其實你完完全全是英軍銀行的重要支點，如果國華金控臨時抽腿，周軍的經營權可就會拱手讓人。」

「妳似乎已經查清楚這個神祕的日本金主身分了？」葉國強從明悉子的口氣中嗅到這個弦外之音。

明悉子點了點頭：「快要有眉目了，等我把所有情報查清楚後，自然會告訴你。」說完後打開辦公室大門對葉國強說了聲晚安。

送走葉國強，開瓶白酒胡亂喝了好幾杯的明悉子，全身立刻發熱，為了讓空氣流通，打開窗戶透透氣，外頭冷空氣吹進來，讓她打起哆嗦。

只見窗外對街的行道樹上停了幾隻聒聒亂叫的烏鴉，被吵醒的樓上鄰居探出窗戶對著烏鴉破口大罵，身為日本人的她反而感到親切。烏鴉在中國被當成瘟神的化身，而日本人卻深信烏鴉是吉祥的代表，酒意正濃的她好想對著烏鴉一吐心中苦悶。

不料，那幾隻烏鴉突然消失，只看到一個人學著烏鴉掛在樹上。

「好久不見，你臉上的痣好像越來越大顆了。」明悉子好像看到老朋友似地對著樹上的傢伙打聲招呼。

「虧妳還記得我！」樹上的傢伙不是別人，正是棉神小賀。

「我才要感謝祢呢！要不是祢托夢給我奶奶，她根本就想不起來小八子的漢文姓名，如果查不到黃南山這條線，我們還一直誤以為葉國強就是我哥呢。」

「既然他不是妳哥，又何必拒人於千里之外呢？其實妳心裡頭明明是想得要命啊。」懂讀心術的棉神感到不解。

「唉，祢不懂就別亂講！」

「妳這種鑽牛角尖彆彆扭扭的脾氣，完全從羽子和黃生廣他們遺傳而來。」棉神對這些子孫的個性可說是瞭若指掌。

「每次看到祢總不會有什麼好事發生啦！別再來煩我。」雖然見過棉神好幾次，無神論的明悉子至今仍寧可堅信是自己精神錯亂所致，而非撞見鬼神。

「信不信無所謂，反正葉國強已經答應回基隆幫我撿骨，我犯不著再來求妳幫忙，只是看妳幫羽子找人找了好幾年，一點進度也沒有，我實在有點於心不忍，所以好意來指點迷津。」

「祢講來講去還不是那套天機不可洩漏的連篇鬼話，可不可以換點新鮮台詞。」明悉子索性把窗戶關上，來個眼不見爲淨，打開電視轉開江西衛視電視台的歌唱選秀比賽，把音量開到最大來蓋過窗外的烏鴉聒聒叫鬧聲。

「要我拿麥克風講話實在是不習慣。」棉神竟然搖身一變成爲電視選秀節目的歌手，他在螢光幕前對著明悉子做個鬼臉。

「你饒了我吧！讓我好好睡覺休息！」看到棉神抓著麥克風的生澀模樣，明悉子感到啼笑皆非，只差沒有跪地求饒。

「現在流行歌曲我一首也不會唱。嗯~好吧，來首陳奕迅的〈十年〉吧！不過一個老鬼唱起來實在丟人現眼，好吧，我長話短說，妳很想找到英子姑姑對不對？」

明悉子點了點頭。

「然而，在十幾億人口這麼大的中國找個失聯六十幾年的人，簡直是在大海中撈條小魚，對不對？」

明悉子不耐煩地打了個大哈欠。

「我可是冒著魂飛魄散的風險來幫妳，妳這是什麼態度！」忘詞唱不出來的棉神有點惱羞成怒。

「是是是，偉大的小賀棉神，我洗耳恭聽。」明悉子只好搬張凳子在電視機前面正襟危坐起來。

「要不要順便沐浴淨身啊？」明悉子噗哧地又笑了出來。

棉神懶得理會她的嘲諷繼續說下去：「想要在大海中撈條小魚當然很困難，但是如果用對魚餌，讓魚聞到誘餌自己游過來，是不是就簡單多了？」

「你這句話太深奧了，可不可以講簡單一點。」明悉子聽到魚餌兩個字，腦中似乎閃出一絲靈感，但這個靈感卻很模糊，很不具體。

「妳未免太挑剔了，我已經幾十年沒說日文了，講起來肯定有點生疏。好啦！我直接講了，妳可以把羽子收藏的十幾幅什麼佛郎哥洗多多日本大師的浮世繪拿來贛州舉辦畫展，魚兒自然就會上鉤，聽得夠清楚了吧！」

「什麼佛郎哥洗多多，是喜多郎歌芳啦！」明悉子糾正口誤的棉神。

「清楚了，然後呢？」明悉子著急地想要知道答案，只是此刻的電視節目卻已經不見唱歌的棉神身影，畫面又切換回到一臉茫然的歌唱選秀節目主持人身上。

「由於剛剛本電視台的傳輸訊號出現異常故障，讓電視機前面的觀衆沒能欣賞到挑戰者的優美歌聲，我代表電視台向各位觀衆致上最深的歉意。」那個主持人哭喪著臉對螢光幕前觀衆鞠躬致歉。

明悉子轉到別台，所有的新聞台都播出同一則最新訊息：「江西衛視備受矚目的歌唱節目《贛聲連連唱歌有贛勁》，在五分鐘前，居然無預警地開天窗，整整五分鐘節目變成漆黑一片，據了解是受到不明干擾源影響，實際因素正在了解中。這也引起微博上的廣大網民紛紛貼出各種陰謀論的帖子，認爲該節目製作單位故意護航特定參賽歌手，直指比賽不公，比賽名次早已內定的種種傳聞，該製作單位尙未發布官方說法。」

明悉子簡直不敢置信，揉了揉眼睛趕緊跑到窗邊，打開窗戶想看看那些烏鴉到底還在不在樹上，才赫然發現街道兩旁根本連一株草也沒有，更別說行道樹了。

夜更深人已累，贛江江面已經一片幽黑，溫度驟降讓酒意已退的明悉子感到一陣寒冷，但失溫的戀情更讓她覺得疲累。

整間總經理辦公室的人都知道沙織是葉國強親自帶來的助理，外加語言不通，其他人不敢更不想使喚她，沙織也因此樂得輕鬆。兩個禮拜下來，葉國強只交待她幫忙好好安頓舅舅黃南山，每天只要上兩、三個鐘頭的班便可，直到諮詢室的諮詢時間開始前才進辦公室上班。而百忙中的葉國強則遵守著對行員的承諾，天天抽出一個小時在諮詢室內等候上門的行員。

總經理諮詢室開張了兩個禮拜，連個人影也沒上門，葉國強索性利用這段時間趁機閉目養神，沙織看看時間又快要結束，正在準備下班走人之際，一個年輕女行員在辦公室附近探頭探腦。

「請問這裡是總經理諮詢室嗎？」

眼前這位行員來自于都分行，也就是前一陣子葉國強親自跑去下馬威的那間分行。那行員東張西望地顯得有點緊張，見到總經理更是結結巴巴地說不出話來，一直低頭看著手錶。

「別擔心時間不夠，今天只有妳進來這個辦公室，我可以給妳一個鐘頭的時間慢慢說。」葉國強親自遞了杯水給眼前這位有勇氣走進諮詢室的年輕行員。

「那我就長話短說。」

那天葉國強跑到于都分行解雇那幾個動手打人的資產管理公司惡霸職員後，分行經理第二天依舊允許他們進辦公室上班，這還不打緊，那幾個惡霸還找上當天前來抗議的那一家人，放火燒了他們房子，還撂下狠話，逼那一家人連夜搬走，走投無路的他們目前已經不知去向。接下來一整個禮拜他們更變本加厲地對其他欠債的客戶追債，嚇得附近幾個村子的村民紛紛逃離家園。

「換句話說，他們打算把欠債的人都趕跑，萬一我一直追究下去，到時候來個死無對證。」

「我可沒這麼說。」那行員態度有點閃爍。

「好！很謝謝妳告訴我這些事情，我不會洩漏妳的名字出去的。」葉國強攤開銀行的組織圖繼續說：「如果妳擔心的話，我可以調妳到別的單位。」

「總經理，我想你誤會我的來意，我並不是爲了告密而來，而是希望你高抬貴手，我們分行的事情就別再追下去。如果再追下去，受害的全都是那些可憐的客戶，對他們來說，雖然房子祖田被查封拍賣，但至少那幫子土霸還會留條路給他們走，贛州的人和上海廣東不一樣，他們並不需要別人強出頭幫忙討公道。」

「還有，我想自己應該是這個諮詢室唯一來找長官談的行員，容我講句不禮貌的話，銀行的文員根本不會有人來這裡告訴你任何事情，對我們這種好不容易找到銀行文員體面工作的人來說，不管規定合不合理，沒有人希望這間銀行發生任何改變。抱歉，耽誤長官那麼多寶貴時間，我想我該走了。」

那行員一走出去，沙織好奇地問了起來，葉國強一五一十地把對話講給她聽。

「聽妳的口氣，好像很了解似的。」

「不可思議，對不對？」葉國強好像鬥敗的公雞氣餒地說。

「林子大了，什麼鳥都有，更何況這裡是全中國最保守的江西。」沙織並不感到驚訝。

「至少比你清楚啦！」沙織吐了吐舌頭做了個鬼臉：「我要下班了，要不要我幫你叫小彭備車？」

「嗯，今晚董事長家中擺了董事長夫人的壽宴邀我入席，妳叫小彭在停車場等我吧。」

「老大，我明天要請假一天，想到處逛逛旅遊。」

「來江西沒多久，妳就已經這麼熟了？」葉國強有點羨慕無憂無慮的沙織。

「哈哈哈！當然是有人要帶我去玩啊！」沙織笑得很開懷。

「有沒有什麼我不知道的八卦？」葉國強看得出來那是種戀愛中女人的笑容。

「如果有什麼好消息，我第一個就告訴你，然後向你討個大紅包，byebye～」

周軍的宅邸位於贛州市郊通天岩風景區旁，讓葉國強感到意外的是，本來以爲憑周軍的財富和權勢，他的房子肯定是那種坐擁萬坪，有好山好水的庭院及眾多僕人的豪宅，沒想到卻是棟外表看起來極爲老舊的老客家圍屋。除了家人以外只聘請兩、三個保全和一個燒飯的傭人，停在門口的汽車也只是中國國產的大衆汽車。

以如此一位富人來說，周軍的生活簡直是異常簡樸，他除了喜歡品酒、抽雪茄以外，幾乎沒有什麼花大錢的嗜好，更沒聽說有什麼踰矩的男女醜聞。

「小葉，今天是我太太七十歲的壽宴，所以我就不見外地叫你小葉，你也別稱我董事長或總裁，直接叫我老周就好了。」已經在圍屋門口等候多時的周軍看到葉國強，熱絡地招呼起來。

「你肯定感到意外吧？號稱贛州首富，家裡居然如此寒酸。」周軍似乎早已習慣他人的狐疑眼光。不願意顯得太客套的葉國強點了點頭表示贊同。

「沒辦法，明明我們在市區有好幾間比這裡更大更舒服更便利的房子，我老婆卻堅持住在這座老圍屋，我只好依她。況且這裡一出門就可以走到通天岩的後山，空氣質量比市區乾淨多了，贛州什麼都好就是空氣很糟糕。」

葉國強被帶進圍屋的主廳，董事長夫人七十壽宴的家宴只擺一桌，除了周軍夫妻、周軍弟弟與弟媳、周荷與未婚夫邱威貴以外，只有葉國強一個外人，可見葉國強在周軍心中地位的重要性。

「別小看這座破圍屋，它可被國家列爲重點文化資產呢！幾年下來它幫我擋掉多少麻煩啊！」中國平均每三、五年就會搞場打貪肅貪的政治秀，專門挑那種生活奢華的官員與商人開刀，周軍住在老圍屋的用意，說穿了就是擺擺節約樸實的樣子，也因此總能在一波波的政商肅貪風暴中全身而退。

「你有空的話可以到通天岩旅遊，那裡頭還有一間當年你們台灣的蔣經國留在這裡的房子。不瞞您說，蔣經國可是我們贛州人的標竿，照你們的話說就是偶像，當年他在贛州打貪官抓奸商，到了現在只要我們贛州人講到蔣經國，就是拇指一豎地稱讚，管他什麼政治正確不正確。」

聽到蔣經國，不以爲然的葉國強只能陪著點頭苦笑。

「來，我幫你介紹，這是我太太詹英，稱她詹大媽就好了，千萬別跟她客套。我們英軍集團的名稱就是從倆人名字中各取一句來命名的，不知道的人還以爲我是不是曾經當過英國軍人呢。」

老婦人詹英伸出手與葉國強致意，葉國強稍微打量她一番，詹英雖然在郊外的圍屋深居簡出，但全身上下透露出一種貴氣，絕非那種尋常上了年紀的中國老女人，更沒有那種受惠於經濟開放暴發戶的土味俗氣，反倒比較像出身尊貴家世的老貴婦。葉國強越看越覺得眼熟，好像曾經在哪裡見過似的。

「小葉，你是不是覺得我有點眼熟？」詹英笑著問起。

「對不起失禮了！」一直盯著對方不放，葉國強自覺感到十分失禮。

「沒關係，只要台灣來的朋友，每個人都說我很像你們台灣明星鍾楚紅。」

葉國強恍然大悟，仔細端詳不論是神韻還是五官輪廓還眞有幾分雷同。

「娘！鍾楚紅是香港演員不是台灣的啦！」周荷在一旁笑著解釋。

「沒什麼差別啦，每個台灣來的人都說我長得像她，反倒是沒聽過香港人這樣說呢！其實我這樣說肯定對鍾楚紅很不尊敬，她哪有我這麼老。」詹英自嘲地說著。

「對了！小葉你媽媽現在多大年紀了？住在哪裡？」雖然全身散發著貴氣，詹英問後的態度宛如鄰家老奶奶般的親切。

「我媽今年六十七歲，她二十四歲那年就生我了，現在住在台灣台南的老家。」

「這麼年輕啊，哪像我快四十歲才生下周荷。」

「娘！你這樣說豈不是把我的年齡洩底了！」周荷急著阻止詹英講話。

「這裡都是自己人，何必遮遮掩掩呢？」詹英笑了起來。

在旁邊的邱威貴看到未婚妻滿臉通紅的嬌羞模樣，心頭挺不是滋味的。

「台南啊！那可是個好地方，幾年前我跟著參訪團去台南玩了幾天，食物好吃又精緻，坦白說比起我們江西的食物好吃多了。」

剛講到食物，廚師已經從廚房端出一道道菜餚，號稱業餘美食專家的葉國強看得發起愣來。

周軍瞧著葉國強的模樣笑了起來：「你應該沒見識過這些菜吧！這些菜大多是新疆料理，我們夫妻倆都是新疆人，一直到二十年前才搬來江西，爲了解饞和解鄉愁，我們還特別從新疆找廚師到家裡燒飯呢！」

新疆菜的精髓在於羊肉、乳酪、燒烤和香料，一道道色香味俱全的菜餚讓人目不轉睛口水直流。

「這道菜應該是三杯雞吧？這不是新疆菜吧？」葉國強指著其中一道問起。

詹英點了點頭：「你很內行，三杯料理的確不是新疆菜，而是江西傳統菜的做法，一杯油、一杯糖、一杯醬油提出最道地的贛菜精髓。雖然我是新疆人，可是我小時候住在江西一直到八、九歲，我父親才因為職務調動帶我到新疆，所以應該也算半個江西人。」

三杯料理竟然是起源於江西，連美食專家葉國強都從沒聽過。

「對了，詹大媽，我下個月即將在日本結婚，不知道有沒有這個榮幸邀請你們夫妻抽空來參加我的婚禮？」葉國強與古漂亮的婚禮一天天逼近，雖然婚禮完全是由古漂亮與古家籌畫，但葉國強還是得依著古老爺的布局認真地配合。

「那就恭敬不如從命，你的喜酒我喝定了！我已經好久沒去日本，每次周軍找我一起去，我都懶得跟去。」

「沒辦法，這幾年我每次都是為了打官司才去日本，根本沒有玩興，妳自然不願跟去。這回總算有快樂的理由去日本泡溫泉散散心了。」周軍講到官司露出一臉無奈的表情。

「官司？」聽到這兩個字，葉國強夾菜夾到一半突然停了下來。

「放心啦！跟銀行完全無關，那是英軍集團旗下紡織公司的官司啦！這幾年和一間叫做羽二重的日本商社糾纏不清，不停地在東京、上海與深圳的法院控告我們侵權，既不和解也不願接受仲裁，煩都煩死了，你在東京三年，有聽過這家公司嗎？」從周軍嘴中迸出羽二重三個字，葉國強心頭一驚，好不容易用筷子夾起來的三杯雞，立刻掉了出來。

「只知道那是一間很大的紡織公司，其他就不清楚了。」幸好葉國強是那種喝幾口酒就會臉紅的體質，否則心神不寧的他一定會被瞧出不對勁之處。

「那些日本人老是搞些陰謀手段，他們的企業來到中國被抵制，只能說他們活該。小葉，我告訴你，我操他娘的最討厭日本鬼子！這兩年來有好幾間數一數二的日本大銀行要和英軍談合作入股，我連談都不談，直接把他們轟走。我們家周荷幾年前不聽我的勸，跑到日本念書，我就開給她兩個條件，一是畢業後不能留在日本替日本公司工作，二是絕對不能和日本鬼子結婚，連談戀愛都不允許，否則就逐出家門沒得商量。」周軍講到日本人一副恨得牙癢癢。

「好了啦！你別在我的壽宴講那些民族大義掃我的興吧，已經是銀行家了，講起話來和那些互聯網憤青沒兩樣。」詹英露出無奈的神情。

「我太太很喜歡日本，是中國少見的日本迷。從前身體比較硬朗的時候，沒事就喜歡往日本跑，到了日本也不去泡溫泉也不逛街購物，就朝美術館博物館耗上一整天。」周軍笑著說。

「我哪像你只是個兵痞老粗。」詹英不甘示弱地頂回去。

「對了小葉，我上個月叫周荷請你幫忙調查咱們英軍企業股票的不明資金來源，你這邊有沒有什麼進展？」提到日本，周軍突然想起委託葉國強的事情。

本來打算在今晚找個時間，將明悉子查到的進度轉告他，但葉國強一聽到羽二重和英軍之間的官司糾紛，敏感的他立刻聽出其中有不尋常關係，機靈地打消這念頭。「我已經請東京的朋友幫忙查，只是我來這赴任的這半個多月，一忙起來就忘記了，我回去馬上聯絡我的朋友追問查詢進度。」為了掩飾自己的心虛，葉國強立刻舉杯對著詹英祝賀：「祝大媽生日快樂，壽比南山。」

宴席結束後，幾個男人移駕到偏廳陪著周軍抽雪茄喝茅臺酒，就在葉國強起身想要辭退提早離席的當下，邱威貴卻靠過來低聲地說：「總經理，能不能借一步講話討論下個星期董事會的議程。」說完後指著偏廳旁邊的司機休息室。

邱威貴是那種典型中國南方鄉村地區新興暴發戶，他們某個程度上有些共同特徵，不管天氣多熱，幾乎從來不穿短褲、休閒褲或牛仔褲，他們精心地穿上名牌西裝，故意將品牌標籤留在袖子或領子上醒目的地方，會將最新款的蘋果手機醒目地掛在寬大的鱷魚真皮腰帶上，就算只是上街逛個賣場，一定把鈔票塞滿在鼓脹的黑色皮包裡。他們入手買進法拉利超跑一點都不手軟，為了炫富還聘請司機，讓自己窩在狹窄的超跑後座裡頭動彈不得。對於這種人，只能擺出一副比他更優越更高端更有門路的樣子才行。像叢林裡搶地盤的獅子，只要比對方更會裝模作樣虛張聲勢，往往不用打架就能分出輸贏。

雖然司機休息室內有沙發，葉國強並不想坐下，打算閒聊幾句就趕快藉故閃人。

「葉總，您別這麼見外，我只是個鄉下大老粗，不太懂得金融圈的規矩，所以這兩個星期一直不太敢去找你溝通講話。」雖然邱威貴講得很客氣，但葉國強完全沒有感覺到這個人表面上的善意。

「你想來關切銀行最新的不良債權資產處分辦法，是不是？」葉國強學起獅子直搗對方的地盤。邱威貴大概從來不曾見過像葉國強如此直接的人，一時之間語塞起來。

「直接告訴你，這個案子我是要定了，沒有理由不讓它通過，講得夠清楚吧！」葉國強斬釘截鐵一字一句地說，不想讓對方產生任何錯誤解讀。

原本英軍銀行的不良債權資產，幾乎百分之九十九都是由邱威貴投資的三間資產管理公司承接，而葉國強竟然要修改辦法，將不良債權資產的出售改成公開招標制，而且為了防止人為綁標，還委託全中國最大的律師事務所負責標售，一旦這個辦法在董事會通過，邱威貴的公司恐怕連一個案子都拿不到。

「這個當然，大家都很支持總經理想要改革的決心。只是新的辦法實在太複雜，搞得大家眼花撩亂無所適從，咱們英軍銀行可比不上你以前待過的大銀行，我們文員的素質和專業能力一時之間恐怕沒法子跟上腳步，所以這案子可不可以緩一緩，等銀行文員的素質提升上去後再實施？」邱威貴的話聽起來很軟，但實際的態度卻是很硬。

葉國強眼見無法在短時間內提早抽身，於是他找張沙發坐下來，看著纏著他不放的邱威貴嘆了一口氣說：「我混金融圈已經二十年，所謂強龍不壓地頭蛇的道理，不用你提示我可是清楚得很。直接跟你挑明說，我根本不在乎你利用幾家資產管理公司在這裡頭吸血吃肉，反正這間銀行的錢又不是我的，我只是個打工仔，講難聽一點不過是個樣板門神，好比酒店的紅牌三陪擺在櫥窗讓場面好看一點而已。」

葉國強耐著性子解釋。

「你開個數字吧？要多少直接寫在我的手上。」邱威貴伸出手掌。

「對我來講錢並不重要。」葉國強說。「金錢或許代表很多能量，但這不一定買得動我。我剛剛向你報告過，金融圈混久的就知道金錢分成兩種，一種是看得到卻吃不到，另一種是看得到也吃得到，你開價碼對我來說只是第一種。我又不是第一天出來混的，多少了解自己有幾分能耐。」

葉國強不想把話說死：「幾個星期後，銀監會就要公布商業銀行名單，我的任務就是幫英軍拿到批文，拿到以後呢？我還會不會？能不能？願不願意待在這個總經理位置？就說不準了。反正不良債權資產的處理辦法是依照中央的法令去修改的，我就得照辦。大家做做樣子，拿到批文後我自然會滾蛋，到時候你愛怎麼改、愛怎麼搞，悉聽尊便。」

「既然只是給上級單位做做樣子，辦法也犯不著改得這麼硬吧？改革總是要花點時間，要不然我起個新章程，訂出一個金額，高過這個金額的不良債權由總行委託公開招標，金額比較小的不良債權依舊由各分行經理自行處理，否則那些什麼北京上海的律師，他們哪搞得清楚咱們這個小鄉下地方的客戶狀況？」邱威貴試著稍微讓步，擺出願意妥協的模樣。

葉國強駁斥了他的說法：「銀監會的章程可不是這樣寫的，你如果有管道找上中央去改銀監會的章程，我就照辦，否則就是按照我的章程走，在明天董事會通過這個案子。幾個董事也都同意放手給我搞，想翻案的話，你自個兒費心找他們說吧！時間眞的不早，我也該走了。」葉國強態度相當堅決，畢竟他也已經找了幾個董事疏通過，也獲得了他們的同意。

「再請你留步一下，葉總，我想你恐怕搞不清楚狀況，你要不要看看這篇報導。」邱威貴拿出剪報，是一則中共當局判處前政治局常委薄熙來重刑的報導。

「雖然你不是內地的人，但你應該知道這件事情的嚴重性吧？」

中國共產黨的鬥爭一向是十分殘酷，成王敗寇一翻兩瞪眼，鬥敗一方的所有人等無一不被牽連。

「這又不關我的事！」葉國強實在想不透邱威貴爲什麼要在他面前提這個中國政治的世紀大案。邱威貴當著葉國強的面唸出一個名字：「你知道我講的是誰嗎？」

「我對政治八卦沒什麼興趣。」葉國強裝起傻來，但全中國誰不知道這個人是因爲政治鬥爭失勢，半年前攜款逃到海外成爲中國當局的眼中釘。

「這個流亡在到國外的頭號通緝犯在海外開了一間境外公司 LoL 控股公司，我想這間公司的名字，你一定有印象吧！說不定和你在東京的公司 SevenStar 有什麼資金往來吧？」

葉國強聽到那個人名字與 LoL 控股公司後，吃得飽飽的胃翻攪了起來。就算連葉國強這種消息靈通人士，也頂多隱約知道 LoL 控股公司和中國太子幫有關，沒想到竟然是政爭失敗的通緝犯用來海外洗錢的控股公司。

邱威貴揚起一邊眉毛大剌剌地坐在另一頭的沙發冷笑：「幫政治通緝犯在海外洗錢，你知不知道這罪有多重呢？」

「交易地點並非在中國，委託的人也並非中國公民，交易一切合法，你別想藉此來箝制我。」雖然迅速恢復冷靜，但葉國強回答地有點心虛。

「沒常識也要看電視，只要跟這個案件有關的人，十五年徒刑可是最輕的判決呢！我勸你趕快連夜買張機票滾出大陸吧！」邱威貴語帶威脅。

黑幫或古代強盜山寨吸收幫衆前，會要求入幫幫衆先幹件壞事，一來當作被幫會控制的把柄，二來藉由「已無退路」來宣示對幫會的效忠。原來，邱威貴利用周荷布了這個圈套，很明顯想把這個圈套作爲葉國強的投名狀。

此刻葉國強總算恍然大悟，這世界上沒有免費的午餐，只有被下了毒但解藥卻牢牢被人箝制的鴻門宴。

「邱董事！眞的夠狠，難道你不怕被牽連嗎？」葉國強說道。

「怕？我老邱眼中沒有怕這個字！我只怕沒錢，除了錢以外，我什麼都不認，誰要是和我的錢過不去，我就和誰拚命！」邱威貴眼神簡直冒出火來，一副黑道大哥的模樣。

葉國強摸摸口袋隨身攜帶的隨身碟，雖然他握有保命的錄音檔，但此刻他選擇了軟化的立場回答：「既然不良債權這個提案有諸多爭議，那就暫時先退回企畫部門做更妥善的研議後再提出來討論吧。」葉國強故意露出害怕的模樣，因爲他還有一些疑點等待進一步釐清。

「葉總經理，我可沒有什麼要脅你的意思呢，我只是站在公司和諧的立場做點善意提示罷了。哈哈哈！」邱威貴一副得了便宜還賣乖，在江西贛州要風有風要雨有雨的他，想要的東西從來沒有失手過。只是他不了解金融事物的運作本質，玩金融不能單靠政商關係，玩金融靠的是經驗，世界上玩金融最得心應手非猶太人莫屬，他們掌控了全球金融圈數百年，靠的絕非政商關係那種三腳貓的手腳，否則早就被納粹給消滅了。

在這場自己沒握有多少籌碼的賭局中，美女私人祕書是英軍對葉國強打的第一張牌，而 LoL 控股公司應該是他們的底牌，然而當別人掀底牌前，務必先看透徹自己手上的底牌虛實。

「沙織，妳現在可不可以來酒店大廳一趟，有重要事情要妳幫忙。」一走出周軍的圍屋宅邸，葉國強立刻撥了電話。

「老大，我現在是休假中，能不能在電話裡頭講？你別打攪我談戀愛嘛！」

「不行！」

沙織聽得出葉國強正經嚴肅的口吻，馬上收起戲謔態度：「可是我現在人在于都，搭公交車回市區恐怕得花上兩、三個小時。」

「我現在立刻派彭育祥開車去接妳回來！」葉國強不給沙織有討價還價的機會繼續命令著。「還有，記得帶護照和隨身衣物！」

不到一個鐘頭，沙織氣喘吁吁地出現在酒店的大廳，葉國強早已等候多時。早就習慣葉國強這種急驚風式的行事風格，沙織見怪不怪地問著：「什麼事情找我這麼急？」

「史坦利知不知道妳這一個月來中國幫我的事情？」

「我騙他要去夏威夷度假一個月，算算時間也差不多了，本來打算過兩天打電話向他辭職。」

「我要妳銷假回東京，順便幫我調查一些事情。我給你三天的時間，越快越好，查到之後立刻飛回來向我報告，切記千萬別用電話或電腦回覆。」葉國強詳細地指示沙織回東京的工作內容。

葉國強看了看手錶說：「明天早上九點廈門有一班飛東京的飛機，我要妳回東京一趟。」葉國強從公事包掏出一疊鈔票：「用現金買機票，回來不用報帳，這是趟祕密任務。」

「開什麼玩笑，贛州到廈門又沒有動車，就算明天一大早搭火車，最快也得下午才能抵達廈門啊！」沙織看了一下時間，這個時候已經是晚上九點多了。

「我叫彭育祥馬上開車趕夜路載妳到廈門。他開車的速度很快，現在出發，最晚明天早上五、六點就能到廈門機場。」

「哇！五百公里遠，老大，看起來你的事情真的很急。」

葉國強點了點頭回答：「攸關我的生命安危，一切就拜託妳了。」

「老大，你別越陷越深，聽你舅舅的勸，趕快遠離這場根本玩不起的豪賭。」沙織大致聽了葉國強所面臨的處境後，憂心忡忡地勸他回頭。

「別問那麼多，照辦就是了。總之我還得替國華金控扛起監督的責任，或許我無法改變太多事實，但總不能眼睜睜看老東家的錢和信譽跟著陪葬。」

英軍銀行一旦獲准升格，老東家國華金控就得依約出資十億美金投資入股，身為國華金控的代表和古家的駙馬爺，葉國強必須負起成敗責任，一走了之絕非上策。

既然洞悉了英軍集團對付自己的底牌，而自己到底有多少籌碼也只能靜待沙織的調查。但此時葉國強卻更想知道另一個隱藏版玩家的底牌，這位隱藏版玩家似乎早已默默在牌局中叫牌，始終沒人知道，但此刻已經逃不過葉國強的眼睛了。

目送沙織的車子離去，葉國強獨自站在酒店門口，看著車尾燈漸去漸遠，撥了通電話給明悉子：「我現在可以到妳的辦公室嗎？事情很緊急。」

「我正在等你，有些事情差不多也應該讓你知道，你也差不多想要知道了吧？」明悉子和他似乎有心靈感應。

明悉子辦公室距離酒店只有幾步路，葉國強走出電梯，發現辦公室掛出了招牌：「中日浮世繪繪畫藝術交流協會華南辦公室」。

環顧辦公室四周，新添了幾張核桃木扶手的沙發，頗具前衛設計感的雙層書櫃，高級京紙做成的和風式屏風，巧妙地隔出會客與會議空間，明悉子的辦公桌後方牆壁貼滿了各式各樣的浮世繪展覽海報。書桌異常潔淨，讓人忍不住多看幾眼，所有的鉛筆都削得尖尖的，整整齊齊地排成一列，紙張與文件夾井然有序地分成三疊並列著。

「我刻意把電腦投影機等冰冷的電子產品藏在會議室內，讓來訪的客人有溫暖的感受。」明悉子介紹起她的辦公室裝潢擺設。

「我在門口時還以為走錯了，妳怎麼搖身一變改行搞藝術了？」葉國強雖然習慣明悉子善變的行事風格，但對於她突然搞起藝術依然感到相當好奇。

「你有所不知，我當年念完書後回日本第一份工作就是當藝術掮客，負責家族美術館館藏工作，只是你不知道罷了。」明悉子遞出的新名片上頭印著：「喜多郎歌芳畫展策展人。」

「下個星期，我在贛州美術館舉辦喜多郎歌芳大師的浮世繪展覽，你有空的話可以來捧捧場，希望人氣不要太冷清。」

「妳要辦畫展，爲什不選在北上廣深等一線大都會，而選在贛州這座三線城市舉辦，難道有什麼特別意義嗎？」葉國強知道明悉子從來不做沒有意義的事情。

花了點時間聽了明悉子在江西辦畫展的眞正企圖後，葉國強不解地問：「妳眞的相信辦幾場畫展，就可以吸引失散幾十年的英子姑姑出面認親？」

「我相信！我眞的相信，別小看信心這種東西，許多事情，只要你相信就會成眞。」

葉國強搖搖頭否定她的天眞想法：「這種說法好像搞邪教大師的口頭禪。」

聽到邪教大師，明悉子想起棉神語帶玄機地說著：「有些事情，你必須相信，有些人，你也不得不信任。」

「那麼，我在妳心中應該被歸類爲不信任的那一群吧！」明悉子刻意對他隱瞞許多祕密，葉國強對她有點不太諒解，講起話來酸溜溜的。

很不是滋味的明悉子倒了一杯酒，意味著接下來可能會有長時間的對談。

「妳好像越來越愛喝酒了。」

「彼此彼此，你抽菸也是越抽越兇了。」

葉國強剛從周軍夫人壽宴的雪茄室回來，他聞了聞外套的確是滿身菸味。對中國男人來說，沒有什麼比香菸更能捉住「關係」的神韻。香菸是某種媒介，在所有眞話都聽不到的中國，送遞與收受香菸能拉近彼此的關係，透過香菸交換來試圖打破彼此互不信任的人際壁壘。

「阿強，你想知道什麼？」

「應該問我能夠知道些什麼？該知道些什麼？」葉國強把問題丟了回去。

「事情是這樣的，我們家族的羽二重企業，你知道，遠從幕府時代就是從製造棉被起家，戰敗後一度沒落。我奶奶二重羽子從台灣被遣返後便一肩挑起家族的重擔，幾十年下來，事業從棉被跨足到紡織、成衣、塑膠、零售百貨，甚至金融業等，羽二重自然成爲我們所有產品的商標，整個亞洲地區的銷售只要掛上羽二重，不論是成衣、棉被還是零售，幾乎是高品質的保證。」

「大概在十年前吧，中國的英軍企業居然仿冒起羽二重的商標。一開始他們規模還很小，我們商社不太理會，但沒想他們規模越來越大，仿冒的情況也越來越嚴重，更讓我們感到髮指的是，他們還在中國與亞洲各地到處註冊羽二重的商標。」

「你們未免太大意了吧！怎麼忘了註冊商標這件事？」葉國強感到不解。

不是我們疏忽，而是他們到處遊走法律邊緣，選擇在中國一些三線都市與鄉下地方註冊，避開商標權的正面決戰。簡單的說，他們巧妙地利用商標的些微差距來投機取巧。

幾年前，我們終於無法忍受，只好和英軍企業打起好幾場的跨國商標官司。但你應該很清楚，在中國，有關係就沒關係，再加上冗長耗時的訴訟程序，幾年下來一直無法有效遏止侵權行爲，唉。」無可奈何的明悉子嘆了一口氣。

「在偶然的機緣下，我們得知英軍的大股東也就是周軍家族，爲了籌資開銀行，被迫在股市拋售大量英軍企業股份來套現，造成他們的持股長期處於不足的窘狀。所以我們商社決定開闢第二個戰場，乾脆趁英軍企業的股價處於低檔，慢慢地透過第三地第四地的控股公司吸納英軍企業的股票。」

「打不贏就吞掉敵人，的確是妳一貫的作風。」葉國強一點也不感到意外。

「這不是我的主意，是我奶奶堅持這麼做，她應該是從當年你們黃家入股基隆羽二重商社的往事得到啓示吧！」

「可是當年我們黃家入股，是善意的合作夥伴，圖的是雙贏策略，跟你們這種接近惡意收購完全不一樣啊。」葉國強糾正她的說法。

「惡意與善意之間的界線其實很模糊，關鍵在於實力，有實力的人才有資格解釋誰善誰惡，你應該同意吧？」

葉國強點了點頭。

「那天我在廈門機場看到妳行李箱內的股權明細表，就感到十分納悶，妳怎麼會在那麼短的時間就幫忙找出我想要的資料。」葉國強恍然大悟。

「你接受英軍周家的邀請，完全出乎我意料之外，而他們竟然找上你幫忙調查，更是我始料未及，只是基於家族商業祕密，我無法在第一時間告訴你。如果你沒有接受英軍銀行的職務邀約，我絕對不會對你隱瞞的。」明悉子把事情始末全盤托出後，心情似乎放鬆不少。

「其實我也不是什麼利害關係人，在英軍銀行的董事會上，我只是古家與國華金控的代表，和英軍企業沒有什麼委任關係。只是我感到意外的是，為什麼妳居然不信任我，對我隱瞞呢？」葉國強語氣帶著埋怨。

「就算我告訴你，你會拒絕周軍的邀約嗎？」明悉子反問，葉國強語塞無法回答。

「你不了解家族責任對我們日本人的重要性。我們二重家族歷經兩百多年，家族的榮耀與責任對我而言，既是沉重的負擔也是甜蜜的枷鎖，簡單的說，這種古老傳統是我們每一個二重家族成員賴以維生的精神支柱。每當我看到二重家族的家徽，立刻油然而生一種歷史中的存在感，為了家族，每個人多少都承擔許多犧牲。就像我的祖母羽子，她為了家族榮耀和延續幾百年的家族使命，幾十年下來，被迫無法與我的父親和英子姑姑相認，但你若問她後不後悔，她的答案肯定是不後悔。我知道你們台灣人是很難體會這些。」葉國強點了點頭。

幾百年來的台灣始終是個移民的社會，所有來到台灣的先民，完全是用一種「從零開始」的心態來面對新的土地和生活，也許帶來一些語言文化和生活習慣，但多數台灣先民們對家族的概念是相當薄弱。當然拋棄家族枷鎖重新開始不啻為務實的做法，很難定論孰優孰劣，這也正是台灣與日本之間的最大差異，日本是個古老的國度，而台灣是個新興的民族。

「不管什麼家族使命不使命的，我必須警告妳，英軍集團的內部狀況很亂，他們開銀行的目的很不單純，你們家族資金買下那麼多英軍企業的股票，只怕落個把錢填進錢坑無底洞的下場。」葉國強把英軍銀行的不良債權和濫發信託商品吸金的情況一五一十地透露給明悉子。

「別擔心，中國的商業銀行執照很值錢，掌握了英軍企業就是掌握英軍銀行。等中國股市哪天回了神重返多頭行列，我們持股的價值就會翻上好幾翻。」

「再過一、兩個星期之後，我們家族正式吸納英軍的股權應該就會超過三分之一了，到時候就勞駕你把我們曝光，拿去向新東家邀功，順便當雙方的調解者。」明悉子又倒了一杯威士卡，葉國強一把搶過來喝個精光：「妳別再喝了。」

聽到葉國強這句體貼的話，明悉子抬起頭看著他淡淡地嘆了一口氣說：「我們的關係如果能單純一點，該有多好？」

「我們之間一直很單純啊，從頭到尾一直是妳想太多吧。」葉國強反駁她。

「別再自欺欺人了。對了，你剛剛電話中提到事情很緊急，該不會只是想問羽二重和英軍之間的恩怨吧？」明悉子急忙把尷尬的話題岔開。

葉國強花了快一個鐘頭把周荷委託SevenStar洗錢，以及被邱威貴拿此要脅的前因後果告訴明悉子。

「那天史坦利、我和周荷談過之後，我立刻被史坦利開除，後續的交易與資金安排等細節我完全不清楚，我總不能不明不白地遭受要脅。」

「所以你叫沙織連夜趕回東京幫你查個清楚？」明悉子問道。

「那天我一聽到LoL控股公司，立刻用手機按下錄音鍵，把周荷和我們的對談統統錄了下來。」葉國強從外套口袋拿出磁碟機當場放給明悉子聽。

「周荷或邱威貴他們知不知道你手上握有錄音檔？」明悉子立刻點出重點。

「連沙織都不知道，畢竟這是我最重要的保命符。為了安全起見，磁碟機二十四小時都不離身，甚至我還上傳到幾個網路雲端空間保全證據。」

「沙織那小女生可說是成事不足敗事有餘，你放心讓她去幫你忙？」明悉子不免替葉國強擔心起來，畢竟在中國這種人治的國度，一旦和政治惡鬥扯上邊，很難全身而退。已經捲入台灣政商鬥爭的葉國強，若再捲入更可怕的中國政商鬥爭，後果不敢想像。

「我幫你回東京跑一趟去查清楚吧！反正我也得親自回去處理家族收藏的浮世繪畫作運送業務；這段期間，你在英軍銀行的行事越低調越好，千萬別和那批土霸起任何衝突。」

不知道爲什麼，葉國強得到明悉子親自出馬幫忙的允諾後，心裡頭踏實許多。忽然間，自己搞不清楚對明悉子的感情，到底是眞愛還是革命情感的信賴？愛情的基礎到底是建立在彼此的迷戀？還是在彼此的安心感？有迷戀才有激情，有激情才能燃起不顧一切的傻勁，少了激情的傻勁，還算是愛情嗎？

十二月二十四日夜晚，雖然是奉行無神論的國家，但在資本主義運行下的街景，大賣場的門前廣場到處擺設著點了燈的聖誕樹、夜店徹夜狂歡的年輕時髦男女，以及各種聖誕折扣商品的廣告霓虹燈。

突兀的是，廣場上還有一支人數起碼超過百人的大媽舞隊伍。跳大媽舞是中國社會中常見的活動，幾個中老年婦女組成一隊，穿著整齊的紅衣，任意找個空間如公園、廣場、人行道甚至工地，外加一台具有超高喇叭功率的音樂播放器，隨時隨地跳起舞來，不管是清晨中午傍晚還是半夜，她們高興在哪裡跳就在哪裡跳。播放的音樂清一色是宛如洗腦歌的簡單音符舞曲，根本不管附近住家街坊的安寧。大媽舞隊伍據說在中國至少有千萬支起跳，少的只有五、六人，最多甚至高達千人，有些中國人移民到海外之後，把跳大媽舞的習慣也跟著帶出國，可說是有中國人的地方就有吵死人的大媽舞，造成許多和當地居民之間的糾紛。

混濁不流通的空氣，夜半車馬喧囂，瘋狂咆哮的喇叭，擁擠的人群。這些景象會讓孤獨的人覺得有歸屬感，卻又同時讓人保持冷靜。信奉個人主義與自由主義的葉國強，始終無法忍受集體意識下的娛樂產物。跳大媽舞的大媽們完全沒有所謂公德或同理心的概念，根本不會在乎三更半夜所發出的噪音會讓多少人睡不著覺。

走在回酒店路上的葉國強摀緊了耳朵，在明悉子辦公室不小心多喝的幾杯威士忌，以及詹英壽宴喝的茅臺，兩種酒在胃腸內混合產生了難以忍受的翻攪，加上半夜的刺骨寒風朝著鼻孔猛灌，走進酒店大廳便感到一陣天旋地轉，於是在大廳隨意找了張沙發癱睡。

已在酒店辦公室等候多時的張冰冰，看見老闆虛脫無助地睡在大廳，連忙上前問著：「總經理，您還撐得住嗎？」看見私人祕書張冰冰，葉國強靈機一動，露出痛苦不堪的表情呻吟地回答：「送我到醫院，我肚子疼！」

就這樣，葉國強躲進醫院。在還沒有掌握足以攤牌的籌碼之前，想要暫時躲避敵人戰火，低調地避開正面交鋒，最好的方式就是裝病，第二天的董事會自然得往後順延。

葉國強可不是第一次演這種戲碼，十多年前他剛接掌銀行投資科科長時，上面的董事長要脅他必須配合某上市公司的掏空交易。當時他很清楚，一旦蓋章同意，銀行的鉅款就等於石沉大海，自己還得背負違法的刑責，但他又不想丟掉那份工作，只好找位熟悉的醫師，假裝急性盲腸炎住院開刀，上頭長官見狀只好找部門副主管簽字。果然半年後，那位代替簽字的副主管因此捲入掏空案而被起訴，裝病的葉國強因此逃過一劫。

3

東京 SevenStar。穿透

前晚喝個爛醉的史坦利帶著痛苦不堪的宿醉，走進位於東京北千住的辦公室，辦公桌上擺著一疊厚厚的帳單，水電費、交易所連線費、期貨商每個月的規費、辦公室房租、員工差旅請款單。

「前幾天不是才繳付了一大堆費用，怎麼今天又來了。」史坦利對著負責會計的同事咒罵著。幾年來雖然史坦利一直掛著 SevenStar 公司的社長頭銜，但他完全不必煩惱公司財務與業務狀況，那時候還有葉國強撐住公司營運，每個月月底葉國強總會適時拉進幾筆業務，至少維持公司收支平衡。

但很顯然地，史坦利並不具備管理能耐。自從一個月前趕走葉國強，除了沒有新業務進來挹注日常開銷外，爲了徹徹底底把葉國強掃出公司，史坦利還花了幾千萬元的所有積蓄將葉國強和明悉子的股權買下來，不論是公司還是個人，已經處於捉襟見肘的窘狀。

史坦利打了好多通電話給羽二重公司，甚至親自跑了兩趟拜訪負責期貨交易的二重靜子，希望他們能夠依照雙方簽訂的契約來公司下單。但對方不是推拖，不然就是避不見面，急著需要這筆收入的史坦利宛如熱鍋上的螞蟻，完全沒想到自己才當家作主一個月，還沒嘗到利潤獨享的甜頭，卻得先天天面對收支缺口，把自己逼入天天跑三點半的窘境。

一大早接到沙織要銷假回來上班的電話，史坦利稍微鬆了一口氣，畢竟羽二重這個客戶是沙織開拓出來的，有沙織出馬，或許可以催促對方趕快來公司下單。

更讓史坦利感到忿忿不平的是，上個月幫 LoL 控股公司做的那筆海外資金移轉的生意，自己先墊付了一大筆的費用，沒想到事成之後，英軍企業那邊負責接洽交頭的人卻好像人間蒸發，說好的兩百萬美元佣金至今連個影子也沒有。儘管心裡認定這一定是當上英軍銀行總經理的葉國強爲了報復而從中作梗，雖然氣得牙癢癢的，卻也對他無可奈何。但事情總是要解決，於是他立刻離開辦公室搭往東京市中心的電車。

要箝制葉國強就必須從古漂亮下手，史坦利來到位於神樂阪高級住宅區內的古家宅邸，按了門鈴。

「你好，我是史坦利，和你們家古小姐有約。」

那女僕帶史坦利到主屋旁邊偏廳的會客室，一旁有兩名虎視眈眈盯著他看的保全，搞得史坦利渾身不自在。

「你們先出去吧，在門口看著就好。」古漂亮雖然支開保全，但防禦心依舊很強。

史坦利打量眼前兩個月多沒見面的古漂亮，淡淡地，中規中矩地坐在沙發，盯著史坦利不發一語，連客套話也懶得說，整個人一動也不動，一副彼此都不具存在感的冷漠，時間彷彿凍結起來。

史坦利打破彼此的沉默：「聽說你和強老大的婚禮要在下個月月底舉行。」史坦利看著古漂亮已經明顯突出的肚子。

古漂亮稍微點了點頭。

「我想我應該不會收到妳的邀請才對。」

古漂亮只是聳了聳肩不置可否，冷淡的模樣看在史坦利眼裡實在感到很不是滋味，雖然知道自己的來意相當自討沒趣，但走投無路的史坦利還是把 LoL 控股公司的案子大致講了一遍。

「你收不收得到佣金，關我什麼事？」終於開口的古漂亮講完後打了一個哈欠。

聽到無情的回答，史坦利內心一陣失望，但爲了資金周轉只好陪著笑講下去：「古董事長，看在我曾經幫你打江山的份上，能不能幫我去找強老大，請他趕快把佣金的款子撥給我？說實在的，我快要活不下去了。」史坦利曾經在葉國強麾下幫古漂亮打了幾場金控股權爭奪戰，到了這時候也只好拿出來討人情。

原本基於舊部屬和曾經有過短暫不倫戀情的份上，打算給史坦利一筆錢讓他度過難關，錢對於古漂亮來說不是問題，但聽到「快要活不下去」幾個字，古漂亮念頭一轉，改變了主意，她再也不想和他有任何的瓜葛，能夠把他逼得越遠越好，別出現在自己的生活圈內。

「我的未婚夫雖然是英軍銀行的總經理，但他也只是打工仔，你應該不會搞不清楚英軍銀行和英軍企業是各自獨立吧？冤有頭債有主，抱歉，我愛莫能助。」古漂亮站起來暗示史坦利該走了。

「我已經是走投無路，妳能不能看在我們曾經有過一段……」

古漂亮打斷他的話：「哼！我聽不懂你在暗示些什麼，再不走我可要叫保全來請你出去。」

看到古漂亮的冷漠，史坦利豁出去了，一不作二不休打開手機按下播放鍵，拿到古漂亮面前：「妳口頭想不想承認不重要，妳仔細看，影片中的男女主角的臉可是一清二楚呢！」

影片中傳出呻吟的叫床聲，古漂亮一氣之下抓起手機把它摔個稀巴爛。

「妳摔壞手機也沒用啦！影片的檔案我早就備了好幾份，相信台灣那些八卦雜誌或部落格名嘴作家一定對它很感興趣。」史坦利露出猙獰的臉孔。

門口的保全聽到客廳的摔東西聲音，打開房門進來探頭探腦。

「沒事！你們繼續在外面等，有事情我自然會吩咐。」

史坦利聽到古漂亮漸漸軟化的口吻，知道這個錄影檔已經打中她的要害，便大剌剌地坐在沙發上。

古漂亮花了一點時間恢復情緒，冷冷地說：「你少在我們面前搬弄是非，葉國強他不會在乎這些東西，他也不會在乎我在外面的私生活，你這個東西要脅不到他的。」

史坦利哈哈大笑回答：「葉國強那傢伙當然不會在意，他最擅長裝模作樣，反正他也不是第一次被老婆戴綠帽了，這個影片萬一流出去，說不定還可以替他搏得體貼妻子的好形象呢！只是，要是被妳爸爸看到，恐怕就不會像葉國強一樣可以唾面自乾了吧？」

「你已經離開我們古家的企業一段期間，恐怕不曉得我爸爸的心態已經有了一百八十度的轉變。簡單來說，女兒早就已經不是他事業布局的重心，對他而言，我只是他用來招募合格女婿的工具，講難聽一點，我和幾個姊姊在他眼中，好像生意人招商的誘餌，利用我們的婚姻幫他找可以接班的女婿罷了。」古漂亮講得有點哀怨，但這也是近幾年來的事實。

台灣有些老一輩的生意人或政客的觀念中，認為與其事倍功半地培養自己兒女，還不如從現成的人才中挑選可以信任順利接班的女婿，除了交棒事業以外，有些政客還會把自己想了幾十年的總統夢，交棒給願意繼續做白日夢的女婿。

「你天眞地以為我爸爸會在乎女兒的緋聞？」老爸不在乎、老公也不在意，身為女人的古漂亮也夠悲哀了。對於眼前這個和自己肚子裡的胎兒有著不可告人祕密關係的男人，古漂亮早有除之而後快的決心，於是話鋒一轉：「你的公司既然已經和葉國強沒有任何關係，我們國華金控也不能再把辦公室租給你，到了明年五月租約就要期滿，你趕快找地方把公司搬走吧！」說完後按了沙發旁邊的電鈴把保全叫進來：「你們送這位史先生去車站吧。」

「古漂亮！妳會後悔的！妳一定會後悔的！」聽到這番話，史坦利宛如晴天霹靂整個人失控地叫罵起來。

羽二重商社之所以願意把好幾億美金的期貨交易委託單給公司，圖的就是公司距離交易所的絕佳地理位置，更何況雙方契約載明得一清二楚，如果公司遷址則視為契約無效，就算能在短期間內在附近找到辦公處所，自己根本接不到這筆委託契約，幾千萬日圓的佣金收入旋即成為隨風飄逝的一場美夢。

誰叫史坦利當初不好好思考契約內容以及可能發生的各種狀況，但此刻的他已經無法冷靜地思考眼前的困境，對葉國強的恨意越來越深。只是，被恨的人其實根本感受不到痛苦，但恨人的人卻只會把自己搞得遍體鱗傷，史坦利當然不會懂這些道理。

被兩位彪形大漢半請半架地送到地鐵站入口，嘴巴上依舊咒罵個不停的史坦利狠狠地瞪了他們一眼，不料那兩位保全竟然解開大衣外套露出半截電擊棒，對史坦利撂下狠話：「如果你膽敢在古家房子附近，我們可就不客氣。」才讓史坦利閉上嘴巴。

狼狽地回到公司，史坦利不想進辦公室，不想面對那一整疊怎麼付都付不完的帳單，以及那一群閒閒沒事幹卻等著領薪水的員工。他躲進了車站附近一家位於商店街巷尾的便宜居酒屋，大白天就喝起酒來，手頭拮据的他喝不起高級的吟釀，只能喝些來歷不明的劣質燒酒。

雖然還不到四十歲，史坦利早就捨棄傳統朝九晚五的工作，他知道這世界還有更多比領微薄薪資終老一生的金錢遊戲等著他。多年以來他始終有許多選擇的機會，讓他選擇出一條既輕鬆又富裕的人生道路，他清楚在金錢遊戲中，充斥著偷、拐、搶、騙、背叛、合作、走後門、塞紅包、略施小惠、交換利益，甚至出賣青春出賣靈魂，他相信在這個金錢世界，人人都在做這些勾當。他不解的是，爲什麼有人幹起來如魚得水遊刃有餘，而自己卻作繭自縛。

人生的組成因子很多元，愛情、家庭、金錢、嗜好、社群關係……但史坦利卻放任自己貪婪地追求金錢，任憑這股貪婪駕馭自己。

「社長，我現在已經在公司，你現在在哪裡？」電話中傳來沙織的聲音，史坦利心想，也許沙織可以幫忙解決部分困境。他到現在還以爲羽二重商社和沙織彼此之間關係匪淺。

「我馬上回公司！」

睽違了一個月，沙織打量著眼前滿身酒氣眼袋浮腫的史坦利，指著桌上一堆報表和單據搖搖頭說：「我本來以爲放假回來就有獎金可拿，沒想到公司現在一團糟。」沙織從廈門飛回東京後馬不停蹄地奔回北千住的辦公室，比預定的時間早了三個小時。她大致看了一下報表，發現公司的狀況比想像中的還要糟糕。

「妳可輕鬆了！到夏威夷逍遙一個多月。」史坦利看著她好奇地問：「到夏威夷應該會晒出一身古銅色才對，妳怎麼一副村姑模樣？」

也許是贛州那種地方待久了吧，沙織不想談論這個問題：「所以，公司最大的問題是羽二重商社沒有來下單？」

史坦利點了點頭回答：「我去拜訪過二重靜子，她只告訴我一切按照契約，沒有明確表示什麼時候才會來下單。」

「不是我故意要潑你冷水，當初簽約的時候，你根本聽不進去任何人的意見，只想急著簽約，滿腦子只有報酬忘了風險。葉國強好意提醒你別把契約時間簽得太長，現在可說是自食其果。」沙織有點幸災樂禍。

「葉專務已經離職，就別再提了。爲什麼契約時限這麼重要？我提的三年五億美元比他所提的一年兩億美元，不是足足多了三億的生意嗎？」史坦利至今仍舊搞不懂。

「契約上又沒載明五億美元到底是分批下單還是一次下單，講難聽一點，他們就算要四到三年期滿的前一天，才一口氣下五億的單，也沒有違約啊。而我們的佣金收入是在他們下單後才能逐筆收取，葉專務的提議其實對我們比較有保障，至少第一年就能產生收入。」

史坦利戴上眼鏡一頁一頁地盯著合約書，好像想從中找漏洞來反駁沙織的說法。

「話是這樣講沒錯，但根據我在金融市場十多年的經驗，這類期貨委託的下單時間通常會分配得很平均，不至於會捱到契約快到期前的最後一刻，才來下單履行合約。更何況，難道羽二重他們不想藉由我們電腦線路的優勢來賺錢？」史坦利的想法其實很務實，絕非一廂情願。

「事到如今我必須告訴你實情。」沙織把羽二重和明悉子的關係，以及公司架設這條高頻交易線路的前因後果告訴史坦利，但其他事情則是避重就輕地隱瞞不說。

「你既然把葉國強和明悉子都趕出公司，難道還會天眞地認爲他們會不計前嫌以德報怨？」

了解了整件事情的來龍去脈後，史坦利整個人癱坐在椅子上，雙手摀著臉，不知道是憤恨還是後悔。沙織看到這副模樣，也不曉得應該於心不忍還是覺得他咎由自取。

「一個人幹掉老闆往上爬，其實很稀鬆平常，但是你完全還沒有準備好就貿然出手，難怪會搞得一團糟。套句你們台灣人常用的形容詞來形容你：『你根本就很馬英九嘛！』」

史坦利露出凶狠的眼神對沙織咆哮：「妳該不會是和他們一夥來騙我的吧？」

沙織愣了一下，冷冷地頂了回去：「我也是事後才發現二重靜子和明悉子的關係，你有空對著我發脾氣，還不如好好想想你的公司要如何經營下去！」聽了這番話史坦利哭了出來，哽咽地說：「我老爸經常告訴我，一隻鳥出生前，蛋就是牠的整個世界，牠得先咬破那個世界，才能成為一隻鳥。我這樣做難道有錯嗎？」

「別拿什麼哲理來合理化自己的無知，我看你這隻鳥咬破的不是蛋殼，而是自己的巢。」如果是以前的沙織，說不定會張開雙手抱著他安慰一番，但已經心有所屬的沙織只能語氣放軟回答他：「一事歸一事吧！我可以想辦法幫你找到 LoL 控股公司那個案子的實際操盤人。」

「妳會有辦法？」史坦利好像即將溺斃的人發現一塊浮木，立刻露出笑容。

「你的情緒轉換得好快，一下子哭一下子笑。」沙織暗諷他的不成熟。

「給我一天的時間，明天下班前會給你答案。」沙織講得很肯定，因爲葉國強早就告訴他這個案子背後藏鏡人是邱威貴，但她決定釣一釣史坦利的胃口，順便利用一天的時間去好好翻閱當時史坦利和 LoL 控股公司的所有細節。

「聽妳講得一派輕鬆，我可是打了幾百通電話，還親自跑了新加坡與香港一趟都查不出來呢！妳有把握能幫我查得出來嗎？」史坦利有點狐疑。

沙織戴上眼鏡恢復她慣有的撲克臉指著電腦：「笨蛋！別忘了，我可是明悉子親自調教出來的一流駭客。你出去慢慢喝酒，明天等我的答案吧！記得把我辦公室的門關上。」

聽到明悉子三個字，史坦利哼了一聲離開沙織的辦公室。

沙織鬆了一口氣，慶幸史坦利沒有從她的話中聽出一大堆明顯破綻，簡直是笨得可以。

第二天傍晚，沙織留了張上頭寫著邱威貴聯絡方式的紙條，以及一封辭職信在史坦利桌上，悄悄地離開這間度過三年的辦公室。

走到對街看著 SevenStar 的窗戶，那扇在她辦公桌旁邊的窗戶，陪著她度過三年前那場意料中的婚變，正當思緒飛到那已經遙不可及的過往時，一個熟悉的聲音把她拉回現實。

「沙織，我在這裡！」已經站在沙織身後好幾分鐘的明悉子叫喚了她。

「對不起，剛剛專心在滑手機，我沒看到妳。」沙織露出一臉歉意。

「沒關係，是我提早赴約。」明悉子昨晚和她約好在公司對面的人行道見面。

「我們要不要找個地方好好聊一下？」沙織提議著。

「不然我們到老大常去的那間棉棉花居酒屋喝點酒吧？」明悉子說完後挽著沙織的手鑽進商店街旁的小巷子。

點了幾道新疆料理，沙織在店內東張西望，好奇地問著：「這間店很不起眼，爲什麼強老大那麼喜歡光顧？」

在吧檯忙著煮麵的老吳聽到這番話，咳嗽了一聲表達抗議。沙織吐了一下舌頭起身向老吳致意：「對不起失禮了，我們是常客葉國強介紹來的。」

「言歸正傳吧，這是史坦利和 LoL 控股公司簽約的檔案，妳先看一看！」沙織知道明悉子也是回來幫忙葉國強調查這件事。

明悉子花了不少時間一字一句地仔細閱讀，端菜上桌的老吳吆喝著：「菜都涼了，什麼工作都比不上吃飯來得重要吧！」沙織對老吳笑了笑，心想這老闆還眞囉嗦。

約莫過了半個小時，明悉子總算從電腦中回了神：「把妳拿到的契約和我所查到的消息一兜，整件事情的輪廓便清楚多了。」

明悉子胡亂吃了幾口餃子後繼續說下去：「一開始是周荷來找葉國強，請葉國強幫她們英軍企業做海外資金移轉的工作，這段內容，葉國強握有完整的錄音檔。可是就在她們口頭談妥的那一天，史坦利正式解僱葉國強所有職務，五天後葉國強的股權正式讓售給史坦利，就在葉國強讓售股權後兩天，史坦利和對方正式簽約，但出面簽約的人卻不是周荷，委託者也不再是英軍企業，而是一間與英軍集團完全沒有關係的香港控股公司，而資金移轉的安排是簽約日之後的第三天。史坦利替那間公司與 LoL 控股公司在巴基斯坦、南非開了幾個交易帳戶，透過假買賣製造假損益，把那間香港公司的資金合法移轉到 LoL 控股公司在開曼群島的帳戶。」

「沒錯，妳很厲害，短短半個小時可以從龐大的檔資料解讀出重點來。」

明悉子把頭髮放了下來，笑著說：「史坦利算起來只能是我的徒孫，這些伎倆是我傳授給葉國強，葉國強再教他的呢！」

「所以，這筆交易和葉國強可說是一點關係都沒有，至少，在法律上。」沙織做了結論。

「可是問題來了，這間位於香港的控股公司，經我駭進幾個免稅天堂的銀行系統一查，竟然是被中國政府通緝的政治犯的家人所擁有。」明悉子講了一個名字，沙織聽了之後嚇得把一口快要吞下去的燒酒嗆了出來。

「這麼燙？」聽得懂雙關語的明悉子皺起眉頭點了點頭，繼續對沙織說下去。

「簽約的律師是英軍集團準駙馬邱威貴的御用律師，幾年來他只接邱威貴的案子，簽約後他立刻從日本離境跑到南非，至於到了南非之後輾轉到什麼地方，我就查不出來了。畢竟南非的電腦系統並不完整，人只要進入南非，根本和人間蒸發沒什麼兩樣。」

「葉國強早就猜到幫忙操盤的是邱威貴，只是沒想到他竟然膽子大到敢替那個政治犯洗錢。最要命的是，邱威貴竟然一開始叫自己未婚妻周荷出面，完全不管她會不會被捲進去。」沙織訝異地說著。

「我個人判斷，周荷應該是不知情的第三者。邱威貴這麼做有一石二鳥的效果，一來是安排周荷讓葉國強失去戒心，畢竟一旦葉國強答應到英軍銀行工作，就沒有拒絕的道理。二來是用此要脅葉國強，逼迫他就範成爲邱威貴的傀儡。」明悉子分析得有條有理。

沙織恨得牙癢癢地說：「沒錯，邱威貴已經出手了，他要脅強老大撤回不良債權的改革方案，如果這一次老大退縮，以後只能任人擺布。我希望老大別再和這群人攪和下去，萬一和中國當權者的頭號政敵扯出不當金錢往來，可不是鬧著玩的。」沙織不免替葉國強的處境擔憂起來。

「關鍵在於周軍和周荷，他們到底知不知情？如果不知情，或許可以把他們拉到老大這一邊，但如果……」在桌邊收盤子的老吳聽到周軍兩個字脫口而出：「對不起，我不是故意要偷聽妳們講話，妳們講到的周軍是不是曾經在中國幹過解放軍將軍的那個周軍。」

明悉子訝異地點了點頭問道：「怎麼？你認識這傢伙嗎？」

老吳補了一盤小菜後淡淡地回答：「沒事沒事！對不起打擾妳們了。」

一直等到老吳走進廚房後，沙織才回到剛剛的話題：「老大在這件事情的態度到底是要戰？還是要一走了之？」

明悉子滑著手機點選一則新聞給沙織看：「老大想要拖！」

新聞上頭報導著：「中國英軍銀行新上任總經理葉國強因爲忙碌積勞成疾，前天晚上緊急住進贛州人民醫院接受治療，主治醫師基於保障病人隱私不願多談病情，只表示手術一切順利。據銀行發言人周荷表示，葉總經理只是急性腸胃炎住院，目前情況已經穩定，幾天後便可康復出院，不會影響銀行的籌備工作……」

「什麼！老大生病住院？前天晚上還好好的啊！」沙織憂心忡忡。

「瞧妳緊張的模樣，妳該不是喜歡上老大了吧？」明悉子戲謔地調侃起來。

「妳別誤會，我已經有心上人了，過一陣子就要向他求婚了……難道妳不擔心老大的病情嗎？會搞到住院開刀恐怕不是什麼小病啊！」

「葉國強是在裝病啦，妳看不出來嗎？」明悉子篤定地說。

沙織不放心地問起：「妳又沒在現場，還是妳這兩天有和他聯絡？是他告訴妳的嗎？」

「笨蛋！如果眞的很嚴重的話，新聞一定封鎖起來，有誰會大張旗鼓對新聞界發布自己生病的消息？只有一種可能，那就是裝病給別人看。」明悉子認識葉國強二十幾年，這個老招數她可是看多了。

「不管了啦！我明天一大早就搭飛機回贛州親眼瞧瞧，否則我不會放心。」

「妳是不是不放心妳的心上人啊！」明悉子隨便回嘴，沒想到沙織竟然滿臉通紅起來。

「反正我個人的事情也辦完了，我們如果不回去，葉國強恐怕得繼續裝病下去呢！」明悉子對沙織雙手一攤，和沙織相約明天一早在成田機場見面。

從東京到贛州探望葉國強的人不只有她們兩位，還有古漂亮。古漂亮晚上看到關於葉國強住院開刀的新聞，第二天一大早立刻搭著私人飛機從東京起飛直飛贛州，一下飛機立刻趕到醫院，中午就已經抵達病房。

「我看你好好的嘛！爲什麼新聞講得那麼可怕？」古漂亮見到葉國強在病房裡竟然練起了高爾夫的推桿，感到莫名其妙。除了推桿練習地毯以外，病床床頭還點著一盞小燈，攤放在病床的物品很多，包括幾本書、幾本小冊子、一台平板電腦、一組耳機，以及寫滿文字的格線活頁紙。一點都不像臥病的病人，反而比較像大學男宿舍。

葉國強探頭交代守在門口的彭育祥：「如果有其他人要來探訪的話，你一定要幫我先擋到門外，然後用簡訊打個 pass 給我。」說完之後把病房的門鎖起來，拉上窗戶的窗簾。

「你幹嘛神經兮兮的，老實說你到底生什麼病？」古漂亮已經嗅出事情不太對勁。

「沒病，割個痔瘡罷了。」葉國強扮個鬼臉。

「去你的！割痔瘡還把新聞鬧那麼大，害我昨天整晚緊張得睡不著覺，打電話你也不回。」古漂亮看到丈夫沒事，也鬆了一口氣。

「沒想到妳居然會關心我起來，上個月我要來中國之前，妳不是才擺出一副什麼都無所謂的千金小姐模樣嗎？」葉國強忍不住嘴賤起來。

「我從來沒聽說你有痔瘡啊？怎麼才來中國工作幾個禮拜，就把身體搞出問題？」從千金小姐嘴巴說出來這種體貼的話，著實不容易。

「妳看不出來我的病是裝的嗎？」

古漂亮愣了一下後追問：「好好的為什麼要裝病？」

「還不是為了你們古家的財產。」

「路歸路橋歸橋，你是答應我爸爸才來這裡，可是和我一點關係都沒有啊！」古漂亮撇得一乾二淨。

「難道不是妳指使史坦利惡整我，才會逼得我不得不……」葉國強說到史坦利三個字，覺得太過尷尬立刻閉上雙嘴。

「史坦利？你為什麼要在我面前提這個名字？」古漂亮有點惱羞成怒。

「算了！妳做過什麼事情，自己最清楚，既然我們已經結婚，有些事情我就不會擱在心上了。」葉國強握著推桿瞄準了人工果嶺的洞輕輕把球推進去。

「你還眞是懂得忙裡偷閒，你剛剛說裝病是為了古家，此話怎講？」古漂亮也想要擺脫史坦利這個話題。

葉國強大致把英軍集團內部幾個董事利用收購小銀行，表面上為了打銷小銀行的呆帳而出售不良債權，卻用債權眞實價值百分之十到三十的價格賤賣給關係人從中牟利，還用高利率的信託商品大量吸金，把吸進來的資金大量貸放給關係人等等情事。

「簡單來說，你認爲這個銀行已經被掏空？」畢竟也幹過金控董事長，古漂亮一點就通。

葉國強彎腰撿起小白球，點了點頭回答：「據我從報表中大致估算，掏空的金額至少五十億人民幣。」

「整頓這些事情根本難不倒你啊！犯不著用裝病來逃避，況且又能躲多久？」古漂亮當年和葉國強一起入主整頓台灣幾間瀕臨倒閉的銀行，情況比英軍銀行還要險惡。

「這是公領域的部分，私領域的麻煩才大呢！說來話長。我在等幾個消息，爲了等這個消息，這三天我天天在醫院裡頭裝病。所幸主治醫生很配合，看上我願意花大錢做一大堆昂貴的健康檢查，以及我特殊身分的面子上，才讓我一直住院，但如果再拖下去到時候恐怕紙包不住火，非穿幫不可。」

當葉國強要把 **SevenStar** 的事情全盤托出之前，守候在病房門口的彭育祥發來短訊：「明悉子在門口，她堅持要進去，我頂不住了。」

沒有私人飛機的明悉子和沙織從廈門轉機，足足比古漂亮晚了三個小時抵達贛州的醫院，當她們來到病房門口，被彭育祥擋住不讓她們進去。

「小彭，才半個月就不認得我了嗎？」明悉子用中文質問他。

彭育祥露出苦笑，操著生硬的日文同時回答明悉子與沙織：「老婆！」並用手指比了比病房。

沙織聽到老婆兩字嚇了一跳看著明悉子說：「不然我自己進去跟他報告就好了，妳先避嫌吧。」

醫院走廊，護士與醫生急急忙忙地推著一個躺在病床全身插滿管線、奄奄一息的病人從旁邊奔跑而過，一旁家屬跟在後面哭得呼天搶地，這情景彷彿觸發了明悉子內心深處某個情緒。

她吸了一口氣狠狠地吐了出來，用堅定的口吻對著彭育祥說：「請讓一讓！」說完之後推開門頭也不回地走了進去。沙織見狀只好跟了進去，留下彭育祥一臉錯愕地站在門口，身爲司機兼貼身保鑣的他，保護老闆不受任何干擾遠離危險是他的職責，但這一幕實在是讓最忠誠的司機都無法反應。

聽到有人進來，古漂亮轉過身，明悉子、葉國強、古漂亮三個人好像玩木頭人遊戲，默不作聲動也不動地僵持了許久，站在門口的沙織緊張地連喘息都不敢，驚魂未定的她不知道該講什麼話來化解眼前的尷尬，直到醫院天花板上的壁虎鳴叫了兩三聲才打破沉默。

「原來是沙織，對老闆還眞是體貼，把前女友都帶來了啊！」古漂亮擺出無視明悉子的存在，只對沙織說話。

「啊！嗯……」露出苦笑的沙織支支吾吾地不知如何回答。

「古三小姐，好久不見，最近好嗎？」明悉子打破僵局。

「不怎麼好！懷孕快四個月，常常感到噁心，尤其是看到不該看的人，更會想吐。既然在醫院，等一下我順便做個產檢好了。」

古漂亮故意把已經微凸的肚子對著明悉子的方向，藉由胎兒來對情敵宣示主權。

「強老大，你還眞偉大，就算想當爸爸想瘋了，也不必當聖人吧？我認識好幾間做ＤＮＡ鑑定的醫院，到時候記得帶古三小姐去檢查檢查。」早就知道葉國強做了結紮手術的明悉子，居然把大家帶到這個高度敏感的話題上頭來。

聽到ＤＮＡ鑑定幾個字，古漂亮心頭揪了一下，氣得臉色發白指著明悉子大吼：「妳滾開，別再讓我看到妳！」

明悉子露出勝利的微笑冷冷地頂了回去：「事情講完了，我自然會滾。我想問妳，身爲老婆，妳知不知道妳老公的處境非常危險？爲了你們古家在中國的事業版圖，他被逼得只能裝病，妳知道嗎？莫非，阿強只是你們古家的棄子，打算用過即丟？」

明悉子不等古漂亮的回嘴，把她和沙織這幾天調查到的所有事情，鉅細靡遺地說了一遍。

葉國強聽完之後鬆了一口氣：「也就是說，史坦利和 SevenStar 替那個人洗錢的事情，不論是議約、簽約、交易、交割，都是在我離開之後才發生的？」

明悉子點了點頭。

「也是在我的股權讓售給史坦利之後？」葉國強進一步確認。

明悉子一邊看著滿臉訝異的古漂亮一邊點點頭。

「所以一開始周荷用英軍企業名義來找我幫他節稅，只是一個誘餌？但實際後來眞正的客戶卻是那個人？」

「你得趕緊跳脫這個泥沼，那個人不是你惹得起的。」明悉子好言相勸，在中國，凡是和政治鬥爭扯上一點邊，不論是富可敵國的商人還是聲譽卓著的社會賢達，下場都不會太好。

沙織看到氣氛總算和緩了些，此時才敢插話：「根據我回公司調查所有的會議與交易紀錄，周荷可能是不知情的第三者。」明悉子也點了點頭表示贊同這個結論。

「第三者通常是知情的。」古漂亮冷冷地回了這句雙關語。

葉國強嗯哈了幾聲裝作聽不懂含糊帶過：「我敢肯定周荷知情。」

「此話怎說？」明悉子不解。

「我昨晚接到一通從台灣打給我的電話，司法界老朋友周君平偷偷對我透露，台灣特查組那個陰魂不散的葉芳茹檢察官，竟然在蒐集與調查 LoL 控股公司的海外交易，還吵著要上級同意她透過國際防範洗錢組織去調閱 LoL 控股公司的所有金流。」

「周君平的消息可靠嗎？會不會只是巧合，那個葉芳茹說不定只是在查別的案子？」明悉子皺著眉頭。

「不可能！那個賤貨什麼正事都不做，整天只會盯著我們古家以及和國華金控有關的所有人，這絕對不會只是巧合。」被葉芳茹整了好幾年的古漂亮說著，而葉國強也知道她所言不假。

這時候葉國強突然想起一件事情，把門口的彭育祥叫了進來，彭育祥走進病房看見老闆等人神情嚴肅或坐或站，不知道裡頭到底發生什麼事，他連半句話也不敢講，等著葉國強的吩咐。

「小彭！你回房間去找一本書，書名是《台北金融物語》，書裡頭夾著一大疊信封，你把那一大疊信封拿過來，越快越好。」

酒店離醫院很近，彭育祥花不到二十分鐘就把整本書抱到病房來，葉國強攤開夾在內頁的信封，取出一疊報表紙。

「這不是我從周荷東京下榻的酒店拿到，轉交給你的那疊東西嗎？」沙織立刻想起來。

「也多虧雞婆的沙織，幫我到周荷下榻在東京的酒店取回電腦，才順便取到這份酒店開給周荷的電話費帳單。你們看，這個一一〇一是周荷房間的號碼，另外一個被我圈起來的電話，則是特查組檢察官葉芳茹在日本使用的易付卡手機號碼，在周荷等人下榻的那幾天，每天晚上都從房間打了好幾通給葉芳茹。你們瞧，通話次數前前後後一共有二十多筆。」葉國強給了沙織一個嘉許的神情。

「你怎麼確定從房間打電話出去的一定是周荷？搞不好是她的未婚夫邱威貴打的也說不定啊？」明悉子想得很仔細。

葉國強很肯定地指著其中幾通說：「這幾通的通話時間，我剛好在周荷的房間內，我可以確定是她使用電話，房間裡頭也沒有別人。」

「晚上十點多，你怎麼會在她的房間？」古漂亮突然問起。

古漂亮、明悉子與沙織不約而同地盯著葉國強看，只是每個人的表情各自都不相同。葉國強故意笑出聲音來，一種用來遮掩尷尬的乾笑聲。

「我知道妳們在懷疑什麼，事情絕非妳們想像的那樣，我只是和她討論銀行人事的布局而已。」葉國強感覺自己好像處於三娘教子的尷尬處境，急著替自己辯駁。

「最好是！」古漂亮和明悉子居然不約而同地諷刺了葉國強。

「也就是說，周荷一直和葉芳茹有所聯繫，一個是中國富二代，一個是台灣檢察官，我想他們之間除了老大以外，絕對不會有任何交集才對。」沙織趕快把話題帶走替葉國強解圍。

葉國強對沙織投了個感激的眼神，順著她的話說下去：「我反過來可以利用周荷那天找上我談幫忙

LoL洗錢的錄音檔來將她一軍，有這個錄音檔，她會比我更害怕才對，畢竟她是中國內地的國民，而我頂多拍拍屁股走人，但如果這件事情鬧大了，這個錄音檔可是會要了她的命。」

「什麼錄音檔？」不知情的古漂亮問著。

「保命的錄音檔，它至少確保我有資格在英軍銀行這個局裡面繼續玩下去。」葉國強總算不用再裝病，心情頓時輕鬆不少。

「請主治醫生來一下，我馬上要辦出院手續。」葉國強吩咐彭育祥。

「還有，轉告總經理特助辦公室，我現在立刻回公司上班。順便轉告周荷，請她在傍晚五點來我的辦公室開會。」

躲在醫院整整憋了三天，終於摸清楚對方底細和自己籌碼的多寡，葉國強露出一股即將開戰的可怕神情。但也只有自己知道，只有把自己武裝起來才能化解病房內「王見王」的尷尬場面。

不到傍晚五點，周荷提早走進會議室，還沒等葉國強開口，她先裝出一副心疼的口吻：「總經理上任沒多久就積勞成疾，我父親要我轉告，實在對你很抱歉，那天逼你喝太多酒才害你生病。原訂今天晚上要去醫院探視你，想不到你已經康復出院，眞是太好了！」

「我想問妳一件事情。」

周荷點點頭。

「那天妳母親壽宴後，妳未婚夫跑來威脅我。」

「你別理會他啦！咱家那一口子邱威貴，天生就是那副死土霸德性，總經理可以不用理會他。坦白說這一、兩年來，他給咱們銀行捅出不少婁子，我老爸還一度想告他呢！他本來天眞地以爲銀行總經理的位子非他莫屬，其實我父親之所以找你來，就是希望藉由外人的手好好整頓銀行呢！」周荷說得很誠懇，要不是葉國強已經摸透她的底細，說不定還眞會著了她的道。

「妳沒必要告訴我這些啊。」葉國強裝出毫不在乎地說道。

周荷是個深諳套情報的老手，她懂得利用無關緊要的懺悔來贏得他人的信任，拿隱私換隱私，用祕辛換祕辛，進而鬆懈他人的心防。

葉國強心知肚明，但與其公然對她質疑，倒不如佯裝上當。

「其實開銀行的人想從中撈點油水，掏空別人的錢，本來就是天經地義，任誰都會這樣幹。只不過，我奉勸你們一句話，為什麼不把餅做大一點，再來好好享用呢？現階段我們應該先拿到政府的升格批文，把英軍搞大一點啊！」

周荷耐心地聽完葉國強漫無邊際的老生常談，卻無法抓到談話的重點。

「所以，在還沒有把餅做大之前，我希望大家能夠基於處在同一條船上的精神，別私底下搞來搞去。」葉國強說完之後便打開電腦的錄音檔播給她聽。

「請別怪我為什麼偷偷把我們的交談錄了下來，當時我還不知道你們想找我來英軍工作，妳應該了解，搞私募基金這種業務，經常會碰到很多法律甚至政治上的糾紛。但重點在於，妳的未婚夫後來瞞著妳透過我的前同事史坦利替那個人洗錢，妳知道那個人是誰，也知道扯上那個人的嚴重性吧？」

周荷驚訝地把嘴巴張得大大的點了點頭，葉國強看到這番演技暗自竊笑，把洗錢交易的前前後後說了一遍。

「邱威貴利用妳牽線，來幫那個人搞海外資金移轉，事後他竟然拿這件事情要脅我，完全不顧妳的死活，一點都不擔心萬一我索性潑皮一點把事情全抖了出來，這可是會把妳拖下水的。」

「況且，這件事情在法律上和我一點關係都沒有。這個錄音檔中我講得很白，我不願意接這筆委託，而且後來整筆交易也都是在我離職以後才發生的，妳不相信的話，桌上這疊檔影本可以證明我的清白，想看嗎？」說完葉國強從抽屜拿出一大疊文件丟在辦公桌上，「碰！」一聲把周荷嚇出一身冷汗。

「邱威貴想拿這些要脅我，但他絕對沒想到，他點了這把火竟然最後會燒到自己未婚妻身上。當然，我相信妳只是被邱威貴利用的不知情第三者，但是，你們政府的相關調查人員說不定有不一樣的想法呢！」

「邱威貴怎麼會這麼大膽！他明明告訴我，只是轉一些他自己資產管理公司的黑錢出去而已啊！」周荷臉色一陣青一陣白，難過地痛哭流涕，臉上的妝都被哭花了。

「對不起我失禮了，我真的不曉得威貴他會出賣我。」周荷打開皮包拿出化妝盒趕緊補了補妝，看在葉國強的眼裡，心想要不是事先已經知道她的底細，肯定會被她的演技給矇騙。

「人生好像旅行團，掉了隊迷了路時，會來找你的通常是那個要賺你錢的陌生導遊。而我扮演的只不過是賺點打工錢的導遊，我不會也不想害妳，我只是要妳向邱威貴轉告，明天董事會不良債權的案子，我是要定了。」

「董事會？你不是已經延到下禮拜一嗎？」哭得稀里嘩啦的周荷，腦袋還是挺清楚的。

「既然我提前出院，改在明天早上十點召開，不行嗎？」

「還有，明天我還會多個案子，就是有關暫停發行與販賣三年期以上的信託商品，章程我都擬好了，和上一個案子一樣，我也是要定了，妳負責幫我說服妳父親和邱威貴。」

中國金融機構近年來信託商品的貸款暴增，許多體質不佳的信託公司出售財富管理產品或信託商品給投資人，以高利率吸引民眾放棄定存，改買信託商品。信託業者把募來資金貸款給建商、礦商，以及需金孔急的產業，從中獲利。而銀行貪圖代銷信託商品的高額利差佣金，完全不考慮信託公司與發行者的信用，濫用客戶對銀行的信任。葉國強上任後發現英軍銀行發行或代售這類高風險商品的金額過高，除了會造成日後經營上的危機外，也擔心會影響英軍銀行申請升格全國性商業銀行的批文，所以才打算壯士斷腕，暫停這類商品的販賣。

「停賣信託商品！這……這要不要先找幾個主管大家討論一下再送案子上去？」停賣信託商品不單單斬斷邱威貴等人的金脈，恐怕連資金調度都會有問題，周荷此刻才領教到葉國強的狠勁。

「沒得談，大家努力看看囉！」葉國強一把抓起桌上的磁碟機與文件對著周荷揮揮手。

「是！我會努力去一一說服，畢竟這幾個案子是銀行能否拿到中央政府批文的主要關鍵。」周荷畢恭畢敬地起身對葉國強敬禮，走到門口前突然轉過身問起：「對了！快閃碟的錄音有沒有別人聽過？」客氣的口吻中，閃出一道隱藏不了、讓人不寒而慄的眼神。

「的確是有些朋友聽過了，不過請妳放心，他們都是些懂得分寸識大體的體面人士。我個人另有備份檔案的習慣，找了些互聯網的雲端空間儲存資料。此外我也喜歡上你們大陸的微博，只是我的手指不太靈光，常常手一滑按錯鍵把私人東西貼上去，唉。」葉國強半恐嚇半說笑似地說著。「現在是互聯網的時代，東西放在上頭挺不安全的，一個不注意就傳遍全世界，改天我們應該來檢討一下銀行的網路政策才對。」

「這樣威脅女人你覺得很好玩嗎？你還算是個男子漢大丈夫嗎？」周荷氣得把話攤開來說。

「我不會威脅女人，相反地，我倒是經常被女人威脅呢！有個台灣跟我一樣姓葉的女檢察官，一天到晚威脅我，不知道妳認不認識她呢？」

周荷撂下一句「明天見！」後，頭也不回地用力關上會議室的大門，碰了一聲讓門口的沙織和其他助理們嚇了一大跳。

目送周荷離開總經理辦公室，沙織小聲地問葉國強：「周特助她發什麼脾氣呢？」

葉國強停頓片刻聳聳肩後說：「大概是她月經來了吧。」

4

江西通天岩。突出部

想要在董事會中多爭取支持自己的力量，得再去說服一個更關鍵的人物。

第二天一大早清晨五點多，葉國強來到贛州市郊通天岩登山口，除了住在附近的老人來此爬山以外，這個時間完全沒有遊客。通天岩以石窟聞名，各式各樣的天然與人工石窟，相當有趣，某些石窟中雕著或坐或臥或立的佛像，入口處矗立著王陽明的銅像，園內有座蔣經國舞廳，在周遭景緻中顯得相當突兀。通天岩和中國所有風景區一樣，喜歡蓋銅像搞題字設牌坊，至於煞不煞風景？見仁見智吧！這就是中國。

氣喘吁吁地走到最深處的一座湖泊，詹英已經在湖畔的涼亭內等候多時。葉國強看看手錶還不到六點，心想幸好沒有遲到，把隨行的小彭支開，上前打了招呼：「詹大媽早上好！我沒想到妳會這麼早來。」

「瞧你年紀輕輕，爬座小山便氣喘吁吁的，身子比我老太婆還要糟糕。」

早晨山上的濕氣很重，湖面上與山嵐間籠罩著一團團霧氣，氣溫很低，又濕又冷地讓人感到十分不舒服。

「冬天不是贛州旅遊的絕佳時間，這種濕冷的天氣和你們台灣天氣差不多吧？聽說你們台灣的基隆也是這樣。」

「詹大媽去過基隆嗎？這裡的天氣的確和基隆差不多，不過比起北京、上海，我還比較習慣這邊的天氣。」葉國強脫掉西裝，穿件西裝在清晨爬山顯得十分突兀，但也因為西裝筆挺，風景區內的管理員對他畢恭畢敬，衣裝在這裡還挺管用的。詹英笑著說：「基隆啊，很久很久以前去過呢。清晨是一天中最美好的時光，你隨便去問個上了年紀稍具智慧的人，他都會告訴你一樣的話。」

「只可惜今天霧茫茫一片，沒有福氣欣賞這片美景。」

「美景不是用眼睛看的，而是用心去體會。等你到了我這個年齡，就會懂得學會享受人生，讓自己快樂一點。」詹英伸展雙手慢慢打起太極拳來。

葉國強深深地吸了一口氣閉上雙眼，讓乾淨的冷空氣吹拂臉上與手臂的每一寸肌膚，試著用心去體會這片難得清靜的山林，露出一副陶醉其中的模樣。

「哈哈哈！隨便說說你也當眞，你似乎沒有辦法讓自己靜下心吧？」

自己的裝模作樣被識破，葉國強只好苦笑地睜開雙眼：「也許吧。」

「你急著找我，應該是為了今天董事會不良債權與信託商品等議案吧？」詹英看著手錶，體貼地把話題從漫無邊際拉回現實來。

「原來妳已經知道啦？」

「贛州很小，小到什麼消息都藏不了；贛州也很大，大到這裡的人懶得出去見識外面的世界。」

打完一遍太極拳的詹英，從背包中取出幾個臍橙，從中挑了一個比較大顆遞給葉國強說：「來！吃顆臍橙吧！這是自己農地種的，很大顆吧！跟你在酒店或餐廳中所吃到的臍橙很不一樣。贛州雖然盛產臍橙，只是最好的、最大顆的統統往其他大都市送，而贛州人卻只能吃別人挑剩的、小顆的，我實在很不服氣，為什麼江西人註定是被犧牲的一群？共產黨在這裡起家，卻沒有好好善待江西人，旁邊的廣州、廈門、上海全部都發達了。這就是中國的方式，成功是理所當然的，失敗了就被晾在一旁。」

詹英嘆了口氣知道自己把話題扯遠了，趕緊回到主題上來：「你跟我丈夫、女婿那種人很不一樣，我很好奇，是什麼理由讓你來江西這個地方？你又不是沒見過世面，何不待在東京或到上海的銀行？」

葉國強一時之間無法回答這個問題，閉上雙眼讓思緒放空，回到事情的原點。他其實並非那麼在意銀行被掏空，反正又不是自己的錢；似乎也不是為了銀行總經理頭銜，他老早就歷練過更大規模銀行的工作；似乎也並非走投無路，大不了回台灣面對官司，總會還他清白。

湖面颼起一陣寒風，吹得葉國強身子哆嗦起來。

「是風！答案是風！風怎麼吹，自己就怎麼跟隨。」葉國強想起自己外祖父黃生廣、海叔和二重羽子等人，他們其實也和自己一樣，隨風飄蕩的命運，擺盪在不同國家的邊境，從這個邊境到另一個邊境，每次到新的環境都以為找到安身立命的國度，但其實都只是在不同的邊境來回擺盪。

詹英對這個答案感到很滿意，起身離開涼亭，對著愣在湖畔陷入思緒的葉國強說：「走，我帶你到一個地方。」

跟著詹英朝後山的方向走去，約莫二十分鐘來到一座兩層樓的建築物，不太起眼的外觀和中國尋常樓房沒什麼兩樣。按了電鈴後沒多久，從屋內傳出咒罵聲，一個睡眼惺忪的管理員打開門後驚訝地打起精神向詹英問好：「董事長夫人，早上好！」

詹英帶葉國強走上二樓，二樓是個空蕩沒有隔間的大空間。

「這棟樓是我個人的收藏品展示間，二十四小時空調，二十四小時有保安戒備，除了家人和少數幾個同好之外，沒有人知道這座外表看起來不起眼的樓，裡頭竟然是座小型美術館。」詹英有點得意地說著。

「妳把這些名貴的收藏品放在荒郊野外，不擔心被偷被搶嗎？」葉國強覺得很訝異。

「我們周家在贛州，大家都稱我們是土霸，誰敢在太歲爺頭上動土呢？況且贛州的治安可說是全國最好，唯一會做奸犯科的大概只有我那個土霸女婿了吧。」聽詹英的口吻，似乎不太喜歡邱威貴這個女婿。

展示間平常即使在開館時間內，也只開著必要之最小限度的照明，以免對畫作產生光害，傍晚閉館到隔天開館之間，更是只剩下一盞昏暗的緊急照明燈還開著，四周黑漆漆的。

過了好幾分鐘，老態龍鍾的管理員總算把展示廳的電燈打開，葉國強被眼前的收藏品震懾住了，四周牆壁上總共掛著三十幾幅日本東洋畫。對日本繪畫略有涉獵的他知道眼前的畫作全部都是眞跡。尤其是幾幅擺在最顯眼處東洲齋寫樂畫作，葉國強立刻打開手機連上網查詢，其中幾幅竟然是失蹤近百年的作品。

「妳怎麼會擁有這些來歷不明的畫？」葉國強好奇地問。「啊，對不起，我問得太直接了。」

「不打緊，只要是內行人都會對這些畫的來歷產生好奇心。這批畫，有些是幾十年來我從不間斷地從特殊管道蒐集來的，更多是我父親早年取得的。我父親當年是駐紮在東北的解放軍軍官，和日本關東軍打了幾年仗，後來日本投降，原本擁有者如關東軍高級軍官，爲了逃命輾轉賣出來。譬如右手邊這兩幅，是日本某外交官不想被蘇聯軍隊逮捕，爲了搶搭第一批回日本的船，用收藏的眞跡畫作來賄賂我父親讓他們搭上船。你左後方那幾幅則是莫名其妙地出現在中國藝術黑市，被我看到，我不惜任何代價買起來收藏。」詹英如數家珍地說道。

「這些藝術品其實和我一樣，它們也是風，或者說是風中的蒲公英，風怎麼吹，這些畫作就流傳到哪。」葉國強有感而發。

「浮世繪的筆法千變萬化讓人眼花撩亂，但更讓收藏者玩味的是它的遭遇。我常常會想像，這些畫作的前一任擁有者，他們是誰？他們懷著什麼心情收藏它？又是什麼緣故讓他們忍痛割愛？」詹英拿起展示廳的放大鏡盯著這些百看不厭的線條和色彩。

「藝術並不是爲了複製我們看到的人事地物，而是爲了讓我們發現自己。」這句話是明悉子經常掛在嘴邊的，葉國強拾人牙慧地說出來。

這句話彷彿觸動了詹英，她反覆地複誦這一段話：「你講得太好了，發現自己，發現自己，我花了一輩子都無法釐清它的意義。」詹英緊緊地握住葉國強的手。

「我可以信任你，今天董事會上我會支持你的所有提案。」詹英小心翼翼地收好放大鏡，繼續說著：「他們以為錢可以解決一切事情，但現在的中國，已經慢慢進化到無法用錢解決的境界，周家需要改變。」

此時天已完全亮了，濃霧不知在何時消散，但天空依舊灰濛一片。坐在車上的葉國強，手指沾著臍橙皮的香氣，和當年逃難的外公在途中所嘗到的味道大概差不多吧。

對葉國強來說，孕育臍橙的這片土地並非自己的地盤，自己只是個隨風飄來的邊境過客，但對於地盤的主人，擴張與保護自己的地盤是人類的本能，也是所有生物的天性。牛羊在牠們吃草的地區，就算自己被撕成了碎片也要死守地盤，虎豹猛獸為了確保狩獵地盤，一樣會把對手咬到粉身碎骨，就連安靜溫馴的貓，也會榨擠出幾滴尿液、張牙舞爪來宣示牠的主權領域。

董事會上瀰漫山雨欲來風滿樓的嚴肅氣氛，除了該出席的董事以外，古漂亮也以未來投資夥伴的身分列席其中。

「古漂亮小姐是台灣國華金控公司董事長的女兒，也是國華金控的前任董事長，未來國華金控參股之後，預定出任本行董事局董事。還有一件私事，我們葉總經理和古董事，將在下個月舉辦婚禮，婚禮地點在東京郊外的輕井澤，屆時我們董事局全體董事都會參加婚禮。」在座幾位董事各個心事重重，沒人認真聽口沫橫飛的周軍所講的場面話。

古漂亮露出她在公開場合的一貫笑容，一種讓人有距離感的高貴笑容。

另一個官方的董事，從進來開會就一聲不吭，他留著長長的鬢角，有點老派，自以為如此可以展現出令人敬畏的架子。會議室中另一個主角周荷，緊閉雙眼連看都不看任何人一眼。至於邱威貴，他旁邊坐著一個神情緊張、不時翻閱著堆在面前的成堆書面資料的人，兩人交頭接耳地竊竊私語，根本不給正在講話中的主席周軍半點顏面。

抿住雙唇內心高度緊繃的葉國強，今天他提的議案對邱威貴與他個人幾家公司，是生死交關的催命符。面對邱威貴這種顯然只重一己私利的人時，最大的問題在於，利益被剝奪得越多，反撲的力道就越強；他有喜怒不形於色的罕見功力，這本領對長年當交易員出身的人來說非常難能可貴，多數交易員從言行舉止就可以看出他是賺是賠，他們要不是滿面春風，就是過度緊繃。

讓葉國強心頭揪得緊緊的並非對手，而是還沒盼到他所等待的人，直到會議開始後詹英依舊沒有出現，他對於詹英的承諾並沒有十足把握，只能盡力而爲。

主席周軍結束了長篇大論的發言，進入正式議程，坐在葉國強對面的傢伙立刻發言：「我建議本次會議第一個提案。」還沒講到第二句話，會議室大門發出匡噹的開門聲響，聲響大到讓所有人的視線朝著門口望去。

「你是誰？立刻給我閉上嘴！不是我們公司董事局的成員，也不是公司的幹部，是誰讓你進來開會的？」進來的人正是葉國強所引頸企盼的詹英，她對著發言的傢伙大聲咆哮著，嚇得原本打算提臨時動議的邱威貴等人不敢出聲。

「如果不是的話，請滾出去這間會議室。」

「他是文盛資產管理公司的連律師，是我委託來列席提供法律見解的。」邱威貴不得不起身替那傢伙辯解。

「你耳朵聾了不成？我們銀行沒有法務長嗎？沒有律師嗎？哪還需要從外面找莫名其妙的律師！你要自己滾出去？還是要我叫保安進來把你攆走？」連律師被詹英的氣勢嚇得只好夾著尾巴悻悻然地離開會場。

鮮少參加董事局會議的詹英，以往一向是委託周軍或周荷投票表決，此時突然出現在會議上，讓邱威貴感到大事不妙。先是周荷在開會前勸他別在今天的會議上鬧事，接著他帶進來的律師又被驅逐出場，本來打算藉由龐大律師團組成的律師艦隊來和葉國強纏鬥，但整個局勢猝不及防地演變到對他極爲不利的地步。

詹英接著又對大家講話，眼神始終盯著邱威貴與自己女兒周荷：「既然我們銀行選擇了改革，選擇了跨出小格局，這是一條不歸路，大家只能往前衝，沒有退路了。」

轉過頭對周軍用強硬的口吻說著：「主席，第一案就直接進行表決吧！別耽擱大家寶貴的時間。」說完後立刻舉起手表示贊成。周荷看著母親的堅決立場，也把手慢慢舉了起來，其他董事眼見情勢比人強也跟著見風轉舵一個個舉手表示同意。

「我以未來大股東的身分同意此案。」古漂亮也加入贊成的一方。

詹英看著邱威貴和他的弟弟問道：「你們呢？」

邱氏兄弟像鬥敗的公雞，有點心不甘情不願地緩緩地舉起手來。

「第一案經過全體出席董事的同意，本案通過。現在進行第二案信託商品業務檢討案……」會議司儀慢慢地唸著議程。

信託商品比較複雜，這個業務可說是英軍銀行和中國許多銀行的重點業務。銀行本身如果自有資金不足，可以藉由幫需要資金的企業發行信託商品來賺取穩定利差，和放款比起來，銀行不需要承受倒帳風險，也不用辛苦地在資金緊俏的時間點上拚命吸收存款，可以稱它是銀行的金雞母，但如果用「飲鴆止渴」來形容或許更貼近事實。

然而，整個中國金融界由於過度濫發這類信託商品，儼然成爲一顆尾大不掉的不定期炸彈，雖然還沒有發生大規模違約事件，但是在國際上，許多敏感的研究機構或金融業，早已嗅出這種商品遲早會爆發危機的可能性。只是，旁觀者清當局者迷，對中國一些地方銀行來說，看到收益宛如白花花的銀子如潮水般進帳，很難看清楚總體局勢的變化。

幹一天和尙敲一天鐘的葉國強十分清楚這種危險性，於是提出了暫停發行的建議。爲了讓案子順利通過，今天一大早從通天岩回辦公室後，便立刻找上董事局內的官方代表，花了三個多小時解釋信託商品的風險，以及可能面臨的金融風暴；其實以今天董事會的局面，葉國強可以輕而易舉地通過這項議案，但他不想這樣搞。葉國強雖然住在中國的時間不長，但他很清楚很多住在中國的外國人，會誤以為那些身處封閉體系下的中國人，在資訊取得的速度與質量遠遠不如自己，進而產生傲慢，而這種傲慢心態正是造成彼此不信任的主因。

外國人如果想要在三線城市生存下去，必須小心翼翼掩飾那種一不小心就浮現在行爲舉止的優越感，所以葉國強花了許多時間對官方代表解釋，用意就是希望藉他人的口來說服大家，且同時別讓其他董事心存芥蒂。

一如葉國強事先的安排與請託，官方的代表在會上侃侃而談，明明所有數據都是葉國強提供，他卻一副儼然金融先知的模樣，說服了其他董事同意這個案子。果然，一年後中國好幾個省分發生大規模的鉅額信託商品違約弊案，許多體質不佳，承作太多相關業務的銀行發生擠兌與倒閉的危機，英軍銀行由於事先做好風險控管，因此躲過一劫，當然這是後話了。

總算通過兩項有助於治理這間銀行的議案，緊接著葉國強請助理打開投影機，對董事們說明下個月會議的重要議案：「這是企畫部門所擬訂出來的最新人事考核方案，請各位董事先參酌參酌，如果有什麼不一樣的章程，下次董事會請提出來討論。」

拆解了兩顆營運上的炸彈後，葉國強又丟出人事改革這顆更大的震撼彈。對於金融業而言，再好的環境、再完善的制度，還是得透過好的執行團隊來運作，但這也意味著許多銀行中高級幹部即將面臨下崗的窘境。所有企業的種種問題，歸根究柢下來只有一種，就是人事問題。

會議上的空氣凝重起來，十幾年來葉國強參加過無數次類似的會議，經歷過各式各樣的會議氣氛，有劍拔弩張動手動腳的、有唇槍舌戰激烈辯論的、有一團和氣行禮如儀的，但從來沒有遇到這種鴉雀無聲一片死寂的場面。

葉國強知道已經捅出最敏感的馬蜂窩，只好草草宣布散會，心想反正還有一個多月，等他回日本結完婚再來傷腦筋吧。

過了平靜忙碌的幾天後，又輪到葉國強每週固定的分行業務巡視日子，今天安排到比較偏遠的龍南和潮州地區分行。

「今天計畫巡視龍南與潮州地區的分行，如果時間允許，除了業務巡視之外，還要安排與龍南地區的港商公會的代表見面，晚上參加潮州市副政委和當地商界的晚宴，預定回到酒店的時間是晚上十一點多……」張冰冰對著葉國強報告今天的行程安排。龍南地區是江西南部工業重鎮，有許多港資企業來此投資設廠，身爲銀行總經理當然得重視港商客戶。

「龍南？那一帶現在還有沒有客家老圍屋？」聽到龍南，葉國強忽然想起外祖父他們當年的逃難經過。

「總經理對贛州還挺熟的，龍南現在還保存十幾棟兩百年以上歷史的圍屋，相當具有參觀的亮點，但可惜的是今天的行程已經排不上了。」張冰冰自從知道自己可以靠能力而非美色，就能在銀行發揮自己所學，穿著打扮收斂了不少，也逐漸發揮自己專業上的實力，受到葉國強倚重，除了少數私人業務行程外，原本落在沙織身上的工作也慢慢移轉到她的身上。

「叫小彭備車，妳、龔特助、業務部行政副總和吳董事先到地下室的車上等我。」葉國強吩咐下去。

看著張冰冰等人離開辦公室，葉國強抽空撥個電話到明悉子的辦公室，想要了解一下她舉辦畫展的進度，撥了幾次找不到人，正打算走進電梯到地下室搭車，手機響了起來，原來是沙織打來的。

「老大！今天有空嗎？」

「忙死了，一大堆拜會視察飯局應酬，找我什麼事？」

「明悉子在贛州美術館辦畫展兩、三天了，你能不能撥個空陪我一起去捧個場啊？」沙織卸下了大部分的祕書業務之後，一有空就往明悉子的辦公室跑。

「反正畫展一辦就是一個月，可不可以等到星期天再去看呢？」葉國強知道明悉子辦畫展的眞正目的，根本沒有所謂捧不捧場的問題。

「我不管啦，你今天早上非得陪我去不可啦！不會花太久時間的。」沙織脫口而出後，被自己的任性嚇了一跳。

「妳好像是我的管家婆。」葉國強的笑聲透過電話，沙織聽得一清二楚。

「我這樣說恐怕有點失禮，但我自己也不知道爲什麼，今天一大早醒來，就有一股非找你去看畫展的決心。」沙織斬釘截鐵地講著。

一腳踏進電梯的葉國強突然想起上個月在成田機場路上棉神所講的那一番話，於是又把踏進電梯的腳收回來，看著手錶上的時間，撥了通電話交代張冰冰：「今天早上與中午的分行行程，請妳叫副總去幫我巡視就好了，還有，別事先告訴分行我要缺席，否則他們會鬆懈。」

除了上回住院開刀外，葉國強很難得會臨時取消既定行程，但身爲祕書的張冰冰也只好遵從老闆的指示，反正分行的巡視只是例行性的拜會，由副總經理代勞也沒有不妥之處。

天色略暗加上空氣汙染，馬路彷彿被閉鎖在霧靄之中，彭育祥所駕駛的賓士休旅車下了高速公路走鄉道，沿途沒有堵車，所以行程比預定的時間提早半個鐘頭。

張冰冰想起一大早葉國強提到的龍南客家圍屋，想要拍馬屁的她查了一下車上GPS，叫小彭稍微繞點路，拐個彎到附近一座很有名的觀光圍屋，幫葉國強挑選明信片等紀念品。於是車子轉進了一條僅容一輛車通行的狹窄鄉道，沿路只有少許農舍根本沒有行人。而他們卻完全沒注意到後面有兩部汽車跟著。

開到一個比較寬廣的四線道路段，後方的車子利用對向車道加速超越他們，但一開到前面之後，卻冷不防地緊急煞車，彭育祥一時來不及踩煞車只好把方向盤一百八十度大旋轉，試圖躲過前方那部急停的車子，煞車皮與車輪摩擦的嘎嘎作響聲劃破了周遭雜林的靜謐。已經打滑橫向行進的賓士車，沒有閃避的餘地，直接撞上路邊的大榕樹才停了下來，馬路上揚起漫天的灰塵和沙粒，此刻，後方另一部車子也跟著停在賓士車旁，兩部汽車將賓士車前後包夾起來。

不愧是賓士汽車，前後座立刻彈出安全氣囊，在高速撞擊下保住了他們一行人的小命，坐在後座驚魂未定的吳董事、副總和龔特助立刻跳下車查看，不料從那兩部包夾他們的汽車中迅速地跳出五、六個蒙面戴著口罩的漢子，拿著槍對他們掃射，車禍當時立刻下車查看的三個人立刻中彈身亡，倒在血泊當中。

還搞不清楚狀況的張冰冰躲在車內嚇得連叫都叫不出來，那群人從賓士車的前座把張冰冰以及在猛烈撞擊中已經昏迷的彭育祥拖了出來，先對張冰冰的頭部開了兩槍，聽到幾聲槍聲後彭育祥終於醒了過來，大叫：「你們是誰？」

那群人當中一個看起來像首領模樣的人冷冷地回答：「老朋友了，你敢用石頭丟我，我就用鐵棍回你。」幾個人從車上抽出工地用的短鋼筋，朝彭育祥的頭上狠狠地敲了過去，躺在地上的他沒有反擊的機會，什麼都來不及做，身上與額頭承受一記又一記的致命攻擊，直到天地一片靜寂。

躺在地上的彭育祥對天空看了最後一眼。他似乎看到了一顆朝著右外野直飛過來的棒球，他想再度展現雷射肩的臂力，球體越來越大直到遮蔽他全部的視線，在觀眾歡呼聲的錯覺中結束他二十幾年的短暫生命。

幾隻停在榕樹上的烏鴉，朝著遠方的老圍屋聚落方向，頭也不回地飛了過去。

美術館之所以如此有趣，主要是因為它具有比普通建築物還要大的規模，參觀者可以任憑自己的想像遨遊其中。被畫框、玻璃外框與警戒線層層保護的藝術品，彷彿被困在魔咒中等待甦醒的靈魂，越是被人遺忘的冷清美術館，那些靈魂總是會找到沒有人聲喧嘩的時刻跑出來，在展廳一隅呢喃訴說著被禁錮的心情。

贛州美術館的旺季是夏天，人潮並非衝著藝術而來，而是單純來吹冷氣，這裡的人們到美術館的目的多半是為了消暑，所以在冬天，美術館很少舉辦非常態的展覽。況且明悉子舉辦這個「日本浮世繪：喜多郎歌芳系列」畫展的目的本來就不是單純的藝術交流推廣，所以根本沒有在大眾媒體上做任何宣傳，只在幾個當地東洋畫網路社群討論區貼貼廣告，以及在以華南地區美術學院學生為銷售主體的專業浮世繪藝術雜誌上做點宣傳。

反正對美術館館方而言，明悉子願意掏錢承租原本就租不出去的展館，他們也樂於配合。明悉子計畫先在贛州美術館展示一個月，如果有必要，接下去會在江西其他都市如南昌、九江、吉安、景德鎮，尋找美術館繼續辦展覽下去。

「我剛剛已經轉告強老大，他答應會來參觀畫展。」空空蕩蕩的展廳，除了門口的美術館保安員和服務員以外，只有明悉子與沙織兩人。

「妳好像沒有很歡迎他的樣子？」沙織疑惑地問著。

心事重重的明悉子敷衍了幾聲。

「我很好奇，那天在醫院，妳為什麼堅持要與古漂亮碰面？而且，妳為什麼要展現一副咄咄逼人的模樣？明明妳……」沙織要說的是既然明悉子對葉國強表明不再留戀的心意，為什麼還要擺出一副女人之間為愛對決的氣勢。

「好男人稍微放手就會被別人擄走，但如果是妳的，就算繞了一大圈，終究還是妳的。」明悉子看著眼前的畫作〈紡織屋的小女人〉。「嗯，妳好像不太懂呢。」

「愛情的大道理連三流廉價小說都寫得頭頭是道啊！難道妳自己就眞的懂嗎？」沙織反問明悉子。

明悉子點了點頭回答：「我很清楚自己在做什麼、想要什麼、得不到什麼。人唯一最難面對的其實是自己，一旦能面對自己，其他的一切就都不重要。愛情像風，總會等到順風吹回來的一天。」

似懂非懂的沙織露出困惑的表情：「我想我應該聽得懂，風一旦吹回來，守在高處的風口才能迎接一切。我很羡慕妳，我最近常常做出連自己都無法解釋清楚的事情，整個人糊里糊塗的，說過的話做過的事，完全搞不清楚到底發生什麼回事。」

明悉子笑了笑：「妳如果不是正在談戀愛，就是被鬼附身。」

「別嚇人了！空蕩蕩的美術館內別談鬼神，挺嚇人的！」沙織吐了吐舌頭。

美術館門口開了兩個多小時，才有個上了年紀的婦人入場參觀。

「那位連續三天都來參觀的婦人又來了，我得去當義務解說員，妳自己小心點別撞邪遇見鬼。」明悉子扮了個鬼臉，沙織不甘示弱地嘟了嘟嘴頂回去。

老婦人佇足在喜多郎歌芳作品〈紡織屋的小女人〉欣賞許久，明悉子上前解說著：「這幅畫是喜多郎歌芳最讓人欣賞的一幅，晨間柔光灑落在溪邊小屋，溪水上一抹用色極度誇張的彩虹，襯托出迷失於美景中的畫中女主人翁，背景是日本江戶時期的尋常農莊，具有濃濃的懷舊時代感。如果你能夠多花點時間在這幅畫上，就可以感受出喜多郎歌芳作品特有的魅力，好像吸嗎啡般地上癮，很難把視線轉移到畫作以外的世界。」

「喜多郎歌芳大師的作品好像從來未曾公開展示過？」那婦人很內行，一開口就問到重點。

「您很內行！據日本的史料記載，充滿傳奇一生的喜多郎歌芳的作品據說還不到五十幅，原本是位日本倉敷地區的商人所擁有，然而卻不幸地在一場大火中付之一炬。但沒想到幾年前又在日本重見天日，根本沒有遭到火災吞噬，至於爲什麼這批畫的收藏者會默默低調地藏了幾十年，自然有他的考量。」

曾經當過藝術掮客的明悉子充當起畫展講說員，表現得一點都不輸給專業人士，讓那婦人聽得十分入神。

「我想問個冒昧的問題，也許會很失禮，我是替一個老朋友問的。」那婦人開口問起。

「請說，如果我能回答的話。」明悉子親切地答著。

「請問這批畫作的擁有者是誰？」

曾經擔任過畫展展策人的明悉子經常聽到這類的問題，提問者不外乎是有興趣的收藏者或藝術掮客，最後的目的多半是希望能開個收購價格。

「對不起，這批畫的主人是不願意曝光的私人收藏者，而且是非賣品。」明悉子認爲眼前這位天天都來看展的唯一客人應該屬於收藏者吧。中國這幾年有許多富人開始收藏各種藝術品，所以明悉子並不感到奇怪。

那婦人知道自己碰了個軟釘子後便不再開口，轉過身繼續欣賞下一幅〈淺草煙花女〉。

「原來是周太太啊！」葉國強已經來到美術館好一會兒，不便打擾正在講解的明悉子，但他看著那婦人的背影越看越眼熟，終於忍不住上前問候。

詹英和明悉子聽到聲音同時轉過頭來。葉國強一時之間感到有點奇怪，他揉揉眼睛盯著兩人，但他卻說不出來到底是什麼奇怪的念頭。

「來，我幫妳們介紹一下，這位是我的大學同學，名字叫做黃明悉。」明悉子入境中國是用台胞證，所以不便透漏日本人身分，葉國強接著再介紹：「這位婦人是我們英軍銀行的董事詹英。」

「這次展覽，貴行的葉總經理出力不少。」明悉子客套地對詹英行了禮。

詹英似乎不太喜歡在美術館這種場合作無謂的應酬，回個禮之後又繼續沉浸在她的鑑賞世界。

愛畫的人多半有點孤傲的脾氣，明悉子不以爲意，把葉國強拉到角落低聲地問：「你今天怎麼有空來？」

始終盯著詹英不放的葉國強心不在焉，連敷衍都忘掉，心中那股念頭始終纏繞著腦海，就好像突然忘掉一件剛剛好不容易才想起來的事情，懊惱又不死心地想在自己腦海中搜索。

「這個畫展本來要辦在市中心鬧區的長征紀念館，結果被駁回，官方告訴我的理由是長征紀念館不適合舉辦日本畫展。你說好笑不好笑，這個國家完全用政治來思考所有事情！」明悉子抱怨起這段日子所遭遇的種種刁難。

「對不起，妳剛才說什麼？」葉國強的思緒好像有點眉目，但又不是那麼明確。

「我說中國用政治思考……」

「上一句！上一句！什麼紀念館？」葉國強的模樣讓明悉子想起大學時期，考試的時候坐在隔壁的葉國強遙望自己考卷的那股期盼。

「長征紀念館。」明悉子笑了笑。

「對！妳現在別吵我，我好像快想起來了。」葉國強打開手機用百度搜尋網輸入「詹英」兩個字，但搜尋了半天，根本找不到眼前這位詹英的任何相關資料，統統都是同名同姓。葉國強不死心，又在搜尋網站輸入「周軍」，跑出來的都是和英軍集團有關的官方宣傳網頁。

「你的手機有沒有翻牆軟體？」葉國強問得很急，明悉子從皮包內取出平板電腦設定好翻牆程式，進入 Google 後交給葉國強。

總算找到周軍的個人經歷的網頁：「……英軍企業董事長……新疆人民解放軍少將……新疆棉業社隊企業總經理……一九七八年娶詹翰之女詹英為妻……」

看到詹翰兩字這才讓葉國強想起來，前一陣子在詹英的收藏館內曾經看過詹翰的照片與生平紀錄，腦中的念頭越來越強烈也越來越清楚，捧著電腦的雙手開始不聽使喚地顫抖。他三步併兩步地奔跑起來，完全不管美術館禁止喧嘩的規定，跑到詹英的身後連續叫了三聲：「ei ko! wu ko! ei ko! wu ko! ei ko! wu ko!」

詹英反射性地轉過身用日語回答：「什麼事？」脫口說出後臉色大變、雙腳發軟使不出力，感覺自己的心跳停了下來，伸出手扶著牆壁才勉強撐住身子，對著葉國強結結巴巴地問著：「你……你……」氣喘吁吁地吐不出第二個字。

「妳是英子！羽子的女兒對不對？」葉國強的念頭已經完全清晰了，不再拐彎抹角地試探。

「你想說什麼？你知道什麼？」詹英深呼吸好幾次才讓自己恢復一絲絲平靜。

「羽子還活著！」葉國強這句話讓詹英的情緒完全徹底崩潰，整個人癱坐在地上不停地哭泣抽搐。見到這一幕，明悉子狐疑地望著葉國強，葉國強對她點了點頭，已經了然一切的明悉子也跟著哭了起來。

在入口處無所事事的沙織，聽到展廳傳來哭泣聲後，急忙地衝進來，葉國強連忙對她使個眼色，暗示別來打擾她們。

「我早就應該猜到才對。兩天前我看到妳時還眞是嚇了一跳，怎麼會有人和我年輕時長得如此相像。」詹英哽咽地說起。

「其實在妳壽宴的那一天，我也感到怪怪的。我記得曾經對妳提到很面熟的話，妳笑著說自己長得很像鍾楚紅，可惜我就沒有繼續想下去，畢竟明悉子的模樣也和鍾楚紅有點相似呢！」葉國強說著。

「那天我在夫人的展示間看到您父親詹翰的資料，只可惜那天整個人的心思被董事會給占滿，不然就應該聯想到才對。」葉國強惋惜地說道。

「我母親就是羽子，當年她塞給我一幅喜多郎歌芳的畫，答應有一天會回來找我，還告訴我如果大家無法相認，就用畫來當成信物。幾十年過去，我一有空就拚命地找有關喜多郎歌芳畫作的資訊，還多次到日本走訪，一座座美術館和畫廊詢問尋找，幾十年以來完全沒有任何消息，直到上個禮拜，有人告訴我說喜多郎歌芳的畫作竟然出現在贛州的美術館，所以打從第一天我就天天來這裡，沒想到……」詹英講著講著又哽咽起來。

「我母親現在好嗎？」

明悉子把羽子整整花了幾十年時間尋找失散女兒的經過，一五一十地告訴詹英。

眾人終於把事情講開，謎團也慢慢地解開。當年詹英也就是英子，被黃生廣暫時寄放在江西老家。但沒多久國共內戰爆發，兩岸人民從此被迫斷絕聯繫，詹佳的哥哥詹翰見黃生廣七老八十的老母親，一個人帶著幼小的英子相當吃力，於是就把英子接到新疆。那時候詹翰因爲戰功顯赫，擔任新疆軍區的大將，反觀英子的父親黃生廣的身分敏感，和海叔等人在中國被認定是國民黨分子，怕英子受到波及，所以詹翰就收養英子爲女兒，跟著自己姓詹。

詹翰一直以爲英子是詹佳的女兒，身爲舅舅自然責無旁貸有養育的責任。英子雖然三歲多就離開生母羽子，但始終記得自己的母親是羽子，只是這個祕密完全不敢向任何人透露。畢竟在當年的中國，父親是國民黨分子，母親是日本人這種身分，一旦洩漏出去，立刻會被歸爲黑五類，而且還會連累收養自己的詹翰。

「這個祕密我藏了六十多年，好累好累……」娓娓道出自己身世後，詹英好像如釋重負。

「我曾經透過關係到台灣找尋父親黃生廣，但始終毫無音訊。更糟糕的是，我只記得母親的日本名字叫做羽子，連她姓什麼都不知道，我也是到今天才知道她的姓氏，否則早就可以找到她了。」在日本叫羽子的老太太少說幾千人，但如果知道二重羽子全名，找起來的確容易多了。

「所以黃生廣是你的外公？詹佳是你的外婆？」詹英問葉國強，葉國強一時之間不想解釋得太清楚，只好點了點頭。

「那你應該叫我一聲姨媽，難怪我一看到你就產生莫名其妙的好感。還好早一點知道，否則我還眞想把女兒嫁給你呢，哈哈！開玩笑的啦！」

明悉子瞪了葉國強一眼。

「我母親她還在東京嗎？」

明悉子把目前臥病在床的情況說給詹英聽，詹英聽了之後頗爲著急：「好想盡快飛到東京見她一面。」說完之後突然想起一件事情，臉色立刻從擔憂轉爲雀躍，詹英對著葉國強問著：「你在東京的婚禮是什麼時候？」

「兩個星期後。我打算這兩天處理一下銀行的事情之後，提前幾天請假回東京先去忙一些婚禮的籌備工作。」

「要不然這樣吧！我就假借提前參加你的婚禮，去一趟東京，到時候請明悉子帶我去見我母親。」明悉子淚流滿面地點了點頭：「帶妳回去見奶奶這件事情，已經讓我忙了十多年。」在一旁聽到整個故事過程的沙織，這時整個人早已泣不成聲，葉國強笑著說：「怎麼反而妳比她們哭得還要嚴重啊！」

「這個祕密我打算暫時不讓我老公與女兒知道，請你們暫時幫我保密，我打算帶他們到我母親面前再告訴他們。」

「沒問題。」

「只是我若唐突地要求大家提早去參加阿強的婚禮，好像找不到什麼可以說服他們的理由？有沒有什麼藉口或說辭呢？」詹英急著想要飛到東京，因爲明悉子已經講得很清楚，年邁的羽子已經來日不多了。

「有辦法！有件很重要的事情，會逼得周軍比妳更急著要去日本一趟。」明悉子口氣很篤定地回答詹英。

幾乎是同一時間想起同一件事情的葉國強也脫口而出：「沒錯！」

葉國強看了看手錶說道：「就這麼說定，我回公司會請張特助安排一下。傍晚之前我還得趕到龍南參加港商的飯局。」說完之後掏出手機想把靜音打開，沒想到竟然有幾十通未接來電和語音信息，葉國強聽了其中一則留言後臉色大變，心情直沉了下去。

明悉子見狀好奇地問著：「銀行那邊有什麼急事嗎？」

葉國強沒有回答急忙回電話：「怎麼回事？什麼？你說李副總他們在路上出車禍，車上的五個人全部都……有沒有搞錯？」

「什麼？全死了！好！我立刻趕回去。」葉國強驚嚇地答不出話來。

聽到小彭、張冰冰等人的死訊，葉國強頭也不回地衝出美術館，攔了一部出租車趕回銀行總部。一回到銀行總部，門口已經停了好幾部公安車子，周軍看到葉國強出現，如釋重負地跑過來緊緊握著他的手：「還好還好，小葉你還活著！」

原來，從龍南公安傳來葉國強座車發生車禍，但還沒完全查出死者的全部身分，只知道車牌號碼，於是循線找上銀行。比對公務車的出勤紀錄，紀錄上面寫著用車人是葉國強，由於美術館內必須關手機，總行的人與公安怎麼找都找不到他，龍南分行的人也一直等不到葉國強，周軍等人急得像熱鍋上的螞蟻，除了一直打電話聯繫外，還立刻派人到龍南公安局那邊去認屍，查查看死者到底是哪些人，消息還沒傳回來就接到葉國強的回電，周軍這才鬆了一口氣。

派過去的人已經將死者的照片傳回來，葉國強看到幾乎是體無完膚的彭育祥屍體，難過地發出痛苦的呻吟哭了出來，喃喃自語：「我答應過小彭，要組一支棒球隊給他幹總教練的……」

「先收起你的難過吧！等一下公安和國台辦的長官會來找我們講話，咱們先商討一下應對的章程。」周軍神情嚴肅地告誡葉國強。

「國台辦？不過只是死亡車禍，爲什麼會驚動到他們？」

「剛才在銀行營業大廳我不願張揚，實情是，他們幾個人在路上遭到歹徒攻擊，車上的人全部遭到毒手當場死亡，並非車禍。」

「怎麼可能？會不會是打劫？」聽到這番話葉國強感到不寒而慄。

「歹徒的目標是誰？目的是什麼？我目前也不知道，等一下或許可以向公安問個清楚。但我希望這件事情能夠低調處理，對外別張揚，公安問話的時候請你千萬要小心。」周軍擺明是命令而非討論。

辦公室內線電話響起，周軍透過對講機叫祕書請訪客進來，進來的一共有五個人，除了贛州與龍南的公安外，還有一個江西國台辦的高級官員。那位國台辦官員從頭到尾都沒不吭聲，直直盯著葉國強看，葉國強被他盯到有點發毛。古時候的人曾說過別讓貓頭鷹盯著你的眉毛看，否則一旦你的眉毛數目被貓頭鷹算清楚後，恐怕命就休矣，把這句古諺換到現代中國，也許可以把貓頭鷹換成國台辦。

「葉總經理，這是你放在車上的公事包，請你點點看有沒有東西遺失。」

葉國強的公事包通常由張冰冰或龔特助攜帶，今早要出發之前，張冰冰已經先把公事包拎到車上，雖然葉國強沒上車，卻忘了拿上樓交還。

翻了翻公事包，信用卡、錢包、眼鏡盒、卡式台胞證……所有東西都在。

「死者身上的金錢和你公事包的鈔票都原封不動，顯示這起事件並非打劫搶錢。」一位看起來很幹練的公安做了結論。

「死者身上的彈孔和現場找到的子彈，雖然還沒比對彈道，但根據我的經驗，應該是制式手槍，換句話說這批歹徒肯定不是尋常盜匪。」

「這批？」

「是的，歹徒絕非一個人，從現場煞車痕跡來判斷，兇手應該有兩部車。更何況一口氣可以幹掉五個人，其中兩個死者還是年輕大漢，絕對不可能單獨犯案。更讓我們感到棘手的是，你的賓士座車裡頭的行車紀錄器被拔走，連晶片都被取出，表示兇手對這部賓士車很熟悉。一般來說，這部特殊賓士車的錄像晶片是經過特殊保護，如果沒有特殊工具，徒手是取不出來的。」那公安的眼神越來越犀利。

「我無法相信，贛州竟有這麼殘忍的兇手，贛州一向以治安良好著稱。」

「請你有話就直說吧，而不是繞著圈子打轉。」葉國強開始感到不耐。

「葉總經理日理萬機，時間很寶貴，咱們就別把話題扯遠，直接問吧！」公安局副局長對那位問話的公安下了指令。

「能不能請教葉總，你有沒有仇家？」

「我只不過是銀行文員，又不是搞黑幫，而且我才來贛州還不到兩個月，哪來什麼仇家？」公安把案情扯到自己身上來，讓葉國強心頭一驚，但仔細推敲下，這些歹徒的確有可能是衝著自己而來。

「聽說你在台灣有些案子……」那位國台辦官員突然冒出一句話來。

「或許你們聽到了些什麼，但我敢向你們保證，台灣的司法人員犯不著大費周章地渡海到中國來幹掉我。」葉國強總算知道爲什麼連國台辦的官員都要出面的原因了。

「當然當然，我們也調查過，你的官司不過只是證券交易法的小案子。但我也可以向你保證，這起凶案一點都不尋常。請你仔細想想，知道你今天要去龍南公幹的有哪些人？」

「銀行總經理的工作行程幾乎是公開的，的確是很多人知道。但至於我坐哪部車？何時出發？和誰同行？知道細節的人並不多。」

「再請問葉總，爲什麼你臨時決定取消公幹？今天早上這段期間你去了哪裡？」對方問話越來越犀利，恐懼感再度襲上葉國強的心頭。

「我臨時去贛州美術館，除了館方人員可以作證以外，在場還有我的助理沙織小姐，以及我們銀行的董事詹英女士。你們該不會懷疑我買凶幹掉同事吧？你們這種懷疑根本沒有道理啊！」感到有點委屈的葉國強不甘示弱地質問回去。

在一旁的周軍聽到自己老婆的名字後愣了一下對葉國強說：「我太太這幾天的確都在美術館，該不會是她臨時叫你去陪她吧？」

不願意解釋太多的葉國強點了點頭。

「如果要我回答到底有沒有仇人？我在銀行的工作確實擋了很多人的財路，至於會不會有人想要報復？這就要請你們好好幫我調查了。」葉國強心中浮出邱威貴等人的名字，但也是含糊帶過。

聽出葉國強話中有話，那公安順著竿兒往上爬地追問下去：「能不能告訴我們，你在銀行內曾經得罪哪些人？」

周軍聽到這裡心頭一驚，連忙出面打圓場：「不會的啦！我們銀行內部或許有些不同意見，但絕對不可能會有人想要挾怨報復的。」望了國台辦官員一眼後繼續說：「如果我們發現任何線索，會立刻通知你們，銀行發生了這麼大的事情，我們還有許多事要處理，就不麻煩各位了。」

那國台辦官員聽出周軍下了逐客令，點了點頭說道：「那我們就先告辭了，以後需要葉總協助調查的地方可多著呢！」

送走了公安等一行人，周軍對葉國強板起臉來責備：「你這個蠢蛋到底在搞什麼鬼？你剛剛到底想要暗示些什麼？」

「我得罪了誰，董事長自己心知肚明。」

「唉，其實大家都心裡有數。」周軍癱坐在會客室的沙發上。

「小葉！你別看幹董事長的我外表光鮮亮麗，其實每天都在舔官員屁眼，舔完官員屁眼後換去舔客人屁眼，最糟糕的是連家人的屁眼都得舔。」

葉國強露出不以爲然的神情頂了回去：「你不好好約束自己的女婿，還差點讓我丟了性命。我這個位子恐怕也坐不久，銀行早就已經爛到有如糞坑，誰跳下去誰倒楣！」

「你形容得很對，你也不過只是朝糞坑內扔了顆小石頭，竟然就臭成這番德性。但我拜託你千萬別講出去，這個糞坑萬一爆開，對你我都沒好處。」周軍態度軟化不少。

「就算我姑且相信你一次吧。但有人在總行布了很多眼線，我的行蹤竟然被摸得一清二楚，單就這點，你要如何保證我的安全？如果連性命都隨時不保，我大不了不幹向你請辭。」葉國強說完之後，兩人陷入一陣沉默。

此時周軍起身走到葉國強身旁，打開葉國強那只公事包，從裡頭取出卡式台胞證回答：「整件事情絕非單純有人通風報信，問題應該出在這張小卡片上。」

「卡式台胞證？」

周軍點了點頭回答：「你我關係夠鐵，我才敢告訴你。這張台胞證上頭有安全智慧晶片，隨時可以監控行蹤，我想歹徒應該是一路鎖定你的台胞證，他們認卡不認人，而你的卡恰好放在公事包被小彭他們帶到車上，在鄉下的路上下手的。」

「什麼？」葉國強簡直心寒到了極點。

「我估計邱威貴他們應該是和情治單位有所聯繫，我只能說這麼多，再說下去連我都會惹上麻煩。」

葉國強不想再講什麼，而是站起來走到窗邊眺望章江。天空灰色雲層壓得更低，外面再度下起了雨，一艘艘駁船正努力想在退潮前駛出岸邊，一月的風將平日寧靜無波的河流，變成了一潭泥濘洶湧的混水。

「周董，你應該知道自己最大的問題在哪裡吧？」不待周軍回答，葉國強繼續說下去：「米缸才三兩米就敢開千人伙食？你的實力搞搞製造業或許還行，但搞金融這種動不動就幾百個億的生意，你未免太過托大了吧！」

周軍不甘示弱地回話：「小葉，這就是中國！難怪你一輩子替人打工。你小時候吃過蛋捲嗎？」

「吃蛋捲很容易掉蛋捲屑，所以當娘的都會叮嚀小孩別掉屑，久而久之，許多小孩忘了吃蛋捲的目的，到底是爲了不掉屑？還是吃蛋捲？我小時候吃蛋捲從來不管會不會搞得餐桌一團糟，我滿腦子想的是，我有什麼辦法可以多搶幾根來吃？搶得多就吃得多，那些擔心自己會不會掉蛋捲屑的乖孩子，畏畏縮縮地什麼都搶不到。」

「那些大話講給別人聽吧！你持有英軍企業和英軍銀行的股數太低，爲了取得經營權，不得不對邱威貴他們家族妥協甚至任人擺布，連女兒都許配給他。而你處心積慮想要藉由升格商銀邀請台灣的金控入股，無非也是想要藉外力來擺脫邱威貴，邱威貴也知道自己即將被你剷除，不得不做困獸之鬥，對不對？」葉國強一針見血點出周軍的弱點。

「你既然都知道，當初爲什麼還敢答應來我這蹚渾水呢？」周軍反問。

「輕鬆的活兒，永遠不會落在我的頭上，二十年來我早已經習慣，只是沒想到這次連命都差點搭進去。」葉國強講到這裡，心想也許是時候該把明悉子的布局說出來了。

「你叫我查英軍企業股票的神祕買主，我已經幫你查到了。」

「是誰？他們的目的是什麼？」聽到困擾自己很久的謎團終於要解開，周軍喜形於色地問下去。

「別急！我可不是笨蛋，我現在只能告訴你，對方已經買下英軍企業三分之一的股權，已經有資格在深圳交易所公開宣布股權收購，換言之，隨時都可以召開臨時股東會把英軍吃下來。不過你放心，對方可是願意敞開心胸和你談條件的，如果你誠意夠的話，或許他們可以當個白馬騎士[2]站在你這邊，你還可以借力使力解決自己持股不足的窘境。」葉國強故意釣他胃口。

「除非你現在有足夠的資金和對方打股權收購戰，否則你可能隨時被他們拉下馬。」葉國強對周軍比了個斬首的手勢。

「聽你的口氣，好像你已經有很具體的章程。說說看，你要我怎麼配合？」聰明的周軍一點就懂。

「我後天早上就離開贛州回日本結婚，你如果有興趣和對方合作的話，我可以在日本安排你們會面，在此之前，我一個字兒都不能告訴你。講句難聽的話，我還希望保住小命回東京去把我的婚給結了。」葉國強釣他胃口的目的只爲了保護自己，畢竟目前還有求於他的周軍，總是有能耐暫時壓壓邱威貴的氣燄。

兩天後，剛好是美國總統造訪中國。明明雙方領袖會晤的地方遠在北京，但基於中國官方一向神經過敏的維穩政策，連贛州黃金機場航站大廈裡面也處處可見公安，儘管不是針對他們而來，但葉國強感覺還是不太舒服。

「幹嘛走得這麼急？」帶著大包小包一副不想回東京的沙織抱怨著。

「能走就趕快走！別像我困在江西十幾年，到了七老八十才走得掉。」黃南山有感而發。

「這次得感謝妳心血來潮要我去看畫展，才讓我躲過一劫，下次哪還會有這種運氣呢？」葉國強想到橫死的同事們依舊心有餘悸。

搭上這班飛機的除了葉國強與沙織以外，連舅舅黃南山也跟著他們一起去日本。台灣有句俗諺「天頂天公，地下母舅公」，意思是外甥結婚時，必須等到舅舅出席就坐，婚禮才能開始。

周軍、詹英和周荷一家人也搭上這班從贛州飛廈門再轉東京的班機。表面的理由是參加葉國強的婚禮，但每個人心中各有各的盤算，葉國強希望他們同行，至少可以保護自己安全離開贛州，只要離開贛州，邱威貴自然就沒有機會對葉國強下手，他打算一回到東京便找個適當時機辭掉英軍銀行的總經理職務；而詹英想的是要和失散幾十年的生母會面；周軍想的是如何和神祕的白色騎士投資人合作；至於周荷則是想去 SevenStar 找史坦利銷毀她留在那裡的所有書面檔案。

當然，飛機上還有明悉子，只是事先已經和葉國強沙織等人套好招，彼此裝成不認識的路人。

葉國強隨手看著一本有關沉迷於音樂的死神的小說，想到自己最近和死神似乎沒有什麼兩樣，這兩個月的中國夢除了帶給彭育祥、張冰冰等人死亡外，只能用一場空來形容。回顧過去將近二十年的金融歲月，每更換一個職務便伴隨著周遭人的死亡，有人死有餘辜，但也有人無辜喪命。從飛機上鳥瞰底下這座待了快兩個月的都市，他什麼都沒帶來，也沒帶走什麼，包括那張卡式台胞證。

打開飛機座椅的電影放映服務，上演著那種美國職棒大聯盟的電影，反正就是大爛隊脫胎換骨躍居世界冠軍的爛片。看得昏昏欲睡的葉國強突然眼睛一亮，發現電影中的右外野手竟然是彭育祥，在全壘

---

2 白馬騎士是指股票市場中善意的投資人。當一家公司面臨其他公司的惡意併購或持股不足時，該公司會去尋找與自己友善的投資人來反制其他惡意者，有點類似出面拯救被大惡魔纏上公主的意思。

打牆邊接到球之後，展現出雷射肩的強勁臂力，將球直接從右外野回傳到本壘想要阻殺奔回本壘的對手，但那顆球越來越大，竟然變成了一顆頭，臉上鼻子下那顆又大又黑的痣越來越明顯。

「棉神！」葉國強大叫一聲驚醒了過來。

「你做惡夢嗎？還是剛剛的亂流把你吵醒了？」旁邊的沙織遞了一瓶水給他。

當他們還在贛州機場候機室等待飛機時，一通從贛州打到東京的電話劃破北千住SevenStar公司辦公室的寧靜。

「史坦利社長，我之前答應給你的佣金，剛剛一大早已經先匯一部分給你了，至於剩下的佣金撥付就得看你的表現了。記得，隨機應變，如果可以讓那個姓葉的從此回不了中國的話，我還可以提高一倍的佣金。」邱威貴坐在英軍銀行的總經理位置上，由於周軍與葉國強臨時到東京公幹出差，這段期間由邱威貴代理總經理，他早就希望坐在這個位置，也始終認為這位置原本就應該是他的。

5

東京北千住水元公園。重負荷

第二天傍晚，東京北千住水元公園畔。

周軍站在二重羽子的療養所門口的湖邊，無畏著撲面而來的風雪，繃著臉緊咬著香菸，但看起來只是叼著，並沒有眞的吞雲吐霧起來，從臉上的表情看不出他的喜怒哀樂。

「你什麼時候離開羽子奶奶的房間？」葉國強從屋內走了出來，看見來回踱步的周軍。

周軍看了他一眼後又點了一根香菸，狠狠吸了一口，彷彿想要藉著尼古丁整理自己凌亂不堪的思緒。

「樓上的房間很悶，我出來抽根菸透透氣。」周軍的語氣中帶些戒心。

昨天晚上抵達東京，一行人在旅館休息一晚後，第二天一大早，羽二重商社便派車載他們來到羽子位於近郊的療養所。明悉子與葉國強花了好幾個小時，在羽子、詹英、周軍、周荷、黃南山、二重靜子，以及二重家族的律師面前，把所有事情清清楚楚地講了一遍。

「我想你一時之間也沒有辦法接受這些事實吧？」

周軍哼了一聲：「我是沒有多少感覺啦，不過是六、七十年前的往事罷了，只是突然多了個岳母。倒是我老婆從今天早上見到她親娘後，整天一直陪在旁邊哭個不停，兩個人哭就算了，一堆人也跟著哭，我最受不了這種娘們哭哭啼啼的場面了。」明明他也跟著哽咽失聲，這時候就推了一乾二淨，葉國強不願點破，話題立刻轉開：「你比較在意的是，羽二重集團握有英軍股票這檔事吧？」

「算了，也不急著在今天談，在人家母女重逢的時間點談這些事情，挺煞風景的。」周軍嘴巴說不急，表情上卻顯露出來，一談到股權的事情，原本面無表情的周軍便露出一股蠢蠢欲動的企圖。

「前面公園的小湖泊還挺別緻的，不得不佩服他們小日本，連這種尋常住宅區的公園也可以整理得這麼乾淨。」討厭日本幾十年後，才發現自己原來娶了個日本老婆，周軍對日本人的心態想法似乎有點微妙的轉變。

「我退休後也想來這座湖畔買棟屋子，在這裡養老度過終年還挺滋潤的呢！」周軍看著眼前一片雪白的景致有感而發。

「咱老家新疆下的雪更多，但卻沒有這邊好看。只不過，這裡的烏鴉未免太多了吧！太不吉利。」說完之後又點了一根菸。

葉國強笑了笑說：「我瞧你菸抽個不停，看起來你整個心思都放在工作上頭。」

「講了一整天的話，重點也不說，我本來以爲，他們家族其他成員甚至連律師都到了，應該很快進入正題，結果一待就是一整天，你看看，天都快黑了。」

「英軍企業股票的最後過戶日只剩下幾天，難怪你會著急。」

「要不是那位算起來應該叫我姑丈的明悉子拿出兩個人的ＤＮＡ檢驗報告，以及手上所握有的英軍企業股票的過戶證明，我會以爲這是一場騙局，一場由你葉國強精心策畫的騙局。」其實不能怪周軍會如此想，整件事情幾十年恩怨，只用巧合來形容也無法解釋。

「冥冥之中自有天意吧。」葉國強說完看看手錶後提議：「周董，這附近有間專賣新疆家鄉菜的居酒屋，走路過去十分鐘就到了，我挺熟的，要不要去那邊喝上兩杯從新疆進口的羊奶酒？羽二重商社已經完全授權我，咱們邊喝邊交心，也順便商討一下你們合作之間的章程，如何？」

「東京吃得到新疆菜？能吃嗎？」周軍哼了一聲，但想到可以喝點酒，總比窩在這個無聊公園抽悶菸有意思得多。

水元公園位在東京葛飾區的角落，是沿著規模和河流差不多的蓄水池所建的公園，市區與公園之間的馬路，沿著一條名爲「內溜」的長型蓄水池，兩岸有柵欄，平日白天有許多垂釣者在此釣魚，但一月寒冷冬天的傍晚，沿路完全沒有任何釣客與行人，只聽到幾聲零星的烏鴉啼叫聲。

兩人沿著公園旁邊漆黑的步道，寂靜驀然降臨，拂過樹梢的風吹落堆積在樹枝之間的積雪，一拐過轉角，內溜的美景頓時展現眼前。

「好安靜。」

「夜裡才是，這裡白天到處都是人。」

周軍看到美景有感而發：「想想看，這眞的比小說還要誇張，羽子花了鉅款買下英軍的股票，到頭來買到的居然是自己女兒的公司。你舅舅黃南山從台灣帶來好幾個億，竟然被我們吞掉，而我們英軍之所以能夠茁壯說穿了也是靠你舅舅的錢。而羽子隻身回日本之所以能夠重振家族事業，依靠的卻是你外公給她的幾十幅價值連城的名畫。而你外公之所以能在台灣搞出一番事業，是靠從贛州老家帶去的金條和機器起家的。」

葉國強不同意他的看法說道：「羽子奶奶靠的是堅強和自我犧牲，你靠的是膽識與心狠手辣，我外公靠的是努力與鑽營。所有的人都得離開自己的原鄉才能激發出做生意的本能。」

周軍想到自己曾經設局坑騙黃南山：「眞沒想到黃南山是你舅舅，說眞的，我對你舅舅實在感到虧欠，當年如果不是……」

葉國強打斷他的話：「這沒有虧不虧欠的問題，我舅舅他從小就是公子哥兒個性，也許是因爲沒有血緣關係吧，沒有遺傳到我外公的精明幹練，做起生意沒有考慮風險意識外加識人不明，換成是別人也會想坑他。其實，連我也曾經犯下同樣的致命傷啊。」

一講到識人不明，葉國強就聯想到史坦利，原來自己的血液中早就埋有類似的基因。

「對了，我昨晚其實已經早一步看過羽子老奶奶的遺囑，她知道自己來日不多，在前幾天獲知自己女兒也就是尊夫人的下落後，就已經吩咐律師與商社的家族成員變更了遺囑。」葉國強會找周軍聊天，其實也是受明悉子的請託。

「這兩年來源源不斷從股市買進英軍企業股票的資金，其實是羽子奶奶個人名下的信託基金。這個信託基金成立的目的有兩個，一是處理商社本身不方便出面的投資案，日本的法律相當嚴格，譬如羽二重和英軍之間有纏訟多年的官司案，這個你最清楚了，就由這個基金出面直接收購，入主對方經營來擺平糾紛。這個基金第二個成立目的，就是羽子奶奶打算要留給當年與黃生廣生的兩個孩子。畢竟，羽二重是間歷史悠久的大商社，所有的繼承必須遵守法律規定。」

「這個基金透過各種免稅天堂的層層安排，別說你，除非是FBI等級的機構，否則就算是全世界最頂尖的洗錢專家或駭客，都不容易查出背後眞正的擁有者。多年以來，始終從事檯面下一些見不得光的買賣投資，我想你無需知道箇中細節。」

「這就是你說的專業含金量吧？」周軍還記得幾個月前第一次在關島機場遇到葉國強時，兩人之間的對話。

葉國強露出會心一笑繼續說下去：「這個基金輾轉投資的英軍企業股票，二重羽子打算由詹英和明悉子共同繼承，如此一來也完成了她多年的心願，她始終對當年因爲時代戰亂而不得不遺棄的兩個子女，抱持著很深的罪惡感。當然這並不是她的錯，但這也是她唯一能夠彌補罪惡感的辦法了。」

「詹英和明悉子共同繼承？也就是說……」周軍有點搞不懂。

「前提是英軍不能再非法使用羽二重的商標。但明悉子願意和解，她的條件是雙方合作，乾脆讓英軍成爲羽二重的代工廠和中國地區的代理商，英軍企業乃至於英軍銀行的董事會，明悉子和羽二重就持股比率取得應有的董事席位。她允諾，英軍集團的運作仍然由你們夫妻負責，下屆董事局改選的時候，一舉把邱威貴的勢力趕出去。」葉國強將二重羽子的想法一五一十地轉告給周軍。

對周軍而言這不啻是個天大的好消息，只見他手舞足蹈地興奮地說著：「也就是說我們英軍集團除了有台灣的國華金控以外，又多了個日本大商社股東，如此一來我們就可以……」周軍又燃起他對事業版圖擴張的野心。

「我告訴你，羽二重商社背後的實力很雄厚，除了紡織百貨營建零售以外，日本第五大銀行四菱也是羽二重的關係企業。」

「哇！如此一來，英軍銀行搞不好可以在短短幾年後，躍居中國前幾大商業銀行了，而且還是橫跨中日台的頂尖大集團啊！」

「這也許是冥冥之中的天意吧。畢竟這些也是當年江西黃家遠渡海外，三四代下來，東轉西轉才成就出的成果。」

「不過……」葉國強打算先潑一下周軍的冷水：「我必須嚴正地警告你，也算是對你交心，你周軍有這種機緣，靠的是天意，是機運，我希望你別再胡搞瞎搞了，搞那些小格局的你爭我鬥。」

「哇！瞧你小葉，還沒成事就先教訓我起來。」周軍開起玩笑。

「今晚應該是我們最後一次私底下見面，不瞞你說，等過幾天英軍銀行升格的批文一下來，我就要正式向你辭掉總經理的職位，國華金控古家那邊我也會跟他們說清楚的。但你放心，我辭職並不會影響國華金控的既定投資案。」

周軍眼睛瞪得大大滿臉不解地問起：「爲什麼？銀行的氣氛才剛開始冒了尖步入順途，咱們可以好好施展拳腳，拚一個中國最大銀行的霸業啊！如果你只是擔心安全問題，這是小事啊，只要把邱威貴幫那個政治通緝犯海外洗錢的事情曝光，他就是死路一條。」

葉國強一陣心寒，眼前這個已經燃起事業版圖熊熊之火的男人，竟然能夠狠下心對自己準女婿下毒手，也不去擔心是否會波及自己的女兒。

「周董，我玩金融玩了二十幾年，從念書的時候就玩到現在。玩外匯、玩股票、玩期貨、玩債券、玩房產、玩超貸、玩槓桿、玩購併、玩權謀、玩心機、玩老闆、玩部屬，什麼都玩，就是不玩命；而你的好女婿邱威貴他要的是我命，偏偏我的命只有一條，玩不起也給不起。」

一陣風雪拂過葉國強的臉龐，周軍看著他，知道無法挽留眼前這個人，從水元公園走到商業區，靜謐氛圍漸漸煙消雲散，街上車水馬龍的嘈雜擾攘轉瞬間取而代之。

「居酒屋到了。」聊著聊著已經來到商店街的邊緣，葉國強掀開棉棉花居酒屋的門簾，踏進這間已經快兩個月沒光顧過的熟悉店家。

「歡迎光臨！原來是葉專務，這趟出差怎麼那麼久？兩個多月都沒來光顧，我還在擔心你是不是把我老吳給忘了呢！」站在料理台前的老吳親切地打招呼。

「我今天帶一個從新疆來的中國客人，專程來吃你燒的新疆菜，喂！可別給我漏氣啊！」葉國強帶著周軍找了角落那張慣用的桌子坐定下來。

「布置得很有新疆格調呢！」遠在東京也能找到一解鄉愁的店，周軍嘖嘖稱奇。

「來！正宗從新疆直接進口的羊奶酒，先乾了吧！」葉國強舉杯，心情極佳的周軍一飲而盡。

「這才是正宗新疆口味啊！想當年我還只是個二十五歲小毛頭少尉軍官，帶著十幾個弟兄守著邊界，有一天，突然看見邊界外有十來個俄國大鼻子士兵偷偷摸了上來，我和弟兄們每人先喝上一瓶羊奶酒，埋伏在他們會經過的路上，零下二十度頂著大風雪躲在橋墩下，你說多冷就有多冷。」

見周軍講得口沫橫飛，葉國強又幫他斟了杯酒。

「不料，那幾個大鼻子發現了我們，雙方距離近到無法開槍，羊奶酒暖過身子的我們，拔起刺刀朝那些大鼻子身上招呼過去，結果，當場宰了五個，活捉了十個，而我和弟兄們連一滴血都沒留，那場戰役讓我在部隊裡頭大大露臉，那時候的長官也就是我的岳父詹翰，從此對我刮目相看，除了一路提拔我外，還把他的獨生女嫁給我。其實不是我特別勇敢，而是這瓶羊奶酒發揮了神效，從此，誰要叫我戒掉喝羊奶酒，我就和他翻臉。」周軍黃湯下肚，滔滔不絕地說起當年勇。

「來！老闆！這店裡所有的客人都給他們一瓶羊奶酒，我招待，讓日本人也能見識見識這種又嗆又辣又香又醇的新疆酒！」喝不到兩杯，周軍便發起酒瘋。

老吳狐疑地看著葉國強，葉國強會意點了點頭回答老吳：「我這位客人周董，他今天很開心，放心啦！別說你店裡面的酒，就算全日本的羊奶酒他都付得起，我今天特別帶了個財神來你店裡捧場。」身爲老闆總是會擔心那些喝醉的客人借酒裝瘋點了一大堆酒菜，結帳時才雙手一攤付不出錢來，既然熟悉的常客葉國強願意擔保，老吳就沒有放著生意不做的道理。

不過老吳聽到周董兩字，又看了周軍幾眼，把葉國強叫到吧檯邊低聲問道：「你這位新疆來的周董，怎麼稱呼啊？」

「他叫周軍，不過他喜歡別人叫他周董便是。」

老吳聽到周軍兩字，身體不自覺地發起抖來，正在切水果的刀子不小心劃破了左手的大拇指與食指，一時間血流如注，葉國強見狀笑了笑說：「十幾年廚師還會割破手，好啦你先去止血，這盤水果我自己來切就好了。」

葉國強是棉棉花的常客，有時候老吳一忙，他會跑到廚房自己弄點吃的。日本的居酒屋的文化就是如此，常客有時候還會幫老闆招呼客人、端菜，甚至還會進料理台幫忙一些簡單料理呢。

拿著水果刀自行切了盤哈密瓜端到周軍的面前，葉國強笑著說：「居酒屋的氣氛就是這麼特殊，和咱們中國人餐廳不太一樣。」

「是不一樣，但是我很喜歡！」在今天之前還是一副恨透日本的模樣，知道自己的事業得到日本資金的挹注後，對日本的想法竟然友善許多。文化的隔閡往往出在歷史的糾葛和彼此缺乏溝通，大家彼此混熟了，什麼無謂的國仇家恨自然就淡了。

「小葉，說句交心的話，你一走，我還眞不曉得如何經營銀行下去。你講的沒錯，小格局的村鎮銀行對我不成問題，但我一想到要和匯豐、中國工商和中國建設等大銀行競爭，心中連個底都沒有呢。」

周軍嘆了一口氣。

「我也坦白告訴你，我原本打算幹個兩、三年，但既然要提早退出，自然得把原本我對英軍銀行的布局與願景告訴你，你如果沒有其他更好的章程，或許可以聽聽我的意見。」

周軍笑了笑：「你現在打算要把含金量高的專業傳授給我嗎？」

葉國強吃了一片自己切的哈密瓜後回答：「傳授不敢當，我原本的三年計畫只有三項工作：打底、整頓、擴充。打底就是清除銀行的毒瘤與糞坑，上星期我通過不良債權和信託商品的改革案，基本上已經幫你做好打底的工作；至於整頓，整頓的目的在人事，不適用的人該砍就砍、能辭就辭，我已經向董事會提出來了，只要照著那些新章程，大概一年就整頓完畢。」

葉國強吃完哈密瓜，又走到料理檯拿刀切了一盤滷羊肉，端著滷羊肉回餐桌，他看著切得亂七八糟的羊肉，搖了搖頭自嘲：「專業的含金量靠的是經驗，你瞧我這個外行人切起羊肉來簡直是暴殄天物。」

聽得津津有味的周軍不想話題被打斷，他追著葉國強問下去：「隨便啦！反正是我們自個兒吃的，那什麼是擴充？」

「一旦台灣與日本新股東的資金一到位，你可以再去收購江西一些小型村鎮銀行。」葉國強講了幾間位於江西偏遠地方且經營不善的小銀行。

聽到那些不起眼的鄉下銀行名字，周軍皺起眉頭說：「把那幾間小農銀吞下去，除了自己鬧肚子搞出腸胃炎以外，哪有什麼好處？」

「聽好，那幾間小農銀好比象棋中的小卒子，你不用去管它的體質，你只需要讓他們一步一步過河便可。」葉國強停下來看看周軍能不能自行體會。

「不懂啦！小葉你就乾脆一次講完，如果我懂的話，當初還需要找你來幫忙嗎？」

「根據中國法令規定，商業銀行每年能夠新增加的分行有一定的限制，你想升格商業銀行無非是為了能夠走出江西這個小地方，去北上廣深和香港澳門打天下吧？可是一年就只能新設幾間分行，等到英軍布好全中國的版圖，說不定已經十幾二十年了，對不對？」

周軍點點頭，其實這些問題他早就想過，他還一度打算去併購上海、北京等地的小銀行，但此舉一定會花掉不少資金。

葉國強好像周軍肚子裡的蛔蟲，竟然把他心中疑慮點出來：「笨蛋才去買上海、香港那些待價而沽拿翹的小銀行！你可以把卒子一步步地往前移，官方的法律並沒有限定銀行分行遷移的數目，也就是說，你高興把江西的分行遷到哪裡就遷到哪裡，你高興一年搬遷幾家分行就搬幾家。你想想看，你若買了那些小農銀，他們旗下的鄉下分行就可以一間間地遷到上海、蘇州、北京、天津、香港、澳門、重慶、成都、青島、南京……一、兩年下來你的版圖就完整了。」

周軍拍了拍手大叫：「妙招啊！妙招！來！大家乾杯！」

才喝了一口就想到不對勁的地方，周軍問道：「官方會允許我這樣做嗎？還有就算被我搞成功了，官方一個法令修改豈不又斷了路嗎？」

「虧你還是中國商人，現在的法令又沒有明文規定可以做或不能做，法律沒規定的事情就得靠鈔票來運作，這招不就是你的強項嗎？就算兩年過後，官方發現你鑽了漏洞而出面修法，那更妙啊！一來你已經生米煮成熟飯只好認了，二來修法還可以斷了東施效顰的其他競爭者呢！」

其實葉國強會有這種妙招也是取材自台灣金融界。幾年前某外商銀行花錢併購東部某銀行，市場人士個個笑翻天，認爲花錢買了幾個偏遠地區的小農銀根本就是冤大頭，但一、兩年後就笑不出來了，那家外商銀行兩年內把花東的分行遷移到台北、新竹、台中、高雄，等於只花三分之一的錢就買下一間擁有全國據點的銀行，當然背後的獻策者就是葉國強。

老吳端上新的招牌菜笑道：「只要是新疆兄弟，應該都嘗過這道菜。」

周軍看了一眼口水簡直快要流下來地大聲吆喝：「乾崩羊肉鍋！這道菜連中國也很難找得到，沒想到在東京可以吃得到！」他迫不及待夾了一口狼吞虎嚥：「這道菜的困難在於必須用整隻山羊下去烹煮，不能放一滴油水，一不小心就會黏鍋，前製作業至少得耗上五個小時。而滷出來的量很大，熬滷一整隻羊可以裝成二十來鍋，萬一生意不好賣不完又不能放隔夜，尋常小店基於成本考量，根本不敢推出這道菜。」

葉國強嘗了一口問道：「老吳，為什麼以前沒看你弄這道菜啊？」

老吳笑著說：「周董是內行人，他說得很對，生意不夠好的話，推這道菜可是會血本無歸。託你的福，幾個月前你帶個從台灣來的B級美食作家來捧場，他回台灣後把我的店收錄在他出版的新書上，這幾個月來，天天都有五、六組的台灣客人上門，生意一好，我才敢搞這道乾崩羊肉鍋，沒有這道菜哪有資格掛新疆菜的招牌啊！周董你說是不是？」

「老吳，聽說你也是新疆人，你老家在哪兒？」嘗了好幾口羊肉後，周軍心情更是好得不得了。不願透露身分的老吳，故意講了一個家鄉隔壁的縣份。

「那我們算是同鄉了，我曾經在隔壁的巴楚縣住上十年呢！那時候我還是個解放軍軍企的軍官，下了崗後去搞棉花合作社。」喝到已經微醺的周軍，打開話當年的匣子就說個不停，老吳更是熱絡地和他攀談，葉國強反倒淪為插不上話的陌生人，無聊地掏出手機把玩，這才發現有幾通沙織打來的未接來電。避開店內的吵雜，葉國強走到門口去回電：「沙織，找我有什麼事？詹英和羽子奶奶的見面結束了嗎？」

「你跑到哪裡去呢？大家都在找你，連周軍也跑不見了。」

「我在北千住車站附近和周軍喝酒，他下榻的酒店就安排在北千住附近，應該不會走丟啦！」

「我現在人已經回到家裡了，我想要你……」沙織說完後之後陷入很長的沉默。

等了好一會兒等不及沙織回話，葉國強開口問了：「想要我幫妳做什麼？」

「我想要你來我家陪我。」沙織鼓起勇氣才擠出這幾個字，如果不是隔著手機恐怕還講不出口吧。

聽到這種超乎常理的請求，葉國強吃了一驚，看看時間已經是晚上十點。

孤男寡女在晚上共處一室，感到十分爲難的葉國強回答：「妳是不是有什麼困難？如果非得急著見我一面，不然我們約在北千住車站北口那間二十四小時營業的咖啡廳？」

「我不管啦！我就是要你到我家裡來，我眞的有很重要的事情拜託你，拜託啦！」沙織的語氣有點嬌羞，任誰都聽得出來箇中涵義。

正打算找個比較不傷感情的藉口推辭的當下，一隻烏鴉飛到停放在店門口的腳踏車坐墊上對著葉國強聒聒叫個不停，葉國強突然想起棉神的囑咐：「不管沙織提出什麼不合理的要求都要照辦。」

又想到要不是前幾天沙織硬是要他取消分行巡視行程，早就已經橫屍在江西鄉野的教訓，寧可信其有的葉國強望著面前的烏鴉後立刻改變心意答應她：「好！我立刻過去！」

葉國強走回店內，只見周軍與老吳聊得十分起勁，他匆匆地向周軍告辭，並將周軍下榻的旅館名片交給老吳，萬一周軍喝掛了，麻煩老吳幫他叫計程車後，便離開了老吳的居酒屋。

沙織的住處離居酒屋不遠，約莫只有二十分鐘的路程，按了門鈴，只見沙織撇著嘴，穿著一件充分展現身體曲線的藍色小可愛來開門，當下葉國強便已心裡有數。

「這麼冷的天氣穿這麼少，小心感冒。」除了裝傻之外，葉國強找不出什麼話題來化解尷尬。

沙織一見到葉國強，馬上撲身倒在他的懷裡，雙手緊緊環抱，臉龐貼在他的胸前，葉國強施了點力氣掙開她懷抱說：「我想我還是得走了！妳知道，我就要結婚了，有些事情最好……」

沙織揉了揉眼透露出她內心的掙扎說：「這是我最不想聽的答案。」

原本打算掉頭離去的葉國強看見沙織眼中的孤寂、慾望與空虛，有點於心不忍地停下腳步。主動求愛被拒的沙織羞愧地坐了下來，低頭看著自己的雙手，十隻手指在膝上纏繞。

「妳今天怎麼了？」

「你想不想聽我這個無趣女人的故事？」沙織總算鼓起勇氣抬頭看著葉國強。

「不，妳並不無趣，只是因為我……」葉國強知道男女之間，一旦有人想要踏出普通朋友這道紅線主動求愛，不管到底有沒有發生親密關係，過了這道紅線後便再也回不去可以談笑風生的輕鬆關係，這種事情比拆解定時炸彈還要棘手，一不小心兩人都會粉身碎骨。

沙織不讓葉國強有講任何場面話的機會，搶著說：「其實我有過一段五年的婚姻，去你公司應徵時刻意隱瞞。你知道的，日本的就業環境對失婚女人很不友善。」

是這樣沒錯，葉國強點點頭。

「我的前夫是我大學同學，我念的是電腦程式設計，他念的是機械，結婚前兩年就認識，很快地就發展出男女朋友的關係，結婚第一年我便辭去在電信業的高薪工作，跟著他外派到中國贛州一起生活。」

「什麼？」

「難道你都沒有發現我對那個地方很熟悉嗎？」

「所以兩個月前拿到你打算取消的機票，我毫不考慮立刻飛了過去，也許是想舊地重遊回味一下當年新婚的甜蜜滋味吧。」

「前夫的公司在贛州有座工廠，我們在那邊過了快樂的兩年便回到東京，過程我就不想說太多了。總之，到了第五年我痛苦地提出離婚的要求。」

「為什麼？是他有外遇？」葉國強好奇地問。

「我得喝杯酒才能繼續說下去。」沙織想要喝酒。

葉國強在客廳東張西望，才在角落的酒櫃中找到一瓶還沒開的清酒，倒了一杯遞給沙織。

「小心，慢慢喝，心情不好的時候很容易醉倒。」葉國強體貼地提醒著。

「有時候喝點酒才有辦法放膽去幹傻事說傻話呢，酒是女人的好朋友啊！」

「對男人也是吧！」葉國強會心一笑。

「他沒有外遇，我也沒有外遇。」

「莫非他對你施暴？或者是他在外惹了什麼麻煩之類的？」葉國強想來想去，離婚的理由算來算去就這幾項吧。

「你不用再猜下去，沒有人猜得到的。其實我的婚姻表面上很讓人稱羨，一個幸福的家庭，一個長相英俊且收入頗豐的丈夫，一幢美輪美奐的房子。你或許不知道，我的前夫現在是某遊戲軟體公司的執行長，如果一切順利的話，我打算生三個可愛的孩子，兩個男孩、一個女孩。」

「我知道了，他是同志？」葉國強的想法應該和多數人猜測的答案很接近才對。

沙織搖了搖頭哽咽了起來說：「世上最痛苦的事，莫過於把愛情浪費在一個對自己完全沒有性慾的男人身上。」

葉國強不以爲然地說：「其實夫妻那檔事情，也不需要太頻繁啊，像我……唉……」

沙織突然破涕爲笑問道：「像你什麼？莫非你性無能？」

「別扯我身上來，就算你先生是性無能，這問題其實並不棘手啊，威而剛威而柔現成的助興藥丸一吞不就解決了。」

「他不是性無能，據我所知，他每次出差都會偷偷去找妓女發洩，不過，我不認爲這種事情算是背叛。」

「那到底是什麼因素讓妳想離開他？」葉國強不想再猜下去。

「說起來很丟臉，我一直到離婚那天都還是處女……virgin!」沙織又倒了杯清酒一飲而盡。

「爲什麼？妳長得還算漂亮，身材皮膚也都在水準之上，剛剛要不是因爲我快要結婚了，我早就把妳一把推到床上去了。」葉國強感到不可置信。

「謝謝你願意把我當成女人看待。我不知道爲什麼他就是無法對我產生性慾，我曾經去看心理醫生，也逼著他去看心理醫生，但他總是找各種藉口逃避看醫生。」

說著說著沙織又哽咽起來：「我到現在還是不知道眞正的原因。當時剛結婚，沒有性生活，我並不覺得有什麼不對勁的地方，也許是婚姻太美滿了，帥氣的老公，無憂無慮的經濟條件，除了性愛以外，所有知性的興趣都是如此契合，我們一樣熱愛滑雪，一樣酷愛旅行，一樣喜歡沉浸在文學與電影的嗜好上，他對我的父母十分孝順與尊敬，還扛下他們的生活開支，什麼事情都很完美。」

「難道當時妳都不會想？」

「好比美味的牛排，如果不曾嘗過箇中滋味，就算牛排在你眼前，也不會特別主動想要嘗試。」

「換成是我，就算是從來沒有吃過的食物，只要肚子一餓，該吃還是得吃。」

「這就是女人和男人不一樣的地方。」

「算了啦，痛苦的事情就別再去想那麼多，只能說妳運氣不好，反正不是離婚了嗎，可以重新自由自在過生活了吧。」葉國強知道這種安慰既不切實際又老掉牙，但還能說些什麼呢？

「哼！自由！這字眼未免太廉價了吧！離婚後沒多，我有了第二個男人，他是個有婦之夫。或許我眞的有點愛上他，他覺得我聰明漂亮、善解人意，甚至也很美麗大方，但更重要的是他毫不掩飾對我身體的渴望。當時的我對婚姻已經不抱任何幻想，才不管那個人有沒有結婚，反正只想找個伴，即使和別人分享老公也無所謂，很自私、很傻對不對？」

葉國強聳了聳肩表示不置可否。

「交往沒多久，那男人就要求上床，期待性愛體驗很久的我當然立刻答應。好啦，其實根本就是我要心機引誘他的，約他去居酒屋喝酒，穿了件低胸的衣服坐在他面前拚命擠乳溝，然後假借喝醉酒的理由想找地方睡覺。你知道，十個男人有九個會受不了引誘的。」

「剩下那一個就是我囉！」葉國強脫口而出才驚覺自己回答得很失禮，趕緊替自己倒了杯酒掩飾一番。

沙織哼了一聲繼續說下去：「脫光衣服他要進入我身體之前，我向他坦承自己還是處女，結果他瞪大了眼睛看著我，再三向我確認的確還是個處女後，他竟然起身穿好衣褲，頭也不回地從旅館門口落荒而逃，用落荒而逃還不能完全形容他的驚恐神情。」

「眞是個沒用的男人！」葉國強笑罵了起來。

「哼！那你就多有用？」沙織頂了一句全天下男人聽了都會不舒服的話回去，葉國強被沙織頂得哭笑不得

「不過呢，我多少可以體會那種落荒而逃的心理。畢竟第一次對女人來說很難忘，男人多少會擔心萬一自己表現得不夠好，從此會在女人心中留下不好的印象。畢竟性愛這種事情宛如職業球賽，有勝有敗，能否從中得到樂趣，是透過長年累月、一次又一次所累積而來，兩人要不斷地摸索嘗試……」葉國強發表長篇大論來替自己辯解。

沙織笑著說：「你們台灣話四十歲的男人眞的只剩一張嘴。好啦，我繼續把故事說下去，前幾天我對一個最近才愛上的男人求婚。」

「妳向別人求婚？」葉國強已經不知道眼前的沙織還會做出什麼驚人之舉。

「有什麼不對嗎？那個人是我跟著你去江西出差時認識的。」

「咦！有這種事？我怎麼都不知道？是英軍銀行的人嗎？」

「嗯，因爲工作才認識的，他是于都……」沙織欲言又止。

「哦，原來是于都分行的人！難怪妳一天到晚往于都跑。」葉國強開始在腦中搜尋于都分行中有印象的男職員。

「結果他並沒有立刻答應，還要我冷靜思考幾天後再回覆他。」沙織哀怨地說著。

「原來妳又被打槍，失戀了，所以才來找上我來尋求安慰，對不對？」葉國強自以爲是地認爲。

沙織搖了搖頭露出一副苦笑模樣回答：「你眞幼稚，我沒有被他打槍，而是他對我坦承，他年紀很大了，身體機能各方面都已經老化，特別是性愛那方面，他已經是無能爲力。他要我再考慮幾天，如果我不介意這些，他的確也很想和我結婚。」

葉國強的腦海中浮現出于都分行鄧經理的模樣，整個于都分行上了年紀且未婚的數來數去只有這個傢伙。沒想到看起來頂多六十歲的鄧經理居然已經不舉，要不是已經打算離開英軍銀行，葉國強說不定會把它當成八卦傳了出去呢。

「我明天要再度向他求婚，接著就再次成爲人妻。我這個人很死腦筋，我是個天主教徒，對於守貞這件事情看得比很多人還要認眞，不想結婚後再和其他男人發生不倫戀情。只是內心又很不甘願，很不甘願一輩子從未嘗過性愛滋味，作爲女人，卻完全缺乏這樣的體驗，所以今晚我才厚著臉皮想要引誘你……」沙織的聲音越來越模糊。

「那爲什麼選上我？」雖然很荒謬，但身爲男人的葉國強聽到這些難免還是會產生點虛榮感。

「嗯，你是個很棒的男人，風趣、聰明、還有雙迷死人的眼睛，況且你更是個守口如瓶的人。」沙織板起臉孔正經以對。

認識沙織三年的葉國強很清楚只要她板起這副臉孔，通常都是在扯謊。

「講實話吧！爲什麼選我幫妳破處？」

「因爲你是瑕疵品。」她毫不猶豫地說出。

「哎呀，多謝誇獎喔！」

「第一個瑕疵是你已經結紮了，和你做那檔事不必擔心太多後遺症。但問題不在這上頭，你明明知道古漂亮肚子裡小孩不是你的，竟然還願意和她結婚，我當時對你感到很不屑，覺得你爲了古家的龐大財產……」

葉國強動怒地喝斥：「別再說了，我問你，誰告訴妳這個祕密？」

「古漂亮告訴我的。」

「原來她早就知道。」葉國強雖然已經不愛古漂亮，但心頭依然爲之一酸。

「你的第二個瑕疵是，我不用擔心會因此愛上你。你是個會讓女人害怕的男人，典型的壞男人，是那種讓女人可以放心和你一起幹壞事的男人，但如果要戀愛成家結婚，你可是溜得比所有人都快。」

葉國強哈哈大笑：「原來最了解我的人居然是妳！妳對著男人求愛，卻又在他面前數落一番，我眞的搞不清楚妳是眞傻還是裝傻？」

「這陣子我也搞不清楚自己想什麼，有時候不知道爲什麼，總會有衝動去做一些莫名其妙的事情。」沙織收起酒瓶酒杯繼續說道：「也許是酒喝多了……」

「趁我有點醉意還沒清醒之前，我很想再罵罵你。你實際上的作爲和我想像中有很大落差，你每次碰到難關，只會拚命地想要逃避，在台灣遇到官司，你逃來日本，史坦利背叛你，你選擇逃開，到中國碰到不順遂，你也想逃，你到底想逃到什麼時候？」

葉國強臉色鐵青緊握拳頭對沙織咆哮：「別再說了，妳懂個屁！妳有什麼資格教訓我。」

沙織見狀更是笑了開來指著他說：「像今晚，你一個大男人居然連自動送上門的女人都不敢要，你只會逃，哈哈哈！」

葉國強從沙發站起來用力地關掉電燈，唰地一聲房間陷入一片漆黑。

沙織淡淡地回了一句話：「不管怎樣，我希望你待到天亮再離開。」

只聽到外頭成群的烏鴉在枯樹枝間摩擦的聲音，這群烏鴉就像幽靈般停在樹梢蹣跚而行，嘴裡聒聒不停宛如喃喃自語，沒有人理睬牠們。葉國強被這群烏鴉吵得整夜未眠，沒有人知道烏鴉們什麼時候飛走，也沒有人在乎葉國強什麼時候離開沙織的家。

第二天清晨，忍受著宿醉與徹夜未眠，葉國強疲憊地搭上北千住第一班開往市區的電車。運氣很好，因爲是假日，車上空空蕩蕩，七轉八轉地來到古漂亮的住處。

「你前天晚上就回東京了，爲什麼到現在才來找我？」一大早被吵醒，睡眼惺忪的古漂亮怒氣騰騰地說著。

「我這不就回來了嗎？」葉國強陪笑著，但笑聲聽起來很勉強。

「是不是陪明悉子膩了，才想到我這個未婚妻？」懷孕的女人脾氣總是比較大，葉國強不以爲意。

「別誤會，我既然和妳結婚就不會和她牽扯不清，我用人格保證。」這世界上，說謊很容易，但是，最難證明卻是那些從來不存在的事情。

「一大早就滿身酒味的，我叫人沏壺茶給你醒酒吧！」

葉國強大致解釋昨晚與周軍喝酒的經過，對於整晚留宿在沙織家的事當然隻字不提。

古漂亮耐著性子聽完後，露出一種不可思議地神情問著：「什麼？你要辭去英軍的職務？爲什麼？你有和爸爸商量過嗎？」

葉國強把英軍銀行的問題和他面臨生命威脅的事一五一十地說出來，只是他萬萬沒料到，古漂亮對整件事情竟然無動於衷，她面無表情地聽完整件事情始末，只淡淡地回了一句：「你的衝勁到哪去了？」

「已經死了五個人，五個活生生的人啊！和衝勁一點關係都沒有啊！」

「你不也躲過了嗎？忍耐一下、讓一讓不就過了嗎？」

古漂亮的冷淡讓葉國強感到喪氣，他說道：「那不是在台灣更不是在日本，而是中國啊！忍一時不見得風平浪靜，退一步未必海闊天空。」

「就是在中國，你才不必那麼認眞，何必去惹事生非呢？」古漂亮一副事不關己的態度。

葉國強無法相信自己耳朵所聽到的，回答說：「我是爲了保護你們古家上百億投資的安全，妳這樣說實在太不厚道。」

「葉國強！你是今天才混金融業嗎？難道你天眞地以爲在辦公室開開會打打電話，就可以幾億幾億地賺進來嗎？」

「但金融業又不是黑道，玩的是錢又不是命。」葉國強反譏了回去。

「金融業的確不是黑道，而是利潤比黑道還要高的行業，既然利潤高，風險自然就高啊！」古漂亮從門口信箱取出一份從台灣空運來的財經報紙，指著頭條對葉國強說：「你看看吧！只有你這個笨蛋才在乎什麼投資風險，一百億資金還沒投進去，股價立刻漲了三百億上來。」

本報記者曾豪曉　台北上海贛州綜合報導：

中國大陸第一批民營商業銀行名單即將揭曉，根據消息權威人士透露，總部位於江西的英軍銀行將會拔得頭籌成爲中國首家民營商業銀行，消息一傳出，與英軍銀行已經簽了投資參股同意書的國華金控，過去一周的股價一飛衝天，單周漲幅高達百分之二十以上，英軍銀行的控股公司英軍企業在深圳交易所的股價也跟著水漲船高，單週漲幅更是飆漲百分之五十……

「對了，我想應該告訴你一聲，上個月我去產檢，胎兒的性別確認是男的，我爸相當高興，這時候你就別再拿辭職的事情去煩他。」

很顯然地，身爲「父親」的葉國強似乎是最後一個知道這個消息的人。或許心知肚明的古漂亮也知道葉國強對此不會感到任何興趣，對於古家來說，一個男嬰的誕生好比獲得一間獲利豐厚的金雞母上市公司，至於誰是催生一切的「承銷商」，根本不會在乎吧。

幸好新聞圈還不曉得自己已提前回到東京，否則這則報導一出去，鐵定會有一大堆記者圍到身邊來「堵麥」。葉國強算了算時間，中國官方公布的時間應該在二十四小時之後，應該還有點空檔，也該回去自己北千住的那間小窩好好整理一下，雖然事先早已請託住戶自治會的主任委員幫他收收信整理房子，但那麼久沒有回去，那老太婆大概已經是抱怨連連了吧！

離開古漂亮位於神樂坂的豪宅後，葉國強的手機響個不停，除了幾通是財經記者打來以外，一連好幾通電話都是來詢問自己知不知道周軍的下落。原來昨晚留下周軍在居酒屋一個人先離開後，他從昨晚到今天中午都沒有回去酒店，周荷和英軍的隨扈們打他手機也一直找不到人。

「我不曉得啊！昨晚我大概十點多就先走了。周董大概是喝醉了吧？你們到車站那間棉棉花居酒屋找找看，如果沒有醉倒睡在店裡頭，也有可能是居酒屋的老闆把他安置在哪個小旅館了吧！」葉國強有好幾次在那兒喝醉酒，老吳也是把他抬到附近的小賓館去安頓，直到第二天下午才酒醒離開賓館。

葉國強宛如行屍走肉地走在街頭，直到下午兩、三點才回到自己的房子，以往每次回到這個稱不上是家的房子，葉國強總有種安定感，但從來都沒有像這趟，兩個多月奔波的疲憊所累積出的虛脫感。這股虛脫很難平復，走進臥房，關掉電話關掉網路甚至關上門鈴，雖然只是中午，但他太想徹底休息了，決定暫時擺脫一切，所有的事情等明天太陽升起再說吧。明天開始就有接不完的電話，開不完的會，等明天再去面對古老爺對自己請辭的責難吧。

一閉上眼睛腦海就立刻浮現各種景象：警察、車禍、逮捕、死亡……想到一場中國夢即將結束，緊繃了好幾個月的情緒終於平靜下來；葉國強蜷起身體，帶著豁出去的心情沉沉進入夢鄉，想著第二天早上就可以擺脫那些陰影，開始籌畫光明的未來。

夢裡頭有中國、有台灣、有日本，有運送鴉片的軍閥、軋軋作響的去棉籽機、古老的梨木棉弓、贛州通天岩後山的野生臍橙、沒有滋味的森永牛奶糖、浮世繪的猙獰畫像、怎麼追都追不到的明悉子背影、手上拿著威而剛訕笑不已的沙織、戴著紳士帽騎著自行車載貨的外公、追著右外野高飛球的彭育祥、水元公園的紅葉、基隆田寮港的煤炭、居酒屋老吳的乾崩羊肉鍋、漲了三根漲停板的金控股票、拿著刀追殺自己的史坦利、穿著白無垢新娘服的羽子、小賀棉神臉頰那顆又大又黑的痣、開往基隆的單程船票、沒有回頭路的商人……

雜亂無章的夢持續很久，突然被一隻手抓住了肩膀，拚命地搖晃著，接著是粗大的手掌拍打著臉頰，一陣眼冒金星天旋地轉。

「小賀！是祢嗎？別吵我睡覺！」迷迷糊糊的葉國強以爲仍在睡夢中，一道刺眼的亮光讓雙眼睜不開來，赫然發現床鋪周圍站了五、六個身穿制服的大漢，嚇得葉國強整個人驚醒起來想要爬離床鋪，這才發現雙手雙腳已經被他們制伏，動彈不得。

「請問你是葉國強先生嗎？」那位動手拍他臉頰的人問著。

「你們是誰？救命啊！」葉國強以爲是邱威貴派來抓他的同夥，扯起嗓門大聲求救。

「聽著！我們是龜有派出所的刑事警員，我是大原隊長，另外幾位是本田巡佐、中川巡佐，我們要請葉先生到派出所去問話，釐清幾個疑點。你會不會說日文？需不需要中文或英文的翻譯？」幾個人一一掏出他們的證件表明身分，讓葉國強看得一清二楚。

「警察？你們半夜闖進我家要做什麼？你們有搜索令嗎？」當葉國強知道眼前這些看起來凶神惡煞的人，並非邱威貴從中國派來的殺手後，心情頓時放鬆不少，起碼日本是個文明國家。

「我們懷疑你涉嫌一起謀殺棄屍案，現在你必須和我們回派出所。當然，我可以給你二十分鐘打電話找律師，如果你沒有認識的律師，派出所按照規定會幫你找公辯律師。」本田巡佐面無表情，雖然語氣很客氣，但所說的話卻毫無轉圜空間。

「到底是什麼事？我從中午回家就睡到現在，什麼殺人棄屍，你們一定誤會了！」已經完全清醒的葉國強開始感到著急起來，心中轉了許多念頭，但偏偏就是想不起自己到底爲什麼會捲入凶殺案件。

這並不是葉國強第一次被帶到警局問訊。以前曾經捲入銀行派系鬥爭，被誣陷做假帳掏空而遭到拘留二十四小時，也曾經因爲一句「實質影響力」而被羅織違反證券交易法而白白坐了幾個月牢，雖然最後無罪釋放。但不管怎麼樣，前面幾次葉國強雖然沒有涉嫌，但起碼知道自己被問訊收押的前因後果，只是這一次，根本不知道到底發生了什麼事。

但退一萬步想，龜有派出所的偵訊至少有人性多了，葉國強可以主張行使完全緘默權，可以等到律師來才開始筆錄問訊，可以主張法定的問訊時限不會遭到疲勞轟炸。

人一被帶到派出所門口，只見好幾個守候在此的記者對著葉國強拍照，大原隊長咒罵了幾聲：「為什麼記者會知道？」

走進偵訊室，明悉子和律師已經在場，這個時候的葉國強只能依賴明悉子，畢竟她或她的家族在當地的人脈關係比較豐沛，不到二十分鐘就找到一群擅長刑事案件的律師。

「這到底怎麼回事？」葉國強耐著性子等到明悉子等人和派出所溝通之後才問起。雖然沒有裁定禁見，但律師和葉國強之間的對話必須要在警方面前進行。

「我們從今天傍晚找你找到現在，你為什麼都不接電話？」明悉子焦急地問起。

「我把電話和網路都關掉，想要好好地睡上一覺，到底怎麼回事？」

「周軍從昨晚就失蹤，一直到今天傍晚才被人發現浮屍在水元公園的人工池塘內。」

「什麼？周董他死了！」葉國強大吃一驚，感到雙腿雙手正在顫抖，派出所的大原隊長在旁邊注視著他。

「那麼……那麼我可以使用中文嗎？」葉國強一急之下，根本無法使用日文。

大原隊長對著對講機交代了幾句，沒多久一位中文翻譯官便走進問訊室。

「好，我們開始正式程序吧。既然你已經有律師與代理人在場，應該不需要我們告訴你有關日本的法律規定吧？」大原透過翻譯開始問話。

「喂！你們難道認為我殺了周軍？」葉國強此刻開始焦急起來。

「這個問題由檢察官和法官去認定，我們只是想釐清一些疑點。請問你昨天晚上是不是帶著周軍到棉棉花居酒屋喝酒？」

葉國強看著明悉子後點了點頭。

「你是不是在昨晚十點多接到一通電話後就先行離去，讓周軍一個人繼續待在居酒屋？」

「是的！」

「你能不能說明清楚，從你離開居酒後之後到隔天清晨這段期間的行蹤？」

「抗議，法律規定個人有隱私權，除非是現行犯或檢警擁有確定的事證，否則無須交代個人行蹤。」明悉子請來的律師相當精明，打算引用法條來躲避訊問。

「沒有關係啦！反正我是清白的。我昨天晚上十一點到同事家中，一直待到隔天清晨六點才離去，然後到北千住車站搭地鐵到神樂坂我妻子的住處。」

「能告訴我同事的名字和聯絡方法嗎？」

葉國強用眼睛餘光瞄了明悉子一眼，看著她裝出若無其事的樣子，嘆了一口氣緩緩地說出：「她叫井上沙織，她住在北千住……」葉國強低著頭，眼神不敢和明悉子接觸。

「這位沙織應該是女性吧？」

「是的。」

「也就是說她可以證明，你從昨晚十一點到清晨六點之間一直在她的住處？」

大原隊長轉頭交代旁邊的同事，那同事隨即離開問訊室，很顯然是要去找沙織印證葉國強的說法。

這個時候，大原接到了一通電話，只見他邊講邊點頭，臉色鐵青地一句話都講不出口，從頭到尾只發出嗯哼嗯哼的單音。

「請問你和死者周軍的關係？」大原打破沉默。

葉國強一五一十地據實以告，只見大原隊長臉上的汗珠直流，看起來比被問訊者還要緊張。

「我們希望葉先生在派出所多停留一點時間，只要兩個疑點釐清之後，就可以讓你離去。」大原隊長說完之後關掉錄音機，且對旁邊一起問訊的同事使了眼色，幾個幹員知趣地離開問訊室，只剩下大原隊長、葉國強、明悉子和委託律師等人。

「很抱歉，我們剛剛不知道葉先生的身分，所以剛剛在把你請來派出所過程中，不小心被記者拍到，恐怕這個時候已經有更多記者守在派出所門口。但請放心，釐清疑問後，我會派車從地下室的後門悄悄帶你離開。」大原隊長朝著葉國強深深一鞠躬。

花了一個多小時，葉國強才從明悉子與警方的敘述中了解事情的輪廓。

事情大致是這樣，今天傍晚有位垂釣的市民在水元公園的溜池中發現周軍的屍體，警方趕到後發現周軍口袋有登機證的存根聯，循線向航空公司查詢後確認了周軍身分，晚上七點就找到周荷來認屍，確認死者是周軍無誤。

就在同時，警方接到密報，殺人者是棉棉花居酒屋的老闆老吳，根據祕密檢舉人的線報，是葉國強花錢買凶叫唆老吳殺害周軍，且幫忙老吳丟棄凶刀，而凶刀剛好在葉國強住處院子積雪的雪堆中尋獲。

「有人密報？」

「我能說的只有這麼多。當然，辦案是講究證據，我們不會隨便憑把刀子就把人起訴。」大原隊長繼續追問下去：「能不能請教你和老吳的關係？看起來周軍和老吳應該從來不曾見過面才對。」

「我殺他幹嘛？」

「誰曉得你的動機。」

「我連他的一根寒毛都沒有傷到，我發誓！」聽到被懷疑殺人，葉國強神情激動地大吼大叫起來。

明悉子見狀提出中止問訊的請求，大原隊長也同意，他知道事態的嚴重性，中國金融鉅子在日本被同公司的台灣籍總經理殺害這種案件，連他自己也感到相當棘手。周軍死亡以及葉國強問訊的消息才剛走漏，就接到來自外交部和中國領事館好幾通關切電話，連東京市長都要求他明天一早到市長辦公室做案情報告。

葉國強這時真的傻眼了。人是他帶到居酒屋沒錯，周軍也難得來日本幾趟，況且他和周軍在中國的確有些事業上的爭執，如果不謹慎處理，可是跳到黃河都洗不清。但是，偏偏「沒做過的事情」是最難證明的，更讓葉國強不解的是，根本沒人知道他和周軍一起到棉棉花喝酒吃飯，怎麼會有如此精準又巧合的檢舉密報，而凶刀又剛好埋在家裡庭院，布局之精巧簡直是要把他整到死才甘休。

這時葉國強突然閃過沙織的臉龐，從頭到尾只有沙織知道他和周軍喝酒，難道是她？而她口中于都分行的男朋友又是誰？為什麼她會莫名其妙地找自己到她家裡「約炮」？這一切都只能等沙織出面解釋。

等待的時間格外漫長，所方體貼地幫眾人叫了外送拉麵，葉國強想從問訊室的椅子起身，但發現手腳發軟，根本就沒有力氣。而他只要稍微移動，就有一股劇烈的頭暈襲來，讓他幾乎嘔吐，這種感覺就像是喝醉了酒。

明悉子看著他，嘆了一口氣安慰他：「阿強，放輕鬆啦！整件事情絕對是個誤會，我相信你是無辜的。」

雖然她心中也是充滿疑惑，礙於在警局偵訊室這種環境，此刻她不想追問為什麼葉國強會在沙織家中過夜，她隱約也知道沙織在江西的那幾個月，交友情況並不單純，似乎隱瞞著許多不可讓外人知道的祕密，但她堅信葉國強絕對沒有殺害周軍。這個世界想殺周軍的人少說幾千人，葉國強卻絕對不是其中之一，因為實在是找不出動機。明悉子也閃過一些念頭，也許是喝醉酒不小心發生口角失手之類的，只是她不願意也不敢朝這種念頭想下去。

一個多小時過後，幾個探員陸續走進偵訊室，和大原隊長交頭接耳一番。大原隊長隨即板起嚴厲的表情對葉國強說：「整個事情對你很不利，從你住處院子挖起來的凶刀，除了有周軍的大量血跡外，上頭也有你和老吳的指紋。根據另一條剛剛才證實的線報，發現你在今天中午匯了一筆鉅款到老吳的銀行帳號。我希望你能夠解釋清楚，否則你恐怕會有很大的麻煩。」

聽到這些新的事證後，葉國強嚇了一大跳。他告訴自己一定得冷靜，幾個幹員眼睛盯著他看，這時候絕對是能否洗刷冤屈的最關鍵時刻。

他仔細回想昨晚的事，然後告訴探員們，由於他是居酒屋常客，只要老吳一忙，自己通常會走進流理台自行料理，而昨晚也是因爲老吳太忙，他才會去碰到老吳的刀子。

「你這番陳述的說服力不太充足，有沒有什麼人看見你走進料理台？」

葉國強一聽整個人矇了，昨晚除了老吳與周軍以外，只有幾個台灣觀光客在店內，就算能夠從附近的街頭錄影機調到那幾個台灣觀光客的身影與臉孔，恐怕也很難在茫茫人海找到人，就算比對出來說不定也已經離境回國。

葉國強無奈地搖了搖頭。

「至於你匯款給老吳這件事情，你能不能解釋一下，你們之間有沒有金錢關係或糾紛？」

這已經超出葉國強所能解釋的範圍，他的律師替他答辯：「不能因爲有匯款紀錄就來證明我的當事人買凶，這必須要等到老吳投案後才能當場對質。」明悉子聽到匯款兩字起了疑心。

「此外，葉先生所提出的不在場人證沙織小姐，我們在她的住所找到她，但是她矢口否認昨晚曾經和你碰過面。」

「沙織爲什麼要說謊？她明明整晚和我在一起的。」葉國強聽到這個消息宛如晴天霹靂。

「我明天再去找沙織談談看。」明悉子安慰著。

大原隊長看了時鐘，已經快要清晨三點，他起身告訴律師：「雖然嫌疑人老吳尚未到案說明，但由於你的當事人和本案案情與事證有相當顯著的關聯，我們有權繼續留置你的當事人四十八小時。基於葉先生的身體與精神狀況，有必要讓他充分休息，根據規定，每偵訊八個小時，必須強制讓關係人休息八個小時以上，所以我裁定明天中午十二點鐘繼續在此訊問，你們可以先行離去，或者繼續待在警局爲律師或家屬準備的會客室。」

守在所外的記者聽到「四十八小時留置裁定」的結果，大家議論紛紛。通常如果關係人被警方裁定繼續留置四十八小時，那多半表示警方認爲關係人涉嫌重大，原本就已經喜歡無事生事的記者，當然不會放過這條驚動亞洲金融圈的案件與醜聞，不到一個小時，便透過各式各樣的網路即時新聞散布到全世界。

「中國第一間民營銀行嚴重內鬨？總經理海外買凶殺害董事長！」

「英軍銀行董事長周軍在日本遇害，日本警方直指凶手正是該行總經理葉國強？」

「董事長遭刺！總經理行凶！英軍銀行批文生變？」

「涉嫌買凶的葉國強，英軍銀行內部惡鬥浮出檯面！」

「史上最醜陋的金色巨塔，英軍銀行陷入多重危機？」

離開派出所後，明悉子馬不停蹄地開始調查。回到住處後，她透過關係與幾位熟識的電腦駭客，足足花了好幾個小時才取得老吳的神祕匯款資料。

第二天早上九點，一夜好眠的葉國強被大原隊長搖醒。不知道爲什麼，只有一張床、一條棉被和簡易暖爐等簡陋設備的拘留室，卻意外地讓深受經常性失眠所苦的他，一覺睡到天亮。

「再怎麼強悍的人，淪落到此終究是個囚徒，我從來沒看到有人可以在此安穩睡上一覺的。」大原隊長笑著對他說，讓葉國強哭笑不得。

「有一位叫詹英的中國籍女士想要見你，你同不同意？」由於只是裁定留置而非收押禁見，所以葉國強可以在所內和任何人見面。

聽到詹英來訪原本想拒絕，畢竟在案情還沒釐清、冤屈還沒洗刷之前，實在沒有什麼勇氣見她，但再三考慮之後，還是得親自向她說明清楚。旋即他被帶到會客室，只見滿臉疲憊、雙眼浮腫的詹英一個人坐在裡頭，葉國強走在她的面前坐了下來，所方知道詹英的身分後相當緊張，還派了兩名女警隨侍在旁，擔心未亡人詹英萬一情緒失控會做出對葉國強不利的行為。

「請妳務必節哀順變。」葉國強對著詹英敬禮表示哀悼。

「我的時間很有限，等一下我得趕上飛機回去。董事長遇害，你又被拘留，整個英軍銀行勢必亂成一團，身為董事的我得回去控制整個局面，如果你有什麼需要幫忙的，可以找周荷，她留在這裡幫忙處理董事長的後事。」詹英的神情異常平靜。

「我早就已經心裡有數，幹了那麼多傷天害理事的周軍，總會有這麼一天……只是萬萬沒想到會發生在國外。想把他除之而後快的人很多，很遺憾的是，竟然讓你背了黑鍋。」

「我剛才已經向日本警方提出我的看法，你絕對不會買凶殺害董事長，我再三對他們保證。」詹英相信葉國強是無端受到波及，但此刻她也幫不上忙。

「詹大媽，謝謝妳！」

「還叫什麼詹大媽，你應該叫我姨媽吧！」詹英糾正葉國強對她的稱謂。

「姨媽！」

「不管怎麼樣，我必須感謝你替我做的一切，你外公也就是我的親生父親，雖然沒有血緣，冥冥之中一定會保護你的。」

5

龜有派出所。堆跌破繭

一大早，棉棉花大門深鎖，大原隊長對著從昨晚起就守候在這裡埋伏的幹員同事點了點頭，敲著居酒屋的門，裡頭沒人回應。不過據回報，老吳的老婆一整晚都沒外出，大原隊長決定破門而入，一進居酒屋，便看到老吳的太太呆坐在餐廳的客桌邊，大原拿出警察手冊表明自己身分。

「我已經講過很多次，我丈夫不在家，從前天晚上出門後就一直沒有回來。」老吳的太太帶有二分之一回族血統，五官頗爲深邃，應該是受丈夫涉嫌殺人的打擊，深邃的五官看起來宛如空洞的骷髗頭。

「妳知道妳丈夫可能會去哪些地方嗎？或者他有沒有什麼比較熟悉的朋友？」

吳太太搖了搖頭咆哮著：「老吳他一定是缺錢才會幫那個常客殺人，一定是這樣。」

大原愣了一下，覺得眼前這個女人的說法和其他殺人兇嫌的太太不太一樣。一般女人聽到警方指控自己丈夫涉嫌殺人，不管知不知情，不管丈夫是否涉嫌，一定會哭天喊地大呼冤枉，而老吳的太太卻是一副早已認定丈夫涉嫌殺人的模樣。更何況，警方並不曾把太多細節告訴她，而新聞報導上也隻字未提到老吳，畢竟周軍和葉國強的身分就已經足夠那些嗜血媒體大炒特炒了。

「妳以前有沒有見過周軍來店裡？或聽妳丈夫提過這個人？」雖然其他幹員已經在昨晚問過同樣問題，但大原基於辦案的經驗，知道只要反覆多問幾次，往往會從關係人答話的破綻中找出案情的關鍵。

「你們警察煩不煩啊！到底要我說幾遍才罷休！我不認識那位叫周軍的軍官，前天晚上他是第一次來店裡。」老吳的太太有點歇斯底里。

聽到「軍官」兩字，大原嚇了一跳，別說新聞報導，連自己局裡辦案的同事也沒人曉得周軍曾經當過中國解放軍軍官。大原裝作不在意，故意繼續問了幾個不痛不癢的問題後便告辭離去。

大原一回警局立刻調出老吳最近兩個月來的所有通勤紀錄，赫然發現，老吳在事發當晚八點多的時候，打了一通電話出去，該電話號碼很明顯是日本手機的號碼，大原匆匆抄下號碼，請同事查詢該號碼的主人，便前往市長官邸報告案情。

早上九點，國華金控位於北千住的分行一開門，明悉子便一溜煙地走進經理辦公室和經理打招呼。

「淺野專務，一年多沒看過妳了。」

兩年多前，這位經理曾經委託明悉子處理自己家族在海外的某些逃稅所得，欠了明悉子一些人情。私募基金的業務多半是處理客人的祕密財產，除了必須幫客戶守密把祕密帶進墳墓之外，通常銀貨兩訖之後，會秉持著永遠不要出現在客戶面前的行業原則，所以當經理看到明悉子就宛如看到瘟神一般，打起招呼顯得有點尷尬。

「妳最近好像很少進 SevenStar 的辦公室？」那經理顯然還不知道兩個多月前 SevenStar 已經改組的事情，仍然以爲明悉子還是 SevenStar 的專務。

「要不是我最近有些麻煩的事情，我是絕對不該上門來找你才對。」明悉子想要上門討人情的意圖很明顯。

那經理也是聰明人，他問道：「要我幫什麼忙？」

「我有個吳姓客戶，昨天早上在你們銀行開戶，到了下午就有一筆從海外匯進來的款子，可以的話，我想調閱開戶的資料和錄影帶。」

聽到老吳的名字嚇了一跳，經理連忙起身關上辦公室的門，端起苦笑壓低音量回答：「昨天晚上派出所警方才上門調了他的帳戶資料，我不曉得這個客人惹上什麼麻煩，也不想知道妳和他以及警方之間的關係，饒了我吧。除了這件事情，我什麼都可以答應妳。」那經理已經幾近哀求了。

「好吧！如果你不願幫忙，我也不勉強，只是我正打算離開 SevenStar，手上的客戶資料該不該移交給新的專務，讓我傷透腦筋呢！我很怕新同事不清楚客戶資料的嚴重性，到底我是該銷毀燒掉還是完整移交出去呢？」明悉子簡直是在恐嚇他。

經理眼睛瞪得大大的，不知道是在後悔還是感到驚恐，嘆了口氣打開電腦找出昨天開戶櫃檯的錄影檔，從抽屜取出老吳的帳戶資料，指著電腦和辦公桌對明悉子說：「好吧，妳可以在這邊看，只能用看的！」

明悉子故意坐在經理辦公室，笑著說：「你這張經理的位置坐起來挺舒服的，要好好珍惜啊。」站在旁邊的經理嗯哼了一聲不發一語。

「可是我這個人有個怪癖，當我使用電腦時，不喜歡旁邊有人盯著看。」明悉子暗示經理離開辦公室。

「妳不要太過分。」

明悉子從公事包中取出一疊文件給經理說：「這樣吧，我把你留在我們公司的所有交易資料移交給你，你想要拿回家做紀念還是直接燒掉，我都沒有意見，這樣夠意思吧？」

經理翻閱著兩年前自己與家族企業透過 SevenStar 做的洗錢交易紀錄，最重要的是簽名文件完整無缺都在裡頭。他識趣地告訴明悉子：「我去洗手間很快就回來，如果我們銀行有什麼東西流落在外，我可是會指控妳進來偷竊。」

眼看經理一離開辦公室，明悉子立刻將銀行電腦裡頭有關老吳開戶、轉帳的文件與錄影帶全數拷貝下來，還順便上傳了幾個「不速之客」電腦駭客程式侵入銀行系統內，前前後後花不到三分鐘的時間便離開辦公室。

只見經理焦慮地站在門外來回踱步，明悉子看著他笑著說：「ＯＫ了，你現在可以好好地去解放了。」

但別告訴我昨晚吃了太多麻辣鍋啊！」

拿到資料，明悉子立刻在附近找間可以上網的咖啡廳，坐在角落檢視好不容易才到手的資料與影片檔，果然和清晨時所得到的資訊，以及自己的猜測完全吻合。

中午十二點鐘一到，準時開始偵訊。葉國強被帶到偵訊室，裡頭除了幾個幹員和自己的律師外，並沒有看到明悉子的身影。

還沒有正式開始偵訊前，律師對葉國強轉達幾件事情，今天一大早中國官方公布第一批商業銀行的名單中並沒有英軍銀行，雖然沒有述明落選的原因，但很顯然絕對和周軍被害以及葉國強涉嫌買凶殺人有關，國華金控古老爺也在第一時間宣布解除葉國強所擔任的職務。

「國華金控古董事長透過關係要我傳一句話給你，我的中文不太會講，你可以自己看我的手機上的簡訊。」律師說著。

「什麼話？」葉國強好奇地看著律師的手機簡訊欄，上頭寫著四個字：「慈不掌兵。」

「案情朝著對你不利的方向前進，老吳的太太一口咬定是你唆使老吳犯案，她還信誓旦旦說在事發當晚看見你拿出大筆鈔票給老吳，這種說法對你很不利，而警方到現在也還沒找到老吳。雖然他們沒有進一步的證據可以指控你犯案，但凶刀上有你的指紋，與凶刀出現在你家的院子裡，光是這幾點會讓你很難在短期間內脫身。」律師把警方透露給他的消息一一轉述。

「可不可以請你們去沙織住處附近調出監視器？說不定可以當成案發時間我的不在場證明。」葉國強對著警方提出請求。

「就算可以找到她住處附近的錄影檔案，但由於沙織住處離居酒屋太近，如果沒有人證，也很難證明你是整晚留在沙織家中。」問話的刑警表示愛莫能助。

下午兩點，發生命案的水元公園的內溜附近，一部負責資源回收的小貨車停在賣釣餌的店家旁邊，一個工人模樣的男子打開舊衣物捐贈回收箱，他每週一次例行地在附近收回民眾捐贈的舊衣，然後把舊衣服載到位於千葉縣的洗滌工廠。

當男子打開資源回收箱時，被眼前的景象嚇了一跳，裡頭最上層的衣物已經發出惡臭，其中有件看起來像是工作服的外套沾滿了血跡，他想到昨晚在此所發生的棄屍命案，立刻通報警方前來查看。

原本在水元公園附近就已經停了好幾輛警方車輛，在附近搜查的刑事幹員還有鑑識人員，不到三分鐘就抵達資源回收箱現場，鑑識人員除了把所有沾到血跡的衣物全部取走，連整個資源回收箱都一併帶回派出所。

不到幾個小時，立刻證實了其中大部分血跡都是周軍的，也有一小部分是老吳的，沾了最多血跡的衣服很快地就證實是棉棉花的工作制服，資源回收箱上也採到了幾枚老吳的指紋。此外，周軍的屍體上也採到老吳的檢體，譬如周軍的指甲縫內有老吳的血跡和大量皮下組織，顯示老吳在刺殺周軍時遭遇到頑強的抵抗，老吳將周軍殺害後先把屍體拋進水池，然後脫掉沾滿血跡的凶衣丟進資源回收箱內，更讓人感到驚悚的是，周軍除了心臟與肺臟那兩刀致命傷以外，身體的刀傷從頭部、身體、背部到四肢至少超過百起，要不是凶刀不夠銳利，周軍的屍體恐怕會遭到肢解。

從市長官邸趕回來坐鎮的大原隊長聽完鑑識報告後，越想越不對，從兇手的行凶手法，怎麼看都不像是單純受到委託而去殺人，反而比較像和死者有深仇大恨的樣子。大原隊長擔任刑警三十幾年，看過上百具凶殺案的遺體，一眼就分得清楚受託殺人、意外失手、職業殺手與仇殺之間的差異性。

大原心中起了疑問，為什麼老吳任意地隨手丟棄凶衣，這看起來很像是臨時起意？如果是受葉國強所託，他更不可能把凶刀丟到葉國強家中的庭院，但如果是葉國強出面幫他處理善後，以葉國強的精明程度，怎麼會笨到把凶刀藏在自己家中？除非葉國強遭人栽贓嫁禍。但凶刀上的指紋又如何解釋？雖然那是把一看便知是料理台上廚師慣用的刀子。

大原自己也有一、兩間常去光顧的居酒屋，居酒屋的常客偶爾會走進料理台內幫忙，這也是日本居酒屋的常見現象，葉國強的說法其實並不會太過牽強。更何況，如果眞的買凶殺人，以葉國強幾十年金融經驗，怎麼可能笨到事發之後用自己的名義來匯款？這豈不是等於昭告天下自己花錢買凶？

「隊長，你要查的東西已經查到了！」

探員們已經調來案發當時居酒屋到水元公園間小巷子的錄影帶。由於當時是半夜，那條小巷的路燈並不多，所以昨晚在局內播放時，完全無法看清楚街景與人影，只好拿到總部的技術部門去調整，經過還原補光後，影帶中的影像便清晰可見。

「從居酒屋到公園之間前後只有三支錄影機，而且方向都是朝著水元公園，所以只能拍到相關人的背影。先看第一個時間點約前晚十一點多，先是周軍離開居酒屋往水元公園的方向走去，從他踉蹌的步伐對照屍體解剖報告可知，他的確是喝得醉醺醺，三十秒後有一個男子尾隨在後，從身影和身上所穿的居酒屋制服，應該是老吳沒錯。

但奇怪的事情發生了，不到二十秒後，接著又有一個男子跟在老吳後面，看起來不像是老吳的同夥。而另外兩支距離水元公園更近的錄影機所錄到的也是周軍、老吳和神祕男三人的身影，以當時快要半夜十二點的深夜時間，當地根本很少有行人，況且水元公園附近的住宅多半是有錢老人的療養所，在短短的一分鐘內出現這麼多人在平常只有釣客才會走的僻靜小巷上，的確很不尋常。」

「等一下，請你把跟在後面的神祕男子的背影定格一下。」大原想要看清楚這名男子。

「可以從影像中推估這人的身高嗎？」

「可以的，請隊長看第三支監視器的影像，剛好有部自動販賣機，他們都有經過販賣機旁，日本所有販賣機的高度都是一百九十公分，用這種比率去推算，神祕男的身高大約是在一百六十五公分左右，絕對不會超過一百七十公分。」

「絕對不會超過一百七十公分？」大原想到葉國強接近一百八十公分的身高，看起來這兩人都不是葉國強，且這神祕男的身型是屬於瘦小型，跟葉國強大塊頭的身型完全不同，所以直接排除神祕男是葉國強的推測。

「其中第三支影片有錄到神祕男的側面，我把他的影像印了出來，雖然只是側面，但經過特殊影像軟體的還原處理，臉孔模樣大致可以看得清楚。只要找到這個人，或許就可以了解凶殺現場的狀況，因為第三支監視器的地方距離老吳丟棄凶衣的資源回收桶只有三十公尺的距離。」

大原點了點頭問起另一個探員：「我要你去查的那一組電話號碼，你查到些什麼？」

另一個帶著深度眼鏡的探員打開幻燈片投影機說明：「關於案發當晚老吳所打的電話號碼，我已經查到了手機號碼的用戶，但打電話去只聽到語音信箱，一時間找不到人，所以我就透過電信公司把用戶的名字與照片給調出來，你們可以看幻燈片上的照片。」

所有人幾乎同時大叫了一聲：「就是他！」

大原隊長站了起來立刻指示部屬：「出動吧，分頭去把這名男子找出來，去他家，去他的辦公室，去機場調閱有沒有出境資料，去查他的信用卡及提款卡最近的消費或提款紀錄。」

將已知的資料整個兜了一遍，明悉子已經知道事情的部分眞相，在提供給警方辦案之前，必須再做最後的確認。她走出咖啡廳穿越過馬路，鑽進一棟她再熟悉不過的大樓，搭著電梯上樓，剛步出電梯沒有幾步，便看到一個人匆忙地拿著行李從辦公室準備離開。

明悉子不顧自己安危大叫：「別跑！」說完後張開手擋住那人的去向。

「原來是妳！一年多不見了。可惜我現在急著要趕飛機出差，如果有事的話等我回來再聊好了。」那人說完後立刻用力推開明悉子，明悉子倒地後，情急之下拉高嗓門且故意把自己裙子翻開後大聲喊叫：「救命啊！非禮啊！救命啊！有人非禮啊！」

整層樓一共有三間公司，裡頭辦公室所有的人聽到有人呼喊救命，紛紛跑到電梯間來一探究竟，居然把電梯間擠個水洩不通。

「臭女人！妳到底想幹什麼？」

明悉子裝出一副受到驚嚇後哭哭啼啼地說：「你別走，我要你把話說清楚。」就在一堆人指指點點拉扯不清的同時，已經來到樓下的大原隊長聽到樓上有人大喊救命，立刻率領探員往樓上衝，看見明悉子也在現場，大原愣了一下。

「隊長，你來得剛好，我要向你檢舉這位史坦利作僞證並涉嫌周軍的命案。」

「嘿嘿！史坦利先生，我也剛好要找你問些問題。」大原隊長見狀吃了一驚，要是自己再晚個兩分鐘抵達，或是明悉子沒有扯開喉嚨吸引自己衝上來，眼前這位拖著行李箱的關係人恐怕會從此人間蒸發也說不定。

「鬼扯，你別聽她胡說！對不起，如果你沒有正式的逮捕令，我可是急著要去出差。」史坦利只想趕快逃離現場。

「我和我同事以及在場所有的人都看到你企圖猥褻這位小姐，你是要我用猥褻罪當場逮捕你？還是乖乖地跟我回派出所釐清一些事情？」大原隊長借力使力讓史坦利毫無辯解的餘地，只能悻悻然地撂下一句：「我要等律師抵達後才跟你去警局。」

「請便！我可以等，不過你既然是現行強暴未遂犯，也只能請你的律師到派出所一趟了。」大原不給他討價還價的空間，史坦利只好垂頭喪氣地跟著下樓坐上警車。

史坦利盜用葉國強在伊拜島的海外免稅天堂的帳戶匯款給老吳，目的是想要讓沒有能力海外查帳的警方，誤信是葉國強親自匯款。

明悉子之所以會看出破綻在於「匯款過程」，是因爲明悉子和葉國強從事海外交易有個習慣，每個海外帳戶，不論轉帳與交易的金額大小，用過一次後就不會再用第二次，這也是這個行業的潛規則。但重要的是，知道葉國強曾經在伊拜島開戶的人只有史坦利和沙織，所以追查的範圍便縮小多了。

而今天一大早明悉子跑到國華金控北千住的分行調影帶和老吳的開戶文件，赫然發現開戶的人是史坦利，開戶文件上頭的簽名也是史坦利的筆跡，史坦利冒用葉國強的名義匯款給老吳，想要把買凶殺人的罪名栽贓給葉國強。

在讀資料的同時，明悉子駭進銀行系統得知，史坦利今天早上在附近幾個銀行的櫃台領取了大筆的現金，看起來打算遠走高飛，她才急著衝到 SevenStar 的辦公室想辦法攔住史坦利。

回到警局後，大原隊長調出命案第二天下午的報案檢舉電話，比對聲紋，的確是史坦利報案。單憑冒用他人帳戶以及對警方謊報這兩條罪名就可以直接起訴史坦利，但大原顯然想要更深入查下去。他利用晚上再次踏進棉棉花，由於警方尚未對外公布老吳的凶嫌身分，所以店外偶爾有常客探頭探腦，對居酒屋竟然一連公休兩天感到納悶。

根據大原多年的辦案經驗，晚上九點鐘是剛下班回家的男人和老婆閒話家常的時間，如果男人不在家，此時當太太的心理最為脆弱，尤其是在逃嫌犯的老婆。

大原從資料得知老吳一家人是中國新疆的移民，特別帶了瓶最道地的新疆羊奶酒給老吳的太太。大原一句跟案情有關的話也不說，還扯一大堆與新疆有關的話題，礙於警察的身分，吳太太不得不陪著大原喝酒，三杯下肚，大原見時機成熟，直接把話題引到重點：「今天早上你曾經提到周軍是軍人，我特別去查了一下資料，原來他也是新疆人，幹了好幾年的軍官，後來在新疆經營棉花農場。聽說他在新疆的風評相當好，還獲得中國官方的表揚，什麼愛民如子、促進地方繁榮啦……」

「放狗屁！」吳太太聽到愛民如子四個字，激動地回了句粗話。

「可是中國領事館給我的資料上頭是這樣寫的啊，你們家老吳怎麼會去殺害如此優秀的軍官與商人呢？這個案件如果傳回你們故鄉，老吳肯定會被族人唾棄啊！」看到吳太太的情緒已經被撩撥起來，大原決定繼續激將下去。

「你的孩子可是會背上父親是殺人兇手的原罪，一輩子都抬不起頭來。」一聽到孩子，吳太太的情緒已經崩潰，啜泣的聲音轉為尖銳的咆哮，大原吃了一驚，這哭聲宛如垂死前的狼嚎。

於是，吳太太把埋在心中二十年的苦悶說了出來。

「原來周軍就是當年那個強搶你們棉田，下令殺害父母兄姊與族人的解放軍軍官。」

「他為了擴張自己的棉花農場，利用軍隊把大半個縣的縣民趕走，好讓他能夠任意地圈地，圈了地就算了，還對我們趕盡殺絕，我們吳家上上下下幾十人只剩下我們夫妻和一個幼兒逃了出來。」把悶在心裡二十年的苦一次宣洩後，吳太太的心情好像平復許多。

「換句話說，老吳並非受人唆使，而是看到仇人後才起殺意？」

吳太太點了點頭，大原繼續追問下去：「為什麼妳一開始告訴警方是常客葉先生唆使的？」

「我是想……我是想……」吳太太支支吾吾起來。

「沒關係，這不是問訊也不會做筆錄，妳想講什麼就講什麼！」大原一步步地打開對方的心防。

「當我看到新聞報導提到葉先生買凶殺人，於是上網去查了一下法律條文，發現如果是被唆使而殺人，會比預謀殺人的罪行輕上許多，所以就……」吳太太說到這裡再也說不下去。

「所以妳就乾脆把責任統統推到那天帶周軍來店內的常客身上，妳知不知道這樣做會吃上偽證官司？」

「這是天意吧，誰會料到竟然是常客把仇人帶來我們面前？反正我的家已經破碎，要怪就怪那些亂寫的新聞記者吧。」

大原發出一陣嘆息，起身打開店門叫守候在外頭的探員進來。

「明天下午請吳太太到派出所找我重新做筆錄。」

回派出所的途中，吳太太那句「要怪就怪那些新聞記者吧。」一直徘徊在大原的腦中，自己也搞不清楚爲什麼一天一夜下來，案情的發展好像完全失控，釐清一點疑點後又會跑出新的疑點。回派出所後，他立刻把一位守候在警局媒體採訪室的熟識記者叫來問話。

「隊長，是不是要給我獨家？」那記者聽到隊長叫他進辦公室，敏銳的第六感立刻嗅出案情的變化。

「我可以給你獨家，但你可不可以告訴我，昨天晚上到底是誰通知你來採訪？爲什麼你會知道我們要約談葉國強？」昨晚葉國強一抵達派出所，記者們竟然在第一時間就趕到，這未免也太巧合，巧合的事情未免太多了吧！

那記者打開 LINE 群組說：「這個群組是東京跑金融線的記者的聊天群組。昨天晚上，有人在上面貼了消息，清清楚楚地說你們已經逮到買凶殺人的嫌疑犯葉國強，貼文的人還怕我們不曉得葉國強的身分，把他相關的網頁和照片都傳上來。我一到現場，就看到你們押著葉國強走進派出所，爲了搶新聞只好跟著趕快拍照發稿。事情的經過就是這樣，至於是誰貼上去？有幾個記者去查過，發現貼文的帳號是新開的，貼完文後沒多久就把帳號取消，不相信你自己去查查看。」

「那麼我的獨家呢？」記者露出狡猾的笑容問起，大原在他耳朵旁邊嘀咕了一句：「在逃的兇手是附近棉棉花居酒屋的老闆吳先生，其他的你自己去查吧！」

大原走出辦公室，正想把一起辦案的檢察官請來商討釋放葉國強的手續，剛好檢察官也出現在他的面前。

「史坦利願意接受偵訊了。」檢察官告訴大原。

「這傢伙一進來就行使緘默權，搞了我一整天，不知道爲什麼現在又願意說。你要不要和我一起進去問話？」大原陪著檢察官走進史坦利的偵訊室。

史坦利一派輕鬆地坐在椅子上，喝著律師幫他準備的黑咖啡，看見大原與檢察官進來後笑著說：「你們要不要也喝一杯？這咖啡可是北千住商圈最有名的，提神效果最好，最適合那些陷入麻煩的警察與檢察官飲用。」

大原聽了後火冒三丈：「我看是你陷入麻煩才對，老吳的太太已經坦承誣陷葉國強了，看起來你也脫不了僞證罪。」

「哼！一碼歸一碼，現在開始了嗎？是由你們問呢？還是我自己說呢？」史坦利一派胸有成竹的模樣。

「你別太囂張！」那檢察官叱喝著。

史坦利把一切都推給葉國強：「前天晚上，也就是凶殺案發生的那晚，大約半夜一點多，葉國強一臉驚恐地跑到我家，要我幫他忙，他要我第二天一早就幫他匯一筆資金給老吳。當然我也沒問那麼多，畢竟以前他是我的上司，而且你們應該也知道，我和葉國強專門幫客戶做一些節稅安排和海外資產移轉，經常必須替客人做點匯款轉帳甚至冒名開戶之類的工作，當然，你們如果要起訴我冒名替他人開戶，我完全認罪。」

「葉國強到你家停留多久？」

「一直到天亮，他剛從中國出差回來，大概是那邊的工作不順利吧，對我吐了一個晚上的苦水。到了快天亮的時候，他終於受不了煎熬，告訴我周軍已經死亡的事情。」

「不過葉國強自己可不是這麼說的。」大原反駁他。

「我可以隨時和他對質，況且聽說他提不出不在場證明吧？他之所以提不出來是因為不想讓你們知道他來找我幫忙這件事。」

「我第二天一早就依照葉國強的指示，幫老吳去開了銀行帳戶，接著轉了一筆錢給老吳。原本我以爲這只是一宗尋常的節稅交易，你知道，葉國強經常使用中國籍人士當作洗錢人頭。啊！反正這與案情無關，可是到了傍晚，當我看到周軍被殺害的新聞，嚇了我一大跳，想到清晨葉國強對我說的話，再想想他那種驚恐的模樣，和他以往的神情自若大不相同，我越想越不對，直覺地認定他和周軍的死脫不了關係，否則他怎麼會比警方提早十個小時知道周軍死亡的消息？」

「爲了自保，畢竟，萬一眞的是他買凶殺人，不知情的我恐怕會變成幫兇，所以才向你們檢舉。」

「你的話漏洞百出，那我問你，命案發生的當時，爲什麼你會出現在水元公園現場？」大原冷笑了一番，叫手下把錄影帶放出來給史坦利看。

「影片上的人不是我。」史坦利斬釘截鐵地否認。

「這影片應該經過還原處理吧？否則三更半夜黑漆漆的公園怎麼可能錄得這麼清楚呢？我必須提醒你們，經過變造加工的影片在法律上完全沒有證據力，況且我的當事人也已經否認。」史坦利的律師引用一起發生沒多久的司法判決來駁斥大原的指控。

「你們也不能只憑半張臉就來指控我吧？而且就算影帶的人是我，三更半夜在公園閒逛能證明什麼嗎？」史坦利的話逼得大原等人啞口無言。

史坦利指著架在偵訊室內的錄影機說著：「接下來我想說的話，你們最好關掉，如何？」

大原與檢察官面面相覷，有經驗的他們知道接下來就是關係人想要談條件，他們點了點頭，除了關掉錄影機以外，也把旁邊的筆錄書記官等人請出去。

「你們知不知道自己惹出了什麼大麻煩？」史坦利摘下眼鏡冷冷地說道。

那檢察官似乎了解史坦利的含意，但毫無頭緒的大原卻大發脾氣：「你如果想找什麼上級長官來施壓的話，我根本不吃這一套，小心我控告你妨礙公務。」

史坦利看著表情有點僵硬的檢察官對著大原說：「你的檢察官同事看起來比你清楚多，我從來沒看過你這種完全狀況外的警察。」

「你知道把葉國強留置四十八小時所引發的後果嗎？沒知識也要看電視嘛！葉國強的身分是中國的銀行總經理，死者是銀行的董事長，這個消息昨天半夜因爲你的疏失傳出去後，先是英軍銀行的升格案被中國官方否決，然後葉國強的職務被開除。更糟糕的是，今天一整天下來，英軍銀行遭到存款戶的擠兇，金額高達幾十億人民幣，而英軍的股價狂跌百分之十，連台灣的投資夥伴國華金控的股價也大跌百分之十，兩家銀行一天下來市值縮水近百億日圓。」

「你們知不知道這事情的嚴重性？難道你們一句誤會一場把葉國強放出去就能夠彌補？他可不是尋常老百姓啊，如果他眞的有罪，破獲犯罪抓到眞兇，你們或許是大功一場。」史坦利停下來喝了口咖啡，看著臉色鐵青的大原繼續說下去。

「好啊！等一下你就去告訴外頭幾十個國內外記者說，對不起我們冤枉葉總經理，然後無罪釋放，你猜英軍銀行和葉國強會不會放你們甘休？百億的損失誰負責？大原隊長，這責任你扛得起嗎？這可不是普通的辦案疏失，而是跨國大醜聞！如果是江戶時代，你們幾個人恐怕要當著衆人面前切腹謝罪啊！」

只懂得單純查案的大原這才驚醒，他轉過頭看看檢察官，檢察官點了點頭表示完全同意史坦利的說法。

「我想就算你們願意切腹也沒有辦法解決，抓錯人、亂放消息給記者造成外國銀行的巨大損失甚至倒閉，恐怕連局長、廳長甚至日本內閣都得一併請辭。如果你不相信的話，你現在就走出去把葉國強放走，然後看看外面的記者怎麼修理你。剛才我的律師告訴我，連中國、台灣、澳洲，甚至美國的記者都已經來到你們局裡了，哈哈！大原隊長，恭喜啦！你一夕之間出名了！」

「你想談什麼條件？」大原隊長從口中擠了這句話。

「把我轉爲汙點證人，正式起訴葉國強買凶殺人移送法院，反正到時候若還是無罪釋放，那也是一年半載以後的事了。」史坦利收起笑容。

「這當中還是有許多破綻啊？」大原隊長面有難色，但很顯然態度已經軟化許多。

「有凶刀、有指紋、有我這個汙點證人、吳太太的指證、有資金往來紀錄。而且葉國強也提不出有利的不在場證明，表面上的證據也許稍微薄弱些，但是也足夠你們去起訴他了。」那檢察官已經完全屈服。

「反正，知道的人不會說，說的人不知道。」史坦利站起來向大原拍拍肩膀。

大原把書記官叫進來，打開錄影機繼續進行對史坦利的偵訊，而案情朝著對葉國強更不利的方向發展下去。

在警方留置四十八小時後，檢察官依照職權繼續留置葉國強四十八小時，並且向外界表示，只待幾個疑點釐清之後，將會移送葉國強到地方法院。

「證據力如此薄弱，爲什麼還要繼續留置？」得知警方傾向把葉國強移送後，明悉子對著大原隊長抗議。

「有吳太太指控葉先生買凶的證詞，以及出現在住宅院子的凶刀，還有葉先生與老吳的不明資金往來，證據已經相當充分，明悉子小姐，你如果有什麼意見等到移送後去和法官講吧。」大原似乎想要一路黑到底。

「隊長，你應該相信史坦利作的是僞證吧？我給你的資料如此詳細。」

「我不會相信或不相信任何事，那是法官的職責。」

明悉子氣到說不出話，怒氣騰騰地宛如一座快要爆發的火山，律師見狀拉了拉她的衣角：「我們試試別的方法，別在這裡發脾氣，這樣只會對葉先生更不利。」

大原隊長看在眼裡冷冷地說道：「葉國強已經被檢察官裁定禁見，除了律師以外，不能和任何人見面交談。明悉子小姐，如果妳不是律師的話，這個地方也不是妳可以逗留的。」

明悉子只好悻悻然地走出派出所大門，打算到附近的律師辦公室進一步商討營救的細節時。突然間她看到一個熟悉的女人在派出所門口徘徊，她機靈地跟在後面走回派出所，只見那女人對員警講了幾句話後便直接上樓敲了大原隊長的辦公室大門。

「大原隊長說不見妳，妳請回吧！」一個女警把吳太太擋在門口好言相勸。

「可是，是他叫我來找他做筆錄的，也許是他忘了，我是棉棉花老吳的太太，想要更改筆錄，你再問他看看？」吳太太操著不太流利的日語，門口的女警一副愛莫能助的模樣回答：「妳請回吧！隊長要我轉告，等他有空就會親自去找妳。」

明悉子聽到「更改筆錄」後更是感到狐疑，她決定繼續跟蹤吳太太。吳太太離開派出所後返回居酒屋，正要打開店門時，明悉子一個箭步也跟著闖了進去。

「妳是誰？」吳太太被明悉子嚇了一跳。

明悉子用中文回答：「我是葉國強的老婆。」她決定用這樣的身分和對方熟悉的語言來套話。還沒開口，明悉子便一把眼淚一把鼻涕地在吳太太面前哭了起來，一開始的確只是裝哭來博取同情的，但到後來竟然假戲真做一發不可收拾。

吳太太好不容易等到明悉子情緒穩定，一臉歉然地說著：「對不起，是我連累妳愛人。」吳太太欲言又止的態度，明悉子看在眼裡，她是個擅長傾聽和挖掘別人祕密的人，三言兩語就把吳太太的話統統

「你是說大原不想正式接受妳更改口供？」明悉子問著。

「我不懂什麼法律啦！我自私地把妳老公牽連進來，良心很不安，老吳犯了這麼大的案子到現在音訊全無，我心慌得很。」

「那妳願意再去派出所更改口供嗎？」吳太太點點頭

二話不說的明悉子帶著吳太太，約好律師，直接闖近五公里外的琦玉縣警局，琦玉縣警局除了有她熟識的警官以外，明悉子決定把案子帶到其他警局。依照規定，如果地方的派出所或警局不接受民眾檢舉時，可以轉到其他警局，如此一來可以防止警察吃案或怠惰，更重要的是，與龜有派出所一水之隔的琦玉縣警局，兩者之間的關係素來是水火不容。

來到琦玉縣警局門口，明悉子的手機傳來叮咚的簡訊回覆聲，她打開訊息看了一眼，告訴律師與吳

太太：「你們先進去報案做筆錄，我得先去找另外一個關鍵人。」

簡訊傳來的是沙織的回覆。

前天晚上沙織對警員說謊後便消失無蹤，明悉子派人在沙織住處守候，兩天下來完全不見蹤影，於是她只好使出殺手鐧。

由於明悉子曾是沙織的上司，知道她所擁有的多張信用卡帳號和銀行存款帳號，於是她利用電腦駭客技術盜刷沙織的信用卡，並盜取沙織的存款金額，一整天下來，盜刷的金額高達百萬日圓，也把沙織僅存的四百多萬活期存款領個精光。接著她傳了個簡訊給沙織：

如果妳不想破產的話，趕快跟我聯絡。　明悉子

短短的一個下午，沙織前前後後收到幾十通信用卡公司的消費刷卡簡訊，以及銀行來電詢問存款異常提領，沙織知道如果繼續任由明悉子搞下去，一定會眞的破產，只好答應出面赴約。

沙織約定的地方在北千住車站不遠處的一棟商務旅館的一樓咖啡廳。

「總算把妳逼出來了。」

「妳未免太惡毒了吧！盜刷我的信用卡好幾百萬，妳到底想幹嘛？小心我會告妳！」沙織一見到明悉子氣得破口大罵。

「去告吧！我還巴不得妳趕快去找警察和葉國強對質。」明悉子不甘示弱地回嘴。

「如果妳再躲起來不出面，我冒著坐牢的風險也要把妳搞到破產。」明悉子一臉堅決的模樣。

「妳眞的很愛他。」沙織了解明悉子那種說到做到的個性。

「妳知不知道葉國強已經遭到收押禁見，最快明天就要移送了嗎？妳到底知不知道事情的嚴重

性？」

沙織聽到最新的消息後嚇了一跳說：「為什麼事情會變得這麼嚴重？」

「還不是因為妳作偽證！明明那天晚上，葉國強整晚和妳在一起，為什麼妳要說謊？莫非妳收了什麼好處？說啊！好好地說清楚講明白啊！妳如果不講清楚，我絕對不會善罷甘休。」明悉子咄咄逼人，沙織知道自己理屈，一時語塞沉默不語地低著頭。

旅館的自動門打開，一個人從外面走進來看見沙織後，拉開嗓門說著：「我已經買餃子回來，要不要上樓到房間去吃？咦，這不是明悉子小姐嗎？」

操著蹩腳日文的聲音，明悉子有點耳熟，轉過頭赫然發現站在背後的竟然是黃南山。

「舅舅！你怎麼還在日本，你不是已經回中國了嗎？」明悉子好奇地問著，但越想越不對，她看著黃南山的表情，又轉頭回去看看沙織的神情：「妳和他住在一起？」

沙織與黃南山不約而同點了點頭。

「舅舅，你什麼時候和沙織……嗯，怎麼說呢？台灣話是逗陣吧？」明悉子好奇地問著。

「我昨天決定和沙織小姐結婚，她答應了，我們打算在阿強婚禮後找個時間向大家宣布。」人逢喜事精神爽的黃南山回答。

「南山，你先上樓，我和明悉子還有點事情要聊。」沙織似乎急著想把黃南山支開。

明悉子迅速地把事情想了一遍後總算恍然大悟，她對著黃南山說：「請留步，你知不知道葉國強涉嫌殺人的事情？」

「什麼？殺人！不可能，我從小看著他長大，他也許會幹些壞事，但絕對不會殺人，一定是弄錯了！這到底怎麼回事啊？」黃南山聽到葉國強涉嫌殺人，焦急地停下腳步，明悉子看到他焦急與驚訝的神情，知道黃南山不是演的，而是從頭到尾都不清楚發生什麼事情。

明悉子指責沙織：「妳為什麼沒告訴舅舅？」

「我不想讓他擔心。」沙織氣若游絲地回答，看起來一副心虛的模樣。

明悉子把葉國強無端捲入老吳殺害周軍案件的始末告訴黃南山，卻故意漏掉沙織和葉國強整晚共處一室這一段。這件事，應該是要沙織自己向對方坦白。

只見黃南山越聽越氣憤：「日本警察簡直是亂來！哪有人幫忙藏凶刀會埋在自己院子裡？一聽就知道遭人陷害……明悉子小姐，日本你比較熟，請妳務必找最好的律師幫阿強辯護！」黃南山跪倒在明悉子的面前猛磕頭。

沙織見狀整個人哭起來，明悉子在旁冷眼看著沙織。

「妳怎麼了？別哭啦，一定有辦法幫阿強脫罪的。」黃南山安慰著未婚妻。

明悉子在黃南山眼中看到一股自己一輩子都未曾見過的溫柔，那是種出自於內心最深處的關懷，那雙有著二分之一台灣原住民血統的深邃眼神，是雙浪漫、溫暖、柔情的眼睛，是許多女人窮盡一生都追尋不到的；反觀葉國強，他的眼睛是矛盾的、商人的、算計的。

愛情的力量是偉大的，也是自私的。知道事情很難有轉圜空間的明悉子對沙織緩緩地說：「算了，妳有守護自己幸福的權利，我不再逼妳了。」

明悉子頭也不回地走出旅館大門，飄著風雪冷鋒來襲的夜晚時分，街上的商店大多提早打烊，冷冷清清的路上只剩下幾部空蕩蕩的巴士行駛著，等好久才攔到一部空計程車，跳上車前望著黃南山下榻的旅館，明悉子深深嘆了一口氣。

「你的太太請求會見，你願不願意見？」派出所輪值的警員走進拘留室搖醒已經進入夢鄉的葉國強。

「按照檢察官的規定，一個小時後就進入收押禁見的程序，剛剛我在派出所門口被幾個眼尖的記者堵住，浪費了一點時間。」古漂亮神情黯淡看不出是心情不好還是懷孕所引起的疲憊。

「沒想到妳會來見我。」

「反正你現在有明悉子和羽二重那個大商社撐腰，再怎麼輪也輪不到我出面幫你打點。」

「都已經淪爲囚徒，妳又何必酸溜溜地計較？妳來見我，應該沒什麼好事情吧？」葉國強看了手錶，擺出那種沒什麼好講的態度。

「我想問你最後一次，你還愛不愛我？」這位有結婚之名卻無結婚之實的千金大小姐，絲毫不在意被囚禁的葉國強到底是否受到冤屈。

葉國強聽到這問題了然於胸，用很肯定的口吻回答：「不愛。」

這個答案似乎是古漂亮意料之內，她從皮包中取出幾份文件遞給一旁監視會見的員警，請他轉交給葉國強。文件上頭大剌剌地印著三個漢字：「離緣狀……船過水無痕，鳥飛不留影，永無記掛，斬斷牽絆，不出妄語，忘卻怨懟，男婚女嫁互不相欠，口說無憑立此……」

「這是日本法院要用的，另外還有給澳洲政府的，你應該記得，我們是在澳洲登記的，這應該會影響你的澳洲居留權，必要時還會找你去解釋是否假結婚。」

「我們的狀況和假結婚也差不了多少。」葉國強故作輕鬆狀。

「人生嘛，當我越來越在乎得失與分寸，就失去那種義無反顧的勇氣，這是我父親逼我的，我實在鼓不起勇氣再和他對抗了。」古漂亮曾經拒絕過父親幫她安排的婚姻。

「妳肚子的小孩怎麼辦？」葉國強問起。

漂亮聳聳肩：「不知道，我父親會再幫他找個爸爸吧，反正他也不是你的小孩，不關你的事。」

「原來妳早就心裡有數了。」葉國強有點訝異。

「何必問那麼多。」

「現在的妳和當初我眼中的妳完全不一樣。以前的妳會不顧一切地反對妳父親，而現在的妳卻和妳父親越來越像……」葉國強拿起會客室的筆簽了離婚協議書，簽完後問旁邊監視的警察：「這支筆能送我嗎？」

葉國強有蒐集名筆的嗜好，只是自己萬萬想不到，四十多歲的他會在這種地方，使用印著龜有派出所字樣的廉價塑膠筆簽下自己的命運。

葉國強把文件遞還給古漂亮：「以前很怕被周圍的世界所遺忘，但現在的我恨不得找個能讓自己徹底被遺忘的世界。」

古漂亮很仔細地檢查協議書，深怕葉國強漏簽任何一個字，看在葉國強的眼裡卻是說不出的厭惡，他站起來告訴旁邊的員警：「時間到了，帶我回拘留室吧。」

頭也不回地離開，身爲囚徒的他，彷彿有種釋放的感覺，身後那個女人擁有男人想要的財富和權勢，也會帶來摧毀的力量。前後三年兩次牢獄之災，都源自她金控家族的野心，每一次金控版圖的擴張，分配給葉國強的只有囚徒的命運，身體的囚徒，心靈的囚徒。

位於荒川畔和東京都只有一水之隔的琦玉縣警局，吳太太正在裡頭接受筆錄偵訊，明悉子站在警局對街的堤防旁透透氣，任憑風雪吹拂在自己身上。

她試著要自己別再去想沙織和葉國強之間到底有什麼曖昧，爲什麼沙織在答應求婚成爲人妻的前一晚，會不顧羞恥地引誘葉國強。她可以理解拋棄單身前最後一次放縱的微妙心理，但爲什麼是葉國強？而這個人偏偏又是她丈夫的外甥！

明悉子看見一部計程車慢慢地從遠方朝警局的方向駛過來。

一水之隔坐在車上趕赴警局的沙織也想著同樣的問題，良心與自私在沙織心中來回較勁，沙織決定豁出一切，因爲她知道葉國強是無辜的，命案上的無辜，以及男歡女愛上的無辜。

那一晚，沙織沉浸在自己的思緒裡，愉悅與逾越之間模糊的界線，敗德的興奮與禁忌的罪惡感之間，不敢相信自己做了什麼。或許，一切不過是場夢，然而她的身體仍留有那一夜的溫度。

「司機，請開快一點，我們趕時間。」和沙織一起搭車的黃南山催促著計程車司機。

「是我主動引誘他的，我叫他來我的房間，我故意穿著暴露，我故意借酒裝瘋，我……」沙織對黃南山吐露一切。

黃南山笑著打斷了沙織的話：「傻瓜！妳以爲我會在乎這些嗎？我都已經七十多歲了，人世間最不用計較的就是過去，最沒意義的事情就是無聊的往事。妳或許不知道我流有台灣原住民鄒族的血液，鄒族最在意的是明天太陽是否升起，而非漫長的夜晚。」

「可是，你是他舅舅啊！」沙織羞愧地吐出這段話。

「那又怎樣，阿強又不是我的親外甥，有空的話，我再把自己的身世講給妳聽。到警局了，趕快去講妳早該講的話吧！」

沙織看著黃南山，他的眼神絲毫沒有改變，沙織破涕爲笑，手挽著黃南山步下車走向警察局，也對著站在門口的明悉子笑了笑。

明悉子也笑了，雪，停了。

明悉子的賭注是對的，琦玉縣警局與龜有派出所間的矛盾比她想像中的還要大。吳太太與沙織更改了證詞，加上史坦利冒名製造金流僞證的資料，一一攤開在世人面前，除此之外，明悉子還組了龐大的律師團，以英軍銀行和葉國強的名義控告龜有派出所行政怠惰，要求上百億以上的損失賠償，驚動了中央警視廳插手成立專案小組。天還沒亮，葉國強便因爲事證不足而釋放，前前後後被拘留了七十二個小時。

介入重啓調查的警視廳，直接將史坦利借提到琦玉縣警局重新偵訊，這才慢慢地讓整起事件的眞相還原。

原來那天晚上，老吳看見好久不見的葉國強上門，因爲每次葉國強都會在店內喝得爛醉，根據以往的經驗，老吳會打電話給史坦利，請史坦利來店內將葉國強扛回家，只是老吳不曉得史坦利已經不是葉國強的同事。那晚，史坦利接到老吳電話，如往常地趕赴居酒屋，但他卻懷有其他目的。

史坦利受到邱威貴的指示，原本想趁葉國強喝醉酒時把他推到水元公園的水池內，製造一起酒醉意外溺水事件，但沒想到葉國強在他還沒抵達居酒屋前就先行離去。史坦利從門口只看到已經喝得醉醺醺的周軍，於是他打了電話把周軍喝到爛醉的情況報告給邱威貴，邱威貴指示他伺機對周軍下手，事成之後除了歸還積欠的一百多萬美金的佣金外，還可以再給他額外的兩百萬美金。

史坦利埋伏在居酒屋門口等候周軍離開，但沒想到周軍前腳剛走，居酒屋老闆後腳就跟上去，史坦利見狀也只能跟在後面見機行事，三個人就這樣一個跟著一個走到水元公園的水池邊。不料這個時候老吳拿出事先藏在工作服懷裡的水果刀，朝周軍背後猛刺了過去。

目睹了一切的史坦利，等到老吳將周軍的屍體丟進水池後，這時才出現在老吳的面前。老吳原本想要立刻去投案自首，但卻被史坦利說服打消自首念頭，史坦利先拿一筆錢給老吳當逃亡費用，並允諾等風聲過後，可以到公司找他安排偷渡回中國。

目送老吳離去之後，史坦利從草叢中撿起老吳丟棄在裡頭的凶刀。由於史坦利有葉國強房子的鑰匙，因為葉國強當初允諾這棟房子要提供 SevenStar 作為員工宿舍，但後來兩人反目，葉國強離職後卻忘了向史坦利索回，於是史坦利就把凶刀拿到他房子的院子掩埋。

第二天一大早，為了炮製葉國強買凶的假象，史坦利用了一個葉國強當年替客戶洗錢後卻忘記取消的海外帳戶，用葉國強的名義匯款給老吳。然後再等個一天，和老吳聯絡上之後，誘騙老吳來領取現金，如此便可以製造完美假象。

原本陳屍在水裡的屍體通常得花上兩、三天才會浮出水面，但不料當天下午卻被釣客不小心釣了起來，周軍的身分立刻被查出來，還來不及安排老吳領錢。於是史坦利只好匆促地打了兩通檢舉電話，他知道這些嫁禍給葉國強的證據應該無法將他定罪，所以當大原帶隊前往葉國強住處時，史坦利便利用 LINE 把葉國強涉案的消息散布給記者，反正就算嫁禍不成，至少也搞得他身敗名裂。

第三天一大早，邱威貴依約先匯了一百萬美金給史坦利，史坦利匆忙到銀行領了現金，順便把一百萬美金匯到中國，打算先開溜到中國躲避風頭一陣子，但領現金的交易卻被駭進銀行電腦系統的明悉子立刻查到。

「接下來的發展，大家都知道就不用我再多說。」明悉子對著葉國強、沙織與黃南山等人解釋案情的始末。

明悉子笑著對葉國強說：「這個案子足足讓八卦雜誌炒了兩、三個星期，實在是我始料未及。沒想到第一次上八卦新聞的你，還挺上相呢！」

「別再挖苦我了，我是無所謂，幾次殺身之禍和牢獄之災下來，我早就看開了，反倒是害沙織名譽受損，實在很抱歉。」葉國強說道。

媒體對這件冤獄所造成銀行經營危機、洗錢疑雲、周軍的過往、在逃老吳的下落、日本檢警的怠惰……完全沒有興趣，焦點完全在葉國強夜訪女部屬香閨、與古漂亮婚變始末等八卦問題打轉，連古漂亮肚子胎兒的生父是誰都被拿出來炒作。

「老大，我對你很抱歉，如果我在第一時間就出面作證，你就不用被關好幾天了……」沙織不知道已經對葉國強道歉幾次了。

「別再說了，如果那天晚上妳沒有打電話給我，我就不會提早離開居酒屋，死的人或許是我。」葉國強心有餘悸地講著。「也就是說，妳又一次救了我的命，其實我應該感謝妳才對。」

「而且，也讓我見識到古家的眞面目，替他們賣命了七、八年，爲了替他們掩護政治獻金的案子，害得我必須遠走他鄉，出了事竟然狠下心來切割。原來對他們古家來說，一旦沒有利用價値，就算是家人、女婿，也不過是枚棄子。」

「回想起來，那天晚上我的腦海似乎有個聲音，一直督促著我一定得見到你，至今還是沒辦法解釋爲什麼自己會如此厚臉皮的……」沙織在敏感的話題前閉上嘴巴。

「只是那一晚，你們到底……」明知可能會聽到謊話，明悉子還是忍不住想問。

坐在一旁的黃南山識趣地起身：「我去樓上看看羽子阿姨的點滴停了沒？」

「沒有！」沙織與葉國強異口同聲地回答。

「也許是我感到好奇，爲什麼強老大可以吸引妳和古漂亮同時愛著他，妳們兩個不論是家世與外貌，都遠遠優過他，到底他有什麼吸引妳們的地方？越是感到疑惑，越有一窺究竟的欲望。」

明悉子笑了笑問著：「那妳有找到答案嗎？」

沙織搖了搖頭，反問：「那妳呢？有答案嗎？」

「傻瓜，愛情是在於你缺少了什麼，而非你擁有了什麼。」明悉子有感而發。

「太難懂了！」

黃南山上樓到羽子的病房，走到病床前，看見虛弱的羽子已經醒來，對著他笑了笑：「小八子！還記得小時候你一天到晚吵著要吃牛奶糖嗎？」

黃南山點了點頭。

「我現在也好想再吃一口，可惜，醫生和明悉子他們絕對禁止我吃的。」

「妳如果眞的想吃，我偷偷去買來給妳吃，妳要等我。」黃南山說完後對羽子做了個鬼臉。

距離療養所最近的便利商店，來回走路得花上幾十分鐘，黃南生頂著風雪，買了幾盒森永牛奶糖，還沒走回大門，遠遠就看到一部救護車停在門口，黃南山大吃一驚趕緊進門狂奔上樓跑到羽子的病床前。

「舅舅！你去哪裡了！奶奶等著要見你最後一面。」明悉子哽咽地說著。

黃南山看到在旁手忙腳亂的醫生與護士便心裡有數。

「老太太恐怕撐不下去了，現在立刻要把她送到醫院去做緊急手術。」

羽子費力地舉起手臂搖了搖手，指著黃南山，似乎用盡肺部最後一絲氧氣才吐出了幾個字：「我要吃牛奶糖。」

已經泣不成聲的黃南山看著醫生，醫生點了點頭後，拿起一顆牛奶糖到羽子的嘴裡，羽子嘗了一口露出滿足的笑容說著：「好甜。」眼睛就慢慢閉上，安詳地走完九十多年的人生。

早就交代好遺產分配的羽子似乎知道大限已到，在前幾天晚上就已經擬好了另一份遺言，上頭只有短短一句：「把骨灰灑進基隆田寮港。」

6

基隆。最終曲

「各位貴賓，根據機長報告，我們將在幾分鐘後就要抵達台北松山機場，預計台北時間十一點十五分降落台北松山機場。台北及東京有一小時時差，現在台北的氣溫攝氏十八度，天氣陰雨……」

葉國強把電腦關上，看著下方的陸地：「已經看到台灣陸地，下面這邊應該是金山吧！」離開台灣三年多，葉國強掩不住內心的興奮。

「你眞的要面對台灣的特查組嗎？現在後悔應該還來得及，我們下飛機一出關立刻買張國內機票轉到其他機場，殺個特查組措手不及……」明悉子對葉國強建議。

「該面對就得面對，總不能一輩子躲躲藏藏，日本畢竟不是我的家。更何況，如果一出關就被特查組帶去約談，就算我敢把古家的事情統統抖出來，他們也不見得敢辦下去。」葉國強胸有成竹地說著。

「外公和舅舅的故事給我很大的啓發，逃避永遠解決不了事情，逃避只會把遺憾帶到墳墓，帶給後代子孫。離開家鄉的人，永遠只是如浮萍隨波逐流，失去根的商人永遠只能寄人籬下、仰人鼻息，好比我們台灣人，如果不勇敢地擁抱自己土地，如果不獨立自主地挺起胸膛，只能永遠當個飄來飛去的邊境過客。」

「我之所以趕著今天投票日回來，就算不幸被收押，也要親眼目睹與見證國民黨的滅亡，趕回來參與這個歷史時刻。」

葉國強在回台灣的前兩天，已經透過和特查組熟識的老朋友周君平，將返台班機與時間轉告給特查組的檢察官知道，也順便透露給幾個熟悉的記者，早有一下飛機就被帶去約談的心理準備。

由於今天是總統大選投票日，許多人從國外趕回台灣投票，早上飛抵機場的飛機可說是班班客滿，導致通關的人潮大排長龍。

葉國強堅持用台灣護照入境回國，好不容易輪到他，那入境官員看了護照一眼，抬起頭來看著排在前面的葉國強，葉國強心頭揪了一下，深深地呼了一口氣面對即將到來的一切，不料那官員只是淡淡地講了一句：「葉先生，你的護照快要過期，要趕快去辦新的，否則下次就沒辦法出入境了。」

葉國強愣了一下回答：「就這樣？」

那官員有點不耐煩地指著排在後面的人喊：「下一個！」

領了行李走出海關，葉國強步出機場大門用力吸著台灣的空氣。台北陰雨綿綿的冬天，機場外人行道滴著雨水，瀰漫著一股濕溽甜膩的氣味，好幾年不曾吸到如此冷冽潮濕的空氣，有點不太習慣的葉國強，鼻子一癢連打了三、四個噴嚏。

「台灣的空氣好甜，打起噴嚏來都是如此地舒坦啊。」看著敦化北路的車水馬龍，葉國強眼眶紅了起來。

「奇怪，爲什麼特查組會放過你呢？」明悉子在機場內外東張西望，除了一個跑八卦新聞的記者認出葉國強，纏著他問古漂亮到底懷了誰的小孩的八卦問題外，看不到任何檢察官或調查員的身影。

「哈！要不要我們在機場等一會兒，說不定他們遲到了。」葉國強開起玩笑來。

「你好像一副很想被抓走才甘願的樣子，他們既然不來，我們就大大方方地走吧。」明悉子催促著。

兩人攔了一部計程車，明悉子問道：「要先回家嗎？」

「不！運將！請載我到內湖高中的投票所。」葉國強神情肅穆地告訴計程車司機。

投完票回家把行李安頓好之後，葉國強和明悉子馬不停蹄地趕到基隆，走出火車站沿著田寮港運河邊的仁一路一直走。

河畔種滿了台灣欒樹，幾座橫跨在上的橋梁，早已不復日治時代的古趣，而是豎立了幾座中國十二生肖那種毫無設計感的雕像，橋梁的名稱也用十二生肖來命名，如財鼠橋、旺牛橋、福虎橋等，雖然和這片土地沒有直接關聯，但總比戒嚴時期那種中正橋、達道橋的命名來得正常許多。

連接愛六路與義四路的吉羊橋，國民黨戒嚴時期稱之中正橋，日治時期稱爲壽橋；以前叫做天神町，現在改成劉銘傳路。一百多年來，不同的外來政權基於不同的政治統治目的，地名一次又一次地被更改。只是，早已喪失運河功能的田寮港，撲鼻而來不再是海水的鹹味，而是一股混雜著爛淤泥、船舶鐵鏽與柏油路氣味的惡臭。

葉國強指著吉羊橋另一頭的義四路對明悉子說：「這一帶應該就是當年羽子奶奶的主屋，和外公棉被商店的所在吧。」短短不到兩百尺長的義四路，除了幾間尋常商店外，最醒目的應該就是國民黨的基隆市黨部吧。

「如果猜得沒錯，這座市黨部應該是當初二重家族的房子吧。」當年國民黨來基隆，日本人的財產不是遭國民黨充公就是被接管大員私吞。

市黨部的門前小廣場搭起舞台架著電視牆，稀落的人群聚在這裡觀看大選開票，舞台上的主持人意興闌珊地唱著：「感恩的心～感謝有你～」的無趣競選歌曲，葉國強一臉厭惡地匆匆走上吉羊橋，指著橋下的田寮港對著明悉子說：「應該就是這裡吧。」。

「我實在不想把羽子奶奶的骨灰撒進這條發出惡臭的河。」明悉子掩住鼻子。

「我想對羽子老奶奶而言，這裡就是她的故鄉，沒有人會嫌棄自己的故鄉。不管變成什麼模樣，故鄉就是故鄉，我們不能違背她的遺願。」葉國強之所以會不顧自身安危回台灣，另一個原因是，他在羽子臨終前答應了老人家的最後請求。

田寮港見證了百年興衰，狗去豬來的動盪，多少家族在此興盛湮滅，多少人來來去去，有過客、有歸人，二重羽子的骨灰不過是這條河流的滄海一粟，不變的是基隆港海風的吹拂，和生生不息的子民。人生，不就是在迷路與找路之間尋求平衡，在出門與回家途中奔波著。

電話鈴聲拉回神遊於百年河流的葉國強，打電話來的是周君平。

「強老大！你知道剛剛發生什麼怪事嗎？」電話那一頭的周君平很興奮地說著。

「怎樣？是國民黨敗選了嗎？」

「哈！國民黨敗選會奇怪嗎？是有關你的案子啦！我先在電話中簡單扼要地講給你聽，晚上有空我再去找你詳談。」

前幾天當葉國強透過周君平向特查組轉達即將回台灣，特查組上上下下就曾發生激烈的爭辯，絕大多數成員甚至主任檢察官都認爲這個陳年老案早就沒有偵辦的必要，趁早簽結了事，更別說到機場逮人提訊。但少數以葉芳茹爲首的檢察官卻緊咬案情不放，基於大是大非的理由，認爲國華金控的政治獻金案中，當時擔任總經理的葉國強對老闆古家具有「實質影響力」，就算沒有具體的金流或人證，也要將之起訴。

特查組本來就是個政治偵辦的組織，政治案件往往得由政治去解決，這個案子連古老爺都已經獲得法院二審無罪的處分，但負責葉國強這條他字案案件的葉芳茹卻不願縮手善罷甘休，非得從葉國強這條線查下去，試圖讓整起案件重新啓動調查。但明明找不到具體事證，卻還抱殘守缺地窮追猛打，不顧當事人死活與人權，只爲了辦個大案子來成就自己虛幻的「歷史定位」。

檢察官具有獨立辦案的權利，連長官都阻止不了，葉國強的案子落到葉芳茹的手中，只能算他倒楣。

就在葉國強飛機降落的前兩個小時，葉芳茹檢察官一大早就帶著兩名調查員和一名警員，驅車由辦公室前往松山機場，行經敦化南路時，開車的葉芳茹無緣無故搖開車窗，突然之間一陣大雨噴進駕駛座，葉芳茹不知道是中邪還是什麼病突然發作，開始唸唸有詞：「我才不怕！我才不怕！」只見她緊握方向盤的雙手在駕駛座內揮舞著，好像車上有成千上萬條小飛蟲在她面前，一副亟欲除之而後快的樣子，不受控制的手胡亂轉動方向盤，導致整輛車在高速的狀況下開上安全島撞上行道樹，葉芳茹當場暈了過去，所幸車上其他三個人都只是受到驚嚇並無大礙。但根據隨行的調查員透露，當救護車抵達前，葉芳茹已經醒過來，眼神呆滯口齒不清地喃喃自語，她的耳朵和鼻孔都被不知道哪來的棉絮塞得滿滿的，手上還緊緊抓住一團棉花。她當時一看到同車的調查員和救護車的醫護人員，逢人就咬，還指示同行警員對行道樹開槍，如果不聽就要全部抓起來。

「很顯然的，葉檢察官突然瘋了。」周君平引述前去善後的長官的話。

「瘋了？」

「既然她已經無法行使職權，你的案子自然就移交給別人，而接你案子的檢察官二話不說直接簽結你的案子。」

「簽結？什麼意思？」

「就是不用再找你約談也不用再調查，白話一點就是，這個案子是誤會一場，取消了。」

聽到這種結果，葉國強與明悉子面面相覷，不約而同地脫口說出：「小賀？」

九個月後。基隆山區四腳亭砲台

葉國強把車停在入山口的停車場，下車後找到一條斜坡的小巷，往上爬沒多久便找到山稜線。循著稜線沿途穿過一片沒有維護的陰暗竹林後，便看到幾尊年久失修的砲台，明悉子跟在後面，走沒幾步，她便喘著粗氣在砲台旁坐了下來。

「太久沒運動，走沒幾步就不行了。」明悉子取出手帕擦著額頭的汗。

「這陣子妳太辛苦，台灣、中國、日本三個地方跑來跑去的，銀行工作進度還算順利嗎？」葉國強問起。

上回沒拿到中國銀監處批文的英軍銀行，幾個月後捲土重來，這次除了有台灣的國華金控參股以外，日本的羽二重商社、四菱銀行也加入專業股東的行列，總算一掃九個月前周軍被殺的陰霾，如願以償地正式拿到批文，升格為商業銀行。

「批文是順利取得，但幾派董事之間，似乎鬥得永無寧日，古漂亮和邱威貴等人始終看我不順眼。而英子姑姑，雖然在表決上會站在我這邊，但暗地裡卻放任古漂亮為首的一些董事與我為敵。」

羽二重商社加入英軍董事局後，取得兩席董事，明悉子是其中的一席。既然葉國強的冤屈受到平反，台灣特查組也簽結了所涉案件，原本詹英有意叫葉國強回去繼續擔任英軍銀行總經理。但除了葉國強本身完全沒有意願外，代表國華金控的董事古漂亮，以及邱威貴周荷等人更齊聲反對，所以只好聘請一位從中國人民銀行退休的老官員擔任，平息各方人馬的紛爭。

「邱威貴怎麼一點事都沒有？」葉國強對邱威貴的行徑依舊感到耿耿於懷。

「這也是你說的，在中國，有關係就沒關係，沒關係就有關係。一樣是女婿駙馬爺，人家搞掏空搞謀殺，一點事都沒有，反觀你呢？唉，別想這些不開心的事情了。」

葉國強也跟著嘆了一口氣後辯解著：「拜託妳，別再稱我什麼駙馬不駙馬了。」

「反正自從上次周軍被殺的事情鬧得那麼大，他們也不太敢再胡搞瞎搞，頂多只是小吵小鬧罷了。對了，忘了告訴你，老吳已經落網，史坦利的判決也確定了。」明悉子突然想起。

因為周軍命案一事，龜有派出所大原隊長不得不辭職下台負責。把這件事情視為人生最大汙點的他，被迫退休後鍥而不捨地跑遍整個日本，才把躲藏了大半年的老吳抓到。原來老吳偷偷躲進福島輻射災區裡的廢棄小漁村，靠捕魚種菜維生。由於輻射重災區裡頭完全沒有人煙，所以很難被別人發現，大原也是無意間聽到輻射區外圍的流浪漢的對話才發現裡頭有人，這才把他逮捕歸案。

「老吳跟我一樣過著囚徒般的日子啊……」葉國強心中有同是天涯淪落人的感傷。

犯了作僞證、僞造文書和協助犯人脫逃的史坦利，爲了籌措打官司的費用，只好用很便宜的價格把SevenStar公司賣給詹英，詹英爲了補償周軍生前所虧欠黃南生的一切，於是把SevenStar持股贈送給沙織和黃南山，由沙織負責經營。

「別的不說，單單羽二重集團與英軍集團這兩個全亞洲的前兩大棉花期貨大戶的委託單，就足以讓接單的SevenStar賺進大把手續費收入。」

聽到舅舅與沙織夫妻倆生活無虞後，葉國強也感到相當欣慰。

「你好像對史坦利的判決不感興趣？」明悉子好奇地問著。

「原諒的力量比怨恨的力量來得大，何必因爲他人的背叛或錯誤，用仇恨心來懲罰自己呢？」

九個多月以來，葉國強拿了日本政府冤獄與名譽賠償金，來到基隆四腳亭的山區，買了間小公寓，過著沒電視、沒報紙、沒手機、沒網路、不和他人往來的閉關生活，只有明悉子每兩、三個星期會來陪伴數天，其他時間埋首書寫自己的家族故事，完全不清楚外界的訊息。

「你變了。」明悉子卻一點也不感到意外。

葉國強繼續說：「去年被關在龜有派出所的那幾天，我反而感到異常的平靜，也許這種與世隔絕宛如囚徒般的日子比較適合我吧。」

明悉子問：「你今天爲什麼要冒著雨，叫我陪你爬山呢？」平常絕對不會強迫明悉子做任何事情的葉國強，今天反常地用命令式的口吻，要剛剛才從中國贛州飛回來的明悉子，連休息都不准立刻馬不停蹄往山裡頭跑。

「今天有位好久不見的老朋友約我來這幹活，看起來他遲到了。」東張西望好一會兒的葉國強回答。

「難怪你背了一個沉重的大背包，幹什麼活？」這種荒煙蔓草的地方連登山客都鮮少造訪，明悉子感到十分詭異。

「我一年前就答應這位老朋友一些事情，整整讓我等了大半年，他始終沒出現，直到昨晚他通知我今天來山上的砲台……」葉國強還沒說完話，一個身影已經來到他面前打了招呼：「小強，我來晚了。」

明悉子嚇了一跳驚呼出來：「小賀！」

葉國強笑了笑：「差點忘了妳也認識棉神，這就好辦了，省得我浪費口舌解釋半天。」

棉神的精神看起來相當亢奮，嚴格來說是看起來很像那種蘋果果粉排了三天三夜的隊伍，好不容易快要買到最新款蘋果手機前的雀躍。

「我已經回台灣九個月，爲什麼祢到現在才願意現身？」葉國強盯著棉神，很難不去看他臉上鼻梁下那個又黑又大上頭還長了根毛的痣。

「沒辦法，一來我出了車禍，受了傷請了病假。」棉神撫摸著自己臉上的痣說著。

「你別再摸痣了，看起來很噁心，祢們鬼神竟然也會請病假？」明悉子感到不可思議。

「沒辦法，我和那個檢察官糾纏好久，別看她只是個女人，意志力和體力強大到連我都差點招架不住。那種整個腦袋充滿仇恨心的人最難鬼上身，什麼事都非得拚到玉石俱焚不可。」心有餘悸的棉神回答著。

「不管她了，反正最重要的是今天是屬於我的大好日子，這種好日子十幾年也碰不到一次。用句你們搞金融聽得懂的話，就好像指數上萬點，時間有限，我趕緊帶你們去找當年我被埋葬的地方吧！」

棉神帶著兩人從芒草堆中找到一條泥土路，循著土路前行緩緩下坡，十分鐘後看見路旁有棟年久失修殘破不堪的廢棄住宅。

「這棟是當年生意上和我糾纏不休的顏家古宅，幾十年不修，竟然破損成殘垣傾圮這等田地。唉，人生有什麼好爭的，當年黃顏兩大家族如今安在？」棉神講著講著也跟著喘起氣來。

「鬼也不能破病啊，一病身子就不堪。」棉神忍不住感慨，明悉子聽到這句話忍不住笑了出來：「鬼也怕生病啊？」

「等妳變成鬼就知道了！」棉神回頭瞪了一眼。

「到了！是這沒錯，我昨晚還去跟上頭做最後確認。」棉神指了指前方芒草堆中一塊已經很難辨識的不起眼野墳。

「幹活吧！」葉國強從背包中取出鋤頭、斗甕、黑傘、抹布、米酒、一束鮮花、一盆水果後，拄著鋤頭開始挖掘。

「把骨骸挖開之前要先撐傘，咱們做晚輩的要躲在黑傘底下。」葉國強進行的是所謂的撿骨儀式。

「等一下把我的骨頭挖出來後，你們就地燒一燒便可，把剩下的骨灰裝進甕內，不用麻煩地帶回江西，直接幫我丟進田寮港內就好了，阿廣、羽子、蔡禾子、詹佳和二重社長都已經在那邊等我很久了。提醒你們，一旦燒了，以後就再也看不到我了。」棉神提醒著。

明悉子幫忙撐傘，葉國強蹲在墳前灑了米酒，仔細地撿拾埋了六十多年所剩無幾的殘骸。撿出遺骨後，將骨頭上的泥土擦拭乾淨，放在陽光下晒乾，燒了點紙錢，然後把骨骸放在火堆內慢慢燃燒。

「走了，別送了！」棉神的身體四肢與臉孔慢慢消失，只剩下墳前一片灰燼和裊裊煙霧。

葉國強拿起掃把畚箕將骨灰與香灰一起裝進瓦甕裡，起身點燃三炷香朝著瓦甕朝拜：「小賀叔祖，一路好走。」

「總算了結了一樁心願。」葉國強若有所失地說著。

「除了寫書以外，接下來你有什麼打算？」明悉子問起。

葉國強聳聳肩露出一臉茫然，這時候手機的 LINE 突然傳來沙織的訊息：「我的小孩剛剛出生了，我想你不會想叫我舅媽吧，但沒關係，他可是你的小表弟呢！我把你剛出生的表弟影片傳給你看。」

葉國強拔下眼鏡滑著手機點開影片檔一看，剛出生的小表弟手裡頭握著醫療用的棉花團，小小的鼻子下方竟然有顆和棉神一模一樣的痣，對著鏡頭傻笑著。

Eurasian Publishing Group
圓神出版事業機構
用心與你對話·視野無限寬廣
圓神出版社
Eurasian Press

www.booklife.com.tw reader@mail.eurasian.com.tw

圓神文叢 189

邊境台商

作　　者／黃國華
發 行 人／簡志忠
出 版 者／圓神出版社有限公司
地　　址／台北市南京東路四段50號6樓之1
電　　話／（02）2579-6600．2579-8800．2570-3939
傳　　真／（02）2579-0338．2577-3220．2570-3636
總 編 輯／陳秋月
主　　編／吳靜怡
專案企畫／賴真真
責任編輯／吳靜怡．周奕君
校　　對／吳靜怡．周奕君．韓宛庭．韋孟岑
美術編輯／林雅錚
行銷企畫／吳幸芳．陳姵蒨
印務統籌／劉鳳剛．高榮祥
監　　印／高榮祥
排　　版／陳采淇
經 銷 商／叩應股份有限公司
郵撥帳號／18707239
法律顧問／圓神出版事業機構法律顧問　蕭雄淋律師
印　　刷／祥峯印刷廠
2016年1月　初版

特別感謝讀友張淑真、陳巧真、林瑋珍、邱蘛溱、詹文魁、曲沛晴、吳思慧、謝盈慧協助校稿。

定價599元　ISBN 978-986-133-508-7
版權所有．翻印必究
◎本書如有缺頁、破損、裝訂錯誤，請寄回本公司調換
Printed in Taiwan

一位農民、一畝棉田、一條泥路、一座村莊、一個希望。
一位商人、一間店鋪、一條海路、一座城市、一個希望。

——《邊境台商》

◆ **很喜歡這本書，很想要分享**

圓神書活網線上提供團購優惠，
或洽讀者服務部 02-2579-6600。

◆ **美好生活的提案家，期待為您服務**

圓神書活網 www.Booklife.com.tw
非會員歡迎體驗優惠，會員獨享累計福利！

國家圖書館出版品預行編目資料

邊境台商 / 黃國華 著.
-- 初版. -- 臺北市：圓神，2016.01
576 面；17×23 公分
ISBN 978-986-133-508-7（平裝）

857.7　　104024941